TRISKELION

Historia verdadera de la conquista de la felicidad

Nicolás Boullosa

TRISKELION por Nicolás Boullosa

faircompanies

TRISKELION por Nicolás Boullosa

A Kirsten Dirksen

"Heaven is under our feet as well as over our heads."

Henry David Thoreau
Walden; or, Life in the Woods

ÍNDICE

1. El extremeño

"Año de Nuestro Señor de 1771. Por fin en La Alberca. Hacemos posada y abrevamos los mulos: el obispo quiere entrar en Salamanca pasado mañana y volver justo después. Echa culebras a cada paso de la bestia, diciendo que le necesitan más en Coria que en el Tormes. Pobre animal: lo ha puesto morado a zurriagazos. El muy renegón... Ahora que ya se ve la Sierra, el gordo diz que no quiere subir a la Peña de Francia para ver a la virgen, no le vaya a dar la fatiga. Sólo tiene tiempo para su gobernanta, la viuda de la calle de la Ronda, con la que hace las penitencias que más le gustan. Ay, prenda, qué penas. Sólo le falta tararear '¿Por dó pasaré la sierra, gentil serrana morena?'. 'Turururulá, señor obispino, quién la pasará'".

Los árboles espaciaban su presencia y el espeso bosque se transformaba en eriales y encinar. Abandonaban el profundo valle de las Batuecas, entre montes pizarrosos, "cuyas sierras empinan sus cabezas a topetar con las estrellas mismas", dijera Lope de Vega. Tierra mítica de correrías y "esconderiche" desde tiempos inmemoriales, era una versión pobre y aislada de los bosques de Sherwood que nunca tuvo su Robin Hood, pero no le faltaron proscritos. Los mayores explicaban junto a la lumbre que, en tiempos de Reconquista, algunos de sus merodeadores no adoraban al Dios de la estrella ni al de la media luna, sino a uno más antiguo, del que se sabe que vivía en las piedras y ríos, en los árboles, las hormigas, las flores, el lince y el mismísimo cielo estrellado. Espesos matojos de cambrones entre abedules, robles y castaños les cobijaban, como ya hicieran con el druida lusitano que les precediera. "En esta lengua hablamos, estas chozas / nos cubren, estos árboles sustentan, / y la caza que matan nuestros arcos". Gentes antiguas que habían esculpido en la piedra símbolos sencillos, tales como toscas hélices con tres aspas en espiral, imitando quizá el movimiento de los elementos. Quizá la trinidad del tiempo. Pasado, presente y porvenir.

La torpeza renqueante del orondo obispo, don Juan José García y Álvaro, realzaba la agilidad del futuro bachiller Martín. Alto como el prelado, recio y delgado, bien proporcionado y andar decidido, como el de un guerrero antiguo. Su piel aceitunada evidenciaba poco estudio y afición por la intemperie. Pelo cobrizo, ondulado y fuerte, cejas marcadas; ojos verdes, grandes e inocentes, bien separados. Pómulos visibles y cara larga, estilizada con una rala barba de chivo. Había nacido con una mancha marrón en el costado, justo sobre el marcado hueso de la cadera, que gustó tan poco a su abuela como su propensión a usar la mano izquierda hasta para coger la pluma cuando nadie miraba. Como en aquel instante. Vestía una muda de su abuelo; el atuendo era la espada Excalibur de la familia, la prueba de que el joven era también el viejo: botas de caña ancha hasta la rodilla, calzón largo, chupa, casaca abierta y capa. Todo negro, exceptuando la cruz de la Orden militar, con brazos iguales, terminados en flores de lis, y la C del apellido familiar, bordados con hilo rojo en el pecho de la chupa. La "C" aparecía, sin embargo, invertida.

El sopor del viaje le invitaba a jugar con la cuartilla, recién estrenada. El fornido y amanerado obispo era, decían las malas lenguas, demasiado varonil para llevar manípulo y mitra. Confundía, al parecer, el "alba" del nuevo día con la túnica sacerdotal del mismo nombre, vestida sobre el hábito y la estola, que solía alzar sin razón eucarística alguna. "Turururururú, no la pases tú, obispino, no la pases tú".

En los oídos del joven resonaba la canción de burla que le dedicaran sus compañeros del seminario de Coria. "A Salamanca el escolarillo, a Salamanca irás". Pero esta picardía no la apuntaría en la cuartilla. Pensar en el Colegio de San Bartolomé, a donde recaían los hijos de señorones, todos colocados y bobos como la ralea de la que procedían, le provocaba náuseas. Un marrano de Granadilla, quién mejor para martirizar en un Colegio atestado de mozos de buena cuna. Tendría que esforzarse para disfrazar el "acentu" de su "genti". Su abuelo soñaba con ver al muchacho entrando con traje talar y birrete en el claustro que él había pisado hacía tanto tiempo, con más pena que gloria; el servicio obligado a la Orden de Alcántara y a la Corona le habían desviado de un trabajo noble. El viejo explicaba a quien quisiera oír que los licenciados vestían un borlón sobre el birrete, con el color de la facultad donde habían obtenido el título. El encarnado era para leyes y el amarillo, para medicina.

Encarnado o amarillo. Al abuelo le pesaba verse muerto cuando hubiera que decir a la Fernanda de qué color engalanar el portón, el balcón y los ventanucos de la casona. La salud no andaba como para aguantar muchos más inviernos. "Encarnau o amarillinu. Tantu da". Y así se iría pronto, sonriendo, con las sienes relajadas, quizá viajando a la Salamanca que imaginaba para su nieto, con la noche cayendo sobre la vieja Calzada de Guinea de su estirpe. Sabiendo que su nieto se preparaba para bachiller con la recomendación del obispo. Pronto.

El abuelo, la persona a quien más respetaba en este mundo, había dedicado los últimos años de su vida a intermediar ante el obispo y conseguir que el "muchachu" entrase apadrinado en la Universidad, cuyos ingresos dependían de las rentas de la diócesis salmantina. Martín de Capelo y Ovalle de Granadilla, Martín de Granadilla a secas o el Colorao, era un cascarrabias quijotesco, alto y huesudo, tez grisácea y restos de melena lisa y cenicienta, antes pelirroja. Si puesto al lado del Retrato de un caballero anciano de El Greco, el autorretrato del propio pintor en sus últimos años, habría sido difícil distinguir entre persona y pintura. La edad había agudizado su condición huraña y poco habladora, aunque era el más rápido de la villa en blasfemar. Lo hacía con los despojos del acento leonés de sus antepasados, como la vez que oyó habladurías que negaban un futuro halagüeño para su nieto. Sus antepasados no habían muerto, sino que vagaban por el camino emprendido durante siglos por los leoneses hacia el sur.

Comparado con los Capelo, le gustaba recordar, los Álvarez de Toledo eran unos advenedizos. A diferencia de estos últimos, ellos, los humildes Capelo, sí habían entrado en la Granadilla mora de la Transierra, haciendo sitio a espadazos a Fernando II de León, trescientos años antes de que "los castellanus", entre los que él no se incluía ni harto de vino -"ni jartu vinu"-, elevaran el condado de Alba a ducado. Si en efecto quedaba alguna gota de lirismo en el viejo cansado, tan anacrónico como su porte, tan desfallecido como el alopécico empedrado de las calles de Granadilla, éste retornaba con brío infantil cuando había vino turbio y "los sus muchachus", sus nietos, le rodeaban en la cocina. Sus nietos le calentaban con un "abuelo, cante usted la picardía de los castellanos y leoneses". Entonces, arrancaba el Colorao, con su rostro blanquecino, sonriente y arrugado del regocijo, los párpados casi cerrados. "Ah, los castellanus y los leonesis" tuvieron grandes divisiones. Para el viejo, todavía las tenían: "... sobre el partir de las tierras, ahí pasan malas razonis: / llámanse de hideputas, hijos de grandes traidores; / echan mano a las espadas -el Colorao se incorporaba y cogía lo que tuviera a mano y abría los ojos, que ahora desafiaban, brillando a los de sus divertidos nietos-, derriban ricus mantonis...".

Para el hijo de una cristiana nueva, era difícil obtener unas ventajas que se pagaban con creces y sólo el obispo de Salamanca y sus subalternos concedían. Quizá si el señor obispo de Coria hacía un apaño con el de Salamanca, aprovechando su encuentro, "el mi Martín entraría en el Colegiu Mayol". Don García y Álvaro, el Gordo, había estudiado en el Colegio de San Ildefonso, en la Universidad de Alcalá, y no en alguno de los cuatro Colegios Mayores de Salamanca. Le harían falta alhajas y artes de teología para molestar a don Felipe Bertrán y Casanova, obispo de Salamanca, un hombre de iglesia a la antigua usanza y celoso guardián de la Fe.

El Colorao siempre había sido difícil de tratar. Se le había agriado el alma, o eso decía él, cuando, todavía lampiño, luchó contra los portugueses en la masacre y destrucción del Puente Ajuda. No quería morirse hasta que el señor obispo cumpliera su promesa: recomendar a su nieto Martín, que ahora se cumpliría durante el viaje a Salamanca del joven y el prelado. Antes, había tenido que ser generoso, donando 5.000 reales de vellón para pagar el retablo mayor de la iglesia de San Mateo de Cáceres, un antojo del Gordo que, siempre insaciable, aún intentaba dorar, para lo que habría que pasar más el cepillo en las parroquias, decía. Mentar el retablo causaba pánico entre la empobrecida hidalguía de la diócesis. El lujo de la obra era inversamente proporcional a la comida en la panza de muchas familias.

Todo había salido de la Fernanda, claro. Los Capelo, venidos a menos desde tiempos inmemoriales, habían sido más generosos con la obra que todos los grandes nombres. Ni Álvaro de Ulloa, ni Gonzalo de Carvajal, ni siquiera el Conde de la Encina habían puesto más perras que ellos. El retablo bien se valía un viaje a Salamanca con recomendación ante ni más ni menos que el obispo Bertrán, guardián de la sangre pura castellana, aunque él mismo viniera "vaya a saber usted de dónde", criticaba el secretario de la Inquisición en Coria.

El viejo Martín tuvo que hacer la guerra eterna con los portugueses, a quienes veía como hermanos "que hablan más prietu, pero se entiendi bien", recuerdos presentes en el ocaso de su vida. De los portugueses se fiaba más que de los Borbones, "que dicin que los hidalgus enreamus más que ayudallis". La Extremadura, más allá de la Transierra leonesa y castellana, "el" Traslasierra para ellos, había recuperado el voto en Cortes en 1653, sólo tras pagar 80.000 ducados, recogidos con la ayuda de caballeros, su abuelo entre ellos, que amenazaban si era menester a quien se negara a contribuir, fuera cristiano nuevo o viejo. Aquellos no eran tiempos para "judiás" o malas acciones: el lenguaje de aquellos antiguos colonos leoneses evocaba a los judíos sin miramientos.

El Colorao lo tenía claro: o Lusitania, o el Hades. Tan alejada del Duero como del Guadalquivir, la única esperanza de prosperidad de la Transierra vendría conchabándose con Portugal, siguiendo el Tajo. "Dende el riu Alagón, yo quisiera irmi en barca Coria abajo. Despuís vieni Abrantes, Santarém y, cedo, Lisboa. El mar. Tajo o Tejo, es el mismu ríu. El Alagón no mueri en Ovieu ni en Sevilla, sino en Lisboa". El viejo Martín de Granadilla siempre presumía de que su abuelo Diego, bachiller del Colegio Menor de San Pelayo de Salamanca, ávido lector, se sentía más descendiente de los lusitanos que de hidalgos leoneses, renegando del camino con que los antiguos unieran Astorga y Mérida, retomado durante la Reconquista por sus propios antepasados. Había que aliarse con el Tagus romano, no desperdiciar su corriente ibérica. El sueño de unión dinástica con Portugal había sido enviado por la Orden de Alcántara, que él mismo y su abuelo representaran, al fondo del Guadiana, enterrado bajo las piedras del "Ponte" de Ajuda. Menuda torpeza del Conde-Duque de Olivares.

Bajo la excusa de la Guerra de Sucesión y durante su primera juventud, la obligación de continuar con el destino de su gente le había martirizado la sesera y la faltriquera, que ya no daba para rascar un real. No había hidalgo más pobre que el que había perdido una fortuna matando a quienes consideraba hermanos de sangre, destruyendo de paso el puente por donde había pasado el comercio que su familia impulsara durante la Unión Dinástica, cuando todavía había abolengo y posibles para ponerse detrás de una bandera propia. El "Ponte" de Ajuda. Menuda ayuda a las tierras de Ciudad Rodrigo, Coria y Plasencia, su verdadera patria. La única patria que él, su abuelo y el abuelo de su abuelo, rancio linaje, habían conocido desde que Fernando II de León mandara erigir una pequeña villa fortificada sobre una anterior del reino moro de Badajoz, en la encrucijada meridional de las Transierras leonesa y castellana. Cuánta sangre y miseria en nombre de unos reyes lejanos que ahora no respetaban siquiera los derechos de cuna. Afrancesados.

El Colorao había casado por dinero a su primogénito y único hijo, aportando el apellido cristiano viejo, qué diantre. Su hijo, también Martín, no tuvo que sufrir guerras contra el Portugués, pero lidió otra, no menos cruel, con su mujer. Fernanda Rubio, de mote la marrana del Perdiguero, descendía de conversos oriundos de Hervás, bien situados en Coria y Plasencia. Pese a ello, a la familia no se le concedían todavía buenos asientos en parroquia ninguna, no ya catedral, además de convivir con las habladurías y el despecho de sus convecinos. Martín de Capelo y Benavente, el Perdiguero, hijo de Martín de Capelo y Ovalle, el Colorao, ofreció el blasón, mientras Fernanda aportó dinero para pagar deudas, labrar tierras y mantener las posesiones de la familia lejos de los usureros. No se habían querido, pero el tercer Martín había nacido con la luz especial, según la Fernanda y su madre. Martín Capelo y Rubio, nieto del Colorao, había llorado en el vientre materno aunque Fernanda nunca lo confesara, ni siquiera a su madre. Un marrano había de guardarse de según qué chismes.

"A Salamanca el escolarillo, a Salamanca irás". Sólo doce leguas separaban La Alberca de Salamanca. Allí habría de quedarse, para hacerse magister de Derecho o Medicina, que las Artes y la Teología eran para los que no tenían una pizca de sangre nueva, le recordaba su abuelo. A no mucho podía aspirar un mozo con vieja sangre paterna, sí, aunque mancillada con la ralea de su madre, descendiente de judíos conversos de Hervás. El viejo Martín había sido uno de los pocos ilustres de la antigua frontera sur leonesa en no desaparecer, entre guerras con Portugal, aventuras en las Indias y misiones alocadas de los Austrias. Se moriría como había soñado y dispuesto, rezando para que los Borbones dejaran en paz a su familia; ya era hora de enterrar la espada y olvidarse de los infieles. Qué mejor manera de hacerlo que casando al primogénito con una cristiana nueva y mandando al primer nieto varón al Colegio Mayor de San Bartolomé de Salamanca. Los Capelo se preparaban para la paz o, al menos, el Colorao se moriría creyéndolo.

El bachiller Martín no lo tenía tan claro. El blasón de la casona que dejaran atrás en el Valle del Oza, junto a Ponferrada, marcaba el sino de los varones de la familia. "Yo soi Capelo qve a 3 acomete, a 4 no hvio i a 5 no e miedo". Le marcaban el futuro en el lomo, pero él quería servirse a sí mismo. Miguelón el de Hervás, hermano menor de su madre, había aprovechado el regalo divino de librarse de cargas familiares, encomendadas al primogénito, para visitar a su primo, escribano en la Casa de Contratación de Cádiz. Su madre le había leído desde pequeño las vehementes cartas de Miguelón, donde se explicaban maravillosas historias oídas de primera mano de las Indias. "Les pido la bendición, pues he de ir a la Nueva España". Esas sí que eran correrías, y no las penas de los Capelo, siempre renegando por la villa de Granadilla. El porvenir de la vida aventurera, sin la tutela familiar, atraía al joven Martín más que la riqueza y el abolengo al que los Capelo habían aspirado, sin conseguir.

"Señor obispo, como le decía, mis padres me mandaron visitar a la tía Concepción, hermana de mi abuelo. Es para ella un honor y está avisada de la visita. Vive al final del pueblo, en el camino a Mogarraz". El joven no tuvo que insistir. La tía Conce de La Alberca había sido avisada de que su señoría ya se asomaba con la pequeña comitiva a lo alto de las Batuecas; todo estaba listo para agasajarlo, a sabiendas de lo caro que al Colorao le había salido el viaje. Era una anciana pequeña y jorobada, de piel blanca y arrugada y luto sempiterno, encadenado desde que su segundo hijo muriera a los tres años, víctima de una extraña enfermedad que había entelado de blanco sus ojillos saltones. Al mocetón, su sobrino Martín, no le reconocía. Por las habladurías, sabía que andaba por los caminos de la dehesa de Jurde, enredando con una muchacha. No quería estar en el claustro de Coria y, cuando en Granadilla, se les escapaba para la dehesa, con la excusa de asistir en la caza de algún venado, pescar, sacar corcho, coger castañas o vaciar colmenas. Una vez en la dehesa franqueada, en vez de ayudar al viejo Matías, o al tío Crispín, que daban cuenta de lo franqueado a la casa de Capelo, amagaba con ir al Casar y ponía rumbo a Cambroncino, de donde dicen que era la moza. Una muchacha de los cortinales jurdanos, mira tú por donde. La Conce entendía a los padres del mozo; había que ponerle el birrete cuanto antes. De lo contrario, ya se encargaría la moza de Cambroncino de darles hieles.

Llegaron al portón de la casa de la tía Conce. En el dintel, una inscripción en latín, quizá una penitencia por el pasado converso del difunto marido de la vieja. Eran cuatro versos en un latín que olía a apócrifo, a juicio de los escasos conocimientos que Martín, al que el obispo había catalogado como el seminarista con menos vocación eclesiástica que había conocido. Se lo tomó como un ejercicio de rescate lírico y se propuso estrujar el sentido, literal y figurado, de aquellas líneas, mientras durara el instante de las presentaciones. Leyó para sí, apenas moviendo los labios. "Ostium I te vocant. / Vides quid agam. Excepto eo / Verbum decepit, sed non ego / omnino falluntur". No estaba nada mal. No era Garcilaso, pero quien lo hubiera escrito, pensó Martín, sabía lo que hacía. Se propuso memorizarlo, primero en latín, después en castellano. "Soy puerta para ti, que llamas a ella. / Tú ves lo que hago. No lo menciones / La palabra engañó a todos, pero yo no fui / completamente engañado". El marido de la tía Conce había sido compadre del Colorao y del padre de la Fernanda en el seminario de Coria, y a la amistad entre los hombres había fraguado los lazos que confluirían años más tarde en la boda de la Conce y Bernardo, a la que seguiría la del hijo del hidalgo con la Fernanda.

El Colorao tenía sangre vieja y pocas perras, justo lo contrario que los otros dos, apodados "marranos" en el seminario. De apellido Espinosa, pertenecía a la rama familiar que había preferido convertirse a emigrar. Otros miembros familiares habían abandonado sus casas leonesas con la expulsión de los Reyes Católicos. El Colorao había explicado a su nieto que un tal Bento Spinoza, Baruch en hebreo, había nacido en Flandes el siglo anterior, convirtiéndose en una de las mentes más lúcidas de su generación. "El tal Bentu Spinoza, el judíu Baruch, era tan listu que recuperó el saber antiguo todu. Ya ves, aquí los quemábamos, y en Flandes sentaban cátedra". Pese a no haber viajado más allá de Coria, al mediodía; Zamora, al septentrión; Ávila y Ciudad Rodrigo, a levante y poniente; Bernardo había mantenido una correspondencia regular con Portugal, Flandes, Inglaterra y las Trece Colonias de la América septentrional británica. Eso sí, las cartas eran recibidas por un primo suyo en la Universidad de Salamanca, que borraba su condición extranjera y traducía a un castellano administrativo y encorsetado, digno de ser admirado por cualquier tribunal de la Inquisición, si hubiera llegado el caso. Cualquier precaución era poca, en un mundo con un pasado tan marcado por las políticas de pureza de sangre como La Alberca. Allí estaba el señor obispo, en la casa de un marrano que se escribía con familiares sefarditas que a buen seguro habían mantenido sus creencias, donde fuera que residieran.

Junto a la inscripción, descubrió un conjunto de signos desconocidos, aunque sin duda ordenados siguiendo un patrón de lenguaje. Los cuatro primeros aparecían labrados con nitidez, mientras que el quinto había sido raspado lo suficiente como para hacer ininteligible una inscripción anterior. ¿Una equivocación de su autor? Escondían un significado ajeno a sus conocimientos, pero no nuevo: había visto el mismo conjunto de símbolos en la casona de Granadilla, ni más ni menos que en el sello que su abuelo usaba para la correspondencia. ¿Qué significaba el conjunto de símbolos? Fuera lo que fuese, tanto el Colorao como Bernardo lo proyectaban al exterior. El uno, firmando sus documentos con un sello que incluía la expresión críptica; el otro, dando la bienvenida a amigos y forasteros con los versos en latín y, a continuación, aunque a tamaño minúsculo, con la inscripción lapidaria de cinco ideogramas, entre los cuales se contaba un signo similar a una "C" invertida, como la bordada en su anticuada casaca. Al fin y al cabo, la casaca había pertenecido a su abuelo.

Los muros de piedra y mampostería poco tenían que envidiar a los de las casas buenas de Benavente. Hasta habían resistido sin rechistar el achaque del terremoto de Lisboa, causante de tantos destrozos en la zona. Su distribución se adivinaba desde el zaguán, que conducía a la estancia noble, en la misma planta. El olor remostado de la bodega y las cuadras, en el sótano, ascendía por unas viejas escaleras, a la derecha; frente a ellos, tras la habitación noble, otras escaleras, empinadas y en mejor estado, conducían a una amplia cocina, en el piso superior; no faltaban allí chimenea, sequero para embutidos, cuarto de desahogo y acceso a las alcobas.

La anciana mostró al obispo su sonrisa desdentada, antes de santiguarse y besar su mano con premura. "Ay, qué alegría más grande. El señor obispo con el mi Martín. Miren a ver, pasen, no se queden ahí. A los mulos se los lleva el hijo de mi comadre, que los aviará para cuando dispongáis". La Conce mandaba ahora, con aspavientos, a dos viejas sirvientas, también enlutadas y encogidas como cochinillas. Sobre una mesa engalanada con ropa de encaje y platería, se disponían, en bodegón velazqueño con escorzo, embutidos matanceros, una cazuela de carne de morucha y papas, queso de oveja sin partir, cabrito en bandeja de plata, un cuenco de cerámica con manteca colorada, un azumbre de vino en una jarra de barro cocido y dos marcos de pan. Junto a la mesa, aguardaban a los comensales una cesta con perrunillas, higos secos y castañas asadas.

Martín sabía medir con tino la satisfacción del gordo. Si roncaba como un cutral después de la comida, todo iba como la seda. Aquella tarde, de no haber sido una casa montañesa con buena planta, semejantes resuellos habrían retumbado más allá de la alcoba a la que el obispo fue conducido, entre resoplidos y flatulencias.

No le había sorprendido que el obispo empezara con la manteca y la sangre frita, pero sí que apartara parte del cabrito. El vino regó todo lo engullido y apenas hubo conversación. Mientras las alcahuetas transitaban, serviciales, entre la cocina y la estancia noble, la Conce se santiguaba y espetaba lo contenta que estaba, entre manotazos y ademanes nerviosos para arreglarse la mantilla de raso y taparse el pelo blanco, recogido en un moño. Los ojos, verdeazulados y con la cristalina transparencia de la senectud, se estorbaban en el centro de la cara, pequeños y vivarachos, hundidos detrás de una nariz afilada y pegada a los labios. Según el reflejo de la luz, su barbilla hundida era difuminada con un trazo espeso de bello blanco. Con ademán servicial, mantenía el cuello tenso y erguido, girando de sopetón para encontrar los ojos del prelado y el muchacho.

Martín también se retiró a dormir, no sin antes evitar los agasajos de la tía Conce, cuyo hablar desordenado mantenía su tono servicial. La presencia del obispo bajo el mismo techo le impedía relajarse. Afuera, ladraban los perros. La casa de su tía le devolvía a su infancia, cuando convivía en la casona de Granadilla con sus hermanos, padres, abuelos y, según la temporada, algún sirviente y visitante esporádico. Una sensación intensa y desagradable, llena de sabores, olores, sonidos, historias. ¿Había sido feliz? El pimentón de la manteca volvía a su boca. También lo hizo el recuerdo de la fechoría cometida en la iglesia de Granadilla, cuando había liderado a la cuadrilla de mocosos que untaron la campana de manteca el día antes de las fiestas, evitando su repique.

Ah, Granadilla. La pequeña villa señorial, en el extremo sur del olvidado Reino de León, continuaba impasible como pueblo amurallado, con apellidos de abolengo que se perdían como la fruta vana y donde no faltaba castillo con leyenda, como en toda tierra que pasara de frontera de la Reconquista a rincón apartado, cuando ésta había seguido su curso hacia el mediodía. Su aspecto, antiguo y guerrero, con perímetro y calles dispuestas honrando a la fruta toponímica, símbolo de amor y fertilidad, era tan anacrónico como los escudos de algunos de sus moradores. En cuanto al amor y la fertilidad, ni estaban ni se les esperaba. La villa dormitaba cobijada por su perímetro, como una granada abierta, petrificada sobre su pizarroso promontorio entre el paso de la calzada romana Via Lata y el valle del río Alagón. De los tiempos en que protegiera el cauce natural para conquistar la línea del Tajo, la villa levantaba el cuello con su esbelto castillo, imitando a una ilustre tortuga centenaria con su magnánimo caparazón fortificado, más cerca de los páramos escarpados y los míseros cortinales de la dehesa de Jurde que de los nuevos centros de decisión, ahora en las grandes capitales. No había vestigios de poder eclesiástico, arrinconado por la Corona y centralizado en la lejana Coria; ni de fueros políticos, con Cáceres tan alejada como Salamanca, ambas a dieciocho leguas y varias jornadas de viaje, tan malo era el camino. En el páramo de la Transierra, tanto el fantasma del cristiano León como el del moro Badajoz permanecían en lontananza.

La granada era ventosa, lo que la había marchitado, una vez había sido cortada, no del todo madura; al fin y al cabo, por allí ya no pasaban ni señores, ni ejércitos, ni comercio digno de ser mencionado. El color rojizo de las tejas emulaba los granos del fruto, machado en el centro, donde se abría la Plaza Mayor y junto a la cual se sucedían las mejores casas, los granos más notables, sólo tras el castillo y la iglesia. A menudo, la ventisca arriaba por sus calles con la gravedad de un órgano. En las noches de tormenta, el viento había vuelto loco a más de un perro, recordaba Martín. A la abuela no le gustaba ni un pelo cuando los perros no se tranquilizaban. Aquella fruta ya no se podía comer, por no haber obtenido sabia alguna en el árbol y carecer, por tanto, de pulpa voluptuosa, una vez madura.

La abuela Engracia había muerto en 1766, el año de la revuelta contra el Marqués de Esquilache. El motín afectó a las capitales, donde la falta de pan y los precios del trigo habían provocado todavía más miseria que en la Transierra. Muerta la "señá" Engracia, el Colorao asumió la responsabilidad de contar las historias junto a la lumbre, en la espaciosa cocina de la casona. Sus hijos, nietos, sirvientes y quizá los animales de la casa no lo habrían entendido de otro modo. Repetía, sin la maestría juglaresca de la abuela, la historia de Margarita, la duquesa de Alba, hermosa y digna de la semántica de su apellido, que residía en el esbelto castillo italianizante de la villa. Uno de sus vasallos, Álbar, creció prendado de la señora y, al no ser correspondido, se unió a las batallas de la Orden de Alcántara en tierras del antiguo Reino de Badajoz, en las que ganó buen nombre. Pasaron los años y, de vuelta en la villa, la duquesa le hizo llamar, preocupada por la incursión de una avanzadilla mora. Tras un reconocimiento de la zona, el vasallo explicó la gravedad de la situación a la duquesa; debía partir en secreto si no quería ser capturada, pues la fuerza atacante superaba con creces a los cristianos que se pudieran reunir. Él no sólo podía escoltarla por la puerta secreta de la villa, sino que lo haría por amor, que Margarita se apresuró a aclarar que no era correspondido. Aturdido por la situación de peligro y el desdén de la duquesa, Álbar decidió sacarla de la villa a la fuerza. Al intentar escapar por la salida secreta, la duquesa le arrebató a la daga y se la clavó en la espalda. Desangrándose, Álbar montó en su caballo y vagó sin rumbo; cuando un monje le encontró días después, nada pudo hacer por él. Las noches de fuerte viento, cuando atizaba sin miramientos las callejas de la villa, se podía oír el arrepentimiento del guerrero. "¡Perdón!"

Cuando el viento silbaba suplicando y los perros contestaban, como enloquecidos, la abuela Engracia se acordaba de caballero Álbar. El Colorao evocaba a su esposa cuando, faltando ella, las noches otoñales de ventisca comía castañas junto a la lumbre y, en la calle, los perros ladraban a las ánimas. Martín se entristecía con el espacio que dejarían ambos. Nadie más contaría la historia de Margarita y Álbar. ¿La explicaría él a sus hijos?

La copiosa comida alimentó el sueño pesado de Martín. Su conciencia, infundida por los ladridos lejanos y el inicio del otoño en la Sierra de Francia, volvió, con una intensidad de alma infantil, a Margarita y Álbar, revividos por la glosa de su abuela junto a la lumbre de la casona de Granadilla. También eran evocados con torpeza por el abuelo, entristecido por el recuerdo de su Engracia que, sin embargo, permanecía junto a él en el sueño. Entre brumas, ladridos y olores de la infancia y adolescencia, Martín se transformó en Álbar, mientras la duquesa de Alba era ahora su Ximena, la muchacha más hermosa, de la que no quería olvidarse. Debía avisar a Margarita de que llegaban los moros. ¿O era Ximena? Impostando a la duquesa de la glosa, Ximena ya no le correspondía. Ahora era la duquesa de Alba. "Pero, ¿no lo ves? No me hagas esto, Ximena. Yo sé cómo acaba la historia. No quiero que perdamos nuestras vidas por un error. Tú no eres Margarita. ¿Qué haces en este castillo? Vuélvete a Cambroncino antes de que tus padres den noticia".

Como buen granadillano, Martín había omitido la presencia del castillo, que se elevaba junto a la puerta de la villa, esbelto e imponente. Hasta su marcha a Coria, donde había preparado su candidatura de entrada al Colegio Mayor de San Bartolomé de Salamanca protegido por el obispo, su vida había transcurrido a la sombra de aquella mole, una presencia tan esquiva para su vida como la sombra del caballero Álbar, suplicando perdón junto al edificio, manos en la cara y cuchillo en la espalda.

En el sueño, él era Álbar, perdido en el limbo. Martín se había fundido con el guerrero y calibraba la hondura de la hoja del puñal, una sensación tan real como la visión del castillo, de nuevo presente ante sus sentidos con la intensidad de los descubrimientos sensoriales. Tan real como ese sabor a pimentón, todavía presente en su boca. La muralla, que alcanzaba venitiún pies de altura y nueve pies de grosor junto a la puerta de la villa, era empequeñecida por la torre del castillo, cuyo relieve sobresalía por ambos lados del muro de defensa. Como queriendo imitar las cuatro flores de lis que estilizaban el emblema de la Orden de Alcántara, idénticas torres semicilíndricas adosadas a cada una de las cuatro paredes transformaban la planta cuadrada en una cruz. La fortificación árabe original, de veinte varas de altura, tres veces más que la muralla, había sido silueteada al fuego por Fernán Álvarez de Toledo, conde de Alba de Tormes. De chico, Martín había oído una vieja romanza que invitaba a desconfiar de aquella ralea. "Alba de Tormes: / baja de muros, / alta de torres, / buena de putas, / mejor de ladrones: / mira tu capa / dónde la pones."

Se preguntó de nuevo, como cuando niño, por qué el castillo estaba más próximo a la gente desde el exterior de la villa que desde su interior, una contradicción incuestionable. Al fin y al cabo, la silueta de una de las cuatro torres con donjones semicilíndricas, grácil como el pecho de una doncella, emergía de la muralla, mientras intramuros, un murete se unía con los lienzos de la muralla, como si los Alba hubieran temido más a sus vasallos que al enemigo exterior. Muro dentro de muro. En el murete, se abría la puerta entre el castillo y la villa, un arco de medio punto, con un tramo intermedio abovedado, a la manera de un pórtico.

Avanzando desde el interior hasta la puerta del murete, se distinguía a Margarita, la duquesa de Alba. Cuando el rostro de la belleza, al acercarse, salió de las brumas, Álbar volvió a ser Martín.

Se despertó, aturdido y entre sudores, todavía sintiendo el puñal que Margarita clavara en la espalda de su vasallo. Le costó un instante situar aquella alcoba. Empezaba a anochecer en La Alberca. La repentina falta de luz, las voces distorsionadas que se deslizaban desde la cocina, el estómago pesado. El recuerdo de sus abuelos. Y, palpitando en la sien, dolor repentino por el recuerdo de Ximena. Rompió a llorar.

Donde sus padres veían sólo una mísera y fresca campesina de la dehesa de Jurde, él había encontrado la belleza natural, ahora dolorosa, y el amor correspondido, impetuoso. Le apasionaban las canciones y picardías que había oído, desde que tuvo uso de razón, a las lavanderas del arroyo de la Aldorava, o a las mozas de Palomero, o a las jurdaninas de los caminos de la dehesa; rimas y melodías que cantaban a la vida que en Coria se le quería negar. "Enviárame mi madre / por agua a la fuente fría: / vengo del amor herida", decía una de las canciones que recordaría siempre, cantada por Ximena ante sus ruegos. El Colorao era el único que justificaba su naturaleza: "el mi muchachinu está en la edad". A su vez, sentía la responsabilidad de labrarle un futuro.

Si bien aborrecía el estudio del latín, que fray Hernando le inculcaba como una penitencia a petición del obispo, no se separaba de un manoseado libro que descubriera, todavía púber, en la casona, guardado ya en un baúl antes de que su abuelo naciera. Era la edición salmantina, fechada en 1569, de la poesía de Garcilaso; comprada, y muy anotada, por su tatarabuelo Diego. Lo releyó con fruición tras toparse por primera vez con la muchacha de Cambroncino, intuyendo, con la culpa de caminar al filo de la herejía que sentían los descendientes de conversos, que en aquellas rimas subyacían sutiles secretos de la vida sencilla, sin remordimientos. Entonces, en las sucesivas lecturas de aquellos versos, el significado de las cosas había florecido, más rico, y el arado de los campesinos, la tierra de Granadilla y el agua de los ríos y riachuelos, así como el resto de lo mundano, enseñaron otras virtudes. Susurraba algunos versos mal memorizados, evocando a Ximena, incluso durante los momentos de rezo. El dolor era más llevadero. "Los cabellos que vían / con gran desprecio al oro, / como a menor tesoro, / ¿adónde están; adónde el blanco pecho? / ¿Dó la columna que el dorado techo / con proporción graciosa sostenía?".

El Colorao siempre le había recordado la valía de su nuera, la madre del muchacho. La Fernanda entró en casa "y los nuestrus vasallus olvidarunse de penurias y volvierun a las laboris". Coincidiendo con el empeoramiento de la salud del viejo, su padre se había hecho cargo de administrar colmenares, corcho, raso de los montes, cosechas de trigo, olivares, cerezos y vid. El Perdiguero, de quien siempre se recordaba la legendaria puntería en la caza con ballesta que mostró de rapaz, cuando el Colorao trataba de impresionar a algún invitado de abolengo, dejó la ballesta cuando un hermano de la Fernanda le inició a la caza con halcones, azores y gavilanes, de la que nunca pasó de aprendiz, pese a leer cuanto se había escrito, en latín y romance, del arte de la cetrería.

Aunque todavía turbado, distinguió con mayor nitidez la voz de la tía Conce. Escuchó en un par de ocasiones "el mi Martín". La imaginaba hablando con las alcahuetas sobre el propósito de la visita y del propio viaje del obispo a Salamanca, acompañado por el mozo. No saldría de la alcoba hasta que oyera al gordo, que no tenía la urgencia de ninguna homilía, estirado como un cutral en buena cama una fresca tarde otoñal, con el apetito saciado tras una dura jornada de viaje. Para el mulo del obispo, la jornada había sido infernal; había ascendido con heroicidad las dos leguas que separaban el Convento del Desierto Carmelitano, en la hondura del valle de las Batuecas, de La Alberca, que sólo se mostraba al viajero cuando se coronaba el portillo. En aquel punto, el prelado y Martín miraron atrás. Desde la meseta de la sierra de Francia, observaron la profundidad del valle. Al fondo, las montañas pizarrosas de la dehesa de Jurde, silueteadas con la luz del mediodía, descendiendo hasta el manto de las tierras de Granadilla, centinela del Alagón, que corría valle abajo hasta Coria. La bestia del gordo, sintiéndose portadora de un Sancho Panza agigantado, prefirió no mirar atrás para evitar un patatús.

Recostado por un instante, volvió a tenderse, esta vez boca arriba, con la mirada perdida. Oyó cómo empezaba a llover. Una lluvia fina, plácida. Evocó Granadilla.

Martín acompañaba a su padre en sus numerosas visitas al Casar de Palomero. Solían salir por la puerta de Coria, el culo de la tortuga, situado en la vertiente suroeste y única alternativa a la propia puerta de la villa, donde se concentraban niños, ancianos, alcahuetas y pedigüeños, tanto los forasteros como los mendigos ya asentados, que se cobijaban en una antigua venta, medio en ruinas.

Uno de ellos, Isaías el Zagal, que había vivido de la mendicidad en los caminos y la sopa boba de las casas de caridad de Ciudad Rodrigo y Plasencia desde que volviera de no sé qué guerra, les seguía siempre hasta el puente sobre el Alagón, en el poniente, a sólo unos minutos de la villa. El Zagal, en realidad un escuálido y animoso viejo desdentado que llamaba a cualquier varón "zagal", sin importar edad o condición, había nacido al sur del Tajo. Por algún motivo inexplicable, había abandonado la sopa boba, que ya no estaba asegurada desde el Motín de Esquilache, ni siquiera a los más contrastados músicos y poetas callejeros. Era difícil distinguir con precisión dónde acababa la realidad y dónde empezaba la fábula en el palique de aquel charlatán, o la crónica de algún hecho, que mezclaba sin advertencia lírica. El Zagal se justificaba no sin menos hondura metafísica que Calderón.

Aquel día, todavía no habían pasado el puente de piedra y el Zagal les estaba cantando. La fábula glosaba sobre el padre y el hijo, que caminaban alegres puente adelante, sin montar en el mulo, en busca de sus rentas en la dehesa de Jurde. Como en la canción, el puente era muy antiguo, de piedra sillar labrada, veinte varas en su mayor altura, ciento cincuenta pasos de largo y ocho de ancho. A su cabeza, que superaban en aquel momento, se veían las armas de la villa: un can apoyado en un granado, en un campo de gules y, en el reverso, el escudo de armas de la casa de Alba. "A los ilustres Capelo les queda un trecho hasta el Casar y no veo yo el cielo muy católico". Y luego, entonando: "los orinales del cielo: / La Alberca, Lagunilla / y el Casar de Palomero".

Qué razón tenía el Zagal. Recordaba cómo, aquel día, había llovido durante horas. El calabobos les obligó a hacer posada en el Casar, a medio día de distancia de la casa del tío Crispín, en Rivera Oveja, donde los Capelo solían hacer noche. El tal Crispín era un hombre bajito y curtido cuyo abuelo ya daba cuenta de lo producido en la dehesa de Jurde, una tierra áspera y escarpada que había hecho tan poca gracia a los Alba que se habían desentendido de lo poco que pudiera dar el lugar, dejándolo en manos de la hidalguía granadillana. Crispín también visitaba por cuenta de los señores los baldíos franqueados junto a las majadas más pobladas y estables, a lo largo del río de Los Ángeles; las más cercanas al valle dominado, desde su colina ventosa, por Granadilla. La parte baja de la dehesa de Jurde era un baldío que los Capelo arrendaban a los vecinos del pueblo de Robledillo para que lo aprovecharan con su ganado y, dado lo poco que generaba, no había demasiado de que preocuparse.

Sin oportunidad de avanzar, entraron en casa de una comadre de la Fernanda, donde sólo había espacio para dos camastros, una pequeña y oscura cocina, apenas iluminada por un candil, y un lecho de paja anejo para los animales. Les atendió con lo poco que tenía, quitándolo del plato de su familia. El Perdiguero no tuvo siquiera que insinuar a su hijo que no se comiera todo el pan, el chorizo y el magro, una pequeña fortuna para aquella mujer, que aparentaba media vida más de la que tenía. Padre e hijo convinieron en silencio tomar sólo el cuenco de sopa; había pan y embutido en el zurrón. Martín contó, en el rato que duró aquella silenciosa cena, hasta ocho niños, cinco varones y tres niñas, que entraban y salían de la casa. Un enjambre de ojos, grandes y redondos, escudriñando alguna alternativa para aplacar el hambre que intuían aquella noche, desolados; la costumbre les decía que el forastero, si quería, arramblaba con todo.

Al menos dos de los niños, con ralo cabello rubio, ojos vidriosos y una cabeza grande y desproporcionada, padecían cretinismo. Tener invitados cuando se pasaban penurias era una desgracia mayor que enterrar a un familiar, tantos eran los gastos que había que afrontar si se querían hacer las cosas bien. Respirarían más aliviados que sus propios padres y abuelos, una vez los forasteros, a los que había que tratar bien, partieran antes del alba. Buena parte del chorizo, el magro y el pan permanecieron intactos pese a la insistencia de la comadre, que ofrecía en lugar de pedir.

Con la primera luz del día, el Perdiguero y su hijo tomaron rumbo a los cortinales de la dehesa de Jurde, donde tutelaba tierras, colmenares y bosques de alcornoques a los que se extraía el corcho, además de rentar vegas y zonas de pastoreo a gentes de La Alberca, a quienes se había cedido la administración de aquellas montañas, que usaban sobre todo para el pastoreo de cabras y ovejas. Los pocos terrenos restantes, la mayoría baldíos, servían de sustento a los pocos lugareños que no dependían de Granadilla o La Alberca, habitantes de pueblos con pequeñas casas redondas y tejados de pizarra, que se mimetizaban con las laderas cubiertas de brezales, tan abundantes que habían dado el nombre a la zona. El Colorao todavía llamaba "urce" o "urde" al brezo, como hicieran los colonos leoneses de la Transierra. Los brezales, o jurdes, aspirando la palabra, no sólo crecían en aquellos pedregales, sino que nutrían a cabras, ovejas y colmenas.

Los brezales de más allá del Casar no evocaban a Martín la rugosidad de un paisaje difícil, montuno, manjar de chivos y colmenas. Lo áspero podía ser hermoso. Ximena olía a brezo. Él también dependía del néctar de aquellos canchales. De pequeño, había tomado aquella miel casi a diario; con pan y leche si había y, cuando llegaba el frío, con castañas, como los pastores de la dehesa. Al despertar su madurez, la moza de Cambroncino, que siempre evocaba con el cántaro en el regazo, subiendo la cuesta del regato hacia la puerta de su casa, le había devuelto al néctar de la infancia. ¿Acaso no eran los pétalos acampanados de las flores de los brezales, blancos, rosados y morados, pequeños cántaros aromáticos?

Las gentes del mediodía de la dehesa de Jurde, liberadas del oscuro hueso pizarroso de los valles más abruptos, se habían asentado en tierras más llanas y fértiles, acaso para mantener un puñado de eras junto al cauce nervioso de riachuelos también tributarios del Alagón, como las gentes de la zona. No había vez que el Perdiguero se acercara al portillo del Teso sin santiguarse y, afectado, expresase su desconcierto. Era un villorrio habitado por apenas una docena de familias, agrupadas en pequeñas casas donde, llegado el invierno, se convivía si era necesario con los animales, que daban calor. Bajo la colina sobre la que se repechaba el Teso fluía el regato, buscando el río de Los Ángeles media legua más abajo, que a su vez tributaba al Alagón no mucho después. Pasado el riachuelo, sobre un cerro bien proporcionado y anillado con bancales geométricos, con olivos, cerezos, algún castaño y una gran higuera, el obispado de Coria había erigido una imponente iglesia parroquial, que poco tenía que envidiar a la de cualquier pueblo o villa principal de veinte leguas a la redonda. Tras la parroquia, construida con lanchas de pizarra, se disponía la pequeña y humilde aldea, apelotonándose entre la cuesta del templo y el curso del regato, dejando algún bancal para plantar olivos y frutales.

El obispado no tenía posibles para costear el nuevo retablo de la iglesia de San Mateo de Cáceres, pero poco antes había construido, en un pequeño valle desamparado, una iglesia que rivalizaba con las de Granadilla y La Alberca. "Qué lástima que esta iglesia esté en un lugar así. Si al menos fuera este algún cruce de caminos principal. La iglesia de Las Lástimas, deberían llamarla". Aquel nombre caló y muchos vecinos, oyendo los reiterados comentarios del Perdiguero, la llamaban ya iglesia de Las Lástimas, sobre todo los vecinos del Teso y Cambrón, que no tenían iglesia propia y acudían a la que les hubiera gustado poseer.

A Martín, la imagen de la iglesia de Las Lástimas le producía el efecto opuesto. Euforia. En ocasiones, felicidad contenida, optimismo, recuperación del brío físico. Aquella ocasión no fue distinta. El tío Crispín ya había insinuado a su padre en varias ocasiones que el muchacho se estaba metiendo en un lío. Al fin y al cabo, él iba con Martín el día que, mientras charlaban junto al regato del puente de Cambroncino, abrevando a los mulos en la pequeña vega comunal, junto al molino, el muchacho se excusó, siguiendo a la moza con la mirada y, acto seguido, con sus pasos, hechizado. Iba de la mano de una amiga y podía haber tomado otros muchos senderos para dirigirse al barrio del Teso, de donde era. Eligió la senda que cruzaba por la vega. Era una moza vigorosa, de piel pálida y cabello castaño claro. Sus facciones eran proporcionadas, donde destacaban unos expresivos ojos avellanados, sin malicia, acentuados por largas pestañas. Vestía un refajo de color vivo; un jubón pardo, sin lujos; y un pañuelo de flores estampadas a media cabeza. Desde entonces, trató de evocar el trazo oscilante del rostro de Ximena, sus marcados pómulos y sonrisa vergonzosa, hablando con la otra muchacha mientras dedicaba una inequívoca mirada a Martín, en la que quizá se paró el tiempo. Los trazos de la Ximena le sonrojaron. Al instante, Crispín observó cómo el semblante de Martín transitaba desde la conmoción al rubor y, quizá, el sentimiento de culpa.

El viejo había asistido, distraído, al antiguo juego del cruce de miradas, con las sutilezas de dos jóvenes cautos. Fuera lo que fuere lo que había ocurrido, no era nada bueno para los Capelo, con otros planes para el rapaz. Tras desaparecer Martín a buen paso por el sendero del Teso, el mismo que habían enfilado las muchachas,

Crispín indagó sobre ellas. Ambas familias, como el resto de habitantes de la aldea, eran pobres de solemnidad, con apenas algún animal para la leche, una era para labrar y algún parche de tierra ganado al monte. Martín volvió al poco, siempre prudente; se limitó a excusarse y a explicar que había ido a por un mandado para el herrero del Teso. Crispín sabía mejor que Martín que el herrero de confianza más próximo se encontraba en el Casar. No musitó una palabra durante el resto del día.

Aquel episodio habría pasado desapercibido a su padre de no ser porque, meses más tarde, de vuelta en Cambroncino, confirmó el runrún que había llegado a Rivera Oveja desde La Pesga y Las Calabazas. El Martín del Perdiguero de Granadilla andaba festejando a la Ximena del Clemente del Teso. Algo que merecía la pena averiguar. Cómo creía él que era de serio, le había preguntado el padre del muchacho, agradeciendo su gesto. "El su muchachu anda como embrujau, señor Martín. Dicin que la Ximena no atiendi a razonis y la tendrían que encerrar". El Perdiguero entendió, desde aquella visita del Crispín a Granadilla, la misteriosa actitud de su hijo durante aquellos meses, cuando se encargaba de cualquier mandado que implicara acercarse a la dehesa de Jurde.

Era el momento, desde el Teso y ante la iglesia de Santa Catalina, de recordar a su hijo no sólo la afrenta del obispado de Coria, que invertía su diezmado patrimonio en erigir magnánimas iglesias en aldeas desoladas. También le hería que no le hubiera hablado de Ximena. Fue al grano. "Sabes que no puede ser. Tu abuelo no lo permitiría. Granadilla no lo permitiría". Martín asentía, conteniendo su rabia lo mejor que podía. No podía creer que su propio padre le estuviera atizando con las obligaciones del escudo de armas, del que él tantas veces había huido; empezando por casarse con una conversa. "Sólo le falta decirme que los señores de estas tierras ya no tenemos derecho de pernada, padre".

El Perdiguero hizo el ademán de levantar la mano. Nunca había pegado a su hijo; aquella no sería la primera vez. En plena campaña de desprestigio de la hidalguía en España, los grandes perdedores de todas las batallas, y ahora de las nuevas políticas de los Borbones, había situaciones que seguían estando prohibidas. "Hijo, he hablado con el obispo. Ha llegado el momento de aprender latín y prepararse para el estudio en Salamanca. Podrías entrar en menos de un año. Tu abuelo está haciendo muchos esfuerzos, dejando lo que no tiene en Coria y en Plasencia".

Todavía se preguntaba cómo la Ximena pudo, aquella primera vez, enseñarle tantas cosas sin siquiera sacarse el pañuelo de la cabeza. Los trazos de aquellos pómulos. La intensidad de la mirada. Los ademanes del rostro y el balanceo del caminar. La ausencia de tiempo durante un instante. Garcilaso le ayudaba a no olvidar.

Una ventosidad retumbante, seguida de un bronco suspiro y la incubación de un considerable gargajo, pusieron en guardia a Martín, que se incorporó de un brinco y se lavó la cara con la misma premura. Si había algo peor que pasar una larga velada sentado frente a la tía Conce, era escuchar la cháchara entre las alcahuetas y el obispo, que acabaría tratando de la desviación del muchacho, que se perdía por los caminos de la dehesa de Jurde en busca de una peligrosa pastorcilla. El estudio y la convivencia, casi monacal, en el Colegio Mayor, devolverían las cosas a su sitio, habría concluido la conversación. Se dispuso a evitarlo.

"Tenga usted buenas tardes, señor obispo. ¿Encontró la cama al gusto suyo? Haga usted el favor de sentarse, que le he preparado una merienda. Dígame si echa en falta algo y envío a la mi hija a ver si pudiera encontrarlo en el pueblo. Ah, y aquí está también el mi hijito, el mi Martín. Pero cómo te me pareces a tu abuelo cuando era joven. Siéntate tú también, prenda mía". Martín saludó al gordo, que contestó con una voz bronca y paternalista. "Es bueno reponer fuerzas después de la mañana que hemos tenido por las cuestas de Las Batuecas. Hace ya cuatro días que partimos de Coria y todavía nos queda un largo día, si mañana queremos hacer posada a las puertas de Salamanca. Déjame pensar. Tendríamos que partir, con los mulos ya aviados, antes del alba". El joven se limitaba a asentir, mientras contaba las horas antes de que llegara el tiempo de recogerse de nuevo a la alcoba. Las brasas reavivaban en la chimenea con los dos troncos que la Conce acababa de depositar. Sobre la mesa, el queso de cabra sobrante de la comida, embutidos de la última matanza, manteca colorá, vino y una hogaza de pan más grande que la de hacía unas horas, de al menos dos libras, redonda y con una corteza dorada. La vida seguía su curso y, tras cebar y matar el cerdo el invierno anterior, ahora cebaba a sus invitados. Martín imaginaba, divertido, cómo la Conce, la mujer del marrano, quien hacía las mejores matanzas de La Alberca, quería criar ahora al obispo; acto seguido, lo ofrecería en sacrificio a los antepasados de su difunto marido, Evaristo de Béjar, el tío Varisto. Un hombre bueno. No le costaba sonreír y seguir el hilo de la torpe conversación liderada por el obispo, que se sentía en deuda con aquella diligente proveedora de ambrosías. Al gordo, o se le contentaba proveyendo para el estómago, o se le daba coba con la presencia de alguna buena moza, pero quedaba claro que las hijas de la Conce no despertaban apetito alguno en la bestia. Con el bodegón goyesco, todo quedaba compensado. Ya se ocuparía su ilustrísima de divertirse con alguna furcia en Salamanca, si se terciaba. No sería con el obispo Felipe Bertrán, con una fama de sabio y estricto ganada a pulso.

La hogaza de pan desaparecía, untada en manteca, en las fauces del prelado, que achicaba el resbaladizo sudor de la sien. "Nadie ha hecho más por el Estudio General de Salamanca que mi sabio amigo el obispo don Felipe Bertrán, no tenga usted duda ninguna. Mire usted, como buen hijo de la diócesis de Sigüenza, convine con mi familia, muy a mi pesar, estudiar en el Colegio Mayor de San Ildefonso, en Alcalá, porque a mí me hubiera gustado estudiar en el Colegio Seguntino. Pero, claro, aquello ya no es ni mayor, ni menor, ni nada, sino un cachondeo. Entenderá la situación si le explico que los únicos que se gradúan en Sigüenza son los zalameros mozos alcalaínos, que así se evitan los exámenes complutenses, que para esos todavía hay que estudiar". La Conce miraba al obispo, asintiendo con espasmos musculares a todo lo que decía, aunque entendiendo poco de la digresión. Se mentaban elementos de un universo desconocido para ella. "Pero, incluso en Alcalá y Salamanca, la flojedad ha ido demasiado lejos. Nadie hinca los codos y se comercia con el buen nombre de los Colegios. Los colegiales porcionistas, que se pagan alimentación y habitación, eran antes unos pocos que compraban su posición con dinero; así, los vagos y los faltos de sesera con posibles, pasaban igual. Ahora son tantos que los colegiales de voto, como yo, que entrábamos por méritos y se nos daba cargo, vestimenta y alimentación gratuita, que hoy día el mocerío más listo se queda cerca de casa, echa unos responsos para que no le agarre ninguna guerra y le da por trabajar poco, leer algún pliego de cordel y perseguir a las muchachas. Vamos, mejor ser un Don Quijote que un bobalicón afrancesado, de esos que andan por los pueblos diciendo que los curas ya no pintan nada. A dónde vamos a llegar". La Conce rellenaba el chato de vino tras cada trago del obispo. A la hora de comer, les había servido vino en copa honda, como símbolo de hospitalidad. El contubernio de los Capelo con el prelado era importante y el futuro del Martín, quizá de la familia entera, estaba empeñado en aquel viaje, pero servir la bebida en vasos chatos frenaría la sangría. Aquel hombre, si decidía quedarse dos días más, acababa con la despensa y llegaba el invierno. A la Conce le costaba más reconocer que no le importaba tanto que se comiera dos cerdos enteros como que acabara con la bota de vino, su particular "Genti de Muerti", como en aquellas tierras conocían a la Santa Compaña. El vino, que lo compraba al tío Francisco de Tamames, venía de Tudela de Duero, y sus perras valía. El moyo de vino, equivalente a dieciséis cántaras llenas hasta la bandera, le duraba el año que tardaba el tío Francisco en volver. Al ritmo de aquel gorrón, en unos días habría acabado con una cuarta parte de las provisiones. Quizá no entendiera qué había que hacer con los escolares alicantinos que iban a Sigüenza a hacerse bachilleres sin dar un palo al agua, pero la mujer se ocupaba de lo que atañía a su hacienda con el celo y la listeza de una anciana solitaria, tan amante del vino a granel de los viñedos del Duero como de lo que le llegara en sustitución. Buscaba el calor en sus mejillas y la alegría lenguaraz, que le recordaba a sus años de casadera, y para eso valía cualquier tintorro.

"¿Sabe cuál es el problema, si la gente con apellido viejo, buen escudo de armas y hacienda portentosa se gasta los cuartos pagando con intereses el Derecho Canónico de sus hijos? Que en los Colegios les dicen: 'mire usted, para que su hijo, que es bobo perdido y más feo que pegarle a un padre, nos salga doctor en cánones y pueda llegar algún día a obispo o inquisidor general, o algo parecido, vale tanto'. Y los inocentes, que antaño fueron algo, pero hoy tienen las perras contadas, sueltan todo el caudal en colocar al primogénito". Martín se sentía cada vez más incómodo. El obispo estaba describiendo situaciones con una insultante similitud a la tesitura en la que él mismo y el propio denunciante se encontraban. Un obispo sin moral, con querida y capaz de zamparse las perras del cepillo de la catedral de Coria, tal era su apetito, se ponía moralista de repente. Continuaba disertando, entre sudores, cuando agarró el cuchillo y, mirando a la Conce a los ojos, cortó un buen tajo de lomo embuchado, sugiriendo quizá que no se le había cortado ni jamón, ni lomo, ni morcilla de sangre, sino que se le había dispuesto ante los ojos, quizá para mirar y no tocar. Si había sido así, decía ahora el gordo con los ojos, su respuesta llegaba con aquel decidido tajo al cuello del lomo. El viaje con el Martín bien valía todo aquello y más, de modo que la vieja debía aflojar.

"La situación es tan nefasta que familias conocidas por tener menos hidalguía que un perro cruzado, gente con sangre nueva que rezan vaya a saber usted de qué manera de las puertas de su casa para adentro, recomiendan no a uno, sino a todos sus varones, que acaban en Colegios Menores y llegan incluso por la puerta de atrás, contra natura, pagando buenas perras como buenos marranos porcionistas, a los mismísimos Colegios Mayores de Salamanca. O sea, que las buenas familias cristianas, cada día más pobres, se gastan lo poco que tienen en estudios y luego no tienen ni para dorar un altar como manda Nuestro Señor, dando excusas de mal pagador. Si supiera usted lo que me ha costado levantar el altar mayor de la iglesia de San Mateo, la más bonita de Cáceres, se haría cruces. Y, como hay que correr con los gastos de los Colegios, con el poco dinero de la buena sangre no vale, así que, si hay que dejar entrar a los descendientes de conversos, qué más da. Luego, claro, se quejan de que las colonias indianas, y la mismísima Santa Madre Iglesia, estén llenas de sangre que fue infiel no hace tanto, que aquí nos olvidamos de todo". Dio un manotazo sobre la mesa. Para la Conce, la conversación, acompañada por la voracidad de aquel gigante corpulento, y enano espiritual, era tan repugnante como observar, al trasluz del fuego, la saliva y migajas escupidas a presión, cuando el gordo pronunciaba palabras labiales. Como "porcionistas", la que aportó más grasa a la mesa.

"Decía usted que el señor obispo de Salamanca... ¿don Bertrán decía que se llamaba?, estaba haciendo cosas muy buenas por los Colegios de la ciudad". La Conce cambió el rumbo de aquella diatriba, con una belleza oratoria equivalente a los espumarajos con manteca, chorizo y lomo regados de saliva y vino que se acumulaban sobre la mesa. "No le quepa a usted la menor duda, señora". Miró a una de las hijas de la Conce, siempre en segundo plano, mientras señalaba con el dedo su chato de vino, vacío. La doncella, reseca y ajada, suplantaba a su madre en la labor de servir más vino. Por un instante, el silencio incomodó a los presentes. Para alivio del muchacho, el Gordo contestó a la Conce con un soliloquio que había perdido agresividad. Al fin y al cabo, el chato seguía llenándose. "Recuerdo que don Felipe Bertrán fue nombrado obispo de Salamanca en 1763, trece años después de que yo lo fuera en Coria. No es que sea un año especial para mí, pero pocos días antes España había firmado la Paz de París, y semejante repaso de esos piratas ingleses, tanto a nosotros como a los franceses, no se olvida. Es lo que ocurre con cualquier ayuntamiento no consentido. Ya me entiende usted". La carcajada del obispo sonó viril y tabernera. "Desde aquel año, Bertrán no ha parado un solo día de hacer reformas valientes para dar lustre tanto a la obra de su diócesis como a la Santa Iglesia en general. Porque, como bien sabía su hermano don Martín, que Dios lo tenga en su seno, la diócesis sigue mandando con mano firme sobre todos y cada uno de los Colegios de Salamanca, como descendientes que son de la Escuela Catedralicia. Todavía no se habían reparado los grandes daños del terremoto de Lisboa del 55 en las propiedades de la diócesis. En la catedral nueva, el desperfecto fue tal que la torre amenazaba ruina. Al final se salvó por los pelos. El claustro de la catedral vieja también quedó desdentado; también la cúpula de la iglesia que llaman de la Clerecía. Por no hablar del Colegio Viejo, que no se apuntaló como es menester y acabó hecho un montón de escombros. El propio palacio del obispo estaba todavía algo destartalado por aquello cuando él entró. Ahí ha tenido una labor que requería fe y trabajo, y se hizo bien en dejarlo en manos de Bertrán". El Gordo les miró ahora con picardía. "Cuando esté todo listo, que salgan los estoicos y entren los epicúreos". Secundaron sus carcajadas con una risa de compromiso, sin entender la ironía.

"Pero las obras para restaurar el mal día del terremoto son una minucia, en comparación con lo que don Felipe está consiguiendo con los Colegios Mayores. Cuando él entró, el Colegio Viejo, llamado de San Bartolomé, parecía una venta de mala reputación, pero fue pulido en cuerpo, con el nuevo Palacio de Anaya, que sustituía al destruido, y en alma, con mano dura y menos favores; el de Cuenca, tres cuartos de lo mismo; el de Santiago el Zebedeo o de los Irlandeses, ya no tenía ni gallegos, ni mucho menos irlandeses; y el Mayor de Oviedo, bueno, por todos es sabido que ha padecido escándalo tras escándalo. La idea del obispo era unir los cuatro Colegios Mayores de Salamanca con los de Alcalá y Valladolid y hacer la mejor institución de enseñanza que haya visto nunca el mundo. Pero mucho me temo que los enemigos que enfrenta son más fieros que los piratas ingleses y, mucho peor, éstos no se dejan ver". Suspiró, tras una pausa. Por un instante, se oyó el crepitar del fuego. Ya era noche cerrada y dos candiles iluminaban la cocina.

Ahora, miró al chico. "Cumpliremos con la última voluntad de su hermano. Este mozo que tiene usted aquí delante, aunque todavía le preocupen más los versos de Garcilaso que el latín, será un bachiller recordado en el Colegio Mayor de San Bartolomé". La Conce asintió, sonriente.

Y sus buenas perras ha costado, habría añadido de buen gusto el futuro bachiller, cuyo futuro estaba ligado a la voluntad del Colorao. El padre y el abuelo habían intermediado con el obispo para formalizar el traslado a Coria y convenir que, al cabo de un año, estudiaría en Salamanca como su tatarabuelo Diego, persona cultivada y defensora de las causas perdidas, la Unión Dinástica inclusive. Detrás de la intriga se encontraba su madre, auténtica voz cantante de la casona. Una mujer estricta, atenta a los detalles y defensora de las virtudes del trabajo, que los Capelo habían perdido quién sabe si cuando habitaban todavía con el resto de su clan en los alrededores de Villar de los Ríos, junto a Ponferrada.

Martín preguntó a su tía abuela si se le necesitaba para algo durante el resto de la velada. Se excusó de la cocina para ir a comprobar que los mulos eran aviados para la alborada. Necesitaba algo de aire y un paseo no le iría mal. Demasiado tiempo en los últimos cuatro días con aquel ser despreciable. El obispo había mostrado su falta de decoro. Con o sin él delante, hablaría si le venía en gana de lo reprobable que le parecía la situación del país, de lo fácil que era comprar favores, sin ruborizarse siquiera por encontrarse él mismo en un viaje para colocar al nieto de quien había pagado una buena parte de su dichoso retablo. Bendita dualidad eclesiástica.

Antes de desaparecer por la puerta, ya pensaba en recuperar la cuartilla. Con la excusa de coger los faldones de las sillas de los mulos, que había subido a la alcoba, fue a comprobar si había un candil cebado en la estancia, porque la pluma amenazaba con versos satíricos, dedicados al gordo. Imposible estrujar un romancillo apicarado o un soneto encorsetado y con olor a brezo jurdano tras asistir a semejante bacanal, donde la orgía de la carne había dado paso al atracón de embuchado. Tras echar un vistazo a los mulos, preguntó a un muchacho sobre el camino a Salamanca.

El viaje era bueno tanto por la Entresierra, más fresco y abrigado, como por Ciudad Rodrigo, que pasaba por la venta de Aldehuela, ya en tierra charra, un paisaje de dehesas que había que cruzar sin acercarse a las montañas de la Transierra, al mediodía. Los dos trayectos no eran conocidos por sus cacos; al parecer, no había un solo bandolero famoso en toda la zona, por mal que pesara al mozo de La Alberca.

"Aquí sólo llegan los pliegos de cordel ya manoseados en Salamanca y Ciudad Rodrigo", se lamentaba el joven albercano, que acercó a Martín a la Plaza Mayor, donde se reunían los mozos del pueblo al atardecer. Un poco más allá, bajo la arcada de una casa situada en el otro extremo del espacio, cuchicheaban las mozas rodeadas de niños, vigiladas por alcahuetas sentadas en liliputienses sillas de mimbre. El forastero se presentó con modales, a lo que siguió la discusión sobre las aventuras de rufianes, a las que Martín no era aficionado.

"Algún romance portugués se salva, pero cuesta de entender y uno tiene casi que ir a la frontera para que le expliquen qué hazaña se cuenta. Raro que todos los romances de guapos que han pasado por mis manos o que ha explicado el ciego de El Cabaco ocurren en los Montes de Toledo, o en el sur, o en las puntas del país. ¿Por qué aquí, con las buenas montañas que tenemos, que empiezan por las Batuecas, siguen por la Sierra de Francia y llegan hasta Béjar y más allá, no hay un salteador galán, como todo buen monte se merece?". Martín, divertido, no despegaba ojo del muchacho, mientras imaginaba por qué no había bandoleros de leyenda en aquellos caminos, plagados de buenos escondrijos, entre ellos el propio valle de las Batuecas. Poco había que rascar por aquellas tierras, apartadas de cualquier comercio provechoso. Las gentes de la comarca habrían asaltado a los bandoleros y esa no era la jerigonza que había que contar en los pliegos de ciegos.

El muchacho evocó, impostando la grácil posición erguida que imaginaba del rufián protagonista del romance más en boga. El más temido andaluz y guapo Francisco Esteban habría salido escarmentado de la Sierra de Francia, meditaba Martín, divertido. "Esto va para el sobrinillo de la tía Conce, que nos llega de Coria". Arrancó. "En la Ciudad de Lucena, / cuyos timbres florecieron / por su clima y por sus hijos, / dándole Ceres sustento, / dándole Marte valor / y el Pegaso el suelo hiriendo, / en letras y armas guarnece, / vistoso Parnaso haciendo / con Beticanos albores / Eliseos Pensiles bellos...". Martín se excusó y salió por pies de la Plaza Mayor, donde aquel y otros muchachos habían intentado divertirle toda la noche, tal era la nueva de charlar con un forastero.

El gordo tenía ya el riñón bien cubierto. Cuando Martín entró por el zaguán, el obispo ya se estaba retirando a la alcoba, dejándose las últimas palabras por el camino, quebradas por el vino, que deshilachaban su castellano castizo del valle de Henares. De la tía Conce iba a ser más difícil zafarse aquella noche. La pluma y la cuartilla le estaban esperando, junto al candil. "Ya estás aquí, hijo mío. Anda, prenda, caliéntale a tu primo un tazón de leche, que lo acompañe con migas de pan. ¿Querrás miel, hijo mío?". El tazón hizo más llevadera la corta conversación. "Yo sé que el tú abuelo pensaba sólo en una cosa. Darle al nieto suyo la mejor educación. De eso no hay que avergonzarse. ¿Crees que los pobres infelices que nunca han salido de este pueblo no irían con gusto a graduarse a Salamanca, si pudieran? Ya casi no se dan becas de aquellas de ropa, comida y cama, porque las calificaciones de los niños pasan por los secretarios y los curas de los pueblos". La Conce bajaba su voz a medida que avanzaba la frase. "Aunque los niños salgan listos, si no tienen perras, no consiguen beca ninguna". Martín agradecía el consuelo de su tía. La tranquilizó, y no tuvo que mentir para hacerlo con sinceridad. Custodiaba la memoria de su abuelo con el celo que sólo usaba con los inolvidables momentos pasados con Ximena. Aunque había una diferencia entre ambos sentimientos. Él se sentía partícipe de la construcción de Granadilla; entró en Tenochtitlan con el Capelo montado en uno de los caballos de Cortés; conoció al duque de Alba con su antepasado el que luchó en Breda; fue a estudiar al Colegio Menor de San Pelayo con su tatarabuelo; y lloró, junto a su abuelo, cuando a la matanza de portugueses en Olivenza le siguió la destrucción del Puente de Ajuda. Era un Capelo, muy a su pesar.

Ya en la alcoba, tras garabatear la cuartilla durante un buen instante, preparó la ropa y la faltriquera para salir antes del alba y, libre de obligaciones, ordenó sus pensamientos. A diferencia del muchacho que había conocido por la tarde, él no anhelaba ser un guapo más de los pliegos de cordel, ni bandolero galán con poco escrúpulo, mucha moza zalamera y desdentada, más hambre que fortuna y gloria una vez muerto. Tampoco había soñado con escaparse con la Ximena; a diferencia de la Fernanda, su padre no le había prohibido volver a Granadilla en unos años y averiguar, si era menester, qué había pasado con la muchacha jurdana. Había entendido la apelación de su padre a la prudencia. "¿Te acuerdas de las romanzas que las muchachas de las majadas de granadilla cantaban, cuando eras más chico, en el lavadero del arroyo de la Aldorava? El agua puede tener muchos significados, hijo. Verás a muchas muchachas a las que su madre ha enviado solas a por agua, qué pena. Cuando ellas cantan '¡mirad a qué hora, / moza y hermosa!', no actúan a la desesperada. Es un juego antiguo que engatusa y seca el juicio a quienes no lo aprenden, o lo confunden. No sabes si lo que tienes es sed o, en cambio, te gustaría hablar con el padre de la muchacha, que son dos cosas distintas. Las orillicas del río son golosas, Martín. Sólo te pido que aprendas a bañarte". El trato de su padre era razonable. Lo cumpliría. Pero había otros aspectos de su futuro, planeado de antemano por el abuelo y su madre, que no iba a respetar. Llegaría a Salamanca con el gordo y se comportaría con la mayor servidumbre ante el obispo Bertrán, de quien fray Hernando había explicado que era un auténtico creyente, muy docto en lo suyo, inclemente con las debilidades de la Iglesia. ¿Qué pensaría el obispo de Salamanca del de Coria?

Como su abuelo había dejado dicho, durante la audiencia, regalaría a don Felipe Bertrán un antiguo escrito con sello de Granadilla, en el que un antepasado suyo en la diócesis de Salamanca agradecía a un Capelo remoto el esfuerzo de la Reconquista en la Transierra. Tras el encuentro previsto en el palacio episcopal, se despediría de don Juan José García Álvaro, el hombre a quien debía reprochar, o agradecer, sus profundas reservas hacia la Iglesia. Poco tenían que ver los actos de aquel prelado, el gigantesco Sancho Panza seguntino, con los escritos de Francisco de Asís que fray Hernando le había ayudado a traducir. Esperaba no tener que volver a ver al gordo, y le apenaba que la diócesis de Coria, empobrecida como pocas otras, estuviera en manos de semejante seguidor del desenfreno bacanal. Malo para el espíritu y para la hacienda de las gentes de la Transierra y el valle del Alagón, a las que quería con pesar antiguo, responsable.

Sacó el escrito de la faltriquera y observó aquel sello por un instante. El sello, redondo, de cera oscura, con un diámetro de 3,5 pulgadas, mostraba en el anverso un granado con frutos y, en el reverso, un león rampante. En ambas caras, se leía con claridad una leyenda de borde, en latín, referida al Concejo. "Sigillum de Concilii de Granada". Enfundó de nuevo el documento y se preocupó por la simetría de la ropa, las botas y la faltriquera. Apagó el candil.

Lo había decidido. No estudiaría en el Colegio Menor de San Pelayo. Tampoco en ninguno de los Colegios Mayores que el obispo se empecinaba en reformar, en un arrebato borbónico. Guardaría el pequeño caudal que traía consigo para emprender un largo viaje. A Cádiz. Desde allí, a México. El Zagal le había cantado romanzas de la Nueva España. Cansado de la Vieja, hacia allá se encaminaba.

TRISKELION por Nicolás Boullosa

2. El catalán

Vigilia del día de Sant Miquel, domingo. Era noche de "rauxa", con licencia para el jolgorio. Unas horas antes, una tormenta había refrescado la ciudad y, antes de la puesta de sol, un arco iris nació de las entrañas de la Barceloneta. Con la luz pastel del atardecer, la realidad imitaba un fresco costumbrista. La iglesia del nuevo barrio pesquero, ganado al mar, se había acabado hacía apenas quince años. Su barroco catalán tenía poco que ver con el sobrio gótico de Santa Maria del Mar; estaba consagrada al santo del día, lo que explicaba que el grupo de amigos iniciara la tarde del día anterior su particular verbena en una taberna del Pla de Palau, cerca de allí. Desde hacía siglos, la plaza del Pla era origen y destino de todo lo que entraba y salía de Barcelona a través del mar. Convivían en sus aledaños diversos acentos catalanes, entremezclados con algo de castellano. Sin afinar demasiado el oído, se distinguían entre el bullicio los dejes aragonés, occitano, francés, italiano. Incluso palabras sueltas en romanche, que delataban a algún comerciante o buscavidas suizo.

El grupo de amigos compartía su origen forastero en una ciudad que bullía de actividad. Mansió, apodado el Pastoret, había hecho buenas migas con jóvenes que, como él, habían eludido los bajos fondos de las calles más granujas. Su aspecto y el estado de su dentadura, que sus maestros habían escrutado antes de aceptarlos como aprendices, sugerían una vida dura pero no insufrible, antes de recalar en los barrios menestrales de Barcelona. Siempre había trabajo para mozos honrados; ajenos a la abundancia, sí, pero desconocedores la miseria que azotaba al interior de la Península. Trabajaban en distintos gremios y cada uno de ellos tenía su bandolero preferido, en función de los pliegos de cordel que hubiera leído -los que podían hacerlo- u oído de algún ciego romancero.

Acompañaban a Mansió su compañero de fonda y paisano Climent Ballonga, el Joiós, un chico esquivo y taciturno de Guardiola de Berguedà; Pere Guinart, un muchacho bajito y fornido que maldormía en un cuchitril de la calle Carders, rebautizado como Perot Rocaguinarda al ser de Oristà, como el legendario bandolero Perot lo Lladre; Ramonet Mateu, el Escolar, oriundo de Talladell, una aldea pegada a Tàrrega, ahora vecino de la Placeta de Sant

Francesc; Laurent el Gabatxo, un altivo y narigudo joven de Rouergue, hijo de hugonotes, que se había instalado en el "carrer" Ample al abrigo de otros compatriotas; y Antonio Buj, el Toniu Sotana, un aragonés que vivía en la calle Escudellers Blanchs e intercalaba un deficiente castellano con el romance de su tierra, el valle pirenaico de Ansó, deje al que él se refería como ansotano. De ahí el mote que le había caído. El Joiós, el Lladre, el Escolar, el Gabacho y el Sotana se habían conjurado para, aquel día sí, liberar al Pastoret de la modorra melancólica en la que nadaba. Si había que gastar unos reales, bien empleados estaban.

Legiones de forasteros habían recalado en las ciudades de la costa para trabajar en las manufacturas indianas. Entre ellos, los hijos de payeses del interior y pastores del Pirineo, los únicos que recordaban con vehemencia, por la importancia que sus mayores siempre dieran a Sant Miquel arcángel, que era un día señalado. A finales de septiembre, ya se había realizado la cosecha de los frutos principales y se bendecía a la gleba, la madre fértil de todas las cosas, que en unos días ya soportaría otra siembra. El año, como sabían los antiguos y la gente de payés, acababa, o empezaba, en ese momento. La tierra lo dictaba. Cuando la cosecha había ido bien, era de ley despedir la calidez del sol con licencia y festejo. Los nuevos barceloneses conservaban su tempo vital, marcado con magnanimidad por un reloj de sol canónico que presidía la masía catalana platónica, y sufrían los primeros meses para adaptar su alma rústica al reloj moderno de la urbe menestral. Barcelona era comparable a una pubilla contestona agarrada de mala manera por la España borbónica, que tampoco tenía en buena estima al tramposo pretendiente Borbón de allende los Pirineos, ni fuerza suficiente para desairar a los dos reinos tunantes y quedarse solterona en la masía de sus antepasados, con sus seres queridos, vivos y muertos. Había intentado enviudar antes de casarse del todo, pero primero la Guerra dels Segadors contra el Conde-Duque de Olivares y, sobre todo, la Guerra de Sucesión, más que liberarla, la habían recluido en una casa cuya hechura no reconocía. Barcelona estaba triste, pero recuperaba su espíritu laborioso tejiendo en la tranquilidad provinciana de su alcoba, bañada por su primer amor, el Mediterráneo, que se abría como un abanico en su ventanal.

El 29 de septiembre marcaba el cambio del verano al otoño, con una noche tan larga como el día. En tiempos remotos, las tropas francas, coligadas con los condados catalanes, ayudaron en la Reconquista, cuando el Norte aportaba más esperanza que recelo. Tenían a Sant Miquel como patrón y su estima era sólo comparable a la profesada por Sant Martí. Antes de entrar en batalla, los guerreros se encomendaban a ambos santos, a los que dedicaron capillas y ermitas en las montañas y collados que tomaban. Pasaron muchos duros inviernos y llegaron obispos y señores nuevos. Transcurrieron todavía más inviernos y las banderas y blasones se escondieron en el desván para no ofender a un poder cada vez más alejado de las montañas; primero al Consell de Cent, después a reyes extranjeros. Ahora, tantos inviernos después, no se sabía por qué había tantas aldeas, capillas y ermitas dedicadas a Sant Miquel y Sant Martí. Ni por qué, en la lengua catalana, el arco iris portaba, orgulloso, el nombre de este último. En la Barceloneta, aquella noche, la iglesia de Sant Miquel había dibujado un arco de Sant Martí. Permanecían los nombres; se disipaban los recuerdos colectivos, que daban paso a las leyendas.

Con el brío económico recuperado, un nuevo ejército catalán avanzaba en tromba desde los olvidados condados de la Marca Hispánica hacia la costa, siguiendo el lecho de los pequeños ríos del Principado. En esta ocasión, los hijos de los Pirineos no marchaban tras banderas y blasones de condes, atacando tierras sarracenas. Sí, la llamada a la acción procedía, como en tiempos, del condado de Barcelona; pero ahora consistía en recuperar la fuerza perdida con lo que hubiera al alcance. Unas décadas atrás, en 1746, el comerciante Joan Pau Canals había iniciado aquella movilización, tranquila y espontánea, estableciendo la primera casa de estampados de indianas. Veinte años más tarde, ya funcionaban veinte talleres sólo en Barcelona. Los zapatos de cuero, los trabajos de vidrio, los aguardientes y decenas de productos gremiales llenaban las bodegas de los barcos que atracaban en el puerto. Las pequeñas sastrerías de la calle de Baix, en la Ribera, eran ahora grandes talleres que transformaban el algodón de las colonias británicas de Virginia, Georgia y Alabama en ropa estampada, al gusto de España y de la población de las Indias, hacia donde volvía gran parte del género. Además, el dinero que los comerciantes de la ciudad amasaban en el Caribe servía para comprar no sólo algodón, sino máquinas inglesas que aceleraban el trabajo. Mansió Vilalta tenía varios amigos que le mantenían al corriente de los cambios en los talleres de tejidos de la propia Ribera y a lo largo del río Llobregat, donde abrían manufacturas aún más grandes. Los mayores no sólo no habían visto, sino que no recordaban historias que explicaran un ritmo tan frenético en la ciudad. Había que remontarse a la época dorada.

Mansió se guiaba por el reloj del campo que, en el Principado, corría todavía con la precisión pastoral descrita por Virgilio en sus Geórgicas. "El setembre porta d'any, / perquè és el més fart de l'any". Cosecha y siembra. Cambio de estación. Baile en el pueblo. Recordaba a su madre en la cocina, cuando les miraba a los ojos y se reflejaba en su pesar, fuera provocado por las riñas con su hermano mayor o su padre, o por la disconformidad con un mundo tan pétreo como los muros del castillo, la iglesia, la apartada aldea pirenaica natal. La infancia servía para transmitir a los más nuevos el auténtico carácter de las familias. También se aventuraban futuros acuerdos entre familias desde edades tempranas, con enlaces ya escritos las más veces antes de que nacieran los casamenteros.

Miró a sus amigos y, tras un suspiro, sus palabras sonaron a tierra, a sus antiguos. "És nit de Sant Miquel, arcàngel. M'encomanaria a dansar el ball cerdà que fem a Castellar amb na Quimeta o n'Antònia i, sense anar a dormir, sortiria cap a la Pobla de Lillet al dia següent, per fer la compra de la tardor. L'any que el riu raja de valent portarà bons auguris, puix si hom arriba bé a Sant Miquel, tot acaba bé". Resopló. "La vida a muntanya". Hubo un silencio. Cruzó ambas manos, relajadas sobre en el zurrón. Se justificaba ante el resto de la colla, descolocada ante la repentina añoranza en un día de fiesta. A excepción del Sotana, también hijo de las alturas, ellos eran también de payés, pero oriundos de pueblos cercanos a la costa, hijos de la tríada mediterránea de la viña, el cereal y el olivar. En las montañas, la vida giraba en torno a los animales. Era el momento de preparar el invierno y los animales aprovechaban los prados naturales, además de la miaja de centeno, plantas forrajeras y algún frutal. El paisaje escarpado de su infancia y primera juventud era también tierra de contrabandistas, muchos de los cuales se llamaban, y no era casualidad, Miquel. El arcángel, del que se aprovechaba todo en aquellas montañas, como del cerdo, era también su patrón. Su familia había sido ninguneada por haber apoyado a los "miquelets", partidarios del archiduque Carlos durante la Guerra de Sucesión, que en Cal Ros tuvieron siempre cama y comida caliente. Cuando una "esquadra de vilatans", grupos de paisanos creados para apresar a los partidarios de los Austrias que no se habían rendido tras la caída de Barcelona en 1714, preguntaba a los Vilalta, la respuesta era siempre meridiana. "Us heu equivocat d'enemics. Aquí, de contrabandistes i carlistes, mai no n'hi ha hagut". Al obtener la respuesta, los mozos de escuadra de Solsona destacados en La Pobla asentían, hablaban sobre acontecimientos del almanaque y se despedían. Las "esquadres de vilatans" sabían que, en Cal Ros, sólo había contrabandistas y carlistas. Pero eran "sus" contrabandistas y carlistas.

Ante todo, era un hijo de la Sierra del Cadí, demasiado aguerrido y algo desarraigado en la atestada Barcelona, más acostumbrada a la doble moral de la decencia y el estraperlo callejero. No había abandonado el atuendo de su país, con la salvedad de la chupa y la capa, inseparables en Castellar, para las que todavía no hacía tiempo a ras del mar. Vestía una barretina musca de lana, de color morado, antigua contribución frigia a los pueblos cristianos mediterráneos; un viejo zurrón de cuero a modo de alforja, sobre pecho y espalda; chaleco de pana marrón y camisa de lino gris que caía hasta las rodillas, con manga larga y ancha; pantalón negro, estrecho y corto, atado por debajo de las rodillas; calzoncillo blanco hasta los tobillos; y unas espardeñas compradas en Berga, de camino a la ciudad, que sustituían a sus queridas botas, regalo de su hermano mayor, Toni Vilalta, hereu de Cal Ros. Las mozas, decentes y no tanto, le buscaban con la mirada, despreciando a los amigos, algunos de los cuales podían competir en percha; no en atractivo natural. Había brincado y cuidado de rebaños de ovejas en lugares recónditos y, pese a provenir de una casa con más chiquillería que hacienda, era tan brioso como un escolar de la Junta de Comerç. Su media melena, siempre oculta bajo una cofia que había mantenido limpia incluso durante el húmedo verano barcelonés, no salía de la barretina así como así. El aspecto saludable, con frente ancha, rostro proporcionado y mandíbula angulosa, contrastaba con la insalubridad de las calles que recorrían. Los ojos, vivarachos, tendían al gesto travieso, agudizado por una cara larga y mejillas con tendencia a enrojecer, ahora que retrocedía el clima cálido. Cuando la sonrisa era generosa, aparecían dos hoyuelos que siempre gustaron más a las casaderas que a los padres con pubillas en casa, celosos cuando el apuesto carecía de dichas más contantes y sonantes. Quizá por ello no presumía de encanto e incluso durante las noches de verbena en Castellar y alrededores, como la de Sant Miquel, medía sus gestos, a sabiendas de lo reducido del universo pirenaico y la maraña de leyes no escritas ante las que cada casa rendía cuenta. Las muchachas de Barcelona que se topaban con aquel "pastoret", veían en Mansió al arquetipo de aventurero: capaz de visitar los siete mares sin por ello perder el aspecto de mozo de pueblo, con el nombre de la casa de la familia poco menos que marcado en la frente. Ni su fuerte acento pirenaico, trufado de giros occitanos y expresiones anticuadas, ni su manera de vestir, se habían diluido en la ciudad. Habría hecho bien en preguntar a algunas de las solteras más frescas que habían salido a su paso aquellos meses, pues veían su fuste con mayor clarividencia que él mismo.

Ay, Castellar. Para su vida en el pueblo iban aquellos suspiros, que había idealizado en la distancia, endulzando los buenos momentos y comprendiendo los días duros. La vigilia de Sant Miquel, después del comedido baile cerdà, los solteros brincaban por el pueblo improvisando canciones y bailes, para acabar en la pequeña plaza mayor con el baile de Malamanya, en el que el mozo decidía con qué muchacha danzaba. Ellas se reservaban el privilegio, exagerado hasta niveles cómicos, de aceptar o desairar al pretendiente, que animaba el cortejo con canciones. "Jo tenia un camp de mill / en ve el boc i es menja el mill / boquet, boquill / fora boquet del nostre mill". Por más que quería, Mansió nunca disfrutaba de celebraciones tan animadas, con tanto comentario pícaro, un compendio de códigos sociales que las familias hacendosas leían con mayor facilidad. Él estaba en la peor disyuntiva posible, le había espetado un día el Climent de Ca l'Armengol, su primo y mejor amigo. "Oita, Mansió, tu n'ets, de ben plantat. Totes les noies serien per tu, però no tens heretat i hi sou molts, a Cal Ros. No tens problemes per festejar la filla, però no podràs pas festejar la mare". Su padre, Antoni Vilalta, era descendiente de pastores y contrabandistas. Su hermano mayor, Toni, que se encargaría de llevar Cal Ros adelante, compartía el fogoso temperamento del padre. Mansió estaba en las antípodas de ambos y detestaba cuando su padre y hermano mayor bebían más de la cuenta, malvendían animales o le dejaban el trabajo sucio. Había querido explicarles una y mil veces que, para él, Cal Ros no tenía que malvivir. Él podía ir a Barcelona y juntar unos reales para, si ellos así lo querían, comprar animales en la feria de La Pobla. Pero los Antonis sólo se conjuraban sin fisuras, como una sola persona, cuando había que insinuar a Mansió que sólo había un hereu.

Su facilidad para los estudios entroncó también con el destino que en casa se le había marcado. Las labores menos amables del cuidado del ganado recalaban sobre él, que también asumía las peleas con otros pastores de la zona; sobre todo, cuando había que bajar de Castellar hacia el valle. Decían las mujeres mayores que, cuando los rebaños subían a la montaña, los pastores eran amigos y los perros se peleaban; al volver al valle, los perros eran amigos y los pastores reñían. Cuando tenía sólo quince años, mosén Balaguer, un viejo y encantador clérigo encargado de la misa en la zona, había insinuado al padre de Mansió que el muchacho era espabilado y podía prosperar en Berga, si era presentado a alguna de las familias relacionadas con los Peguera. Antoni, con humildad, contestó que prefería que el muchacho buscara su propio camino cuando estuviera preparado. Y sería pronto.

Ahora, era uno más de los tantos desarraigados que se hacinaban en fondas, hostales y cuartuchos en el piso superior de las casas de oficios. Todo dependía del tiempo que hacía desde que se había abandonado la casa paterna, la destreza y capacidad de trabajo de cada uno, aunque los amigos y familiares ayudaran también a los recién llegados. Mansió era el primero de los Vilalta de Castellar de N'Hug en atreverse a hacer fortuna en Barcelona. Era pronto para saber si algún día volvería a la aldea tras comprar un nuevo destino. Castellar de N'Hug era un pesebre carolingio encaramado a una montaña inaccesible que curtía a familias y animales. Se acurrucaba con contundencia románica al abrigo de unos suaves riscos, los Balços, que la protegían de los vientos gélidos del norte y noreste, tramuntana y el gregal. Daba la sensación de que el pueblo buscara sin éxito el mar lejano, más allá de la "pedra forcada", el Pedraforca, una mole de piedra cuyos dos picos gemelos sobresalían de la sierra del Cadí como centinelas mitológicos. Las púas de la horca catalana.

Desde el rellano donde se aglutinaban los fuegos del pequeño núcleo, el terreno boscoso descendía hacia el valle de Lillet, acompañando el curso saltarín del Llobregat, cuyas fuentes nacían de sus entrañas. Ya no se oían los ecos distorsionados del antiguo Mediterráneo, un punto inalcanzable en el lejano mediodía, el "mitjorn morisc", a la vez destino imaginario y puerto de aventuras para soñadores. El mar era un anhelo peligroso de los vasallos de la baronía de Mataplana, la casa que dominaba aquellos despeñaderos desde el castillo de la villa de Gombrén, a tres leguas hacia el naciente por el camino del Clot del Moro, tras el altozano de los Empedrissats. Barcelona no se oía desde aquel anfiteatro de piedra caliza, pero sus ecos se escuchaban a través del río, el raquítico cordón umbilical que Carlomagno dispensara antaño a los condes de Barcelona.

Nunca se otearía el mar desde la atalaya de Castellar, la misma que los condes de Cerdaña usaran para mantener a raya el territorio sarraceno del poniente, con la ayuda invernal del sonoro y glacial garbino. El despecho causado por esta impotencia ancestral endurecía la mirada de los aguerridos pastores que decidían quedarse, enclaustrados en el imponente anfiteatro montañoso, coronado con suaves colinas nevadas. Unas cuerdas más abajo, prados con un verde intenso rodeaban las colinas circundantes, que se convertían, junto al abrigado pueblo de piedra, en extensiones de bojes y enebros. Bajo el pueblo, buscando las hondonadas hacia el valle de Lillet, se sucedían bosques de pinares, hayedos y robledales, moteados con fresnos y chopos. Como el Llobregat, cualquier castellanés varón que no naciera primogénito, libre de las obligaciones del hereu, sucumbía más temprano que tarde a la llamada del deshielo primaveral que desembocaba Barcelona. El mar en vida. Mansió, el segundo de cuatro varones y tres mujeres de los Vilalta de Cal Ros, había seguido este recorrido ancestral a los diecisiete años, un miembro anónimo más aquel improvisado ejército de hijos de Sant Miquel y Sant Martí.

Mansió, segundón sólo en su casa, charlaba con sus amigos. Había que celebrar el ciclo de la vida según las leyes del campo, más antiguas que el catecismo de mosén Balaguer. Echaba cuentas. Hacía justo un año, el 29 de septiembre de 1770, había acudido al Ayuntamiento de Barcelona tras sólo dos días en la ciudad. Había oído que, en el día de Sant Miquel, el Consistorio admitía a los mozos que buscaban faena de sirvientes; como condición, los candidatos debían ser aseados, respetuosos y sin fechorías conocidas. Un secretario había invitado a los mozos allí reunidos a entrar en el patio interior. "A ver, origen y ocupación". Había barceloneses, pero también vecinos de las villas próximas y el resto del Principado; dos aragoneses, uno de los cuales era el Sotana; un alguerés y un fornido navarro. El secretario dejó a Mansió, apenas instalado en la ciudad tras su tortuoso viaje en mula desde las montañas, para el final. Estudiando el aspecto del joven, atinó con su procedencia. "Ep, noi. Fa gaire que vas deixar Berga? Encara guardes carquinyolis que em puguis donar?". Mansió precisó la acertada apreciación. Castellar de N'Hug estaba en el país del valle de Lillet, a más de seis leguas de la antigua capital del Condado de Berga. Al secretario, divertido con el enérgico pundonor del pastor, le pareció buena madera para el "mestre de cases" que renovaba los azulejos de las caballerizas del Consistorio. Ser un buen mozo del Ayuntamiento no servía para ganar dinero fácil, pero sí para lograr una recomendación, siempre que uno se hiciera merecedor de ello. Su pericia y actitud laboriosa tuvieron su recompensa una semana después. Ramon Milà, el maestro azulejero más respetado de la ciudad, le citó en su taller de la parte alta del Raval, donde se aglutinaban azulejeros y tejeros. Desde entonces, había pasado sólo un año, pero sus progresos como aprendiz habían sorprendido al propio Milà. Mañoso, constante en el trabajo y más exigente consigo mismo que su propio oficial, Mansió podría ser lo que se propusiera.

La brisa barcelonesa de finales de septiembre no pasmaba. Más bien refrescaba, invitando a alargar más la vigilia que la virtud matinal en según qué calles. Los más efusivos con la celebración de Sant Miquel carecían de reales castellanos o sueldos carolingios -estos últimos ya en desuso desde hacía generaciones-, para el jaleo y el derroche. Pero el vino seguía corriendo para quienes tuvieran amigos, conocidos o algo que ofrecer a cambio en el mercadeo de la penumbra festiva. El retorno de la industriosidad y los grandes acuerdos comerciales, ahora mirando hacia el Atlántico, habían devuelto a las calles cercanas al mar el espíritu canallesco de una bulliciosa ciudad portuaria.

Caminaban hacia el hostal de Manresa a convencer al Josep Maria el Ros de Bagà, un aprendiz de curtidor tan responsable con su corto caudal como un padre de familia, para que les acompañara. Junto a la puerta del hostal, todavía no se habían retirado todos los proyectiles que inundaran el barrio de la Ribera durante la Guerra de Sucesión. Al parecer, no había dinero para adoquinar el corazón comercial de la ciudad: las calles más cercanas al puerto, las más dañadas. Eso sí, sobraban posibles para construir la basílica de la Mercè, cerca de allí, frente al muelle, que avanzaba a buen ritmo con el beneplácito borbónico. Apenas habían transcurrido cinco años y el Peret de la Madrona, que trabajaba en la obra como uno de los mejores maestros de casas de la ciudad, les había asegurado, ante una generosa jarra de vino, que se acabaría en cinco años más.

Aquella noche, el nuevo templo mostraba su poco recatado encanto barroco desde las oscuras, mugrientas y hacinadas calles que corrían desde el centro de la ciudad hacia el mar. Bajando por la calle de Carabassa, a no más de trescientos pies, se asomaba una pequeña porción del muro de la nueva basílica, todavía no coronada. Un monumento para recordar a los aprendices menestrales que, si querían llegar a oficiales, no ya a maestros de lo que les ocupaba, debían dejarse de jaleos, cantinelas y malas mujeres. Tras un largo y doloroso letargo, Barcelona comandaba de nuevo la rosa de los vientos del comercio; buena prueba de ello eran los lugares de jaleo y poca decencia que incubaban las calles comerciales del puerto. Había que prepararse ante lo que pudiera llegar, decían las prósperas familias menestrales que construían sus casas junto a la nueva basílica.

La basílica de Santa Maria del Mar había enseñado antaño la pujanza de una Barcelona orgullosa, con mercaderes capaces de pagar el mejor templo gótico con su trabajo y caudal, sin necesidad de príncipes ni reyes. En cambio, el barroco de la iglesia de Sant Felip Neri, culminada hacía unas décadas, y el de basílica de la Mercè, eran la fruta vana de la Barcelona borbónica. La obra no ya de los prohombres de la capital de condado carolingio, primero; y el Principado catalán, después; sino ciudad de provincias, sin gobierno autónomo, Colegios Mayores ni moneda propia. Una ciudad gótica y encorsetada que padecía el avance de un barroco beato e impostado. Los reales de plata no eran el único caudal de las Indias que había sustituido a los sueldos en los tratos impúdicos de las callejuelas. Por las arterias atoradas de la ciudad gotosa corría una nueva mentalidad, menos italianizante y más entre indiana y afrancesada. Manuel d'Amat era el ejemplo más ilustre de los nuevos vientos atlánticos. Mientras su familia languidecía en Barcelona, el hijo del primer marqués de Castellbell y virrey del Perú gastaba fortunas para cortejar a su amante mestiza, la que llamaban Perricholi. Un desenfreno envidiado Luis XVI de Francia, el impotente, primo del beato y fiel Rey español; contrariando el desenfreno de otras casas reales, Carlos III de España nunca faltó a la poco atractiva María Amalia de Sajonia, ni siquiera tras su muerte precoz por tuberculosis en 1760.

La basílica de la Mercè se había iniciado en 1765, un año antes de que el Motín de Esquilache devolviera a la ciudad uno de sus estados de ánimo más recurrentes: la revuelta. Ya fuera de júbilo o desánimo, Barcelona bullía de energía, sobre todo cuando sus atoradas calles daban muestras de no soportar el peso de quienes, como el joven Mansió Vilalta, habían abandonado las masías, pueblos y villas del Principado para probar fortuna en la ciudad. La ciudad aumentaba sus habitantes hasta el hacinamiento y se añadían nuevos pisos a unas casas laberínticas sin apenas ventilación. Las murallas actuaban ya de cinturón de castigo, pero se mantenía la orden expresa, en vigor desde el final de la Guerra de Sucesión, de no construir extramuros edificios situados a tiro de cañón. Poco a poco, las familias acomodadas abandonaban la ciudad superpoblada, a menudo siguiendo la costa, hacia Mataró. En una urbe tan compacta, cualquier exaltación podía acabar en un ajuste de cuentas. Quizá por ello, seguía tomada por el ejército borbónico pese a la lejanía de 1714.

Hacía tiempo que a Barcelona no se iba a estudiar, y ya nadie recordaba cuánto tiempo había pasado desde que un simple comercial podía ganar su voto en el Consell de Cent y subir o bajar, con sus decisiones, el precio de las mercancías en el Mediterráneo. La ciudad ocupada era la única urbe europea ilustrada que se defendía con los cañones de sus dos fortalezas, el castillo de Montjuïc y la Ciudadela, apuntando hacia la población y no hacia el puerto. no estudiaba ni comerciaba con el Mare Nostrum. Felipe V había suprimido los Colegios Mayores y Menores, de la Universidad de Barcelona, como castigo al apoyo incondicional catalán a los Austrias. A estudiar, se iba a Cervera, que se había ganado el favor del Rey por su fidelidad de "botiflers"; en menor medida, se acudía también a Montpellier, o a los colegios de Castilla. Y el comercio también había sido seducido por la Perrichola. Eso sí, los menestrales barceloneses, más alejados de la Corte que el virrey Amat, seguían acudiendo cada mañana a un puerto mediterráneo, al fin y al cabo. Barcelona no era Cádiz y el amor trovadoresco catalán se dividía entre las viejas posesiones costeras de la Corona de Aragón. "Les fruites i els amors, els primers són els millors".

Septiembre seco. Aquel día, el gregal había soplado con fuerza. El cielo, oscuro por la luna menguante, brillaba de estrellas, borrosos puntos fugaces para quienes alegraban el ánimo con la bebida. Las gargantas de los jóvenes y buscavidas de todas las edades querían remediarlo con vino, nuevo y barato, que corría al gusto de la cháchara del animado bullicio, congregado a esas horas de la noche en tabernas, posadas, fondas, hostales y casas de mala reputación.

No convencieron al Ros, un contratiempo previsto. Mansió y sus amigos siguieron con lo planeado. Bebida, canciones y picardía de hostal en hostal, cuyos salones, abiertos aquella noche, toleraban un ambiente de taberna, con ojos poco prestos a denunciar costumbres relajadas. Las doncellas que no querían quemarse junto a los barones como la leña con el fuego, decía el refrán, ya dormían en sus casas. A aquellas horas, ya no había bailes ni comentarios recatados.

Andaban todavía ligeros de bebida. Del hostal de la Flor del Lliri, en pleno corazón de la Ribera, habían partido a la antigua posada de la Vídua Quintana. Ni los más viejos del lugar sabían quién había sido la viuda, ni conocían a tal familia Quintana; eso sí, nunca faltaba el vino y nadie era molestado, ni siquiera los granujas más conocidos. Mansió siempre se quedaba embelesado con los azulejos del comedor de can Quintana, tal era la finura de los motivos. Cada azulejo respondía a los cánones catalanes, con 6 pulgadas de lado, elaborados a la manera gótica. Los azulejos góticos eran cada vez más difíciles de encontrar; entre otros motivos del declive, el azul de los dibujos no aguantaba tanto el paso del tiempo como los colores modernos. Qué diantre; no había nada más bello, en su opinión, que observar el paso del tiempo en los azulejos góticos, que se marchitaban con la simpleza rústica del buen arte colectivo. Una intuición estética por la belleza de lo desnudo, inacabado, áspero e intemporal que le habían convertido en el más aventajado aprendiz del oficial azulejero Ramonet. El hijo del maestro Ramon Milà era apenas un adolescente que vestía su inmadurez con el sentido común impostado de todo primogénito que se preciara. Había nacido en la residencia veraniega de la familia en la aldea montañosa de Rojals, en las montañas de Prades, no lejos de la villa de Montblanc. Pero padre e hijo intuían que el aprendiz más aventajado no tardaría en buscar horizontes menos encorsetados. Su espíritu de trabajo, honradez y honestidad, que en ocasiones se confundía con ausencia de pillería, le impedirían ser un buen oficial, no ya un buen maestro. Para ser oficial, había que saber delegar y no confundir la justicia con asumir los errores y parte del trabajo de los recién llegados, aunque éstos fueran niños en edad de brincar.

Todavía se acordaba del día que el viejo Ramon, cuando apenas llevaba una semana trabajando a las órdenes de Ramonet, se le acercó después de comer. "Mansió, hijo, prepárate que salimos un rato". Al maestro le gustaba alternar el catalán con el castellano, que usaba con una solvencia poco común en la ciudad. También se defendía en francés y holandés, un poso de su juventud. Había sido aprendiz de un taller alfarero en Utrech, donde "Catalaanse kind", el niño catalán, no sólo había asimilado los secretos de la azulejería holandesa, sino que había aprendido latín. Y en latín había leído a Erasmo de Rotterdam y a Joan Lluís Vives i March en vez de los pliegos de cordel de las calles de Barcelona, gracias a su amistad con un joven erudito escocés de buena cuna que estudiaba en la ciudad, James Boswell. Caminaron desde la calle Tallers hasta la posada de la Vídua Quintana, un lugar que no había cambiado ni para los más viejos. Una vez dentro, saludó al posadero; le señaló, al fondo, la única pared de la gran sala que conservaba los azulejos originales, que la cubrían hasta media altura. "Hace mucho tiempo, cuando mis abuelos eran niños. Qué digo: aún mucho antes, los maestros azulejeros dejaron de hacer ladrillos y azulejos con sellos heráldicos y caballerescos; ya sabes, nombres y escudos de señores. Pensaron que había llegado el momento de que las baldosas explicaran historias de la gente corriente, como tú y como yo. Así, los maestros de entonces cambiaron caballeros por menestrales en sus tareas, pubillas, hereus, animales de granja, el sol, la luna, 'mulassas' de fiesta mayor, y cuantas cosas rigen nuestra vida. Ya quedan pocas representaciones como esta. Fíjate en la sencillez de los trazos. El azul, que se apaga poco a poco, ahora casi desvanecido, sugiriendo el trazo que abandona...". El viejo movió su mano derecha de adelante hacia atrás, señalando la pared. "En ese muro cabe una ciudad que ya se ha ido. Mira, a la izquierda, la figura de cada baldosa representa cada uno de los oficios menestrales de la ciudad. Los que aparecen a continuación, hacia la derecha, son los representantes y comerciantes de Génova, Mallorca, Valencia, Nápoles, Salónica y tantos otros lugares. Y no hay que olvidar lo nuestro. Siempre hay espacio, en las esquinas del azulejo, para incluir un poco de perejil. La vegetación es importante". Señaló las baldosas que, a modo de cenefas, enmarcaban la escena con la tríada vegetal mediterránea, vid, olivo, y trigo. Recordaba cómo Ramon había respirado hondo, con una sonrisa descreída, que albergaba todo el desengaño acumulado por los artesanos, apenas conocedores de las técnicas que hicieron famosos a los artesanos de decenas de oficios por los que la ciudad había sido reconocida.

Ahora, como entonces, miraba hacia la pared, pasmado. Un pescozón del Sotana, cuyo humor tosco solía arrancar vítores, le devolvió a la realidad. "O estás cansado, o piensas en alguna mujer, o estás borracho. No sé qué es peor". Mansió, divertido, negó con la cabeza. Agarró una jarra tras depositar un real, suficiente para pasar un buen rato con el vino nuevo de Mataró de la posada. Sonrió. Bailaron por primera vez en la noche, a cambio de la connivencia con el posadero, que les llenó una enorme porrona hasta la bandera. El Escolar pidió tambor y flabiol y, con su deje de Tàrrega, pidió a sus amigos, mozos, mozas y gente canalla, que apartaran las mesas del centro de la sala y formaran un corro. Depositó la porrona en el centro del círculo y empezó a cantar, elevando la temperatura de los danzantes, que se desplazaban hacia un sentido y otro a las órdenes del Escolar, todo un maestro de ceremonias improvisadas. "Aliment com el del vi / no crec que al món hi sigui: / a la nit em fa dormir / i a la matinada em brinda. / Que begui l'hereu, / que begui, que begui!". El flabiol y el pequeño tambor devolvían la melodía, que jugueteaba en los oídos de los presentes y había atraído a un grupo más numeroso. A un lado y otro del Pastoret, entraron en el corro dos mozas; la una bajita y fornida, en la que Mansió sólo vio párpados y pestañas, tan airosa era la dama, a la que no se le conocía varón en el lugar; en cambio, la doncella alegre de la derecha había demostrado mayor delicadeza física y espiritual tomando apenas la mano de Mansió. El Pastoret la miró con rubor, con un interés que le habría bastado para evocarla el resto de su vida aunque un rayo le hubiera cegado en aquel instante. Morena y lozana, pelo largo, profundos ojos marrones, casi negros, que esquivaban la mirada y miraban al suelo. Pómulos prominentes y labios sensuales, dibujando una sonrisa avergonzada. Algo de rubor en sus mejillas. ¿Dónde había visto aquella cara? La luz de los candiles era demasiado tenue y la chica estaba demasiado cerca como para volver a mirarla sin traspasar la frontera del pudor. Por un momento, Mansió trató de animar y bailar como nadie; su aparente falta de interés por la muchacha podía ser creíble para sus amigos, pero no para ella, que ahora se inclinaba con rubor sobre Mansió para insinuar a su amiga que aquel baile sin normas parecía poco decente. Su amiga, un retaco pechugón, no saldría del corrillo así como así.

A cada señal del Escolar, el corro paraba y cambiaba de sentido y, al doble toque de tambor, paraba la música y elegía al próximo que se acercaría al centro del corro, levantaría la porrona con toda la gracia y echaría el trago más largo posible. El divertido Ramonet sudaba la gota gorda y decidió quitarse el chaleco, ahora que intuía que las miradas de la muchacha bajita y rolliza llevaban un mensaje que a él le tocaría descifrar. La mano derecha de Mansió trataba de sostener sin rudeza la de la doncella delicada. Cada vez más incómoda con la situación, la linda pubilla agarró el brazo de su amiga por detrás de Mansió, aprovechando los vítores del tumulto a un joven que bebía sin pestañear en el centro del corro. Mansió oyó sus palabras. "Va, Rosita, marxem d'aquí, que no ens obriran la porta i dormirem al carrer. Ens tocarà, de beure, i nosaltres no som fresques". Eran sirvientas, sin duda decentes. El Escolar reanudó la canción y, al cambiar al flabiol, miró divertido, durante un instante, a su amigo Mansió, que señaló con la mirada hacia la chica que bailaba a su derecha. Era la única oportunidad para contemplar su rostro sin prisa. Le resultaba familiar. "Que begui l'hereu / que begui, que begui!". La canción volvió a parar en seco y, tras señalar con el flabiol a todo el corro, Ramonet volvió sobre sus pies y se disculpó ante la criada más bajita, de la que en un instante descifró más de lo que era decente saber. El flabiol estaba ahora sobre Mansió, que parecía haberse librado por un pelo, como la criada bajita. Hizo una cómica reverencia y eligió a aquella morena lustrosa y ruborizada, que se negó a dar cualquier paso al frente y cambió su gesto de sorpresa por otro de pavor. Un corrillo de mozos y mozas trataron de convencerla o, al menos, tranquilizarla. No bebió y arrastró a su amiga hacia la puerta de la taberna ante la protesta de Ramonet, que cruzó una última mirada con la amiga rolliza, al parecer más ligera de morales. Gracias a la confusión, Mansió la miró una última vez, emulando al resto de la sala. Le dolió que su mano se separara, quizá para siempre, de la de la chica. Las yemas de sus dedos sintieron el aire fresco de la calle.

Era ella. Trabajaba como criada en la Casa Cortada de la calle del Pi, residencia de ni más ni menos que don Rafael d'Amat i de Cortada, sobrino del virrey del Perú y barón de Maldà. Antes de desaparecer por la puerta de la posada, cruzó su mirada con Mansió, como habían hecho tantas ocasiones en el patio interior de la Casa Cortada, junto a las regias escaleras de piedra que conducían al primer piso de la residencia a quienes se acercaban en carruaje. Unos meses antes, los Milà, padre e hijo, habían elegido a sus dos mejores aprendices para que les acompañaran a la Casa Cortada; tenían que instalar el grueso zócalo que el mismísimo barón había encargado al mestre Milà. El barón, un diletante conocedor de las más nimias delicias y vergüenzas de una ciudad a la que amaba con la pasión que nunca había sentido por una mujer, era admirador de la antigua tradición azulejera catalana. Rafael d'Amat creía que la sutileza y sencillez artísticas, con raíces góticas, de la azulejería de la ciudad y alrededores perdía terreno con la llegada de los mosaicos valencianos, más complejos y preciosistas, que él describía como decadentes y ordinarios. "Massa grans, llampants i cridaners. Les rajoles són de 6 polçades, i aquests valencians ens volen convèncer ara que quan més gran, millor". No era un efecto óptico ni una impresión del noble barcelonés; en efecto, los azulejos valencianos tenían más de 7 pulgadas de lado. Los azulejos sevillanos y de Flandes adolecían del mal contrario, demasiado pequeños e incapaces de mostrar el motivo principal con el esplendor suficiente, que convertía los arabescos ornamentales en el centro de la composición. La cerámica de Talavera, rectangular, era para el barón yerma, al haber sido concebida lejos del mar, que había dado y quitado todo a Barcelona.

Mansió recordaba el día exacto en que se había sellado el encargo, el 25 de abril, su cumpleaños. También la austera celebración de todo el taller, mientras se preparaba para el mes más laborioso del año. "L'obra cuita pel maig / dura mil anys". Decían los antiguos que mayo era el mejor mes del año para elaborar azulejos, tejas, ladrillos y cualquier utensilio de barro cocido. Las viejas "terrissaires" explicaban el motivo a su manera: las culebras y serpientes, símbolo del mal, perdían el veneno en esa época del año y la tierra no se contaminaba con su ponzoña. Tanto Rafael d'Amat como Ramon Milà conocían la historia más plausible; desde antiguo, antes incluso del nacimiento de los señoríos y reinos medievales, los mercaderes, prelados y nobles preferían azulejos y utensilios de barro cocido en mayo, que se habían conocido como "vajilla de Rey". El encargo, pues, no había llegado a finales de abril por azar, sino que declaraba las expectativas que Rafael d'Amat había depositado en el trabajo del renombrado maestro Milà, en un momento en que los oficios de alfarero y azulejero se relacionaban más con los pícaros y ladronzuelos del hampa del Raval que con la sabiduría artesanal de una ciudad que había brillado por su legendaria industriosidad. "Ja sap vostè, senyor Rafael, que la terrisa de maig, més fort és que fusta de faig. Li ben asseguro que, al meu taller, la dita és bona. Hi possarem la feina que calgui per tenir la millor rajola". Con su reconocimiento intelectual, el maestro agradeció a don Rafael su compresión del oficio: aunque fuera colectivo y anónimo, encargaba arte. Los talleres más afamados de la ciudad concentraban la mitad de su producción de azulejos, vajillas y tejas a partir del día de su visita y hasta la primera semana de junio.

Don Rafael estudió a conciencia los zócalos de azulejos instalados en distintos lugares de la ciudad, por más que estuvieran en comunas donde se hacinaban los más miserables. Invitó al mestre Ramon a sus paseos, que aceptó con agrado. Instigaba al maestro a discutir sobre su especialidad y le exhortaba a contestar sin pelos en la lengua, de tú a tú. "Senyor, senyor... Collonades. No em vingui amb befes, Ramon; sap millor que jo que, quan Catalunya anava bé, eren vostès els menestrals qui manaven al Consell de Cent. Si estiguéssim en una altra època, seria jo qui li hauria de parlar amb respecte". El viejo seguía en sus trece y pesaba sus palabras cuando se dirigía al barón, un diletante ilustrado que ejercía como miembro de la nobleza mediterránea, amante de la buena mesa, la vida en sociedad, la música, la literatura y las tradiciones, que recogía en un minucioso dietario. Interpretaba estos placeres a la manera epicúrea y rimbombante, aunque sin la desmesura su tío el virrey Amat, que escandalizaba a la sociedad indiana y europea con su desenfreno. Tanto su gusto por la vida alegre como su vestimenta, impecable y afrancesada, contrastaban con el estoicismo menestral de Ramon Milà, representante del sobrio sentir comercial de una ciudad cuyos habitantes habrían comulgado más con Juan Calvino que con Felipe II. Su hermano, el respetado comerciante don Rogelio Milà, comerciaba con las colonias desde Barcelona, el nuevo puerto de Los Alfaques y Cádiz, y nunca utilizó su ventaja social. La responsabilidad de mantener viva la llama de la tradición azulejera de la ciudad no dejaba tiempo para pavonearse en tertulias ni salones.

Durante una semana de intensos paseos, el maestro Milà visitó junto al barón de Maldà tabernas, boticas, carnicerías, vaquerías, hostales, casonas de amigos e incluso el patio de la Casa de Convalecencia, un edificio que don Pau Ferran, amigo íntimo de su tatarabuelo, había promovido en el corazón del Raval junto al hospital de la Santa Creu, el sobrio edificio gótico que hacinaba a los enfermos y tullidos de la zona. El zócalo del patio que encaraba a ambos edificios estaba recubierto de azulejos de vela de barco, compuestos por dos cartabones, uno azul o verde y el otro blanco, la base para realizar incontables combinaciones geométricas. En el claustro del hospital adyacente, el estanque de su discreta fuente incluía un piso con azulejos de vela de barco, verdes y blancos, describiendo dos cuadrados concéntricos; se sentaron en su borde, disfrutando de la conversación. Pero el barón admiraba sobre todo las composiciones, algunas de ellas monocromáticas, en un azul casi borrado para siempre, que mostraban esdudos de armas, blasones, motivos florales, oficios y retablos de vida en el campo. Los mosaicos más recientes tenían sentido moralista incorporaban color, siempre sobrio, con el dominio de dos o a lo sumo tres tonalidades. A la exposición de oficios y ocupaciones podía seguir un azulejo que mostrara a un pastor cagando mientras tocaba el flabiol, que aportaba irreverencia en la obra anónima y devolvía a la tierra lo que era de la tierra. Comedido y racional, el gótico catalán había querido liberarse del dogma y seguir las ideas que Joan Lluís Vives tuvo que compartir fuera de aquella Corona hispana en mala hora unificada, obsesionada con la herejía. Ahora, sólo quedaban un puñado de baldosas desgastadas por el tiempo y unos cuantos edificios ilustres, con la piedra ya ennegrecida por el tiempo.

Las posibilidades eran incontables y el barón de Maldà vacilaba. Ramon Milà disipó sus dudas tras una semana de largos paseos antes del atardecer, cuando el maestro daba por acabado su día en el taller, acompañados de interesantes conversaciones. Paseaban desde el Pedró, en el Raval, a la Ribera, donde los azulejos más antiguos, siempre denotando acción y prosperidad, sobrevivían a menudo en los lugares menos nobles, desde caballerizas a letrinas, pasando por casas de citas. Tenían fondo blanco y sencillas figuras en color azul, la mayoría apenas una representación fantasmagórica del original. De camino a la Ribera, solían hacer un alto en la calle de la Llibreteria, donde el apotecario Trich siempre estaba listo para la tertulia. Se comentaban las noticias del Principado, España, el Mediterráneo, las Indias. Nunca faltaban los capellanes sobrados de tiempo, algún cirujano y personajes heridos por las letras que, según don Rafael, atolondraban cualquier conversación; el gongorismo beato había anidado en Barcelona. El apotecario conservaba un zócalo, escondido por un mostrador; cincuenta azulejos blancos conformaban un rectángulo donde se representaban, en tinta azul, artesanos y animales.

Los azulejos de la época gótica desaparecían y la auténtica tragedia, a ojos del barón de Maldà, era que a nadie importaba la memoria de un oficio, la ambición terrenal de aquellos artistas artesanos, quizá chiquillería, por primera vez más atentos al progreso humano que al divino. Además del apotecario Trich, otros amigos y conocidos mostraron al barón de Maldà y su acompañante mosaicos de antigua azulejería, tanto góticos y monocromáticos como otros coloridos, más recientes, en los que se imponía un moralismo censurador que no agradaba al maestro Milà. Monsieur "Mossiú" Michel, de la calle Ample; los caballeros de la tertulia de la calle Espasseria; o el seco y alto apotecario Lluís, "catedrático de prima" con botica y tertulia en la calle Escudellers, colaboraron en la pesquisa del "mestre" y el barón. El viejo artesano reconoció la casa "rajolera" que se había ocupado de los más recientes, algunos a buen seguro durante su infancia. Se deleitó con los más antiguos. Encomendaría a su hijo, el oficial Ramonet, la tarea de mantener el trabajo coral fiel al espíritu de la vieja escuela. Si solo hubiera salido con la intuición del aprendiz Mansió...

Cada azulejo podía tener un tema completo. Asimismo, el argumento elegido se combinaba, de manera alineada o aleatoria, con otros motivos, algunos de ellos sólo sugeridos o incluso ocultos. Lo individual tenía significado propio, pero alcanzaba su sentido pleno al observar el conjunto, a la manera de las sentencias y rimas memorables que trascendían a un buen libro o poema. A diferencia de otros azulejos escrutados por Milà, procedentes de Valencia, Andalucía, Portugal, Talavera o Flandes, los catalanes recogían el sentir de un pueblo. A menudo explicaban, de un modo pueril y vigoroso, escenas u oficios, todos representados en Barcelona. El propio trabajo era la firma colectiva, que transmitía el sentir popular en sencillos dibujos. Como una epopeya literaria, los principales motivos de la azulejería catalana habían sido cocinados a fuego lento, urdidos durante generaciones. Se habían alimentado con el dibujo burlón preferido por la chiquillería, la interpretación sensual de los jóvenes, el trazo seguro y elemental de los ancianos.

El secreto estaba en dejar al artesano hacer de trobador. Así explicaría la historia acumulada durante generaciones, a la que habían contribuido tantos artistas anónimos con voluntad de servir a la voz coral. El azulejero Milà era uno más de ellos, capaz de mejorar la obra colectiva al hacerla suya, y el barón de Maldà lo intuía. Aquella misma tarde, en el patio de la Casa de Convalecencia, en el último paseo que darían juntos antes del verano, Rafael d'Amat se limitó a preguntar cuándo estaría listo el trabajo para ser instalado en la Casa Cortada. En cuanto a la temática de los azulejos individuales, así como del conjunto, confiaba en el oficio y la memoria colectiva del maestro, sus oficiales y aprendices. Milà se sintió halagado por la confianza depositada. Dio su palabra al barón de que estaría contemplándolo antes de Sant Joan. Se separaron a la altura del Convento de Sant Josep. El barón de Maldà recordó que allí, en el Pla de la Boqueria, antes de la ampliación de la muralla medieval había existido un mercado ambulante donde payeses de los alrededores vendían sus productos extramuros, para no pagar los impuestos de entrada de mercancías a la ciudad. "I ara tornem a necessitar més espai, benvolgut amic. Aquesta ciutat serà sense muralles, o no serà. Les mentalitats canvien tant com les necessitats".

Tras un instante de confusión, los congregados en La Vídua Quintana pedían que siguiera el desenfreno de la canción. La muchacha no había bebido. Mansió, tocado por un el baile dentro del baile que su mano derecha había concedido con la mano izquierda de la doncella de la Casa Cortada, decidió que era el momento de dar un buen trago a la porrona. "Un moment, jo estava al costat de les nostres amigues desertores, així que beuré per elles". El runrún se convirtió en jaleados aplausos cuando el Pastoret acabó su largo trago, apartando el pico de la porrona con gracia ritual, evitando la arrogancia. El Escolar lo tenía claro; saldrían pronto de la posada. Mientras seguía con la canción, se preguntaba cuánto tiempo pasaría hasta que Mansió se acercara al Gabacho o al Sotana para proponer quizá otra taberna, quizá la vuelta al hostal. Adelantándose a los acontecimientos y sin dejar el flabiol, el Escolar miró al castellanés y le señaló la porrona, todavía con dos o tres tragos. No había que descartar la generosidad del posadero, que pronto debería responder a la petición de los congregados de más vino para proseguir con el juego de la canción. A regañadientes y medio disculpándose ante los reunidos, el Escolar, con el ánimo dolido tras la marcha de la muchacha sustanciosa y picarona, siguió como el resto del grupo a Mansió, que se despedía del posadero y se encaminaba hasta la puerta. Sentía ahora un cosquilleo en las yemas de sus dedos, fortalecidas por su trabajo en el taller. Era similar al que había percibido de niño cuando, tras guardar las ovejas al atardecer, acercaba las manos a la lumbre.

Se dejó convencer para acudir a la taberna más concurrida en horas intempestivas, sobre todo en vigilias sonadas. No había que trabajar al día siguiente y, a excepción quizá del Sotana, devoto convencido, no acudirían a misa. La taberna del Bou tomaba su nombre del hostal del Bou de la Plaça Nova, cuya muestra pintada, en forma de buey y al gusto de las hostelerías francesas, asomaba en una sucia y sinuosa calleja que nacía frente a la catedral, no lejos del Portal de l'Àngel. No habían exagerado la descripción del bullicio que se sentía en la taberna del Bou, donde de noche no se hacían distingos entre la ralea allí congregada. Generales y miembros ilustres, la mayoría afrancesados, del poder militar instaurado en la ciudad; aristócratas como el propio barón de Maldà y sus ilustres amigos, que acudían sin esposa y dispuestos a perderse por los rincones, como todo hijo de vecino; forasteros de distinto percal, desde ilustres funcionarios españoles a italianos, daneses, centroeuropeos con distintas ocupaciones, a menudo nobles; y un curtido y heterogéneo hampa tan propio de una ciudad portuaria, con acentos variopintos, pasado borroso y presente oscuro. Mujeres, mujerzuelas y furcias picardeaban a los asistentes de paso y a aquellos con buen caudal para la noche, dejando de lado a los jóvenes que, como Mansió y sus amigos, acudían para beber poco y divertirse todo lo que las mujeres consintieran.

Con tanto granuja en tan poco espacio, no había nada que hacer y el Escolar lo tenía difícil para imponer el tragicómico piar de su flabiol. Decidieron pegarse al mostrador y pedir un par de porrones de vino del Priorat, más barato que el mataronense. La taberna no sólo era licenciosa, sino que muchas noches la bebida corría a cargo de algún ilustre visitante de incógnito. Un par de muchachos afeminados habían echado el ojo, desde el claroscuro de la lejanía junto al ventanal del patio trasero, al Pastoret y a Climent el Joiós, cuyo pálido rostro barbilampiño y hechura de bachiller acentuaban su aspecto andrógino y virginal. Los maricas eran conocedores de que, con los gallos de pueblo, se miraba pero no se tocaba, si uno no quería que la broma y el comentario picantón acabaran en tragedia. El Rocaguinarda y el Sotana rieron a gusto con la escena, saboreando las tardes de agudezas que les regalaría la escena. El Pastoret no hizo caso a la provocación de sus amigos y, apoyando los codos sobre el mostrador, miró hacia la sala, en la que cabían media docena de mesas separadas por descansillos donde señores y golfos, mujeres decentes y furcias se entremezclaban con una cierta jerarquía dentro del enredo. Mansió pasó revista a los distintos grupos, desde la entrada hasta donde la penumbra no enseñaba más que bultos esquivos. Sus ojos, despistados y algo cansados, habían perdido agilidad, pero la temperatura de su sangre era mucho más elevada; lo notó cuando, al moverse un grupo de pelandruscas que rodeaban como buitres almizcleros al que parecía un oficial del ejército español, apareció ante sus ojos una altiva mujer de mediana edad, vestida a la última moda rococó. Su vestido volante de color beige distinguía a aquella mujer de otras muchachas, señoras y señoronas del antro. Aquel corpiño con grandes pliegues, ajustados por el corsé con elegancia, marcaba a fuego la exuberancia de la mujer, a buen seguro no la más honrosa de la ciudad, pero tampoco la más desdichada.

Mansió giró la vista y, volviéndose, echó un trago al porrón. Entró en una conversación anodina con el Sotana y el Joiós. Sin mirar a la mujer del fondo, saboreó la impronta que su vestido y las formas que custodiaba habían tenido sobre su estado. Su interés por la noche había recuperado vigor. El atuendo incluía falda y sobrefalda según el exceso versallesco y enseñaba más de lo que una señora decente de la ciudad jamás habría sugerido; un peto abrochado en el estómago, tejido con hilo brillante, que se suponía que debía cubrir parte del pecho y la cintura de la dama, apenas protegía los hombros, mientras el corsé y el tontillo no escondían del todo la forma de las caderas.

¿Su rostro? Decidió volver a apoyar los codos sobre el mostrador y barrió la zona donde la dama esperaba a su galán. Creyó percibir un cruce de miradas, tan corto e imperceptible que decidió achacar al vino para evitar problemas. Tenía una belleza clásica. Sus ojos, grandes y felinos, realzaban su nariz proporcionada y labios sensuales. La noche estaba siendo más intensa de lo esperado. La semana era dura y no había demasiados pasatiempos, pero el reloj casamentero había vuelto con fuerza. ¿Había llegado el momento de cortejar a una muchacha con todas las formalidades, como Ramonet, su oficial, le había sugerido?

"Se mira, pero no se toca, amigo", le espetó el Sotana con un fuerte acento aragonés, que subrayó el final gutural de la última palabra.

"No sales mucho de tus labores, Mansió. Si lo hicieras, sabrías quién es esa". Subrayó el pronombre. "Esa" era ni más ni menos que la Niña, la bailarina veneciana Nina Bergonzi. "Esto que te estoy diciendo lo saben pocos, Pastoret, y yo no te voy a cobrar ni un real de vellón. Pero, antes de explicarte la historia, llama aquí al Gabacho, que nos va a ayudar en el corrillo". Laurent, como siempre, se limitaba a hacer de comparsa; conocía más chismes de la alta y baja sociedad que los que pudieran evocar todos sus amigos -y las relaciones de sus amigos-, juntos. "Ep, Laurent, que aquí lo amic aragonès ens vol explicar una història i demana que posis l'orella". El Gabacho contestó, como siempre, mezclando sus raíces gasconas con el romance de la ciudad. "Què vol vostè, ce voyou?". El Sotana aclaró que hablaban sobre el retorno en secreto, de la Niña.

"Oh, Elle". Por dónde empezar. En efecto, la Bergonzi había visitado Barcelona durante su momento más álgido, cuando su belleza era, decían los barceloneses de gusto, más clásica, ajena a recreos ordinarios. Como buena veneciana, la Niña había nacido para convertirse en una de las cortesanas más avispadas del Mediterráneo y, claro, la renovada pujanza comercial de Barcelona la situaba entre los lugares más apetecibles para una musa del canto, el baile y los placeres de Epicuro.

"La Bergonzi fue invitada a actuar en Barcelona. Y no sólo le gustó la ciudad...". El Sotana acercó su rostro al del Pastoret y el Gabacho, alzando la voz sólo lo suficiente para que fuera escuchada por sus dos amigos, que ofrecían su oreja para superar la música y el jolgorio. "No sólo era, y es, una mujer con muy buenas razones, como puede verse aquí hoy mismo -gesticuló con las manos a la altura del pecho-. Gustó tanto su canto y su... todo, que el mismísimo Conde de Ricla, capitán general y virrey de Cataluña, se encaprichó de ella". Don Ambrosio Funes de Villalpando y Abarca de Bolea gustaba tanto del cortejo y el galanteo como su campanudo nombre sugería, y la amistad con Nina Bergonzi se convirtió en licencia amorosa. Laurent lo sabía de buena tinta; su amigo Zanotti, oriundo de la Rivera de Horta, en el obispado de Novara, Cerdeña, y dueño de la fonda de Santa Maria, le había explicado con pelos y señales cómo el carruaje de gala apenas se paraba frente a las caballerizas del establecimiento para que el conde se apeara de un brinco. Con bigotuda gracia, el perfumado caballero entraba en el Hostal por el patio para no levantar suspicacias en el vecindario, pues las nuevas corrían tan rápido como el olor de la comida y la estulticia, tal era la masificación de la ciudad, estrangulada por la muralla. Las habladurías de las callejuelas de Santa Maria del Mar, el alma gótica mancillada, no comulgaban con el escándalo y se sirvieron de las tiendas de abastos para extender la nueva; como una maldición, pronto las tertulias del resto de la ciudad sabían de la escandalosa relación entre el Virrey y la cantante. Zanotti comentó con sus más allegados amigos algunas anécdotas de los encuentros entre ambos, entre ellos Laurent, aquel joven hugonote tan buen conocedor de la colonia francesa, que podía atraer a su fonda viajantes de allende los Pirineos. El italiano desconoció hasta que ya era demasiado tarde que su indiscreción había amplificado la noticia hasta tal punto que los informantes de la Corona dieron cuenta del chisme.

Aquello empezaba a ponerse interesante. "Espera, Mansió. Encara hi ha més", avisó Laurent. Hacía cosa de tres años, el mismísimo Giacomo Casanova, de visita por España, visitó Madrid, Zaragoza y Valencia, para recalar al fin en Barcelona. Casanova había acudido a una actuación de la Bergonzi en Valencia y el encuentro siguió de madrugada, lejos del gentío, hasta la mañana del día siguiente. Decía Zanotti que habían repetido cita en un hostal de Tarragona, donde Casanova alquiló dos habitaciones contiguas como la Niña había pedido y, para evitar escandaleras, abandonaron el establecimiento a distintas horas y por separado. Siguieron con su apasionado idilio en la habitación de la fonda de Santa Maria, que Nina Bergonzi mantenía como residencia barcelonesa. "Y claro, cuando toda Barcelona sabía lo de la Niña y el señor conde, entonces el escándalo fue todavía mayor. La muy fresca se estaba encamando a la vez con el afrancesado y con el pulpo Casanova". El Sotana disfrutaba con la explicación. Sus ojos eran ahora más redondos que nunca y demandaban atención. Al enterarse, junto con sus conciudadanos, de los nuevos escarceos de la Niña, el conde de Ricla había decidido encarcelar a Giacomo Casanova, mientras la salerosa cantante no correría mejor suerte. Poco después de que Casanova fuera encarcelado, don Josep Climent i Avinent, el obispo, aconsejó desterrar a Nina Bergonzi de España, por ser la pública y notoria pelandrusca de don Ambrosio Funes de Villalpando y Abarca de Bolea, conde de Ricla. El señor obispo no incluyó en su solemne recomendación al Gobernador que la Niña no era pollina de un solo gallo. El más plumoso e hinchado de todos, el mismísimo Giacomo Casanova, había compartido amante con el virrey de Cataluña.

El Pastoret miró de nuevo a aquella mujer. Se volvió hacia sus amigos. Dudó. "Un momento", espetó en castellano, mirando al Sotana. "¿Quién es 'en' Casanova?". El Sotana miró, incrédulo, a Mansió. Volteó la cabeza hacia Laurent; con un ademán teatral, dirigió su mirada al techo y sacudió la cabeza. Siguió una carcajada del aragonés y el francés.

Sentía un fuego que le evocó el calor del horno del taller. El maestro Milà le había explicado que las serpientes habían renunciado a su veneno durante la primavera, uno de los motivos por los que el mes de mayo había trabajado más duro que en cualquier otro momento de su vida. Recordaba también que las culebras recuperaban su vigor mortal en los meses siguientes, para perderlo de nuevo cuando llegaba el otoño. Sant Miquel era principio y fin, verano y otoño, cosecha y siembra. ¿Eran esa noche las serpientes venenosas, o se había iniciado ya la renuncia temporal a su pócima? La Niña suscitaba en él un interés que le incomodaba. Quizá por ello rememoró el día en que notara un calor que no causó repudia a su conciencia. Las yemas de sus dedos, huérfanas tras la marcha de la manceba de la Casa Cortada aquella misma noche, le evocaron ahora el calor del horno del taller Milà, aquel día de mayo que acabaron de cocer los azulejos del barón de Maldà. Se había hecho tarde y, pese al hambre y la sed que todos sentían, permanecieron impasibles un instante, sin mover un dedo, observando el resultado de su duro trabajo. Ramon Milà no les había obligado a quedarse hasta tan tarde, ni les había prometido un sobresueldo. Había estado a punto de llorar, al percibir en su hijo y en aquel grupo de aprendices el orgullo del trabajo apasionado. Duró apenas un momento, pero no lo olvidarían.

El maestro se presentó en la Casa Cortada el primer sábado de junio, con un recado para el barón de Maldà. Si tenían su consentimiento, su hijo Ramonet y su mejor aprendiz, un mozo avezado del Cadí, empezarían con la instalación del zócalo, que él mismo supervisaría. Dejó al barón una pequeña muestra de los azulejos; el ama de llaves tomó aquella caja de madera con apenas un puñado de azulejos. Sabía que a don Rafael le complacería el resultado, a juzgar por la seguridad espiritual con que aquel hombre recatado ofrecía su trabajo. Así fue. Aquella misma tarde, un mozo devolvió el recado en el taller; podían empezar aquel mismo lunes. El zócalo avanzó en apenas unos días y el mosaico alcanzó su aspecto definitivo al final de la primera semana de trabajo. La tarde del sábado, Ramonet y Mansió se recostaron sobre la pared del patio principal de la Casa Cortada, al finalizar el trabajo del día. Sólo les quedaba lavarse las manos en el barreño que habían dejado junto al pozo, en el patio interior de aquella enorme casa regia. Al cruzar la arcada que conducía al patio interior, la vio por primera vez. No sabía por qué, pero había sentido vergüenza; aprovechando el sigilo de las espardeñas y la penumbra de la arcada, permaneció observándola lo que a él le pareció un suspiro, pero que Ramonet tildó más tarde de una eternidad. La luz del atardecer de junio, atenuada en el interior del pequeño claustro, buscaba su rostro como sólo podía hacerlo la claridad que, desde el exterior, penetraba las estancias de la pintura flamenca de la que tanto le había hablado el maestro Milà. Si el maestro apreciaba tanto la delicada luz sobre el rostro humano en un lienzo, la victoria del artesano sobre el objeto inanimado, él había encontrado su propia manera de dar vida al trabajo del tal Vermeer, o como quisiera que se llamara.

Salió de la arcada. La manceba miró con rubor. Mansió llevó sus ojos, que buscaban la disculpa, hasta el barreño, a unos pasos de la delicada muchacha, con vestido azul y delantal tan blanco como el barniz vidriado más puro del taller. Ambos se ruborizaron y apartaron la mirada el uno del otro hasta en tres ocasiones. Mansió justificó su presencia mostrando sus manos, manchadas de argamasa.

"Som de can Milà; treballem en el sòcol del pati de l'entrada. Ara ja toquem rajola, mai millor dit, i tornem dilluns vinent. Ho tindrem tot enllestit a mitjans de la setmana vinent". La muchacha sonrió y se excusó sin perder detalle del instante, con la aguda mirada lateral propia de una muchacha casadera. La misma de hacía apenas un rato, mientras se despedía desde la puerta de la Posada de la Vídua Quintana.

Desde el encuentro fortuito de mayo, se habían rendido el uno al otro, mediante un puñado de gestos que cualquier mozo menos respetuoso habría aprovechado. Se volvieron a ver el día siguiente. Mansió había salido del taller y, bajando por la calle Ramalleres, se encontró con un grupo de muchachas, bien aseadas y mudadas. Reconoció a algunas sirvientas de mercaderes y familias ilustres de la Ribera, así como mancebas de la calle del Carme y alguna chica de las casas cercanas a la iglesia del Pi; entre ellas, la muchacha que había jugado con la luz del atardecer en el patio interior de can Cortada, la tarde anterior. Faltaba un mes para el día del Carmen, pero las chicas de bien solían acercarse cuando libraban para hacer una ofrenda a la virgen y, de paso, ponerse al corriente de los chismes, tanto los que atañían a los señores como los suyos propios. "Mare de Déu del Carme, / doneu-me un bon marit, / sia pobre, sia ric, / mentre vingui de seguit". Ya a la altura del grupo, Mansió supo su nombre, pronunciado por una amiga. Antònia. Se saludaron. Mientras se alejaba, oyó las risas de las chicas. ¿Pasearía algún día por el muelle con Antònia?

Al avanzar la semana de trabajo de mayo, la muchacha se las había ingeniado para acercarse a la entrada de can Cortada, mientras Ramonet y Mansió trabajaban. Quería asegurarse de que aquel chico tan reservado entendía el mensaje, pero meditaba cómo hacerlo. Llegado el miércoles por la mañana y tras haber pasado la noche en vela, Antònia decidió dar un paso adelante. Animaría a al precavido chico de pueblo a festejar, sin obligarle por ello a renunciar a su decoro, tan entrañable le parecía. Lo tenía todo planeado. Sabía que Mansió compartía un cuartucho de la fonda de Santa Maria con un tal Climent, aprendiz de boticario en la calle de Gignàs, había averiguado durante el encuentro fortuito en la calle Ramalleres. Una de sus acompañantes, hija del ama de llaves del establecimiento y la casa del boticario, le había relacionado con Climentet, que se encontraba a menudo en la puerta con Mansió. Al dormir en la Ribera, Antònia pensó que Mansió ya conocía la costumbre de las muchachas casaderas de calles y oficios decentes, quienes se acercaban la mañana de Sant Joan a la feria de los pájaros, en el convento de Santa Caterina. Las mancebas compraban aquel día el gorrión más delicado, para liberarlo acto seguido. Creían que el pajarillo iría en busca de un muchacho e intercedería ante él por ellas, como pequeñas celestinas voladoras. Buena idea: a última hora de la tarde, bajaría y pasaría por la puerta de entrada para atender un recado; saludaría y comentaría que una de sus amigas trabajaba en la botica de Gignàs con Climentet. Por cierto, iría con ella a comprar un gorrión en la feria de los pájaros, en el claustro de Santa Caterina.

Llegada la tarde, Antònia se dirigió a la puerta principal de la Casa Cortada. En efecto, Mansió seguía allí con Ramonet, junto al sobrio mosaico de azulejos, donde predominaban los oficios de la ciudad, los motivos naturales y dos colores, el azul de los azulejos góticos y el verde de la humilde vegetación que rodeaba y enmarcaba cada motivo temático individual. Las flores y arbustos no se ajustaban a la realidad y tenían quizá una escala fantástica, aunque se habían ejecutado con una elegancia exquisita, procedente de la sencillez y, quizá, de la madurez espiritual del canon colectivo. Un ideal de belleza compartido por todos los azulejeros de Barcelona, vivos y muertos; maestros, oficiales, aprendices o simple chiquillería. El maestro se había empeñado, con un celo poco habitual, en instalar él mismo la última hilera inferior de baldosas, junto a la puerta. Incluía un conjunto de símbolos, uno por baldosa, desconocidos para Mansió. Desde que había entrado de aprendiz en can Milà, jamás había visto a ningún chiquillo ni aprendiz dibujar los motivos del último tramo inferior. ¿Había pintado y cocido el maestro Milà en persona aquel apócrifo conjunto de símbolos? Si era así, se le escapaba el motivo. Más que un homenaje a la tradición azulejera gótica que Milà defendía ante las inferencias del barroco infértil y desalmado, los últimos azulejos se comportaban como el injerto de un carnoso ciruelo en un delicado cerezo. Los símbolos tenían un aspecto arcaico y quizá se alineaban describiendo un mensaje. Mansió tenía intención de preguntar al maestro por el origen de los símbolos y por qué habían sido incluidos, tal vez sin petición expresa del barón.

Ramonet y Mansió no estaban solos, sino que departían con el maestro Milà y el propio barón de Maldà. Sintió ganas de llorar. Antònia no podría decir nada a Mansió. Al pasar por la puerta, tras el maestro y don Rafael, saludó servicial, sin levantar la mirada del suelo. No osó mirar al muchacho. El trabajo estaba hecho y entregado. Al abandonar para siempre la Casa Cortada, Mansió se paró un instante a sorber rapé; se lo había ganado con el trabajo del día. Frente a él, junto al cruce de la calle del Pi con la calle de la Palla, dos hombres altos con aspecto de forasteros dejaron de hablar. Uno de ellos, delgado, con cara angulosa, frente despejada y aspecto de caballero, introdujo su dedo pulgar en el bolsillo de su chaleco, sin apartar su mirada de Mansió. El segundo, apoyado en el alféizar de un portón, vestía un hábito de paño con bordados dorados, aunque en el cuello se adivinaba un atuendo interior, quizá una sotana, de un negro gastado. No reconoció la Orden, aunque descartó lo que, por un instante, había pasado por su mente. Los dos apéndices blancos y rectangulares en el cuello, caídos sobre el pecho a la manera de los "rabat" de los clérigos franceses, le recordaron a los jesuitas de Berga, a los que se veía de chico en el mercado de La Pobla de Lillet. Es imposible, musitó. Ya no hay jesuitas. Siguió andando en dirección a la calle del Bisbe, extrañado de que los dos tipos no le hubieran quitado el ojo de encima.

Laurent le extendió el porrón. "Remonter le moral, mon ami. Fas cara de pomes agres". El vino llamaba a la canción. Había llegado el momento de la noche en que pinchos y malandros bailaban, ya sin recato, con las muchachas y mujeronas que no se habían retirado, cuya licencia invitaba al juego del embrollo y el manoseo. Los candiles se adaptaban al estado de ánimo y el claroscuro encendía sobre las paredes un nuevo juego de sombras, más cadente y sensual. Hacía tiempo que el porrón, ahora convertido en néctar, sólo alimentaba deseos físicos, apagados ya los espirituales. La Niña se impacientaba; quién sabía adónde había ido su galán, que a ciencia cierta no dejaría escapar la velada con ella, ya madura. Sin embargo, retenía todo el poder sugestivo de las legendarias cortesanas de Venecia. Fue entonces cuando, ensimismado en el baile cadencioso de los mozos y pinchos de distinta calaña, que lanzaban sus pañuelos a la muchacha, o muchachona, que más les hacía el peso, Mansió volvió a recalar, con mirada despistada, en el rostro de la Bergonzi.

En aquella ocasión, no cabía ninguna duda. Mansió había sido retado por la veneciana. Le había guiñado el ojo e indicado la puerta en dos ocasiones. En la primera, Mansió había girado la mirada, incrédulo. Un instante más tarde, al volver de nuevo, Nina Bergonzi realizó el mismo gesto. Mansió dio un largo trago al porrón. Fuera lo que fuera, la dama quería hablar con él a solas, en un lugar donde no tuvieran que gritar ni fueran inquiridos por cualquier pincho con ganas de pelea. Mansió decidió devolver el porrón a Laurent, a quien dio una palmada en la espalda y dijo. "Torno de seguida". No tuvo que esperar demasiado. Respiró tranquilo, al comprobar que la espectacular fémina, todavía más imponente a corta distancia, no quería retarle a juegos que él encontraba contradictorios, pese a la innegable atracción que sentía por ella. Se había reencontrado con Antònia aquella misma noche y había sentido su marcha como poco menos que una traición. No había espacio para otros desgarros en la vigilia de Sant Miquel.

El vino, el cansancio y el nerviosismo le ayudaron a explicar a la Niña lo que sus amigos le habían contado sobre ella. Estaban en lo cierto. Era la Bergonzi, aunque había vuelto a Barcelona bajo otra identidad, para así no ser apresada y expulsada de la ciudad, ya que la orden de destierro del Gobernador seguía vigente. La Niña usaba un castellano con un deje centroeuropeo, aunque italiano, muy alejado de los acentos de la Campania o Sicilia presentes en la ciudad. "Un buen amigo mío te ha señalado esta noche. Me ha asegurado que te ha visto salir alguna vez de la casa del barón de Maldà. Te quería pedir un favor". Mansió puntualizó que no se equivocara con él. Estaba ante un aprendiz de azulejero, aunque honrado, que ya se sabía que los alfareros del Raval que atemorizaban a propios y extraños eran de una calaña que él y su maestro despreciaban más que nadie. La Niña se despojó, con cierta sobreactuación, de un guante de encaje. Alzó la mano desnuda y acarició a Mansió en la cara, que retrocedió. "Non abbiate paura. No hace falta que seas amigo íntimo del barón, sólo alguien que él reconozca, de quien pueda recoger una carta. Don Raffaelle es amigo de don Ambrosio y sabe quién soy. Cuando lea la carta, le dará el valor que se merece". Aclaró, tras un gesto de extrañeza del Pastoret. "Don Ambrosio, el conde de Ricla". La Niña se arrepentía del tormentoso resultado de su pasión compartida con el conde y el tal Casanova, del que él no había oído hablar.

Guardó la carta en el zurrón y se comprometió a entregarla en la mano de Rafael d'Amat y no dejarla a ningún intermediario, no importaba la confianza que suscitara. "Deja que vuelva adentro yo primero. Sigo esperando a alguien y no puedo irme sin él, pues él me protege. No soy más que una sombra. 'Sono un ombra'".

¿Se había metido en un embrollo? Concluyó que había obrado bien. Se convenció de que su actitud no había sido afectada por la presencia sugestiva de aquella imponente mujer, por la que suspiraría hasta un rey.

Se disponía a entrar pero, sin tiempo a reaccionar, notó una presencia y calor repentinos en su espalda. Una voz masculina y susurrante, quizá con acento inglés, le inquirió en castellano. "No te va a pasar nada. Sólo tienes que tranquilizarte. No te muevas. Voy a coger tu bolsa y me voy a ir. Y tú vives si no pasa nada". Sólo le habían apresado por la espalda en una ocasión, hacía ya unos años. Su hermano, encrespado, quería hacerle pagar por un pliego de cordel que había leído, pero sobre el cual no había compartido los gastos. Pese a ser más bajo y menos corpulento que su hermano, se había revuelto con nervio para pasar, como un rayo, de cazado a cazador. Su hermano había llorado de impotencia, perdiendo tensión muscular en cada gimoteo. Su sentimiento de culpa le devolvía un nudo al estómago cada vez que recordaba la situación.

Le preocupó que aquella sombra misteriosa no fuera un mero ladronzuelo de la ciudad, que jamás se hubiera atrevido a robarle por detrás usando la fuerza bruta; los pinchos de los barrios de talleres del Raval, o los granujas del puerto, robaban al despistado, sobre todo tras la oleada de mano dura que había seguido al Motín de Esquilache. "De acuerdo". El aprehensor redujo entonces la presión sobre los brazos de Mansió. Sin que al captor le diera tiempo a hacerse con el zurrón, el Pastoret se revolvió y empujó con fuerza al misterioso forastero, que rebotó desde la penumbra levantando una imponente hoja de cuchillo. Iba en serio. Por primera vez en su vida, tuvo que encomendarse a su instinto de supervivencia. En lugar de correr, se sacó la barretina y tapó con ella su mano izquierda, que usó para defenderse de la primera embestida. Agarró las muñecas del forastero, vestido de negro, con capa larga y chambergo, el sombrero de ala ancha que Esquilache había prohibido en las calles. "Toca el dos ara si no vols prendre mal!", gritó. Por un instante, pudo ver su rostro, un tanto familiar. Un rodillazo permitió al contrincante liberar la muñeca del cuchillo, que clavó en el costado izquierdo de Mansió. Como un animal herido en estado de pánico defendiendo su supervivencia, volvió a las montañas de su progenie. Se cruzó un recuerdo de aquella oveja siendo devorada por un lobo hambriento, al que plantó cara cuando apenas tenía doce años. Se sacó el cuchillo de la faja y corrió con la fuerza que había usado para embestir al lobo. Como en aquella ocasión, salió vencedor. Había clavado toda la hoja del cuchillo en el pecho del asaltante, que se desplomó, mirándole. Sus ojos tenían un azul cristalino. Alguien había asistido a la escena, acurrucado en la sombra. Oyó cómo se echaba a correr. Un instante después, o una eternidad, oyó los pasos de al menos dos personas acercándose. Acto seguido, el sonido de un cuerpo siendo escrutado.

Otra eternidad. Se tocó el costado y trató de ponerse en pie, hasta conseguirlo al fin. Con la mano izquierda sobre la herida, por donde perdía sangre a raudales, caminó una decena de pasos hacia la puerta de la taberna del Bou, intentando recordar dónde había el visto al asaltante con anterioridad. Se desmayó. Ahora oía el susurro de sus amigos, mirándole. ¿Qué estaba ocurriendo? Oía llorar a Laurent. El Sotana calmaba la situación. "Está vivo. Hay que despertar al señor

Milà. El sabrá lo que hacer". Climentet recogió del suelo el zurrón de Mansió, del que se habían desprendido varios objetos. Entre ellos, lo que parecía una carta perfumada, que relacionó con lo acontecido. La leyó, mientras sus amigos decidían qué hacer. Al acabar, con aspecto estupefacto, la devolvió al zurrón del Pastoret.

Le arrastraron el taller del maestro, sobre el que estaba su vivienda. Deliraba. ¿Quién era la tal Antònia?, se preguntarían más tarde sus amigos. Agua caliente. Una venda. Una cama limpia. Sus amigos despidiéndose. Una caricia. La voz de Ramonet, susurrando. El maestro. ¿El maestro?

"Mestre, què fa aquí? Aquesta taberna no és pas lloc per vostè". Los ojos de Ramon Milà estaban entelados de lágrimas.

"Fill meu, aquesta nit ha passat una cosa espantosa". Una respiración profunda. "Has matat un home".

Ramon Milà despertó, aquella misma noche, a su amigo el mercader Feliu Solans, un ilustre de la calle Montcada. Mansió debía salir en el primer barco hacia Cádiz, con un salvoconducto. Quizá podría empezar una nueva vida en América.

TRISKELION por Nicolás Boullosa

3. El gallego

Otro día calcado a los anteriores, envuelto en rocío, niebla y lluvia. La rosada era una gasa humedecida con olor a tojo, un arbusto bajo y espinoso que cubría los montes y moteaba el verde omnipresente con un amarillo intenso y juguetón, a falta de sol. Cuando septiembre venía húmedo, calaba el entendimiento; sobre todo al inicio del día, o al final, el mismo punto de la jornada interpretado de distinto modo. En la alborada, junto a las brasas humeantes de la cocina, jóvenes, viejos y ánimas coincidían en un duermevela antiguo. Unos yendo, los otros viniendo. Una figura esquiva, con cierto aire mitológico, apareció con intermitencia más allá del muro, con un enorme cesto de mimbre de Mondariz sobre la cabeza. "Xa vai a vella". Era Urraca, conocida por todos como la Vella da Xesteira, abuela de Nilza de Os Ramís; la primera en cortar la bruma por los caminos de Anceu, hasta el punto que jóvenes y viejos la saludaban a horas intempestivas y esperaban su respuesta. La mujer, bajita y recia con una enorme cabeza siempre cubierta por un pañuelo estampado, contestaba siempre servicial. Sus palabras de vuelta eran consideradas por el transeúnte como el santo y seña de que la Vella da Xesteira seguía en el mundo de los vivos y no se había perdido en el de las ánimas. Trabajaba mucho, andaba más, comía poco y dormía "lo justo", recordaba ella misma. Una receta que la había llevado a cumplir los noventa y nueve años.

"O orballo vai mollando pouquiño a pouco". Sábado. Era difícil dejar el camastro al alba, cuando la húmeda neblina aguardaba afuera un día más, robando luz al día naciente, apocado tras los gruesos muros de granito, entre líquenes y musgo. A apenas unos pasos la niebla borraba las formas, al otro lado de la cancela de hierro forjado de la pequeña eira, coronada por un sólido hórreo. Las casas, dispersas en las suaves colinas como imitando el ramaje de un carvallo, permanecían ocultas en la opacidad de la bruma. Apenas se vislumbraba el ondulado manto de tojo que vestía el Couto d'Ouro, un monte escarpado coronado por canchales de granito que separaba las vegas de Anceu de las de la vecina parroquia de Barbudo. Situado sobre seis pilares, como un diminuto castillo, con armazón de granito y paredes de madera de castaño, el hórreo de la era jugaba al ocultismo entre las gasas humedecidas.

Había costumbres postergadas, pero las piedras y el paisaje no olvidaban. El rancio muro circular del Couto Mourán, el cerro más alto del vecino núcleo de Os Casás, era tan viejo como las piedras dispersas loma abajo, y albergaba estructuras también circulares en su interior, a cuál más reducida. Quizá influido por los círculos concéntricos que los antiguos trabajaran, Domingo siempre había creído que los hórreos eran una pequeña interpretación de las casas, sabios modelos a escala donde, sin estorbarse, los mayores guardaban el grano y los rapaces jugaban a picardías con las rapaciñas. Era como si la realidad visitada a diario por aquel joven aldeano hubiera convertido la perfección de los círculos concéntricos del pasado en un presente más imperfecto, con las aristas propias de las formas racionales, dominadas por el polígono. Un lugar para ensayar, sin temor a las consecuencias de errar que ahogaban a los adultos, guardianes del paisaje verde moteado de casas menudas, como salidas de un cuento milenario, con sus sólidos muros de piedra enliquenada y sillares más altivos que sus moradores, más amaestrados que dóciles por naturaleza.

Y no es que los aires de modernidad de la cercana villa de Redondela, mandados al dictado desde Madrid, hubieran llegado a la aldea para convertirla en un animal racional de la noche a la mañana, una porción del mapa más limitada por líneas rectas y lista para prosperar, como le hubiera gustado a Carlos III, quien habría suscrito el viejo dicho "o ar da cidade fai un home libre". La parroquia de Anceu, consagrada a Santo André, destinaba sus recios bueyes a tirar de carros rústicos y arados "vessadoiros" que apenas alimentaban a los animales, primero; y a las familias, después. En Santo André, de aire de la ciudad, nada de nada, pese a que Redondela, o acaso Vigo, estuvieran a dos jornadas de trayecto. Al lejano monarca le preocupaba más bien la despoblación de las tierras del interior de la Península, tan distintas a las de Tui, con suaves colinas graníticas y verdes valles bañados por cortos y caudalosos afluentes del Miño. El páramo castellano, desolado en las antiguas tierras del Reino de León y en las cuencas del Duero y el Tajo, contrastaba con el irregular y populoso paisaje humano de los dominios de las diócesis de Tui y

Santiago, en el poniente del Reino de Galicia, donde los libros parroquiales agotaban sus páginas registrando nacimientos con una rapidez que no se recordaba en Castilla. Los mares eran la vía de escape de un reino con más fachada que interior, donde crecía la periferia y el centro se enmohecía con los ajuares de la somnolienta hidalguía. Además de la costa gallega, se poblaban Guipúzcoa y Vizcaya; como lo hacían Cádiz, la metrópolis del sur; y, en el Mediterráneo, el levante y Barcelona recuperaban lustro menestral. El olmo castellano perdía reciedumbre, mientras el tojo puntiagudo sólo servía para preparar estiércol, tras servir de lecho a los animales. Si era difícil encontrar a un asturiano o un cántabro que no naciera hidalgo, y en Vizcaya todo el que naciera adquiría el derecho a disfrutar de las exenciones de la buena cuna, en Galicia no había más hidalguía y nobleza que la ausente, agasajada en Madrid.

Domingo Antonio Boullosa Nogueira, Mingo, hijo único de una familia de campesinos con tierras de O Punxido, principal núcleo de casas de Anceu, saltó del camastro y se vistió al vuelo. Era alto y algo desgarbado, aunque apuesto y distinguido como un bachiller urbano, en contraste con su pandilla y su gente, a excepción de su padre, cuya fama de presumido llegaba a Redondela. Quizá por ello, los forasteros de los cortornos no sabían situarlo hasta que alguien se refería a él en calidad de "o fillo do Fento Verde", cuando no se recurría al clásico apelativo genealógico, "o fillo de Martín da Dominga do Punxido de Anceu", recordatorio de que todavía no había hecho nada que mereciese apodo propio. El helecho, "fento", destacaba entre los matojos del húmedo sotobosque por su porte altivo y respingón, como impostado. El verano anterior, en la romería de A Lama, le habían confundido con un tal hijo de no sabía quién de Pontevedra, tan extraño era su garbo entre los paisanos que le rodeaban, que apenas sobrepasaban su hombro, como un puñado de labriegos apocados por generaciones de ostracismo rodeando a un harapiento hidalgo pontevedrés. La forma de la cabeza delataba su ligazón con la familia paterna; los Boullosa compartían una frente amplia y recta, coronada por sendos bultos, los eternos chichones, al parecer lo único que venía con el blasón. Sus cejas eran finas y rubias, sus ojos azules. La nariz, ancha y recta, aportaba contundencia a un cuerpo delgado y alargado, poco útil para trabajar la tierra. Con aquellos labios finos, la boca sólo aparecía para ofrecer una incrédula media sonrisa. El hoyuelo de la barbilla, recta y huesuda, era por el contrario un rasgo propio de los Nogueira.

Turbado por la modorra y la certeza de un día que amenazaba monotonía, tejió a desgana la maraña de encharcadas "corredoiras" que debía cruzar con el carro tirado por los dos bueyes, seguido por las cinco vacas de la familia. Los bueyes, las vacas, las piedras, los árboles y los cruces de caminos tenían su nombre, historia y vida latente. El diseño fractal de los helechos, el colorido de los líquenes, el ritmo ancestral de las babosas, la simbología olvidada de las cruces de viejo granito moteado de líquenes, tan recurrentes en los caminos: ¿no respondían al mismo diseño, que confundía formas y estado de conciencia? Las sendas desembocaban, entre vegas enmuradas con pasto sempiterno y bosques ancestrales, en caminos mayores, que tenían a su vez su particular entroncamiento. Las hojas de los árboles, con sus nervios; los pliegues de la piel en la mano; el destino de los caudalosos regatos y riachuelos, que siempre encontraban un mayor caudal antes de dirigirse alguna ría. La vida se había asentado en aquel país húmedo siguiendo el mismo modelo de la naturaleza, un orden áureo. ¿Cuántas hojas tenían los carvallos del campo de la fiesta? ¿Cuántas "eiras" había en O Punxido? ¿Y en toda la parroquia? ¿Cuántas aldeas se contaban desde la sierra de la Castrelada, donde en los días claros se divisaban las rías de Arousa, Pontevedra y Vigo, dispuestas como el gigante tridente de un helecho, o el de un dios pagano? El azar y la disposición de los horcajos habían querido que los cortos y caudalosos ríos y regatos que nacían en las montañas de Suído, en el naciente más próximo a la parroquia, desaguaran en la ría más meridional, la de Vigo, una predilección que los paisanos del lugar no olvidarían. La tierra que él conocía no cambiaba, cualquiera que fuera la escala con que se observara, como siguiendo el dibujo infinito de los brazos de un brócoli, el "brachium" que despertara la curiosidad de los antiguos.

Roma había domesticado aquel árbol atlántico en el septentrión de Iberia, allí en el fin del mundo, y sus elites descendientes llevaban desde entonces sustituyendo la sidra de los lugareños por el vino patricio. Se habían aprovechado de la sabia de aquel arrinconado pueblo atlántico, enviada a la metrópolis desde los centros administrativos de Braga, Lugo y Astorga. Pero, a sabiendas de que cortar el ramaje musgoso supondría la muerte del tronco, respetaron el concierto ancestral de sus gentes, las mismas que habían tejido una tupida red nerviosa de poblados, siguiendo el diseño de hojas, que era decir de helechos, ríos, árboles. Dios, un Dios que había amado a las piedras, los caminos y los riachuelos, y no a desconocidos ídolos del Creciente Fértil, sabía hacía cuántos siglos la metrópolis había cambiado de lugar y dueño. La Administración seguía ajena al universo del desballestado y denso Reino de Galicia, que sus clases patricias seguían malvendiendo a cambio de honores y prebendas.

El lar de don Martín Boullosa de Orxe, ayudante en Anceu del alguacil de la villa de Soutomaior, y Sabina Nogueira Pérez, hija de una familia campesina de la misma ilustre villa, apenas se distinguía del puñado de casas erigidas durante siglos en torno a la pequeña capilla románica de O Punxido, siguiendo la suave pendiente, verde y granítica, de una colina dominada por el eterno binomio vegetal del tojo y las flores silvestres. Quizá debido a su indolencia y docilidad intelectual, lo más apreciado por los canónigos, Martín Boullosa había servido durante un año como asistente en el cabildo catedralicio de Tui, como lamparero y sochantre auxiliar, ayudando al director del coro en los oficios divinos. Su precoz afición al festejo de rapazas, así como el pavor que profesaba a don Otilio, un afeminado y tocón canónigo doctoral que gustaba de arrinconar en momentos inverosímiles a los muchachos del seminario para preguntarles sobre derecho romano, animaron su precoz retorno a Anceu. Su pobre latín agallegado no le habría servido en Santiago, de haber tenido actitudes y posibles para hacerse bachiller. No le hacía falta; llegó a Soutomaior, donde conoció a su futura mujer y, con una carta de recomendación del puño y letra de don Otilio, que la había redactado gustoso con tal de compartir tiempo con el estirado púber, fue aceptado como ayudante del alguacil mayor de la villa. El alguacil mayor, un tal don Carlos do Piñeiro, se había encargado años antes de dar cuenta al Marqués de la Ensenada de la realidad de los dominios de la antigua casa ducal de los Soutomaior, el primer afrancesado tan industrioso como para confeccionar el Catastro que llevaba el nombre de su impulsor, quien tuvo el mérito de explicar a Fernando VI, con pelos y señales, lo pobres que eran los 15.000 lugares que rendían pleitesía tributaria a la Corona de Castilla; al parecer, don Carlos se lo había tomado tan en serio como el propio marqués, y contó hasta la última casa, oficio y renta de los dominios de la villa. Por Soutomaior, no quedó, comprobaría el propio Martín, en uno de los pocos arrebatos de curiosidad que mostraría en su existencia. Allí, en el catastro, se contaba la casa fundada por don Pedro da Boullosa en O Punxido, la misma que él ocuparía con su esposa y futuro hijo.

Las casas de O Punxido, el principal núcleo de Santo André, eran pequeñas construcciones de piedra con planta rectangular y muros cuyo grosor las asentaba sobre las tierras labriegas con la misma solidez que los canchales de granito trufaban el ondulado y verde paisaje circundante. Aprovechando el desnivel del terreno, la planta superior de la casa de los Boullosa, con su viejo piso de madera de castaño, se abría a su humilde era, enmurada y orientada al sur, mientras la cara norte, más baja y excavada en el suelo rocoso, albergaba la cuadra y la cocina. En el sobrado uno nacía, celebraba su boda y moría. Los camastros, en esquinas opuestas, dejaban el máximo espacio a una gran mesa de madera de castaño, aportada al espacio-tiempo de la familia por sus bisabuelos, Carlos da Boullosa García y Cristina García Bentín, el día que se casaron, un domingo de primavera de 1692. Los lejanos novios habían aportado a la casa Boullosa de O Punxido las colchas y sábanas de lino bordado que todavía se usaban, así como las mejores mantas que habían tapado jamás a alguien en cinco leguas a la redonda. Mingo se sentía responsable de aquellas historias olvidadas y, apenado por la apatía de sus padres, se hacía cargo de los papeles acumulados en la hucha, un viejo arca que mostraba en un costado el nombre labrado de Pedro da Boullosa, su tatarabuelo. Junto a la historia sobre el origen del ajuar más viejo de la casa, del mejor lino y la lana mejor cardada de Fornelos, Mingo había anotado una canción, que imaginaba en boca de su bisabuela Cristina García, dedicándola a su amado. "Teño unha manta de estopa / hei faguer unha de liño, / hei de ter todo preparado / pra me casar contigo". Al volver del seminario de Tui, en el que entró para hacerse cura y salió enfermo de moral, contradicho por profundas dudas metafísicas que habrían turbado a los mismísimos Roger Bacon, Joan Lluís Vives y Giordano Bruno, a los que había leído, Mingo agarró el viejo pliegue de cuartillas sin usar que don Pedro había legado e inició un dietario de la familia. En él se entremezclaban historias de familiares y objetos, recuerdos y ensoñaciones, auspiciadas por las ánimas que los días inclementes se acercaban al calor de la lareira. Aquel dietario deshilachado le acompañaría toda la vida, pensó al iniciarlo. No se equivocó. Con la cuenta que había dado don Pedro de su mundo particular y la que él mismo anotaría, el apellido de la casa se ganaría el privilegio hijodalgo más valioso, la memoria. Habían pasado dos años desde su vuelta de Tui, que se suponía debía preceder a su entrada en el Colegio Mayor de Santiago Alfeo; sólo él sabía que no seguiría los pasos del tatarabuelo en Santiago, aunque quizá sí le inspiraban otras huellas de las peripecias del antepasado, que tantas veces había leído, hasta el punto de sabérselas de memoria. ¿Quién quería pliegues de cordel, si no había más aventurero que el desconocido bachiller don Pedro da Boullosa?

En la hucha también había encontrado, envuelto con cuidado en un trapo como suntuosa mortaja, un soldado metálico de diez pulgadas. Era viejo y plano, con un exótico y anticuado uniforme, quizá surgido de un molde centroeuropeo. Por la tibieza y mala calidad de la aleación, el soldadito no podía ser más que estaño. Pobre del hojalatero, pensó, que quisiera ganarse la vida con pequeñas figuras militares. Galicia era una tierra vaciada de nobles y familias notables, que se había olvidado de guerrear para sí, a diferencia de sus hermanos del mediodía. Los portugueses se habían ganado un reino y se merecían jugar con figuras que remembraran las grandes hazañas. Por respeto, nunca había jugado con Pedriño, como bautizó al soldado, en homenaje al gran Pedro da Boullosa. El único familiar que había estudiado, luchado y visto mundo, para volver siempre a su aldea.

Dos largos banquetes sin respaldo flanqueaban la mesa. Junto al camastro del muchacho, un viejo armario ropero de roble aportaba algo de intimidad. Sus padres no tenían más resguardo que dos viejas cortinas de encaje blanco tejidas en la vecina Fornelos de Montes, agrisadas con el vapor de la lumbre de la lareira, que se filtraba por las ranuras del piso. En el centro de la pared sur, entre las ventanas, había, junto a un viejo crucifijo, un lienzo con el autorretrato de Pedro da Boullosa, "seminarista en Tui y bachiller del Colegio Mayor de Santiago Alfeo", un hombre capaz que leyó como un sabio y se marchitó como un hijodalgo en tiempos de paz. Aparecía todavía joven, con la inconfundible frente de la familia. Quizá el único gallego que había viajado a las Indias y vuelto para casarse en su aldea. Con María García, para más señas, quien le había dado tres hijos, Carlos, Isidro y Benito. Ni la hermosa caligrafía, ni la pompa con la que aquel Pedro da Boullosa había escrito sobre su vida en aquellos descoloridos pliegues, en un castellano que sabía a pan de centeno, eran propios del fundador de una casa tan humilde. Y así seguía la casa de los Boullosa de O Punxido de Anceu. Don Pedro da Boullosa había participado, ya viejo, en la batalla de Rande, de cuyo devenir había dado buena cuenta en el último pliegue escrito. Tenía 52 años cuando, en septiembre de 1702, la Flota de Indias española, compuesta por 19 buques escoltados por 22 navíos franceses, se había desviado a la ría de Vigo al saber que una escuadra anglo-holandesa aguardaba en el cabo de San Vicente, en el extremo sur de Portugal. Había sido uno de los estrategas que, desde tierra, planearan la obstrucción del enemigo con cadenas y pequeñas embarcaciones en el estrecho de Rande, taponando la entrada a la ensenada de San Simón. Un esfuerzo en vano. El antepasado de Mingo había presenciado desde tierra cómo los barcos atacantes rompían la barrera y derrotaban a los navíos del conde de Château-Renault.

Sus descendientes nunca le reconocerían ni el esfuerzo heroico ni otras virtudes más mundanas, si las hubiera tenido. Don Pedro sólo había legado con efectividad su viejo arca labrado, sus cuadernas, una larga capa bordada, el retrato que todavía lucía en el sobrado, Pedriño y, sobre todo, las vegas que había comprado valle abajo, junto al suave meando del Oitavén donde él mismo había plantado la primera cosecha de millo de la parroquia, con semillas traídas de Nueva España. Desde entonces, el millo había ocupado las fincas más extensas en Anceu y las aldeas colindantes. Sólo había un fruto más milagroso para los Boullosa, plantado por primera vez por Martín, padre de Domingo: la patata, una raíz que crecía en la tierra de Santo André como una mala hierba. Aquella raíz con piel oscura y áspera era la principal responsable de que las parroquias del Reino gallego no dieran abasto con las partidas de nacimiento. Era barata de producir, pedía poco trabajo, aguantaba el año y era una fuente calórica mucho más consistente que la pequeña castaña, a la que arrinconaba poco a poco. A Mingo no se le pasaba por alto que el maíz y la patata, los frutos que daban de comer a las familias, procedían también de las Indias.

Bajo el sobrado, hacia el este, dormían los animales. La cocina ocupaba el resto de la planta baja, separada de la cuadra por un grueso muro medianero, también de granito. Era allí donde se vivía, sobre todo en los meses de invierno: junto al lar, presidido por una gran piedra redonda, la lareira, sobre la que se encendía la lumbre. La enorme piedra era un homenaje más a las formas circulares de las construcciones del pasado. La lareira era el centro de la cocina, de la vida en la morada, donde el fuego calentaba y mejoraba los alimentos de la tierra. Y seguía siendo redonda. La casa se organizaba en torno a aquel pedrusco amansado; el grupo de casas, en torno a la encrucijada; y la parroquia, en torno al cementerio. La lareira, la encrucijada y el camposanto tenían mucho que ver. En un rincón de la cocina, junto a la lareira, se escurría un agujero donde se vertían las aguas sucias del fregadero cuando no se aprovechaban para aliñar la comida del cerdo. Sabina, su madre, creía que el "buraco" debía estar siempre abierto, hasta en el más crudo invierno; por él entraban las ánimas para calentarse a la lumbre, enmohecidas por la bruma. Afuera, al otro lado del grueso muro, crecía un grueso saúco, un "sabugueiro" que su padre sugiriera cortar un día, para despejar el umbral de las escaleras del sobrado. Se topó con una enconada oposición de la Sabina que, cuando mostraba su disconformidad, empezaba siempre con una expresión seca, monosilábica. "Bo. O sabugueiro queda. Nin de sabugueiro bo vencello, nin de marido bo consello". Ni el saúco ofrecía bayas comestibles, ni el consejo del marido le parecía juicioso y, como siempre, ella había tenido la última palabra. Aquel saúco permanecería en la esquina del "buraco" de las ánimas, a no ser que un rayo lo partiera por la mitad.

También a finales de septiembre, aunque sesenta y nueve años más tarde de la batalla de Rande y a sólo cuatro leguas al levante de donde había acontecido, el tataranieto de Pedro da Boullosa se preparaba desganado para un nuevo día. Descendió por las escaleras de piedra hasta la puerta de la cocina. Se alegró de la suave calidez que le tocó la piel. Avivó las brasas y colocó en la gramalleira un pequeño puchero en el que había mezclado leche recién ordeñada, agua y un chorro de miel, que acompañaría con un "anaco" de pan negro. El sabor del moño de pan de centeno era tan personal e intransferible como el olor de la propia cocina; había uno en cada casa. Tras el apresurado desayuno, se aprovisionó para la jornada. El cenizo contenía las castañas, todavía calientes, de la noche anterior, las primeras de la temporada; y la carne de cerdo, clavada en la artesa, se había cocinado al humo y llevaba unos días lista. No se había quitado la ropa interior que había usado para dormir: una camisa de lienzo con cuello de tira, oculta bajo una chaqueta de paño castaño con discretas solapas entreabiertas; y una vieja cirola, similar a un calzón de lana, bajo el pantalón de paño verde. Unas polainas de junco cubrían las pantorrillas, atadas bajo la suela de madera de unos duros zapatos de piel, sus queridas chancas, que mantenían los pies secos; algo más importante que sentirse despejado, sobre todo según qué días. Se sujetó con la faja de diario la "faldriqueira" con las provisiones y abrió la puerta de la cocina. Escupió al suelo y respiró hondo; se colocó la coroza, una capa con capucha elaborada con paja de centeno, pese a que la lluvia no era copiosa, anhelando apartar la pegajosa humedad de su piel. Cuando rapaz, aquellos abrigos de paja para resguardarse de la lluvia le daban pavor; su forma cónica y aspecto ancestral convertía a cada adulto en un ser mitológico, mitad hombre, mitad árbol. Cuando agarró la vara, su estómago ya se había preparado para abrir la puerta de la cuadra, cuyo hedor mojaba los días de rosada. Las vacas ya aguardaban junto a la puerta y, sin que

Mingo hiciera gesto alguno, se encaminaron al establo de los bueyes, cien pies camino abajo, junto a la vega familiar más cercana a la casa. Las bestias mostraron la misma desgana que le había arrancado del camastro. Se acercaron al carro con parsimonia, alineando su torso para que el rapaz atara sus cabezas al extremo de la cabezalla, el largo mástil de aquel carro chirriante, quizá más viejo que don Pedro, el de la batalla de Rande.

Las casas se dispersaban alrededor de la capilla de O Punxido, núcleo separado de Os Casás, más pequeño. Ambos villorrios estaban separados por el manto verde de una suave vaguada, donde el ganado pastaba en pequeñas vegas delimitadas por muros de piedra bajos y regulares, erigidos a conciencia. Hacia el mediodía, quinientos pies ladera abajo en dirección al cercano curso del saltarín río Oitavén, se divisaba el grupo de casas de Os Ramís, un pequeño apéndice de la aldea que miraba hacia las laderas vecinas, pasado el hondonal del riachuelo. En un día sin bruma, la vista desde allí bien podía haber sido el reflejo del propio Anceu en un espejo.

La iglesia había sido erigida en el extremo norte de la aldea dispersa, sobre un otero a medio camino entre O Punxido y Os Casás, donde habitaban las familias con más peso en la aldea; una decisión salomónica. Se conocía la diminuta colina como el "Outeiro do Sino". El otero de la campana. Su campana. En un microuniverso donde cada "eira", canchal, casa, fuente o árbol insigne conservaba su propia heráldica popular, los parroquianos de Santo André se identificaban ante el forastero como oriundos de Anceu; en los límites de la parroquia, O Punxido, Os Casás, Os Ramís y A Esfarrapada eran poco menos que los puntos cardinales de un cosmos que aumentaba su detalle a medida que los recuerdos de los vivos, y los de las ánimas, se superponían como capas de cebolla sobre el suelo húmedo. Dentro de los límites de Santo André, se olvidaba la nomenclatura genérica y el lenguaje aumentaba su filtro de nitidez interpretado en un espacio y tiempo concretos, buscando el imposible de dar nombre a todas y cada una de las cosas del lugar, animadas e inanimadas. Las parroquias colindantes también habían dado nombre a su dominio sentimental, morado por vivos, muertos, ánimas, cosas. Vilán al oeste, Barbudo al este, Calvos y Oitavén al sur, Caritel y Forzáns al norte. Toda una constelación donde cada uno tendía de manera natural hacia su campana, árboles particulares, peñascales y cruces de caminos con petos de ánimas alimentados con sangre propia.

Los animales conocían el almanaque. También sabían mejor que nadie que era el tercer año consecutivo de cosecha cerealera desastrosa, lo que había animado a Martín Boullosa a hacer caso de su hijo. Había traído de Tui un puñado de tubérculos marronosos y arrugados. Eran nuevas especies de patata, que crecían en la tierra mullida sin cuidado alguno, como por arte de magia. Se repetía el procedimiento: bastaba esparcir aquellas verrugas en la tierra y recogerlas cuando se hubieran multiplicado. Panes y peces. Lo había visto en el claustro del Monasterio, donde se plantaban desde hacía generaciones. "Patacas" de todas las formas y condiciones.

Había que segar el poco centeno de las pequeñas fincas que la familia tenía desperdigadas valle abajo, antes de llegar al Oitavén. De paso, dejar a las vacas pastando en la vega del camino de Barbudo y, de vuelta, recoger más castañas del Souto, uno de los mayores castañares de la zona, en el que las viejas de la parroquia decían que vivían las ánimas de los alrededores, al explicar sus historias a los rapaces. Por la tarde, de vuelta a casa a guardar los animales. Después ayudaría a su madre con el huerto de la era y recogería la miel, a falta de un día para San Miguel. "Se queres ter abellas míraas polas Candeas, e se queres ter mel, míraas polo San Miguel". La Festa das Dores, la romería de la parroquia, se celebraba el último domingo de septiembre, al día siguiente. Aquel año, ni más ni menos que en San Miguel. ¿Qué mieles y vino traería aquel año un día tan señalado? No pintaba mal. Plenilunio y San Miguel. Su tatarabuelo había dado cuenta de sus recuerdos más entrañables, escritos en su cuartilla. Como la noche de plenilunio en que había sellado su futura boda con María García, aunque hubieran de pasar años para que se consumara. Había sido un verano de 1665, cuando tenía 15 años y volvió a Anceu en verano, como cada año mientras duró su estancia en el seminario de Tui. Siguiendo una tradición inmemorial de la que ya había hablado Estrabón, aquella noche de plenilunio los más nuevos de la parroquia acudieron al Oteiro de Sino a beber y bailar, al son de la flauta y la trompeta. En el baile, mientras los rapaces competían por agacharse y levantarse al son de la música a cuál con más brío, su tatarabuelo había acudido a la llamada silenciosa de la mirada furtiva de María, que se había reafirmado después en su acompasada danza junto a sus amigas, ajenas a la velada coreografía que iniciaba en paralelo con aquel respingado y larguirucho rapaz seminarista. ¿Le ocurriría a él algo parecido la noche presente de plenilunio, víspera de San Miguel y de la fiesta de los Dolores?

A media tarde, Mingo tenía el permiso de su padre para ir al campo de la fiesta, en el Outeiro do Sino, a ensayar la danza que los mozos de la aldea repetían desde que había memoria. Antes de ir al seminario de Tui, pasar por Santiago y acabar en las Indias, Pedro da Boullosa había danzado con María García en la fiesta. María le había esperado, don Pedro dejó escrito. Sus bisabuelos paternos, Carlos, primogénito de don Pedro, y Cristina, también habían sido pareja en la danza; sus abuelos, también ambos de Anceu, prosiguieron con el rito. Como explicaba su padre, uno se casaba siempre fuera de la aldea, pero dentro de la parroquia; su padre había sido el único de las cuatro generaciones que habían habitado la casa desde que fuera fundada por los danzantes Pedro da Boullosa y María García, en romper la regla no escrita. Y bien, Mingo, autoproclamado junto a don Pedro guardián de la memoria de la familia, notaba en sus espaldas el peso de una decisión a simple vista tan intrascendente como elegir pareja que le acompañara en la danza de los palillos. Y él, voluntarioso, había evitado el dictado del azar. En la obra de maestros como el franciscano empirista Roger Bacon, había hallado enseñanzas que habían transformado su visión del destino de las personas. No podía haber un Dios universal que se opusiera a la fuerza de la voluntad del amor humano. ¿Por qué esperar a que le lloviera una rapaza del pueblo que no le interesara, si podía acudir en busca de la voluntad de su pálpito? Y, cuando cerraba los ojos, rodeado el aire con olor a bosque húmedo que llenaba sus pulmones, ahora revividos por los planes de la tarde en el Oteiro de Sino, sólo había una rapaza. Se llamaba Inés y era hija de los Bentín Bouzón de

Os Casás.

Los bueyes ya tiraban del carro a apenas doscientos pies de la vega del Souto, cuando el nuevo día disipaba la bruma. No había música más armoniosa que el tintineo característico que producía el eje de un carro bien hecho, al desplazarse por las "corredoiras", que superaba en alegría al tonillo de la zanfona y avisaba del paso cuando había que adivinar el camino, como aquel día. Los paisanos conocían no sólo el sonido del eje propio, sino que atisbaban con certeza quién subía o bajaba uno u otro camino, a partir sólo del rodar del carro. "Se queredes que o carro cante, móllale o eixe no río". Cada parte del carro, por muy pequeña que fuera, tenía su nombre, tradición y enseñanza para la vida, pero en el eje estaba el tuétano de su arte. La madera de roble, alcornoque, chopo o incluso pino servían para un buen carro pero, si las casas y "canastros" eternos debían ser de granito, el eje de un carro que durara generaciones exigía la madera más dura. Fresno o laurel. El carro era para el dueño lo que la lareira a la casa, o el "cruceiro" al camino, y la cama conformada por su estructura el abrigo que trasportaba el sustento de la familia, en la que se contaban los animales. "Que fagan do teu chedeiro / a caixa pra me enterrar".

Aquel año habían dividido la "veiga" a partes iguales, entre millo y pasto. Delimitada con viejos muros de piedra, estaba rodeada por pequeñas parcelas de vecinos excepto hacia el poniente, donde el enorme castañar comunal, que se extendía desde las últimas casas de Os Ramís hasta el río Oitavén, servía de linde. El río, gélido, ruidoso y saltarín hasta en las semanas de calor, era la frontera del castañar, ya que más allá de su curso reinaban el abedul y el carvallo, insinuando antiguas decisiones comunales cuyas razones se habían perdido para siempre. Como tantas otras mañanas, al entrar en la corredoira que conducía a la "veiga del Souto", apareció la "brétema" del río, una serpiente de vapor que acompañaba su curso valle abajo. Mingo siempre se había preguntado si la brétema no era más que el ánima del Oitavén. Al fin y al cabo, la explicación que Roger Bacon, o Giordano Bruno, habrían dado del fenómeno, basada en la observación empírica de los fenómenos de la naturaleza, habría concluido con que aquella sierpe brumosa no era más que la mayor condensación del vapor de agua sobre la superficie del río debido a su diferencia térmica con la orilla. Es decir, la condensación de vapor era el alma del río. Naturaleza y Dios decían lo mismo, aunque a veces la imperfecta interpretación humana de Dios se empecinara en enfrentar la observación empírica de la naturaleza, mediante el método científico, con las enseñanzas del Señor, como si el uno contradijera a las otras. La brétema del río le acercaba al pensamiento de Roger Bacon, el "Doctor Mirabilis", al tiempo que le alejaba del Colegio Mayor de Santiago Alfeo. Si estaba prohibido hablar del alma del río a los feligreses, pero en cambio sí había tiempo para recordar la imperfección, la culpa y el pecado humanos en cada homilía, él no sería pastor. Lo había decidido en Tui.

Inés Bentín Bouzón era una alta y esbelta hija de campesinos, la segunda de seis hijos, cuatro de los cuales eran mujeres, todas ellas con mayor donaire que la mayoría de rapazas de la parroquia. Las hermanas de la casa Bentín cuidaban de las vacas, plantaban millo y elevaban en verano los mejores palleiros de Os Casás, que era decir de Santo André. Mingo no podía recordar sin ruborizarse el día que, viéndolas trabajar en los almiares de Os Casás justo después de la siega, que aportaban una guinda dorada al verde de las eras, comparó la forma de aquellos montículos de paja seca, dispuestos en torno a una larga estaca, con los senos erguidos y proporcionados de las rapazas pubescentes. Qué palleiros, los que aquellas hermanas componían. De todas ellas, Inés era la más decidida, con su voz potente y un andar decidido, quizá menos femenino que el de sus hermanas, pero compensado por su figura, que intentaba disimular con vestidos poco ceñidos. Parecía mentira que ella y sus hermanas fueran hijas de Maruja, una mujerona alta y corpulenta con enormes pechos, no menos estómago y posaderas y facciones que bien podían describir las de una bruja, sin que faltaran los ojos hundidos, la nariz aguileña, el mentón pronunciado y una verruga, con vello abundante, en la mejilla. La tía Maruja administraba su casa con la decisión de un ejército, trabajando el campo sin desatender la lareira, donde siempre había comida para los suyos y para quien a su humildísima casa se acercara. Muchos veían la mano divina en el modo con que aquella mujer mayúscula había criado a sus seis hijos, con un porte natural que no tenían los hijos de bachilleres de Redondela, ni siquiera los de Pontevedra, la única ciudad gallega, con Santiago, donde la urbanidad ilustrada había enraizado al gusto de los ministros de Carlos III y del puñado de nobles afrancesados que decían ser gallegos, sin haber pisado las casas de su blasón en generaciones. Se había casado con un perdido, O Pituso de Os Casás, que se bebió la poca hacienda conseguida en sus años de afilador y jornalero por Castilla, donde su acento y carácter apocado alimentaron los ya numerosos chascarrillos sobre gallegos recitados por los mozos desde las tierras de León hasta Sierra Morena. El Pituso, bautizado con cierta crueldad como Perfecto, murió al volver a la aldea, no sin antes tratar con una dureza resentida a sus hijos, sobre todo a los dos varones; el primogénito, que nunca se sobrepuso de los abusos paternos; y el tercero de los seis, con una naturaleza tan poderosa que habría necesitado media Castilla, y no un puñado de vegas raquíticas, para plantar y segar él solo todo el millo y el centeno del mundo.

Aquella madre gigantona y voluntariosa también había protegido a sus cuatro hijas de las necesidades arbitrarias de don Manuel, el cura de Santo André, un zamorano refunfuñón cuya fisionomía arrojaba pistas de sus debilidades. De mediana edad y con el acento entre leonés y galaico de las tierras de Sanabria, escondía a un hombre bajo la sotana, y él no se cuidaba de amagar el inconveniente. El pelo de su nuca, pegada al tronco, se confundía con el bello negro del cuello, si lo que había bajo el cogote no eran ya los hombros. Su pelo era negro y rizado, impracticable, retrocediendo en la mollera; las cejas eran una, ancha y poblada, que parecía mirar más que los ojos, grandes y redondos, incapaces de mirar a la cara. Bajo una nariz chata y ancha, con algo de bello en la punta, aparecía una boca grande y groseros labios carnosos, que dejaba ver su interior sin demasiado pudor. La boca enseñaba un apetito pantagruélico que venía de nacimiento, con una lengua atenta a todos los placeres de la mesa. También la contemplación orgiástica del trabajo físico de las vegas de Os Casás, más frenético al final del verano que en el resto de la parroquia, gracias a las hijas de la Maruja. Las lozanas muchachas ayudaban a su madre y sus hermanos en la era y las vegas que poseían en el pequeño valle que separaba Os Casás de O Punxido. La casa del cura había sido construida en el Oteiro de Sino, con el granito de la zona, a la derecha de la vetusta iglesia, mientras un pequeño cementerio rodeaba el suelo alrededor del propio templo. La entrada principal de la casa de don Manuel, siempre abierta al patio enmurado desde que había llegado a Santo André hacía unos años, asistía todos los veranos a un espectáculo cuya contemplación habría enturbiado el alma de cualquier lugareño; no la del cura, pese a representar el mandato apostólico romano en una pobre aldea más de la Finis Terrae. Cada verano, a escasos trescientos pies loma abajo, las rapazas de la Maruja se esforzaban primero en la siega y luego confeccionando los palleiros, en un frenesí comunal y con cierto aire festivo. Almiares dorados y lozanas rapazas; don Manuel no sólo salivaba con los regalos de caza que los paisanos le traían a casa con regularidad, sino que buscaba con la mirada a un tipo de carne que parecía no trastornar su sueño. Hasta el punto de perseguir, con recados de todo tipo, a la Inés y sus hermanas, que siempre rechazaron con un pudor tan comedido que parecía más propio de un diplomático que de unas rapazas harapientas.

Todo el recato que las rapazas de la tía Maruja de Os Casás guardaron con don Manuel mientras el descarado zamorano se encargó de Santo André, lo perdía la Inés con Mingo. Se había ido como un enclenque mocoso al Seminario de Tui y había vuelto los últimos dos veranos como un mozo apuesto y viajado, con ese aire orgulloso que compartían los seminaristas y bachilleres de familias humildes. Pero Inés había calado a Domingo Antonio y, en una conversación mantenida con su madre, que se comportaba como un buey en el trabajo y como una delicada y fiel ama de llaves al abrigo de la lareira, había mencionado al rapaz de Martín do Punxido. Era el hijo de Fento Verde, sí, pero en él no había la pavonería de quien se pasaba el año esperando las romerías para pasear su estampa por ellas. Habló, impostando frialdad y falta de interés, de lo poco que gustaban a aquel muchacho las picardías más maliciosas de los otros rapaces de su edad, más ocupados en trabajar lo mínimo posible en sus casas y hacer visitas furtivas a las muchachas más frescas en las vegas de Os Ramís y el Oitavén, que en labrarse un futuro. El rapaz de Fento Verde volvía en verano y, en vez de pavonearse con aire seminarista ante don Manuel, o frecuentar a los hijos de los dos o tres bachilleres y labradores con poderes de la parroquia en la "sala do respeto" de sus casas, intentaba hacer en apenas diez semanas lo que sus padres no lograban el resto del año. Maruja había asentido, mientras sacaba el puchero con verdura y carne de cerdo de la gramalleira. A continuación, aprovechando el corto intervalo que sería interrumpido cuando el resto de sus hijos entraran a la cocina para la cena, aquella mujer mayúscula, con las formas voluptuosas de los ídolos femeninos de la fertilidad, había preguntado, quizá a su hija, quizá a la providencia: "¿Pensas que el rapaz quere casar en Anceu?". Unos años más tarde, cuando una Maruxiña ya seca y empequeñecida pensaba que su Inés, la luz de la pequeña casa, estaba condenada a casarse con un perdido como su propio padre, Dios quisiera que menos ausente y cruel que el Pituso, Domingo Antonio Boullosa Nogueira volvería a Anceu. Y sí, lo haría para casarse con su luz. Su hija era fuerte como ella cuando era menester, y llegadas las horas de reposo era fina como una "costureira", con el rostro más bello de Anceu. Decían las viejas que las costureras más lozanas no se casaban, al no conformarse con lo que había al alcance ni conseguir lo anhelado. Pero la Inés, al fin y al cabo, no era costurera, recordaría Mingo a su suegra al oír la historia.

Por mucho que los paisanos le reconocieran en calidad de "hijo de", ni su personalidad ni sus anhelos eran comparables a los de su progenitor, un hombre débil, preocupado por su facha y de baile fácil, que disfrutaba con el vino. Al fin y al cabo, Fento Verde quiso evitar empresas que le comprometieran más allá del peto de ánimas del Oteiro do Sino. Su universo se cernía sobre la pequeña huerta de la era de la casa familiar en O Punxido, además del labradío de las dos mejores fincas junto al río, que daban algo de centeno y maíz, a salvo de humedad, gorgojos y roedores tras la cosecha en el hórreo, "canastro" para los hijos de la diócesis de Tui. Lo que se excediera de cumplir con don Manuel, proveer para los animales y contentar a la Sabina, no le interesaba, a excepción de una cierta libertad para pasearse con aire aristocrático por cuanta fiesta y romería se celebrara en diez leguas a la redonda. Y en los meses de estío, cada semana había al menos un día grande. No había hombre más capaz y con menor ambición desde la Sierra del Suído a Redondela que Martín "o Fento Verde de Anceu", ni labrador con mejor porte, ni más alegre en las romerías veraniegas.

Mingo no quería que su mujer se marchitara como su madre; antes prefería no casarse nunca. Sabina, hija de la vieja e ilustre villa de Soutomaior, había abandonado la vista de la ría de Vigo remontando el curso del gélido Oitavén hasta Anceu, camelada por el porte de Fento Verde. Hacía años que a su madre ya no le sorprendía la prestancia del padre y ello le apenaba. Embelesado, Mingo paseaba nervioso a la vera del Castañar. Aquella tarde había que bailar como el hijo de Fento Verde que se suponía que era, y al día siguiente, en la fiesta, haría lo propio. Eso sí, daría a entender a Inés que la felicidad no llegaba a la puerta, enredada en el ramaje del sabugueiro, sino que había que salir a buscarla. Quería que ella le esperase. Su futuro más próximo estaba lejos de Tui, sí, pero también de Santiago y mucho más de Anceu. De momento, no quería siquiera formular su anhelo aventurero con nitidez. Aquel pensamiento le turbó por un instante. Negó con la cabeza y largó un chasquido entre dientes. Rápido, había que ocuparse en algo. Se puso manos a la obra; había decidido llenar el carro de leña y ayudar a su madre a preparar la casa para el invierno, pensando en la siguiente primavera. Luego, partiría hacia el puerto de Vigo, en lugar del santuario educativo de Santiago, para él poco más que una ciénaga espiritual. De un brinco, saltó el muro de la finca ayudándose con una mano. Cayó mal.

Una gruesa astilla de castaño se había clavado en la pantorrilla derecha, justo bajo la corva. Su grito seco alertó por un instante a las vacas y los bueyes. Mingo miró, atónito, la curiosa continuación entre la astilla incrustada y la polaina de paja, atada con cordones. Su pierna se quería convertir en rama de árbol. Se sacó la astilla de un tirón y se tranquilizó al instante. Apenas había un cuarto de pulgada manchada de sangre en la punta de la astilla y ni siquiera se había mareado. El dolor no remetía y su corazón parecía palpitar junto a la herida. En un instante, la polaina se manchó de sangre. Al desatarla y arremangar la cirola hasta la rodilla, miró la herida ensangrentada. Decidió orinar sobre ella. Antes de volver a casa, había que recoger la leña.

Probó las provisiones de la faltriquera al llenar la superficie del carro hasta superar una cuarta la altura de las estacas clavadas al "chedeiro". Ascendió tranquilo por el último repecho de la corredoira, encharcada y trufada de las blandas y redondas heces de vaca, que conducía de vuelta desde la vega del Souto a O Punxido, pasando por las casas de Os Ramís. El tintineo del carro fue más músical que nunca; se esforzó en convertir el tonillo en la zanfona que acompañaba a la "foliada" del baile de los palillos que los mozos y mozas de Anceu interpretarían ante todos al día siguiente. A cada paso, la herida ardía, pero el carro acompañaba el canto, entre murmuros. "Carmela berrou con chindo / na carballeira de abaixo / porque lle picaba un toxo / que levaba no refaixo". No pediría, como el alegre rapaz de la romería de Anceu que protagonizaba la tonadilla, ninguna licencia a Inés. No podía prometerle nada, ni siquiera si volvería, pero por su fuerza de voluntad que lo intentaría. "Dame Carmela / un bico pequeño / non cho dou queridiño / teñoche medo". No era una edad para tener miedo. Se abría ante él todo lo que no tenía cabida en el seminario de Tui, ni mucho menos en el Colegio de Santiago. Don Pedro había abierto el camino y sus descendientes lo habían olvidado. Había llegado el momento de retomarlo. Si en aquel mundo estático no había cabida para buscar la esencia de la vida, él no pensaba quedarse de brazos cruzados junto a su padre, esperando a que algún descendiente del Marqués de la Ensenada o algún otro mandado del Rey le preguntase si el número de casas, rapaces, rapazas y vacas había aumentado o disminuido desde el Catastro de Ensenada de 1749. Cómo escocía la pequeña herida. "O rebular con Carmela / Chindo perdeu as polainas / e xa que ten outras novas / non quere mais rebuldainas". Él no estaba para perder las polainas en el festejo, ni tampoco en tontos descuidos junto a la finca, antes de recoger leña. Sabía que el pequeño episodio no respondía sólo al despiste. Habían pasado sólo unas semanas desde que volviera a Anceu y se había contagiado del estado de ánimo de su casa. Las ánimas marcaban el paso de los vivos y, cuando escampaba la bruma, no había interés por recuperar la ubicación.

El dolor había remetido cuando llegó a la puerta del corral, tras haber guardado el carro y los bueyes. La Moura fue, como siempre, la primera en entrar, seguida de Marquesa, Romeira, Estrela y Lubre, que siempre se apelotonaban tras la jerarca, en orden aleatorio y sin prisa. Las vacas ilustraban el comportamiento humano, al menos en aquellos contornos; falta de sangre y parsimonia durante la mayor parte de la existencia, excepto a las horas de pacer en la vega y de recogerse en casa. Eso sí, siempre tras el tirano, la Moura en este caso. En la existencia de los cuidadores de su especie, el tirano se encarnaba en el párroco, el boticario, el regidor con más poder, el alguacil mayor o el alcalde, cuando lo había.

Dio la vuelta a la casa y abrió la cancela de la era. Su madre majaba centeno mientras hablaba con la vieja Placeres, una juiciosa y parlanchina mujer que superaba las noventa ediciones de la Festa das Dores y ya había enterrado viejos a dos de sus cinco hijos. Sabina notó la presencia de su hijo y le saludó de reojo, aunque su intuición le indujo a fijar su mirada en el rapaz. Algo había pasado. ¿Estaban las vacas bien? ¿Había vuelto el jabalí a hacer destrozos en el millo? ¿Acaso alguna camada de lobos haciendo incursiones desde el castañar a las vegas, como siempre ocurría por San Miguel, cuando el depredador se preparaba para el invierno? Los dos palos del mayal, articulados con una vieja correa de cuero, cayeron al suelo. Placeres abandonó su desordenada sarta de nuevas sobre Anceu, que compartía gustosa con la Sabina del Martín, al fin y al cabo una "forasteira" de Soutomaior a la que había que poner al corriente en perpetuidad, probando su conocimiento sobre el complejo universo enmarañado de la aldea, que comprendía a vivos y muertos, casas y fincas, caminos y cruceiros, animales y árboles, piedras y acontecimientos pasados, presentes y futuros basados en la costumbre y la intuición femeninas, dos poderosas armas de planificación. Su vida había sido más sencilla cuando niña en Soutomaior, en el seno de una familia de artesanos del cuero. Había vecinos pobres de solemnidad, pero también hidalguía y un sentido antiguo de la cortesía, como si aquel destartalado castillo atlántico de los Soutomaior fuese el último reducto de la nobleza guerrera, convencida de que su única ocupación era la batalla y el trabajo ensuciaba las manos y el alma, una deshonra que permitían a los campesinos, artesanos y prelados eclesiásticos, siempre que éstos tuviesen presente a quién rendían cuenta. La familia de los Soutomaior y otros tantos linajes de abolengo, ausentes de sus castillos desde antiguo, se aseguraron, antes de marcharse junto al rey castellano de turno, que las hermandades de religiosos, comerciantes y campesinos, los Irmandiños, no volverían a unirse para defenestrarlos, como ocurriera hacía ya más de tres siglos. En la diócesis de Tui, la memoria era una poderosa ánima que comía en la mesa.

Como recordando al sanguinario Pedro Álvarez de Soutomaior, Pedro Madruga, la villa que llevaba el mismo apellido mantenía un orgullo y sentido de pertenencia contradictorios; todo dependía de la ironía y causticidad del interlocutor, o del número de días con lluvia fina que se contaran. El viejo castillo había sido construido sobre un monte que dominaba el Salto do Inferno, la confluencia de los ríos saltarines Verdugo y Oitavén, que venían de las montañas del naciente más próximo. La unión entre ambos ríos desembocaba a apenas media legua del castillo, hacia el poniente, en la misma ensenada de San Simón, a donde Pedro da Boullosa había sido llamado de urgencia a la batalla de Rande. Dominga explicaba a menudo a su hijo las historias que había oído sobre el aciago 1702. La incursión inglesa y sus efectos aún permanecían en el imaginario, aunque la hubiesen padecido los padres y abuelos de los más ancianos.

Cuando rapaza, los mayores evocaban todavía el sonido de los cañonazos de la escuadra anglo-holandesa, una vez habían roto el cerco del estrecho de Rande y se habían adentrado en el fiordo, donde habían masacrado la escuadra francesa que guardaba a los galeones españoles, mientras trataba de defenderse en formación de media luna al levante de la ensenada de San Simón, en lo más profundo de la ría. Los cañonazos habían retumbado, aturdiendo las ánimas del antiguo monasterio abandonado de la pequeña isla de San Simón, mil veces violentada por, entre otros, Francis Drake.

Mucho antes de que el pirata la saqueara en 1589, se había producido en el islote el auténtico milagro, aquel que habían esperado

Roger Bacon, compatriota del truhán de los mares, Giordano Bruno y Joan Lluís Vives, entre otros. Allí, en un humilde monasterio, se habían fundido el estoicismo de los franciscanos y la sabiduría panteísta de los religiosos de Tui. También desde allí, el poeta Meendinho había escrito en el siglo XIII su cántiga de amigo, antes de que el dogma hubiera pervertido la prédica de Francisco de Asís, hijo espiritual del gallego Prisciliano, y la Orden de los pascualinos de San Simón fuera excomulgada. Sabina se moriría sin saber que su hijo había hecho un voto secreto al que sólo Dios había tenido acceso. En el juramento, habían estado presentes Séneca, Marco Aurelio y Francisco de Asís. También el alma universal y el canto a la belleza humana de trovadores como el enigmático Meendinho, del que sólo se habían salvado sus cántigas. La sangre ancestral de Mingo descendía por la confluencia del Verdugo y el Oitavén, que enfriarían para siempre las sólidas columnas graníticas de la pequeña isla.

Meendinho la recordaría para siempre y, a través de sus ojos, también lo haría Mingo. "Sedia-m'eu na ermida de San Simion / e cercaron-mi as ondas, que grandes son: / eu atendend'o meu amigo! E verrá? / Estando na ermida ant'o altar / cercaron mi as ondas grandes do mar: / eu atendend'o meu amigo! E verrá? / E cercaron-mi as ondas, que grandes son, / non ei i barqueiro, nen remador: / eu atendend'o meu amigo! E verrá?".

Se decía que buena parte del oro, plata, diamantes, cacao, tabaco y maderas nobles no se hundió con el ataque inglés, sino que los navíos anglo-holandeses que representaban a Ana I de Estuardo, habían hundido galeones con las bodegas ya medio vacías. Los metales preciosos habrían viajado a Madrid semanas antes que empezara la batalla. No contentos con el escaso botín que no había sido hundido, los ingleses que habían desembarcado en tierra al mando del General James Butler, segundo Duque de Ormonde, habían asaltado Vigo, Cangas de Morrazo, Redondela, Arcade... y Soutomaior. Decía la memoria de los más viejos que habían quemado casas, matado y robado la virtud a varias mujeres, incluida una viuda de la vecina Arcade. Pero, sobre todo, se habían bebido el vino, la sidra y el orujo de toda la ría de Vigo, aunque los cabecillas de los pillajes se hubieran contado por centenares, y no por miles.

Los dominios de Soutomaior eran un mirador excepcional para asistir a invasiones y migraciones, victorias y derrotas. La pasividad de las gentes de la diócesis de Tui había facilitado el germen del nacimiento de Portugal y de la propia doma y castración de sus gentes por parte de Asturianos, leoneses, castellanos. Los ingleses, en 1702, habían sido los últimos de una larga lista de incursiones.

Mingo se acercó a su madre y Placeres para mostrar, restándole importancia, la herida de la pierna. "Bo. Iso non fai nada". Placeres lo consideró un rasguño, pero acto seguido retomó el tono aleccionador con su interlocutora. Había que llamar a la madre de Fento Verde, la abuela paterna del chico. La "avoa" Dominga vivía con la familia de Tomás Boullosa, el segundo de sus cuatro hijos, en una vieja casa de Os Ramís que pertenecía a la nuera. Era una de esas casas con arcada para las caballerizas y "sala do respeto", de las de se mira pero no se toca, para recibir a invitados de alcurnia. Los padres de la señora de la casa vivían en Pontevedra, como era mandado cuando uno había ejercido de notario y había colocado al hijo en la misma licenciatura, mientras la pobre Dominga hacía más de ama de llaves que de madre del hombre de la casa. Dominga había tenido cuatro hijos. Además de Martín, en 1732, y Tomás, en 1738, había alumbrado a Lorenzo, un rechoncho y calvo bebé, en 1741; un año después había nacido Benito, con piel rosa y ojos pegados. Ambos no superaron el primer año. Lorenzo murió tras quedarse ciego y quizá también sordo, con los ojos empañados de blanco, como bañados en harina. Benito había nacido llorando y así se fue en la primera semana de vida, sin siquiera probar el calostro, como embrujado.

Ahora, Sabina la forastera, aquella hija del clan de los Nogueira de Soutomaior, se disponía a convocar a su suegra a la usanza de la tierra. En lugar de apresurarse corredoira abajo, se avanzó hasta la altura del hórreo de la era, clavó sus pies en el suelo y acercó sus manos a la cara para ampliar un agudo y melódico grito de llamada. Era un recurso al que recurrían sobre todo las mujeres para avisarse de situaciones excepcionales; los gritos viajaban a menudo entre distintas aldeas de la parroquia, a distancias que superaban los dos mil pies. Cuando alguna mujer de los alrededores llamaba, se paraba el tiempo y atendían hasta los cuervos, que abandonaban sus persistentes graznidos y atendían desde el dosel del puñado de carvallos que los lugareños no habían talado bajo el Oteiro de Sino, entre O Punxido y Os Casás. A la tercera llamada, se oyó una respuesta lejana pero nítida, en forma de grito melódico traído por el aire. Dos claros silabeos. "Ve-ño"; o, mejor dicho, "veee-ñooo". Al rato, cuando la abuela Dominga cruzó la cancela de la casa de sus antepasados, donde no vivía por decisión propia, ya que creía que la lareira de los Boullosa de O Punxido estaba a buen recaudo en manos de una mujer buena como Sabina, preguntó a Mingo dónde se había hecho daño. Un momento. Mingo se asombró tanto como su madre; en la llamada, Sabina no había mencionado siquiera a su hijo, y mucho menos explicado que se había abierto una herida en la pantorrilla.

Dominga de Orxe, que no se había quitado el luto desde 1741, cuando muriera su tercer hijo Lorenzo, permanecía delgada y vigorosa pese a su edad. Mientras examinaba la herida de su nieto, la expresión de su rostro perdió tensión y se dulcificó al instante. Les instó a ir a la cocina. Desde el año anterior, no había entrado en aquella casa, que había hecho suya tras casarse con el difunto Antonio Boullosa, enterrado en 1761. Mientras pedía a su nuera un cuchillo limpio de hoja ancha agarró, en el umbral de la puerta de la cocina, un par de flores secas del sabugueiro. El saúco tenía unas flores aparasoladas, blancas y aromáticas, que las viejas usaban en forma de sahumerios para evitar la infección de las heridas.

Se decía que las mujeres del linaje de Orxe llevaban generaciones enseñando a sus hijas y nietas cómo curar y aliviar. Fuera o no cierto, la casa de la que procedía la familia, ya abandonada, había custodiado desde una hondonada la loma sobre la que se erigían las ruinas de un antiguo castro, en la lindante Castro Barbudo, junto a las vegas del poniente de Anceu. Las "damas de castro", explicaba un día la vieja Placeres a un divertido y todavía niño Mingo, habían nacido bajo castros milenarios y atendían solicitudes de la gente, ya que se respetaba su conocimiento e intuición. Al callar la vieja, Mingo había mirado a su abuela, intuyendo que la monserga tenía sentido. Ahora, tantos años después, la vieja Placeres acompañaba de nuevo a Dominga y a Sabina; esta vez, no había una historia que contar al rapaz. ¿O sí?

El aromático humo de la flor de saúco manaba de la "gramalleira", un cenizo suspendido de una cadena sobre las brasas, inundando toda la cocina. Dominga volvió a salir y dibujó, con el cuchillo, algo sobre el suelo, junto al tronco del saúco. Al entrar, pidió a Mingo que acercada el cenizo y le hizo sentarse. Arrodillada, aplicó el sahumerio de flor de saúco sobre la herida y, a continuación, la lavó con agua hervida de antemano, ya tibia. Agarró después la hoja del cuchillo, entrecerró los ojos y, moviendo la muñeca que lo empuñaba, situó el anverso y el reverso de la hoja sobre la herida, sin llegar a tocarla, mientras musitaba unos versos, apenas perceptibles. Mingo prestó toda la atención posible; le molestaba hasta el crepitar de las brasas y la respiración pesada de Placeres, al fondo, convertida en sombra. Las palabras le eran familiares. De pronto, asoció aquella cantinela con un texto leído. Pero, ¿dónde? No logró evocarlo.

"Quero desatar e quero ser desatado. / Quero salvar e quero ser salvado. / Quero ser procreado. / Quero cantar; cantade todos. / Quero chorar: batede os vosos peitos. / Quero adornar e quero ser adornado. / Son luz para ti, que me ves. / Son porta para ti, que chamas a ela. / Ti ves o que fago. Non o menciones / A palabra enganou a todos, pero eu non fun / completamente engañado".

Placeres y Sabina, también Mingo, habían guardado silencio desde que entraran en la cocina. Aguardaban a algún signo de Dominga para rebajar la tensión. Llegó. Dominga se limitó a recordar a su nieto que se hacía tarde y, como ya no le daría tiempo de endirgar con su madre en la era, tenía que acudir al Oteiro de Sino cuanto antes, que los demás rapaces ya habrían empezado con el ensayo de la danza de palillos. Faltaba un día para la danza de la Festa das Dores. Mingo se incorporó sin dar más importancia a los enredos de su abuela y la ayudó a reincorporarse. Mientras no despegaba los ojos de su nieto, preguntó a Sabina si estaba preparada para la nueva larga ausencia del rapaz. Porque iba de cabeza al Colegio Mayor de Santiago Alfeo, "¿non é?". Había guiñado el ojo al nieto, como si intuyera que aquel no era el camino decidido por el Boullosa inquieto, con mucha más sangre que su hijo y padre del muchacho Fento Verde, rey de fiestas y romerías. No, el rapaz no se les torcía. Mingo asintió; se marcharía el mismo lunes de madrugada, el día después de la danza, pasado San Miguel.

Llegó al Oteiro de Sino malcomiendo un trozo de pan de centeno con chorizo. Antes de entrar en la era de la iglesia, donde se celebraría la romería, bebió agua de la fuente que había junto a la casa del cura y la parroquia, en la encrucijada entre las corredoiras que conducían a Os Casás y al Oteiro. Bebió un largo trago, se lavó la cada, se aderezó el pelo y decidió encaminarse, disimulando el ligero cojeo causado por la caída, al "campo da festa". En efecto, allí estaban ya todos los rapaces y rapazas, incluyendo su Inés que, al verlo, arrancó a cuchichear con el resto de mozas, reanimada. Habían acampado ya las carretas de los forasteros que se habían acercado al Oteiro de Sino de Anceu, con motivo de la Festa das Dores. Allí estaba ya el pequeño don Herminio, "fogueteiro" de Caldelas, que mantenía el permiso de tirar cohetes durante las fiestas de la zona, una actividad que ahora querían controlar aquellos funcionarios afrancesados, educados en Pontevedra o en Madrid. También habían llegado las "santeiras" de Barbudo y Chaín, y decían que aquel año habían venido incluso las de San Andrés de Teixido, tras rodar de romería en romería durante toda la temporada veraniega. Acabarían la temporada de romerías veraniegas en el pequeño y apartado Santo André de Anceu, antes de volver a casa. Las santeiras vendían "sanandreses", figuras de migalla de pan sin fermentar pintadas con anilina, en rosa, verde, amarillo. Qué mejor lugar que aquel para vender figuras que se colgaban en un ramo de romería, llamado de Santo André. Tampoco faltaban las rosquillas, que se servían asidas a una vara flexible, en forma de dulzón collar de romería.

Estando Suso y Antón, los hermanos Sobral, había gaita y pandeiro, que de cantar al son alegre de la foliada se encargaban los rapaces y rapazas danzantes. Consistía en un antiguo y complejo juego de rotaciones en pareja, en torno a un círculo central, en el que mozos y mozas chocaban palos de madera torneada de dos pies de largo. A la vez, tejían y destejían, con precisión milimétrica, una urdimbre de cintas de colores atadas a las muñecas. La equivocación de uno solo de los mozos daba al traste con la urdimbre conformada por las varas, de modo que a los pasos y el chocar de palos, realizados al ritmo alegre y elegante de la foliada, había que añadir precisión. Llegado el momento de iniciar el ensayo, no hubo sorpresas. Al día siguiente, irían vestidos de blusa, con faja y gorro de paño encarnado. Inés aguardó a que Mingo se acercara. Un pañuelo bordado recogía todo su pelo y la rapaza más voluntariosa de la tía Maruja, que ya era decir, no sabía cómo rebajar el calor que notaba en su cara. No había pelo suelto que pudiera esconder semejante sonrojo, que descendió poco a poco, hasta permanecer en las mejillas. Ambos se tomaron el ensayo más en serio que nunca, y ya era decir. Tanto que, cuando acabó y se volvió a repetir, ambos temían que de nuevo se acabara. Tras el tercer y último ensayo, Inés se atrevió a preguntar a Mingo cuándo tenía previsto irse. Cuanto antes se fuera, antes volvería, contestó. Iba a ser aquel lunes. "Espera por min". Inés asintió, para abrir su boca y describir una sonrisa púdica, sincera, que se perdería para siempre una vez muriera el recuerdo que Mingo guardaría del momento, a falta de poetas o pintores observando para inmortalizarlo, disfrazados de árbol o piedra. Ni el mismísimo maestro Mateo, que hiciera el pórtico de la Gloria de la catedral de Santiago, la única obra del hombre en el que él mismo había visto el toque del genio eterno, habría logrado poner en un molde aquella belleza efímera.

Al anochecer, Maruja llamó desde casa a sus hijas, ya que las eras de Os Casás eran las más próximas al campo de la fiesta del Oteiro de Sino. Mingo, que había meditado cómo despedirse durante toda la danza, sabía que Inés le daría un rato más, aunque ello le costara una regañina de su madre. Le cogió de la mano, lo que levantó alguna risa entre dientes, tanto de sus hermanas como del resto de rapazas, así como una tonadilla de mofa de los rapaces. Se acercaron a la carreta de la santeira que decían que venía de San Andrés de Teixido. El muchacho se excusó y pidió a la mujer, vieja y encorvada, el mejor sanandrés. La mujer, que entendió la importancia del momento, les dio una figura que llevaba una bendición "para os que andan a namorar". La tradición decía que, al adquirir un sanandrés, se acudía a la fuente más cercana y, antes de arrojar la figura al agua del pilón, se pedía un deseo. Si la figura flotaba, se alcanzaría lo anhelado. El sanandrés flotó. La segunda llamada de la Maruja sonó más intimidadora, aproximándose a su corpulencia. Inés se despidió, con los ojos cristalinos. Se abrazaron. Mingo dibujó su cuerpo, en contacto con el suyo. La próxima vez que sintiera aquel olor, estaría en casa. Ya a cien pies de distancia y caída la noche, Inés se giró y le deseó que mejorara. Era la única que se había percatado en el campo de la fiesta de su ligero cojeo al apoyar la pierna izquierda.

De camino a casa, volvió el dolor de la pantorrilla. Sintió la brisa en la cara, ya fresca, y abrió al máximo sus fosas nasales, para exhalar un poco más de aquella noche de plenilunio, cuando su gente se había aplegado desde antiguo para beber y cantar en honor a la luna llena. Al abrir la puerta de la cocina, la luz del candil iluminó el umbral, con el saúco y las escaleras que conducían al sobrado. Fue cuando se fijó en el dibujo que su abuela había hecho en la tierra, junto al árbol. Una hélice de tres brazos en espiral, al estilo de los símbolos solares, convergía en un punto central. Movimiento y a la vez equilibrio. Tres. Su tatarabuelo hablaba en una de sus cuartillas de las tríadas de la vida. Nacimiento, vida y muerte. Cuerpo, mente y espíritu. Cielo, mar, tierra. Casa, aldea, parroquia. Lareira, encrucijada, camposanto. Pasado, presente, futuro. Entró a cenar.

Domingo Antonio Boullosa Nogueira dejó su casa según lo planeado, antes del alba del lunes 30 de septiembre de 1771, andando y sin apenas provisiones, con un puñado de reales, las cuartillas, el soldado de estaño de su tatarabuelo y tres mudas de ropa. No se había despedido de sus padres, pero sí les había dejado una nota sobre la cama, además de unas perras; quizá suficientes para arreglar el tejado. A la altura de Os Ramís, en lo alto de un pequeño cerro, vio una figura. ¿Era su abuela? Se oyó un grito apagado, suficiente para ser percibido a aquellas horas de la noche. No mencionaba a Dios, ni recriminaba, ni sermoneaba. Ni siquiera deseaba suerte. "Qué-ro-te, me-u". Su Mingo sabía cómo construir su propio camino, más allá de la última confluencia de la última corredoira.

Un día más tarde, Mingo cogió un mercante con rumbo a Cádiz. Quería encontrar una ocupación, un sentido mundano, quizá mercantil, una empresa con tamaño humano más que divino, para viajar a México. Cádiz era el lugar más indicado. Santiago nunca llegaría. Anceu siempre sería la patria y a ella volvería. Inés sería su futura mujer.

TRISKELION por Nicolás Boullosa

4. El inglés

Dedicó un instante ceremonioso a mojar la pluma y asegurarse de que no goteaba. Se mordió el labio inferior, percibiendo el pálpito placentero de la conversación epistolar, mientras registraba el inicio de aquel instante en la primera línea de la cuartilla, todavía virgen, comprada al mejor artesano papelero de Oxford la primavera anterior, durante su última estancia en la ciudad universitaria. "Brevery House, London, on the Saturday, September 28th, 1771...". Inventio, dispositio, elocutio, memoria, actio. Su capacidad natural para concebir toda la línea argumentativa de la tarea que le ocupara, le producía a menudo pereza intelectual, que se transformaba en un escalofrío nervioso. Un tic surgido de sus entrañas le obligaba a arquear manos y articulaciones y, cuando en compañía, le provocaba el pesar de quien se sabe diferente. Siguiendo un proceso parecido a los cinco cánones de la retórica, musitados en el latín original como revulsivo anímico, la carta que iniciaba ya estaba escrita en su mente. Su maldita mano, que había soltado la pluma con brusquedad sobre el escritorio, apenas había marcado la fecha en la cuartilla, pidiendo clemencia. Por fortuna, el papel no se había manchado de tinta. Respiró hondo y sonrió. Emily Sheridan, ama de llaves que su buen amigo y protector Henry Thrale, el rico productor cervecero y miembro de la Cámara de los Comunes, había dispuesto para su cuidado, le daría de nuevo un cariñoso rapapolvos a propósito del estado del escritorio. La fina superficie de la escribanía, de madera noble, había sido cien veces mancillada por tinta esputada de forma violenta, restos de comida y pequeños golpes, muchos de ellos provocados por tics incontrolados. Pronto habría que limpiarla y aplicarle de nuevo betún de judea, cuyo penetrante olor detestaba. Una vez había invadido sus anchas fosas nasales, las calles de Londres, las flores del jardín de los Thrale, la hierba húmeda de Hyde Park y hasta la comida se impregnaban durante días de aquel hedor, cuyos efectos comparaba con el azufre de los textos bíblicos y los tratados de magos y hechiceros, que de pequeño anhelara encontrar bajo una piedra, a la sombra de un gran árbol en el camposanto de Greenhill, una pequeña iglesia de su ciudad natal.

A juzgar por su legado y lo que sus admiradores coetáneos dijeran sobre él, Cicerón había disfrutado proyectando su voz, jugueteando con el tempo de sus discursos, una ocupación que consideró más importante que sus escritos. Pese a los esfuerzos, él, en cambio, se aburría con solemnidad, sobre todo una vez había dilucidado de memoria, con pelos y señales, todo lo que había que decir. Como prueba de ello, una década atrás le habían bastado dos semanas para escribir La historia de Rasselas, príncipe de Abisinia, una novela filosófica que había nacido de su conciencia, tras los espasmos y tics pertinentes, con el único propósito de costear el funeral de su madre. El mismo motivo que le había llevado a aceptar la generosidad de su amigo Thrale, que no sólo había heredado de su padre la mayor cervecera de Londres, sino un fino talento para la oportunidad y un genuino intelecto. Educado en Eton y el University College de Oxford, Thrale no era brillante, pero su listeza le permitía degustar con conocimiento de causa el auténtico chorro retórico que manaba de aquel intelectual torpón con cierto halo inmortal, a la manera que lo fue Homero para los griegos. Es decir, un "freak". Homero había sido un rapsoda ciego; el ciego más brillante de la historia de la humanidad, quizá, pero un "freak" al fin y al cabo. Un monstruo de feria como él mismo, tan conocido en los círculos académicos y sociales de Londres, Oxford y Edimburgo por sus espasmódicas gesticulaciones como por sus obras. Ah, Emily. Qué delicia poder disponer, en momentos de autofustigación, de alguien tan bueno y con tanto sentido común como el ama de llaves, bajita y algo regordeta, siempre impoluta, con su pelo recogido tras la cofia.

En septiembre, un mes tan proclive a la lluvia e inestabilidad atmosférica en el Támesis, la única escala de grises que aportaba algo de alegría a sus cansadas retinas era el busto de la pequeña mujer, buena y diligente, sin un pelo de tonta. La blanca cofia, el pelo grisáceo, la arrugada y porcelanosa piel del rostro, el cuello bordado de la blusa de un apagado blanco marfil. Thrale y su ama de llaves. ¿No eran ambos el mismo ser, distintas representaciones somáticas de un mismo alma, en el sentido platónico? Sí, su prestigio académico y literario quedaban fuera de toda duda, pero un cierto reconocimiento en los selectos clubes que nacían en las ciudades más florecientes del Reino Unido no restaba lustro a la genuina generosidad de su anfitrión, quien le había urgido, más que invitado, a vivir con su familia en la sobria mansión georgiana que se había hecho construir, a modo de casa de campo, en Streatham Park, en el mediodía de Londres. Emily se había compinchado con su señor para convertir la casona georgiana en un hospicio del saber. La mansión aparecía ante el visitante como un monumento al progreso de la ciencia y el racionalismo en medio de un bosque ajardinado a la francesa; naturaleza castrada y amansada a la fuerza. Servían determinadas plantas y árboles, que se espaciaban buscando la geometría humana, en lugar de celebrar el orden cósmico natural. La casa de campo del parque de Streatham debía ser, según los deseos de su propietario, el retiro dorado de algunos de los nombres más ilustres nombres de la ciencia y las letras de la época, que conversarían con los prohombres de la política y la industria londinenses. Todo estaba por hacer y los Streathamitas, como habían sido llamados, querían asumir su parte de responsabilidad.

Y así fue. Además de él mismo, otros ilustres invitados se alojaban en el cómodo y espacioso edificio, o lo habían hecho en los últimos tiempos. La mansión, rodeada de nueve acres de jardines arbolados, superaba la veintena de dormitorios, aunque Johnson no se había interesado por su número exacto. Había numerosos edificios adyacentes, entre los que destacaba el establo, con un centenar de caballos, además de estancias para los criados y guardianes de seguridad. Se alojaban en Streatham Park o lo visitaban a menudo el apuesto actor y dramaturgo David Garrick; el escritor Arthur Murphy, cuyo acento irlandés era espeso como la crema de leche; el pintor Joshua Reynolds, que retrataba al resto; Oliver Goldsmith, medio irlandés, poeta y físico, o físico y poeta, según el día, con el que había creado The Club, la tertulia más celebrada de Londres; o el brillante James Boswell, un joven noble escocés condenado a dar fe en sus dietarios de todos los encuentros, preparados o fortuitos, fueran al abrigo de la sala principal de la mansión o durante un paseo informal. Ellos, y tantos otros, colmaron las espaciosas salas de estar de Streatham Park con las conversaciones más cultas de la época, pero tenía la sensación que tanto él como sus colegas habían pagado un alquiler moral: evitar la charlatanería suntuosa y el onanismo intelectual propio de las Cortes ilustradas de la Europa continental.

Ni siquiera Joseph Baretti, el gran crítico literario piemontés nacido Giuseppe Marc'Antonio, se había permitido espesar su discurso barroquizante, tan comprendido entre los europeos católicos del Mediterráneo. El momento histórico demandaba estar a la altura de lo que la ciencia podía aportar.

Streatham Park elevaba su sobria fachada de cuatro plantas y veintiocho ventanas una legua y media al mediodía de donde hacía casi dos siglos, al final del reinado de Isabel I, se había erigido la corrala del Globe, el teatro de la Compañía de Shakespeare. Nada recordaba su presencia; ni siquiera el más mínimo signo conmemorativo, no ya una estatua del dramaturgo. Ello no le eximía de padecer un espasmo físico ante el lugar los días que volvía de la residencia londinense de Thrale, en Maiden Lane. Un día, realizando el trayecto solo en el coche, se había imaginado interpretando a un Hamlet histriónico incapaz de sostener quedo un cráneo humano. Habría tratado de evitar el telele muscular ante la exigente audiencia de la época, acostumbrada a la interpretación de los Burbage, la célebre saga de actores. "Totus mundus agit histrionem". Todo el mundo actuaba, había escrito Petronio, y la Compañía de Shakespeare había creído en ello hasta sus últimas consecuencias, bautizando el teatro en consecuencia. Una vez dejado atrás el Globe fantasma, el trayecto entre Londres y la mansión de los Thrale en Streatham transcurría apacible. Henry valoraba su tiempo y tomaba la senda más directa a la manera de su amigo James Watt, empecinado en que los carruajes se desplazaran por raíles para aumentar su velocidad. Recorría el camino adoquinado a través de la rivera del Támesis y se dirigía luego a la campiña meridional, donde se sucedían las arboledas y paseos empedrados, transitados por familias y grupos de jóvenes de buena condición, seguidos por sirvientes. Los muchachos con pedigrí festejaban a las señoritas más agraciadas, algunas vestidas con la última pompa francesa; o, cuando sus vestidos espantaban más que atraer, eran sus doncellas las piropeadas. Los rayos de sol bañaban a los paseantes con reflejos dorados; figuras juguetonas que, desde el cómodo habitáculo del carruaje, construido por el mejor fabricante de su Lichfield natal, no eran sino el escenario de un ciclorama. Su amigo Boswell le había explicado cómo había descubierto en Edimburgo el ingenioso artilugio ideado por un pintor irlandés, un tal Robert Barker. El mecanismo mostraba al espectador, sentado en el centro de un escenario, un paisaje en movimiento, en realidad un mural pintado por el propio Barker en una estructura circular movida por poleas y raíles. Esa era su impresión durante los paseos irreales por el domesticado verdor. Inglaterra avanzaba con la rapidez de un ciclorama visto desde una carruaje en movimiento y, en el proceso, las costuras del paisaje padecían las consecuencias de los avances. Los alrededores de Londres ya habían sido amaestrados y mostraban una impostura humana, rectilínea y contrahecha, con prados y arboledas más irreales que los del invento de Barker.

Inglaterra se deshacía de la majestad de sus bosques, que se convertían en pequeñas motas en el paisaje, plácidas a la vista del cada vez más rápido y ocupado viajero ilustrado. El diorama de Barker devolvía a Johnson a la incertidumbre de la alegoría de la caverna de Platón. Tras dedicar su vida a estudiar la etimología de la lengua inglesa y explorar sus incontables lazos con las lenguas celtas que el idioma invasor había fagocitado en su expansión, se sentía como uno de los hombres de la caverna, sujeto por el cuello y las piernas de modo que sólo podía mirar hacia la pared del fondo de la concavidad, iluminada por una hoguera. En su pared, aparecía el ciclorama de Robert Barker en que se convertían las islas británicas, gracias al empuje del progreso. A su espalda, se encontraba el muro con el pasillo por el que, en su caso, desfilaba la realidad esencial, desnuda. Hombres portando plantas, animales y otros símbolos de la naturaleza y la cultura ancestral gaélica. El progreso racional era un espejismo que no estaba teniendo en cuenta el auténtico legado del espíritu británico, su raíz etimológica. La reinterpretación de la alegoría platónica le había entristecido.

Había que prepararse y atender la correspondencia, mientras los días vinieran a favor. En los últimos años, el tiempo otoñal traía consigo rigidez en los tendones, espasmos, dificultad para mantenerse quieto cuando permanecía de pie, si a la vez no encontraba un punto de apoyo para sus manos. Sentado y de pie, cuando la industriosidad de la cabeza no era correspondida por el cuerpo, tenía que concentrarse para evitar el balanceo de su torso, que tanto le sacaba de quicio. "Si no fuera por los cuidados de esa mujer... Gracias por ocuparte de mí, viejo Thrale". El hijo de un librero que conocía mejor el oficio de leer y recomendar que el de administrar sus caudales, Samuel Johnson era un fornido e imponente hombre con aspecto bonachón que daba la sensación de haber engullido a un escriba antiguo cuando era pequeño. Ello habría explicado su condición de biblioteca andante, como un amigo le había descrito. Cuánto le debía a su padre, para muchos un librero borracho de provincias y un héroe para él, del que había heredado la ansiedad de la lucidez. Su progenitor había sido degustador de libros más que librero, valiente como el que más en la lectura a la luz del candil y débil en la vida, a la que volvía para pelearse con su mujer, sobre todo por las estrecheces económicas. Tras la discusión habitual, se recluía en la cantina hasta que algún amigo le convencía para volver a casa, o le traía cuando su estado le impedía valerse. A Samuel le atormentaba evocar los años de su adolescencia, cuando su padre curaba la culpabilidad de la resaca con una meticulosa atención hacia él. Le pedía que le acompañara en algún evocador paseo mental, a falta de ligereza en las piernas. Michael Johnson preguntaba con amor incisivo al brillante púber, ya gigantón y peculiar, para fortalecer su cultura general. Las respuestas de Samuel daban sentido a la tristeza del librero, y le otorgaban fuerza para permanecer en la realidad. Había que estar lúcido para aprovechar la innata capacidad de sugestión del adolescente, que nunca antes había observado en nadie con tal claridad, niño o adulto. No ya en la pequeña y vieja ciudad catedralicia de provincias de Lichfield, o en las Midlands del poniente de Inglaterra, sino en las pujantes urbes del centro de Inglaterra: Birmingham, donde amigos y conocidos habían fundado las empresas comerciales más importantes de la época, cuyo empuje contrastaba con la somnolencia de los negocios tradicionales de Lichfield con la Corona o la Iglesia. También guardaba relación con Coventry, donde compraba su papel. O incluso Oxford y Londres, que intuyó como destino natural del jovenzuelo vergonzoso y asocial.

Las disquisiciones al cobijo de estantes y libros, clasificados a la manera de la biblioteca Bodleiana de Oxford, fueron el sitio de recreo del hijo y la victoria vital del padre. No había sabido administrar el caudal de la familia, tan generoso como el de las otras familias principales de Staffordshire, a las que evitaba siempre que podía. Pero el fracaso no era total. Durante la primera juventud de su hijo Samuel, pocas cosas pudieron compararse al dolor hiriente causado por el descrédito que le dedicaba su mujer, Sarah Ford. El paseo dominical hasta la suave colina coronada por la vieja iglesia de Saint Michael on Greenhill transcurría por un paisaje suburbano verde hiriente que contrastaba, por su perenne fertilidad, con la marchita peculiaridad de los Johnson. Michael y Sarah se habían casado ya mayores, recordaban las alcahuetas; Sarah tenía cuarenta años cuando nació su hijo en la vivienda que la familia tenía sobre la librería, una noche también de septiembre de 1709. "El niño, digan lo que digan sus padrinos, no está bien -decían las malas lenguas-. El pequeño Lloyd de los Osbourne de la calle Market caminaba el otro día serpenteando por la calle, abriendo y cerrando los ojos. Al acercarse Lloyd, el pequeño Sam le explicó algunos dilemas que había leído y no podía solucionar. Los niños a esa edad tienen que estar jugando y ayudando a sus padres, en vez de hablar como un cura".

Pasear hasta la maldita colina del Oriente de Lichfield obligaba al débil Michael Johnson a salir de la madriguera y darse de bruces con la falta de aceptación del resto de ilustres conciudadanos, a los que faltaba la fría comprensión del anonimato de las grandes ciudades, o el más tolerante espíritu monacal y taciturno de las ciudades universitarias. En Lichfield, no era más que un huraño y borracho librero arruinado que evitaba las regañinas de su mujer y había engendrado a un pájaro de las letras aún más raro, aquel niño paliducho, grandullón y con ojos tristes. Cuando uno era capaz de observarlos, entre tic y tic. De vuelta del suplicio dominical, ya en casa, Michael agarraba a veces de la oreja a Samuel, jugando a las regañinas, y le espetaba a iniciar o acabar una u otra tarea, ya fuera de contabilidad, clasificación bibliográfica o lectura.

En ocasiones, enviaba a su hijo a entregar libros, libelos y panfletos a casa de sus dos insignes padrinos, a los que llegado el momento pidió consejo para encaminar la vida académica del chico. Samuel Swynfen, físico y graduado del Colegio de Pembroke, en Oxford; y Richard Wakefield, abogado, juez de instrucción y secretario del Ayuntamiento de Lichfield, coincidían con las impresiones del padre. La vida de Samuel sería erudita, o no sería. Más que pistas sutiles al respeto, existía la certeza de que, más allá de sus excentricidades físicas y su comportamiento obsesivo, Samuel tenía un don para el aprendizaje. Y, claro, había nacido justo encima de una librería, de la que dispuso a su antojo desde que, precoz, empezara a leer, mientras los niños de su edad se expresaban con apenas doscientas palabras. Un domingo, a la salida de la iglesia, el señor Garrick, su maestro en la escuela de gramática de Lichfield, había invitado al padre a caminar aparte para advertirle de que no toleraría a Samuel "más confabulaciones que sólo buscan arrinconarme ante el resto de los alumnos. Sabe usted muy bien a lo que me refiero". Michael Johnson conocería más tarde lo ocurrido, a través de su hijo y dos de sus compañeros. Durante una lectura de filosofía clásica básica, después de que un niño leyera una escueta biografía de Aristóteles, Samuel esperó a que se hablara de la diferencia de talla entre el filósofo y sus discípulos, momento tras el que pidió la palabra. Tras sacudir la cabeza, se incorporó. Su voz sonó clara y sus palabras sabían hacia dónde iban. Existía un imperceptible titubeo, el usado por quienes descartan lo superfluo en cada encrucijada de la conversación, para fijar su mensaje. "Aceptemos que Teofrasto, Menón, Dicearco y el resto de continuadores del maestro en el Liceo están muy lejos de él. ¿Sería esto azar? Si es así, sería más provechoso para nosotros estudiar cómo el azar desempeña un papel primordial en los hechos, simples y complejos, de la vida. Sin Platón, el socratismo quizá se hubiera perdido, o habría sido sólo la tierra yerma que representan Jenofonte y los cínicos-cirenaicos. Aristóteles no tuvo la suerte de encontrar un alumno a su altura, como Sócrates lograra con Platón. La Academia se resintió, y toda la humanidad hasta llegar a nosotros, aquí, ahora, en esta clase de la escuela King Edward VI". El rostro barbado del maestro mostraba sofoco. Tras un instante, sus compañeros soltaron una carcajada. La pregunta, si había habido tal, nunca fue considerada. Tenía doce años. Se preguntó lo mismo durante el resto de su vida. Nadie sabía mejor que él que los avances del hombre no habían dependido siempre de la mera calidad intelectual de los más eruditos, sino también de su actitud hacia sus relaciones y del azar. ¿Se podía cultivar la suerte, o acaso buscarla? Tampoco halló respuesta en la biblioteca del Colegio de Pembroke de Oxford, donde sí encontró el rechazo de los compañeros más ociosos, que no soportaban la insistencia del grandullón de Staffordshire en expresarse en un latín tan sugestivo que habría encontrado reconocimiento en la Roma Clásica.

Él, Samuel Johnson, el ilustre prohombre de las letras británicas, que destinara ocho años de su vida a elaborar el más celebrado diccionario de la lengua inglesa, había cumplido sesenta años dos semanas atrás y se sentía más peculiar que nunca. Desde hacía poco más de cinco años, sus numerosas amistades literarias, así como las relaciones sociales curadas por Thrale, se dirigían a él como "doctor" Johnson. Tras recibir el doctorado honorífico del Trinity College de Dublín, su correspondencia había aumentado con la proporción del reconocimiento hacia su obra. Sobre todo, el de su riguroso e inabarcable diccionario inglés. Un día, había descubierto al ama de llaves mirándole compasiva, con los ojos humedecidos y la ternura maternal que nunca vio en el rostro de la suya propia. Tras ser descubierta, la mujer mostró al instante su incomodidad, que Samuel contrarrestó pidiendo un poco de té con el mayor tacto posible. "Gracias a los dioses del Olimpo, el Panteón y la vieja Albión, que la encuentro. Me ocupa una lectura que me está tostando la sesera y creo que sólo hay un modo de contrarrestar semejante falta de habilidad prosística. Un poco de té, ese brebaje que deberemos agradecer a nuestra señora la reina doña Caterina de Braganza, que 'su' Dios la tenga en gloria". En aquella ocasión, el ama de llaves no había podido controlar su compasión, al ver ante él, al fondo de una luminosa y fría sala, al solitario grandullón desamparado, mientras agarraba un panfleto a apenas un palmo de distancia de sus ojos, con sus manos agarrotadas y todo el esfuerzo del mundo. Le había parecido el niño gigantón más benévolo e inocente de Inglaterra, envejecido de repente. Gracias a los cuidados de la buena de Emily, su salud no había empeorado durante el último lustro, pero poco podía hacerlo sin causar la muerte. La vista y el oído habían sido muy débiles desde que había alcanzado la madurez y, bueno, los movimientos involuntarios eran a menudo como las ideas, conducían a lo luminoso y a la penumbra, en función del día y el estado de ánimo. Era consciente de la dificultad de convivir con él. Un viejo tullido no sólo plagado de discursos, premios, el diccionario inglés, la poesía inglesa más respetada de su generación, los ensayos y los reconocimientos académicos; también cargaba consigo el bagaje de las pequeñas manías cotidianas, las rutinas que debía respetar, muy a su pesar. Por fortuna, la casa de campo georgiana que los Thrale habían erigido en el parque de Streatham, en el meridión oriental de Londres, protegía de sus excéntricas arbitrariedades, con su tamaño desproporcionado. Se podía vivir en ella evitando al resto de sus moradores y sus respectivos invitados, sin por ello ser descortés.

Sobre su escritorio había una nota de la que conocía hasta la última coma, cuya mera presencia le incomodaba. Apartó la mirada de la carta; había que responder a las misivas del Colegio Pembroke de Oxford. La ilustre academia no le había reconocido como alumno y ahora, en la madurez, lo agasajaba de un modo casi obsceno. Pembroke nunca se haría a la idea de que los prohombres ingleses también estudiaban en otros colegios. También atendería las cartas de su editor, así como de las sociedades de amigos, consistorios británicos y escuelas que le escribían desde distintos puntos de las Islas Británicas e incluso más allá, en los confines del Imperio, para darle las gracias o concederle algún galardón. Pero abundaban, por encima del resto, los mensajes de reconocimiento a la valía y utilidad de su diccionario. Luego estaban las cartas a las que debía dedicar algo de tiempo lúcido, entre las que se contaban las contestaciones a conocidos, familiares y colegas de The Club. La famosa tertulia literaria perdía su brío a medida que envejecían sus legendarios fundadores, entre los que se contaba. No hacía mucho, The Club había departido al nivel de la Academia ateniense. Se autoinfligía todas las tareas persiguiendo la virtud del estoico, para aplastar del halo de melancolía que le atrapaba cada año, coincidiendo con el día de San Miguel. Era como si su cuerpo recordara que hacía sesenta y dos años y dos semanas que había perdido el abrigo del vientre materno; y, cortado el cordón umbilical, notaba como la vez primigenia el frío viscoso de la existencia. En los últimos años, gracias a la implacable supervisión de la vieja Emily, trataba de combatir la tristeza somática con trabajo regular y perseverante: varias horas de lectura al día y, tras un paseo con Thrale y el invitado insigne de turno, dedicaba un buen rato a tareas administrativas tan deleznables como responder a torpes loanzas con agradecimientos impersonales. Muchas de ellas, escritas en un inglés frígido y ponzoñoso, celebraban su obra gramática. ¿Era una broma universal, urdida por una sociedad masónica dedicada a enervar los trabajos científicos que rejuvenecían los campos del saber durante las últimas décadas?

Estaba de suerte: era un sábado con un propósito claro, que se llevaría los últimos resquicios de luz veraniega. Una carta al abogado escocés James Boswell. Era hijo de "laird Auchinleck" -lord Affleck en gaélico-, juez del tribunal supremo escocés y arquetipo del caballero ilustrado. Siguiendo la estela de su progenitor, el joven Boswell era leído, racional, valeroso, viajado, con el pundonor de quienes tratan de avanzar hasta sus propios límites. Johnson no impostaba su admiración cuando aseguraba a Thrale durante sus paseos que el impecable y meticuloso caballero escocés era el mejor compañero de conversación y estudio que un hombre de letras pudiera soñar: incisivo, exigente tanto en preguntas como en respuestas y con una curiosidad innata. Thrale asentía con el despecho del mecenas, un escozor leve que desaparecía cuando Johnson inventaba algún ocurrente sarcasmo y ambos sacudían la tensión acumulada ante el escritorio. Al fin y al cabo, administrar una hacienda de palabras y una de caudal no eran oficios muy distintos, sobre todo cuando uno vivía ya de las rentas.

Apartó las otras tareas epistolares y empezó con la misiva de respuesta a Boswell. A ciertas edades, no había mayor regocijo que recibir la carta de un amigo. Confesaba haberla releído para revivir la pueril impresión de la primera lectura. Boswell escribía sobre la profunda impresión causada por la lectura la obra del bardo Ossian, un poeta celta que había escrito su obra en gaélico y que, al parecer, el también escocés James Macpherson había recopilado y traducido al inglés. Johnson no conocía a Macpherson en persona, aunque compartía con él amigos y conocidos; lo suficiente como para dudar de la autenticidad de la obra en gaélico del legendario poeta del pasado. Para empezar, ¿dónde estaban los originales de Ossian? Boswell citaba pequeños pasajes de la presunta traducción, sin escatimar detalles etimológicos, a sabiendas de que su amigo Samuel Johnson, un cazador de palabras, se había documentado más que nadie sobre la temática. La lengua invasora había tomado parte del alma de las lenguas célticas habladas por los pueblos vencidos y subyugados. Boswell creía que el hallazgo de la obra de Ossian, si bien no en el sentido literario, suscitaría curiosidad en su amigo. Por el contrario, la historia despertó su desconfianza.

En efecto, Johnson también había leído Fingal y Temora, tanto en las ediciones originales de 1762 y 1763, cada una de las cuales albergaba un poema, como en la colección aumentada de 1765, que Macpherson había titulado Fragmentos de poesía antigua. "Sin duda, el hallazgo de nuestro amigo James Macpherson es remarcable. Los conocedores de la lengua inglesa y su influencia gaélica disfrutamos con obras que hablan de un pasado mitológico, perdido para siempre, que no conservó en lengua escrita sus epopeyas. Permíteme, no obstante, mantener mis dudas acerca del origen de los versos de Macpherson. La traducción al inglés podría haber pervertido con la mirada de nuestro tiempo la lengua manada de Ossian. Veo en los versos muy pocos vestigios etimológicos del erse, el gaélico de las tierras septentrionales de Britania. No hay más esencia del erse que en cualquier otra obra literaria escrita en el inglés de nuestros días, a excepción de los nombres, referencias toponímicas y legendarias". Acto seguido, Johnson se preguntaba: "¿Podría un hábil poeta viajar a las Tierras Altas y a las Islas Occidentales escocesas para recopilar cuantas leyendas y tradiciones dignas de mención hallara, y luego transmitirlas en forma de epopeya poética, ex novo? Sin ánimo de alzar, todavía, ningún dedo acusador, sino de aplaudir la idea de cualquier escritor contemporáneo capaz de cualquiera de las dos empresas, recopilar o inventar, creo que Macpherson debería ser considerado un autor, más que un mero traductor de la obra de bardo Ossian del erse al inglés".

"Constato haber leído ciertas críticas positivas a la obra traducida de Ossian, no sin cierta alarma. Una relectura de Fingal y Temora no las sitúa a la altura de La Odisea, La Ilíada o acaso el Cantar del Mío Cid, por mucho que hayan sido celebradas como tales en los círculos de Aberdeen, Edimburgo, Glasgow, Dublín, Londres e incluso en las Trece Colonias; por el amor de Dios, incluso algunos miembros de The Club han alabado lo que podría ser un montaje edulcorado revestido de epopeya ancestral. También me consta que el Ossian apócrifo se ha leído en Amberes, Utrech, Fráncfort, Alsacia. No entiendo por qué. Para mí, albergan un yerro poético muy a la moda contemporánea, con esas enumeraciones y exhortaciones exageradas, tan artificiosas y manidas, huecas. Abundan las palabras posteriores, alejadas ya de su raíz gaélica verdadera; de ser originales, los versos deberían saber más a pan de avena y oler más a turba. Si el propio Ossian cometiera semejantes atropeyos al sentido común del creador, su espíritu y visión de la gramática estarían más cerca del inglés que del erse. Temo, por tanto, que nos encontremos ante un caso de etimología detectivesca: o bien la traducción -aunque reconozco su esfuerzo y valía-, ha mancillado con una mirada contemporánea la esencia etimológica de Ossian, su universo y su época; o bien el señor Macpherson, partiendo de la tradición oral erse y la riqueza folclórica de las islas Hébridas y las Tierras Altas, ha escrito un poemario original, a la manera de las obras clásicas de cada literatura. O el bardo Ossian merece ser mejor traducido, o James Macpherson no es traductor, sino autor. Eso sí, autor documentado".

"Cuánto me gustaría estar equivocado. Querido amigo, por el bien del orse, las restantes lenguas gaélicas, la cultura celta y la propia lengua inglesa, debemos hacer cuanto esté en nuestras manos con tal de convencer a James Macpherson de que muestre el manuscrito de Ossian y, por qué no, lo publique. Si Macpherson accede, financiaremos sin problemas una edición que podría regalarse a todos los estudiosos, clubes y centros educativos interesados. Muchas bibliotecas particulares custodiarían encantadas una copia de semejante obra, de modo que no descartaría una edición comercial en pliegues, o quizá por entregas, al modo de la literatura popular que en tanta estima tenemos.

"Pero no quiero confundir el té con que acompaño la redacción de esta carta con 'usquebaugh', el agua de la vida que habéis elaborado en vuestra patria desde los tiempos de Ossian. Una hermosa palabra como todas las de su linaje, desnudada por el inglés hasta sonrojarla, 'usky', para luego aceptar la petición de clemencia y quedarse en un 'whisky'. No creo que el manuscrito del poeta bardo vea jamás la luz. No existe. No se conoce ningún vestigio escrito del erse y, de haber recuperado semejante reliquia, podría cambiar el destino de una lengua en retroceso, sobre todo con la embestida uniformizadora que promovemos desde Londres y Edimburgo en la actualidad. Nos estamos equivocando, si engañamos a la gente con poemas que nunca fueron escritos, sino transmitidos por la oralidad. Al mismo tiempo, les obligamos a que no hablen erse en la escuela, en la iglesia, o en el juzgado; ni siquiera nos gusta que lo usen en la cantina".

"Dada la situación, acepto ahora sin demora la invitación que me hiciste hace ya unos años de visitar, con algo de tiempo, las Tierras Altas y las islas Hébridas, donde sé que conservas buenos amigos e incluso lazos familiares que entroncan con esta historia. Estoy seguro de que encontraremos el origen del misterio en torno a Fingal y Temora cuando hayamos escuchado, junto al fuego, canciones y viejas historias que los abuelos transmiten a sus nietos. Quizá estemos a tiempo de averiguar si las dotes poéticas de Ossian tienen, al menos, sustento oral".

"Nos ha tocado vivir un tiempo extraño y a la vez extraordinario. Gracias a la hospitalidad de mi amigo Henry Thrale, que insiste en que te invite a acompañarnos en esta estupenda casa de campo cuando puedas liberarte de tus quehaceres durante una o dos semanas, tengo oportunidad de conversar con personas influyentes en la ciencia, la política, el comercio, la industria, el ejército. He observado rasgos comunes en los caballeros más notables. Somos partícipes en la vanguardia de la vorágine de cambio que sustituye carruajes por trenes, carreteras por canales fluviales. Somos producto de nuestro tiempo, y ello nos hace más parecidos de lo que jamás sospecharíamos. Una vez atendemos a nuestras necesidades más básicas, vivimos en, al menos, tres escenarios. El primero lo dedicamos al sentido equilibrado del gusto y el detalle, influenciados por la razón; en el segundo, experimentamos con nuestro Yo aventurero y buscamos una forma de expresión social individual, auto-regulada, orgánica, que florezca con la sabiduría que la naturaleza misma muestra. Y en el tercero sentimos un hondo y antiguo pesar cuando comprobamos que nuestro rápido avance borra los últimos trazos de lo que fuimos. Sea una lengua sin tradición escrita, tan sabia como las gentes que la hablan; sea un puente que jamás vuelve a reconstruirse; sea una ciudad devastada por un incendio como el de Londres, o un terremoto como el de Lisboa, que es incapaz de reconstruirse fiel a su esencia; sea un pueblo entero, conducido al exterminio, como ocurre en las vigorosas colonias del Nuevo Mundo".

La carta sería sellada por Samuel Johnson aquel mismo sábado, y entregada al correo particular de Henry Thrale al día siguiente, domingo veintinueve de septiembre de 1771, día de San Miguel.

"Como sabes, soy un animal de septiembre. Nací en un mes donde, en la mayor parte del mundo que llamamos civilizado, las cosechas se ultiman, se recogen o se ponen a buen recaudo. En algunas lenguas antiguas, esta época se asocia con palabras cuya etimología expresa el fin del año biológico, el inicio del letargo de los bosques y la melancolía. En septiembre también se acababa el buen tiempo y, como muestran textos, estatuas y esculturas, se aplazaban las batallas hasta que volvía el tiempo propicio, entre marzo y septiembre. Por convicción biológica, mi esencia se alinea con el fin del buen tiempo. No tengo mejor excusa que celebrarlo respondiendo a tu carta; tanto tu misiva como su respuesta celebran nuestras perdidas raíces paganas. Qué mejor día para contestarte que esta noche de plenilunio, vigilia de San Miguel, día del éxito de la cosecha y el fin de la vendimia. El domingo de luna llena más próximo al equinoccio de septiembre".

Johnson sorbía ahora un poco de té y se reclinaba sobre la butaca, tapizada con un velludo de estampado romboidal, que observaba como aturdido. Otro más de sus inconfesables rituales maniáticos, algunos de los cuales eran poco menos que leyes universales que no debía contradecir, bajo la amenaza de la anarquía de sus ojos, músculos faciales y extremidades.

La víspera del día de San Miguel se había convertido en un homenaje al paganismo de Britania. Johnson se consideraba a sí mismo un moralista, aunque su anglicanismo toleraba otros credos; el remedio a Roma no podía ser peor que la enfermedad. Como tory convencido, respetaba a quienes no titubeaban con su moralidad pero su admiración recalaba sobre todo en los que, como Voltaire, combatían la intolerancia surgida del dogma. Él, como Voltaire, exhibía a menudo su desacuerdo y aborrecía a quienes mostraban una religiosidad frívola, o anunciaban sin pudor sus filias y fobias; pero, como el francés, estaba dispuesto a morir defendiendo el derecho de quienes pensaban de un modo diferente a seguir expresándose en libertad.

Samuel Johnson debía buena parte de su formación ética al entorno provinciano, aunque próspero y educado, de Lichfield, centro comercial de Staffordshire y parada obligatoria entre la boyante Inglaterra meridional y las rutas hacia Irlanda, el poniente galés y Escocia. Sus peculiaridades y la protección de su padre le habían acercado a libros que, de otro modo, no habría podido leer hasta llegar al Colegio de Pembroke. Lichfield y su conocida escuela de gramática habían demostrado su valía formando a su amigo y pupilo el actor David Garrick; el muy capaz filósofo naturalista y físico Erasmus Darwin; y la celebrada joven poetisa Anna Seward, el cisne de Lichfield, hija del clérigo anglicano de la ciudad Thomas Seward, su confesor moral, además de autor y muy buen amigo. Ay, si aquella ciudad hubiera tenido el tamaño de Londres, reflexionaba a menudo.

Pese a la talla moral e intelectual de su círculo de Lichfield, o acaso la de los de colegas de Oxford, o la de los miembros de la tertulia londinense de The Club, Samuel Johnson había decidido confesar a James Boswell el acontecimiento fortuito que le mantenía intrigado, al considerarlo el más noble de sus amigos. Si se trataba de analizar una situación e intentar dar con la mejor solución, no sólo había que tener la lucidez, sino también el brío necesarios. Boswell era un curioso incansable, una rara avis académica, un cultivador de dietarios y cartas como nunca había conocido. Y conservaba el ímpetu juvenil que él había perdido.

Todo había empezado, como la mayor parte de los recuerdos más decisivos de su primera juventud, no en algún oscuro patio trasero o en el granero de algún vecino, mientras fiesteaba con alguna chiquilla, sino en la librería. En su casa. Allí encontró, sin clasificar, un pequeño libro no mayor que una octavilla, encuadernado con dos finas tablas de madera de abedul recubiertas con una añeja piel de badana. Era una edición medieval manuscrita en latín, con anotaciones en los márgenes, también en latín, de una obra que no había leído. Con el pequeño manuscrito, la lengua muerta tomaría la utilidad y el sentido que tanto le ayudarían: De vita beata, el libreto escrito, a modo de diálogo, por el estoico Lucio Anneo Séneca.

Durante dos semanas, perfeccionó sus nociones avanzadas de latín para extraer la esencia del discurso del tal Séneca, que había escrito la obra en plena madurez. Quizá por ello, su tono, más que fraternal, se acercaba al de un sabio amigo aconsejando, en lugar de aleccionar. Séneca se convertiría en su verdadero abuelo; el sabio sensato que compartía sus enseñanzas con el adolescente torpón. Una tarde, lloró desconsolado a la luz del candil mientras leía un pasaje del libro y, de fondo, oía la discusión de sus padres, ahogada por las dos puertas y el largo pasillo. Su padre volvía a estar borracho. Concluyó entonces, con remordimiento, que le hubiera gustado que su padre hubiera sido Lucio Anneo Séneca. Quién podía negar la fuerza de las palabras del filósofo estoico, que aprendía de memoria y trataba de traducir al inglés. Así, imaginaba cómo las habría dicho su padre. "Sea uno sólo admirador de sí mismo; confíe en la fuerza de su espíritu y esté preparado para los cambios de la fortuna y sea artífice de su propia vida". Michael Johnson no había nacido para distinguirse en el cultivo de las virtudes duras y sin artificio que Séneca loaba, tales como la paciencia, la fortaleza, la perseverancia. Su padre era un estoico que, por debilidad, sufría con el néctar de los epicúreos, un hedonista inconsciente en busca del narcótico definitivo donde apagar los sinsabores y fracasos, en vez de afrontarlos. Las virtudes blandas, según Séneca, a poco conducían. La liberalidad pomposa, la templanza, la mansedumbre no eran más que consuelos éticos. Qué gran advertencia contra la falta de rumbo y el propósito impostado. Si la felicidad sólo se conseguía con el ejercicio de la virtud, sus padres no iban por buen camino.

Tras acompañarle en secreto durante dos semanas, el libro hizo acto de presencia cuando su padre notó su ausencia en la librería. Respiró aliviado, una vez su hijo confirmara tenerlo. Su padre sonrió. Le invitó a sentarse. "Hijo mío, has desvelado el regalo que iba a hacerte el día que partieras hacia el Colegio de Pembroke". Sus ojos albergaban ternura y brío juvenil. Estaba seguro, mientras miraba a su pupilo, que aquel pequeño granuja ya había sacado más partido a De vita beata que el mismísimo Galión, hermano mayor de Séneca, a quien el filósofo de la Hispania romana había dedicado el escrito. Estaba orgulloso de Samuel, por mucho que en la taberna se mofaran de su suerte: una mujer maltratadora y un hijo... especial. El Michael Johnson dichoso retornaba al cuerpo a menudo inerte de su padre cuando en su recuerdo se conjugaban las palabras custodiadas en la librería con el genuino interés de su hijo. Con la llegada de otras preocupaciones, la psique de Michael se disipaba, a la manera que los cristianos imaginaban la resurrección del Espíritu Santo. Curioso que, en su ser, la resurrección, entendida como retorno al pálpito vital, funcionara justo al revés que la verdad canónica: sólo se producía cuando la psique retornaba al cuerpo.

Su padre le explicó entonces el origen del libro. Había pertenecido al padre Walter Walpole, último clérigo católico de la iglesia a la que siempre había acudido la familia, Saint Michael, un sobrio y viejo templo que coronaba una suave colina, tan verde como su propio nombre, Greenhill. El abuelo del chico había comprado al peso el lote de libros a los descendientes de un pariente lejano del cura, entre ellos varios incunables y tratados medievales manuscritos en latín, la mayoría de ellos con anotaciones de caligrafistas, ilustradores y lectores. Allí estaba De vita beata.

En comparación con la magnánima catedral gótica de Lichfield, una mole de arenisca roja con tres torres rematadas en aguja, la iglesia de San Miguel de Greenhill era apenas un templo familiar. Su cementerio se extendía por la colina, que cubría sus entrañas de arenisca con el pudor de una anciana virgen. Johnson había oído de un historiador que el camposanto de Greenhill precedía a cualquier otro camposanto en uso en el corazón de Inglaterra. Allí yacían, por ejemplo, ilustres miembros del Reino de Mercia. En el siglo VII, la localidad que aparecía mencionada en manuscritos eclesiásticos como Licifelth se había convertido en sede de la diócesis de Mercia, después de que el rey cristiano Wulfhere donara las tierras de Greenhill a San Chad, un forastero, para construir un monasterio. Tanto Wulfhere como Chad representaban el poder anglosajón, que había subyugado a la población céltica de la zona. Y la historia no había sido justa, a juicio del amigo de Johnson, con los pobladores originales. Del latín Letocetum al anglosajón Licifelth, que evolucionaría hasta el inglés moderno, Lichfield. Él, gigante de las palabras que componían la lengua impuesta por los antiguos invasores, tanto romanos como anglosajones, conocía mejor que nadie que "Caerlwytgoed", uno de los vocablos célticos que designaban la localidad, era usado sólo por los galeses, quién sabía durante cuántas generaciones más. La más lenta de las batallas parecía disputarse en el campo de la memoria lingüística. Por eso le había extrañado que el cura de Saint Michael que guardaba De vita beata en su biblioteca hubiera anotado, en el dorso de la primera página del manuscrito, su nombre, dos versos en latín y el lugar donde había realizado la anotación, en lengua céltica. ¿Por qué había usado el gaélico? ¿Un modo de dejar claro su sentimiento misericordioso con los invadidos ninguneados por la historia? "Monte Viridi Ecclesia Sancti Michaelis; Caerlwytgoed". Los dos versos, hermosos, eran tan etéreos como la propia anotación. "Verbum decepit, sed non ego / omnino falluntur". Ya el adolescente Samuel Johnson había concluido que, de ser originales, aquel representante de Roma bien podría haber sido un poeta. "La palabra engañó a todos, pero yo no fui / completamente engañado."

La primera página del libro incluía una anotación a pluma que revelaba la relación de amistad entre Walter Walpole y su anterior tenedor, "John Toland". Tras el nombre, un lugar y una fecha: Leiden, 1692. Johnson, como Boswell, sabía mucho más del tal John Toland que del misterioso y anodino cura provinciano Walpole. Sólo había un John Toland que pudiera haber firmado un libro en Leiden, Países Bajos, en la fecha señalada. Era un controvertido filósofo irlandés interesado por sus orígenes celtas, panfletista y atizador de los dogmas eclesiásticos más superficiales, sobre todo los litúrgicos, tan presentes en su familia católica. ¿Un cura católico de Lichfield, último exponente de la doctrina romana en su parroquia, aceptando una obra clásica obsequiada por un enemigo declarado de la doctrina papal? Sin duda, dados los acontecimientos que explicaba ahora a Boswell, había llegado el momento de compartir por carta la historia de aquel libro, que siempre había ardido con una llama especial en su existencia.

De vita beata, musitaba ahora desde la comodidad de su escritorio en Streatham. El bello grabado de la cubierta contenía cinco signos, formando lo que quizá era un ideograma. Tenían una belleza arcaica, sólo comparable al vetusto simbolismo del románico o acaso a los propios patrones de la naturaleza, que a veces repetía sus modelos en varias escalas, con distintas texturas y finalidades. El último signo no había aguantado al paso del tiempo y estaba... Más que borroso, se había borrado, a falta de saber a ciencia cierta si el tiempo era el único culpable.

"Guardo el libro de Séneca en un arcón de la casa de Lichfield, a la que será difícil que me retire cuando llegue el ocaso de mi vida, que todavía presiento lejano, si tengo que hacer caso a la energía que ese misterio humano llamado curiosidad me ofrece cada mañana. Nuestro amigo Henry Thrale me trata demasiado bien como para plantearme una mudanza y, en cualquier caso, soy agasajado tanto aquí como en Londres. Alejarme de la metrópolis me obligaría a desatender los compromisos y ello sólo aceleraría mi ocaso; además, qué diantre, vivimos en un momento histórico excitante, queramos verlo o no. Pese a no tenerlo conmigo, llevo el manuscrito en la memoria, y no hablo en sentido figurado. Cada veta de la piel de su cubierta, cada mancha o signo del tiempo en cualquiera de sus páginas; cada palabra, comentario u aroma. Lo recuerdo tan vivo como el fino tazón de porcelana blanca que tengo ante mí y el aroma revitalizador del té que contiene, que he acompañado con una miaja de miel, mi néctar particular... Si Juan Bautista se alimentó durante su vida a la intemperie a base de algarrobas y miel, yo podría hacer lo mismo".

"Por eso, mi corazón dio, el día mismo de mi cumpleaños, el vuelco sólo provocado por la clara percepción sensorial de algo que nos evoca los trazos que hemos dibujado durante nuestra existencia. Olores, visiones, sonidos, texturas, intuiciones, estas últimas a veces tan táctiles y aromáticas como una manzana. Paseaba por la linde oriental de la finca de Streatham Park en Compañía de nuestra querida Fanny Burney, muy animada con sus últimos proyectos literarios; la exquisita Hester Thrale y su marido; Thomas Percy, Oliver Goldsmith y otros habituales. Además, la misma mañana habían acudido de Londres tres compañeros de Henry en los Comunes. Dos de ellos no hablaron y no merece la pena mencionar siquiera su nombre, tal era su ligereza de mollera. Qué se puede esperar de un político rentista. El tercero, un joven caballero barbado, alto y flacucho, con el aspecto de galgo sólo achacable a la intachable procedencia familiar, nos causó un ánimo especial desde el primer instante. Hablaba con mesura y escuchaba con la diligencia de un anciano. El joven caballero, todavía en la treintena, se llama Martin Rooke. Asistía su caminar con un báculo, pese a desplazarse con la agilidad propia de su edad. Bromeando, le urgí a que me extendiera el bastón. Era de madera clara y ligera, quizá abedul, que acababa en una empuñadura cilíndrica de bronce, con una bola dorada sobre su extremo. Al fin y al cabo, si había alguien en aquel placentero paseo que necesitaba asistencia, era yo, le aclaré. Interesándome por el báculo, pregunté por su procedencia y razón de ser, al descartar cualquier razón obvia".

Había pertenecido a su bisabuelo, Sir George Rooke, almirante naval de Su Majestad, quien lo tenía en tanta estima que se había retratado con él en 1705. Al parecer, Rooke no lo había soltado día y noche desde que lo obtuviera en una villa española, durante su participación en una contienda que le había consagrado, la batalla de Rande, que había transcurrido en el fiordo de la ciudad atlántica española de Vigo. De ahí el nombre con el que había sido recordada entre los mandos navales británicos, "the battle of Vigo Bay". El pintor de la obra, el sueco Michael Dahl, había querido inferir mayor protagonismo al fondo de la obra, ilustrado con nubes altas y, en la línea de mar, una escuadra con al menos seis de los temibles navíos de guerra ingleses. El cuadro tomaría otro camino; en parte por la insistencia de Rooke, en parte por elegir, como toda representación de la realidad, su propio camino, empujando consigo al artista. Su bisabuelo se había hecho con la suya. Aparecía imponente, un poco inclinado hacia la derecha del espectador, vestido con la chaqueta propia de su rango, de terciopelo rojo y remates de hilo dorado, y un pañuelo blanco de seda en su cuello. Su brazo derecho se recostaba, en escorzo, sobre la boca de un cañón, cuya brutalidad simbólica contrastaba con unas manos pálidas, menudas y delicadas. Su mano izquierda, relajada, aparecía inmortalizada sosteniendo el báculo que ahora apoyaba en el suelo a cada paso.

La plácida mañana del día de su cumpleaños, Samuel Johnson disfrutaba de la charla con el joven Rooke cuando el índice y el pulgar de su mano percibieron las estrías propias de un grabado en la fría empuñadura metálica. Sin parar de hablar, acercó la empuñadura del báculo a apenas dos palmos de su cara, dada su delicada vista, que sufría con la claridad del día. En aquel instante, ocurrió.

El resto de los acompañantes se habían retrasado a apenas cien pies, formando un segundo grupo. Dejaron de hablar al contemplar cómo su gran amigo, el gigante de las letras británicas, poeta, ensayista, biógrafo, lexicógrafo, guardián del idioma inglés y de las culturas gaélicas, había lanzado el bastón de su acompañante al suelo. En un instante infinitesimal, había encorvado la espalda, para enderezarla luego con brusquedad. Un espasmo le recorrió el cuerpo y, sin tiempo a que Martin Rooke pudiera reaccionar, se desplomó.

"No puedo comparar la sorpresa que sentí con cualquier otro momento, anterior o posterior, de mi vida. Según el relato del joven, su bisabuelo había logrado el báculo y su empuñadura en una villa cercana a Vigo, durante la batalla contra un grupo de fragatas francesas que escoltaban a galeones españoles, cargados con el mayor tesoro conocido hasta entonces que traían desde las colonias americanas hacia España. El grabado del báculo, que debería haber sido ajeno a mi existencia, me aturdió como no lo conseguiría una camada de lobos hambrientos en la noche cerrada. Allí estaban los mismos signos misteriosos de la cubierta del libro de Séneca. Los cuatro primeros aparecían nítidos y no así el quinto, como labrados por el mismo artesano que los repujara en la cubierta de piel de badana de la edición tan particular de De vita beata que había encontrado, hace ya tantos años, en la librería de casa. Me desplomé. Todavía en el suelo, mientras oía las preguntas del joven y, a continuación, la conversación apresurada del resto de mis acompañantes, pensé por primera vez en la alocada idea de que el libro de Séneca, o al menos aquella edición tan particular, me había encontrado a mí, y no a la inversa. La combinación de símbolos que creía única, que había garabateado sin darle importancia durante años en las cuartillas de la escuela y el Colegio de Pembroke, apareció idéntica en la empuñadura de un báculo que uno de nuestros almirantes había requisado en quién sabía qué pueblo o ciudad del norte de España, cerca de donde se había librado la batalla de Vigo".

Samuel Johnson se sentía liberado mientras se disponía acabar la carta, contando ya las palabras finales. Dedicó las últimas líneas a pedir un favor a Boswell. Quería que enseñara la misiva a su antiguo profesor en la Universidad de Glasgow, Adam Smith, por quien sentía un profundo respeto. Sabía que Smith le había causado tal impacto emocional e intelectual que, estuviera o no relacionado con el devenir del joven, Boswell había decidido convertirse al catolicismo y oficiarse monje, a lo que se opuso su padre, que le ordenó volver a casa. James dejó las clases pero no volvió a casa, sino que se había marchado a Londres, donde viviría tres meses de acuerdo con las enseñanzas del libertinaje, según la profecía del monje medieval italiano Joaquín de Fiore, que como buen panteísta pensó que el

Universo, la Naturaleza y Dios eran equivalentes. Pasados los tres meses, su padre había acudido a por él. No lo mencionaba en la carta, pero intuía que aquellos símbolos iban más allá de la mera ornamentación y, quizá, formaban parte de un mensaje críptico con vocación universal, custodiado por personas que habrían temido por su vida, si hubieran dejado mayor constancia sobre sus creencias, a buen seguro poco ortodoxas. ¿Se estaba volviendo loco?

Notó calor en la sien. La misma sensación que había sentido de niño, cuando sus padres discutían. Cogió otra cuartilla y dedicó los siguientes cinco minutos a trazar, con el pulso de un cirujano, los símbolos de la cubierta de De vita beata y el báculo de Rooke apresado en Vigo. Una vez finalizado, devolvió la tinta al tintero y, liberado, dejó que su cuerpo se expresara tal y como era. Sus manos se agarrotaron. Su boca describió una mueca histriónica. Su ojo izquierdo se contrajo, en un tic que perduró un instante, hasta que Samuel Jonhnson, maestro de las letras británicas, concentró todos sus esfuerzos en aplacar el libertinaje de sus músculos faciales. Estaba agotado.

El sol se ponía en Streatham Park y Samuel Johnson preparaba su particular fiesta de plenilunio. Recitaba de memoria pasajes enteros de De vita beata, en latín. También repasaba los comentarios escritos al pie y a los pequeños márgenes por su último portador sentido, sin contarse a sí mismo. Se prometió que, durante su próxima visita a Lichfield, indagaría acerca de Walter Walpole. De momento, intuía su estatura moral, y habría compartido con él un respeto por la raíz humana del terruño húmedo de arenisca roja sobre el que se erigía Lichfield desde tiempos inmemoriales. Caerlwytgoed.

Una semana más tarde, James Boswell se disponía a abrir la carta que acababa de recibir, con su buen amigo Samuel Johnson como remitente. "Viejo bribón. Siempre tienes tiempo para picar mi curiosidad, como si quisieras que dedicara mi vida a estudiar tu obra e ideas. ¿Estás buscando a algún guardián de la posteridad, querido Samuel?". Su acompañante soltó una risa suelta y sincera. Era un hombre mayor, aunque con aspecto vigoroso, frente despejada, mandíbula prominente y ojos que lo habían leído y buscado todo, resistiendo tras sus anteojos. Usaba peluca parisina y vestía con un cierto exotismo para Edimburgo, dado su aparente descuido combinando colores. Su buen amigo Lord Kames se lo había presentado el día anterior en Stirling, que marcaba la frontera entre las tierras altas y bajas escocesas, en una velada a la que también había acudido David Hume. Le había presentado como político, científico e inventor, pese a que él reía y negaba con cabeza y manos, girando el cuello como un muchacho de quince años, sin importarle su aspecto bonachón, acentuado por una barriga redonda de hombre apacible. Tras dos largas charlas, una durante la tarde anterior y la presente, Boswell sabía que su amigo no había exagerado. Su nombre era Benjamin Franklin, con quien decidió compartir, divertido, el contenido de su carta. Al fin y al cabo, Sam Johnson era un gigante de las letras inglesas, que merecía ser conocido por otro gigante en potencia. Johnson y Franklin compartían un rasgo común, observó. Se les notaba capaces de desarrollar un discurso en una décima de segundo, y daba la sensación de que les causaba una pereza extraordinaria explicarlo al común de los mortales. Todo estaba por hacer y todo era posible. Había tan poco tiempo...

TRISKELION por Nicolás Boullosa

5. El americano

Mientras Samuel Johnson se despedía del día tras acabar su carta a James Boswell, avanzaba la mañana en el condado de Orange, Virginia, al otro lado del Océano Atlántico. De todas las posesiones británicas que conformaban las Indias Occidentales, las Trece Colonias de Norteamérica florecían con un pálpito autónomo. Nacidas al septentrión de la Florida española, habían sido promovidas por la Corona inglesa, más tarde británica, desde el reinado de Isabel I. Virginia era la provincia más poblada y próspera. Su nombre honoraba la pureza de la reina, respetada entre las familias más venturosas de la colonia con un apego proporcional al desprecio creciente hacia la metrópolis. La Patria era demasiado lejana para administrar con competencia sus supuestas obligaciones y su amparo militar se había tolerado mientras había habido enemigos de peso con los que disputarse aquellas tierras; ahora preocupaba, sobre todo, la amenaza de que aumentara el tutelaje impositivo. En las últimas décadas, el debilitamiento de franceses y españoles la América septentrional había coincidido con el aumento de los impuestos y obligaciones. Y a los "americanos", como se llamaban a sí mismos los colonos, meditaban sobre la naturaleza de su disconformidad. Los descendientes de los pioneros, cuya memoria familiar había echado raíces en la nueva tierra, no olvidaban la procedencia de sus antepasados, pero se sentían tan nativos como las mazorcas de maíz y las calabazas que las bandas de indios monacan, y sus enemigos powhatan, les habían enseñado a plantar en la huerta de casa. El joven capitán Catlett Conway, que acababa de convertirse en uno de los propietarios originales de las plantaciones del condado de Orange, representaba el sentimiento libertario de una tierra que quería florecer sin formalismos de palacete europeo.

Con apenas veinte años, Catlett decidió establecer su propia plantación en las fértiles tierras del condado de Orange, fundado en 1734. Su padre había canjeado el derecho de compra de mil acres de tierra fértil en Hawfield. La finca guardaba una conveniente equidistancia entre el nuevo asentamiento de Charlottesville, seis leguas al mediodía, y la floreciente villa comercial de Fredericksburg, cinco leguas hacia el naciente. Un lugar inmejorable para fundar su propia plantación, con la ayuda económica de su padre y la paga por servir en la milicia de Virginia. Las tierras de la futura plantación de Hawfield se extendían hacia el poniente siguiendo una fértil vaguada que se abría a paso hasta el magnánimo valle de Shenandoah. Qué localización más afortunada: si Charlottesville era la puerta de Virginia al Gran Valle, como se referían a la inacabable prolongación de tierra fértil al pie de los Apalaches que se extendía por el interior de casi todas las Trece Colonias, Fredericksville, un puesto comercial en el espacioso tramo navegable del río Rappahannock antes de la abrigada bahía de Chesapeake, conectaba Hawfield con el mundo. Empezaría cultivando la parcela más grande de las cinco adquiridas. Tenía quinientas acres, abarcables con trabajo duro y la ayuda de dos familias de esclavos, siete adultos y tres niños. Estaba convencido de que Hawfield ofrecería el mejor índigo del Imperio Británico, que era decir del mundo. Siempre, eso sí, que Virginia y los restantes territorios de las Trece Colonias siguieran perteneciendo a la metrópolis. Desde aquel instante, al pie de un suave collado que dominaba la arbolada hondura de su tierra, se haría llamar capitán Catlett Conway de Hawfield.

Los virginianos compartían una relación de amor y odio con la Madre Patria, principal destino comercial del arroz, tabaco e índigo cosechados a espuertas en una tierra inacabable, barata, fértil, sobre la que se posaba un cielo gigantón, evocando una mariposa con las alas extendidas. Desde la fundación de la pequeña colonia de Jamestown, primer asentamiento inglés permanente en el Nuevo Mundo, primero el hostigamiento indio y luego los intereses españoles y franceses habían obligado a los colonos a proteger aserraderos, molinos y forjas con milicias propias, equipadas y pagadas por ellos mismos. En el condado de Orange, las familias ilustres reivindicaban en sus viajes a Williamsburg y Norfolk, centros comerciales de Virginia, el derecho a administrar y proteger sus propias tierras de injerencias exteriores; así lo habían hecho desde el principio, sin tutelajes ni pedir nada a nadie, pues los empréstitos salían caros. Propietarios como el capitán Francis Conway II, padre de Catlett Conway de Hawfield, habían fundado su plantación en tierras montunas que no habían sido trabajadas con anterioridad, ni siquiera por los nativos, y reivindicaba su derecho a no compartir el rédito de su trabajo con un administrador extranjero que ni protegía a los colonos del Gran Valle de las constantes escaramuzas indias, ni dejaba proteger. Al capitán le molestaba la doble moral de los caballeros ingleses; tras diez minutos de conversación con alguno de ellos en la ciudad, surgía "el problema" de la esclavitud. Para cualquier patrón justo, como él se consideraba a sí mismo, no había ningún "problema". No había que luchar contra el estado de las cosas y la ley de Virginia era de una claridad meridiana. Los negros de su plantación, como los de sus vecinos, eran considerados bienes muebles, tratados, eso sí, "cristianamente". Cuando libraba del servicio, él mismo había supervisado a diario el tutelaje de los capataces sobre "sus" negros, para asegurarse de que ningún zurriago azotara sin motivo.

Los dos capataces, que todavía vivían en la plantación de la familia, eran irlandeses del Ulster descendientes de presbiterianos escoceses, pero aceptaban la norma no escrita establecida por el capitán. Y esta aceptación tácita atesoraba tanto valor para Francis Conway como lo hacía la Carta Magna para el Imperio Británico. El padre de Catlett había muerto 10 años antes, en 1761, defendiendo sus ideas hasta las últimas consecuencias, cuando la guerra colonial con participación de las potencias europeas ya había finalizado. El capitán fue enterrado en su casa del condado de Richmond, no lejos de Lancaster, donde sus antepasados habían fundado su segunda plantación. Hizo escribir en su epitafio: "Capitán Francis Conway II / 27 de diciembre de 1722 - 17 de mayo de 1761 / Murió a las órdenes de la Justicia". Para el capitán, la justicia consistía en el derecho de los ciudadanos libres -y propietarios de tierras- a enriquecerse con su trabajo; a defenderse de cualquier arbitrariedad de los poderes extranjeros, se tratara de Inglaterra, Francia, España o los "salvajes" indios; y a defender el derecho a una "esclavitud justa", sin crueldad, pero que respetara la propiedad privada. Al fin y al cabo, no se podían equiparar los derechos de las personas y los bienes muebles. Y la ley decía que los negros eran bienes muebles, a los que había que tratar con justicia. El abuelo del capitán Francis Conway, Edwin Conway Junior, había transmitido la posición de la familia con respecto a todo trabajador o sirviente que procediera de las tierras altas inglesas, del campo escocés o de Irlanda; gente salvaje, sí, pero eran "nuestros" salvajes, con voluntad de prosperar y cierta nobleza, aunque les perdiera la poca ambición, la afición a la botella y, en algunos casos, la devoción a la Iglesia romana.

Edwin, abuelo de Francis I, bisabuelo de Francis II y tatarabuelo de Catlett, conocido entre los Conway como el Emigrante, había nacido en una adinerada familia anglicana de Woncestershire, en las tierras medias del poniente de Inglaterra. Tras servir en el Ejército, había aceptado el puesto de secretario del condado de Northhampton, en Virginia, a donde llegó 1640, recién casado con Martha Eltonhead de Lancashire. La familia de Martha representaba el arquetipo de los cavaliers, la orgullosa estirpe de patricios que se sentía portadora legítima de los valores ingleses, del mismo modo que los caballos de raza superaban, por cuna y gracia divina, a cualquier bruto percherón. William Shakespeare se había referido a ellos como "cavaleros" en el segundo acto de Enrique IV, recordando la tradición castellana que había arruinado al enemigo del sur. Desde Inglaterra daba la sensación, con razón, de que en Castilla había más hidalgos que vasallos. Y los hidalgos castellanos guerreaban poco y trabajaban menos. Martha, la hija del "cavalero" Richard Eltonhead, era descendiente del linaje real que conducía hasta Enrique II, muerto en 1189. Buen pedigrí y mejores lazos, reconocidos en Inglaterra, anteriores incluso a la Carta Magna. Con su impoluta genealogía como único ajuar, Martha Eltonhead, una Conway desde 1640, había emigrado con su marido y ocho criados a Virginia, donde trabajó como no lo habría hecho una dama en Inglaterra. El primer Conway en Chesapeake sustituiría al segundo secretario del condado de Northampton, muerto al otro lado de la bahía durante un ataque indio. El matrimonio a duras penas compartió un momento de tranquilidad y bienestar durante catorce años de convivencia, hasta la muerte de Martha en 1654 durante el parto infernal de su tercer hijo varón, que tampoco sobreviviría a una noche de lluvia y ventisca de entre tantas otras. Su marido se fijó en las manos de su esposa durante el velatorio. En catorce años, se habían agrandado y endurecido hasta equipararse a las suyas.

La tierra de los Conway se emplazaba en el extremo meridional de la península de Delmarva, en un tentáculo de tierra que protegía del Gregal y el Levante atlánticos la bahía de Chesapeake, el mayor estuario de las Trece Colonias. El suelo era esponjoso y fértil y el agua manaba de los riachuelos con tal abundancia, que los arrozales de los dos únicos condados de Virginia en la península, ambos entre los ocho territorios fundacionales de la colonia, habrían alimentado a Londres. Desde el cabo meridional de Northhampton, al mediodía, se vigilaba la entrada del tráfico marítimo a la bahía; pero los intereses de otros propietarios en Accomack Shire, al septentrión de la península, limitaban cualquier aspiración expansiva de los Conway en el lugar. Así pues, seis años después del nacimiento del primogénito de la primera generación Conway en Virginia, Eltonhead Conway, la Compañía de Londres concedió a Edwin y Martha mil doscientas cincuenta acres de tierra fértil en el estuario del interior de la bahía, regadas con una exuberante cantidad de agua, en el lugar donde se fundaría un lustro después, en 1651, el condado de Lancaster. El segundo varón, Edwin Conway Junior, nació ya en la nueva casa que el Emigrante había edificado en Lancaster con ayuda del Rojo, territorio sentimental de las siguientes generaciones de la familia: la Hacienda, en mayúscula; "the Estate". Alastair Robertson, el Rojo de Aberdeen, era un maestro de casas que había emigrado desde Inverurie, en el condado escocés de Aberdeenshire. Bromeaba todo el día y, cuando recriminaba sus ayudantes en plena faena, nadie era capaz de entenderle al pie de la letra, tal era la singularidad del dórico, el dialecto escocés de su tierra, salpicado con expresiones escandinavas. El Rojo continuó trabajando de vez en cuando para la familia y Edwin Conway padre siempre evocó el estilo arquitectónico griego al escuchar el dialecto con el mismo nombre, un gaélico diluido en inglés con un fuerte acento grampiano que a buen seguro el Rojo había enriquecido con aportaciones personales. El dórico de la Grecia clásica no tenía nada que ver con el del Rojo, pero su trabajo de la piedra y la mampostería merecían un reconocimiento. Si el fornido y bajito hijo de Inverurie hubiera sido instruido en arquitectura clásica, como lo serían sus hijos, podría haberse dedicado a remodelar el Olimpo, tal era su pericia picando cualquier piedra.

Las Compañías de Londres y Plymouth se repartían la patente comercial original concedida a la Compañía de Virginia. Habían explotado en régimen de monopolio el comercio entre el territorio y la metrópolis, gracias a la patente otorgada por Jacobo I de Inglaterra al principio del asentamiento. Hubo poco que rascar mientras duró la garantía real a las Compañías, debido a la inmensidad del territorio y las constantes rencillas con los nativos. Pese a ello, el trabajo de la tierra, el contrabando y el comercio con las otras colonias inglesas habían financiado las primeras grandes plantaciones. Pronto, la provincia se había convertido en uno de los rincones más prósperos del mundo y, en dos generaciones, los cavaliers virginianos sacaban dos cuartas de altura a sus desdentados y raquíticos parientes de la metrópolis. Una vez trabajada la tierra, la extensión de las plantaciones y la compra de esclavos obraron el prodigioso avance económico de las Trece Colonias en general, y Virginia en particular.

En la historia virginiana de los Conway, la época de Edwin y Martha en Northhampton había legado historias de hambrunas y cosechas de subsistencia, ataques indios y escaramuzas para repelerlos. El propio Edwin alternaba su trabajo de secretario del condado con el de capataz en sus tierras. Las fincas de Lancaster aportaron las primeras rentas importantes a la familia, con las que compraron esclavos y plantaron tabaco, que sustituyó al arroz. Edwin Conway Junior, el segundo hijo de la pareja, apenas vivió 45 años, aunque superó en longevidad al primogénito, que murió a los 42 años, una tarde plácida y cálida, sin apenas viento, de 1689: "me voy con el tiempo calmo a dar calor a Martha, que se fue en medio de un temporal y seguro que conserva el frío de las manos y los pies". Sus espaldas habían aguantado la construcción de una familia de propietarios de Virginia. Gracias a los sacrificios de la pareja, sus hijos vivieron ya en un paisaje domesticado, donde los mayores peligros venían desde el océano, en forma de tormenta huracanada o de funcionario recaudador. Edwin Junior frecuentó la casa de un ilustre vecino, el capitán Henry Fleet, uno de los primeros exploradores de Virginia y Maryland y, como su padre y el capitán habían convenido, ocurrió lo inevitable entre dos familias de colonos que pretenden arraigarse en un entorno todavía hostil: la hija del explorador, Sarah

Walker Fleet, se convertiría en la esposa de Edwin Junior y madre de un único hijo, Francis Conway I, la tercera generación de los Conway en Virginia. El primer Francis Conway se había educado por mandato de su padre en las tierras medias inglesas, en Appleby Magna, Inglaterra, una añeja y tranquila villa de Leicestershire que mantenía la equidistancia entre Lichfield, tres leguas al poniente, y Leicester, cuatro leguas al levante. Le había acompañado en el viaje el joven Martin Robertson, nieto del maestro mampostero Alastair Robertson. El periplo debía ser un mero trámite, un modo de cumplir con los nuevos ritos de Virginia, pero la que se suponía que debía ser sólo una carrera educativa cambió para siempre la vida de los dos jóvenes.

Con apenas quince años, Francis y Martin se habían presentado voluntarios durante una llamada a filas de la marina real inglesa, que planeaba atacar e invadir el puerto de Cádiz, el más importante del debilitado Imperio Español, para usarlo como base en un posterior ataque, con la ayuda de Holanda, al puerto francés de Tolón. Francis, apodado Virginia Big Red por su imponente estatura y el color de su cabello, asistió en el desastroso ataque anfibio a Cádiz de septiembre de 1702, a las órdenes del almirante George Rooke; la operación fracasó. De vuelta a casa, la Armada anglo-holandesa supo que una flota de 22 galeones españoles con un fabuloso cargamento de plata, protegidos por decenas de fragatas de guerra francesas, había dejado Veracruz y, tras hacer escala en La Habana, había cruzado el Atlántico. Advertida de la presencia de ingleses y holandeses en el extremo meridional de Portugal, la flota franco-española había virado hacia el norte para hacer escala en la ensenada de San Simón, el remanso más profundo de la ría de Vigo. Allí, Virginia Big Red contribuyó con la fiereza de un tomahawk a la victoria de los hombres de Rooke. El mismísimo almirante reconoció la labor del gigante de las Indias, ya que había cubierto su espalda en todo momento, cuando Rooke se había avanzado por tierra con un batallón que inutilizó los castillos que flanqueaban la entrada a la ensenada y, acto seguido, había liderado el pillaje de las villas de Redondela y Soutomaior, así como la isla de San Simón. Francis Conway I volvió a casa a los veinte años, con una educación académica poco canónica, una condecoración de la marina real inglesa, una cicatriz que nacía en el lóbulo de la oreja izquierda y descendía por la cara y el cuello hasta la clavícula, una mirada cristalina y el pelo blanco. No pudo evitar la muerte de su amigo Martin en San Simón, lugar donde improvisó una tumba. Los recuerdos de la batalla le acompañarían para siempre.

La plantación de la familia en el condado de Lancaster se extendió con en las generaciones venideras hasta tierras de Richmond, el condado adyacente hacia el poniente más septentrional, y Francis Conway, aturdido por su experiencia en la batalla en aquella enseñada europea, pronto comprobó que no había heredado la industriosidad de sus predecesores. Se dedicó al cultivo del espíritu y decidió delegar el peso del hogar a su mujer, Rebecca Catlett, una moza de buena cuna nacida en el cercano condado de Essex, que descendía por vía paterna de una familia de cavaliers de Kent, Inglaterra. Rebecca había sido bien educada, aunque sus manos tenían la aspereza de las de una esclava lavandera, tal era su brío. La pareja no prosperó con la rapidez de otros familiares, pero sus dos hijos, Francis Conway II y Eleanor Rose Conway, Nellie, tuvieron acceso al salón de las familias más ilustres de los condados de Richmond y Caroline. Entre los Conway, se recordaba a la pareja por haber reformado y ampliado la casa de Lancaster, que seguiría siendo el centro neurálgico de la familia, ya desligada de la primera casa de El Inmigrante en Northhampton, al otro lado de la bahía de Chesapeake.

Ya a principios del Siglo de las Luces, la cuarta, quinta y sexta generación de los primeros colonos y los recién llegados, familias británicas cada vez más humildes y esclavos, habían consolidado la ruta comercial permanente con rumbo a Londres. Contrariando a sus valores religiosos, la prosperidad había llegado a Virginia no sólo con el trabajo duro de sus fundadores, sino tras desbravar grandes extensiones de tierra, ganadas para el labradío, abusando de esclavos africanos y expulsando a sus pobladores originales en el proceso. Se quería olvidar, aunque permanecía en la memoria de las familias ilustradas, la matanza y expulsión de las tribus indias más numerosas de los condados de la Virginia costera. En nombre de la Corona británica, los primeros condados en establecerse, la mayoría en la península de Virginia y en torno a la desembocadura del río James, se dedicaron a sobrevivir y rivalizaron con los indios por los recursos. A medida que prosperaban, los colonos fundaron condados con tierras más adecuadas para establecer grandes plantaciones de arroz, hoja de tabaco e índigo, a costa de las tribus relegadas. Pronto las sociedades de Williamsburg, Norfolk y la nueva villa de Richmond, no muy lejana a la abandonada Jamestown, rivalizaron entre sí para monopolizar el comercio de las plantaciones, mientras ya nadie se entristecía por el triste cuento de las tribus desposeídas.

Francis Conway I y Rebecca Catlett no convirtieron la plantación de tabaco de la familia en la más próspera de Virginia, pero evitaron al menos su ruina y lucharon contra su fragmentación entre herederos, recomprando parcelas en posesión de tíos y tíos abuelos. Se les veneraba en la iglesia anglicana episcopal local, un pequeño y sobrio edificio georgiano a donde acudía la comunidad de propietarios de Lancaster y Richmond, pero Virginia Big Red vivió los últimos años de su vida entre la locura, el ostracismo y una tristeza profunda que Ronald Paul, el médico, diagnosticó como "melancolía galopante". De eso se murió en 1733, no sin antes hacer la vida imposible a su mujer, a quien había venerado en sus años de cordura. Empleó los últimos años de su vida paseando por la plantación, acompañado siempre por Samuel Conway, un inteligente y voluntarioso abuelo negro de su propiedad, que veneró los principios rectos de su amo mientas estuvo cuerdo, al ver retratados en él los de su padre. Edwin Conway Junior le había salvado la vida, protegiéndole del único capataz sádico que había conocido, un irlandés que parecía entrar en trance con el uso del zurriago; hasta que el amo Conway le había sorprendido en pleno acto injusto y arbitrario. Fue el último día del irlandés en la plantación. Samuel acabó memorizando, cantando a los suyos mientras apelmazaban hoja seca de tabaco, unos versos que Francis repitió en sus largas divagaciones sin rumbo aparente. La voz profunda del anciano negro, calvo, con barba rala blanca, se fundía con la cadencia del trabajo de sus familiares. Ascendía y descendía como sus brazos, exudaba reaccionando al clima húmedo, como el sudor y la tristeza. A veces, bajaba desde la garganta hasta el estómago, desde donde una voz profunda saboreaba las palabras, quizá intentando vestirlas con significado. "Quiero desatar y quiero ser desatado. / Quiero salvar y quiero ser salvado. / Quiero ser engendrado. / Quiero cantar; cantad todos. / Quiero llorar: golpead vuestros pechos. / Quiero adornar y quiero ser adornado. / Soy lámpara para ti, que me ves. / Soy puerta para ti, que llamas a ella. / Tú ves lo que hago. No lo menciones / La palabra engañó a todos, pero yo no fui / completamente engañado". Samuel murió poco después de que sus amos enterraran a Francis Conway I en medio de un viejo olmedo de apenas medio acre que cubría la loma junto a la que se erigía la casa de la familia. Nunca fue llamado Virginia Big Red en Virginia, su tierra.

La locura de su padre influyó sobre la actitud vital de Francis II y su hermana Nellie. Rebecca Conway no permitió que su hijo siguiera los pasos que habían provocado que su marido perdiera el juicio. El muchacho acudió, todavía adolescente, a Harvard, una reputada escuela puritana de enseñanza superior en la colonia de la Bahía de Massachusetts. Allí conoció a dos muchachos con los que mantendría una calurosa correspondencia y relación de negocios durante el resto de su vida: Samuel Adams, su insolente amigo bostoniano, un puritano de cabo a rabo que no dudaba en usar la fuerza contra los funcionarios británicos si éstos osaban husmear en la floreciente economía contrabandista bostoniana; y Jeremiah Brown, descendiente de una de las familias notables de Rhode Island. Ambos creían en la emancipación del ser humano -también en la tierra y no sólo en el cielo, como parecían abogar los católicos- y se declaraban antiesclavistas convencidos. De vuelta en Virginia por el agravamiento de la enfermedad de su padre, asistió un año al Colegio de William & Mary, en Williamsburg, donde se armó de paciencia para sobreponerse a las bromas de los compañeros, que le recordaban su paso por el colegio puritano por antonomasia de Nueva Inglaterra apodándole Minister.

No era responsable de la locura del veterano de guerra británico, pero su estado le hacía sentirse responsable y culpable; si su padre no había significado nada para él era porque, quizá, no le había dado una oportunidad ni se había puesto en su piel, tratando de entender cómo funciona un alma atormentada; cuando quiso hacerlo, era ya demasiado tarde, pues el viejo había perdido su cordura. En cambio, adoraba a su madre, una mujer talentosa, fuerte y paciente. Le molestaba, quizá, la intransigencia que mantuvo con Nellie, pero apreció humildad y sacrificio para mantener viva la memoria de los Conway, sin pedir nada a cambio, ni siquiera la atención que las ancianas mendigan de sus hijos. Buscó en Sarah Taliaferro, su mujer desde 1744, los atributos maternos, pero sólo halló a una dama inmadura y que hablaba usando subterfugios y un sentido figurado tras otro.

Sarah estaba segura de haber acertado. Se había casado con un apuesto y reservado joven que acudía con sus padres a la iglesia episcopal de Lancaster, educado en Nueva Inglaterra y miembro de la tertulia del Colegio de William & Mary de Williamsburg, honesto y directo. Pero el día después de su boda había amanecido con un hombre atormentado por el estado de salud de su padre, incapaz de leer dos líneas de un libro sin perder la concentración y necesitado de trabajo físico. La madre y confesora de Sarah, cuyo nombre de soltera había sido Katherine Debnam, le tranquilizó. "Creo que es un hombre bueno, aunque duro de mollera, que te dará hijos y les procurará un buen futuro, si ahora administráis bien las parcelas de la plantación; tu padre ha oído en Williamsburg que Francis es un protegido del gobernador desde que volvió de Harvard y ya piensa en él para capitanear las milicias de la frontera. Ya sabes, quieren asegurar las tierras de más allá del Gran Valle con la ayuda de los iroqueses, para que no se asienten colonos franceses". Sarah tenía más información que su marido sobre su propio futuro, y se preparó en consecuencia. Sus dos hijos varones nacieron antes que consumarse la primera expedición de la Compañía de Ohio, mientras que su hija Sarah nacería al final de la guerra con Francia, cuando la buena nueva de la caída de Quebec llegó a Williamsburg. Con el tiempo, sobre todo durante los largos períodos de su ausencia, se ganaría el afecto más profundo de su marido.

La madre de Sarah no se había equivocado. Cuando el segundo hijo de la pareja, Catlett, tenía apenas dos años, Francis Conway II se alistó voluntario en la milicia de Virginia. El gobernador en persona, Robert Dinwiddie, le ascendió a capitán al descubrir su nombre entre los nuevos alistados. Si demostraba una chispa siquiera del brío que había tenido su padre, un buen amigo mientras mantuvo la cordura, Francis II contribuiría a que se hiciera justicia allí donde menos la hubiere. Y donde Virginia tuviera el interés de promoverla. "Si tiene la mitad del valor que su padre y la educación de un señorito de Nueva Inglaterra, nos puede ayudar con la causa". Pero, ¿cuál era la causa? Los prohombres virginianos todavía no se atrevían siquiera a mentarla en público.

Las numerosas rencillas con los indios habían establecido la frontera de las plantaciones al pie de las montañas Apalaches, una imponente cordillera que se interponía entre los valles costeros atlánticos y el inabarcable interior del continente desde el septentrión, en Terranova, hasta el meridión, en la confluencia de las colonias de Georgia, las Carolinas y los territorios españoles de la Florida Oriental y la Florida Occidental. La fértil llanura atlántica, entre el manto de los Apalaches y el océano que conducía a la metrópolis, había fertilizado el desarrollo de las Trece Colonias, pero la debilidad española y francesa en los territorios fronterizos al septentrión, el poniente y el mediodía había radicalizado todavía más la aversión hacia Londres. Si no había grandes enemigos europeos en las fronteras y las tribus indias seguían ayudando a la causa de los colonos en las escaramuzas contra destacamentos franceses al poniente de los Apalaches, el basto continente parecía buscar su propio destino. América, para los americanos.

El mismo año de su alistamiento, 1753, el capitán Francis Conway II fue enviado al interior para proteger a los colonos que se establecían en los nuevos condados de una frontera que avanzaba imparable a lo largo del valle del Ohio. Su compañía, con 75 soldados, marchaba a las órdenes de un valeroso jovenzuelo cuyo comportamiento era tan imponente como su aspecto pese a tener sólo veintiún años, diez menos que él. Medía seis pies y 3 pulgadas, más que cualquier otro miembro del pelotón; su pelo era rojizo, siempre atado con una cinta de terciopelo; su cara, angulosa; la nariz, grande y ancha, no desentonaba en el conjunto, gracias al contrapunto de una frente amplia. Sus manos y pies eran enormes, pero no así los hombros, que contrastaban con las anchas caderas. La mirada, serena y siempre clavada en la del interlocutor, aportaba credibilidad a sus palabras, que manaban graves, siempre con significado. Muy celoso de su atuendo, nunca saludaba a nadie estrechando la mano como decía la costumbre, sino inclinando la cabeza. Francis II se hizo amigo del joven, cuya curiosidad natural absorbía las experiencias de otros, siempre que estuvieran bien expuestas y se dieran las condiciones para inquirir al narrador.

Su joven superior, el mayor George Washington, volvió a dirigirle en una nueva expedición al año siguiente, también por el río Ohio, aunque esta vez como teniente coronel. El gobernador se había propuesto construir un fuerte en Ohio Forks antes que los franceses, interesados en recuperar desde la Luisiana los territorios septentrionales del interior del continente, hasta conectarlos con Quebec y las otras provincias que habían conformado Nueva Francia, al septentrión de las Trece Colonias; Francia quería asegurarse el eje norte-sur por los ríos navegables del interior, mientras las Trece Colonias reclamaban las mismas tierras como expansión natural de sus territorios. Conway, al mando del batallón de exploración formado por soldados y aliados iroqueses, informó a Washington de que los franceses ya estaban en la zona, donde habían levantado Fort Duquesne. Minutos después de oír la noticia, el gigante de Virginia volvió a requerir a Conway, llamándole por el nombre de pila. Le usó como el propio eco de su conciencia, a sabiendas de que el hombre ante él había sido educado para analizar una situación de acuerdo con el empirismo. Si se quedaban, averiguarían hasta qué punto Francia estaba interesada en la zona. Decidió construir su propio fuerte cerca de los franceses, Fort Necessity, un nombre que honoraba la falta de paga y vituallas que sufría el destacamento, pese a las promesas del gobernador Dinwiddie.

Ocurrió lo inevitable. Tras toparse de bruces con un grupo de soldados franceses, Washington ordenó a los indios y milicianos a su cargo, Conway entre ellos, que cargaran. Murieron diez franceses, varios de ellos a manos de guerreros iroqueses, armados con tomahawks. El incidente, conocido como "l'affaire Jumonville" en honor de un comandante muerto en la reyerta, propició una respuesta desproporcionada, con una masacre de colonos británicos a manos de soldados de Nueva Francia. Sin saberlo, Francis Conway II había contribuido a detonar el inicio de una guerra librada en todo el mundo durante seis años. Se sucedieron las batallas en todas las colonias europeas de América; en el mar Caribe, el Atlántico y el Mediterráneo; en Europa, la India y el lejano Oriente. Un joven teniente coronel de Virginia había dado la orden de atacar a un puñado de soldados franceses en un lugar remoto de Norteamérica y había prendido fuego al mundo. El propio Francis II, ya conocedor de que su influencia sobre la decisión de Washington había iniciado una guerra con consecuencias inesperadas, fue víctima del conflicto. Murió cerca de Fort Necessity en 1761, un año después de que la guerra contra Francia hubiera acabado en el territorio fronterizo de las Trece Colonias. Mucho tiempo antes, había hecho prometer a George Washington que asistiría a su hijo si él faltaba de repente. Fue enterrado en el olmedo de la plantación de Lancaster, junto a sus padres.

Sarah Taliaferro obró, sobre el papel, el milagro económico de las parcelas de Lancaster y Richmond, donde el tabaco fue sustituido por la planta indigofera, de donde se extraía el índigo, el añil más preciado por los comerciantes textiles europeos. Los Conway se encontraban entre el puñado de propietarios de Virginia en plantar con éxito grandes extensiones de la herbácea leguminosa. El índigo era esencial para la manufactura de ropa tanto en las factorías de Nueva Inglaterra como en la metrópolis y se cultivaba en abundancia en las Indias Occidentales; pero varios propietarios demostrarían que la planta también podía adaptarse al clima de territorios más templados. La limitada extensión de las plantaciones de Antigua y el resto de plazas británicas al meridión de la Florida había animado a los emprendedores del sur de las Trece Colonias a probar suerte con el cultivo en sus tierras. Las cepas traídas de Antigua no rindieron hasta que la mujer de un amigo de John "The Ranger" Taliaferro, padre de Sarah, había obrado lo que se creía imposible, adaptar la herbácea al clima de Carolina del Sur. Pronto, la fama de Eliza Lucas Pinckney se extendió desde el río Delaware hasta la frontera con la Florida Española. Pocos supieron, entre ellos Francis Conway II, padre de Catlett Conway, que el responsable de aquel golpe de fortuna era un negro alto e inocentón, de nombre Robert Carleton Clement. Un esclavo harapiento y analfabeto de mediana edad, con anchas facciones y sin mentón, apodado el Arrugas por las decenas de cicatrices que estriaban su espalda. El Arrugas era un maestro de los esquejes y se le conocía una inventiva poco común. Una vez le habían castigado tras sorprenderle en el cobertizo de las vituallas leyendo La Odisea, de Homero. Le acusaron de haberla robado, aunque había sido la propia Eliza Lucas quien le había proporcionado el libro a través del ama de llaves, su madre.

El índigo, unido a sucesivas buenas cosechas de tabaco, aumentaron el caudal de los Conway: mejoraron la plantación, enviaron a sus dos hijos a Nueva Inglaterra y compraron nuevas tierras en los condados de Richmond y Orange. También se reformaron las casas de los esclavos construidas en la época de Edwin Conway Junior, junto a las que se edificaron nuevos edificios para acoger a cincuenta esclavos más que conformaban, unidos a las familias ya arraigadas, un pequeño pueblo, con cerca de un centenar de adultos y otros tantos niños. Los esclavos habían sido despojados de sus antiguas culturas, pertenecientes a las civilizaciones de Ghana, Mali y Songhai; durante su período de "cuarentena", se les instruía en los quehaceres de su nueva vida con la misma dureza infligida a los animales de tiro. Moses Savage, el significado de cuyo apellido no se correspondía con su actitud ante la vida, era el capataz que administraba los bienes muebles del poblado: niños, adultos varones, mujeres y ancianos, ganado de tiro y chozos de madera, aunque a su juicio el valor de un niño no podía compararse al de un buen mulo; el del animal de tiro era muy superior. Descendía de una familia pobre de los arrabales de Richmond, ciudad ajena al condado que llevaba el mismo nombre en la colonia, hacia donde se extendía la plantación. Una de sus tatarabuelas había sido una prostituta amonestada en las calles de Glasgow, mientras que su marido, un bastardo de dudosa procedencia, se había ganado la vida como un niño vagabundo en las calles londinenses. Sus descendientes no mejorarían al otro lado del Atlántico. Moses, un rubio fornido con profundos ojos azules y marcas de viruela en la cara cuya abuela paterna era iroquesa pura, no padeció ninguno de los achaques que muchos de sus familiares creían hereditarios: la falta de constancia en el trabajo, la obsesión por el alcohol o la afición por el alterne en tugurios para borrachos, degenerados y negros. Savage se alió con Sarah Taliaferro para que los esclavos de la plantación trabajaran como el que más, sin amenazarles ni escarmentarles con castigo físico. Bautizaron su estrategia como "trabajo con incentivos", que otorgaba privilegios y recompensa económica a quienes demostraban mayor sentido común, seriedad con las normas, tesón y resultados constantes. La producción de tabaco se duplicó en los años de guerra pese a la ausencia del capitán y a dedicar la mitad de tierras a los primeros cultivos de añil.

Tras la guerra contra franceses y españoles, que había debilitado a los países borbónicos en Norteamérica, la metrópolis anglosajona todavía administraba a las Trece Colonias como los dominios de las Indias Occidentales. Los descendientes británicos que las poblaban se referían a sí mismos sin tapujos como "americanos", pobladores de América. Y muchos de ellos creían que América debía emanciparse del tutelaje extranjero, sobre todo si implicaba pagar impuestos para financiar guerras en el Mediterráneo o el Lejano Oriente y no para proteger su territorio de los indios enemigos, los franceses, los españoles. Más valía pagar en mano a un vecino honrado con intereses comunes que financiar una maquinaria burocrática que dependía de nobles deshonestos y órdenes ministeriales que tardaban meses sólo en ser explicadas. Tan cierto como el carácter y el acento de las gentes en las colonias, distinto y matizable entre sí, pero a la vez aglutinador en contraposición con las peculiaridades de las islas británicas.

Durante el primer siglo de colonización de las Indias Occidentales, el origen de los pobladores de cuatro grandes migraciones había matizado los valores y el acento de sus descendientes. Los puritanos ingleses, emprendedores con moral estricta, habían acudido en tromba desde Anglia Oriental. Los cavaliers y sus sirvientes habían sido los siguientes en arribar; eran caballeros de la alta sociedad que vestían a la francesa y pecaban de haber apoyado al pretendiente al trono equivocado en la guerra civil inglesa de mediados del siglo XVII. Tras apostar al caballo perdedor, habían abandonado el sur de Inglaterra para exiliarse en Virginia. Tras los cavaliers, los cuáqueros habían dejado las tierras medias del norte de Inglaterra, para instalarse en el fértil valle del río Delaware, que comprendía las colonias emplazadas entre el septentrión de Virginia y los territorios meridionales de Nueva Inglaterra. Presionados por su interpretación ferviente del cristianismo, abogaban por una vida plácida y sencilla pero con moral recta, en contacto directo con las Escrituras, sin sacerdotes, sacramentos ni otros postizos ampulosos. La cuarta gran migración, que había empezado en las décadas anteriores y todavía no había culminado, la protagonizaban los habitantes de las tierras fronterizas británicas tales como ingleses de las tierras altas, escoceses de las tierras bajas e irlandeses del Ulster. Se establecían en el entorno más parecido a su problemática tierra natal: la Frontera, lugar donde mejor podían reproducir su cultura del honor. Para los primeros pobladores de los condados del poniente de la llanura atlántica, la Frontera de las Trece Colonias era un lugar tan hostil como las tierras fronterizas de la metrópolis, donde había que estar preparado para enfrentarse a escaramuzas y ataques indios, además de defender ante el vecino la linde del territorio propio. Nada nuevo para la memoria familiar, al fin y al cabo, más allá del paisaje inacabable, el cielo grande y abierto, y la magnanimidad de la naturaleza, dominada por un inacabable bosque caducifolio tan extenso como las propias montañas Apalaches.

Puritano, cavalier, cuáquero o descendiente de los británicos de las tierras fronterizas, bastaba una generación para sentirse americano y una mínima hacienda para proteger la condición de habitante de América, dispuesto a defenderse con uñas y dientes de las necesidades impositivas de Londres. Gran Bretaña había sido necesaria mientras Francia, aliada con España, había merodeado al otro lado de los Apalaches. Tras "l'affaire Jumonville", la escaramuza provocada por el joven irreverente Washington instigado por Francis

Conway II, las milicias de las colonias se habían aliado por última vez con el ejército regular de la metrópolis para atacar Nueva Francia y los destacamentos franceses en el Misisipi. Al sur, los georgianos habían invadido la Florida española, que tuvieron que devolver a regañadientes por un tratado firmado desde Londres que a ellos no les incumbía. William Pitt, que asumió el poder en Gran Bretaña en 1758, fue el último gran estratega en generar entusiasmo a ambos lados del Atlántico. Sus ejércitos, entre los que se contaba Virginia, avanzaron hacia el norte, controlando el curso de los grandes ríos, las auténticas arterias del inmenso continente. Asegurados el Hudson, el Saint Lawrence, el Ohio y el Allegheny, Francia desapareció del mapa, contenta de recuperar -una vez firmado el tratado de paz con Inglaterra-, sus minúsculas islas productoras de azúcar, que aportaban más dinero a las arcas borbónicas que las inmensidades norteamericanas. Gran Bretaña, ganadora de las guerras contra Francia, España y sus aliados indios, devolvió a España, a la que había dejado de temer hacía mucho tiempo, Manila y Cuba. Francia entregó a España, como compensación por su apoyo en aquella batalla mundial, sus territorios de la Luisiana al poniente del Misisipi. No obstante, los escasos colonos españoles e indios evangelizados en la zona podrían ser doblegados cuando Inglaterra decidiese. ¿O acaso era Inglaterra la siguiente metrópolis en riesgo de perder su poder en la zona?

El capitán Catlett Conway de Hawfield conocía mejor que nadie el malestar con Inglaterra. Había confirmado su asistencia, en nombre de su difunto padre y del resto de su familia, los Conway de Virginia, la noche de aquel mismo sábado, 28 de septiembre de 1771, a la asamblea de plantadores, que tendría lugar en la sala noble del Colegio de William & Mary. Había partido solo y vestido de punta en blanco a la cita desde la casa familiar de Lancaster montando uno de sus mejores caballos, para observar durante un instante cómo se levantaba el día en sus tierras de Hawfield. Tomó con fuerza el aire fresco que bajaba hacia el valle de Shenandoah, la puerta natural del condado hacia el Gran Valle de los Apalaches. Se extendía hasta donde podía ver una inmensidad de árboles caducifolios, muchos de los cuales empezaban a vestirse con sus oxidados atuendos otoñales en una escala interminable de amarillos, ocres y marrones que moteaban el verde mayoritario. Sacó un poco de carne seca de la alforja que mascó con parsimonia, esperando la llegada de la saliva para reblandecer lo que, de momento, se confundía con el cuero. Debía apresurarse, si quería llegar a la Asamblea del atardecer; veinte leguas y diez horas al galope le separaban todavía de Williamsburg. El rodeo había valido la pena; debía estar inspirado para la reunión, a la que acudirían veteranos plantadores y comerciantes de Virginia, así como comerciantes de otras colonias e ilustres militares y políticos. Dos amigos de su padre habían insistido en que acudiera: el teniente coronel George Washington, que siempre le había tratado como a un ahijado; el viejo Jeremiah Brown, cuyo negocio de comercio no declarado con Madeira y las Islas Canarias y, por tanto, de contrabando a ojos de los impositores ingleses, estaba en mayor riesgo que nunca; y Samuel Adams, cuya estatura política crecía en Nueva Inglaterra, a medida que se acentuaban las rencillas con Londres. Además, su muy estimado profesor de filosofía durante su paso por el colegio que acogía la Asamblea, William Small, a buen seguro acudiría, como también lo haría otro antiguo alumno de la institución y también amigo del profesor Small, el adinerado propietario y abogado Thomas Jefferson. Algo le decía que nada malo podía salir de semejante encuentro.

Avanzar por el paisaje de su infancia revivió recuerdos descarnados, sin la viscosa protección de colores saturados que la conciencia interpone a los acontecimientos escritos en la memoria. A la altura de Ashland, todavía a medio camino de Williamsburg, Catlett evocó una de las decisiones más duras de su vida, tomada a los diez años. Tarde de un día húmedo y caluroso de final del ciclo veraniego, con una luz pastel, como la que contorneaba el paisaje en movimiento que ahora dejaba atrás al trote. Después de la escuela, acudió corriendo a The Willows, la casa colonial de la plantación de la familia en Lancaster. Apenas entró por la puerta del servicio, agarró un par de manzanas y un trozo de pan con membrillo que preparaba Elizabeth, la asistenta de la cocinera, y salió escopeteado hacia las casas de la ciénaga, donde vivían los esclavos. Silvó bien alto, como de costumbre, al acercarse a las primeras casas y, también como de costumbre, Big Hat Henry, un chiquillo negro de su edad, salió a su encuentro. El uno se declaraba el mejor amigo del otro. Aquel día de septiembre prometieron al viejo Horace, el abuelo inválido medio ciego de Henry, que cuidarían de una camada de gatos con apenas unos días de vida. "Yo no lo voy a poder hacer. Pronto volveré al cementerio de elefantes". La sonrisa del viejo alcanzó la pureza e inocencia de la de sus interlocutores, en el otro extremo del espectro de la vida. Uno de los trabajadores blancos había matado a todos los gatos que había agarrado junto a los graneros, quejándose tras una borrachera de la supuesta incapacidad de los felinos para mantener a raya a los roedores; y la madre de la nueva camada estaba entre las víctimas. Prometieron al viejo, contestándole con un susurro tan solemne como el de su súplica, que cuidarían de los gatitos, a los que no faltaría de nada. "Hay algo más", dijo el viejo. "Cuando son tan pequeños, los gatos, como cualquier cría, lloran cuando están hambrientos para llamar la atención de su madre. La manera de no levantar sospechas en la plantación es esconderlos lejos de la ciénaga, en un lugar bien cobijado y a salvo de alimañas, a donde podáis acudir con leche y una tetina para que puedan beberla. Si no encontráis leche, probad con agua con azúcar". Catlett y Henry atendieron con devoción; introdujeron la camada, envuelta en un trapo sucio, en la faltriquera que Catlett usaba para la escuela y, en efecto, cobijaron los gatos en un cobertizo entre dos parcelas de tabaco, construido para que los indios temporeros que en ocasiones les ayudaban pudieran dormir bajo techo. El chozo llevaba años desocupado: el lugar ideal. Durante dos días consecutivos, Catlett y Henry se las ingeniaron antes de que llegara el fin de semana para mantener a los gatos con vida. Henry, al estar más cerca del cobertizo y tener horarios más laxos, se ocupaba de amamantarlos y abrigarlos al llegar la noche cerrada; Catlett apareció las dos primeras mañanas, antes de acudir a la escuela, para darles la primera leche del día. El viernes por la tarde, ambos amigos se despidieron asegurando que atenderían a los gatos durante el fin de semana, aunque no establecieron un horario. El sábado por la mañana ninguno de ellos atendió a su compromiso, pensando que el otro habría acudido o estaría a punto de hacerlo; por la tarde, la misma lógica les mantuvo alejados del cobertizo. Al menos -pensaba cada uno por su cuenta-, los gatos habían tenido una toma aquel día, que se sumaba a la de la noche anterior, muy abundante.

El domingo por la mañana, se presentaron ambos. Sabían que algo no iba bien antes de abrir la puerta. El gemido juguetón se había convertido en súplica primitiva, similar a la que habían oído a bebés de la ciénaga que no habían superado los primeros días de vida. Los gatos aparecieron moribundos; el sábado había sido un día bochornoso y no habían bebido nada. Ahora, estaban demasiado débiles. Catlett se ausentó del lugar durante el resto de la mañana; no podía faltar a la misa. Al volver después de comer, encontró a su amigo llorando junto al cobertizo. Se habían cumplido los peores presagios de los niños; los gatos no habían comido y morirían con toda seguridad.

En aquel momento, Catlett, se armó de valor y explicó a Henry lo que consideraba justo para aquellas criaturas indefensas, que de otro modo padecerían durante horas, quizá días, hasta apagarse por completo. El modo de evitar su sufrimiento era matándolas. El propio Catlett sumergió a los gatos en una poza apartada sin sacarlos de la misma bolsa con la que los había transportado. Lloró sin consuelo mientras mantenía a aquellas adorables criaturas moribundas bajo el agua. Fue el último día que ambos amigos habían hablado, pese a que a Catlett le constaba que Henry era ahora uno de los mejores trabajadores de la plantación de The Willows. Uno de los esclavos más rentables, en jerga propietaria. El dilema sobre la muerte de los gatos, como él evocaba el episodio más difícil de la infancia, le perseguiría durante el resto de su vida. La camada revolviéndose dentro de la bolsa atenazada bajo el agua por sus manos. Las burbujas de aire corriendo hasta la superficie.

La Asamblea de propietarios de plantaciones de Virginia más ecléctica jamás celebrada hasta entonces empezaba puntual, en la sala noble del Colegio de William & Mary de Williamsburg. La capital administrativa y comercial de Virginia había sido erigida en el centro de la península bordeada por los ríos James y York, un emplazamiento estratégico frente a la única salida al océano de la bahía de Chesapeake, el mayor estuario de las Trece Colonias. La conversación mantenida por George Washington, Thomas Jefferson y Catlett Conway, de pie en una esquina de la sala, habría evocado a un europeo una charla entre gigantes, acaso cíclopes americanos. Aquellos hijos de los colonos que a menudo habían sobrevivido a las primeras décadas de inanición en las colonias inglesas del septentrión de la Florida, eran ahora más altos, sanos, apuestos e industriosos que sus parientes europeos, y la sala del Colegio de William & Mary lo corroboraba en ese instante. Washington imponía tanto por su físico como por su voz y maneras, graves como las de un teniente coronel orgulloso de su cargo; el rico abogado Thomas Jefferson, un joven de apenas veintiocho años, era reconocido por su belleza, clásica y esbelta, entre las mujeres de la alta sociedad, mientras que sus maridos destacaban su sólida formación filosófica, científica y literaria, así como la indudable elegancia de sus escritos; Catlett descendía de Virginia Big Red y, como su abuelo, era fuerte, alto y anguloso, aunque más brioso y aguerrido que su antepasado.

O, como Jeremiah Brown comentó divertido a su interlocutor en aquel instante en que toda la sala prestaba atención, desde la lejanía, a los tres imponentes caballeros, "he aquí la prueba de que la humanidad puede progresar, en cuerpo y espíritu, a la manera de los clásicos". Cuando todos los asistentes ya se habían podido saludar, Thomas Jefferson pidió la palabra. A diferencia de Washington, Adams u otros asistentes, Jefferson era considerado un hombre sereno y con el sentido común más juicioso de las Trece Colonias, gracias a sus lecturas y abundante correspondencia con personalidades de las colonias, el Reino Unido y otros países europeos. De ahí que sus palabras tuvieran mucho valor entre la audiencia congregada, muy asociada con la flor y nata de las Trece Colonias.

Jefferson expuso la situación. Reconocía la labor de los grandes estadistas que, con la mejor intención del mundo, trataban de conciliar los intereses de las Trece Colonias con los de la metrópolis. Le preocupaba cómo avanzaban los acontecimientos; desde Londres, se hacía una política mundial en la que todo tipo de contrapesos y equilibrios de poder pugnaban con las otras potencias europeas. Y las colonias de Norteamérica ya eran demasiado importantes, pobladas y dinámicas como para manejar sus intereses en mesas de negociación donde los hijos de la colonia no estaban representados, ni siquiera simbólicamente. "Nos llegan voces discordantes desde Londres, que no ayudan a que nos sintamos parte integrante de la Corona. Nos quieren imponer todos los deberes y ningún derecho. Ni siquiera nos quieren en la Cámara de los Comunes. El ilustre tory Samuel Johnson, a quien reconocemos su obra literaria, se equivoca cuando exhorta a los miembros de la Cámara a presionar a Su Majestad para que no haya diputados de las Trece Colonias. ¡Y es en esa cámara donde se deciden las políticas gravosas que padecemos!". Tras la desaparición de Nueva Francia, los británicos se encontraron con un dilema y no les habían consultado a ellos para resolverlo: cómo aprovecharse de la prosperidad de las Trece Colonias sin dilapidar su autoridad entre las familias americanas más prósperas. Jefferson citó los intereses y discursos contradictorios, de: comerciantes de pieles y compañías que ostentaban el monopolio de explotación de amplias zonas del interior; los propietarios de plantaciones, dueños de la política interna de las colonias e instigadores de una expansión hacia el poniente, que empujaría la frontera todo lo rápido que fuera posible hacia el Misisipi y más allá; y las reivindicaciones de las tribus indias aliadas contra los franceses, entre ellas los creeks, los cherokees y los iroqueses.

Tomó la palabra George Washington tras hacer un ademán con la mano a Jefferson, que le invitó a avanzarse. "Varios expertos que nunca han pisado las tierras de la Frontera, ni apenas han salido de Inglaterra, defendieron los intereses indios en el decreto de 1763, ofreciéndoles terrenos a perpetuidad. A la idea, urdida desde los salones de Londres y decidida por personas que niegan incluso nuestra capacidad para pensar por nosotros mismos, se le llamó la Gran Proclama". Aquel día se reunían para certificar que, al fin, la metrópolis había cedido a sus presiones y relativizaba a partir del mismo 1771 el acuerdo con los indios. Se permitía el asentamiento a lo largo del Ohio desde Great Forks, donde se levantaba Fort Pitt, hasta el río Kentucky. "Todos sabemos que esta modificación de la Gran Proclama elimina cualquier barrera legal que impedía la expansión de las colonias hacia el poniente de Norteamérica, y sin nuestra presión no habría sido posible obtener este avance". Desde el fondo de la sala, arrancó un aplauso nervioso, que paró en seco cuando Jefferson alzó su brazo relajado, mostrando la palma de su mano: "todos sabemos que aquí no acaban las tensiones". Desde la proclamación de George Grenville como Primer Ministro, en 1763, los responsables del Imperio Británico seguían empecinados en aumentar la recaudación efectiva en las colonias americanas, a través de lo que habían llamado "reglas de conducta apropiada". "Nos tratan como a chiquillos -moduló la voz, hasta suavizarla tanto como pudo-; nos reprochan que, debido al coste de las guerras y el mantenimiento de una burocracia que se interpone en la legítima búsqueda del porvenir de cada uno de nosotros, la Corona está endeudada. Nos instruyen en álgebra: a cada inglés le corresponde, según la oficina del Exchequer, una deuda pública de dieciocho libras, mientras la deuda sostenida por cada habitante de las colonias, dicen, es de apenas dieciocho chelines. ¡Pero no nos engañan! Ningún ciudadano libre debería pagar con el sudor de su trabajo las políticas erróneas de un Gobierno entrometido e intervencionista". Jefferson buscaba la catarsis de su audiencia: "año tras año, comprobamos cómo los funcionarios de Grenville deciden cuáles son las reglas de conducta apropiada. Quieren que los propietarios y trabajadores de las Trece Colonias financien guerras en todo el mundo y contribuyan a las rentas de los altos cargos de la Corona. Recordemos, por ejemplo, la Ley del Azúcar de 1764, redactada a medida para el control policial de nuestro comercio". El poder sugestivo del discurso se elevó todavía más, cuando Jefferson lo personalizó con astucia. "Óigame, Señor Inglés, Yo decido de dónde viene el azúcar que compro y a quién se lo compro". Ovación cerrada y rostros enrojecidos. "La situación empeoró todavía más con la Ley del Timbre del año siguiente; un amigo me decía: 'no te preocupes, Thomas, no se atreverán a promover una ley tan injusta...'. Lo hicieron. Los panfletos, periódicos y documentos legales que promueve un individuo no deben ser gravados por nadie, acaso con la excepción de la Divina Providencia y la libre conciencia de cada uno". Thomas Jefferson realizó una estudiada pausa, que dedicó a mirar a los ojos a tantos asistentes como pudo, asintiendo con la cabeza. Sus palabras habían ganado el beneplácito de los mayores comerciantes y propietarios de casi todas las colonias, si los caballeros de la sala asentían ante sus razonamientos. "Lejos de mejorar la situación, el Señor Invisible del Exchequer no sólo me obliga a comprar el azúcar que él quiere y a pagarlo al precio por él estipulado; también estoy obligado a leer lo que él quiere y a firmar los papeles que él inquiere y aprueba, en un trámite interminable... ¡que además tengo que pagar! Desde hace cuatro años, gracias a las Leyes de Townsend, también tengo que comprar el papel para mi correspondencia y beber el té que un funcionario decide en Londres, con el precio que a él le interese. Díganme, caballeros, ¿es justo que un individuo que nunca ha estudiado nuestra situación y no conoce nuestra realidad pervierta las leyes de la oferta y la demanda? Si he de elegir entre la mano invisible del Mercado y la mano codiciosa del Canciller del Exchequer, ¡me quedo con el Mercado!".

"Recuerdo aquí las palabras de nuestro ilustre amigo Benjamin Franklin, un hombre sabio y poco dado al radicalismo...". Desde el fondo de la sala, se oyó: "...Y eso que es de Nueva Inglaterra". Jefferson sonrió. "Decía que Franklin se encuentra estos en Europa, reivindicando nuestros derechos e intereses legítimos. Recuerdo aquí sus palabras sobre la Ley del Azúcar, cuando nuestro amigo se refería a los recaudadores que se inmiscuyen en las mercancías de nuestros puertos y tienen la potestad de arruinarnos con una simple firma: 'sus necesidades los hacen codiciosos, sus cargos los hacen orgullosos e insolentes, su insolencia y avaricia los vuelven odiosos y, al ser conscientes de ese odio, se vuelven maliciosos; su malicia los empuja a abusar de los habitantes en sus informes, en los que los presentan como desafectos y rebeldes'. Señores, constato que todavía padecemos, aquí y hoy, la situación expuesta por el señor Franklin hace ya unos años".

Samuel Adams tomó la palabra en nombre de la representación de Massachusetts. A sabiendas de que su diatriba llamaría al radicalismo, Thomas Jefferson susurró al oído de Catlett Conway que, con un mero gesto, llamara al orden al amigo de su padre; "mantengamos las formas en nombre de Virginia Big Red", pareció insinuar el joven

Conway con su ademán. Ello bastó para que Adams sintiera el peso de la responsabilidad ante una audiencia que no encajaría con la naturalidad de Boston llamadas a incendios y revueltas. Catlett Conway había oído a su padre la historia que involucraba a otro de los asistentes, el imponente George Washington, con el estallido de la guerra franco-india, que desembocaría en el conflicto mundial de intereses coloniales cruzados entre las potencias europeas. Bastó la decisión de dos hombres para encender la mecha que había cambiado el futuro del continente. Adams no llamó al asesinato de los funcionarios británicos en el suelo de las Trece Colonias, pero emplazó a los asistentes a institucionalizar cuanto antes aquellas reuniones para defender los intereses de las colonias de manera mancomunada. Habría mucho de qué hablar durante los años siguientes.

Acto seguido, la charla se distendió. Jeremiah Brown, en Virginia de viaje de negocios, presentó a Catlett y a Jefferson un hacendado y capitán mercante de la isla mediterránea de Menorca, emplazamiento que mantenía lazos con el poder británico que lo había gobernado en décadas pasadas, hasta 1763, cuando España había recuperado el control de la isla balear del naciente a la vez que perdido el de las Floridas, cedidas a Gran Bretaña a cambio de que que los británicos devolvieran Cuba, invadida durante la Guerra de los Siete Años. La misma que había empezado tras un susurro de Francis Conway II al oído de George Washington.

Hijo de Antoni Farragut y Joana Mesquida, el caballero de Menorca había llegado a San Agustín en 1766 y había entablado desde el principio sólidas relaciones con comerciantes y plantadores destacados de las Trece Colonias, el propio Brown entre ellos, lo que le había permitido amasar una pequeña fortuna al margen de las leyes inglesa y española. Brioso y apuesto, se había casado con Elizabeth Shine, hija de un socio comercial de Carolina del Norte, pero no renegaba de las pretendientas que aparecían en cada puerto. Jorge Farragut encajaba en el estereotipo de los caballeros de la Florida española, ahora administrada por el Reino Unido. Lucía un gran mostacho y una barba de chivo triangular, caminaba con pomposidad

y vestía con elegancia barroca, incluyendo capa con blasón de armas y
espada. Brown y Farragut intercambiaban, pagando en plata contante
y sonante, pieles de la frontera y productos manufacturados en
Rhode Island por azúcar de caña y otros productos procedentes de
La Habana y Puerto de la Cruz, principal plaza contrabandista de las
Canarias. En Virginia, Farragut, un pequeño contrabandista en
comparación con Brown, se interesó por entablar relaciones
comerciales con nuevas plantaciones; aseguraba tener el modo de
evitar la inspección de los funcionarios británicos en Virginia:
consistía en no embarcar las mercancías en Williamsburg o
Richmond, sino en un fondeadero alternativo que no encarecía la
transacción ni la hacía más peligrosa. Catlett se establecía ahora por
su cuenta, de modo que era un socio potencial; su intención de
dedicarse al cultivo de indigofera, de la que conocía todos los secretos
gracias al trabajo de su madre con la planta en The Willows,
aumentaba su atractivo como socio. Farragut estaba amasando una
pequeña fortuna, actuando de intermediario entre los plantadores de
índigo y la floreciente industria textil de Cataluña, que conocía a la
perfección gracias a sus contactos en Barcelona. "Los menorquines
somos catalanes educados como ingleses. Hemos probado las
ventajas y los sinsabores de la mejor cultura mediterránea, y lo mejor
y peor de la cultura del norte. Si fuéramos más, seríamos invencibles".
El corrillo rió al unísono. Si los ingleses no se andaban con cuidado,
los catalanes acabarían exportando a toda Europa, y no sólo a las
colonias españolas, tejidos de indianos de la mejor calidad teñidos
con índigo de Virginia. "Les pondré un ejemplo etimológico para que
puedan entenderlo. Tras disfrutar del discurso del señor Jefferson,
creo que comprenderán los matices de mis palabras: como saben, el
modo de expresarse del vulgo define su visión del mundo, su ética,
sus miedos, sus bajas pasiones. En la lengua de Castilla, que ahora
usan por la fuerza todos los súbditos del Reino de España cuando
nacen, se casan, estudian, compran o venden tierras, o mueren, se
impone 'dar' como verbo de apoyo. Dar un paseo, dar un
escarmiento, dar un grito, dar alegría, dar un beso...". Gesticulaba
como un histrión, apretando los labios y proyectándolos hacia
adelante, para provocar la risa divertida de sus contertulios. Abrió los
ojos y recuperó el semblante serio, casi solemne. "En cambio, el

catalán es una lengua romance que ha preferido fiarse de otro verbo de apoyo que implica la participación activa, la producción, la fabricación, la industriosidad: 'fer', hacer, o 'faire' en francés. En catalán, los paseos, los escarmientos, los gritos, las alegrías o los besos se 'hacen'. Casualidades de la vida, los catalanes también han descubierto que saben hacer ropas indianas". Más risas. "Y necesitan mucho índigo, mi querido Catlett".

Florecería el comercio con Virginia ante los morros de los esbirros recaudadores de impuestos de Lord Frederick North, primer ministro de Gran Bretaña, que tardarían años en conocer los detalles. Flanqueados por Jeremiah Brown, George Washington y Thomas Jefferson, el español acordaba con Catlett futuros contactos. Como prueba de confianza y deferencia hacia el joven virginiano, el caballero de San Agustín de la Florida sacó una octavilla sin usar, forrada en piel de badana, para dibujar el puerto franco que usaba para cargar y descargar mercancías en connivencia con sus socios comerciales de Virginia.

Mientras Farragut dibujaba con un carboncillo sobre la libreta, sosteniéndola sobre la mano izquierda, Catlett preguntó mientras señalaba el cuaderno del español, con una inseguridad tartamudeante que atrajo la atención de Brown, Washington y Jefferson: "¿Le puedo preguntar de dónde procede una funda tan delicada? Disculpe la intromisión, pero me pareció ver unos símbolos que me resultan familiares". Sin levantar la cabeza del papel, el español dirigió sus ojos hacia arriba, buscando la cara de su interlocutor. "Se refiere a estas inscripciones?". Volvió a mostrar la funda de piel de badana. "No le sabría decir. Perteneció a un antepasado. Un hombre notable en España. Procedo de una familia antigua, ¿me entiende?". Hablaba un inglés con un fuerte acento extranjero.

Catlett rió con nerviosismo. "No me creerá, pero mi abuelo, Francis Conway I, hizo tallar esos mismos símbolos, en el mismo orden, en el alféizar de nuestra casa familiar, que administra una de las grandes plantaciones de la zona. Cuatro símbolos y un quinto sólo evocado, como un garabato... Como si hubiera sido concebido para ser ocultado".

Aquello sí que tenía gracia. Se merecía un estudio erudito para deshacer el entuerto. Si, como se explicaron aprisa, la familia de Catlett Conway no tenía ningún interés en España, y la familia de Farragut no había mantenido ningún contacto con Virginia incluso antes de que se fundara Jamestown, cuando los españoles habían intentado establecer la fallida misión de San Miguel en la Bahía de Chesapeake, ¿cómo era posible la coincidencia? ¿Eran los símbolos de una obra literaria? ¿Acaso se referían a una Orden religiosa? ¿Un mensaje críptico cuya importancia capital se había perdido en el tiempo?

Jeremiah Brown se ofreció voluntario a copiar los símbolos y enseñarlos en Rhode Island, mientras que Samuel Adams sugirió algo que interesó a Catlett: "¿Qué les parece, caballeros, si mostramos los símbolos de la discordia a Ben Franklin? He oído que en unos meses estará de vuelta en Filadelfia, ciudad a la que viajo a menudo". Adams tomó otro pliegue de la octavilla y dibujó una copia de los símbolos para sí. Antes de que le hubiera llegado el reconocimiento como inventor, comerciante y gran estadista, Benjamin Franklin ya era célebre en las Trece Colonias bajo el pseudónimo de Richard Saunders, el supuesto autor del Almanaque del Pobre Richard, un exquisito cajón de sastre del conocimiento, urdido con un lenguaje llano y una parquedad premeditada, acorde con la mentalidad estoica del puritanismo de Nueva Inglaterra. El Almanaque del Pobre Richard, con el que muchos niños habían aprendido a leer, estaba repleto de indicaciones prácticas y pasatiempos sobre todos los días del año, datos astronómicos y apuntes derivados de la sabiduría popular, y una mezcla irreverente del sentido común tradicional con avances en ciencia moderna, así como citas literarias y filosóficas de todos los tiempos. Un auténtico guardián de los proverbios, muchos de los cuales tenían su origen en momentos anteriores a la llegada de los sajones a Britania, Franklin era la persona adecuada para desentrañar el significado de los símbolos. Al fin y al cabo, los acentos, refranes, adivinanzas, canciones y aforismos de las gentes definían a un pueblo y eran la nota al pie de página de todos los días de la vida. Los colonos conservaban el sustrato antiguo de sus tierras de origen, fertilizado con el espíritu energético de su vida bajo el nuevo horizonte, abierto, que invitaba a todos los seres humanos a respirar a todo pulmón. ¿Incluyendo a los nativos de aquellas tierras, así como a los esclavos, o a los católicos de Nueva Francia? Norteamérica era todavía joven y Franklin estaba convencido de que los hijos de aquella tierra se sobrepondrían a todas las dificultades. Los hijos emancipados no podían convertirse en verdugos de otros seres humanos por demasiado tiempo, y el Almanaque del Pobre Richard quería contribuir, en calidad de humilde cajón de herramientas del industrioso colono, a la realización personal de todos los seres humanos. Todos los seres humanos "nacidos iguales".

La velada siguió su curso. La última vez que se vio a Jorge Farragut en la velada, charlaba con una dama en la terraza que se abría al patio delantero del edificio principal del Colegio de William & Mary. En apenas unas horas, sería día 29 de septiembre, San Miguel. El nombre dado por los españoles a una misión fallida, fundada el 29 de septiembre de 1526 por el explorador Lucas Vázquez de Ayllón: San Miguel. La misión había sido abandonada para siempre a principios de 1527, tras tres duros meses de invierno. Farragut acudía al mismo lugar cuando llegaba la hora de su florecer definitivo, una primavera que podía durar décadas, quién sabía si siglos.

TRISKELION por Nicolás Boullosa

6. El Rey

Una mañana más, el ayudante de cámara comprobó que su misión carecía de sentido. Su tarea era despertar a quien, por norma, lo hacía por su propio pie. Era la hora de costumbre, las seis de la mañana, justo antes de que rompiera el alba en los jardines del Campo del Moro, libres de la bruma que añadía un interés pictórico al aburrido fondo del paisaje, donde el erial de la Casa de Campo se extendía hacia el poniente, más allá del Manzanares. Dos leguas hacia el septentrión, siguiendo el curso medio del río, se elevaba el suave monte de El Pardo, un inmenso coto de caza cuyos bosques mediterráneos ofrecían tranquilidad espiritual sin pedir nada a cambio. Albergaban el palacete de La Zarzuela; se decidía mejor sintiendo a la ciudad en lontananza, y no entre las costillas. Alfonso XI había descrito El Pardo en 1340 como "un buen monte de puerco e invierno, et en tiempo de panes. Haber matado dos osos un sábado, antes de mediodía, que nunca vi dos osos mayores ni ayuntados en uno". Ahora, el monte no era sólo un lugar de esparcimiento, sino la razón por la cual estaba seguro de que no perdería la cabeza. No había presión que le torciera si, al levantarse cada mañana, la Casa de Campo y El Pardo seguían allí, a apenas un rato en coche o a caballo.

Animal de costumbres, se había incorporado de la cama por el mismo lado, acudido al aseo y, con pudor regio, había vaciado su vejiga. Detestaba el olor de su orina, patente sobre todo en las mañanas frías, cuando el vapor que emanaba del líquido dorado ascendía en una nube de vaho, dando forma física a la hedionda expansión. El tintineo del chorro de orín al chocar en el fondo de motivos floridos del orinal, le evocaba la imagen de sus perros evacuando, intranquilos, en las mañanas rocieras de la Casa de Campo. Los días suertudos, el grupo cazaba el ciervo, el corzo, el jabalí, el gamo, el zorro, el conejo, la perdiz, o al tuntún. Cuando quería contentarle, el arquitecto Sabatini organizaba batidas con infinidad de trofeos, dirigidos por donde pasara la comitiva. Todo lo que se movía en la raya del sotobosque poco antes de la línea del horizonte era venado en una jornada de caza regia, al fin y al cabo; así era y había sido desde antes de Alfonso XI. Él estaba al corriente de los apaños y le divertía saber que sus hombres de confianza se preocuparan por su humor, hasta el extremo de muñir el juego para que aliviara la tensión, en lugar de acrecentarla; ser consciente de los entresijos le reconfortaba, a sabiendas de que la Corte no contentaba a un tonto ni a un soberbio. Detestaba la reafirmación ruidosa y emplumada de los gallos de corral, de modo que no iba a montar un espectáculo por el cariño mal entendido de algún asistente convencido de que amañar una mañana de caza era bueno para la autoestima de Su Majestad y el futuro del Reino. Cinco minutos más tarde, mientras la ayuda de cámara abanicaba a su alrededor para disipar el tufo de sus necesidades mayores, se lavó la cara y aplicó sobre el pelo harina perfumada de trigo, un ritual del que se había ocupado en persona desde su juventud. Más tarde, ya en el vestidor, elegiría peluca, perfumada con la misma fragancia parisina.

Se dirigió a la capilla, arrastrando los pies. Cruzar la galería que rodeaba el patio central, casi siempre un agradable recorrido matutino, le pareció inacabable. Saludó al paje que custodiaba la puerta de la estancia sacra, cuya respiración acelerada y rostro excitado delataban una carrera de última hora para ocupar su puesto. El Rey solía hacer sus plegarias matutinas en su propio dormitorio, de donde no salía hasta las siete menos cuarto. Entró en la estancia, todavía más sobrecargada en la penumbra; el sueño -más bien pesadilla- y su desenlace le habían apremiado a visitar la capilla a solas, antes de la misa de las siete, a la que como siempre acudirían sus hijos. En la capilla dominaban los rizos y ornamentos dorados, la pintura recargada y la solidez, entre versallesca y babilónica, de dieciséis columnas de mármol negro de una sola pieza, rematadas con capiteles de estuco dorado. Se dirigió a los asientos reales, en el lado norte, junto al altar mayor, no sin antes dirigir una mirada a "San Miguel triunfando sobre los demonios", el cuadro pintado con tanta solvencia como ausencia de alma por Ramón Bayeu, un joven maño que se había impuesto a un paisano suyo, un tal Goya, en el concurso de pintura que él mismo había presidido en la Real Academia de Bellas Artes de San Fernando en 1766, coincidiendo con el fatídico desenlace del motín de Esquilache: la revuelta popular se había llevado por delante a dos de sus más estimados colaboradores, cabezas de turco del grito de la miseria, más que del descontento. Se arrodilló en el suelo, junto al sillón de raso blanco, con bordados de plata y sedas de colores. Se esforzó para que su rezo manara de su interior y fuera puro; como siempre, puso mayor voluntad que comprensión metafísica, de la que carecía. Dedicó sus plegarias a su hijo mayor y a su difunta mujer, y no pudo desprenderse, pese a intentarlo, de la traza que Esquilache y Ensenada, ambos salpicados por el motín, mantenían en su conciencia. La culpabilidad le provocó una cierta náusea, que desapareció respirando hondo. Un viejo truco del boticario.

Transcurrida media hora, volvió a su cámara. Todavía antes del chocolate caliente del desayuno, la misma cantidad y en la misma taza, tocaba despachar el orden del día con el secretario de cámara. Aplacó la retahíla de enunciados balanceando la mano derecha alzada, con la palma relajada orientada hacia el suelo, para que la escena se adecuara al tempo pesaroso y comprometido de su abatimiento matutino, quizá fruto del vislumbramiento del riguroso invierno castellano. Sus hombros parecían más caídos que de costumbre, algo encorvados hacia el pecho; las prominentes ojeras rivalizaban con el escorzo de sus ojos saltones, como si quisieran franquear el imponente obstáculo de su nariz.

Más bien bajo de estatura, de físico brioso y frugal en el comer, la actividad de la caza y los paseos por el Campo del Moro mantenían su cuerpo aguerrido. La cara alargada y los ojos rasgados acrecentaban el aspecto enjuto y borbónico. El prominente labio inferior, reseco como las orejas por las muchas horas que pasaba a la intemperie con sus perros, y el tamaño de la nariz, eran los rasgos que más detestaba de sí mismo. Recordaría aquella mañana, pero no la contaría entre las mejores de los últimos años. Se había despertado más agotado que de costumbre, mientras una pesadilla soporífera daba todavía sus últimos coletazos. La realidad de los sueños se desvanecía sin dejar rastro; no era el caso del último. Siguiendo el programa de la jornada, hizo pasar a las "cotorras", a los médicos cirujanos y a los boticarios, a los que no mencionó que el motivo de su pesar matutino era una simple pesadilla. No habría podido, ni querido, describir su contenido.

El sueño le había situado en la carroza negra avanzando entre la pestilencia, una percepción sensorial que coincidía con la situación real de Madrid. Por mucho que le pesara, era tan crítico con el atraso de la "capital más sucia de Europa" como lo había sido su mujer. "Hemos conseguido que esta ciudad sea una auténtica capital, querida", le había espetado antes de su muerte. Pese a las carencias, la villa había mejorado mucho con los últimos impulsos urbanizadores, pero carecía de la finezza propia de la vida palaciega italiana. Como volando, la carroza avanzaba en su sueño hacia la Puerta de Hierro, entrada monumental de El Pardo que había mandado construir Fernando VI veinte años atrás, donde disfrutaría de una jornada de caza con sus acompañantes. Un momento. Era inverosímil. Pero, ¿no lo eran todos los sueños? Le acompañaban en la delirante jornada su primogénito y los dos ministros más capaces que había conocido. Su primer hijo, el infante de España y duque de Calabria Felipe Antonio, había sido excluido de la sucesión y la vida palaciega pública por su limitación mental; quizá el primer gran fracaso de su planificado proyecto vital. El chiquillo había nacido idiota y la edad había acrecentado los peores atributos físicos de la familia en sus facciones y ademanes, una evolución inversamente proporcional a la profundidad de su naturaleza bondadosa. Sin duda, un castigo divino al vanidoso hedonismo de su existencia palaciega, de la que renegaba cada vez más. La voz caudalosa del muchacho, con el timbre desafinado propio de una adolescencia que debería haber dejado atrás diez años antes, podía ser la de un bobo, pero su respeto por los animales acercaban su transparente y entrañable sentido común a la profunda sabiduría de los patriarcas panteístas antiguos. De cabeza pequeña y frente esquiva, sus ojos eran saltones, los párpados caídos, la piel delicada y la cara en retirada, siempre acobardada tras un enorme narizón. De la napia, rojiza como un pimiento en el frío castellano, manaba con facilidad una flema líquida, tan visible como su imbecilidad, recalcada con el gesto de la boca abierta y el labio inferior caído, desproporcionado en comparación con su imperceptible par superior.

Frente a su primogénito, alborozado por el gesto de su padre al haberle dejado ir con él de caza, se sentaba su "caro amico e collaboratore" Leopoldo Gregorio, el marqués de Squilacce, conocido por sus súbditos como Esquilache. "¿Pero cómo, mi estimado Leo? Entonces, ¿no me guardas rencor?", le había preguntado en el sueño. Gregorio, siempre amable y cálido con su monarca, había negado con la cabeza. Recordaba con claridad la expresión benevolente del incombustible reformador ilustrado siciliano, que le había servido con eficacia y lealtad ya en el Reino de Nápoles, y a quien había sacrificado cinco años antes para apaciguar al vulgo de la capital y las principales ciudades españolas. Reacia a la rapidez de algunas reformas, la multitud había pedido al monarca la cabeza de alguien, y qué mejor que darles un extranjero, uno de esos italianos emplumados y finolis.

Qué impertinente la memoria, pensó mientras caminaba a saludar a sus hijos. Dedicaría al primogénito atención individual y un gesto de cariño que sólo ambos entendían: al alejarse, guiñó un ojo a Fernandito, mientras cogía un punzón imaginario y emulaba dar forma a la matriz de un grabado, actividad que les unía: el signo inequívoco de que pronto, quizá ese mismo día, compartiría con su hijo un momento de complicidad y paz interior que no encontraba, por más que se esforzara, en la capilla. El infante bobo veía en el grabado con aguafuerte un método alquímico para modificar la realidad, y se esforzaba con tal devoción que conmovía por igual a su padre y a los maestros del taller. Agarraba el estilete con decisión y dibujaba en la capa de barniz sobre la lámina de cobre con la esperanza de, en el proceso de creación, volver a nacer y no defraudar a su progenitor. Su padre tuvo que aguantar las lágrimas el día que entregó orgulloso su segunda placa al impresor; los surcos ya estaban listos para aplicar el aguafuerte, por lo que pidió la atención del Rey. El estampador impregnó la placa ya seca y sin barniz con la tinta espesa que penetraría en los surcos; acto seguido, retiró el sobrante de su superficie y la colocó en el tórculo. Se oyó el primer papel penetrando en los surcos, obteniendo una imagen simétrica del dibujo del infante. Contorneados con líneas torpes y dudosas, pero inequívocas, aparecían dos figuras; junto a ellas había dos o tres animales, quizá perros; en segundo plano, una arboleda, aureolada por un sol hermoso y grandullón. "Somos usted y yo padre, cazando en el Camino de los Pinos."

Se encaminó, ahora más animoso, hacia el salón de Gasparini del Palacio de Oriente, una estancia rococó presidida por una delirante lámpara de candelabros. Allí acabaría de vestirse con ayuda de los criados, ya en presencia de varios miembros destacados de la corte. "Será bobo, pero es tozudo y laborioso como ninguno de los otros. Me gustaría que vieras cómo lucha por no defraudarme, 'mia cara signora'. Te daría coraje para sobreponerte". Su mujer, María Amalia de Sajonia, le había dado trece hijos, siete mujeres y seis barones. Siete sobrevivieron a su madre; cinco varones, incluyendo el primogénito Felipe Antonio; y dos mujeres. Poco agraciada e inestable, tanto él como sus hijos mayores la recordaban en sus mejores momentos como reina de Nápoles, feudo al que ella siempre se refirió como "las pupilas de mis ojos, que tengo en mi corazón", tal era su devoción por la vida en las Dos Sicilias. Había muerto de tuberculosis en 1760, un año después de que su marido fuera coronado rey de España, "el primer disgusto que me dio en veintidós años de matrimonio". El aburrido, sucio y atrasado poblachón manchego al que había llegado para ejercer de reina la había matado. A María Amalia también le habría sorprendido el discernimiento del infante acerca de sus propias limitaciones: Felipito padecía al percibir que el rechazo natural de los otros afectaba más a su padre que a él mismo. "No es bobo quien es consciente de serlo, por el amor de Dios", sentenció el Rey en una ocasión.

Ya en el salón de Gasparini, tomó su chocolate con la habitual pizca de pimienta, mientras le ayudaban a vestirse con cuidado de no alterar su peluca y cara empolvadas. Faltaban diez minutos para las siete y media, momento que dedicaría a escuchar misa en la capilla, esta vez con sus hijos y, quizá, el secretario del despacho, quien se ponía a las órdenes del monarca desde el mismo desayuno. A las ocho se retiraría al despacho, junto a la capilla. ¿Conversaría a solas con fray Joaquín de Eleta, su confesor? Le importunaba reconocer que Eleta, arquetipo de la Orden franciscana que representaba, frugal y estoico, racionalista, tenía una ascendencia crucial sobre sus decisiones. Eleta se debía a su misión y el Rey intuía que, fuera lo que fuera, la habilidad discursiva del confesor real desbordaba su raciocinio. Las palabras del franciscano, un castellano del Burgo de Osma alto, delgado y huesudo, con frente ancha y despejada y mirada profunda, sonaban siempre desnudas y sencillas. Pero el Rey tenía perspicacia suficiente para asomarse al umbral semántico de sus mensajes escuetos y ausentes de ornamento, estructurados con una gramática exquisita, como si su discurso persiguiera el ejemplo estoico de su propio aspecto, paseando por el parco paisaje otoñal castellano. Había bachilleres y bachilleres. Fray Joaquín lo era en Teología y Cánones. Y su alma andaba siempre por esas alturas, a las que "Il Borbone", Carlos de Borbón y Farnesio, Carlos III, antiguo Carlo VII de Nápoles y V de Sicilia, un beato pueril, ni quería ni podía llegar. Le bastaban su intuición y el consejo de sus colaboradores más leales y capaces, no fuera que fray Joaquín se encomendara a sus propósitos más altos y dejara a todos con un palmo de narices.

Carlos III tampoco desentrañaría que su confesor había sido juez y parte en la destitución de Esquilache, el posterior destierro de Ensenada y, sobre todo, la expulsión de la Compañía de Jesús de todos los dominios de la Corona, tanto en la metrópolis como en las colonias, a través de la Pragmática Sanción que él mismo había firmado en El Pardo en la primavera de 1767. En los tres casos, la decisión había sido tomada con el confesor en la sala. "Pragmática sanción de su Majestad en fuerza de ley para el extrañamiento de estos Reynos a los Regulares de la Compañía, ocupación de sus Temporalidades, y prohibición de su restablecimiento en tiempo alguno, con las demás prevenciones que expresa...". Recordaba de memoria el inicio de la Pragmática, pero el Rey, lejos de desconfiar de Eleta, se hacía el longui cuando sus hijos, o algún colaborador, insinuaba lo que las malas lenguas decían del franciscano. Que si era jansenista y francmasón, que si había defendido algunas de las tesis del mismísimo Lutero, o acaso Calvino; o del Demonio mismo, ya puestos.

En efecto, Eleta participaba en todos los entresijos de la Corona. En el motín de Esquilache, el pueblo se había alzado contra una obra de gobierno, de la que Joaquín de Eleta era uno de los responsables intelectuales. El confesor del Rey era respetado y escuchado por el primer ministro de Nápoles y Sicilia, don Bernardo Tanucci, que mantenía la capacidad de influencia sobre Carlos III desde su servicio en el gabinete de su anterior reinado. Y Tanucci, a su vez, influía sobre los ministros de origen italiano en Madrid. Las reformas contra las que se sublevó Madrid y estuvo a punto de hacerlo Barcelona, al menos hasta que el capitán general acabó con la revuelta girando los cañones de Montjuïc y La Ciutadella hacia la capital del Principado, eran también morales y religiosas. Como fray Joaquín, los ministros italianos de Carlos III estaban convencidos de que la prosperidad del mundo borbónico llegaría modificando en profundidad la mismísima interpretación del catolicismo. La fe ciega en el Papa y su visión de la Iglesia como un voto obsesivo con los ritos y costumbres que había construido la institución católica, incluyendo el ensalzamiento del martirio y del papel de la Santa Inquisición, convertían a la Compañía de Jesús en un enemigo del progreso estoico, individualista, racionalista.

Joaquín de Eleta contaba con otra persona de confianza, capaz de entender sus intenciones más altas en el gabinete del monarca: don Pedro Rodríguez de Campomanes, un fiscal que no habría desentonado en el sistema jurídico británico; y el respeto por la norma era, al fin y al cabo, uno de los pilares innegables del dominio comercial y militar del archienemigo de los Borbones. El Rey admiraba en la intimidad el acierto histórico inglés: el Reino Unido tenía pocas leyes pero las hacía respetar y las interpretaba en función de la costumbre gracias a la figura clave el ombudsman, el lazo histórico viviente entre Albión y Escandinavia. Contaba, además, con una iglesia sin el ojo avizor romano y que había tomado lo que le había interesado de la Reforma. El Reino Unido tenía las costuras necesarias para prosperar, pensaba y se atrevía a reconocer Campomanes ante el Rey, que sentaba su crédito no sólo tolerando semejantes impertinencias, sino alentándolas. El teólogo franciscano estaba de acuerdo con el análisis, pero prefería no expresar su visión del mundo; ni siquiera a los más afines, cuanto más al Rey.

En una ocasión, fray Joaquín había insinuado ante el Rey que el verdadero origen de los desvaríos de su hermanastro y antecesor en el trono, Fernando VI, había sido su confesor Francisco Rávago; a su juicio, el confesor jesuita había azuzado la inestabilidad mental del anterior monarca, evitado el avance del Reino. El padre Rávago se había servido de una junta de jesuitas para señalar a Fernando VI las políticas "más adecuadas". Rávago había superado incluso el poder e intervencionismo de la Compañía de Jesús durante Felipe V y, a juicio del franciscano, había inoculado la narcosis del objetivo último de los seguidores de Ignacio de Loyola: trabajar en las fronteras geográficas y espirituales del mundo, para convertir al catolicismo al mundo infiel y pagano, un todo espiritual y paternalista dirigido desde Roma en el que el individuo no desarrollaba su autonomía, sino que se encomendaba a los objetivos gregarios y dogmáticos de la comunidad. No había espacio para el racionalismo, el porvenir del individuo. Tras Rávago, fray Joaquín veía la sombra de un jesuita leonés culto y viajado, un maestro de la sátira y la retórica: José Francisco de Isla. Además del propio Rávago, el padre Isla había tenido otro fiel aliado en la corte de Fernando VI. Era Ensenada, que le había propuesto como confesor de la reina doña Bárbara de Braganza. No aceptó. La Compañía de Jesús debía luchar contra la fiebre del racionalismo herético, ese germen moderno empecinado en promover la rectitud de la moral y el dominio de la ciencia sobre la fe, con el objetivo de ocupar el espacio tradicional de la Iglesia.

La misión de fray Joaquín, fuera la que fuera, avanzaba a buen ritmo. Convenció al Rey de que, tras el movimiento contra las reformas de Esquilache, había una sociedad secreta en la que intervenían altas figuras de la Iglesia y personas de la Corte: los jesuitas más poderosos querían recuperar la posición que había tenido Rávago, y el hombre de Estado más próximo a la Compañía, también interesado en recuperar su papel, era el marqués de la Ensenada. Fue idea del franciscano que, tras la revuelta, Ensenada fuera desterrado a Medina del Campo. Poco más tarde, don Pedro de Abarca y de Bolea, conde de Aranda, conocedor de Europa, amigo de varios enciclopedistas y -sabía fray Joaquín de buena tinta- francmasón, alcanzaba la presidencia del Consejo de Castilla. Hábiles triquiñuelas, dignas de Nicolás Maquiavelo. Apoyó a Campomanes y le instó a redactar la impecable Pragmática de Sanción, firmada por el Rey en 1767. Al conocer la nueva, Voltaire alabó a su amigo Aranda con una estrofa: "Tu verras, en Espagne, un Alcide nouveau, / Vainqueur d'une hydre plus fatale, / Des superstitions déchirant le bandeau, / Plongeant dans la nuit du tombeau / De l'Inquisition la puissance infernale". En la sombra, fray Joaquín de Eleta se había felicitado por la marcha de su particular "obra". No había que desfallecer; todavía quedaba lo más arduo del camino.

En el sueño, además de a su hijo y Leopoldo, frente a él se había sentado Zenón de Somodevilla, marqués de la Ensenada. El incansable trabajador del Reino, siempre atento y analítico incluso en momentos de esparcimiento, era capaz de modular la conversación y hacerla productiva. Ensenada era fruto de los nuevos tiempos, un servidor público tan capaz como los mejores ministros ingleses o franceses, tan exigente con su trabajo como con el de los demás. Había dado su vida a la Corona con criterio y capacidad de trabajo durante tres reinados consecutivos: el de su padre, Felipe V, el primer Borbón español; el de su hermanastro Fernando VI; y el suyo mismo. Si España tuviera sólo dos mil hidalgos con la capacidad y dedicación a lo largo de cinco generaciones sucesivas, oyó una vez decir a su hermanastro, qué distinto habría sido el porvenir en los dominios españoles, tanto europeos como de ultramar. Su intachable servicio, saber hacer y trabajo reformista, sobre todo durante el reinado de Fernando VI, no habían servido siquiera para equilibrar la balanza de la gestión; el plato de la desidia y los despropósitos seguía pesando más que el del saber hacer expeditivo. En un país de gentilhombres educados en el reconocimiento del valor del trabajo y el mérito ganado con esfuerzo y no por cuna, Ensenada habría sido poco menos que santificado; en Castilla, sin embargo, poco le había faltado para ser entregado, bien vestido y perfumado, a la muchedumbre exaltada con un cartel colgado al cuello donde se leyera: "afrancesado". Quizá mejor: "afrancesado industrioso", el colmo de la desfachatez.

Había ocupado durante once años las carteras de Hacienda, Indias,

Guerra y Marina. ¿Había algo más en el Reino? A diferencia de otros hombres capaces, como el propio Esquilache, Ensenada no sólo se sentía un reformista, sino que había aplicado medidas sin acumular voces poderosas ni aspavientos en su contra, con un tacto adaptado a los registros de los distintos niveles de la política, desde el gabinete del Rey hasta el último secretario de los cabildos locales, por muy apartados que estuvieran. Bajo mandato de su hermano, Ensenada había elaborado el primer catastro de España; fomentado el comercio con las colonias desde varios puertos de la Península; enviado a trabajadores españoles a las ciudades más prósperas de Europa para que aprendieran los oficios más necesarios e inocularan a sus compatriotas la recién adquirida cultura del trabajo; fomentado el comercio, la ciencia y la medicina. Envió a Inglaterra al menesteroso científico y militar alicantino Jorge Juan, donde el talentoso Juan había aprendido las últimas técnicas de ingeniería naval que inspirarían la construcción de 45 bajeles y 11 fragatas, para que España recuperara la posición que tuviera la Corona de Aragón en el Mediterráneo y asegurara el comercio con las Indias, a poder ser sin supeditarse a los pactos de familia con los Borbones franceses.

De poco había servido su laborioso dietario. Ensenada había corrido la misma suerte que Esquilache, el reformador eficaz que no supo explicar las virtudes de sus reformas pese a obrar lo imposible: adecentó las calles de Madrid en tan sólo unos años. Ensenada había sido acusado primero por su hermanastro Fernando VI, ya aquejado de melancolía, de alta traición, debido al contubernio de quienes sabían que, con él, España se habría fortalecido por tierra y por mar, en el comercio y en la guerra; y los miembros de la corte más próximos a Inglaterra supieron jugar sus naipes, urdiendo su caída con la finezza maquiavélica de la política ilustrada europea. El trabajo decidido tenía tantos enemigos en la calle y en la propia Corte como entre las potencias extranjeras. Tras ascender al trono, había decidido alzar el castigo de destierro que pesaba sobre Ensenada, nombrándole miembro del comité de Hacienda y consejero de Estado, una de las primeras decisiones que mostrarían a sus colaboradores, pensó entonces, su autonomía y capacidad de juicio. Pero Ensenada no había vuelto a brillar tras su vuelta a la Corte, donde fue acusado de conjurar contra Esquilache, organizando las revueltas que acabarían con ambos. Habían pasado cinco años desde que desterrara del gobierno a los dos ministros más capaces que había conocido España. A Ensenada no supo recuperarlo, al haberle concedido cargos de consolación. A Esquilache, su ministro de Hacienda, no supo explicarle que ni Madrid era Nápoles, ni Castilla y Aragón eran Nápoles y Sicilia.

Ambos habían representado las mejoras urbanas y la civilidad de lo afrancesado e italianizante, que el pueblo llano detestaba y ridiculizaba. Se aireaba la rimbombancia de la nueva vestimenta y costumbres con hirientes coplas satíricas, dedicadas a los blandengues que se paseaban con peluca y sombrero de tres picos. Qué lástima, pensaba tantas veces. Su mujer no había muerto sin antes asegurarse de que lo primero que hacía Carlos III de España por su Reino era adecentar su capital. Aconsejado por su mujer y asistido por Esquilache, había encargado al ingeniero siciliano Sabatini, que no se consideraba a sí mismo español pero sí borbónico, aplicar en Madrid los avances urbanizadores que habían convertido a Nápoles en la ciudad más moderna de la Península Itálica. El funcionario, que había remodelado el Palacio de El Pardo según los cánones franceses, se peleó en el páramo castellano con la inercia del Reino, que en el centro de la Meseta todavía marchaba al ritmo de los Austrias, y se mejoraron la limpieza, el empedrado, el alumbrado y la seguridad. Se prohibió el tránsito de piaras de cerdos por las calles y, bajo protestas, se construyeron pozos muertos para retirar las inmundicias de las calles. "Mis súbditos hacen como las criaturas, que lloran cuando les lavan la cara".

Sí, permanecían junto a él Floridablanca, Wall, Aranda, Campomanes, Grimaldi, Roda, o el propio Múzquiz, alumno aventajado de Ensenada en el catastro y Hacienda. Todos capaces. Pero no era lo mismo. Ensenada y Esquilache habían intentado incluso instruir a los españoles en los valores de civilidad y racionalidad, para plantar la simiente de comportamientos más individualistas y productivos a la larga: si la gente se responsabilizaba de sus propias acciones, se daría el primer paso para que prosperara lo público. No bastaba con barrer hacia afuera y dejar la mugre más allá el umbral de la casa propia. La calle era una proyección del individuo y su espejo; para conseguir un buen porvenir común, los españoles debían entender que la dicha propia se basaba en el progreso del prójimo que, en busca de una vida mejor, contribuía a la epidemia más esperada por Carlos III, la de la industriosidad entre su hidalguía. Esquilache y Ensenada habían fallado; el primero, por querer ir demasiado rápido; el segundo, por haber dado ya sus mejores años al servicio de su hermanastro Fernando VI.

Los tres hombres a los que sentía haber traicionado, sus dos servidores públicos más capaces y decisivos y su primogénito, le habían acompañado sonrientes en el sueño, en una imposible jornada de caza que, sin embargo, recordaría para siempre. Tres fantasmas en vida, tres sombras de su fracaso vital: el defensor de la Compañía de Jesús; el francmasón italiano que quería acercar el catolicismo a Calvino a través de los jansenistas; y su pobre gorrión, empecinado en amarle con el corazón más puro que jamás conocería. Los cuatro habían conversado en el acolchado interior del coche negro, desde donde había comprobado, como si en el interior del sueño se hubiera impuesto su conciencia independiente y racional, la incongruencia de divisar por la ventanilla el paisaje mediterráneo de la Campania y no el terruño manchego del camino de El Pardo flanqueado por bosques centenarios, más allá del Arroyo de Tejada. También le había conmovido la fluidez de palabra y la congruencia discursiva de su hijo, emoción que había traspasado el tejido del sueño, comprobó al despertar sobresaltado con los ojos empañados de lágrimas.

El carruaje negro se deslizaba en el sueño con la suavidad de un bajel sobre la superficie del mar, con la finura de los navíos construidos años atrás por Jorge Juan. Los cuatro ocupantes del coche eran conscientes de dirigirse a la hondura del Arroyo del Moralejo a su paso por el coto del castillo de Viñuelas, en el corazón boscoso de El Pardo. Quizá por ser su lugar preferido en España, en medio de una naturaleza Virgiliana, los paisajes que él divisaba por la ventana se correspondían con los del Golfo de Nápoles, paraíso pastoral que, como Virgilio, él siempre evocaría. Pinares con olor a mar, el azul brillante entre el ramaje, las casas de Sorrento, la curva del camino de Erculano... El carro paró en la encrucijada de Viñuelas y El Pardo volvía a ser el vergel de caza de la realeza española entre la bruma matinal, cuya existencia había dado sentido al nacimiento de la propia Madrid, la villa desordenada y sucia que se había propuesto cambiar para siempre.

Con la urgencia de los chiquillos al inicio del esparcimiento, el infante bobo se apeó primero. En el sueño, de algún modo era verosímil que su hijo portara su propio arcabuz, el más bello que jamás había visto, más incluso que los que atesoraban las iniciales de Carlos V, encargados por el Emperador a dos maestros arcabuceros traídos de Alemania, Simón Marcuarte y Pedro Maesse. El día que había sido probada en la armería real, el arma había sido detonada con el triple de carga normal sin que su fino cañón se resintiese lo más mínimo. La culata, de madera de peral, había sido elegida y trabajada con pericia, con sus finas vetas realzadas al cepillo, dispuestas en el sentido del cañón para amortiguar el disparo. Y vamos si lo conseguían. Caminaron hasta adentrarse en el Soto de Viñuelas, un encinar moteado con fresnos y sauces, donde los ciervos bajaban a abrigarse los días fríos desde el cercano monte de El Pardo.

Ah, el olor del monte durante el rocío. Oyó en la lejanía un canto de soprano penetrante, luminoso, modulado, civilizado. La variación en el rango era prodigiosa, una bella anomalía que hasta él era capaz de reconocer. La entonación era pura, con una vibración sutil, entre femenina e infantil, y un control de la respiración tan depurado, que sólo un prodigio podía apreciarlo con una sensibilidad que estuviera a su altura, de la que él carecía. Desde "La" debajo de "Do" medio, se escabullía a "Re", tres octavas por encima de "Do" medio. Qué delicia. Hasta los pajarillos cedieron ante el crescendo de la voz. Su hermanastro habría aplaudido allí mismo, en medio del soto, mientras oía aquel canto. Entonces, tras evocar al anterior monarca, reconoció con claridad la voz que se acercaba. Era Carlo Broschi, el castrato Farinelli, el virtuoso que había deleitado a Felipe V y a su hijo, Fernando VI. Tras su propio ascenso al trono de España, perdida la devoción que se le había profesado en la corte, Farinelli se había retirado a Bolonia con la fortuna amasada en los habituales fastos versallescos de los dos primeros Borbones españoles. Reaparecía, esta vez con insolencia, otro de sus fantasmas. Farinelli había emergido de un repecho arbolado, con el paso alegre y afeminado de su cantinela. Vestía sombrero de ala ancha y capa larga, las dos prendas de ropa que Esquilache había prohibido llevar a los madrileños como medida que facilitara el reconocimiento de los habitantes por las autoridades, cuya impopularidad había desencadenado el motín. ¿Cómo se atrevía? El bujarrón siempre había sido un provocador.

Con la naturalidad que permiten sólo los sueños, Farinelli conversó con Ensenada, amigo íntimo durante los años más felices del reinado de don Fernando. Al fin y al cabo, el marqués se había convertido, por encargo del propio monarca, en el organizador de espectáculos para la corte, entre los que habían destacado los festejos de Aranjuez, con los que la pareja real se emocionaba, entre el jolgorio bacanal de sus acompañantes, ocultos en la espesa neblina que serpenteaba con el río. El propio marqués era capaz, además de disfrutar del canto de su amigo, de contentar a todos los funcionarios públicos que hiciera falta para aplicar sus reformas sin ruido, con el "savoir faire" del más astuto zorro cortesano. Cuchicheaban sobre Aranjuez. Hacía veinte años del despilfarro de lo que se llamó la Escuadra del Tajo, un desvarío melómano orquestado entre Ensenada y Farinelli, inspirado en la música acuática de Händel. Una flota de falúas reales descendía por el Tajo a la vera del Real Sitio de Aranjuez; a bordo, los anteriores reyes y sus cortesanos disfrutaban de la música y los juegos, que combinaban con la caza y placeres más inconfesables.

El Rey cortó su conversación y, dirigiéndose a Esquilache, en efecto contrariado por el atuendo del cantante, les invitó a avanzar, arcabuz en ristre, en busca de un ciervo, quizá un gamo. "Acompañados como vamos por el maestro Farinelli, no descartaría yo ver a alguna perdiz roja o una paloma torcaz. Si se cumple mi pálpito, bien intuyo por dónde le entraría el plomo al pajarillo", sentenció Esquilache, jugando a la metonimia entre la fauna de El Pardo y el cantante.

El monarca, consciente de su debilidad dentro del sueño, se concentró en la caza, la medicina que debía ayudarle a superar el desvarío de sus antecesores en el trono. Guardián, un perro que había amado durante su infancia, le señaló, con la dirección de su innegable gesto de alerta, el movimiento de unos matorrales, en la dirección opuesta a su paso. Giró el cuerpo con decisión y, encomendándose al bosque, como había hecho desde chico, dejó que la providencia le señalara el pálpito de vida que sacrificaría en el que era quizá el juego humano más antiguo. El más bello para él. Matando, celebraba su vida y reafirmaba sus difíciles decisiones cotidianas. Un halo pardo se movió al fondo, a unos cincuenta pasos. Encañonando el arcabuz, persiguió a la esquiva sombra entre árboles y matojos. Disparó. Guardián salió al acecho. Su corazón latía con fuerza; notaba el pulso en la sien. A apenas un puñado de pasos de la presa, abatida con total seguridad, sintió un presentimiento que le cuajó la sangre. No podía respirar. No podía estar ocurriendo.

Se acercó al lugar donde la presa yacía, sin vida, con el cuello destrozado y los ojos abiertos de par en par, congelados en la sorpresa del instante definitivo. Felipe Antonio Genaro Pasquale Francesco de Paula de Nápoles y Sicilia, infante de España y duque de Calabria, su primogénito, el bobo de las Españas, yacía muerto.

Su grito había resonado por varias estancias del palacio, al despertar de la pesadilla. Con el cuerpo empapado en sudor, incorporado en la cama, lloró como no lo había hecho desde el día que había conocido la muerte de su hermanastro Luis, después de padecer una viruela cruenta. No le reconfortaba haber vuelto a la realidad. Felipe Antonio seguía vivo, sus antiguos colaboradores no le guardarían rencor, tal era la estatura de los dos personajes en su opinión, y el capón de Farinelli seguiría en Italia, cantándole a su intimísimo Metastasio. Le aterraba volver a la fría conciencia de la realidad. Su hijo seguía bobo. La obra de fijar y dar esplendor a España era imperfecta y ya vislumbraba con claridad en qué consistía el arte de gobernar. Ensuciaba tanto como las vísceras, todavía palpitantes, de un gamo recién disparado y abierto en canal.

Todavía no eran las siete y media de la mañana cuando el secretario del despacho del Rey, don Jerónimo Grimaldi y Pallavicini, marqués de Grimaldi, aparecía cacareando por la puerta del salón de Gasparini. Su proximidad con el Rey y su posición de secretario de Estado le daban licencia para informar de las audiencias solicitadas y los quehaceres más urgentes. Había mucho sobre la mesa y los días eran cortos, sobre todo para el Rey, absorto en la cinegética y el grabado con aguafuerte. Grimaldi era un reformista, un golilla más, término despectivo con que la gente se refería al grupo de ministros togados, afrancesados e italianizantes, que se habían propuesto modernizar el país al gusto europeo, con medidas contra la inmundicia de las calles, la inseguridad, las costumbres bárbaras o anticuadas. Como los toros, o incluso la canción que se estilaba en las fondas, no más que una copla contrahecha que se reía de los aires de cambio. Ya muy estimado por su hermanastro Fernando VI, Grimaldi había ascendido al Ministerio de Estado tras la caída de Ricardo Wall, el "wild goose", un anglófilo, un "ganso salvaje" nacido en la nobleza católica irlandesa que mantuvo su fidelidad a la casa escocesa de los Estuardo, apartados del trono británico por los Hannover tras la muerte sin descendencia de Ana I.

Aquel mismo año hacía una década que su actual jefe de gabinete, Jerónimo, Girolamo o "Gio" a secas para su Rey, había sido nombrado embajador en París, donde fue el primer representante de la monarquía española en la firma del "Patto di famiglia", como él se refería al acuerdo, para mofa de los otros golillas de la corte que no compartían su origen italiano. "¿Qué tenemos hoy para comer? Quizá 'patto a la famiglia'; o quizá no", se había permitido frivolizar unos días antes ante varios miembros del gabinete el asturiano Campomanes, cuya erudición acobardaba a Grimaldi y desconcertaba a su propio Rey, más dado a la vida recta y la caza que al estudio de la Orden del Temple o de la etimología de la lengua castellana, como hacía aquella bestia intelectual. El "templario" Campomanes se mofaba de Gio cuando ya todos daban por segura la firma del acta de defunción, diez años después, del tratado de amistad y unión de las Coronas borbónicas de Francia y España, nacido como contrapeso de la alianza anglo-prusiana. Pronto, ni habría pacto, ni más familia que la de conveniencia.

Pero allí estaba Gio, impoluto y perfumado, preparado para trabajar a primera hora de la mañana a las órdenes de su Rey, esforzándose para que sus ademanes siguieran siendo elegantes y civilizados, los que se suponían a un hombre de Estado seguro de sí mismo y curtido en mil batallas. Un desconocido habría pensado que don Carlos III era el súbdito del italiano. La piel del monarca estaba cuarteada a la manera del campesinado, sus labios cortados y las orejas trufadas de sabañones, tal era su devoción por el paseo a la intemperie durante las interminables jornadas de caza, su pilar fundamental para mantener los pies en el suelo y evitar el desvarío que se había cebado con sus antecesores. Nadie debía confundirse con el bueno de Gio, tan capaz como cualquier otro golilla y promotor de jóvenes industriosos como José Moñino y Redondo, un brillante procurador que había sostenido con una astucia jurídica digna de los mejores fiscales ingleses todas las reformas que el Rey había emprendido desde el motín de Esquilache.

Grimaldi acudió al rescate de su amigo Esquilache tras las revueltas de 1766, asistido por el prometedor José Moñino, además del menesteroso presidente del Consejo de Castilla, Aranda, y el propio Campomanes. El Rey no le había oído ni una sola queja durante los duros meses del motín, incluso cuando su propia casa había sido saqueada. Tampoco le tembló el pulso cuando instó al Rey, un año después de las revueltas en España, a firmar la Pragmática Sanción que expulsaba a los jesuitas de todos los dominios de la Corona y desamortizaba sus bienes. Hasta ese mismo año, Grimaldi había sido reconocido como el arquitecto en la sombra del Rey, urdidor de la maquinaria regeneradora del absolutismo borbónico que partía y acababa en Carlos III, gracias a la influencia del astuto diplomático sobre los ministros Aranda, en España; Choiseul, en Francia; y Pombal, en Portugal. En Nápoles, posesión española, el Rey había nombrado como primer ministro al robusto toscano Bernardo Tanucci, con el torso y la voz de un bajo, otro aliado de la política de los anteriores y valido ilustrado del adolescente Fernando IV, tercer hijo varón del Rey español, tras los infantes Felipe Antonio y Carlos, este último heredero al trono español.

Ahora, con la ruptura del pacto de familia, el castillo de naipes borbónico se resquebrajaba también en Europa, maltratado por Inglaterra en el comercio marítimo, y arrinconado en Norteamérica, donde Francia había desaparecido del mapa. Los resultados de la política internacional durante la década anterior eran preocupantes. Después de asistir al hundimiento del Imperio colonial francés, Carlos III supo que Inglaterra llamaba a las puertas del Imperio español. Los filibusteros ingleses se habían establecido en la bahía de Campeche y a lo largo de la Costa de los Mosquitos, desde donde cortaban el palo para teñir y orquestaban el contrabando y los desordenados ataques contra los intereses comerciales españoles, como hacían en la cercana Honduras británica los bucaneros ingleses desde que Peter Wallace, Pedro Ballis para los españoles, se hubiera asentado en el río Belize en 1638. Gentuza que había evitado el florecimiento del otrora prometedor puerto hondureño de Trujillo. Las andanzas de Pedrito Ballis recordaban a los Borbones que el palo de teñir era tan importante para la manufactura textil inglesa como el índigo, plantado tanto en Honduras como en el resto de las posesiones británicas de las Indias Occidentales.

La guerra de la alianza franco-española con los ingleses había sido tan desastrosa que, como resultado, desde los acuerdos 1763 los ingleses no sólo tenían vía libre para plantar y comerciar con el palo de teñir en Campeche, sino que España había renunciado a los acuerdos de pesca con los franceses en aguas de Terranova, al septentrión de las Trece Colonias. En el otro extremo de las Américas, España había devuelto la Colonia del Sacramento a Portugal, una plaza estratégica a la entrada del río de la Plata. Y, con tal de recuperar La Habana y Manila, invadidas por los archienemigos, habían cedido a los ingleses la Florida, el fuerte de San Agustín y la bahía de Pensacola. Las Trece Colonias americanas al septentrión de San Agustín disponían ahora de una retaguardia ideal para el control del contrabando entre Nueva Inglaterra, Virginia y las Indias Occidentales.

Muy a pesar del Rey, Francia e Inglaterra volvían a estar en el orden del día. Al fin y al cabo, ¿cuándo no había sido así? El defenestrado marqués de la Ensenada, un jesuita eficaz arrinconado en el páramo de Medina del Campo por orden real, había advertido a Fernando VI que España continuaría supeditada a las dos grandes potencias, olvidada ya la lejana época del esplendor de los Austrias, cuando los tercios dictaban las normas en Europa. "Proponer que Vuestra Majestad tenga iguales fuerzas de tierra que la Francia y de mar que la Inglaterra sería delirio". Bajo su reinado, si algo había cambiado era la preocupante debilidad de Francia en las Américas, que dejaba a España a merced de Inglaterra y sus aliados. Las constantes tensiones diplomáticas de los últimos años le irritaban. El oro y la plata de las Indias seguía afluyendo a España y, cuando no lo hacía, el motivo siempre estaba próximo al trono inglés, una verdad bajo los Austrias y bajo los Borbones. Felipe V había sufragado sus reformas con las rentas que recibía de las colonias de ultramar, 145 millones de reales anuales que se quedaban cortos, de haber sido bien administrado aquel inmenso Imperio. La política exterior dictaba, contra su voluntad, las normas sobre la llegada del oro y la plata de América. En época de paz, la libre navegación garantizaba la llegada de la mayoría de los cargamentos, con el permiso del mar y los filibusteros de distinta calaña que, con bandera o sin ella, recorrían el Caribe. La guerra implicaba el bloqueo marítimo de los ingleses. Si ya había sido un suplicio modernizar la Administración de los virreinatos de Indias, hacerlo con la mosca cojonera filibustera y el martillo de Albión atizando en el mar le sacaba de sus cabales.

El monarca invitó a su madrugador ministro a seguir conversando mientras se dirigía de nuevo a la capilla, esta vez para escuchar misa junto a sus hijos. Gio aceptó, aunque se excusó con tacto ante el Rey cuando éste le convidó a la ceremonia matutina, oficiada como siempre por fray Joaquín. Grimaldi no daba tregua. Había que responder al embajador inglés acerca de la posición de España sobre las Malvinas; una gestión torpe del asunto podía desencadenar una nueva guerra, para gusto del Conde de Aranda, que había presionado al Rey durante meses desde su condición de presidente del Consejo de Castilla. El único terreno pantanoso de la Meseta Central española era el Palacio de Oriente.

La postura de Aranda estaba condicionada por la ira, recordaba fray Joaquín a su regio confesado, al haber sido insultado con astucia y finura por un libelo inglés que había llegado a sus manos. La doctrina Aranda había perdido credibilidad en las reflexiones cinegéticas del monarca. El embrollo había empezado la década anterior, cuando, por sorpresa, Inglaterra había fundado Port Egmont, una colonia en la isla Trinidad, en el archipiélago de las islas Malvinas; Falkland para los ingleses. Francia había hecho lo propio en la isla Soledad, aunque al fin había reconocido la soberanía española sobre las islas, temerosa de Inglaterra. Los tres países consideraban al archipiélago de poco valor comercial, salvo por un detalle: asentarse en el archipiélago austral, no lejos del cabo de Hornos, ofrecería réditos futuros, cuando la tierra inhóspita y olvidada de la América austral actuara como emplazamiento con patente de corso, una inmejorable lanzadera para atacar con la protección del Rey los emplazamientos españoles en el continente. El Rey tuvo que moderar el orgullo herido de belicistas como el brioso Aranda, figura gallarda como sólo nacía y crecía en las Españas. Así que se hicieron oídos sordos a las numerosas provocaciones del administrador de la colonia inglesa, que amenazaba día sí y día también con expulsar a los escasos colonos españoles de las otras islas. Ahora, confirmaba el Rey, se daba un paso más y se miraba hacia otro lado, ya que el Rey asentía a la pregunta realizada con tacto por Grimaldi sobre "la cuestión del gobernador de Buenos Aires", quien en 1770 había atacado e invadido Port Egmont por iniciativa propia. Por cojones, vamos. Tras el calentón del machote de turno de Buenos Aires, ahora tocaba desandar lo andado. España devolvería, con el menor ruido posible, el asentamiento a los ingleses. Vía libre para el tratado de paz, pensó el ministro. Un sudor frío se fundió con la vaporosa transpiración en su sien.

Pero la disputa por las Malvinas no era el único plato fuerte del día. Como ya ocurría durante los Austrias, las conversaciones relacionadas con la cartera de Indias podían trasladarse en un instante miles de leguas, a través de océanos, climas y culturas humanas variopintas, tal seguía siendo la extensión del Imperio, menos poblado y dinámico que las colonias inglesas de ultramar, mucho más reducidas en extensión, pero fortalecidas por un comercio que se beneficiaba de un sistema jurídico respetado y premiaba a la nobleza emprendedora. Trabajar no era deshonroso para los ingleses, una mentalidad que contrastaba con el holgazán orgullo y atraso de la quijotesca hidalguía ibérica, sobre todo la que mataba moscas alejada de las ciudades portuarias más pujantes. Carlos III se había propuesto dar remedio a la debilidad de las Indias españolas y, durante el proceso, respetaría el que constituía, en su opinión y en la de Campomanes, el mayor legado de Ensenada: el marqués había sentado las bases, a través del Catastro, de la Administración centralizada y eficiente, al más puro estilo francés. Pero su aplicación tendría una ideología jansenista, próxima al herético calvinismo, si quería prosperar, según fray Joaquín. La Compañía de Jesús había estado más interesada en evangelizar el Paraguay que en modernizar España, y ya estaba pagando su error.

Ya en el umbral de la capilla y antes de que el Rey se reuniera en el interior con sus hijos y fray Joaquín, Grimaldi le rogó recibir a su muy estimado don José de Gálvez y Gallardo. ¿O se trataba de una orden velada de Gio? El Rey, experto en el arte de descorrer el velo de las urgencias y segundas intenciones, como cualquier estadista que hubiera afinado su olfato en la cosa pública de cualquier territorio de la península italiana, templó la mirada y le puso la mano en el hombro, reafirmando el tono paternal de sus palabras. "Mi querido Gio, no te olvides de quién es el Rey. Como secretario de Estado y de Escritorio, tu misión no consiste tanto en notificar visitas como en exponer la petición de audiencia de alguno de mis súbditos, sea quien sea y por la razón que sea. Mantengamos las formas en honor al buen gobierno". El Rey se alejó umbral adentro y, a diez pasos, se giró a despedir al ministro. "Recibiré al señor José de Gálvez a las once y media, después de despachar el tiempo acostumbrado con los infantes. Haga el favor de venir usted también. Estaré encantado de oír novedades de Nueva España y conocer de primera mano cómo avanza el mandato del antiguo gobernador de las Californias, mi catalán preferido -rió-. Don Gaspar de Portolà estará haciendo entrar en vereda la buena de Catalina, que decían que sus servidores se asentaban tan rápido en aquellas lejanas tierras costeras que hasta la casa de Hannover está contrariada". El Rey estaba al corriente de los esfuerzos de Catalina II de Rusia por colonizar la América más remota y cercana a los territorios rusos del extremo oriente, como también había oído lo molesto que Jorge III, Rey de Gran Bretaña, el Hannover más poderoso, se mostraba ante las aspiraciones rusas. Con Francia fuera del tablero y España esforzándose para que no saltaran los nuevos remiendos administrativos en la metrópolis y en los centros burocráticos de los virreinatos, Jorge III no quería a ningún colono ruso al septentrión de las misiones de la Nueva California. Carlos III conocía la estrecha relación entre Portolà y José de Gálvez. Parecía dispuesto, pensó Grimaldi, a dedicar más atención a la frontera norteña de Nueva España, antes de que lo hicieran las potencias extranjeras en la zona.

El Rey no prestó demasiada atención a la misa. Su mirada se clavó en "La Anunciación", un cuadro del alemán Antonio Rafael Mengs, el maestro de los hermanos Bayeu. Su afición por el grabado había agudizado su interés por los acabados en la pintura y, de Mengs, le sorprendían los colores brillantes, con un esmalte acharolado que le recordaba el de las manzanas que llegaban a palacio desde la Casa de Campo. Un empacho cromático que, si podía asentarse en alguna estancia, era allí, entre mármoles, líneas curvas, tapices, dorados, volutas, roleos. Se preguntó si "La Anunciación" olería a manzana, o bien desprendería un ligero tufo a las láminas de cobre barnizadas de los grabados cuando eran sumergidas en una solución de aguafuerte. Ambas esencias le habrían resultado artificiosas, como de repente se había vuelto el lugar.

Sabía a qué venía el visitador José de Gálvez, un gentilhombre malagueño que hacía honor a su segundo apellido y ganaba a sus adversarios con integridad y capacidad de trabajo, mezcladas con un irresistible humor guasón que, por amable y genuino, despertaba el apetito de trabajo de quienes le rodeaban. A diferencia de otros funcionarios de la corte, el malagueño se aseaba a menudo y sabía vestir a la francesa, sin por ello dar la sensación de ir ataviado para una fiesta de disfraces en Aranjuez. Ejercía de visitador del virreinato de Nueva España y a buen seguro traía consigo nuevas de máxima importancia para los intereses del Reino en "la Frontera": los confines septentrionales de Nueva España, sobre todo la posición de la Corona a lo largo de la tierra incógnita hasta más allá de la California Nueva, en las peligrosas corrientes y derrotas del Océano Pacífico. Doctor en el Colegio Mayor de San Ildefonso de Alcalá de Henares, su capacidad de trabajo y conexiones con el obispado de Málaga le habían elevado durante los primeros años del nuevo reinado a secretario personal del ministro Jerónimo Grimaldi. Pronto fue ascendido a abogado de Cámara del príncipe Carlos, heredero al trono, que preocupaba a su padre con su actitud egoísta y estrechez mental, a la altura de los peores Austrias. Don Carlos le había acabado nombrando Alcalde de Casa y Corte en 1764, para así poder despachar con él y Grimaldi casi a diario, con un objetivo: prepararlo para su puesto de visitador y miembro honorario del Consejo de Indias. El malagueño sería la voz, los ojos y los oídos de Carlos III en el virreinato de Nueva España y, a juicio del propio Grimaldi, José de Gálvez estaba cumpliendo con su cometido con eficacia, ajeno a las tentaciones y comodidades propias de las familias criollas más interesadas en mantener su autonomía. Había reorganizado el comercio y la hacienda en México a la manera de los británicos en las Trece Colonias; aumentó y centralizó las rentas, que ahora controlaban funcionarios peninsulares a cargo del Rey, para escarnio de los criollos; estableció el monopolio sobre el comercio de tabaco y se encontraba en el proceso de dividir el virreinato español más poblado y rico de las Indias en doce intendencias. Faltaba un detalle importante: ¿qué hacer con las nuevas provincias septentrionales, que se iban añadiendo a medida que se fundaban nuevas misiones? Había propuesto a Grimaldi crear una Comandancia General para todo el septentrión de Nueva España. Con el permiso de los británicos y los rusos, cuando ya podía confirmarse el colapso permanente de la Luisiana francesa.

"Este Mengs tiene padrinos italianos, sin duda", balbuceó el Rey durante la conclusión trinitaria de la oración colecta, dirigida al Hijo del Señor. En efecto, el autor del cuadro sobre la Anunciación colgado junto al altar mayor había compartido con su padre, también pintor, la devoción por dos pintores italianos, siempre atentos a los gustos del momento: el beato renacentista Antonio Allegri, Correggio, abuelo del barroco esmaltado, cuyo estilo era tan perfumado como el agua de colonia que hacía traer de París; y Rafael Sanzio, Rafael a secas, palabras mayores para el bueno de Mengs. Para un pintor reconocido y concienzudo tenía que ser duro, pensó, saberse incapaz de llegar al nivel de los maestros. Poco tenía que ver la recargada capilla con la perfección matemática, la mítica armonía de todas las cosas, la Divina Proporción o Sección Áurea que hasta él mismo había aprendido a saborear en La Escuela de Atenas de Rafael durante durante su reinado como Carlos VII de Nápoles. Eran tiempos de audiencias vaticanas y elevadas conversaciones con el Papa Benedicto XIV que no había sabido apreciar en su momento; entonces, la visita de un Borbón a la Ciudad Santa todavía podía dedicarse a contemplar las artes. Una vez en Madrid, con el peso ya de la Corona Española sobre sus hombros y el edicto de expulsión de la Compañía de Jesús de los territorios borbónicos sobre la mesa, su relación con el papa Clemente XIII, nombrado un año antes de su llegada a Madrid, nunca pasó de la corrección. El nuevo Papa sentía urticaria si alguien mencionaba la palabra "jansenismo" a menos de dos leguas de la "Stanze di Raffaello", la exquisita sala del Palacio Apostólico Vaticano que albergaba el fresco de la Escuela de Atenas. Racionalismo sí, pero en las paredes, lejos del presente, en un sempiterno espacio mitológico. Había sido una relación distante y difícil, hasta que la muerte del Papa veneciano había elevado a Clemente XIV en el cónclave de 1769. No era casual que perteneciera a la Orden de los franciscanos, ni tampoco que aquel mismo año hubiera suprimido la Orden de la Compañía de Jesús. Desde su posición de confesor de Carlos III, fray Joaquín tenía línea directa con lo divino; en cierto modo, el obispo de Roma, vicario de Cristo, sucesor de Pedro, siervo de los siervos de Dios, Santo Padre y Sumo Pontífice tenía claro que a fray Joaquín se le rendía pleitesía, y no al revés.

Habían finalizado las intercesiones de la plegaria eucarística abreviada, siempre imprevisible cuando era oficiada por el confesor de Su Majestad. Fray Joaquín de Eleta adaptaba la oración eucarística final, recordando sólo aquellos misterios de la vida de Jesucristo que ilustraran una conclusión final relacionada con las disposiciones políticas del momento. La influencia de sus sermones sobre las decisiones políticas de palacio era mayor de la que el monarca jamás habría aceptado, de haber sido consciente de ello. La plegaria eucarística debía ser escuchada en silencio reverencial, según los cánones que fray Joaquín aborrecía. En contra de la convención, llegado este momento siempre usaba la lengua romance. "Se abren tiempos de prosperidad para nuestros hermanos de las Indias. En Nueva España, el progreso del comercio conducirá a un mercado glorioso al servicio de la Madre Patria. Una madre con buen corazón y el mejor juicio nunca negaría a sus hijos la práctica del comercio, si el trabajo va siempre acompañado de la frugalidad. El comercio y la laboriosidad no deberían ser injustos si nacen de un corazón puro y trabajador. A menudo, el hombre ha cometido injusticias administrando al propio hombre; ¿debería el hombre proseguir por el camino equivocado, esperando a que el Señor se ocupe de sus pasos? ¿O es el propio hombre quien tiene que buscar la virtud por el sendero del trabajo y la rectitud? Premiar el mérito y no el nacimiento es un camino que conviene más al hombre, si pretende crear una sociedad justa basada no en lo ocioso, sino en el espíritu laborioso".

No era la primera vez que el Rey atendía a este tipo de sermones, tan sencillos como alejados de los cánones romanos. Eran sermones con más contenido político y ético que espiritual. El propio Fernando VI, apocado ante su mujer y obsesionado por mantener las formas de una gran corte europea, con todas las zarandajas que ello implicaba, ya había padecido la presión de sermones políticos, aunque en este caso con un cariz jesuítico, mesiánico, al otro extremo del espectro católico. El marqués de la Ensenada y el padre Rávago habían instado al anterior monarca, uno usando el raciocinio y el otro con mensajes de Cristo, a que se encarara con la rutina y desidia de los principales vicios de la Administración del Imperio. El atraso de la agricultura y la industria, y la servidumbre del comercio exterior ante los británicos y franceses habían obligado a su hermanastro a actuar. Las fervientes homilías de Rávago contribuyeron, creía, a sus últimos años de desvarío. La hechura de las costillas de Fernando VI no había dado para más, pero él era un cazador. Había aprendido a rezagarse del grupo cuando era necesario; sabía convertirse en piedra y aletargar el ánimo para, pasando desapercibido, matar al gamo o venado sin pestañear; u observar al jabalí retozarse panza arriba en la hojarasca, desconocedor de que a su lado se agazapaba su bochín, listo para decidir en un instante si remataba la faena con el arcabuz, ya aviado con el punzón, o con el cuchillo de montería. La caza había agudizado su paciencia, templanza, tesón. Pero, sobre todo, le había enseñado a reconocer su auténtica recompensa: el ritual de cazar era el auténtico premio, no en el disfrute de la presa.

Había dejado de ser Carlo VII de Nápoles y V de Sicilia tras su desembarco en el puerto de Barcelona el 17 de octubre de 1759 y, desde entonces, Carlos III de España había sido más cazador y menos receptor de trofeos que el Carlo VII abandonado en el pecio atracado en la ciudad catalana. El buen fario del caluroso recibimiento de los habitantes de una ciudad pujante que volvía a florecer, se había disipado a medida que la comitiva se adentró en las entrañas de Castilla, hasta el punto de matar de pena a la reina Amalia. El Rey había observado con sus propios ojos que el espíritu de los catalanes debía ser muy distinto al de las otras tierras de su nuevo Reino. En el Principado, la gente de toda condición era favorable al comercio, los maestros artesanos y los fabricantes eran tan respetados como lo eran los hidalgos en Castilla y Andalucía. Los caudales crecían en Barcelona y la población abarrotaba el lugar. Las familias de la ciudad competían fabricando y comerciando, abundaba la pesca, había representantes de todas las plazas del Mediterráneo, se pagaban asientos, los campos se cultivaban y las masías crecían en el paisaje como setas en el otoño de la Campania. Eran casas con una planta que no las desmerecía de las villas toscanas. El sentido de la responsabilidad y, sobre todo, las enseñanzas de la caza, mantendrían alejadas las enfermedades mortales de la nostalgia y la amargura, una vez había comprobado que el Reino era una castaña podrida, una caracola vacía, un cascarón hueco. Se dejó rodear por los más capaces y emprendió la que debía de ser la mayor jornada de caza jamás vivida en Europa, donde la presa mocha del páramo castellano sería retirada con el arcabuz de su buen gobierno. Se irían las mochas, volverían las cornudas, extintas desde la torpeza de los últimos Austrias.

Había querido plantar la simiente del espíritu emprendedor catalán en las Españas, el cazador había esperado a conocer los recovecos del espíritu de sus súbditos, una tarea que a veces le provocaba náuseas y le obligaba a ir de vientre, sobre todo cuando le llegaban historias como la de la hija de un hidalgo, que había sido mancillada porque su padre había olvidado el mérito de su Orden y se había ensuciado sus manos con el trabajo y el comercio, actividades que el párroco del lugar, un jesuita, había calificado de usura. Para no errar en el intento, había aguardado, agazapado en el claroscuro del bosque, a que se presentara el momento adecuado para acometer la presa más ambiciosa, un animal tan bello y esquivo como un unicornio: la Modernidad, ese ser mitológico que debía transformar su país. Y en 1770, once años después de su coronación y asistido por Campomanes, había promulgado el inicio del embate: una Real Cédula que permitía a los hidalgos cultivar las "honrosas" artes de la industria y el comercio sin que ello implicara perder la carta de hidalguía. En Asturias, Cantabria, las provincias vascas, Navarra y Castilla la Vieja, el número de hidalgos de sangre era tal que no permitirles aprovechar su espíritu emprendedor para prosperar era poco menos que obligarles a gandulear, o a emigrar a América. En las grandes villas, abundaban los hidalgos capaces y educados, muchos de ellos de cuatro costados. Al fin y al cabo, como en las provincias viejas casi todo el mundo tenía privilegios, no era tan excepcional tener dos abuelos y dos abuelas de buena cuna. Muertos de hambre, pero exentos. Los mayorazgos más grandes prosperaban, mal que bien, pese a la pasividad obligada de sus nobles con menos caudal, empujados a la carrera eclesiástica, a los oficios de las letras o al cultivo de los matrimonios de conveniencia, cambiando cuna por caudal cuando era posible. Algunos, los más románticos, imitaban la caricatura donquijotesca; otros, los muertos de hambre, tullidos e idiotas que habitaban los raquíticos y diminutos mayorazgos de los viejos reinos septentrionales, eran el último estertor, vicioso y holgazán, de sus honrosos blasones. El último halo antes de desaparecer en el registro mal custodiado de algún cabildo o iglesia.

Y el cazador había vuelto a huronear hacía apenas unos meses, ya en 1771, fundando la Real y Distinguida Orden Española de Carlos III, cuyo lema latino era una declaración de guerra formal a la tradición hispánica más inmovilista, representada por las cuatro órdenes tradicionales: "Virtuti et merito". Accederían a la nueva Orden los súbditos que lo merecieran, no sólo los nacidos para ello. Para no suscitar rebeliones como la que había acabado con Esquilache, concedió que la nueva orden exigiera la nobleza de sangre de, al menos, la línea paterna, para que la afrenta fuera tolerada por la nobleza de privilegio. Con la Real Cédula que permitía el trabajo de la hidalguía y la fundación de la Orden que llevaba su nombre, el hurón se había escurrido en el interior de la madriguera de la hidalguía de privilegio, dispuesto a inocular en la presa el espíritu del tesón y el esfuerzo, con la ayuda de la frugalidad y el jansenismo franciscanos. La virtud partiría del trabajo, era el mensaje inequívoco del hurón.

El Rey atendía, reflexivo. Fray Joaquín, mirándole a los ojos y personalizando al máximo su homilía, continuaba con sus palabras, con una cadencia métrica educada en la oratoria clásica. "El Dios que nos ha dado la vida, nos proporcionó a la vez el juicio. El buen juicio y la laboriosidad deberían conducir a la libertad del alma". Eran palabras atrevidas y enigmáticas, en las que el Rey percibió un son antiguo, procedente de una sabiduría fraguada a fuego lento. "Buscar el bien propio con trabajo y determinación no va en contra de la palabra del Altísimo. Cuando las familias trabajan sus tierras, atienden a sus obligaciones y practican la frugalidad, lo próspero se convierte en dicha para el alma. Y el bien común, la res pública, se fortalece con feligreses preparados para trabajar duro y convertir el desierto en un vergel. He aquí los colonos que necesitarían las tierras de la Frontera septentrional de Nueva España".

El alto y huesudo fraile, ataviado con una sencilla sotana gris de sobrios acabados bordados, se acercó al púlpito con un pequeño libro encuadernado en piel, con el tamaño de una cuartilla. "Me gustaría acabar la ceremonia con un himno a Jesucristo, en el que todos podemos asomarnos". Abrió el libro por una página concreta y, tras respirar hondo, procedió. "Quiero desatar y quiero ser desatado. / Quiero salvar y quiero ser salvado. / Quiero ser engendrado. / Quiero cantar; cantad todos. / Quiero llorar: golpead vuestros pechos. / Quiero adornar y quiero ser adornado. / Soy lámpara para ti, que me ves. / Soy puerta para ti, que llamas a ella. / Tú ves lo que hago. No lo menciones / La palabra engañó a todos, pero yo no fui / completamente engañado". Concluyó en latín. "Ite, missa est. Benedicamus Domino". El Rey y sus hijos mascullaron al unísono un convencido "Deo gratias".

En la puerta, el Rey felicitó a su confesor por la ceremonia. "Estoy de acuerdo con usted en que el Bien debe ganar la batalla emocional más importante que se libra en el mundo. Es la que tiene lugar en el corazón de los hombres". Fray Joaquín, asintió con una sonrisa comedida. Sus dos manos apoyaban el viejo libelo con encuadernación de piel contra su pecho. El monarca se fijó por un momento en el libro, y la curiosidad le puso al borde de preguntar acerca de él. Sobre la piel de la encuadernación, varios símbolos se sucedían en un mensaje que no pudo siquiera intuir. Se despidió de fray Joaquín, que desapareció tras la puerta de la capilla.

Pasaban las ocho de la mañana mientras se alejaba de la capilla en dirección a su despacho. Sin duda, fray Joaquín estaba bien informado de las visitas que recibía el Rey, así como de la política del Reino en la difusa e inconmensurable Frontera de Nueva España. Su templanza le preparaba para las embestidas discursivas del franciscano, a quien sin embargo apreciaba por su visión acerca de las virtudes del hombre, que podían llenar de dicha tanto al Rey como al último indio del desierto de Sonora, en Nueva Navarra, hacia el interior de la Vieja California.

Influido por el fraile, había aprendido a comer con la vista y usaba el vino para mojar su boca e incrementar, evocando el aroma intuido de la bebida, la capacidad de sugestión de sus diatribas. También imbuido por la observación de fray Joaquín, intentaba dar cuerpo y significado a todas sus palabras. Y, si bien había sido Rey en dos ocasiones, evitaba los grandes fastos, que tanto habían encandilado a su predecesor y a la reina Bárbara de Braganza. Por eso y por mucho más, el confesor franciscano y el monarca se respetaban. Cierto, planeaba sus días en torno a la caza y disfrutaba de la música y los juegos, pero no lo era menos que buscaba en sus colaboradores, para agrado del fraile, virtudes como el orden, la determinación, la diligencia. Había atisbado estas virtudes en José de Gálvez durante su estancia como Alcalde de palacio, y tenía cada vez más curiosidad por conocer cómo había madurado el personaje y qué había aportado a la Corona desde su lejano puesto. Pronto averiguaría que sus cometidos en la frontera del virreinato de Indias más poblado y próspero avanzaban con decisión.

Ya en su despacho, repasó las últimas crónicas de Indias. Abrió una carpeta de piel con el sello de la monarquía y se dirigió a las noticias sobre Nueva España, con vistas a la recepción del antiguo Alcalde de Casa y Corte, en compañía de Grimaldi. Las Californias atraían la atención colonial. Como ya se sabía desde fines del siglo anterior, cuando el Padre Kühn y el padre Salvatierra habían explorado las regiones de Sonora y Primeria, el interior de aquellas tierras del poniente era inhóspito y árido. Allí, en las Provincias Internas, había fracasado el transporte de misioneros y colonos: cualquier gran expedición era atacada, tarde o temprano, por indios que se negaban a vivir en los pueblos fundados en las misiones y presidios, como los apaches.

José de Gálvez había llegado a Nueva España no sólo para reforzar la autoridad del monarca y modernizar la Administración, sino para expulsar a la Compañía de Jesús, con la ayuda de militares que se habían curtido luchando contra los indígenas de la Frontera. Habían destacado en el propósito el malagueño Bernardo de Gálvez, sobrino del visitador José de Gálvez, un capitán del Ejército Real temido incluso por los apaches, que había ascendido a comandante de Armas de Nueva Vizcaya y Sonora, nuevas provincias septentrionales. Y, sobre todo, el noble catalán Gaspar de Portolà i Rovira, veterano del ejército en campañas de Italia y Portugal. Portolà era un expeditivo militar con un espeso acento leridano que, tras deportar en 1767 hasta el último misionero jesuita de las misiones de los últimos territorios asimilados, había sido ascendido a gobernador de las Californias, puesto que había abandonado hacía poco tiempo.

José de Gálvez había fundado la nueva base naval de San Blas en el Pacífico, a sólo unos días por buena carretera desde Acapulco y Ciudad de México, con el único propósito de fletar naves hacia el septentrión del Océano Pacífico. Desde la nueva plaza de Nayarit, Portolà, siempre rodeado de una guardia pretoriana compuesta sobre todo por voluntarios catalanes dispuestos a revivir a los almogávares, había dirigido las expediciones franciscanas para fundar y asegurar las misiones de la Nueva California. Fray Junípero Serra, un espartano mallorquín de Inca, profundo conocedor del legado de su paisano Ramon Llull, fue el representante franciscano de las expediciones. Cuando lo creía necesario, Serra usaba el catalán con Portolà y sus soldados, lo que irritaba a los ingenieros militares y cartógrafos vascos y castellanos. El otro escudero de Portolà en las Californias era su paisano Pere Fages i Beleta, un corpulento soldado catalán con acento también leridano, a quien tanto españoles como criollos e indígenas conocían como l'Ós, el Oso. Había ganado el apodo cazando osos en un emplazamiento entre San Diego y Monterrey. Al parecer, ese lugar de la California Nueva, descrito por las expediciones como poco menos que un vergel mitológico, tenía tal abundancia de estos animales que había sido bautizado por los soldados como Llano de los Osos. Un explorador impenitente, el Oso se había curtido a las órdenes de los militares vascos de Sonora, con tal resultado que José de Gálvez le había seleccionado para acompañar a Portolà en la expedición que en 1769 fundara una raquítica misión franciscana, San Diego, junto a la que se erigió un presidio no más estimable. el Oso había participado también en las misiones terrestres para localizar la Bahía de Monterrey, descrita por las cartas de marear de Sebastián Vizcaíno 170 años atrás. Desde 1770, después de que Portolà abandonara California, Fages servía como gobernador militar de Nueva California en su precario cuartel de adobe construido en Monterrey. Su arrojo, conocimiento de varios dialectos indígenas y capacidad de intimidación le habían valido el ascenso a capitán y reconocimiento del propio rey, que había ordenado en persona al visitador Gálvez las expediciones. Todavía recordaba el contenido de las cédulas. "Ocupad y fortificad San Diego y Monterrey en nombre de Dios y del rey de España".

Mientras se adentraba en la política de la Corona en las Californias, el Rey meditó sobre el sentido de la Orden de Carlos III. Si no se le concedía a los expedicionarios que aseguraban las tierras del Pacífico septentrional de Nueva España, ¿a quién si no? Su confesor coincidía con esta idea. También había intercedido ante el Rey para que los dominicos se limitaran a administrar las misiones de Vieja California, mientras los franciscanos del Colegio de San Fernando de Ciudad de México, asistidos por franciscanos nacidos en las antiguas posesiones del Reino de Aragón, se concentraban en fundar y asistir las misiones de Nueva California, que debían establecerse cuanto antes. La Compañía Ruso-Americana de Alaska avanzaba por la costa del Pacífico hacia el territorio que ya había sido explorado por el portugués Juan Rodríguez Cabrillo, al servicio de la Corona española, en 1542; y en 1603, Sebastián Vizcaíno había elaborado la toponimia y bautizado los principales accidentes de las tierras que se convertirían en la Nueva California, un trabajo cartográfico que, si bien incompleto y algo inexacto, les facilitaría la labor colonizadora. La intromisión rusa era intolerable y debía ser enmendada con la presencia de misiones y, pronto, colonos. Cualquier cosa por ahuyentar a los rusos antes de que disputaran con los británicos territorios ya explorados por España.

Se mostró ausente con los infantes, a excepción del primogénito. Recibió agradecido el cariño del idiota y de los perros. Allí estaban Guardián y Piccolo, retozando con Felipe Antonio, uno más de la camada. Pensó entonces que aquellos tres seres presentían sus disquisiciones, sufrían su congoja, padecían su pesar. Su hijo mayor tomó su mano derecha y se la llevó al pecho, mientas sonrió con cara de tristeza. "No se apure, padre, que pronto habrá un rato para el aguafuerte". El idiota tenía la intuición de los mejores estrategas. Qué Rey más juicioso habría crecido en aquel alma.

Se despidió de los infantes y, seguido por los perros, dejó a los guárdias del salón de Alabarderos el recado de hacer pasar al ministro Grimaldi y al visitador Gálvez a la saleta de Porcelana, con el ánimo de asociarla en el futuro a la ocasión. Él mismo había ordenado su construcción y decoración en honor a la difunta reina, que allí se habría sentido como en el Palacio Real de Caserta. El armazón de madera del techo y las paredes permanecía oculto tras centenares de placas de porcelana de un blanco marfil, encastadas con adornos y remates dorados y verdosos. Varios espejos azogados con un velo verdoso agrandaban el espacio y contribuían al equívoco de los visitantes. No todo era lo que parecía, y la percepción física, no sólo la superstición, debían ser sometidas al escrutinio del razonamiento empírico. Como el armazón de porcelana, el pavimento, ideado por Gasparini, un italiano que extrañaba tanto Caserta como Carlo di Borbone, suscitaban la observación del visitante. Una trabajada taracea de mármoles y loza de colores jugaba con motivos florales y geometrías imposibles. Aguardó de pie.

Antes de que tocaran las once y media, Jerónimo Grimaldi fue anunciado. Entró a la saleta y, con ademán servicial, apuntó sus dos manos hacia la puerta. "Haga el favor, don José, déjese de formalismos, que me acuerdo de la chanza que gastaba usted cuando era secretario aquí del bueno de Gio, o después, cuando se le dio la alcaldía de palacio". Tras la cortina, el Rey atisbó a José de Gálvez, quien entró sonriente tras la ocurrencia de bienvenida del Rey y el ademán del ministro. Fue aparecer frente a la cortina de terciopelo verdoso y volantes dorados y el Rey reconoció el andar aplomado del visitador. Pasada la cincuentena, había adelgazado; en su rostro, tan acostumbrado a la intemperie como el del propio monarca, los pómulos habían ganado protagonismo y los ojos, vivos y cristalinos, tamaño. El bello de las cejas era más largo y había emblanquecido. El Rey se alegró de comprobar que Gálvez estaba contento de poder hablar con él en persona, tras unos años de comunicación epistolar y administrativa.

Pronto tuvo que responder a preguntas concretas del Rey, deseoso de demostrar que se había tomado la molestia de estar al día en las últimas nuevas. Gálvez contestó con la clarividencia y síntesis de quienes tenían la capacidad para adaptar un discurso complejo a la campechanía de una estructura gramatical sencilla, aunque no por ello falta de nervio: mientras miraba a los ojos del monarca y, a menudo, a los del ministro Grimaldi, sin olvidarse de añadir anécdotas personales y citas de colaboradores, para el deleite de sus atentos interlocutores. Había llegado a Cádiz apenas hacía un mes y, desde entonces, no había parado de trabajar, aunque él prefería usar un eufemístico "viajar". ¿Qué era, si no, un visitador de Su Majestad? Además de Cádiz y Sevilla, Gálvez había mantenido visitas y audiencias en La Coruña, Gijón, Santander, Palma de Mallorca y Barcelona. Traía de esta última ciudad, explicó al Rey, el saludo reverencial e incorruptible aprecio del conde de Ricla, don Ambrosio de Funes, capitán general y virrey de Cataluña. El Rey trató de evadir cualquier atisbo de pesar en su rostro, pero la mención del conde no era casual. Si Gálvez hablaba de él, el contenido de la conversación había traspasado sin duda lo anecdótico. No sospechaba de conjuras ni críticas a su gestión; no de dos de los hombres más honrosos que había conocido en su vida. Pero Gálvez y Funes compartían un mismo anhelo, sin duda forjado debido al devenir de sus intachables hojas de servicio. Si José de Gálvez se había erigido en un funcionario insustituible, aplicándose con una firmeza inusitada para un español en la expulsión de los jesuitas de Nueva España, Ambrosio de Funes, ahora en retiro dorado, había cumplido con brillantez como capitán general de la isla de Cuba y de las capitanías dependientes de la isla: Puerto Rico, La Florida, Luisiana y Santo Domingo. Había tomado el cargo en la isla en 1763, tras ser devuelta por los ingleses, y en apenas cinco años había sido capaz de reorganizar y ampliar el ejército, así como de ampliar las fortalezas de La Habana. Decían que el castillo de San Carlos de la Cabaña era tan imponente, que bien podría haber defendido España entera de un ataque de toda la marina británica. Ambos hombres eran, pues, profundos conocedores de los entresijos de Nueva España y, en tiempos de incertidumbre para los territorios septentrionales de la Nueva California y la provincia de Santa Fe, el Imperio necesitaba a héroes, no a jóvenes funcionarios ni señoritos de provincias sin nervio ni tuétano. El Rey evitó preguntas relacionadas con el conde de Ricla. Gálvez decidiría si había algo más digno de reseña.

Pese a dominar la guasa popular del mediodía español, José de Gálvez sabía adoptar un discurso grave, como demostró tras rememorar, a modo de crónica resumida, las rebeliones que la Pragmática Sanción de 1767 contra los jesuitas había provocado en Nueva España. Había hecho frente a tumultos en Michoacán, Guanajuato, San Luis de la Paz, San Luis Potosí y otras ciudades. Los cabecillas y principales alborotadores habían sido azotados en público; algunos de ellos, "sabe usted que muy a mi pesar, Majestad", ahorcados.

"Hablemos de los progresos que hemos hecho en las misiones de las Californias, tanto las dominicas como las franciscanas. Tengo entendido que las cartas de navegación elaboradas en las expediciones desde San Blas han sido de gran ayuda y confirman el gran valor del trabajo de Sebastián Vizcaíno, que en paz descanse su heroica alma". El Rey se giró, dio unos pasos y volvió a mirar a sus interlocutores. "España está interesada en asegurar un paso seguro y transitable entre Nueva Vizcaya y Sonora y la misión de San Diego de Alcalá. El camino real seguiría entonces según los planes de los cartógrafos, siguiendo las llanuras cercanas a la costa y hasta la nueva misión de San Carlos de Monterrey. Es prioritario que las Californias prosperen por mar. Pero también por tierra". Gálvez se había adelantado a los planes del Rey y, mientras Portolà, el Oso Fages y fray Junípero Serra exploraban los emplazamientos costeros al mediodía y septentrión de Monterrey, ya planeaba una expedición desde Sonora para establecer un camino real desde la villa de Arizpe hasta una prometedora bahía de la que la expedición de Gaspar de Portolà de 1769 había tenido noticia. Se le había llamado Bahía de San Francisco. Ordenó a Gálvez una misión inmediata para abrir una ruta desde el interior que conectara Sonora con San Diego. La partida debía organizarse cuanto antes. Gálvez ya estaba meditando en los detalles en aquel mismo instante.

Gio intervino. "Majestad, está a nuestro alcance reclamar las tierras de la Bahía de San Francisco y más allá antes que lo haga ningún colono o comerciante de pieles forastero, ya sea ruso o inglés, trabaje o no para alguna compañía. Fuera cual fuese la calaña del filibustero que se nos adelantase, su simple presencia en la zona nos pondría en un aprieto". El Rey asintió. Le preocupaba más la expansión de los británicos, que administraban su botín tras la guerra de los Siete Años. Además de su posición en Terranova y Honduras, ya colonizaban el Quebec, la ribera septentrional del río Ohio y la vertiente de poniente de la cordillera de los Apalaches, que decían haber donado a los indios sin cumplirlo. Desde allí, era cuestión de tiempo que los colonos ingleses cruzaran, con permiso o sin él, el río Misisipi para hacer lo propio con la Luisiana. "Déjenme recordarles algo. Hoy nos ocupa el establecimiento de misiones y presidios en las Californias, sin duda el primer paso para que los habitantes de aquellas tierras conozcan a Dios. Y debemos hacerlo bien. Las misiones y los presidios darán paso a los colonos y las haciendas, y florecerán el comercio y la dicha para aquellas tierras. Pero mañana será la Luisiana. Sólo siendo fuertes en la Luisiana podremos reclamar las dos Floridas, mientras frenamos a la vez el avance de las compañías inglesas más allá del Misisipi".

Miró hacia uno de los espejos, donde los tres aparecían proyectados en un tono verdoso, como si hablar de asuntos de Indias les hubiera convertido en comandantes de la nave Argos, listos para reclutar a cincuenta guerreros y zarpar a la conquista de nuevos territorios, esta vez sin la alianza de los jesuitas, sino de los franciscanos del Colegio de San Fernando. Como si sus pensamientos hubieran invocado a su confesor, fray Joaquín de Eleta apareció en la imagen del espejo demandando espacio en la concepción espiritual del nuevo viaje de los argonautas por la Nueva California y más allá. La imagen verdosa de Eleta acompañándoles en el espejo no era un espectro: en efecto, el confesor había entrado en la saleta de Porcelana sin ser siquiera anunciado, una pequeña insolencia que molestó más a José de Gálvez que al ministro y al Rey, más acostumbrados a la libertad de discurso y movimientos del franciscano. Practicaba el albedrío del individuo independiente e ilustrado, quizá predicando con el ejemplo. Eleta miró a Gálvez y le saludó con un sutil movimiento de cabeza, mientras contestaba a las últimas palabras del monarca.

"Tenga usted tranquilidad, mi señor, para ocuparse ahora de las Californias, que los ingleses tienen sus propios problemas en las Trece Colonias. El vástago ha crecido tan recio y poderoso que ya quiere ser destetado".

¿A qué se refería fray Joaquín? ¿Tenía el más información que el propio José de Gálvez sobre los asuntos de la América septentrional inglesa?

TRISKELION por Nicolás Boullosa

7. El capitán del místico

Ramón Milà lo había dispuesto todo. ¿Había intuido la calamidad? A simple vista, lo ocurrido no tenía sentido. No era un intento de robo en el taller, ni la pelea respondía a un duelo. Mucho menos a un ajuste de cuentas; no con Mansió. A la mañana siguiente, no le sería difícil confirmar en los corrillos del Pla de Palau sus sospechas sobre el asaltante muerto junto a las caballerizas de la taberna del Bou y el motivo de la agresión. Poco después de que sus amigos hallaran a Mansió malherido junto al cadáver del esbirro, Climentet acudió corriendo a despertar a Mossiú Filitró, un barbero de confianza nacido en Carcasona, de nombre real Pascal Filiatreau. Nada más llegar a Barcelona, Filitró había montado tienda en la calle de Gignàs, a tres puertas de la botica donde despachaba el propio Joiós. Filitró no sólo era de confianza, sino un experimentado cirujano de ropa corta con mejor mano y formación que muchos cirujanos de toga de la ciudad, decían en las tertulias de la Ribera. La herida no parecía grave, pero había que curarla con solvencia y preparar al Pastoret para un largo viaje. Desgarradora broma del destino, pensó el maestro. He aquí al "noi" con el espíritu más virtuoso que había conocido en años, autor de un asesinato. Por muy fortuito que fuera, un delito de sangre no sería pasado por alto y el comisario husmearía pronto por el taller.

El mestre Milà se alegró de ver al barbero, acostumbrado a tratar heridas mucho peores que la que ahora examinaba en su joven discípulo. Si se confirmaban sus sospechas, el enemigo se había armado. Y, peor aún, podía tener aliados tan peligrosos como inverosímiles. La presión sanguínea aumentaba en su sien. A lo lejos, su mujer se apresuraba de un lado para otro, entrando y saliendo del taller. Disponía trapos de paño y cuencos con agua fresca, mirando hacia su marido, su hijo, Mansió y los muchachos que habían acompañado al herido desde la víspera de Sant Miquel. La laboriosa mujer se llevaba las manos a la cara, mientras giraba el cuello con la premura de una hembra de camada oliendo el peligro. "Ens caldrà escalfor". Levitaba pálida hacia la chimenea auxiliar, junto al horno, ahora apagado, donde se cocían los azulejos. No se explicaba cómo había llegado a semejante conclusión, pero el pálpito era inequívoco. Doña Quima intuía que el infortunio no tenía tanto que ver con la inseguridad reinante en una ciudad superpoblada, que crecía hacia arriba porque no podía hacerlo de otro modo, como con una honda batalla filosófica que no comprendía. De algún modo, las dos fuerzas en liza, cada una con la voluntad de negar su contrario, estaban representadas, por un lado, por el alma civil de la austera Barcelona de mercaderes que había dominado el Mediterráneo y construido la sobria basílica de Santa Maria del Mar; el contrapeso de la balanza era la Barcelona adornada y festiva del presente, con personalidad mestiza, cuya renovada fuerza comercial procedía de América, como también lo hacían sus ideas, filtradas por la ciudad funcionarial de Cádiz, puerto comercial e intelectual de una nueva idea de España: poderosa, unificada, homogénea. El estilo de las nuevas piedras que se superponían al alma gótica era más grasiento que barroco, decía a menudo su marido con la causticidad de la broma que duele cuando se comparte. Ramon temía que, una vez acabada de construir, la basílica de la Mercè dictara el futuro sentir de la ciudad y de todo el Principado. Demasiada adoración infantil y vacua a Cristo Rey, sin asomarse a sus enseñanzas.

Quima había esperado a que Ramon volviera de Utrech para casarse con él, cumpliendo la palabra dada entre ambas familias. Supo que no le sería difícil respetar a aquel hombre con fino timbre de voz, en ocasiones aniñado, pero convicciones tan recias como los cimientos de la Lonja de Mar, que habían aguantado incluso el sitio borbónico de 1714. El tímido Ramon que había partido recomendado a un taller holandés, donde perfeccionaría las artes del antiguo oficio de la cerámica, había vuelto no sólo como maestro azulejero, sino que también habría alcanzado la excelencia en otros campos, más propios de la artesanía del pensamiento. Era una sospecha refrendada por las numerosas visitas recibidas por Milà la década anterior, tanto en Barcelona como en la casa veraniega de Rojals, junto a Montblanc, en las montañas de Prades. A su mesa se sentarían personas de otros lugares de Europa, en ocasiones con aspecto muy humilde, así como caballeros que departían con don Ramon en holandés, francés o inglés. Poco castellano, o ninguno, hablaban aquellas visitas, que sonreían y agradecían la comida y el alojamiento, en ocasiones durante semanas. Nunca preguntó más de lo que su marido quiso responder. Los libros y pliegos que su marido acumulaba en un barullo en el interior de su pequeño escritorio, en latín, francés, castellano, holandés, inglés o catalán, eran poco comunes en las bibliotecas de sus amistades. Raimundus Lulius, Iordanus Brunus, Rogerius Baco y Ioannes Ludovicus Vives eran los autores que más se repetían entre las obras en latín. Los títulos en lenguas vulgares compartían, creía, los mismos autores. No se consideraba una lumbrera por haber concluido sin ayuda de su marido que Ramon Llull, Giordano Bruno, Roger Bacon o Joan Lluís Vives eran los mismos escritores.

Mansió yacía inconsciente sobre una larga mesa de madera junto al horno del taller, sobre la que la sirvienta de los Milà y su hija habían improvisado un camastro, cerca de donde el Pastoret había perfeccionado a diario la cocción de los mejores azulejos de la ciudad, quizá los últimos exponentes del sobrio gótico catalán, en una época de profuso chorreo detallista en todas las artes y oficios. El barbero repasó su instrumental, siempre impecable en su bolsa de cuero, propia de un médico parisino. Lector empedernido de técnicas de cirugía catalanas, mallorquinas y francesas, aplicaba procedimientos que otros achacaban al desconocimiento de un cirujano sin toga. "En sortir de la Casa Cortada aquell dia, és clar. Sabia que havia vist aquell home abans". Mansió había agarrado la manga del batín de paño que vestía el maestro Milà. Había visto a su asaltante hacía unos meses, en los últimos días de junio, saliendo de la Casa Cortada. El tipo, acompañado por un religioso, le había mirado, desafiante, hasta que había torcido hacia la calle del Bisbe. Recordaba haberse girado para comprobar que no le seguían.

Herida abierta. Limpia. No había afectado a ningún órgano, aunque la lucha del cirujano contra el reloj consistía en tranquilizar a los congregados en el taller, donde reinaba la confusión. Tras lavarse las manos a la luz del candil y pedir a las sirvientas que hicieran lo propio, "supersticiosa" instrucción que cumplieron a regañadientes, limpió la herida con gasas y el agua que había mandado hervir, otra estúpida "superstición", a juicio de las muchachas; acto seguido, aplicó una solución amarillenta que extrajo de un frasco. Mansió se despertó cuando el barbero, sudoroso, cosía la herida. A Milà le sorprendieron sus primeras palabras inteligibles desde que había recuperado el conocimiento. Una tal Nina Bergonzi, la Niña, le había dado una carta, en sobre lacrado y cerrado, con el recado de entregarla a Rafael d'Amat. Pese al desconcierto del instante, Ramon Milà actuó con la parsimonia de quien conoce más de lo que aparenta. "Fill, tu mateix necessitaràs aquesta carta a Cadis, i potser la duràs més enllà. Tots confiem en tu".

"Un moment, mestre. Em sembla que no li he explicat bé la situació. Resulta...". El herido pedía agua, que Filitró prohibió con una sonrisa benevolente, mostrando su dentadura desalineada. Los desafiantes colmillos superiores, de oro, hicieron dudar a Mansió sobre su estado etílico. Los dientes de oro, cuando simétricos, eran la mejor carta de presentación de un barbero. La queja del Pastoret, apagada por el aturdimiento, atrajo el cuidado de doña Quima, mientras Filitró aplicaba su cátedra callejera. "Sé molt bé el que em dic", concluyó Milà. Las instrucciones de Filitró a las sirvientas eran meridianas: cuando la sangre empapara la herida, ya cosida, aplicarían la solución del frasco diluida en agua hervida, con las gasas que debían permanecer envueltas en todo momento por un trapo limpio. "Escolta'm atentament. Vull que recordis això: aquesta carta, ara la necessitaràs tu. Quan la llegeixis, tu mateix en treuràs l'aigua clara... No pateixis si no és senzilla de llegir; a poc a poc s'anirà mostrant, com fan les dones virtuoses. El nostre enllaç a Cadis t'explicarà la resta". Depositó en el interior del zurrón, junto a la carta, una nota con la dirección exacta del corresponsal en Cádiz de la Compañía de Rogelio Milà, fundada por su hermano al abrigo de la Compañía de Barcelona para comerciar con Puerto Rico, Cumaná y Margarita en 1751, aunque sus barcos hacían escala obligatoria en Cádiz. Antes del amanecer, explicaba Filitró, la herida necesitaría un vendaje, que habría que cambiar dos veces al día durante la siguiente semana. El joven podría beber y comer algo al amanecer. Ah, añadió el barbero. Reposo.

El maestro Milà observaba a su mujer, preocupada. Pobre Quima. Quizá no era la lectora más ávida de Barcelona, pero interpretaba la realidad mejor que nadie que él hubiera conocido, y ello incluía a algunos de los más finos maestros de la cábala. Al fin y al cabo, pensaba, el sentido común femenino, cuando germina acompañado por la agudeza, es pura verdad antigua, universal. Siempre atento para asegurar el cobijo más adecuado, el alimento justo, la seguridad de las crías, la prosperidad de generaciones venideras sin descuidar nunca a las anteriores, la norma no escrita que perfeccionaban las discretas matriarcas del mundo, desde las madres del reino animal hasta la mujer más poderosa. Comportamientos y leyes no escritas que sabían reproducir en cualquier circunstancia, no importaba su naturaleza, como las plantas cuya estructura se repetía a cualquier escala. La geometría, siempre predecible, de cerca o de lejos, del sabroso brécol romanesco, las nubes, las montañas, las líneas costeras, o los copos de nieve, seguían el diseño de las líneas de la mano y las arterias de personas y animales. Era como si, observando un árbol, se siguiera viendo el bosque. Del mismo modo, el sentido común de la mujer se guiaba por patrones que no traicionaban su esencia, fuera cual fuera la escala de observación. El hombre, la humanidad, debían prepararse para entender el mensaje expuesto por el generoso romanesco. Había llegado el momento.

Desde su juventud, Ramon Milà había intentado descifrar el principio primigenio de la felicidad y la plenitud pero, a diferencia de autores que había leído, o incluso de varios de sus amigos, no había buscado la verdad en la carrera eclesiástica, ni siquiera en la universidad, sino en el trabajo manual. El oficio artesanal alimentaría los cimientos de su aprendizaje, había augurado su padre para él. Su progenitor, jansenista convencido, creía en que la plenitud sólo podía alcanzarse con el trabajo constante y la rectitud moral; virtudes que, recordaba, habían permitido a los holandeses domesticar los ríos y ganar espacio al mar. El único milagro posible se producía trabajando a diario. Cornelio Milà, "Corneliu", no tuvo que desdecir la predicción sobre su hijo. En efecto, asumió la responsabilidad de continuar con el oficio de azulejero. Primero, se había preparado en la escuela de los libros; la lectura le había aportado el "trivium": gramática, retórica y lógica. El "quadrivium" -aritmética, geometría, música y astronomía- brotaron del aprendizaje y perfeccionamiento de su oficio en Utrech, así como de la fértil experiencia cotidiana que la vida ofrecía a un alma industriosa, polinizada con el ímpetu de la buena naturaleza. Se consideraba afortunado por haber dado forma a finos azulejos holandeses. Poco después de instalarse en el taller de Utrech, fue inquirido por su maestro, el pálido y arrugado Gaspard van Bloemen, acerca de sus diseños, monocromáticos y esquemáticos. La naturaleza de sus motivos era sobria, Milà había respondido, pese a la luz del Mediterráneo, porque el trazo seguía el trabajo de generaciones de azulejeros, cuyas enseñanzas eran transmitidas de generación en generación. ¿Conservadurismo?, había preguntado Van Bloemen. No era falta de ambición, había respondido Milà, sino acercamiento a unos principios ideales, perfeccionados por un autor colectivo. Van Bloemen había reído. "Mis azulejos tienen la luz del mediodía, 'Catalaanse kind'; los tuyos tienen la luz sobria de Holanda y la seriedad de una familia holandesa sentada en la mesa". Años más tarde, comprobaría que La Ilíada y La Odisea no eran más que la plasmación en papel de una historia colectiva, moldeada por rapsodas supeditados a la obra, y no al revés.

El maestro Milà había completado su formación en cinco años. Los dos últimos, sin embargo, los empleó en leer todo lo que Van Bloemen le recomendó en latín, francés y holandés. Al lamentarse de sus dificultades con el inglés, Gaspard le presentó a un caballero escocés que acababa de llegar a la ciudad para completar sus estudios en la Universidad de Utrech. Su nombre era James Boswell, un esquivo joven con apenas veinticuatro años de edad, deseoso de ampliar su visión del mundo. Boswell pronto hizo migas en la universidad con un alumno católico aventajado, que flirteaba con las ideas más reformistas del jansenismo, una corriente que pretendía acercar la maltrecha moral de la curia romana a los valores de la humildad y el esfuerzo de las corrientes cismáticas más próximas, como el calvinismo. Su nombre era Ignacio "Nacho" Caparrini, un estirado joven gaditano, de familia burguesa y un ingenio que rivalizaba con su sorna. El arquetipo de caballero andaluz en el físico y los ademanes, fundido con una personalidad más bien centroeuropea. Rara avis.

Ramon Milà no era más que un aprendiz de azulejero, hijo de un acaudalado artesano y comerciante de Barcelona, cuya innata curiosidad había sin duda cautivado a Van Bloemen. Si el viejo Bloemen certificaba el encuentro con el tal Boswell, había concluido su amigo Jacob van Tuyll, el "Catalaanse kind" se merecía una oportunidad. Van Tuyll, conocido notable de la ciudad y mecenas de su universidad, estaba preocupado por la pública y notoria incomodidad que padecía Boswell durante sus primeros meses de estancia, sólo apaciguada con las bromas del andaluz Caparrini. Un meticuloso artesano mediterráneo podía alegrar la estancia del escocés en la ciudad y completar la influencia positiva que Ignacio Caparrini parecía tener. Y así fue, al menos en cierto modo. Boswell, Caparrini y Milà disfrutaban de sus paseos y pronto se intercambiaron libros, además de debatir a un nivel superior al que encontrara en la universidad de la ciudad... ¡Con un comerciante gaditano y un aprendiz de azulejero! Pero lo que en realidad encendió el alma del joven noble fue la compañía de Isabella, hija de Van Tuyll, una delicada dama que había firmado su primera novela, Le Noble, bajo el pseudónimo de Isabelle de Charrière. Le Noble atacaba sin piedad, a través de una punzante sátira, el endemismo y la parálisis retrógrada de la nobleza, su propia gente. Ella misma había nacido en un castillo. Sabía de lo que hablaba.

Ramon Milà alimentó la curiosidad de James Boswell y su nueva amiga, a la que, creía Milà, profesaba más que admiración. La edad impetuosa del escocés le jugaba malas pasadas, como a él mismo le habría ocurrido, si se hubiera sentido con alguna oportunidad. Pero el "Catalaanse" no encajaba en el estereotipo de caballero moreno, bravucón, aguerrido, valiente y apasionado de allende los Pirineos. Tampoco Caparrini que, eso sí, era apuesto y aguerrido como los gentiles españoles del teatro europeo más costumbrista. La voz de Milà era delicada, sus maneras europeas; su aspecto habría sido aprobado por el mismísimo Calvino. En cuanto al supuesto atractivo mediterráneo de los españoles, bien... Él era más bien pálido y reservado, estoico en la actitud y frugal en el vestir, lo que a menudo suscitaba la incomodidad de sus relaciones fuera del taller. El propio Boswell, por no hablar de Isabella, habían sucumbido a los mandatos ornamentales de la moda parisina, como los afrancesados de las calles barcelonesas del Pi y del Petritxol.

El respeto recíproco se convirtió en admiración mutua, cuando Boswell y Milà descubrieron, mientras paseaban por la orilla de uno de los canales de la ciudad, el Oudegracht, un lugar común intelectual: la obra del filósofo y matemático Gottfried Leibniz. Al día siguiente de aquella conversación, James Boswell había cumplido con su palabra, entregando a Milà una bolsa de trapo con una decena de libros de un mismo autor, el filósofo irlandés John Toland, muerto en el primer cuarto del siglo. "Te sentirás identificado en la voz de Toland. Te adelantaré sólo tres razones, catalán: Toland nació en una familia de profundas convicciones católicas; creía que las instituciones del hombre debían ser diseñadas para garantizar la libertad e igualdad de los individuos, y no sólo para establecer el orden; y buscó herramientas que ayudaran a la gente a hablar desde su interior y combatieran la locura, el dogmatismo, la impostura, la pedantería". Asimismo, antes de volver a Escocia, Boswell había recomendado a Caparrini la lectura de la obra de Leibniz, que desconocía.

Como Boswell, Toland había estudiado en las universidades de Glasgow y Edimburgo y completado su educación en Holanda, aunque el irlandés había elegido Leiden. En Leiden se le había conocido un único amigo íntimo, un inglés de las tierras medias, en concreto Staffordshire. Un tal Walter Walpole, enigmático personaje que había dejado poco rastro académico: apenas una tesis sobre la cábala en los reinos sarracenos de Hispania y una posterior ordenación sacerdotal en la Iglesia Católica. A buen seguro, no se trataba del mismo Walter Walpole que había destacado como capitán de la marina, primero; y más tarde coronel de la marina británica. "Y quizá te interese un último dato, antes de hojear esa maraña de papeles inservibles, por los que en tu país se quemaría a cualquiera. John Toland mantuvo correspondencia con... Gottfried Leibniz". Leibniz era uno de los pensadores más influyentes en las universidades centroeuropeas, pero Ramon Milà lo consideraba apenas un buen adaptador de la obra de Ramon Llull a los tiempos modernos. Ramon Milà llamó a Boswell mientras el escocés se alejaba apresurado a encontrarse con Isabelle, entre el gentío que poblaba el margen de poniente del viejo Oudegracht. "¿Tenemos esas cartas?". Boswell guiñó su ojo izquierdo y chascó los dedos. "Creo que vas a tener suerte, catalán. Tenemos la responsabilidad de continuar esta conversación. Hasta mañana". Pronto, su vida habría cambiado para siempre: en la siguiente charla con el escocés, fue consciente por primera vez de que tenía, tenían, una misión.

El reposo será imposible. Todavía débil y antes de que amaneciera, Mansió Vilalta ya había sido conducido al Pla de Palau, donde fue embarcado con sigilo, como un atadijo mercantil más, en el San Agustín, un místico con tres palos enterizos y vela latina que hacía la carrera hasta Cádiz para la Compañía de Rogelio Milà. Con treinta y cinco codos de eslora, manga barriguda de catorce codos para favorecer la carga y quilla de veintiocho, puntal de doce pies, dos codos entre puentes y dotación de veinticinco marineros, el San Agustín era reconocido en los puertos catalanes y del Levante por tener buen mando y una tripulación que pagaba sus deudas. Las trampas en puerto, si llegaban a oídos de Felipe Curto, su capitán, acababan con el marinero en tierra. Eso sí, tras pagársele en mano todo lo que se le adeudaba hasta aquel día. Felipe Curto era un marinero mellado que apenas superaba los cuarenta mal llevados. Con una querida conocida en Cádiz y sus ahorros invertidos en bonos de la Compañía de su patrón ("eso es creer en el negocio", le dijo don Rogelio riendo en una ocasión), había dedicado su vida al cabotaje por el mar Caribe y la costa mediterránea española, tras educarse en Andalucía y pasar su primera juventud con su familia en Cuba, donde su padre había sido destacado. Del Mediterráneo español conocía cada cala, hasta el abra más insignificante. Si alguien podía asegurarse de que el Pastoret llegara a Cádiz sano como una manzana, era aquel marinero nacido en Algeciras, "sin quitarle el ojo al Peñón hasta que navegué en el primer bergantín corsario". Decían que Curto era un bachiller y que, desde joven, leía cada noche a la luz de la vela, pero se le habían conocido pocos libros. O los releía, o dedicaba su tiempo a hacer anotaciones. Cuando la Compañía le había pedido veinte años atrás que renombrara el viejo místico, no dudó en bromear: "para místico, San Agustín de Hipona, del que conozco hasta los andares que tuvo". Marinero extraño, un joven curtido y a la vez bachiller, capaz de superar una tormenta en el Caribe o apresar un corsario francés en La Española y, a la vez, suficiente ducho como para haber leído a San Agustín. Amaba su místico, un tipo de barco costanero ideal para el contrabando, que le había asignado el mismísimo don Rogelio, amigo personal desde que se conocieran en un café de alta alcurnia de La Habana. Don Rogelio había sido cocinero antes que fraile. Nadie le había regalado nada. Había obtenido su matrícula de mar, según la Real Orden de 1737, sirviendo varios años en la Armada, donde se ganó el aprecio y el respeto de "los hijos de perra que me hicieron la vida imposible desde el primer día por ser de familia bien y haber sido educado en la Real Junta Particular de Comercio". Los hijos de menestrales acudían a la Junta de Comerç, toda una institución en la sociedad catalana, mientras los futuros capellanes, funcionarios y altos mandos militares acudían a la Universidad de Cervera, que permanecía fiel a sus designios borbónicos. San Agustín de Hipona era el místico más próximo a sus creencias religiosas. Apasionado, pero defensor ardiente del racionalismo; puestos a elegir un santo, no costaba nada hacerlo con propiedad. Con su nombre en el casco, la industriosidad de sus viajes comerciales sería bendecida.

El barco más veterano de la flota que había acumulado Rogelio Milà se limitaba a llevar a Cádiz tejidos indianos y azulejos del taller de su hermano Ramon, y volvía con palo de tinte, añil y algo de tabaco de contrabando, este último para endulzar su relación con los funcionarios de la aduana barcelonesa. La ciudad de Cádiz, plagada de comerciantes ilustrados, funcionarios, familias de rancio abolengo, extranjeros de distinta condición, marineros y gentes de peor reputación, mantenía el monopolio comercial con Nueva España, pese a que don Rogelio, como se conocía en sociedad al mayor de los Milà, aprovechaba el comercio libre entre Barcelona y los puertos españoles del Caribe para vender hasta un tercio de la carga destinada a Dominica y Santo Domingo en Veracruz, una vez "legalizada", tras pagar en especias a los funcionarios de la aduana. El contrabando con Cádiz y Veracruz aportaba un tercio del caudal a la Compañía, que el mayor de los hermanos Milà invertía luego en tierras de labradío junto a Barcelona; derechos comerciales en Cuba, Puerto Rico, Margarita, Trinidad, Santo Domingo y Dominica; así como barcos, letras de cambio y riesgos marítimos.

Consciente de la gravedad de la situación, Climentet había removido en la pensión e improvisado un talego con algo de ropa; una faca con funda de cuero que había protegido al abuelo de Mansió en los caminos de contrabando del Pirineo y que el Pastoret no había sacado de su cuartucho en la fonda desde su llegada a Barcelona; una pastilla de jabón; una bolsa de rapé que Mansió racionaba con disciplina, humedecido tras meses aguardando en un baúl del cuarto; y un puñado de pliegos de cordel que replegó sin mirar de su habitación. Tendrá tiempo de releerlos, pensó. Nada mejor que las aventuras de mozos y bandoleros para curar una herida. A excepción, quizá, de la botella de aguardiente de Montblanc que le endosó en el último momento, antes de partir a avisar a Mossiú Filitró y acudir al taller de Ramon Milà. "El vell haurà d'esperar". Climentet tenía preparada la botella para enviarla su padre en el correo de primera hora del lunes. El mejor aguardiente, decía su padre.

Acomodado en el camarote y narcotizado, con un agradable pálpito de calor en la sien, Mansió apartó los recuerdos de la trifulca y la confusión subsiguiente. Sucumbió al sueño volviendo al tacto de la mano de Antònia, la sirvienta de la Casa Cortada. Junto a él, el talego de paño preparado por Climentet y el zurrón de cuero viejo. Voces en cubierta, quejido de maderos, estruendo de los últimos fardos de género depositados antes de partir. El cansancio y el calor propiciados por el aguardiente le permitían deshacerse de un sentimiento de culpa paralizador. Su mano derecha salía del coy recién lavado, agarrando con fuerza la correa del zurrón, que contenía una nota escrita por su maestro azulejero y la carta que Nina Bergonzi le había entregado la noche anterior. ¿Por qué Ramon Milà no la había entregado a Rafael d'Amat, siguiendo las instrucciones de la Niña? Recuperó la consciencia y notó su cuerpo humedecido. La sensación de haber mojado el paño del coy le devolvió al cuarto de su infancia compartido con Toni, su hermano mayor, en la casa familiar de Cal Ros. No era orín, si no el vendaje ensangrentado. El ruido de agua cayendo sobre una palangana. Susurros en castellano. Mansió abrió los ojos y comprobó que dos rufianes desconocidos hurgaban en su herida. En un reflejo, agarró el brazo del más próximo, pidiendo explicaciones. "Sácame la zarpa de encima, zagal. Por muy protegido de don Rogelio que seas, te suelto un sopapo que te duermo otra vez", espetó el menos fornido, el Pescadilla para sus compañeros, con el cuello y trapecio tan musculosos como los de un conejo desollado. Su boca ceceante, desproporcionada en la pequeña cara con mentón esquivo, mostró una dentadura descompuesta, con varios dientes ennegrecidos y una forma casi triangular. El marinero, pensó, había pasado tanto tiempo en el mar que le habían crecido dientes de pejesapo.

Ah, sí, el místico de cabotaje de los Milà, que cubría la ruta comercial de la Compañía con Cádiz. No era un sueño. Volvió a dormirse. El olor a sudor se mezclaba con el del aguardiente, la sangre coagulada y el género de la bodega, de entonces y del pasado, tamizados por el mar. Alguien a bordo vociferó que habían arribado a Los Alfaques, Tortosa, un puerto en el estuario del Ebro promovido por el Rey para que las compañías con mercancías que descendían por el tramo navegable del río pudieran comerciar con los puertos españoles y hasta veinte puertos americanos. Además de Cádiz, sólo una decena de puertos podían comerciar con las posesiones de ultramar, lo que había atraído a las distintas castas de la metrópolis comercial catalana, tanto las dedicadas al negocio lícito como al trapicheo; sin olvidar la legión de maleantes, fracasados y furcias que supuraban las costuras humanas de los apretujados bajos fondos barceloneses. Se disculpó ante los dos marineros. "Me encuentro mucho mejor. Creo que yo mismo podré limpiar la herida a partir de ahora". Ellos cumplían órdenes y éstas eran tratarle como a un infante de España. Ellos curarían la herida, traerían comida y evitarían que el costado ensangrentado se pusiera pocho. "El agua de mar nos ayudará a que cicatrice cuanto antes, aunque te dolerá. Espero que en el taller te hayan enseñado a comportarte como un hombre, catalán. El cabotaje nos dará tiempo para entregarte en Cádiz como un figurín". Sabían de él. Explicaron la travesía: Valencia,

Alicante, Cartagena, Almería, Málaga y "shhh...", Gibraltar, la parada que no existía para polacras, goletas, místicos, jabeques, faluchos y bergantines comerciales con bandera española, pero que se hacía. Arribarían a Cádiz, listos para pasar por la aduana del que todavía era el puerto más importante del Imperio, al conservar el mayor número de compañías y corresponsalías comerciales, navíos y, sobre todo, el monopolio comercial con Veracruz y el resto de grandes puertos de la Nueva España continental.

Tras zarpar de Valencia, Mansió se había repuesto lo suficiente como para caminar por cubierta e incluso ofrecer su ayuda. Felipe Curto aclaró su situación. "Niño, antes de zarpar de Barcelona, ya tenía claro que tú eras la carga más valiosa. Así que haz el favor y pórtate bien. Roncero y Meneses te ayudarán con la herida; no te preocupes, saben cómo hacerlo. Yo mismo les enseñé. Créeme, la vida de corsario es arriesgada y poco agradecida, pero no hay mejor escuela para ser capitán de místico o polacra". Felipe Curto, el Habano, era quizá el único navegante experto del Levante español con acento caribeño. Su padre, enrolado en la Real Armada, aceptó un puesto en La Habana y se llevó a sus hijos con él. Allí, Curto se había doctorado en las artes de la contabilidad comercial del Imperio Español. Sabía cocinar números impolutos para que los santiguara hasta el obispo y aparecieran en los libros oficiales con letras de oro, mientras la auténtica contabilidad estaba en manos de las compañías comerciales, encargadas de apartar género para aduaneros y demás funcionarios. Y allí estaba ahora el hijo de un aduanero corrupto, antiguo corsario, lector empedernido y fumador de cigarros cubanos.

No le quedaba otra que mantener su herida limpia, procurar que no se infectara, leer los pliegos de cordel del Joiós y, sobre todo, elucubrar acerca del contenido de la carta que la Niña Bergonzi le había encomendado para que entregara a Rafael d'Amat, quien la habría entregado a su amigo el conde de Ricla, capitán general de Cataluña y amigo personal de varios miembros del gabinete de Carlos III, entre los que se incluían el jurista Pedro Rodríguez de Campomanes, el visitador de Nueva España, José de Gálvez, y el propio confesor del Rey, fray Joaquín de Eleta. El contenido de la carta, escrita en fino papel italiano con buen pulso y mejor caligrafía, le había aturdido más que el dolor de la herida; la nota introducida en el zurrón por el maestro Milà tampoco se quedaba atrás. Sin duda, don Ignacio Caparrini, corresponsal de la Compañía de Rogelio Milà en Cádiz, debería aclarar muchas cosas.

Nina Bergonzi, la Niña, jamás se había recuperado del escándalo social causado por su vida amorosa durante la época de la fonda de Santa Maria, cuando conjugaba sus multitudinarias actuaciones y audiencias con los devaneos que habían provocado su caída en desgracia. El obispo de Barcelona, Josep Climent, había recomendado su expulsión al regente de la Audiencia de Barcelona. Y una sugerencia del obispo Climent equivalía a una orden, dado el reconocimiento público de que gozaba, tanto entre sus superiores eclesiásticos como entre sus feligreses. Pero el verdadero origen de su caída en desgracia en España partía del despecho del conde de Ricla. La Niña se había pasado de la raya: la puerta de la fonda de Santa Maria no sólo había estado abierta para don Ambrosio de Funes, sino también para el también veneciano Giacomo Casanova. El conde de Ricla podía contar con el respeto del visitador José de Gálvez y el reconocimiento del mismísimo Rey, pero la entereza demostrada en el servicio público contrastaba con sus amoríos, la comidilla de las tertulias barcelonesas.

Dados los antecedentes, no comprendía el contenido de la carta que la Niña, con precisas directrices para que llegara al barón de Maldà, amigo personal de don Ambrosio. Una historia digna de ser explicada en primera persona a don Rafael d'Amat, para que la inmortalizara en los dietarios que había dado a leer y tanto celebraba el maestro Milà. Lejos de ser una nota de despecho entre dos antiguos amantes que jamás pudieran reconciliarse, Mansió intuía un contenido profundo, con pinceladas adivinatorias relacionadas con la política, quizá también la filosofía. Poco más. El maestro le había asegurado de que aquella nota debía permanecer en sus manos, pero su lectura no le relacionaba con las complicadas disquisiciones de aquella hoja de papel italiano, doblada y perfumada. La misma fragancia que había tratado de combatir en la taberna del Bou, una sutil esencia que le evocaba la flor de jacinto que su abuelo había traído de contrabando de Tolosa de Lenguadoc. Entonces, pensó que el destinatario real de la carta no era el barón de Maldà; ni siquiera el conde de Ricla. ¿Y si la personalidad poderosa de verdad fuera, para Giacomo Casanova y la Niña Bergonzi, alguien más próximo a él mismo? El mestre Milà. Al vislumbrar esta posibilidad, su corazón se salía de la caja torácica.

Habían pasado ya cinco jornadas y el místico de Felipe Curto, hasta la bandera de género declarado y sin declarar, cortaba el viento de levante en el mar de Alborán. Habían hecho noche en Valencia y Cartagena, pero Roncero y el Pescadilla Meneses se habían turnado para asegurarse de que el Pastoret no abandonara el barco un solo instante, ni siquiera para mear en tierra firme. Eso sí, Curto había accedido a un encargo de Mansió: media docena de pliegos de papel valenciano de la mejor calidad, tinta, lacre y plumas. "Llevémosle papel y tinta al poeta, que nos cantará unas corrandas al entrar a 'Cai'". Navegando a seis o siete nudos en el peor de los casos, pasarían la Punta Mala a la hora de la oración vespertina y, tras un rato de fondeo de despiste, se encontrarían con el jabeque de enlace inglés antes de la última oración, tres horas más tarde al levante del Peñón. Era una ubicación olvidada por las manidas cartas de navegación: primero había que localizar la Caleta, una diminuta bahía siempre marcada por la torre del Diablo, incluso en la noche ya cerrada; a apenas cinco cables, al septentrión de la cara de levante de la mole rocosa, esperaba siempre la embarcación de enlace de su tocayo inglés, el Junco. Si todo iba como de costumbre, el cargamento gibraltareño, sobre todo aguardiente, vino, cera y papel sin declarar embarcado en Los Alfaques, sería alijado por la chusma del jabeque en los maitines. Cruzarían Punta Europa poco después, sin quitar ojo a faluchos sospechosos o bergantines corsarios de la Bahía de Algeciras con el foque tenso, ciñendo el viento en ángulo cerrado. Como buen marino nacido en Algeciras, el Habano no bajaría la guardia y sólo daría descanso al aparejo cuando, entre los laudes y la prima, todavía antes del amanecer, despidieran al Peñón desde Punta Carnero, donde el cerro de la Horca se zambullía en el mar, sorteando con cuidado la diminuta isla de la Paloma. El confín meridional del paisaje de su infancia, donde en tantas ocasiones había pescado su sustento del día.

La carta de la Niña estaba firmada por Giacomo Casanova, veneciano como ella, caballero de los más escandalosos escarceos amorosos entre la sociedad europea, el hombre que había inferido a la palabra seducción un nuevo acomodo, más excelso. Su encanto y formación le habían servido no sólo para abrir la puerta de la habitación que ocupara Nina Bergonzi en su fonda barcelonesa preferida; también le habían acercado a la mesa y el despacho de miembros de la realeza y de la alta curia romana, incluyendo al mismísimo papa, así como a los nombres más celebrados de las artes y las letras. Entre sus frecuentados, se encontraban los mismísmos Voltaire, Goethe y Mozart. En principio, no había persona más alejada de Ramon Milà que el seductor más refinado que jamás había alumbrado Europa. Ambos eran considerados, no obstante, maestros. Del mismo modo, los dos tenían un reconocido apetito por todo tipo de conocimiento y habían demostrado un prematuro talento intelectual. Más allá de su apetito por el saber, el discreto azulejero Milà no era un gallo, ni de corral, ni mucho menos de salón.

No era una carta de despecho, ni pretendía retar a nadie, ni siquiera al conde de Ricla, a duelo alguno. El tono de la misiva era colectivo y su encabezamiento no incluía destinatario. Una escueta instrucción inicial aclaraba el deseo de que la misiva llegara al barón de Maldà. Una carta escrita por un antiguo amante y entregada a un muchacho para que la enviara a otro antiguo amante. Mansió desconocía, no obstante, si había sido elegido como un mero mensajero al azar, por haber trabajado en el patio de la Casa Cortada, o si la Niña le había escogido aposta para la tarea. Eso sí: al entregarle la misiva, la Niña quería que el maestro Milà tuviera también un papel en la malograda entrega. La amistad del azulejero con el barón de Maldà era pública y notoria, como demostraban sus encuentros en distintas tertulias de la Ribera y el Pi. Todos los caminos conducían al "mestre" Milà, pero su raciocinio no concedía credibilidad a su intuición. De momento.

La segunda noche a bordo del místico, Mansió extrajo con cuidado la carta de la Niña y la nota del maestro. Se dispuso a leer la epístola del veneciano más famoso de su tiempo a la luz de la vela. "Giacomo Casanova, Epícureo arrepentido, se presenta ante ustedes con una información que espero encuentren valiosa". Era el saludo más estrambótico que jamás había leído en una correspondencia. Tras la obligada formalidad, la epístola entonaba un registro más propio de las amistades y lecturas del mestre Milà. Él era Mansió Vilalta de Cal Ros, Castellar de N'Hug, un pueblo de pastores y contrabandistas encaramado a un pedregal de alta montaña en el Cadí, nido de hijos y nietos de carlistas. A duras penas podía contener sus lágrimas al recordar el fario de la noche de Sant Miquel, que le había convertido en un proscrito. ¿Cuánto tiempo le esperaría la muchacha de Can Cortada? No mucho más del prudente, cuando le explicaran que lo ocurrido sólo se perdonaba poniendo tierra, y mejor mar, de por medio.

"No tengo la voluntad de hablarles más que lo justo sobre mi vida, ya que podrían encontrar detalles de ella en cualquier salón de sociedad o círculo de amigos digno de serlo. Pero, sin voluntad de excusarme ante nadie, creo que el haber nacido en la capital europea del placer, en el seno de una familia que vivía de la dramaturgia, ha condicionado toda mi vida desde que apenas era un niño. Primero, Venecia fue el escenario de los sainetes cortesanos de un chiquillo inseguro, edulcorados con buen amantillado y polvos de tocador. A continuación, el escenario veneciado desplegó sus gasas de seda por toda Europa y allí se vio el muchacho, ya crecido, actuando con la seguridad de quien conoce su oficio por naturaleza y práctica constante, desde el vientre materno".

"Un niño jamás debería ser privado del amor sincero de sus padres. Ni ser enviado a un internado el día de su noveno cumpleaños. Ningún padre debería deshacerse de sus hijos como lo haría de cualquier capricho material. Pero una decisión incomprensible para un niño, tenga éste nueve años o nueve veces nueve, le abrirá nuevos caminos. Yo me he asomado a todas las encrucijadas dispuestas ante mí, aunque me ha faltado el coraje para abandonar la comodidad de la vida cortesana, para la que fui concebido y educado, en el lugar y en el momento más adecuados que, quizá, hayan existido".

"Una de esas encrucijadas llegó en 1742 cuando, a los diecisiete años y a punto de graduarme en la Universidad de Padua, leí las obras atribuidas a Esquilo. La lectura de Prometeo encadenado debería haber cambiado el curso de mi vida, pero no lo hizo. Estuve a punto de tomar aquel camino, pero mi naturaleza de explorador parece acotada a determinadas artes. Con los años, he entendido que nuestra época podría encontrar, al fin, el titán que, como Prometeo, libere a ser humano de las tinieblas. El estado primitivo de la existencia humana no sólo es oscuro, sino que nos impide ver cuán débil y anodino es nuestro carcelero. Nuestro Zeus no es más que un hemofílico ser falible, que muta su nombre; a veces Rey, a veces Papa, en ocasiones Compañía monopolística. Prometeo encadenado me enseñó que nuestro amigo de los hombres, el titán filántropo, ya nos ha ayudado. Hace tiempo que nos ha concedido las dos cualidades que debemos usar para derrotar a Zeus para siempre: el fuego, que es conocimiento, habilidades, tecnología, artes y ciencias; y la esperanza ciega, el optimismo, el espíritu. La luz del fuego descubrirá las tinieblas, me dije a los diecisiete años. Y obré como un ser humano encadenado, sin luz ni esperanza ciega, embriagándome en el escenario epicúreo de la Venecia de mi infancia. Hay que buscar la raíz de mi cobardía en aquel triste cumpleaños, en el que el regalo fue acudir a una habitación fría e impersonal de un internado de Padua. Nadie puede cambiar los errores del pasado, y menos los que han sido cometidos por otras personas".

"Esta nota no es más que la constatación de un renacer. Al fin, la luz del Filántropo ha iluminado los claroscuros de mi existencia. He conocido a alguien de vuestra confianza, quien me ha recomendado la lectura de la obra de Giordano Bruno. Alguien que también me explicó vuestra búsqueda de la fórmula primigenia que desentrañe el significado de los símbolos a vosotros confiados, en las entrañas de la obra de Gottfried Leibniz y su amigo John Toland. Los anoto, en el orden conocido, como muestra de mi compromiso como discípulo de vuestra causa, pese a que sólo mi conciencia me haya empujado, liberada y sin coacción, a dar este paso".

¿Unos símbolos anotados?¿Dónde? Todavía no recuperado del susto del asalto, el desconcierto de Mansió aumentó al observar con detenimiento un minúsculo dibujo, elaborado a modo esquemático y al carboncillo, todavía más atenuado por el polvo de cartas perfumado que el autor había aplicado en el secado de la tinta. El largo trayecto que debía sortear el papel habría provocado a buen seguro un abuso del fijador. Pese a la dificultad, Mansió tuvo sólo que ladear el papel, para que la luz de la vela iluminara toda su superficie. Allí aparecían, alineados, los mismos símbolos que Ramon Milà había dispuesto, con el consentimiento de Rafael d'Amat, en el último tramo de azulejos que habían instalado en el patio principal de la Casa Cortada.

¿Qué relación había entre Giacomo Casanova, amante de la Niña y gallo de la alta sociedad Europea, y el mestre Milà? Tras los símbolos, la carta concluía con la misma intriga.

"Tengo entendido que vuestra búsqueda sigue siendo infructuosa, lo que impacienta a quienes esperan que la luz de Prometeo ilumine, al fin, su esperanza ciega. Ni siquiera la posesión de la correspondencia entre el maestro John Toland y el matemático y maestro cabalístico Gottfried Leibniz ha servido para dilucidar el mensaje con la concreción necesaria". Mansió entendió, al llegar a las últimas líneas de la misiva, por qué alguien estaría dispuesto a matarle para arrebatársela.

"Bien, he podido mirar a los ojos al niño de nueve años que abandonó la claridad de un universo luminoso y unidimensional, y os doy las gracias por ello. Lo he logrado indagando en una respuesta a los interrogantes que dificultan vuestra tarea. He pesquisado lo suficiente como para ayudaros, aunque no estoy seguro de haber logrado el camino más recto a la solución; ni siquiera sé si el camino tendrá curvas, baches, repechos, bandoleros o personajes que entorpezcan la empresa, a la manera del muy respetable Don Quijote".

"Fijémonos, por un instante, en la antorcha que Prometeo concede al ser humano. En el procedimiento, raíz de todo el conocimiento. Giordano Bruno, Baruch de Spinoza y, más tarde, John Toland y Gottfried Leibniz se sirvieron de un método primigenio para acercarse a la verdad. ¿Por qué no ir a la fuente, al hombre que ideó el Método? Duns Scotus le dio el nombre de Doctor Illuminatus, a sabiendas de que fue Él quien facilitó por vez primera el mecanismo para desentrañar el funcionamiento de la antorcha de Prometeo".

"Su Ars Magna era una máquina lógica, donde las teorías filosóficas y teológicas se organizaban en figuras geométricas puras, a la manera de la zairja, el dispositivo mecánico que los astrólogos árabes usaban para calcular ideas, a través de categorías de pensamiento. Pese a sus limitaciones, la máquina lógica de Doctor Illuminatus, con sus proposiciones y tesis moviéndose a lo largo de unas guías hasta que eran afirmadas o refutadas, describieron el camino lógico para discernir entre lo Verdadero y lo Falso. La luz, separada de manera irrefutable, como a cuchillo, de la tiniebla. Leibniz reconoció que su 'arte combinatoria' no era más que la zairja de Doctor Illuminatus, a la cual había sacado el polvo".

"En la obra de Doctor Illuminatus hay, pues, que buscar la solución del logogrifo. Y he aquí el escollo: sólo los más eruditos, vivos y muertos, a menudo hombres de la Iglesia, conocen los recovecos de su descomunal obra. Yo mismo apenas he podido acceder a la copia de sus obras más conocidas, sobre todo las literarias. Pero ello me ha permitido casar los dos enigmas". ¿Dos enigmas? ¿No es todo un enigma aquí? Mansió había olvidado el dolor de su costado.

"El origen de los versos en latín que acompañan a los símbolos no es casual. Por mis indagaciones, el viaje a Santiago de Compostela de Doctor Illuminatus cambió el devenir de su vida y pensamiento. También lo hizo el de una persona que mantuvo un encuentro con él en la ciudad santa de la Finis Terrae. Hablo, claro, de Doctor Milabilis". ¿Doctor Mirabilis? Divertido, Mansió pensó que, antes de concluir la misiva, leería el nombre de Merlín.

"He aquí mi muestra de entrega a la Causa. Os ofrezco el que creo es el camino que desentrañará el funcionamiento de la antorcha de Prometeo: indagad en Doctor Illuminatus, sin olvidar su encuentro con Doctor Mirabilis en Santiago de Compostela".

"Despido mi carta reproduciendo los bellos versos, quizá con la velada intención de hacerlos míos, de lograr que me expliquen quién era aquel niño, llorando en una fría alcoba de Padua el día de su noveno cumpleaños: Quiero desatar y quiero ser desatado. / Quiero salvar y quiero ser salvado. / Quiero ser engendrado. / Quiero cantar; cantad todos. / Quiero llorar: golpead vuestros pechos. / Quiero adornar y quiero ser adornado. / Soy lámpara para ti, que me ves. / Soy puerta para ti, que llamas a ella. / Tú ves lo que hago. No lo menciones / La palabra engañó a todos, pero yo no fui / completamente engañado."

"Siempre vuestro, Giacomo Casanova".

Remitieron la confusión y los vómitos de los primeros días. El capitán le había ofrecido un cigarro cubano en dos ocasiones, pero Mansió se mantenía fiel su rapé. "Gracias, prefiero sorber lo que he pagado, sin lumbre. No me gustan las deudas. Además, creía que en alta mar sólo fumaban los temerarios. Tenía entendido que ningún capitán quiere que alguien cale fuego a un buque por despiste". En efecto, casi nadie fumaba en alta mar. El Habano, sí. "Fumar me recuerda que todos somos responsables de nuestros actos y podemos elegir nuestro propio camino. Todos deberíamos tener la libertad para hacer lo que nos plazca, siempre que no perjudiquemos ni pongamos en riesgo a otros. Creo en la libertad, pero los que nos consideramos libres tenemos que aprender a ser responsables y recordarlo siempre. La libertad sin responsabilidad despierta lo peor de nosotros. En nuestro interior lo tenemos todo, catalán, no hace falta buscarlo en otro sitio. La luz y la oscuridad". Por un momento, Mansió se preguntó si hablaba con un fornido y a simple vista simplón lobo de mar, o con un compañero de tertulia del mestre Milà.

El cabotaje hasta la bahía donde tendría lugar el fondeo les llevaría hasta el jabeque inglés, propiedad de Hook Benady, el Junco para los gibraltareños, un mote llanito que conjugaba la pronunciación de su nombre con su aspecto físico. El Junco era un socarrón judío gibraltareño con patillas que escalaban los pómulos de su rostro cadavérico, tomando ejemplo de los animales que se refugiaban en lo alto de la Roca en momentos de penuria, cuando España y Francia bloqueaban el abastecimiento marítimo de la pica británica en el Estrecho, "la verruga en el culo de España", según el Habano. A Mansió, la aproximación la mole rocosa desde la Punta Mala, realzada con el atardecer con la silueta de África al fondo, le pareció la cabeza de un adormilado reptil mitológico a la espera de merendarse a algún navío apetitoso. Los faroleros confirmaron la identidad de ambas naves a una distancia prudente, mientras el místico todavía ceñía el viento con el foque tirante, en demanda del mar de Alborán, como buscando nervioso la Punta Europa para ahorrarse cualquier imprevisto en aguas corsarias. Cuando apenas se encontraba a un cable del jabeque del Junco, el capitán del místico dio por acabada la peligrosa maniobra, realizada en tensión y con el viento de levante enervando al timonel. Para liberar algo la tensión de sus hombres, se asomó al sollado y llamó al catalán. "Para que veas cómo os respetan los ingleses. ¿Sabes qué nombre le han dado a la cala que nos abrigará mientras descargamos?". Dejó de hablar. Echó mano a la petaca y se la llevó a la nariz. En un rápido espasmo, aspiró por la nariz una punta de tabaco. Se restregó con la manga y, acto seguido, limpió los orificios con el índice y pulgar de la mano derecha. Volvió a mirar a Mansió y explicó la historia, entre risas. "Estás en 'Catalan Bay' -la cadencia de ambas palabras evidenciaba que el Habano hablaba la lengua cuando era necesario, como demostró unos instantes más tarde-. De esa manera, conmemoran el desembarco, en 1704, de un batallón de soldados catalanes que luchaban con los ingleses y holandeses durante la Guerra de Sucesión. Ocurre que los ingleses y holandeses volvieron a sus casas cuando ya hubieron estorbado lo suficiente, y los Borbones acabaron pasando por encima vuestro. Pero no te preocupes, zagal, que don Rogelio quiere ahora cobrarse todos los desperfectos de la guerra en mercancía sin tributar". Apretó los párpados, como forzándolos para ver la cara del Junco y el resto de su tripulación. "Mientras el Rey os deja comerciar al fin con las colonias alejadas de la plata y el oro, como si les fuerais a robar en México o el Perú, os prohíbe el uso del catalán en los seminarios y las escuelas. Hace unos días, me decía en Barcelona el secretario de don Rogelio que ahora la Audiencia tiene que escribir las sentencias en castellano. Hasta la curia tiene que escribir en español, no sea que el latín lleve algo de catalán. Dicen que Santiago, patrón de Castilla, quiere ahora matar a San Jorge, patrón de Aragón y Cataluña. Vamos, así evitan que San Jorge mate al dragón y volvamos a tenerla. Digo yo". Carcajada socarrona. "Menos mal que el Rey ha pensado: si Santiago falla, siempre quedará la Inmaculada Concepción, patrona de las Españas, la madre de dos hijos malcriados."

El Habano abrió los brazos y lanzó un saludo cariñoso al capitán Hook Benady, que posaba con teatralidad junto al fanal de su navío, con su rostro sonriente llameando en un claroscuro pictórico. "Maldito marrano hijo-un-ladrón, menudo susto me has dado. Pensaba que te habías aliado con los genoveses protegidos por tu Gobernador, mal rayo le caiga, y nos habías traicionado. No pongas esa cara, que por mucho que intentes afinar el ojo, no vas a ver en mi barco la bandera de la Real Hacienda. Bandera mercante habitual y gracias, que no tengo cuartos para pagar un buen bordado para colocar el escudo de armas y convertirla así en corsaria". El Junco mostró su respeto bajándose el calzón y arqueando tanto como pudo el chorro de orín. "Entonces sí que te ibas a preocupar, inglesito amañado". Aún estaba a tiempo de traicionarle, contestó Benady, mientras se sacudía el miembro. "Seguro que te has bebido la mitad del aguardiente, cubano borracho. Y no me digas que tenías dolor de muelas. No hay gente más putera y ladrona que la que ha pasado los mejores años de su vida de filibustero entre mulatas de Campeche". Si no fuera porque ya habían echado a su calaña de España, contestó el Habano, el lo haría con gusto. Sin tiempo para que Mansió supiera si aquella retahíla de ultrajes iba camino de una pelea de consecuencias impredecibles, en medio de la brumosa negrura de un punto olvidado del mar de Alborán, el Junco y el Habano soltaron una carcajada, señal inequívoca de que todo iba según lo previsto. A las risas de la tripulación del San Agustín se unieron las de los marinos del barco inglés, la mayoría genoveses. "Te traigo el aguardiente, y cera para que te tapes todo lo que te tengas que tapar cuando te la hayas bebido con el Gobernador, no sea que se os escape y se hunda 'The Rock'. Y tabaco bueno. Envía un par de arrobas al americano, no sea que se le seque la sesera de tanto fumar picadillo de Virginia". A los improperios en castellano siguieron los que ambos capitanes se dedicaron en inglés. El Habano y el Junco disfrutaban con su trabajo. En ambos casos, ya era demasiado tarde para hacer vida en tierra y sumar razones para quedarse en puerto, visitando a las queridas o los familiares y saludando a amigos cabales en la tertulia. Ellos cambiaban la bruma del Estrecho por la humareda de tugurios mugrientos a la luz de los candiles de garabato. El resto, eran jornadas de navegación plácida, días de perros y gatos con tormentas y vientos capaces de hundir al mejor bergantín inglés, noches en vela, carreras para zafarse de corsarios y poco más. Un pequeño universo en apenas tres cubiertas corridas, bodega y sollado.

Antes de despedirse, Mansió comprobó cómo el Habano compartía un cigarro con Benady. El Pastoret había ofrecido su ayuda, rechazada debido a su convalecencia, que él insistía en negar. La herida ya no suturaba pus, y cicatrizaba sin problemas gracias al agua de mar, tal y como Roncero y Meneses habían augurado. No le quedó otra que recostarse, con una manta zamorana sobre los hombros, junto a uno de los faroles colgados en proa. Sutil, no despegó su atención de los capitanes. El Habano y el Junco fumaban y se pasaban una jarra de aguardiente a la luz del farol en la cubierta del jabeque inglés, prueba de que se confiaban la vida, mientras la tripulación del místico y los genoveses cambiaban los fardos alijados por otros que había que estibar a conciencia, hasta su descarga junto a Conil. Por un instante, Mansió se convenció de que estaban hablando sobre él, al observar cómo Felipe Curto le miraba y, de repente, disimulaba, dándole la espalda mientras departía con su interlocutor. Sintiéndose observado por el joven, el Junco prefirió mirar al suelo. Tras unos tientos al veguero más fino que habría fumado en los últimos meses, dirigió unas palabras a Curto y al poco empezó a vocear a su tripulación. La carga debía estar ya estibada, chusma ligur. De una patada en el trasero, iban a recalar en su tierra, a ver si algún cambista invertía en ellos.

Partirían de Catalan Bay según lo previsto. Habían despedido la noche cerrada poco más allá de la Punta de San García, ciñendo el viento de levante que disiparía la bruma en un instante. A lo lejos, en el mediodía, aparecería en una hora la silueta de la Bahía de Tánger y, al poniente, el cabo Espartel, límite de la columna sarracena. El San Agustín navegaba ahora sin ansia siguiendo el contorno de la columna herculana ibérica, con las tres velas latinas y el foque amoldándose al viento y al eterno ajetreo del mar en la Punta de Tarifa, que sobrepasarían en dos horas, antes de la hora prima. Roncero, desvelado tras la faena de la Caleta, le explicó con pelos y señales la jornada en el Atlántico: con el mismo viento de levante, avistarían Barbate en la hora sexta; hora nona en Conil, tras rebasar una hora antes el Cabo Trafalgar; y víspera en Chiclana, a las puertas de Cádiz, donde descargarían el resto del porte no declarado.

Arribarían, como Dios manda, antes de la oración de las nueve de la noche al puerto de Cádiz, donde se cortaba el pescado que don Rogelio disponía. Poco que cortar. Los bultos suficientes para que la contabilidad no fuera un auténtico disparate.

Siguió con los planes meditados por largo tiempo. Martín Capelo y Rubio, hijo de Martín el Perdiguero y nieto del Colorao, descendiente de hidalgos de la villa de Granadilla de la Transierra por línea paterna y de conversos del pueblo de Hervás, por línea materna, no estudiaría en Salamanca. Aunque los trapos sucios familiares no tenían que ponerse a secar con el resto de la colada, sobre todo si esta procedía, como su linaje paterno, de la hidalguía de cuatro costados, compuesta por quienes podían probar que sus abuelos paternos y maternos eran hidalgos. La herencia sanguínea se había truncado en su padre, que decidió desatenderla al casarse con una conversa, que pagó los potenciales pecados de su linaje aportando en la dote negocio y propiedades. Por este motivo, Martín Capelo debía conformarse con ser presentado como hidalgo de sangre, con padre y abuelo de cuatro costados y con solar conocido, que no era poco.

Asimismo, las costumbres se adaptaban a los tiempos. Con la intención de modernizar el país a marchas forzadas, los Borbones promovían a tantos hidalgos de privilegio como podían. Éstos eran simples advenedizos, de los que se suponía que la Corona reconocía el mérito por encima de la cuna. Era el caso de quienes accedían por saber, o por bondad de costumbres; pero, dada la corrupción funcionarial, se convertía en hidalgo de privilegio quien pudiera pagarlo, aunque hubiera clamado ser el mismo Averroes, o Saladino Yusuf, hijo de Ayyub. Al menos, los hidalgos de bragueta obtenían su reconocimiento al engendrar siete hijos varones consecutivos.

Pero Martín pronto comprobaría que, más allá del valle del Ambroz, poco importaba si uno llevaba consigo una cédula real demostrando su progenie visigótica, exigiendo el devengo de quinientos sueldos. La España que él había recorrido en unos días poco tenía que ver con la que había defendido su abuelo de muchacho, la que derribaría para siempre no sólo el puente de Ajuda, sino la confianza entre portugueses y castellanos. Así que lo mejor era responder con su linaje paterno cuando se le exigiera cédula personal, y limitarse a responder con un seco "castellanos viejos", si alguien inquiría sobre el origen materno. Ya no era tiempo de blasones, ni tercios, ni Austrias. Las batallas dialécticas entre la pluma de Quevedo y la de Góngora, incluyendo los ataques del primero acerca de los supuestos orígenes hebraicos del segundo, habían sido olvidadas incluso por el canto de tunos y sopistas.

Su viaje empezaría poco después de despedirse de los obispos, el Gordo y su tocayo salmantino, a quien había puesto el mote del Inquisidor, dada su aparente rectitud moral. Juan José García y Álvaro, el Gordo, había partido a Salamanca para agradecer la bondad económica que el Colorao había demostrado con la diócesis de Coria; o eso había dicho él en Coria. El retablo mayor de la iglesia de San Mateo de Cáceres sería su mayor obra para la posteridad, y alguien tenía que costearla, aunque ello supusiera la molestia de un viaje para recomendar un bachiller al mismísimo obispo de Salamanca, Felipe Bertrán y Casanova. Lo que no explicaría al volver es que, una vez hubo presentado a su acompañante, había decidido darle puertas, no fuera que se desvaneciera la oportunidad de perderse, sin hábito, en las peores callejas de la ciudad.

Ante el obispo Bertrán y Casanova, que ganaba poder en la curia española por haber contribuido a la expulsión de la Compañía de Jesús, Martín Capelo se limitó a asentir. Estudiaría en Salamanca, siguiendo la estela de sus antepasados. Durante la conversación, había notado el libro de Garcilaso contra la costilla, en el bolsillo interior de la casaca. El poeta le recordaba que siguiera lo que le dictaba su alma. Al despedirse de sus eminencias, había acudido a la puerta del antiguo hospital de Santo Tomás, que competía en el patio plateresco cuadrangular de las Escuelas Mayores con el resto de edificios notables de la universidad. Allí se unió a la cola de los sopones, un numeroso grupo de estudiantes, borrachos desdentados, buscavidas y muertos de hambre de distinta calaña, además de tuneros. Desde antaño, los estudiantes sin recursos estilaban visitar las porterías de los conventos para comer de gorra; a cambio, eso sí, de cantaletas, sonetillos y canciones.

Alto y brioso, con pelo brillante y vestimenta desfasada, aunque impoluta y de corte impecable, Martín se había convertido al rato en blanco de las canciones, en las que siempre había un escolar, una mujer y un ciego. Y, claro, este último siempre se las ingeniaba para ridiculizar al estudiante y picardear a la dama. Las risas fueron cuidadosas para evitar peleas innecesarias, como ocurría entre sopones curados en salud, hasta que una voz desagradable había enmudecido la plazoleta con un grito amenazante. Todos habían callado, menos el propio Capelo que, antes de girarse, sabía que la voz no procedía de un duelista venido a menos, sino del viejo Isaías. "Coño, Zagal, has asustado a toda esta gente de bien que anda a la gorra". Un abrazo fundió, como agua y aceite, a los dos amigos imposibles; el hidalguito de pueblo con el pedigüeño profesional, ladronzuelo y sopista Isaías, alias el Zagal. Los murmullos ascendieron a conversaciones y risas intermitentes. "¿Qué haces tan lejos de Granadilla, muerto de hambre? ¿Me has seguido?".

El Zagal volvía a Salamanca cuando había poco que rascar en la Vía de la Plata. "Me vas a ayudar. Comemos algo y me vas a recomendar dónde cambiar un mulo viejo por un caballo, que tiene que salir casi regalado. El animal no tiene que llegar a Babieca, pero tampoco quedarse en Rocinante. Me voy a Cádiz, Zagal, así que arranca una octavilla que valga la pena, anda".

El Zagal, viejo, enclenque y desdentado, se esforzó por no descoyuntarse con la carcajada. "Sólo un Capelo es capaz de viajar dos días hasta Salamanca para partir, nada más llegar, en la dirección opuesta". Te voy a presentar a un fulano de Ciudad Rodrigo, casi paisano tuyo. "Casi". Martín consiguió cambiar el mulo y cien reales de vellón por un caballo tordo de buen ver y un viejo mosquete con diez balas de plomo de onza y media. A diferencia del mosquete, que serviría para poco más que para ahuyentar a los cacos que le observaran a lo lejos en los páramos de Monfragüe, el jaco era robusto, de porte casi noble y con la altura de cruz de un hombre, lo bastante grácil como para ponerse en forma en una semana. Tenía mucho de caballo portugués, aunque sus extremidades, en lugar de delgadas, tenían la solidez de los asturcones, más pequeños y rústicos. "Esperemos que sea un animal más de herradura que de arado. Si no, estoy aviado".

Se despidió de Salamanca sin pisar el claustro del Colegio Mayor de San Bartolomé. "Aún no ha llegado el momento". El recuerdo de su abuelo le apenó. Cuando la nueva de su marcha llegara a Granadilla, el Colorao tendría un disgusto, pero confiaba en poder aplacarlo de la mejor manera que se le había ocurrido: el Zagal. Hizo prometer al viejo buscavidas que picaría a la puerta de la casona y, con el chambergo recortado en la mano, en actitud respetuosa, explicaría al Colorao y a su hijo el Perdiguero, padre del muchacho, los deseos del pequeño de los Martín. El Colorao sabía que su hijo y nieto confiaban en el ladronzuelo. Él mismo no lo reconocería llegado el momento, pero le reconfortaría oír la bella historia de los sueños de un Capelo lleno de energía que prometía escribirles desde Nueva España, de la mano de un rapsoda curtido en las colas de sopa boba más exigentes de Castilla. El viejo, pensó, lo entenderá. Lo entendió.

Le habían bastado unas horas para comprender que hacer migas con las amistades del Zagal no podían traer nada bueno. También entre los gorrones había clases sociales. Los sopones más respetados eran los estudiantes vividores, que trampeaban lo más posible durante su estancia en Salamanca, para volver a sus lugares de origen con un birrete decorado según los méritos: borlón los licenciados y flecos los doctores. Les seguían los sopistas de necesidad, como los estudiantes pobres del Colegio Menor de Pan y Carbón, que tenían derecho a cama, luz, lumbre y un cortadillo de vino para coger el sueño. Tras los estudiantes pobres, los vividores, muchos de ellos entrados en años, malcomían en los conventos y dormían donde podían. En lo más bajo, la chusma que jamás había aspirado a estudiar se peleaba por las migajas de los demás. "Sé que aquí no se te ha perdido nada, Martín. No te preocupes, que no te voy a pedir que me lleves contigo. A mí se me pasó el arroz para las aventuras con mayúsculas. No será por falta de ganas".

Siguiendo los consejos de Isaías, Martín salía de Salamanca con los laudes, antes de que el alba avisara, con apenas cinco libras de vituallas, entre higos secos, carne seca y pan de centeno, además de una calabaza de vino y otra de agua. El objetivo era plantarse en la Casa de Contratación de Cádiz cuanto antes, para implorar una recomendación al primo lejano que allí trabajaba, sobre el que tanto había dado cuenta en sus cartas otro gaditano adoptivo, Miguelón el de Hervás, el afeminado hermano menor de su madre. Quería partir hacia México cuanto antes, donde se decía que pedían jóvenes españoles para explorar las enormes extensiones de las Provincias Internas, la California Nueva y la Luisiana. Para llegar en menos de una semana la ciudad portuaria que seguía acaparando la mayoría del comercio con la América española, el Zagal le había recomendado seguir el régimen del correo en diligencia, recorriendo al menos cinco cuartos de legua por hora, y moverse siempre en compañía, sobre todo en los parajes más solitarios. A ese ritmo y sin infortunios, cubriría veinticinco leguas diarias, aunque no se serviría de postas, sino que debía llegar con la misma jaca y la alforja intacta.

Como en una búsqueda física del sentido de la propia existencia, siguió la vía de la Plata que sus antepasados habían utilizado para poblar, desde Astorga, "el territoriu sarracenu conquistau", como decía el Colorao en sus historias vespertinas; el mismo que habían administrado los propios omeyas y sus predecesores los visigodos, herederos bárbaros de los conquistadores romanos. Martín era sólo un descendiente de invasor más en tierra conquistada, de la ralea que, no conforme con adecentar los reinos cristianos peninsulares, se había dedicado desde la caída misma de Granada a seguir conquistando, con el catolicismo como verdad absoluta. Calculaba de cinco a seis jornadas hasta Cádiz. El tordo aguantó como un pura sangre lusitano y fueron cinco las que empleó hasta Puerto Real, con tiempo para repostar y descansar en una venta, donde no faltaba de nada. Las jornadas marcadas por Martín, sin cambiar de posta, habrían sorprendido hasta a los correos en diligencia británicos, más benevolentes con sus caballos. Cubrió veinte leguas el primer día, desandado buena parte del camino emprendido con el Gordo y, más allá de las tierras de Hervás y Granadilla, divisó Plasencia, que esta vez le pareció una próspera escala hacia la aventura; caminó cinco de las quince leguas que separaban Plasencia de Cáceres, haciendo siesta en Monfragüe para que el tordo pastara a discreción; anduvo con ojo, tal y como le había aconsejado el Zagal, en la tercera jornada, sobre todo más allá de Mérida y hasta llegar a Zafra. Una vez allí, animal y jinete se dieron un homenaje tras veinte leguas de tenso trayecto buscando la compañía de otros viajantes, muchos de ellos dignos de aparecer en los romances de guapos de los pliegues de cordel; eso sí, más bajos y humanos que Francisco Esteban, el Guapo. En todo caso, ningún buscavidas que viajara a pie o a paso de mulo viejo se quedaba indiferente al paso de Martín, con su capa larga y su aspecto de guerrero de La Ilíada, estilizado sobre el basto tordo como una figura de El Greco. siempre siguiendo la vieja ruta romana, lloró de emoción al fin de la cuarta jornada cuando, tras otras veinte leguas de trayecto, decidió dar descanso al caballo en una venta desde la que se divisaba, en la puesta de sol, la torre de la Giralda; ya habituado, el tordo, más delgado, lideró la quinta y última jornada, intuyendo el cansancio de su jinete. En Puerto Real, Martín, cuyo aspecto habría rivalizado con el del más apuesto bandolero andaluz enrocado en Sierra Morena, rindió un homenaje al tordo. Lo regaló, explicando las razones nobles de su travesía, al primer gentilhombre que le hizo el peso en Puerto Real, arrancando la promesa de un futuro honroso para el jamelgo.

"Menos mal que el muchacho se me ha curado y lo entrego sano y salvo". El Habano fumaba un cigarro contento en cubierta, mientras contemplaba la puesta de sol y peleaba con la lengua contra los molestos restos de carne seca entre sus castigados dientes inferiores. Como él, su tripulación estaba agotada, pero encendida por la cercanía del permiso y la abundancia: las calles del Boquete y la Merced, abarrotadas de tugurios de marineros, furcias y maleantes. El San Agustín navegaba ahora con el humor de su capitán: desahogado, con sus bodegas bien estibadas pero sin los fardos adicionales de Gibraltar, alijados sin complicaciones en los bateles que la corresponsalía de don Rogelio Milà mantenía en el puerto de Conil. Su velamen aprovechaba airoso la marejada y viento fresco del Atlántico, que soplaba acariciando la costa un largo por estribor, donde la luz pastel del atardecer hacía brillar la silueta, pintada con lentiscos y matorrales, de los acantilados de Roche. El mascarón de proa buscaba ahora los acantilados de La Barrosa, ya presentes a lo lejos, que cambiaban los lentiscos por un bisoñé arbolado. El Habano exhaló el humo de una calada apretando el pecho. Ya olía a Cádiz. Era el pinar de Los Guisos, guardián de Chiclana de la Frontera, sólo separada de la isla de León por el canal de Sancti Petri, un estrecho brazo de mar que conectaba el interior de la bahía con el mar abierto desde el mediodía. La prospera villa había enmendado el desgaje de la isla con el puente de Zuazo, cordón umbilical estratégico que, sin evitar la vocación transatlántica de Cádiz, bergantín eterno a punto de zarpar, la amarraba a puerto ibérico. La isla de León se encajaba en el puzle de la bahía de Cádiz como el martillo de un lapicida fenicio, enfundado y cabeza abajo. Su tenso estrecho mango, apenas una lengua de arena cincelada por el viento, estaba coronado en su ensanche final por la ciudad de Cádiz, como una empuñadura de piedras preciosas traídas de las Indias, cuyas puertas y fortalezas miraban nerviosas a lo que viniera de España, África, el Mediterráneo o el Atlántico, según cómo soplara la rosa de los vientos políticos y económicos.

Desde el traslado de la Casa de Contratación de Indias, la ciudad era origen y final del comercio a las colonias de ultramar, la única dama urbana, burguesa y bien educada del reino, algo nerviosa por haber perdido en 1765 el monopolio del comercio de Indias. El Habano llamó a Mansió a cubierta antes de que se desvaneciera la última luz del atardecer. El místico navegaba bien, todavía con el viento fresco de levante que inflaba las velas e invitaba a mirar hacia estribor. Allí estaban la isla de León y el estrecho arrecife de piedra y arena que se extendía casi dos leguas hasta florecer en su extremo, coronado por Cádiz, que custodiaba la entrada de la bahía desde el mediodía, a dos leguas de la punta de Rota, el bastión septentrional. De Cádiz partía el arrecife de San Sebastián, adelantado en el Atlántico como a la deriva, con el destello de su faro y su imponente castillo. Todavía desde el mar abierto, Mansió no podía divisar el puerto de la ciudad, cobijado en el interior de la bahía, al otro lado de la alargada lengua de tierra. Pero sí observó la jovialidad del Habano, que jugaba todavía con su cigarro, silbando entre dientes. "Bienvenido a la puerta del cielo, catalán. Ahí está Cádiz, 'Cai', escondida entre caños y marismas, como las 'cañaíllas', el marisco que comen los de San Fernando. Porque en Cádiz, lo que se dice isleños isleños, hay pocos. Disfruta de la ciudad, pero no te me pierdas en las tabernas del puerto hasta que hayas saludado a don Ignacio". Hizo una pausa para una calada. "Te he visto el percal estos días y no creo que seas de los que se pierden en cualquier tugurio y no se encuentran, pero no quería estarme de decírtelo. Órdenes de don Rogelio". Mansió respiró hondo. El viaje le había apelmazado la melena, cortado los labios y bronceado la piel. La herida había cicatrizado, con una costra endurecida que había dejado de supurar antes de la escala en Catalan Bay.

Mansió meditaba sobre la nota del mestre Milà, dirigida tanto a él como a don Ignacio Caparrini. Empezaba a entender que, en ocasiones, el comercio de mercancías era indisoluble al tránsito de bienes todavía más decisivos para la prosperidad de los individuos y los pueblos. Las ideas. Políticas, religiosas, económicas, filosóficas. Todas relacionadas. Los avances científicos se convertían en papel mojado si no había prendido antes la semilla de la curiosidad, de la búsqueda de una vida próspera, también en el tránsito cotidiano y no sólo en la otra vida. La Europa cismática había entendido que el cielo ya llegaría y, para labrarse un futuro próspero en la tierra, era menester trabajar duro. Le confundía que el maestro Milà fuera católico, no un hereje reformista, pese a lo cual trabajaba, sin duda, para una causa superior, que quizá compartiría con personas de otros países y confesiones. Ello explicaría por qué sus libros, en latín y romance, habían sido escritos por los autores que Giacomo Casanova mencionaba en su carta. El pensamiento racional de Giordano Bruno había inspirado a Baruch de Spinoza y Gottfried Leibniz, guardianes del método lógico de la "ars combinatoria" propuesto por Ramon Llull; herederos, si no había entendido mal, del saber de los dos misteriosos personajes que Casanova también había mencionado en su carta, Doctor Illuminatus y Doctor Mirabilis. Después, John Toland y James Boswell sólo habían recuperado los hallazgos, a primera vista deshilachados, del saber racional y la espiritualidad del ser humano aportados por los anteriores, una vez modernizados y pasados por el filtro de Spinoza y Leibniz. Trataba de unir cabos entre la carta de Casanova y la nota del maestro. Desconocía si la "búsqueda" emprendida por Milà y sus amigos sólo pretendía desentrañar aquel puñado de símbolos o si, por el contrario, el mensaje críptico era sólo una llave: por ejemplo, la fórmula para acceder a un tipo de conocimiento humano superior, conocido por los antiguos y perdido en el devenir de los siglos. No había dudas del "nosotros" empleado por Milà, al que se había referido Casanova desde una posición independiente. ¿Se trataba de una Orden secreta? Milà exponía su sorpresa a Caparrini al comprobar que Casanova, quizá el maestro epicúreo más desinhibido que había dado Europa en el siglo, conocía los apuros para descifrar el mensaje que él llamaba "cabalístico". Concedía credibilidad al razonamiento del veneciano y creía que el padre de todos los mensajes cabalísticos, el mensaje de albergaba el Método, sería desentrañado conociendo en profundidad al Doctor Illuminatus. Un personaje que Mansió sólo atinaba a relacionar con la carrera doctoral teológica y con otra eminencia desconocida para él, Doctor Mirabilis, con la que se habría reunido en Santiago de Compostela. Y para indagar en la obra, conocida e inédita, del maestro de la "ars combinatoria", debían contactar con el mayor experto en el autor. "La fuente actual que mana de un acuífero más profundo y puro, la mayor autoridad en la vida y obra de Doctor Illuminatus, según la escuela teológica que lleva su nombre, es don Junípero, fraile franciscano y alma mater del Colegio de San Fernando. Sabemos que se encuentra en las misiones. Hemos de disponerlo todo para partir cuanto antes. Mansió Vilalta, a quien asciendo a oficial azulejero con esta nota, esperando a que en este viaje se convierta en maestro de todos nosotros". Don Ignacio Caparrini debería aclarar la identidad de los doctores Illuminatus y Mirabilis, así como la del mencionado Junípero. Y del Colegio de San Fernando sólo conocía su nombre. ¿Estaba en Cádiz? ¿Era el viaje al que se refería el mestre sólo espiritual, o también geográfico? Mansió, flamante oficial de la azulejería catalana, heredera del arte popular gótico de raíz carolingia, repondría fuerzas aquella noche y visitaría a don Ignacio la tarde del día siguiente, una vez descansado y aseado.

Martín Capelo se había despertado baldado en el camastro de la venta Los Isleños. Almorzó en abundancia, cansado de higos secos y "pelleringa"; en cinco días, había aprendido a odiar la carne seca. La ventera sirvió huevos revueltos, embutido, pan abundante y vino, con el que llenó una de sus calabazas. Tras beber una taza de café, preguntó por Cádiz. La tartana de Félix, el carbonero más próspero de Puerto Real, se dirigía a la ciudad y aceptaría de buen gusto la conversación de un joven forastero. ¿De dónde? De la villa de Granadilla, en tierras de la Transierra, diócesis de Coria. ¿Dónde cae eso? En la Extremadura, tras las sierras leonesas y castellanas, a un día en mulo al mediodía de Salamanca. ¿Dónde cae Salamanca? Rubio, de mediana edad y con piel mugrienta y curtida por el sol, no había quien entendiera su acento. Félix no era un hombre viajado, pero sabía mucho de carbón. También sabía lo suyo de tabernas, tugurios y pensiones de distinta fama, información que Martín agradeció. Cruzaron Chiclana y el puente de Zuazo, que sorteaba el canal de Sancti Pietri. Ayudó al carbonero a descargar unas fanegas en San Fernando y se encaminaron hacia la Puerta de Tierra, la única entrada terrestre a Cádiz, al final de un camino de carros por el estrecho arrecife que unía la ciudad a la isla. El traqueteo de la tartana era silenciado por el viento que se intercambiaban el mar abierto, a la izquierda, y el interior de la bahía, a la derecha. A lo lejos, un navío se dirigía a puerto. "Porte costanero, tres palos y vela latina. Un místico catalán, mallorquín o valenciano", sentenció el carbonero. "Como si me dice usted lo contrario. Intento disimular los nervios, pero esta es la primera vez que veo el mar. Como comprenderá, no soy hombre de barcos". Félix explicó que tampoco lo habían sido los conquistadores de América. No sabía dónde estaba Salamanca, pero sí había oído historias acerca de un curioso dato: los mejores navegantes y conquistadores castellanos habían nacido lejos del mar, buena parte de ellos en la Extremadura. Ya anocheciendo, divisó con claridad la morfología de la ciudad fortificada desde la carretera San Fernando.

Al final del camino, aparecía la Puerta de Tierra, flanqueada por dos torres de defensa. Al levante de la ciudad amurallada se apelotonaban en el muelle, al cobijo de la bahía, siluetas de todo tipo de navíos, algunos menos fantasmales que otros, al haber encendido ya los fanales de posición. Abundaban, según Félix, las goletas, faluchos de vela latina, polacras, jabeques, místicos, alguna balandra y los modernos bergantines, mecidos sobre sus anclas. "Los mejores bergantines ingleses navegan ciñendo el viento con tal porte que acuchillan el mar con un adelanto que ninguna otra nave les tose". En el muelle, al levante de la ciudad, del lado de la bahía, el baluarte de los Negros defendía la Puerta de Mar, que se abría a las callejuelas del puerto, siempre atestadas de borrachos y marineros. "Boquete, Puerta de Mar, La Merced. Ándate con ojo por allí, sobre todo con esa pose que tienes de caballero andante, no sea que te vayan a confundir con un despistado mercader de Flandes y te vayan a sacar los cuartos". Más allá, las puertas de Sevilla, San Carlos y San Felipe, ya en el extremo septentrional del puerto, servían a las familias, compañías y corresponsalías comerciales más ilustres.

Siguiendo el perímetro de la muralla, el paseo de la Alameda, frecuentado por los notables de la ciudad y sus familiares, estaba acorazado por las defensas septentrionales de la ciudad, el baluarte de la Candelaria y, ya en el poniente, el baluarte del Bonete y Santa

Catalina. El baluarte de los Mártires cerraba el lado de alta mar, confirmando la obsesión de la ciudad por defenderse de cualquier asedio.

El San Agustín arribó a puerto. Mientras la tripulación se ponía manos a la obra para acelerar el amarre, la descarga y librar cuanto antes, Mansió agudizaba sus sentidos para no perderse las voces, gritos y risas aquí y allá, los navíos de distinto porte adormecidos, el aspecto mitológico del ancho espigón del muelle, con dos columnas rematadas con sendas estatuas. "Son San Servando y San Germán, patronos de Cádiz", le aclaró el Pescadilla Meneses, que llevaba todo el día hablando de una "amiga" de La Merced. Mansió prestó atención a otro navío recién arribado, amarrado a apenas medio cable. Era un buque de gran tonelaje, de dos palos imponentes y vela cuadrada. Preguntó al Pescadilla. Un bergantín español; a lo mejor llenaría sus bodegas y volverá al puerto de origen. Por el porte, gallego o vasco. Era gallego, a tenor del vociferio de su cubierta. En efecto, el bergantín había zarpado de Vigo tres días antes. Callado y con pulcra pose, una figura se disponía a abandonar el barco, tras despedirse del resto de la tripulación.

Era Domingo Antonio Boullosa Nogueira, Mingo, un mozo de O Punxido, en la aldea de Anceu, parroquia de Santo André, el límite septentrional de las tierras del viejo señorío de Soutomaior y de la diócesis de Tui. A diferencia del de sus acompañantes, no se dirigía a los tugurios del puerto, sino a encontrar cuanto antes una pensión. Reflexionaba, respirando de manera pausada, oteando el muelle y lo poco que divisaba de la ciudad desde cubierta. Sus fosas nasales estaban abiertas, con la exigencia del predador que medita sobre su supervivencia en un territorio desconocido. Su mano izquierda tocaba el bolsillo interior de su calzón, donde, envuelto en un trapo, traía el soldado de estaño heredado de Pedro da Boullosa. Pedriño yacía inanimado, aunque siempre sonriente. Quizá aguardando su momento.

Mingo tenía intención de empezar su pesquisa a la mañana siguiente. Quería embarcarse hacia México cuanto antes.

TRISKELION por Nicolás Boullosa

8. El antepasado universal

Las suaves montañas, cubiertas de aulagas y pedruscos de granito, protegían a los lugareños de la tentación de la ría. Líquenes verdosos y amarillentos moteaban los peñascales, suavizados por el tiempo. A vista de hormiga, eran también montañas de aulagas. En Santo André, a tiro de piedra del Oitavén, los descendientes de las casas antiguas cuidaban, como siempre, del puñado de animales, pastos y siembras. Vivían en la modorra brumosa de sus retales de tierra, de espaldas al mar del fin del mundo, pese a que desde el valle se intuyeran las juguetonas nubes sopladas por el océano, el salitre y el ajetreo de la ría de Vigo. De Anceu, se iba uno para no volver. Sólo el hambre, la desesperanza o la empresa de los mozos pobres de solemnidad más avezados devolvían al lugar su conexión antigua con el señorío de Soutomaior.

Siguiendo el curso del revoltoso Oitavén una legua hacia el poniente de Anceu, el castillo de Pedro Álvarez de Soutomaior, legendario caballero del siglo XV, seguía controlando tanto las tierras interiores de la antigua diócesis de Tui, al levante, como la ensenada de San Simón media legua más allá, el lugar más profundo de la ría de Vigo. Más conocido como Pedro Madruga, su biografía recordaba que los notables gallegos habían avalado a la monarquía castellana y antes asturiana, por miedo a convertir el arzobispado de Santiago en Corte propia. Madruga había muerto en Alba de Tormes, tierra de sus aliados los Álvarez de Toledo, no sin antes asegurarse de que Galicia quedaba zurcida, no remendada, a Zamora. Se llevaba a la tumba la victoria ante los Irmandiños, artesanos gallegos apoyados por el clero bajo y la hidalguía que habían atacado castillos y fortalezas, hartos de una nobleza que no protegía ni dentro, ni fuera de casa. El diezmo se pagaba, según los Irmandiños, a cambio de nada. Y mucho a cambio de nada era mal negocio, incluso para gentes ignorantes. Los Boullosa, como otros tantos linajes campesinos, artesanos e hidalgos del señorío de Soutomaior, descendían por línea directa de los perdedores de la batalla irmandiña. Las vacas y bueyes marcaban al fuego en su mente los intrincados caminos que se extendían por las proximidades. Las familias que habían padecido los abusos de los Soutomaior heredaron de sus mayores poca tierra y mucha resignación, de la que se doctoraron en la época de los descubrimientos. Casi trescientos años después de las revueltas irmandiñas, el diezmo seguía asfixiando a las familias.

"Patacas". Los tubérculos plantados en el mismo terruño húmedo siempre saben igual, había aprendido Mingo de los monjes de Tui, entregados al cultivo de patatas y otros frutos indianos. En Santo André, uno tardaba media vida en abandonar el letargo y traspasar la frontera transparente entre la aldea interior, que alimentaba mal que bien a distintas generaciones familiares, y la ría: la salida al mundo. Los bueyes, asidos a sus carros, conocían la maraña de caminos, cada uno con sus propias ánimas, personajes vivos y futuros descendientes, deambulando en un borroso espacio-tiempo. Pero torcer por la corredoira que condujera a las sendas de Soutomaior y más allá, hasta Pontesampaio, donde el Oitavén se abría a la ensenada en que se ponía el sol, era una aventura vetada a las mujeres y los débiles. A casi todos, al fin y al cabo.

Y no era culpa ni del animal, ni del carro. El pueblo entero podía sortear las dos leguas que separaban a la parroquia de Santo André de las aldeas pesqueras del señorío de Soutomaior en medio día de trayecto; ya fuera andando, en carro de buey o a la pata coja. Una vez sorteadas las innumerables encrucijadas, humedecidas y en la neblina, con sus cruceiros, capillas forasteras y ánimas de familias desconocidas, uno se aventuraba más allá de la placenta. Las extremidades nerviosas permanecían interconectadas con el origen. A lo lejos, tras cientos de decisiones en la corredoira de la vida, se intuía la verdad familiar primigenia. Y a uno le entraba la morriña. La familia eterna, sentada en la cocina ante el fuego de la lareira -un puchero sobre la gramalleira y una sombra improbable entrando y saliendo a través del orificio de la esquina de la lumbre-, se presentaba en el alma de los estudiantes del seminario de Tui y del Colegio Mayor de Santiago Alfeo, en Santiago. Los aventureros corrían peor suerte. Salir de más allá de las alargadas raíces del saúco gallego, que alimentaba con su sabia a todos los sabugueiros de flor blanca plantados siempre junto a la puerta de la cocina, implicaba convivir con el dolor de la conexión perdida. Una extremidad amputada se resiste a desaparecer de la memoria.

Ni débil, ni mujer. Mingo seguía adrede los pasos idealizados de su tatarabuelo Pedro da Boullosa y, con diecisiete años, decidió aventurarse hasta Pontesampaio. Usaría el puente de la localidad, que sorteaba el Oitavén justo antes de desembocar en lo más profundo de la ría, para viajar en el espacio y el tiempo. No se conformaría con llamar a la puerta de alguno de los muchos patrones pesqueros que veían con buenos ojos a cualquier aldeano estudiado y recomendado, que sirviera tanto para escribano como para capataz de balandra o galeoncete, para la pesca en la ría o la administración en la lonja. Tampoco le engatusaban los cantos de sirena que llegaban desde el mar, con el viento de poniente. Proliferaban las fábricas viguesas de salazón, jabón, cuero y lino, fundadas por catalanes inmigrados. El sueldo: regular, contante y sonante. Experiencias que no enseñarían nada, pensaba, al alma en busca de verdad.

El odio hacia los saqueos ingleses y holandeses tras la batalla de Rande pervivía entre los mayores. Antes de que los patrones catalanes se asentaran entre Baiona y Vigo, el profundo y estratégico estuario no había podido repeler el ataque a la flota de Indias librado por un imponente escuadrón de buques de la coalición anglo-holandesa; de nada había servido una escuadra de protección francesa. Sesenta y nueve años de lodo y sedimentos cubrían en el fondo de la ensenada de San Simón, junto a Pontesampaio, los restos de incontables pecios de fragatas francesas y galeones españoles con el mayor cargamento de oro, plata y manufacturas jamás transportado desde una orilla del Atlántico hasta la otra.

La flota de Indias había entrado en la ría de Vigo el veintidós de septiembre de 1702. Cinco días después, los curiosos se agolpaban en sus entrañas, en la fina arena blanca de las frías playas de Arcade y Soutoxusto, por donde Pedro da Boullosa había pasado, camino de la leva de milicianos de Redondela. Había órdenes del Príncipe de Barbanzón, gobernador y capitán general de Galicia, de asistir en lo posible. Que era poco. Además del armamento de defensa de las distintas fortalezas, el polvorín de Vigo daba para cubrirse las espaldas ante el ataque de un corsario o, a lo sumo, de un puñado de fragatas, pero la escuadra que navegaba bajo el mando del almirante George Rooke eran palabras mayores. Un ejército con capacidad para un ataque anfibio, con tropas de marina, infantería y ordinarias: 13.587 hombres en total, 9.663 ingleses y 3.924 holandeses. Poca paga y mucho riesgo había en la aventura de defenderse ante semejante poderío. Una empresa ideal para la madurez, había pensado sin embargo Pedro da Boullosa. Durante las tres semanas siguientes, hasta que el veintitrés de octubre la escuadra anglo-holandesa iniciara el ataque, el batallón de doscientos milicianos locales, con Pedro entre ellos, padeció el pitorreo de los marinos franceses y españoles. Repetían el trato soportado por los afiladores gallegos que deambulaban desde hacía generaciones por los pueblos castellanos. Cumplidos más tarde los farios del desastre vislumbrado por los milicianos, nunca se reconoció la labor de los gallegos. Reforzaron las dos compañías de soldados comandadas por Manuel de Velasco y Tejada, almirante y general a cargo de la flota española, y enmendaron el desaguisado, entre tanto mando francés y español perdido en las tabernas de Vigo y Redondela. Sin los milicianos, los pillajes de ingleses y holandeses tras la batalla habían durado semanas, en lugar de días.

"Fuimos vagos descargando los barcos y desordenados preparando la defensa. Los atacantes ingleses, bien mandados por el duque de Ormond, fueron asistidos por los soldados más duros y traicioneros que jamás entraron en estas tierras, gente de Flandes, comandada por el barón Sparr. Sparr... Sus sesos esparcidos en una peña junto al Castro de Vigo, me habría complacido ver, tal era la fiereza con que aquellos flamencos hijos de perra saquearon mesones, tabernas y casas, buscando el ayuntamiento no consentido cuando no había un varón que lo impidiera". En un castellano agallegado, que sabía a pan de centeno, Pedro da Boullosa había descrito con pelos y señales la frustración de la preparación y desenlace de la batalla. Se había servido de unas cuartillas que, a modo de dietario, legó a los futuros vástagos de la familia. Domingo Antonio, su tataranieto, era el último de ellos. El primero en interesarse por la glosa del aventurero antepasado. Mingo agradecía al menos que los anteriores descendientes de don Pedro no hubieran tirado los cuadernos a la pila de estiércol.

"Los rapaces de las compañías del almirante Velasco hablaban sólo de la paga y a duras penas se mantenían en sus puestos. La defensa empezaba al poniente, en la ciudadela del Castro, con quinientos hombres a los que debería haber faltado el vino turbio, el aguardiente y las rameras que subían en procesión desde Vigo. Otros trescientos hombres no guardaban mejor decoro en el fuerte de San Sebastián, pese al peligro inminente. No importaba demasiado que se hundiera hasta el último madero de la flota de Veracruz, si se salvaba el pellejo. En cuanto al cargamento, pronto se vio a funcionarios ordenando la carga de centenares de carros de bueyes que venían de Pontevedra. Salvados el oro y la plata, o su mayor parte, nadie quería morir como un héroe para proteger lo restante: un poco de orgullo y un generoso cargamento de cochinilla, palo de tinte, madera, tabaco y especias. Cobardía y poca disciplina. Entendí en aquel momento que los castellanos y los franceses no son diferentes de nosotros, los gallegos. Los que cumplíamos órdenes directas del almirante Velasco y Tejada, dos compañías de soldados y doscientos milicianos, defenderíamos desde la otra orilla en el castillo de Cordeiro, para responder desde el principio a la incursión de los navíos ingleses. Al menos, los milicianos permanecíamos en nuestros puestos, con menos ganas de romería que los soldados que nos acompañaban. Habían entrado más en vereda los mil hombres que esperaban una legua al levante de Vigo, en la ensenada de Teis, quizá por la ausencia de mujeres fáciles y muros de contención, y la proximidad de la estrecha boca de la ensenada. Junto al estrecho, trescientos cincuenta marineros, doscientos de ellos franceses, bloquearon la entrada de la rada con una cadena y aguardaron después en el castillo de Rande".

Una semana antes de que la armada enemiga fuera avistada en Baiona, los planes cambiaron de manera radical para un puñado de hombres. El grupo lo componían artilleros, granaderos, fusileros de los distintos batallones españoles y franceses, y un peculiar miliciano entrado ya en años, serio y meticuloso, poco dado al jolgorio. Era Pedro da Boullosa, a quien ya habían apodado el Viejo en el acuartelamiento de Cordeiro. Un mensajero había gritado su nombre en el patio de la fortaleza, con órdenes de certificar si, en efecto, el

Viejo había sido bachiller en Tui y se había licenciado después en Teología en Santiago. "No entendí, ni entonces ni ahora, cuando se acerca el final, por qué fui incluido en aquella expedición, compuesta por especialistas armeros y gente de batallas. Yo, al fin y al cabo, era un experto en teología. Un afilador letrado, con un acento que hacía reír a mis compañeros, incultos y desdentados. No creo que el mando quisiera velar a los muertos. Pero, ¿cuál era la razón?". Urgido por el conde de Château-Renault, almirante de la escolta francesa, Manuel de Velasco envió una expedición a los islotes de San Simón y San Antón, que se elevaban en la ensenada, no lejos de Redondela. Además de Pedro da Boullosa, completaban la expedición dos capitanes, uno francés y el otro castellano; tres granaderos; tres fusileros y cuatro artilleros. Tenían órdenes de reforzar la defensa de la flota desde los islotes. "Mientras mis compañeros se apresuraban de un lado a otro, sabiendo lo que hacían, yo les seguía y echaba una mano donde podía. Los islotes estaban cubiertos de árboles de boj, algún castaño y un puñado de carvallos, lo que facilitaba el emplazamiento de las defensas. San Simón, con el antiguo monasterio de la Orden del Temple y la capilla de San Pedro, doblaba en tamaño a San Antón. Separadas por dos cuerdas de mar, las islas medían cuarenta brazas de anchura y doce de longitud: ciento ochenta pasos por sesenta, ni uno más. Yo mismo me encargué de realizar la medición, para los cálculos de artillería".

El tatarabuelo de Mingo también había descrito su impresión al descubrir las ruinas del monasterio templario, más tarde franciscano, que había albergado la isla mayor, hasta que la Orden de los Pascualinos de San Simón fuera excomulgada por Roma en 1370. "Los ecos templarios y franciscanos estaban más presentes de lo que cualquier doctor del cercano monasterio de Poio hubiera imaginado. Hace más de cien años, el desalmado cismático inglés Francisco Dráguez, había saqueado y quemado la isla, incluyendo el antiguo monasterio, la iglesia y las imágenes de San Simón. Pirata o corsario, Francis Drake no fue bueno para casi nadie y yo pude atestiguar que la isla no se repuso de su correría. Isabel I le nombró caballero inglés mientras Felipe II ofrecía una recompensa de veinte mil ducados por su cabeza. Pero lo que no pudo destruir Francis Drake, cuya muerte fue celebrada en las iglesias de Castilla con un repique de campanas, fueron las esculturas, símbolos e inscripciones del monasterio". Pese a los ataques, la isla mantenía su valor de enclave inmejorable para sustituir su pasado monacal, impulsado por la diócesis de Tui, por una ermita con su romería anual, una cárcel o un hospital de cuarentena para navíos indianos, en función del momento.

"Cuando la barricada estaba ya dispuesta para apoyar a la escuadra de defensa francesa, que protegía a los galeones españoles en formación de media luna, pude dedicarme a estudiar las inscripciones con mayor detenimiento. Conversaba después de la poca faena diaria con Antonio Farragut, Toni, un sargento segundo granadero de Menorca, a quien se le notaban los años de seminario en su localidad. Farragut, moreno y fornido, que tenía un espeso acento catalán y peor castellano que yo mismo, dominaba el latín, aunque evitamos comunicarnos en la lingua franca por decoro y vergüenza". Pedro da Boullosa y Antoni Farragut discutían sobre el acertijo como si de un juego de cábala se tratara, siempre con discreción, no fuera que "los castellanos" viesen brujos donde había pura curiosidad intelectual. Fuera un acertijo sin importancia o la clave secreta de un mensaje importante, quizá religioso y filosófico, político o incluso económico, su resolución no parecía al alcance del Viejo y del fornido menorquín. "Desconocíamos cómo se lo habría tomado el resto del destacamento, que no nos sacaba los ojos de encima, como sospechando no ya sobre nuestra presencia en San Simón, sino sobre nuestra existencia y pertenencia a España. Los castellanos, sabíamos Farragut y yo, confundían Castilla con España... Refrescaba lo suficiente al atardecer como para buscar cobijo en la ermita de San Pedro y lo que quedaba del monasterio templario y franciscano. Allí le expuse el acertijo de la inscripción que había hallado al pie del pórtico románico del pequeño edificio monástico. Habían sido gravados en el granito con oficio, aunque su esquematismo contrastaba con el humanismo que el maestro Mateo había inferido a la obra románica que todos deberíamos estudiar antes de morir, el pórtico de la Gloria de la catedral de Santiago. Esbozo a continuación los símbolos labrados con frugalidad deliberada, primitiva, en la vertiente interior de la piedra de apoyo a la columna izquierda del pórtico". El tatarabuelo de Mingo había bosquejado, con la traza y el pulso decidido del buen dibujante, una ristra de cinco símbolos, iniciada por una esquemática hélice con tres brazos en espiral, unidos en torno a un núcleo central. Con perfecta simetría rotacional, el símbolo denotaba movimiento y a la vez equilibrio. Le seguía un círculo sin cerrar, o una "C" mayúscula invertida, que imitaba el sobrio palo de la caligrafía uncial, elaborada en mayúsculas y portadora de la sobriedad racional de la tipografía romana, tan distinta de las tradiciones tipográficas más ornamentadas que los escribas de los escriptorum europeos habían usado desde tiempos carolingios. Si eran símbolos con un esquematismo uncial, anterior a la tradición carolingia, quizá habían sido copiados de algún manuscrito. O su conocimiento se transmitiera en secreto entre monjes, miembros de una Orden, o de una dinastía. No había postas. Si bien el segundo ideograma era más simple, mantenía la complejidad conceptual. Ocurría lo mismo con el tercero y el cuarto, portadores del mismo espíritu, parco y frugal, que habría ofrecido pistas cognitivas a cualquier ser humano nacido y por nacer, desde el principio hasta el final de los tiempos. Lo dificultoso era atinar con una interpretación semántica inequívoca de cada uno de los símbolos en particular y, una vez acertada la combinación, descifrar el significado del conjunto. Una interpretación errónea o incompleta de uno solo de los símbolos, Pedro había rememorado, daba al traste con el espíritu de la composición, como un instrumento desafinado. "El tercer símbolo era tan fácil de interpretar como equívoco, igual que el resto": una cruz entreverada en un círculo dividía a la figura geométrica perfecta en cuatro partes iguales, a la manera de las antiguas cruces solares. Cuatro líneas idénticas manando de un centro puro que se transmitía a los espíritus de los cuatro puntos cardinales. ¿Una cruz solar, como la que los antiguos habían legado en piedras y muros de cuevas? ¿O era una alegoría de los cuatro elementos básicos de la antigüedad, los femeninos -tierra y agua- y los masculinos -aire y fuego-? El símbolo transmitía una energía tan antigua como proclive a la especulación.

"El amigo Farragut discrepó desde el principio acerca de mi interpretación del cuarto signo, delimitado por dos líneas ovaladas, inferior y superior, a modo de media luna. En el interior del círculo inacabado, una gruesa línea vertical se dividía, en su tercio superior, en finas líneas irregulares, a modo de esquemático ramaje. Un árbol. Quizá un carvallo. El recio roble con el que los pueblos antiguos del poniente europeo representaban el conocimiento medicinal, espiritual y astrológico acumulado por sabios paganos, transmitido de generación en generación. Los maestros iniciaban a los alumnos en el bosque y de allí partían las enseñanzas de la naturaleza, que contiene toda la sabiduría. ¿O era el árbol de la vida? Para Farragut, sólo cabía esta última interpretación. Éste se había utilizado desde la Antigüedad para representar el cobijo común de todo lo material e inmaterial, con cabida para lo espiritual y lo material. Las distintas creencias y cuerpos, estáticos o en movimiento, vivos o inertes, se nutrían del Árbol. Las dos interpretaciones generales partían de tradiciones muy distintas: si los símbolos pretendían descifrar una clave, ambas apreciaciones eran complementarias, pero no compartían un origen inequívoco. El árbol de los pueblos reconocidos por Heródoto como 'celtas' hundía sus raíces en las finis terrae europeas, tanto del continente como de las islas británicas. El Árbol de la vida había dado sombra al Creciente Fértil y a sus gentes meridionales. Si el mensaje se refería a una persona o ubicación geográfica, el detalle interpretativo no era nimio".

El Viejo de Anceu y Farragut disimulaban con capazos llenos de piedras para fortalecer el mirador de poniente, donde habían dispuesto una decena de morteros. La munición aguardaba, repartida en capazos, en el interior de la ermita, convertida en almacén. El Viejo estaba sobre todo intrigado por "un detalle". Sin duda, había existido un quinto y último símbolo. Era ilegible: había sido destruido con esmero; toda su superficie había sido cincelada, eliminando las hendiduras precedentes, para evitar así una interpretación posterior. No era reciente. Hijo de una comarca de canteros, Pedro da Boullosa sabía leer las hendiduras en la piedra con la precisión de un cirujano estudiando una herida superficial. Eran surcos realizados a propósito, con la destreza y determinación de borrar lo esculpido antes. No había existido voluntad de apoderarse de un trozo de piedra, ni se había destruido el resto. Por algún motivo, el quinto símbolo no podía existir en una piedra con vocación milenaria. Las generaciones venideras, pensó el vándalo, no tenían derecho, o no estaban preparadas, para contemplar e interpretar el quinto símbolo. Sin la parte, no existía el todo. "¿Cuánto tiempo cree que lleva tachado, don Pedro?", preguntó el menorquín. Era difícil de determinar, pero la superficie había permanecido tachada, "como mínimo, decenas de años, quizá más de un siglo". Pedro da Boullosa explicó a su acompañante que la colonia de diminutos y curvados líquenes estaba tan aferrada al símbolo borrado como al resto de la superficie. Amarillos, anaranjados y marrones, los líquenes habían colonizado la cara interior de las piedras situadas junto a la puerta, aprovechando la humedad ambiental y el mal estado del edificio. "Acércate. No hay un solo liquen raspado sobre la piedra, ni siquiera sobre la raspadura del quinto símbolo. Por aquí sabemos bien que estos hongos tardan muchos años en alcanzar este tamaño y conservan para siempre los daños que alguna persona celosa de sus piedras haya podido causarles. En este caso, no hay rastro ni cambio perceptible en ningún lugar de la piedra. Quizá nuestros abuelos no hubieran nacido cuando el símbolo fue borrado, si leemos con detenimiento lo que nos explican estas pequeñas criaturas". Después de ponerse de cuclillas sin el esfuerzo que habrían realizado otras personas de su edad, el cincuentón acarició la superficie de la piedra con la yema de sus dedos. "Qué lástima, la pérdida del quinto ideograma", escribió Pedro da Boullosa en el dietario que su tataranieto llevaba ahora consigo.

Por mucho que uno atinara con los restantes cuatro símbolos, el quinto y último se había perdido por completo. Quizá para siempre. "A no ser que los símbolos hubieran sido reproducidos con insistencia por una o más personas, durante una o más generaciones, para asegurarse de que el mensaje, si era tal, no desapareciera y pudiera ser interpretado en otro tiempo. Farragut y yo coincidimos, con miedo a que el resto del destacamento nos oyera, en que los autores de los símbolos o sus promotores mantenían un cierto secretismo, quizá apóstata. Tanto la Orden del Temple como quienes les habían sustituido en el monasterio de la isla, los franciscanos pascualinos de San Simón, habían sido excomulgados por la Iglesia

Católica. Roma podía estar detrás del motivo por el cual los autores de la inscripción la consideraron necesaria; también tendría que ver con la desaparición del quinto símbolo. A partir de ahí, concluimos en nuestra última tertulia junto a la lumbre un fresco atardecer de octubre, sólo había espacio para la erudición sin sustancia y la conjetura".

Dos mañanas después, el Viejo se adentró en la ermita una vez más con el fin de estudiar cada piedra, cada surco, con ojos de cazador en busca de su presa. Tenía la certeza de que la piedra le hablaría de un modo u otro. Faltaba un símbolo del acertijo pero, antes de haberlo encontrado, ni siquiera sentía la premura del mensaje antiguo, que habría permanecido durmiente a la espera de otro. Y, quizá, ese otro habría llegado demasiado tarde, con el edificio derruido, o convertido en otro edificio. En Galicia había pasado muchas veces: un antiguo templo, o sus restos en pie, se reconvertían en paredes de huertas, en muros musgosos de nuevas casas, en cimientos. Acaso en corrales para los animales de tiro. Mensajes de los antiguos tallados en piedra, que a menudo databan de tantos siglos que, en lugar del latín, incorporaban la simbología de los pueblos originarios, tratando de sobrevivir entre líquenes que extendían sus tentáculos también centenarios.

"Medité con la información a mi alcance. La inscripción se había realizado en el reducido interior cuadrangular de la ermita del monasterio. Por su aspecto, la ermita había sido edificada mucho antes que el resto del monasterio románico. A menudo, primero se construye una pequeña capilla para celebrar romerías, y a mí me constaba que la fiesta de la isla era de las antiguas de la diócesis". El Viejo había contado cinco símbolos, un mensaje críptico que, por su significado o posible repercusión, había sido desprovisto de una de sus partes, esencial para entender el conjunto. "En aquel momento, medité sobre el espacio con otros ojos. ¿Y si se trataba también de una indicación de lugar, algo así como un punto exacto en la isla, el edificio u otro lugar?". Repasó los símbolos con la yema de sus dedos. "Cinco, pensé. Cinco símbolos. Luego, miré el espacio. ¿Cuánto haría cada lado de la planta cuadrada de la ermita? Decidí calcularlo". Pedro da Boullosa midió la longitud del lado del naciente. Diez pasos exactos. "La mitad eran cinco pasos. Así que se me ocurrió algo. Caminando desde el centro de cada uno de los lados hacia en centro de la ermita, localizaría su centro exacto. Quizá este emplazamiento, el centro exacto, me diera alguna otra indicación". El Viejo de Anceu ubicó la piedra de cantería que ocupaba el centro, tras apartar con cuidado un par de cajas de pólvora. En el extremo de la piedra que se correspondía con el sur, comprobó que había una pequeña flecha que parecía señalar el pórtico, la entrada del templo. "Le di vueltas a la cabeza un instante. Sabía que Farragut vendría tarde o temprano a comprobar que todo iba bien, así que me apresuré. Con la mano, aparté el polvo que cubría la piedra en busca de más símbolos. Aquella flecha podía ser la firma del cantero, pero me pareció extraño que sólo la hubiera visto allí, justo en la piedra central de la planta cuadrada de la ermita, el edificio más antiguo de la isla". Así que, con la inquietud de ser descubierto estudiando el suelo del templo, realizó un último tanteo: cogió el arcabuz y, con su culata, golpeó todas las piedras aledañas describiendo un círculo, dejando el último toque para la piedra central, seis culatazos en total. Toc, toc, toc, toc, toc... tic. "La piedra del centro sonaba distinta. ¡Sonaba diferente! Repetí la operación: toc, toc, toc, toc, toc, tic. No cabía duda. Me puse tan nervioso que me entraron ganas de ir de vientre. Aguantándome como pude, desenvainé el cuchillo y lo usé por el lado de la flecha, haciendo palanca con él. La piedra parecía moverse, así que rasqué sus laterales con el cuchillo y volví a probar. En esta segunda ocasión, la piedra saltó de golpe con la palanca". En el interior, no parecía haber nada. Sólo una vieja concha de vieira. El símbolo de haber cubierto la peregrinación a Santiago de Compostela. Una vez en la costa, los peregrinos agarraban una venera y la cosían a su esclavina, como prueba de su viaje hasta los confines de la Finis Terrae. "Pero, ni San Simón estaba junto a la costa de los romeros que pasaban por Santiago, ni todas las veneras tenían que estar relacionadas con Santiago. Sin embargo, supe que aquella venera era algo más que el símbolo por antonomasia del peregrinaje a la tumba del apóstol. La aparté y, hecho un manojo de nervios, cavé un poco en el piso de tierra con la punta del arcabuz, hasta que el sonido mudo de la tierra se transformó en percusión de madera hueca. Supe que era una caja". En efecto, el Viejo había dado con una cajita de clara madera de abedul, tallada de una pieza. En su parte superior, labrada con cuidado, una espiral. En el interior, envueltos en un paño humilde, había dos pequeños libros idénticos, encuadernados con maestría. No sólo eran obra del mismo escriptorium, sino que supo al instante que habían sido manuscritos y dibujados por el mismo monje. Leyó su título y autor, en latín. "De vita beata; Lucius Annæus Seneca". Sin perder tiempo, guardó uno de los libros en el bolsillo, depositando la caja de nuevo en el piso, ahora con un solo libro en su interior, y devolviendo la piedra a su lugar. "La venera. Había olvidado la venera. Bueno, en ese momento, tenía que salir o me iba de vientre allí mismo, así que guardé la venera en mi bolsillo".

A medida que avanzaba octubre, la espera originaba rencillas entre la expedición. Alfonso "Leño" Lasmarías, un cabo manchego de mediana edad con voz fina, cabello liso y ojos claros, aspecto que intentaba contrarrestar con su áspero comportamiento, contagiaba su desánimo a los habitantes forzosos de la isla, muchos de los cuales habrían preferido padecer escorbuto a prolongar durante unas semanas más la convivencia con el cabo. "A usía Manuel de Velasco y a su amigo gabacho, que más le valiera tenerlo como enemigo, no se les ocurre otra cosa que enviarnos a esta isla a pasar la cuarentena con un catalán, un curita gallego y la madre que los parió. Al parecer, además de no saber ni navegar, ni defenderse como Dios manda -si no, tiempo al tiempo-, tampoco saben contar. Nos envían aquí y, ¿cuántos somos? Trece. Somos trece. La reputa que los parió. El número de la suerte, para cobijarnos aquí de este tiempo de mierda con el mejor humor. Si nos faltan sólo unas flautas y un tamboril para la romería, de lo contentos que estamos. Si España dependiera de nosotros, íbamos aviados".

Poco después de las completas del 22 de octubre, ya de noche, se oyó en la lejanía el repicar de las iglesias de Redondela y las parroquias aledañas. Por fin se anunciaba la entrada de la flota enemiga en la ría. Ya no había marcha atrás y, tarde o temprano, entrarían en batalla. Ocurrió al día siguiente. Leño Lasmarías contribuyó a que el nerviosismo de la espera en la isla se convirtiera en pánico. Había órdenes de permanecer en San Simón y San Antón, respondiendo al ataque con distinta munición, de acuerdo con la distancia. Pero, una vez el humo de los cañones delatara su posición, eran carne de cañón. Había morteros, granadas, un fusil con bayoneta por cada miembro del destacamento y, también, un puñado de anticuados arcabuces, "para usar después de las bayonetas. Si no nos funciona el cuerpo a cuerpo y seguimos vivos, siempre podremos usar estos arcabuces que la armada guardaba desde la expedición de Hernán Cortés por Tlaxcala", había largado Leño con causticidad durante la descarga de provisiones en la isla. No hicieron falta.

El almirante George Rooke se alió con la noche. Tras responder con solvencia a la primera artillería defensiva de Cordeiro, en la orilla septentrional, y el Castro, junto a Vigo, la flota anglo-holandesa se bastó con unas horas para romper la defensa de tierra, planeada por marinos franceses y milicianos gallegos mal equipados y peor mandados, que habían dedicado tres semanas a mofarse los unos de los otros. Dos horas después del amanecer, el propio Leño confirmó que los ingleses habían desembarcado en la ensenada de Teis, la anterior a la de San Simón, para asistir a sus fragatas en la conquista del castillo de Rande, último bastión para entrar en el escondrijo de las fragatas francesas y galeones españoles. En la hora tercia, con el sol escalando en el firmamento, los soldados ingleses y holandeses hundieron la cadena que cerraba el estrecho de Rande. Tenían vía libre. Coincidiendo con la noticia, "Leño me demostró el tipo de hombre que era, que por otro lado ya había intuido", escribió Pedro da Boullosa. "Me esperaba menos lo ocurrido con Antonio Farragut". Alentados por el teniente primero granadero Alfonso "Leño" Lasmarías, el destacamento al completo decidió desobedecer órdenes y desertar de su posición. "Leño insistía en que no había nada que hacer, mientras yo trataba de convencer al resto de que, si nosotros abandonábamos la posición, habría todavía menos posibilidades de defenderse". Fue entonces "cuando Leño me retó a una pelea al cuchillo, que yo rechacé. Acto seguido, soporté sus burlas como pude. Pero me costó más tolerar la actitud de Farragut, que mantuvo en la confusión del momento una actitud pasiva, sin levantar la mirada del suelo. Siguió los pasos del grupo, como una vaca en la veiga". Había momentos en los que un hombre debía comportarse como un guerrero honrado, o no tendría una segunda oportunidad para hacerlo.

Los dos apocados capitanes, los tres granaderos, los tres fusileros y los cuatro artilleros abandonaron la isla. El decimotercer hombre, Pedro da Boullosa, permaneció en ella: el único que no tenía experiencia como artificiero. "Pensé que, con lo que había aprendido en tres semanas y la munición para apenas hundir una fragata, si había suerte y no me abandonaba el pulso, me bastaría conmigo mismo para derrotar a la expedición entera del duque de Ormond y el barón Sparr. Aguardé". Mientras sus antiguos compañeros corrían por la playa de Cesantes, a apenas veinticinco cables de San Simón y su hermana pequeña San Antón, Pedro da Boullosa se acordaba del seminario, el Colegio Mayor de Santiago Alfeo, los viajes que le habían enseñado que, cuanto más hacia el exterior se pretendía ir, más hacia el interior de uno mismo se viajaba. Su mujer, María. Sus tres hijos, Carlos, Isidro y Benito, nacidos en 1672, 1675 y 1678. Una diferencia de tres años poco casual en el universo de la tríada gallega. Siempre el tres. Estaba preparado para luchar, defender el legado de aquel islote, tan unido al cercano monasterio de Poio, luz de sabiduría de la diócesis de Tui. Su casa. Se sentó a esperar por la orilla de poniente, junto a los miradores de artillería. Dispuso los capazos de munición de acuerdo con el plan y acumuló a su alrededor las granadas, un fusil y la veintena de arcabuces que sus compañeros no habían querido acarrear consigo. Mejor.

Protegiendo a los galeones españoles en formación de media luna, las fragatas francesas inauguraron las detonaciones desde el fondo de la ensenada. En el islote de San Simón, fueron apenas tres destellos polvorientos, seguidos del ruido consecutivo de las detonaciones un instante después. Contestaron las fragatas inglesas con una actividad prodigiosa. Se veían destellos partiendo de, al menos, cinco naves distintas, con el porte de modernos bergantines. Poco se podría hacer, comprobando que las detonaciones inglesas y holandesas daban en su blanco, mientras las francesas no alcanzaban su objetivo. "Esperé a que las primeras fragatas se acercaran lo suficiente para delatar mi posición. Iniciaría la detonación consecutiva de cada uno de los tres cañones. Repetiría la maniobra tantas ocasiones como hiciera falta. Los morteros y granadas evitarían, con un poco de suerte, el desembarco de algún bote enemigo, que se acercaría con la cautela y certidumbre de que los islotes estarían defendidos por decenas de hombres".

Faltaba poco para la hora sexta cuando realizó su primera detonación. Falló. La segunda, no obstante, funcionó, cayendo en el agua. Con su posición descubierta, la tercera alcanzó a una fragata, que respondió pasados unos minutos. Ninguno de sus proyectiles cayó en las islas. Se dio cuenta entonces que el arte de la artillería no podía aprenderse en poco menos de un mes. Sus compañeros no le habían dejado bote, pero era buen nadador. Poco le hubiera costado zambullirse y alcanzar al rato la playa de Cesantes, pero prefirió esperar. Mientras asistía a la aparatosa derrota franco-española a manos de la flota enemiga, vio cómo un bote se acercaba desde las fragatas inglesas refugiadas al mediodía de la ensenada, en la playa de A Formiga. Estaba listo para mandarlo al infierno de un morterazo cuando dudó: había observado con el catalejo que el bote navegaba con una bandera exótica y a la vez familiar, casi consanguínea, quizá más que la bandera castellana y a buen seguro más que la francesa. "Era una enseña blanca con un símbolo curvilíneo, como en movimiento, compuesto por tres extremidades formando una espiral. En esencia, se trataba del mismo símbolo geométrico que aparecía en la inscripción del monasterio de la isla; aunque, en esta ocasión, el esquematismo había sido sustituido por lo que parecían tres piernas. Más tarde, supe que lo que ondeaba en aquella bandera era el escudo de la Isla de Man, al servicio de la corona británica en la batalla".

Aguardó a su llegada con una bandera blanca, más por curiosidad intelectual que por miedo. "¿Llegaba el bote a San Simón por casualidad, o había algún tipo de relación entre el trisquel de la bandera y la inscripción?". Pedro da Boullosa no sabía hablar inglés y, pronto, supo que sus interlocutores no entendían ni el castellano ni el gallego-portugués. A los cinco minutos, la cautela del enemigo se había esfumado, al comprobar que el viejo era el único miliciano de la isla. Uno de ellos, un tal Walter Walpole, hablaba buen latín, que utilizó para comunicarse con su interlocutor. El latín de don Pedro era también exquisito, acunado entre los clásicos latinos y la liturgia romana durante sus años de estudio en Tui y Santiago. Acompañaban al joven Walpole dos altos y fornidos americanos de Virginia. Al más alto, un pelirrojo con mirada honesta, le llamaban Big Red; Francis Conway era su nombre. Llevaba pegado a su espalda a un asustadizo Martin Robertson, al parecer casi de la familia. Y completaba la expedición un apuesto soldado de mediana edad, el cuello de cuya casaca incluía seis lazos bordados, que exponía su nerviosismo con repetidas miradas furtivas a los estertores de la batalla, a lo lejos, sin perder de vista a Redondela. "Por mis viajes y amistades, sabía que un inglés paseaba con tantos lazos en el cuello de la casaca cuando era de mariscal de campo para arriba". Pedro da Boullosa comprobó que los tres soldados llamaban "Sir" al oficial de marina que no habían presentado. "Entonces, pensé que podría ser hasta el mismísimo George Rooke". El Viejo de Anceu se interesó por el emblema del bote, pero apenas recibió una respuesta esquiva de Walpole. El latín dio solemnidad a lo que el gallego estaba a punto de oír. Con educación pero tono firme, Walpole anunció a su interlocutor que buscaban algo en la isla. "Un mensaje". Pedro da Boullosa estaba seguro de que la inscripción en la piedra interesaría a sus enemigos. Pensó que se trataba de la única oportunidad de conocer el significado del mensaje. Al fin y al cabo, el tal Walpole era sin duda un hombre de teología, no un sanguinario inculto como Leño. Pidió que le acompañaran.

Walter Walpole no pudo disimular su satisfacción. Sus ojos se entelaron de lágrimas. "This is it". Sus labios susurraron una escueta oración que Pedro da Boullosa no pudo entender. "Wait". El reducido grupo del bote con la bandera de la isla de Man sabía que aquella inscripción se encontraba en la isla de San Simón. Pero parecían tener los mismos problemas que Pedro da Boullosa y Antoni Farragut para intuir su significado. Se habían topado con el mismo escollo: el quinto y último símbolo. Con el humor contrariado y la cautela recuperada, los tres acompañantes de Walpole hicieron planes para abandonar el islote cuanto antes, mientras el joven letrado dibujaba la inscripción. Pero la visita no había acabado: "sin dejar de mirarme, Walpole acudió al centro de la ermita"; y, como si el mensaje le hubiera explicado la localización de la piedra que él mismo había levantado hacía apenas unos días, empezó a pisar con el tacón de la bota hasta que la piedra central no sólo sonó distinta, sino que se movió. Walpole intuyó que la piedra había sido levantada, dada la limpieza de su superficie y junturas, que habían desaparecido, en contraste con la amalgama, antigua y sólida, del resto del suelo. Levantó la piedra y, apartando la tierra descompactada por Pedro da Boullosa, encontró la caja. La abrió y, sin estudiar el libro, volvió a cerrar la caja y la guardó en su fardo, mirando a su alrededor, en busca quizá de una última pista, un nuevo mensaje. "We are done here. Let's go".

"El oficial de alto rango había ordenado algo al escurridizo Robertson: matarme. Mientras los otros tres ya aguardaban en el bote, el joven miedica me apuntó con su fusil. Era él o yo. Antes de que pudiera cargarlo, le había atravesado el corazón con el cuchillo que siempre he guardado en la faja. Su amigo Big Red lloraba a grito pelado y me lanzaba improperios. Estuvo a punto de salir del bote, pero Walpole y el oficial de alto rango se lo impidieron. Les dejé huir y no intenté usar las granadas, el mortero o la artillería contra el bote. Era como si dos antiguos parientes que ya no se conocen se reencuentran para escuchar las antiguas historias de la familia y volver después cada uno a su casa". Al dejar la isla, se daría cuenta de que el libro de Séneca había desaparecido de entre sus pertrechos. Antes de abandonar el puesto, alguno de sus compañeros lo había tomado. "Pensé en Farragut".

De chico, antes de acudir a estudiar a Tui, se había encaramado incontables domingos a lo alto del peñascal que coronaba el Coto d'Ouro, el monte vestido con el tosco estampado verde y amarillo de la aulaga que durante su infancia le había dado los buenos días al asomarse desde la ventana del sobrado, fallando sólo los días de niebla espesa. Desde lo alto del monte, mirando hacia la diminuta ventana del sobrado de su casa -minúsculo huerto, hórreo al carbón y sabugueiro intuido, apenas la mota de un pincel fino-, Mingo había soñado con ver más allá del poniente, hacia donde empezaba el mar y se acababa sólo semanas después, en un Nuevo Mundo, inmenso, infranqueable, misterioso. Inagotable.

Al salir del seminario, con más dudas morales y éticas que nunca y la determinación de evitar convertirse en el cura que el seminario quería forjar, Mingo volvió a subir al Couto d'Ouro. En aquella ocasión, evitó la corredoira y el posterior sendero que suavizaban el ascenso por la ladera septentrional y había ascendido por la pendiente frontal de la cara de levante, sobre la que él había visto el discurrir de la luz de sus días. Alcanzó el canchal de la pequeña y barriguda cumbre dos horas más tarde, tras escalar innumerables rocas de granito -apenas unos guijarros desde su ventana- y comprobar en la piel de sus piernas que el suave musgo amarillento que siempre imaginara, desde la comodidad de casa, se había transformado en el mismo arbusto espinoso que ayudaba a esparcir en el lecho de la cuadra, para convertir en estiércol. Con las piernas ensangrentadas y el picor producido por el sudor, se había sentado en la peña más alta, ya al atardecer. El viento silbaba y las nubes procedentes del océano descargaban la sempiterna lluvia fina. Si había verdad cósmica, se conjuró, podría esclarecerla viendo el mundo, y no recluyéndose en una Iglesia pétrea, reseca, bastarda, que había sido privada de la verdad de su pasado. La fórmula alquímica de la felicidad, si la había, no podía ser herética. El agua no se corrompe, si guardada en un cántaro limpio.

A diferencia de la ría, de la que se había despedido apenas hacía tres días, el olor a sal de Cádiz era más intenso. Desde el muelle, en la penumbra de la noche, le imponían las troneras del baluarte de los Negros, iluminadas con antorchas. Las voces aletargadas de la actividad residual del muelle se entrelazaban con quejidos apagados del armazón de decenas de navíos meciéndose al abrigo de la ciudad, seduciendo con su proa a la brisa de poniente. Los escasos fanales de posición encendidos daban la sensación de que Cádiz dormitaba con un ojo entreabierto, como una bella doncella de buena familia debatiéndose entre proteger o perder su honra, sucumbiendo para siempre a sus instintos más primarios. El vociferío de un barco de porte mediterráneo recién arribado le despertó del letargo sensorial, que había narcotizado sus pensamientos. Su mano izquierda jugueteaba con Pedriño, el soldado de estaño que su tatarabuelo había embalsamado en la hucha que legó a la familia, que copaba el bolsillo interior del calzón. Tener a Pedriño junto a él le reconfortaba, como si con él trajera consigo la sabiduría y hazañas de Pedro da Boullosa.

La brisa de poniente traía la voz de exóticas serenatas de borrachos, en una metrópolis comercial que atraía canciones y romances de ciegos como el epicentro mismo de la rosa de los vientos. En el barco con aparejo latino recién atracado, un hombre se despedía del resto, con un morral al hombro y lo que le pareció una peculiar indumentaria, no muy distinta de la que había visto entre los marineros franceses del golfo de Vizcaya que llenaban las tabernas del Castro de Vigo poco después de atracar. Catalán o mallorquín, pensó.

Felipe Curto había cumplido con su deber. El San Agustín de Hipona atracaba en el baluarte de los Negros según lo convenido y tras cumplir a rajatabla con los mandados de contrabando previstos, los que daban sentido económico a la Compañía de don Rogelio Milà. El truco consistía en mostrar la pompa comercial en los viajes a Puerto Rico, Cumaná y Margarita, que apenas daban para cubrir gastos, mientras los viejos místicos que fletaba desde Barcelona a Cádiz daban tanto dinero que su obsesión era mantener el negocio desapercibido, con la ayuda de personas de su más absoluta confianza. Hombres curtidos en la vida y el mar y, a la vez, austeros, frugales y sensatos, que no largaran sus secretos comerciales a la primera furcia que se encontraran en los puertos de Valencia, Cartagena o Cádiz. Gente como el capitán Curto, el Habano. "L'Habanu", según don Rogelio. Mansió se despidió con la cabeza y se volvió hacia la ciudad amurallada, silueteada con la luna y las antorchas. El Habano señaló un punto de la muralla, ciento cincuenta pies a la derecha, hacia el poniente. "Cuidado con entrar con mal pie por la Puerta de Mar. No hay entrada más traicionera que la que padece el marinero despistado entrando por el Boquete y la Merced. Sigue las calles anchas y no te enredes en las tabernas, que uno sabe cómo empieza cuando entra en una calleja, pero no cómo ni cuando acaba en la otra punta. Avisado estás". Mansió sonrió y alzó la mano con sorna, restando gravedad al consejo del Habano. "Acuérdate de por qué estás aquí". La referencia a la pelea cortó de golpe el ímpetu aventurero, casi optimista, con que empezaba su visita a Cádiz. "Aquest malparit no em coneix de res i es pensa que li dec la vida. Ja en tinc un, de pare". Curto sabía que el Pastoret no era una bala perdida como el Pescadilla Meneses, el único de la tripulación con quien había hecho migas. Así lo atestiguaba su decisión de desentenderse de Meneses y el resto nada más atracar, pese a llegar en noche cerrada a una ciudad desconocida, con una herida que apenas había cicatrizado, cuya costra saturada de salitre era comparable a la chusma que daba vida a las callejuelas aledañas a la Plaza de San Juan de Dios, principio y fin de Cádiz para la vida marinera. Recordó el suceso de la taberna del Bou. Era de noche y volvía a una ciudad bulliciosa, donde abundarían los callejones y los bultos susurrantes en la penumbra. En el interior del zurrón, el monedero tintineaba de un modo característico, acompasado con su enérgico caminar.

Junto a la puerta, con su cornisa agrietada desde el terremoto de Lisboa, dormitaba un viejo aguador desarrapado, aunque vestido a la francesa. Su viejo burro se sacudía las moscas con un compás coplero junto al carro atestado de cántaros. Hasta los aguadores llevan tricornio en Cádiz, pensó, signo inequívoco de la modernidad de la urbe. "Haga el favor de servirme un chato de agua, señor". Coño, otro catalán, saludó el aguador de camino a por el cántaro. "Para que luego no digáis de los de Cai', te voy a servir agua bendita que ni la Virgen de 'Monserrá'. Ni un chato de vino te iba a sentar mejor a estas horas, muchacho. ¿Dónde está el resto de tu gente, o es que has llegado solo? Pronto verás que aquí hay mucho rufián, pero no gusta a los comisarios y alguaciles que los tunantes anden solos, sobre todo los forasteros. Así se ahorran sorpresas. Aquí hay muchos catalanes, desde comerciantes de alcurnia que pasean el paripé por la Alameda a borrachos sin fortuna". El aguador, Pepe el Listo decía que le llamaban, buscaba una propina. ¿Tenía cama, o era la primera vez en Cádiz? Porque él se conocía al dedillo las posadas y pensiones de la ciudad. Y otras casas menos reputadas. "Ponga otro chato e indíqueme cómo llegar a una pensión de a un real la noche". El viejo aguador le miró a los ojos, divertido. "Todo el mundo quiere estar en Cádiz, y eso se paga. Me tendrás que decir primero si eres un señorito o te conformas con un jergón en el suelo".

"Si quieres dormir es una cosa; conocer a la chusma del Boquete cuesta lo mismo, pero no se duerme y uno no está para confesarse en la iglesia de San Roque al día siguiente". El viejo, con su tricornio de paño verde oscuro ladeado hacia la izquierda, guiñó un ojo. Mansió quería cama decente y barata, a poder ser limpia. "Para esta noche, te recomiendo un paseo al fresco siguiendo el levante de la muralla, desde aquí hasta la Puerta de Sevilla, y después hasta la de San Felipe, que por allí el viento es más fresco y hay menos baile y romanza. Una vez en el descampao' de la plaza de los Pozos de la Nieve, puedes decidir si echarte en algún rincón de la Alameda". Si no se le hacía tarde, quizá le abrirían la puerta en una posada de comerciantes. "Qué desperdicio, pensarían las mozas alegres de la Merced al ver a un mozo con buen porte que entra por esta puerta y no se queda en el barrio". Sus ojos de agudizaron y se tensó su rostro huesudo. Señalando al burro con la mano extendida, el viejo soltó un salado "mira, este es mi burro". Acto seguido, se avió la capa mugrienta, se escupió la mano y utilizó el gargajo para moldearse el pelo blanco, apelmazado y reseco por la brisa marina. Hincó los pies en el suelo y enderezó la espalda, como imitando al Pastoret. Se arrancó a cantar, lo que empinó las descomunales orejas del burro, que entornó el cuello y empezó a balancearlo. "En lo que gobierna el zó / y los terrenos han visto / no se encuentra otro más jaque / ni más terne que Pepito". Culminando la copla del aguador, el borrico soltó un par de rebuznos. "Alegra esa cara, zagal". Mansió le dio medio real por el agua, las indicaciones y la copla. "¿Está siempre por aquí?". "Me muevo por un sitio y otro, para llenar los cántaros y hacer mandados, ¿sabe usted? Pero siempre acabo en este rincón después de la hora de la siesta". No estaba de más tener a alguien a quien preguntar si era necesario.

Se tranquilizó y agradeció echar a caminar sin pedir permiso ni tropezar a cada paso. Pronto desapareció la sensación de movimiento y pérdida de equilibrio contraída en el viaje. En una semana, su vida había dado un giro. Pensó en Antònia, la muchacha de la Casa Cortada. Confiaba en que Ramonet, el hijo del maestro, la pusiera al corriente de lo sucedido y supiera decirle, de algún modo, que el viaje era sólo circunstancial. Se emocionó con la simple idea de que una moza con la que apenas había intercambiado un cruce de miradas, además de rozar su mano, esperara su regreso. Sabía escribir, además del nombre y lugar de residencia de la muchacha. Si no podía volver, tendría que hacerla venir desde donde fuera.

Martín aspiraba con sonoridad cada bocanada de brisa de poniente y giraba la cabeza para enfrentarse a las ráfagas esporádicas y retirar así la media melena de su rostro. Pocos aventureros llegaban a Cádiz por tierra, cruzando el puente de Zuazo para pasar de Chiclana a San Fernando, en la isla de León, y proseguir camino de la ciudad por el fino tómbolo de sedimentos que se alargaba hacia el septentrión, como la hoja de una espada clavada en una piedra a la manera de la del Rey Arturo, con Cádiz en el extremo del istmo, actuando de grumete de la bahía: la empuñadura de la espada artúrica. Y no era lo mismo entrar a una ciudad desconocida que hacerlo en la tartana de Félix, carbonero de Puerto Real y salado noticiero de la comarca, donde las nuevas del campo se fundían con las de la ciudad y ultramar. El barrio del Pópulo, el más antiguo de la ciudad, les dio la bienvenida al cruzar la Puerta de Tierra. Aguadores, serenos preparados para iluminar las calles, mozos recogiéndose a sus casas, carretas tiradas por bestias bien provistas, entrando en caballerizas que en muchas ciudades del país habrían pasado por casa solariega. Las calles, bien empedradas, todavía acogían animadas conversaciones, al abrigo de la suave temperatura. Se despidió de Félix en la plazuela de San Martín, cerca de la catedral, tras ayudar al carbonero a descargar su mercancía. Frente a ellos, la casa del Almirante, un palacio indiano con portada barroca flanqueada por columnas de mármol genovés, explicó Félix, que servían de soporte al recargado balcón de la planta noble y delataban la influencia italiana en la ciudad. "Si quieres cenar algo, entra ahí adelante en el Mesón Nuevo y diles que te manda el carbonero de los Bronca de Puerto Real, que te tratarán bien. Si yo tuviera tu edad, cogía luego la calle de

San Antonio hasta la posadilla y pregunta allí por el hostal Fantoni, a donde llegaría bien acompañado y sin confesarme. Pero lo barato y cristiano es dormir en el mismo mesón, donde hay camastro limpio y todo lo menester por dos reales. Ándate con cuidado, si decides visitar otros sitios menos recomendables a sólo unas cuadras de aquí, en dirección al muelle. Si te recomiendan Santa María y San Roque, de santos sólo tienen el nombre. Tres cuantos de lo mismo con el Boquete o la Merced, donde hay que ir preparado para lo mejor y lo peor. Avisado estás". El Mesón Nuevo era más que suficiente. Quería gastar lo mínimo hasta enrolarse en el primer barco con vacante que se armara hacia América, recomendado o no por su primo lejano, el de la Casa de Contratación, a quien esperaba llegar a través de su tío Miguelón, hermano menor de su madre y también residente en la ciudad.

Mingo Boullosa cruzó la Puerta de Mar con el resto de la tripulación del bergantín gallego. Era más seguro y barato visitar en grupo según qué tugurios, pero prefirió desentenderse de la llamada de la cuadrilla. Un rebaño de vacas cumplía sin rechistar el mandato de la primera, bueno o malo: prefería guiarse por su propio sentido común. Se despidió de ellos en la plaza de San Juan de Dios, en un lugar donde se había vendido de todo a cualquier hora del día desde tiempos inmemoriales. De noche, destacaban las tentaciones: marineros, pescadores, pelandruscas y buscavidas variopintos de Europa y ultramar se agolpaban en los bocacalles de la plaza, a la espera de captar a cualquier recién llegado con intención de gastarse unos reales en vino y mujeres. Antiguos milicianos católicos irlandeses y belgas que habían luchado con el ejército español se mezclaban con desafortunados marineros y comerciantes catalanes, florentinos, genoveses, franceses, indianos, canarios, portugueses. Pronto comprobó que la impudicia del Boquete superaba con creces la vida nocturna de los barrios bajos de Vigo. En lugar de perderse en los antros de la calle de la Sarna, Mingo decidió torcer hacia el mediodía, por la calle de Sopranis, donde se dispuso a encontrar comida y camastro por unas monedas. A medida que se alejaba de la Puerta de Mar, se apagaban los olores a café, vino y fritangas, las risas aceleradas entrelazadas con palabras desabridas y conatos de romances de ciegos contrahechos por el nivel etílico. Si la plaza de San Juan actuaba como epicentro de la vida portuaria, pensó, mejor visitar la zona de día, cuando la confusión nocturna se convertía en un hervidero de comercio, informadores, funcionarios y armadores en busca de tripulación para sus empresas y corresponsalías. El granito, omnipresente en las casas de las tierras lluviosas de la diócesis de Tui, pobres o ricas, había desaparecido. Las calles más viejas de Cádiz no olían a humedad y aguas negras, como en Pontevedra o Vigo, sino a plantas aromáticas y sal marina, que empequeñecían el patente hedor a excrementos de cualquier ciudad bulliciosa. Torció por la calle de la Botica para evitar el perímetro meridional de la muralla, que se abría en la Puerta de Tierra, única entrada a la ciudad por carretera. Sus estancias en Redondela, Tui, Pontevedra, Vigo, Braga u Oporto le habían enseñado que la cercanía de una puerta principal atraía a mesoneros, hosteleros y vendedores ambulantes, pero la cercanía excesiva a la entrada alentaba a pillos y ladronzuelos. Una distancia prudente aportaba lo primero y reducía el riesgo de lo segundo.

El perímetro de la muralla se estrechaba como un embudo junto a la Puerta de Tierra. Para evitar el muro de poniente en apenas tres encrucijadas, torció de nuevo, esta vez en sentido opuesto, por la calle del Torno de Santa María, donde se topó con un coplero que entretenía a un par de mujeres de mediana edad, emperifolladas y desdentadas, ambas vestidas con falda estampada de muselina de colores vivos y mantoncillo sobre los hombros. Si lo llevaran sobre la cabeza, pensó, pasarían por decentes o, al menos, esconderían las penurias y aventuras sugeridas por sus rostros. Demasiado tarde como para girarse y evitar cualquier riesgo. Los chulos eran impredecibles en cualquier sitio. El pinturero ensayaba una copla con sus fulanas. "Yo soy un mozo Pepilla / Mu cabal y mu rentero / y un grano de mi salero, / es solo la gran Sevilla. / Que vayan a ver si hay, / mosos de más valentía. / Más fuerte soy vida mía, / que las murallas de Cai". Su atuendo, adecuado para climas más fríos, y el morral delataban su origen forastero. Al pasar junto a ellos, el fardón y sus amigas le siguieron con la mirada. "Buenas noches se dice, eh". "Buenas noches". Le reconfortó ver al sereno haciendo la ronda, dos calles más abajo.

Cuando Marcelino Guerrero salió de su alcoba, en el último de los tres pisos de su casa de la calle de los Doblones, Micaela ya servía la leche en su café y disponía sobre la mesa el correo de la tarde anterior. Era una oronda esclava doméstica de edad indefinida, cara brillante y una impoluta dentadura blanca como la cal, que había entrado como nodriza y parturienta pero ahora era ama de llaves. Todo pasaba por ella y era la única persona a la que don Marcelino consentía reproches, que viniendo de ella sonaban más a jacarandas, con un acento empalagoso de lo dulzón, similar al canario o al habanero. "Tiene usted correo urgente venido de Madrid. No será que el Rey se enteró de que me tiene esclavizada y le va a penalizar, mire a ver". Don Marcelino, un menudo sesentón con cara macilenta, gruesas cejas blancas, nariz afilada y ojos pequeños, dedicó a su esclava un bostezo desairado, que de puertas hacia adentro gobernaba más que la señora. "Vaya a ocuparse de los árboles del patio, vaya". Sorbió el café y cogió un mollete tostado con manteca colorá. Comprobó que la carta de Madrid era una estafeta urgente. "No, si la negra tendrá razón", masculló con sorna. La misiva estaba firmada por don José de Gálvez, visitador del Virreinato de Nueva España y miembro honorario del Consejo de Indias. "Coño". Estuvo a punto de atragantarse. De un trago, se bebió todo el café, que calentó su estómago al instante. En un mensaje escueto, el visitador anunciaba su llegada a la ciudad, donde se alojaría unos días antes de partir con el primer buque de correo con destino a Veracruz, haciendo escala en Canarias, Dominica y Santo Domingo. Si no partía ninguno, había que armar un bergantín escoltado cuanto antes. "Estos mandamases...", musitó. La Casa de Contratación de Indias había perdido con Carlos III la poca utilidad que mantenía desde la liberalización oficial del comercio con América, hacía ya seis años. "Esta gente del Consejo de Indias ni vive, ni deja vivir. Que si oficialito por aquí, que si oficialito por allá, que si prepárame un viaje, que si arréglame una estancia en Cádiz". El destinatario era genérico, con un "a quien corresponda" que le intrigó. Sin embargo, la valija había sido entregada en su casa, y no en la del presidente o los tres oficiales de la Casa de Contratación. Él era un mero funcionario, un oficial de contaduría que había dado lustre a su cargo vitalicio con un trabajo contable respetado por sus compañeros y superiores, pero nada más. Los correos habían cumplido, por tanto, con órdenes explícitas.

Mientras masticaba el mollete hasta deshacerlo en la boca, miró a través del amplio ventanal. Observó al trasluz minúsculas partículas de polvo en suspensión. El interés del visitador por dirigirse a él, en lugar de sus superiores, no era casual, ni tampoco el remitente genérico, con el escudo borbónico. De algún modo, Gálvez había averiguado sus filias secretas, lo que le alertaba por doble motivo. La relación del alto funcionario con los miembros más poderosos del gabinete del Rey convertían cualquiera de sus intrigas en una empresa peligrosa. Y luego estaba su inequívoco origen converso, del que podía dar cuenta el obispo de Coria, su diócesis de procedencia. Su familia, una de las ilustres de Hervás, lugar de la Transierra leonesa de la Extremadura, era conversa. Y, por si alguien tenía alguna duda de ello, siempre podían preguntar al charlatán de su primo, Miguelón el de Hervás, un mariquita conocido en la sociedad de Cádiz por sus exabruptos nocturnos, que conjugaba con una ridícula, por exagerada, beatitud diurna. No le había visto en las últimas semanas, pese a que trabajaba ayudando en la Casa de Contratación, no lejos de su escritorio. Se había arrepentido muchas veces de haberle recomendado como escribano, aunque no tanto como su mujer, convencida de que "la Miguelona", como sólo ella le apodaba, había mancillado la reputación de la casa en los colmados de jaleo de la Caleta. Ella, al fin y al cabo, era una orgullosa hija de comerciante de la ciudad, con hijos a los que guardar de las lenguas afiladas. Se sentó en la butaca de fieltro rojo, junto a su bien nutrida librería, desde donde podía ver a Micaela, que removía menesterosa la tierra del jacarandá mientras el resto de los sirvientes todavía no habían salido de sus aposentos. Habían pasado dos décadas desde que plantara el arbustillo, que había llegado de Buenos Aires en un navío de registro. Era ahora un árbol imponente que le alegraba los amaneceres y atardeceres, momentos del día en que se regalaba un puro, fumado en soledad, siempre a la misma hora, en la misma butaca. En abril, tras haber perdido las hojas en marzo, el árbol, con ramaje retorcido y poco tupido, se cubría de flores azules, de tan vistosas irreales, que conservaba durante meses. Pero era octubre y el árbol se recogía tras los meses cálidos, como los habitantes de la ciudad.

Se despertó de sopetón y buscó el puñal, que había depositado bajo la almohada. Su sueño le había devuelto a los bosques de Monfragüe, donde habitaban los bandoleros y proscritos que él no había encontrado al cruzar el Tajo, durante su apresurado viaje desde Salamanca. La ventana estaba abierta. Nadie trataba de robarle el caballo ni el zurrón, ni dormía a la intemperie en un horcajo extremeño, sino que el tintineo procedía de la actividad matutina en el comedor del Mesón Nuevo del barrio de la Merced, donde había recalado la noche anterior, y la brisa que le calaba los huesos procedía del fresco amanecer oceánico. Se acurrucó en el incómodo jergón y se tapó con la pesada colcha de paño desteñido, que algún día había tenido el rojo vivo del palo de tinte. Al instante, al arrancar las voces en el comedor del mesón, decidió incorporarse. Tras vaciar la vejiga en el orinal, removió en el interior del morral hasta dar con la cuartilla donde anotaba sus jerigonzas, romanzas, versos sueltos, impresiones de viaje. Estiró una raída hoja suelta y, tras un rápido vistazo, la guardó en el bolsillo del calzón. Unos días antes de partir hacia Salamanca con el obispo de Coria, había apuntado la dirección de su tío Miguelón, extraída de las cartas a su madre. En letra apresurada, se leía "Calle del Fideo, puerta 17, barrio de la Bendición de Dios, cerca de la iglesia nueva del Carmen", junto a diversos garabatos, un listado de vituallas para el viaje que le había conducido hasta Cádiz y el dibujo esquemático de un árbol, resuelto con un trazo seguro y proporcionado. Recogió sus bártulos y se dirigió al comedor.

Cuando Mingo Boullosa se asomó a la puerta del comedor abovedado del Mesón Nuevo, el día ya avanzaba y hacía ya un rato que las parroquias cercanas, así como la catedral, habían anunciado la hora prima del seis de octubre de 1771, día de Santa Fe y primer domingo del mes. El amplio comedor del mesón, con grandes ventanales enrejados, se había transformado en apenas unas horas. La tranquilidad luminosa, casi limpia, de la mañana, contrastaba con el jolgorio de la noche anterior, en el claroscuro de las velas y candiles.

Noches como la anterior habían dejado su cicatriz en el techo de la estancia, tan ahumado que un pintor renacentista habría esbozado con el dedo los preliminares de un fresco, en sustitución de un carboncillo. El suelo, todavía mugriento, había sido barrido, y la decena de mesas, rodeadas de taburetes, limpiadas. A esas horas del domingo, no había parroquianos rezagados ni personajes lúgubres, sino la familia del mesonero y tres huéspedes, sentados en taburetes más altos, junto a la alargada barra. Reconoció a un joven que había visto la noche anterior, también con aspecto de recién llegado, lo que le devolvió el bienestar sensorial de avanzar sobre un entorno conocido. Saludó con la cabeza y pidió un café. Todavía le quedaban vituallas del viaje y pensó en desayunar mientras conocía la ciudad. Preguntó al hijo del mesonero por el barrio de la Bendición de Dios. Le divirtió su tono jocoso. "No te preocupes, que aquí no hay pérdida. Esto es más pequeño de lo que parece, por eso está todo tan limpio que hasta los animales cagan con mesura. Tenemos cuatro puertas mal contadas -contó con los dedos-: la de Tierra, la de Mar, la de la Caleta y la de Sevilla, además de las puertuchas del postigo y Santa María...". Martín había contado seis. "...Y hay una muralla alta para que no entre ni mota de arena, no nos queda otra que barrer para afuera, y para adentro también, no sea que se nos estropee el mármol y la caoba. Y, como no hay espacio, no queda otra que salir a navegar o construir hacia arriba. Por eso, cada casa en Cádiz, pobre o rica, tiene su azotea. Las casas buenas miran hacia la entrada de la bahía o el muelle; así saben cómo llega o sale el cargamento, y descuentan los daños de corsarios antes de que la noticia se confirme de viva voz en el baluarte de los Negros. Por eso -concluyó-, cualquier casa decente está por norma lejos de las puertas y su azotea mira hacia la entrada al puerto, que es lo que nos interesa. Las casas de la calle del Fideo vigilan la entrada a la bahía, junto a la muralla septentrional. El viento del océano también les da para ventilar la casa, digo". Tras la conversación, Martín supo que su tío se las había ingeniado para residir en uno de los barrios pudientes de la ciudad.

Sentado al fondo, recostado de espaldas al mostrador y mirando a la calle a través de la ventana enrejada, Mingo Boullosa había atendido a la conversación con la misma pasividad con que escuchaba la lluvia durante sus veladas en la cocina de la casa de Anceu. Dejó medio real y se despidió con un tosco buenos días, colocándose la boina que había comprado en Tui un año antes. Antes de desaparecer por la puerta, ojeó con discreción la anticuada indumentaria del joven que charlaba con el hijo del posadero, cuya negrura resaltaba el polvo de un periplo reciente. El lodo reseco de distintos días en las botas de caña ancha y el calzón confirmaban un viaje de varios días, a buen seguro a caballo. Con el calzón, camisa, chupa, casaca y capa larga negros, la cruz de Alcántara bordada en la chupa, sobre el pecho, parecía palpitar. Junto a la cruz, atisbó lo que parecía una "C" invertida. Su mirada se perdió en la hilera de jarras en la pared. Evocó la "C" invertida que su tatarabuelo Pedro da Boullosa había hallado en segunda posición, junto a otros cuatro símbolos tallados en una piedra, junto a la puerta del monasterio del islote de San Simón. Pese a ser dominical, le aguardaba una larga jornada: quería enrolarse en una tripulación hacia América cuanto antes y, para ello, debía visitar de día los antros que de noche se transformaban en colmados de jaleo y vino barato. Si Cádiz funcionaba como Vigo y Baiona, para que un muchacho no recomendado pudiera llegar al armador, había que ganarse primero la confianza de los tripulantes serios, a los que se podía conocer jugando al dominó, las damas o las cartas; sólo había que elegir el café adecuado en el momento preciso. Por lo que había oído a sus compañeros de viaje más veteranos, Cádiz era una ciudad ordenada y comprimida, cuyos puntos neurálgicos podían visitarse con tranquilidad en una misma jornada. Planeó pasear primero hasta las bodegas de la Caleta, junto a la puerta del mismo nombre, que parecía amarrar con esfuerzo el castillo de San Sebastián, dispuesto a zarpar hacia América. Desde allí, daría la vuelta sin perder de vista el perímetro de la muralla aunque se adentraría en sus barrios, hasta llegar a la Plaza de San Juan de Dios, entrada a la ciudad desde la Puerta de Mar y centro neurálgico del contacto con el exterior. Repetiría sus tranquilos paseos diurnos, en busca de compañeros de partida y conversaciones sobre empresas marineras, hasta que surgiera la oportunidad. Dado el pálpito de la ciudad y su nerviosa actividad portuaria, pronto zarparía a Veracruz.

Mansió Vilalta no había pegado ojo en toda la noche. Por primera vez solo desde la pelea de Barcelona, se sentía víctima de una historia que no comprendía del todo. Debía su oficio y formación al mestre Milà, pero se preguntaba si, tras lo ocurrido en la taberna del Bou, no era Ramon Milà, maestro azulejero y al parecer miembro de una sociedad secreta, el culpable de la reyerta que le había convertido en asesino. Tras preguntar a un sereno, había acabado en una pensión para viajantes de la calle nueva y a medio construir de San Isidro, en el barrio de la Bendición de Dios, parroquia de San Antonio, que había crecido esplendoroso en las últimas décadas al abrigo del comercio indiano. La parroquia septentrional de la ciudad conjugaba la densidad y construcción vertical con agradables plazoletas y una visión privilegiada del Atlántico. El racional paseo de la Alameda, antigua Caletilla de Rota, en primer término, servía de esparcimiento a la sociedad ilustre de Cádiz, que se asomaba desde el extremo de la muralla a la entrada de la bahía, con las puntas de Rota y Vista Hermosa a lo lejos. El paseo estaba compuesto por tres calles con el pavimento maltrecho por el paso de coches y transeúntes, divididas por tres hileras de árboles.

El domingo no era su día predilecto, sobre todo si había salido la noche anterior, y menos todavía si había compartido la velada con su esposa y sus pretendidos amigos de la sociedad. El presente domingo es distinto para don Ignacio Caparrini, corresponsal en Cádiz de la pujante Compañía catalana de don Rogelio Milà. La noche anterior, antes de salir a la recepción del consignatario Alejandro Prunera, había recibido el aviso del mozo de la corresponsalía. El místico de su apreciado Felipe Curto había entrado en la bahía, con la luz de posición que indicaba que todo había ido bien. Lo que el místico del Habano estibaba en el muelle de Cádiz, declarado hasta el último fondo de fardo, apenas daba para mantener al barco, la tripulación y sus honorarios, mientras el contrabando hacia y desde Gibraltar aportaban cuantiosas ganancias, de las que el Habano y él mismo obtenían el cinco por ciento cada uno. El resto, contribuía a ampliar la Compañía de don Rogelio, un hombre que por convicción vivía con menos lujos que un tendero gaditano. Se aseó y vistió con ánimo, conocedor de que el Habano estaba al caer. Antes de que llegara, quería dedicar un tiempo al café y a regar las plantas del patio.

Geranios, jazmín, una higuera podada como una trepadora, naranjos, daturas, bignonia, rosales, bulbosas y varios ficus requerían un cuidado que, creía, le devolvía la sensatez y aportaba una razón de peso, la del jardinero, para quedarse en tierra y no sucumbir a la llamada de lo desconocido: América, o acaso la locura. ¿Cuántos emprendedores habían dejado su familia en la metrópolis para empezar de nuevo en alguna de las ciudades pujantes de ultramar? Antes de abandonar el dormitorio, observó a su mujer, dormida como una piedra. Detestaba su visión castrante de la realidad. Todo era negativo para doña Filomena Moseguí de Caparrini, hija de un militar de alto rango. Contempló un instante más el desagradable rostro de su mujer, desparramada como un cutral sobre la cama.

Con las manos todavía llenas de tierra húmeda, se sentó en el banco de piedra del patio, revestido de azulejos sevillanos con motivos florales y una alegoría de los cinco sentidos. Se sacó un cigarro y lo encendió con un mixto. Sus dos hijas, ya casaderas, apenas salían de casa sin ir rodeadas de alcahuetas. Se preguntaba si había llegado el momento de plantar cara su mujer, quien se había pasado la vida guardando la honra y el buen nombre de la familia, haciendo de paso la vida imposible a todo el mundo, incluyendo al personal del servicio. Recordó el placer epicúreo de las pequeñas picardías de la vida. El consuelo de los infelices, pensó. Una criada le sacó del ensimismamiento, cuando el sol ya remontaba en el firmamento. "Don Felipe Curto, señor". Siempre puntual, pensó. "Hágale pasar al despacho". Apuró el cigarro mientras sus ojos estudiaban, nerviosos, el porte de la enorme buganvilla, que ocupaba toda la pared septentrional del patio interior, trepando hasta el primer piso y enredándose en los ventanales. No habían sabido hacer frente a la muerte de su hijo, hacía ya más de quince años. El muchacho, debilucho desde la cuna, había forjado la actitud defensiva de su madre, que creía que hasta las pecas de su rostro macilento eran una maldición. Había muerto un primer domingo de octubre, mientras la familia al completo volvía a la ciudad desde la casa de Chiclana. La calesa en que viajaba toda la familia paró de repente, tras la nerviosa frenada de una de las yeguas, que había pisado un panal de abejas. Comprobaron allí mismo que el pequeño era alérgico a la picadura de las abejas. Tras enrojecer y desmayarse en espasmos, dejó de respirar, mientras su boca todavía desprendía copiosa espuma. Sus hermanas se habían referido a él desde aquel día como "el hermano" y su nombre no se había vuelto a pronunciar. Enterró el resto del puro en un macetero, todavía humeante. "Alfonso". Se llamaba Alfonso.

Se llegaba al despacho principal de la casa subiendo por las amplias escaleras de mármol italiano, frente al portón de la fachada principal de la calle del Molino. Un pasillo arqueado, con tres bancos de madera de caoba contra la pared, conducía a la amplia estancia. Felipe Curto aguardaba sentado en el último banco, junto a la puerta, disfrutando de la limpieza y ventilación del espacio. Cuando visitaba a don Ignacio, se aseaba con esmero. Chupa ceñida de paño, camisa con corbatín, calzones ajustados hasta la rodilla y medias; todo limpio. En aquella casa, ni se olían las caballerizas, ni los orines acumulados en la piedra, ni las fragancias humanas conjugaban el sudor acumulado en la ropa con perfumes superpuestos, restos de grasa de la comida y otras fragancias corporales. Nada como ir a ver a Ignacio Caparrini para olvidarse por un día del olor a estiércol, queso rancio, sudor remostado, pescado podrido de las gentes. Las buenas casas de Cádiz ganaban la batalla al olor a mugre con el viento del océano, con un cálido y suave olor a salitre, y el aroma a agua de colonia que sus jardines emanaban cuando, tras ser regados por la mañana, absorbían el sol del mediodía, invitando a la gente a charlar y pasear en las últimas horas de luz. Según la condición familiar, se paseaba por el perímetro de la muralla, la Alameda y las distintas plazas o plazoletas. Porque pasear por el muelle tenía otros nombres.

Se miró los zapatos, que había lustrado antes de salir de la pensión con la manteca sobrante del desayuno. Las hebillas, de latón, tenían un aspecto reluciente. La vida le sonreía en tierra. Oyó los pasos del corresponsal; en un instante, dos zapatos de cuero negro con grandes hebillas de plata se situaron ante él. "¿Cuándo me vas a llevar a dar una vuelta en el místico? Mejor aún, mandamos a tomar viento al catalán y nos hacemos corsarios -Ignacio levantó el índice-. La patente, la tendríamos ganada. Sería cuestión de hablar con el hermano de mi mujer y algún funcionario que nos viera bien, como don Marcelino Guerrero, el marrano de la Casa de Contratación. Haríamos nuestras carreras a Faro, Madeira, Gibraltar... y a vivir". Nadie le alegraba un día difícil como el Habano, que contaba más con su aspecto, gestos y hazañas en la faja que con palabras. "¿Cómo ha ido la carrera? Te vimos anoche entrando bien, así que no nos hemos preocupado". Observó la tensión en el rostro del capitán del San Agustín de Hipona. "Porque no hay nada de lo que preocuparse, ¿verdad?". Ya en el despacho, caminaron hacia el escritorio, junto al balcón del patio interior. La vieja buganvilla del patio daba unas flores más grandes, rojas y espaciadas que las que saludaban al visitante en lo alto de la Puerta de Tierra. El Habano extrajo una nota de la chupa y la puso encima de la mesa. "Me temo que no es tiempo de corsarios, sino que hay que armar un barco para otro tipo de aventuras. Ahí te lo explican bien don Rogelio y su hermano del alma". Ignacio Caparrini se había sentado. Tras empezar a leer la carta, timbrada con suntuosidad, volvió a levantarse y se acercó al balcón, como si un poco más de luz pudiera esclarecer el mensaje. Su tez se cubrió de sudor.

"¿Dónde está ahora el muchacho?¿Por qué no has venido con él?¿Y qué tal anda su herida?". Felipe se tocaba la barba de quince días, cada vez más canosa. Al día siguiente por la mañana visitaría al barbero y aprovecharía para ponerse el colmillo de oro tan anhelado, en honor a la nueva paga. "No te preocupes, es un muchacho fuerte, cumplidor y cabal. No es de los que se pierden por una mujer y una bota de vino y no vuelven a ver la luz hasta que se han gastado los cuartos. He preferido dejarle respirar después de la semanita que le hemos dado en el místico. Sigue aturdido desde la madrugada del domingo pasado, cuando mató al pincho que le había atacado, como esos perros que no responden después de haber visto el zurriago. Le irá bien pasear y ver esta ciudad, que de lo limpia que la tenéis se puede comer en el suelo. El muchacho no se ha torcido viviendo en Barcelona, así que no hay que ponerle un policía de vagos detrás para que se presente aquí por su propio pie un poco más tranquilo y sabio que cuando dejé que se marchara en el muelle. Un catalán de pueblo es duro y recto como un inglés; o, peor aún: un holandés". Ignacio Caparrini ofreció un cigarro a su interlocutor. "Eso es lo que nos puede salvar. Siempre y cuando quienes nos quieren mal no lo encuentren antes que nosotros. En tu lugar, yo le habría traído ante mí anoche mismo, aunque hubiera sido encadenado. Sabes que te respeto y tus razones tendrás para estar tranquilo, pero Cádiz es más grande que la cubierta de tu barco. La ciudad es pequeña, pero porosa y rebosante de chusma, con tanta gente en mar como en tierra. Es difícil salir por la Puerta de Tierra, pero la Puerta de Mar es el coño de la Bernarda".

Ensimismado y más descansado en cuerpo que en alma, Mansió Vilalta salió del pequeño comedor de la pensión, camino de quién sabía dónde. La calle del Molino, donde el corresponsal de don Rogelio tenía casa y despacho, se encontraba justo entre la calleja de la pensión y el cercano baluarte de la Candelaria. De modo que era de ley pasear en sentido contrario, antes de que una conversación con el tal don Ignacio Caparrini supeditara su voluntad individual a fuerzas que ya habían afectado su vida de manera irreversible. Pronto se topó con la plazoleta triangular de la Cruz de la Verdad. Recostado en un muro, un viejo ciego trataba de atizar a su escuálido perro, que esquivaba con el rabo entre las piernas y el hocico derrotista la evidente falta de tino del impedido buscavidas. Pasó a su lado, con el cuidado de quien no quiere entrometerse en escenas ajenas. Le llamó la atención el acento del ciego, castellano viejo, similar al de los funcionarios castellanos compañeros de tertulia del maestro Milà en Barcelona. "Verás como atine, perro hijo-un-ladrón. Vas a llorar sangre, y no por santo. Atiende, Prometeo, que me pierdo y sabes que cuando me pierdo, doy palazos de ciego. Un momento, Prometeo. Ilumina un poco, prenda, que está todo algo oscuro. Ten cuidado, chucho, que aquí ante nosotros pasa un asesino. Hasta un ciego puede verlo". No había oído mal. Se giró hacia el ciego y estuvo a punto de responderle. En cambio, miró hacia la plaza, desierta en domingo. A esas alturas de la mañana, las familias se habían acercado ya a las iglesias aledañas: la de San Antonio, en la plaza con el mismo nombre, al levante; y a la del Carmen, ya en plena muralla septentrional. Apenas había en el lugar un par de muchachos cuidando de carros y animales, además de él mismo, el ciego impertinente y su chucho. "No te me escapes, que te voy a llevar ante la justicia; que no te has ganado la patente para pasear por estas calles. A Cádiz se viene uno confesado, que se acaba sabiendo todo". La voz del ciego retumbaba en toda la plaza. Mansió se alejaba a paso ligero, desconcertado, esta vez hacia el paseo de la Alameda desde el baluarte de la Candelaria, que ya había visitado la noche anterior. Quince minutos después, seguía respirando con ansiedad, aunque rodeado de personas ocupadas de sus asuntos, mientras paseaban. Qué más daba si el ciego podía ver o no. Viendo o intuyendo, era imposible que supiera lo ocurrido en Barcelona una semana antes. A no ser...

Si le habían seguido desde la Puerta de Tierra, bien podrían haberle relacionado con el místico del Habano. Y de ahí a preguntar por el viaje a alguno de sus tripulantes más deslenguados había sólo un trecho. Pero, ¿cómo se describía una persona a un ciego? Paró en seco. Empezó a caminar de nuevo. Volvió a parar. Caminó de nuevo. Quizá, el aguador de la Puerta de Tierra era más que un aguador. Y tenía el tino suficiente como para describir el sonido característico de una persona moviéndose por la ciudad a un ciego que era, quizá, más que un simple ciego. Se acostumbraba a marchas forzadas a mirar la realidad con mayor agudeza. Le iba la vida.

En contra de sus intenciones iniciales, decidió visitar aquella misma tarde al corresponsal de la Compañía pero, hasta entonces, prefería pasar el tiempo en la Alameda: un espacio abierto, en el que se distinguía sin problemas a cualquier persona que se acercara a menos de veinte cuerdas. Desde donde estaba ahora, en el extremo de poniente del paseo ajardinado, hasta su punta de levante, en la Plaza de los Pozos de la Nieve que ahora adecentaba el cabildo de la ciudad, habría setenta y cinco cuerdas, unos mil quinientos pies, suficiente trayecto para que el trasiego de los paseantes dominicales le hicieran pasar desapercibido, pese a acarrear un zurrón y vestir a la catalana. Al fin y al cabo, Cádiz tenía representantes, honorables e infames, de toda España, Europa y ultramar. Si había una ciudad española donde un atuendo singular podía pasar desapercibido, era Cádiz, tan influida por sus familias andaluzas, canarias, flamencas, florentinas, francesas, vascas, catalanas, napolitanas, indianas. Se notaba en el exotismo de los jardines, el lujo europeo de las fachadas y patios interiores, la planificación de los barrios nuevos septentrionales, la variedad de comida y bebida en cafés y mesones. También en la ropa.

Sin el cobijo de los edificios, la brisa del Atlántico mecía los cabellos y los pensamientos. Imaginó las dunas del arenal de la Barceloneta, cuya contemplación le había ayudado a digerir el pesar de los días de soledad en Barcelona, cuando habría sido capaz de volver al Pirineo, para contemplar el Pedraforca hasta el final de sus días. Compró unas naranjas a un vendedor ambulante que aseguraba traerlas de Villanueva del Río, en tierras de Murcia. "Te dejo dos libras por dieciséis maravedíes por ser tú, catalán, que tengo una hija casadera en la casa y te la voy a traer para que la veas, así te tengo como yerno y así yo te vendo si tú me compras". Un piñonero y un heladero de Jijona contribuyeron a completar su almuerzo. "Como estamos en entretiempo, te vendo hoy un helado. La semana que viene te traigo turrón". Un datilero de Elche no le habría hecho más feliz, con sus sombreros de copa baja y brillantes racimos de dátiles del palmeral, como los que vendían los jueves en la bajada de la calle Dagueria, en el mercado de Barcelona. Sin perder de vista su espalda, recogió una rama delgada, algo tuerta para hacer un buen bastón, y se sentó a la sombra de un ombú, ya en la plaza de los Pozos de la Nieve. Rebuscó en el zurrón, hasta recuperar la perfumada carta del veneciano Giacomo Casanova, pasatiempo amoroso de la burguesía y la nobleza europeas. A buen seguro que Casanova había estado en Cádiz y le había agradado la ciudad, pensó. No releyó el contenido más erudito, sino que se limitó a estudiar el minúsculo dibujo al carboncillo que el aventurero había incluido en la epístola. No cabía duda de que era la misma serie de ideogramas con que el mestre Milà había culminado el extremo inferior de los azulejos de la Casa Cortada. Cinco símbolos, los cuatro primeros reconocibles. El quinto, sin embargo, era un mero garabato. Una nota a su pie explicaba la razón: "Non è stato recuperato. Interpretazione". El garabato parecía incluir una cruz en su interior, aunque carecía de la seguridad conceptual que atesoraban los cuatro símbolos anteriores. Tratando de meditar sobre el significado del supuesto mensaje que había estado a punto de costarle la vida, reprodujo con la vara los cinco símbolos en el suelo arenoso de la plaza. Las nubes sueltas escondían el sol con intermitencia. Pasó un rato; con el sol en el cénit, las sombras de árboles y paseantes habían empequeñecido hasta casi desaparecer.

Mingo había empezado su búsqueda con un café en un colmado de la Caleta, con la playa y las casas recién encaladas de la Viña en primer término, el espigón del imponente castillo de San Sebastián al poniente y un horizonte difuminado. La policía de vagos y los serenos hacían la vista gorda en aquel extremo de la muralla, tal era la acumulación de víctimas del jaleo nocturno, entre marineros, militares y balas perdidas de la ciudad. Cometió el error de preguntar a un mendigo por los lugares de reunión y paseo más frecuentados en domingo. No se pudo despegar de él hasta comprarle una azumbre de vino en la calle de San Rafael, a la altura del baluarte de Santa Catalina. Allí se quedó, con el resto del día planificado, ya que no amenazaba lluvia y había víveres para que el espíritu divagara sin preocupaciones. "Dios te lo va a pagar con un viaje bueno y seguro. Hasta el galeón de Manila te va a saber a poco cuando veas lo que se ha preparado para ti". Le habría glosado las hazañas de los conquistadores de pe a pa, de haberse podido convertir por un instante en el rebuscado y gongorino Fray Gerundio de Campazas, el grandilocuente predicador de la novela del Padre Isla. Evitó seguir el perímetro de la muralla hacia el baluarte del Bonete y más allá. La Alameda del Perejil era un lugar de prostitución y barullo de todo tipo, según el buscavidas. Solo de nuevo, bajó por la calle del Sacramento hasta el oratorio de San Felipe Neri, con su fachada reluciente, recién restaurada. Al parecer, le explicó un cochero que aguardaba en la plazoleta de la calle de Santa Inés, el terremoto de Lisboa la había arruinado. Siguiendo las recomendaciones del paisano, que vivía en San Fernando y quiso compartir unos liadillos del que le supo al mejor picadillo que había probado, bajó hasta la calle de la Amargura y siguió hacia el nuevo centro neurálgico de la ciudad, desde el paseo de la calle Ancha hasta la plaza de San Antonio. Nada. Poco marinero y armador en busca de una buena velada de dominó, cartas, damas o lo que se terciase.

Sí hubo café, almuerzo y conversación en un animado colmado, con clientela bien vestida y educada. En una pequeña terraza situada en la esquina de la calle de Junquera, en la cara de levante de la parroquia de San Antonio, conversó con un vetusto caballero. Tenía un porte presuntuoso, con su melena blanca resguardada bajo un tricornio de terciopelo. Su casaca de tafetón y raso, bordada en seda, era tan ajustada que su cuello, alto y rígido, le daba un aspecto aviario, acrecentado por la viveza del color, un azul índigo meridional, adaptado a la luz de la ciudad. Los botones de plata le habrían causado un disgusto a según qué hora en según qué colmados, pensó. "Sin duda, está usted en el lugar adecuado para viajar a Nueva España". Hablaba un castellano algo aspirado, sin llegar a la soltura andaluza. Algunas "o" tendían a "u", si la palabra acababa en la primera local, y ocurría lo mismo con la "e", transformada en "i", como hacían asturianos y leoneses. La difícil localización de su acento, ni castellano, ni leonés, ni andaluz, incrementaba la peculiaridad de su elocuencia, con un inequívoco deje afeminado. Su voz, fina, susurraba hasta el incomodo. Gesticulaba con la mano izquierda, mientras con la derecha, huesuda y pequeña, femenina, giraba un bastón de caña de Indias con puño de marfil. Se interesó por su procedencia. Conocía Portugal y Galicia, y mezcló con criterio referencias a la diócesis de Tui con otras portuguesas. Al fin y al cabo, reconoció, la archidiócesis bracarense había sido la capital espiritual de la Gallaecia romana. "Gallego de Braga o Portugués de Vigo; qué más da -sentenció el amanerado caballero-. Pero no repita usted lo que le he dicho ni en Lisboa, ni en Madrid. Pasa el tiempo y habrá un día en que os consideréis distintos los unos de los otros. Así justificaréis las diferencias administrativas. Un trabajo que conozco bien. Tengo un primo segundo aquí mismo, secretario de la Casa de Contratación. Quizá te interese hablar con él". No sólo el impecable atuendo del viejo afrancesado, sino también su aparente flirteo, evocaban el cacareo de un pájaro tropical. Mingo declinó la oferta. No tenía tiempo para formalidades, contestó con sequedad. Pagó en la mesa y se despidió de su contertulio, que le recomendó pasear por la Alameda, lugar de paseo de armadores y comerciantes poderosos, siempre dispuestos a escuchar a gente honrada y con buen espíritu, sobre todo la que venía con referencias. "Yo las traigo", sentenció. No tenía más que las notas de su tatarabuelo, pero, ¿había una prueba más fehaciente de su buena cuna y el valor de su estirpe que la historia de don Pedro da Boullosa?

Cuando Mingo ya se alejaba en dirección a la plaza de los Pozos de la Nieve, el caballero papagayo recordó su oferta. "Si no hay suerte, puede acudir usted en mi nombre a la casa de mi primo, don Marcelino Guerrero, oficial de contaduría de la Casa de Contratación. Dígale que viene de mi parte. Yo soy Miguel Rubio, pero algún desaprensivo se ha empecinado en llamarme Miguelón. Allá ellos; en fin, le doy el mote por si pudiera servirle en caso de que diera la referencia. Encontrará la casa del señor Guerrero en la calle de los Doblones, en el barrio nuevo de San Carlos. Mucha gente de bien que se lo puede permitir traslada allí su residencia, para despertarse mirando cómo los barcos entran y salen de la ciudad. Pregunte por él y le llevarán. Yo vivo en la calle del Fideo, por si tuviera que localizarme". Adiós y gracias, pensó.

Ya en la plaza de los Pozos de la Nieve, comprobó que el paseo por la muralla era un pasatiempo dominical más popular entre los gaditanos de buen ver que entre los que se habían pasado la noche en tabernas y colmados de jaleo del Boquete, la Merced o la Caleta. Ya era mediodía. Se sentó junto a un montículo de enormes piedras de cantería que servirían, pensó, para erigir un nuevo tramo de muralla, no lejos de un joven que le daba la espalda, cabizbajo. Parecía dibujar algo en el suelo, a partir de lo que quizá fuera era un modelo plasmado en una cuartilla, que sostenía con la otra mano. Aumentó su curiosidad cuando, al levantar la cara, comprobó que conocía al muchacho, también de aire forastero. Había llegado, como él, la noche anterior. Su buque, un mercante de tres palos con vela mediterránea, parecido a las naves catalanas que zarpaban de Vigo y Baiona cargadas de pescado en conserva, había atracado poco después de que lo hiciera él mismo. Recordaba con nitidez la impresión que el peculiar vestir del muchacho le había causado. ¿Estaría buscando, como él, un viaje a América? Quizá tenía algún consejo, o había indagado alguna manera de enrolarse en una tripulación. Se acercó; el muchacho, de espaldas, se levantó y caminó hacia la muralla. Detrás de él, Mingo pasó primero por donde había estado sentado. A la altura del banco que había ocupado el otro forastero, se paró y retrocedió. Sus temblorosos gemelos encontraron el banco y se sentó de sopetón, sin oponer resistencia. "No puede ser". Sacó, nervioso, el cuaderno de su tatarabuelo. El forastero acababa de dibujar, siguiendo el modelo de un documento que sostenía en la mano, el mensaje que Pedro da Boullosa había tratado de descifrar con el miliciano Farragut en la Isla de San Simón, durante la batalla de Rande de 1702. El quinto signo, aunque representado, adolecía del mismo escollo interpretativo. Era un mero garabato. "Dondequiera que lo haya conseguido, merece la pena averiguarlo". Corrió a saludar al mozo, que seguía dándole la espalda.

Mansió sintió que venían a por él. Se revolvió al instante, con el instinto del animal superviviente, el que prevalece, no importa lo duro que sea el invierno. Las peleas invernales con su hermano mayor habían agudizado su visión lateral, presente en los animales que pasaban su vida alerta, ya que un descuido significaba la victoria del predador. Sacó una navaja de la faja y se dispuso a defenderse, lo que sorprendió al joven que se aproximaba a él, delgado, paliducho, con aire ascético. Supo que no era un asesino. Retrocedió y se presentó. "Disculpa, creo que te he asustado. No era mi intención". Tenía una voz profunda, con tono bajo, segura. "Tu barco llegó ayer a puerto y amarró cerca del mío, cuando yo estaba todavía en cubierta". Mansió recordó la escena y bajó la guardia, cerrando la hoja de la navaja. "Últimamente he tenido algunas sorpresas. Créeme, cualquier prevención es poca, si supieras los motivos por los que he acabado en Cádiz". Mingo se explicó. "Mi intención era saludarte. Busco navío para ir a Nueva España, trabajando como un negro y sin cobrar, si es menester. Pensé que podías estar en la misma situación y me acerqué". Su voz sonó ahora distinta, entrecortada, llena de aire. "Cuando he visto eso" -señaló el dibujo junto al banco, a cien pies-. Mansió miró hacia la dirección indicada. "¿Un asiento?". No se refería al banco. "Lo que has dibujado. Me refiero a tu dibujo". Señaló con el dedo su morral, pidiendo permiso para mostrar algo. "Déjame que te enseñe el cuaderno de mi tatarabuelo, Pedro da

Boullosa, de Anceu, parroquia de Santo André, en el señorío de Soutomaior, diócesis de Tui". Parecía un monje teólogo. Hablaba como un monje teólogo. Pasó las páginas con rapidez y seguridad, ayudándose con dos dedos, mientras sostenía el cuaderno por el lomo con la otra mano. Lo encontró. Mostró el dibujo que había hecho su abuelo. Mansió abrió sus ojos y recuperó la actitud defensiva. "¿Por qué has copiado lo que he dibujado? ¿Sabes lo que está dispuesta a hacer la gente para extraer información relacionada con ese dibujo? No estarás pensando que me voy a creer que eso es de un antepasado tuyo, ¿verdad? Y, si fuera verdad, ¿qué? ¿Quieres dinero, o acaso esperas a que te aplauda por ello?"

A los diez minutos, conversaban animados. Mansió creía la versión del gallego. Le propuso algo. "Domingo, tienes que acompañarme a ver a una persona esta misma tarde. Se llama Ignacio Caparrini. Es corresponsal en esta ciudad de la Compañía de Rogelio Milà. Él nos puede ayudar con el dibujo. Quizá también con tu viaje".

Pronto, Mingo averiguaría que los versos en latín que Giacomo Casanova relacionaba con los símbolos en su carta, habían sido pronunciados, en gallego, por su abuela dolores, mientras le sanaba la herida en la pierna que se había hecho en la "veiga", cuando cuidaba las vacas. ¿Otra coincidencia?

Mansió notó que Mingo tocaba el costado de su vejiga con insistencia. "¿Andas malherido?". Mingo sonrió. "La explicación es más sencilla". Introdujo su mano izquierda en bolsillo interior de su calzón y extrajo de él a Pedriño, su inseparable y sonriente viejo soldado de plomo. "Es una figura grande. ¿Cuánto mide, diez pulgadas?". No era molestia para él. "Este es como de la familia. Adonde vaya yo, él entra primero". Ambos sonrieron. Necesitaban relajarse y Pedriño se lo había permitido.

TRISKELION por Nicolás Boullosa

9. El señorito gaditano

Mansió sacó un paño del chaleco y se secó el sudor de la sien. Respiró hondo. Las olas rompían con regularidad bajo la muralla, asomándose a la Alameda para recordar la vocación marinera de los buenos gaditanos, que paseaban mudados y relucientes. El Pastoret y su acompañante gallego no pertenecían a ese plácido mundo, entre versallesco y napolitano, del que tanto habría disfrutado el rey Borbón tras una jornada de caza. Las flores y arbustos dibujaban una agradable segunda línea de defensa de la ciudad tras los cañones de los baluartes, un disciplinado ejército de tierra protegido por enormes ficus en la retaguardia, emulando la caballería. Exotismo botánico, orden racional, pulcritud. El corsé urbanístico de la Alameda era el balcón borbónico al mar, una declaración de intenciones para transformar la autónoma e ineficiente burocracia de Indias en un moderno ejército funcionarial que rindiera devoción al progreso de la metrópolis. Mansió y Mingo eran dos exponentes del drama ibérico que contradecía la idea de Carlos III y sus dos predecesores: para los altos funcionarios de Cádiz y Madrid, los Pirineos y la ría de Vigo eran tan lejanos e ignotos como la frontera septentrional de la Luisiana. Como en un rito ancestral proferido por los fenicios que habían fundado la ciudad, los dos muchachos se ofrecían al porvenir ante las olas del mar. Certificaban su candidatura para proseguir su existencia en Nueva España y más allá.

El deficiente castellano de Mansió rivalizaba con el español galleguizado de Mingo, que hablaba con la claridad y vehemencia de los retóricos de salón. Allanaba sus proposiciones para ser comprendido, pero su búsqueda del verbo preciso estaba más cerca de los libros que de las tabernas y los romances de ciego. El castellano del gallego sabía a pan de centeno y discurría con la pausa y seguridad del carro de bueyes familiar. Mientras se amoldaba a la conversación, Mansió dudaba si explicar lo ocurrido en Barcelona, acontecimiento que llevaría su vida a miles de millas del hogar de Cal Ros, donde la brasa de los Vilalta siempre permanecería encendida. Desde Castellar de N'Hug, la aldea agazapada en las laderas del Cadí, había soñado años atrás con aventurarse más allá del Pedraforca; quizá incluso a Barcelona. Ahora Barcelona también quedaba lejos. Pronto también lo estaría España, esa construcción administrativa castellana que se había empecinado en crear un único pueblo ibérico, que sólo funcionaba como un reloj en la distancia. Las colonias de ultramar confundían Castilla con España. Por eso, si no era castellano, el evangelizador se "evangelizaba" primero a sí mismo con la doctrina administrativa ibérica de raíz castellana, para proseguir con los indígenas que le tocara administrar, a menudo más competentes con el castellano que el propio el colono, como ambos muchachos comprobarían en unas semanas.

Mansió advirtió la curiosa manera en que el gallego se refería al tiempo presente. Usaba un tiempo verbal pasado, para él remoto, tan exótico como los gigantescos ficus del paseo por el que discurrían ahora, directos al todavía lejano baluarte de la Candelaria. "Pensé que era una buena idea explicarte cómo llegó este papel a mis manos". Mingo volvió a mostrar el pliego escrito por Pedro da Boullosa. "¿Cuándo lo pensaste?", respondió Mansió. Al cabo de unos minutos, habituado ya al extraño presente verbal del gallego, formulado en un pasado mágico e indefinido tan brumoso como la aldea de la que procedía, Mansió lió dos cigarros, uno de los cuales extendió a su contertulio, que proseguía con la biografía de su antepasado. "Como ocurre a menudo, la muerte sin descendencia de un rey que nunca viste, quisiste ni defendiste te puede cambiar la vida, sobre todo a los quintos como nosotros. Pero, en situaciones extraordinarias, una guerra de sucesión puede 'afetar'". Mingo se comía por norma el fonema 'c' gutural, aumentando la complicación interpretadora. Las guerras de sucesión destrozaban el devenir de varias generaciones. "No sólo 'afeta' a los nuevos, sino también a los viejos, a los rapaces y a los que todavía no llegaron. Y, cuando faltan los quintos para trabajar y los viejos para cuidar la casa, sólo queda la tierra. Carlos II, el último Austria, había muerto sin descendencia, corto de todo y bobo como era. Menuda jugarreta que nos hizo el último 'peixefrito' alemán". Mansió tradujo sin problemas la curiosa palabra, "peixefrito". Sólo tenía que inventar un calificativo similar en catalán, "peixfregit". Y claro, un "peixfregit" no podía ser interpretado como un halago, cuando aplicado a una persona. Carlos II el "peixefrito". Se reafirmó en su primera impresión y certificó que, por norma, el aspecto de las personas avanzaba su manera de discurrir. Su interlocutor era alto y paliducho, con frente despejada y ojos separados, algo melancólicos y cansados, quizá de leer. Mingo, el joven caballero atlántico, seguía con la historia. "Pedro da Boullosa había sido ya abuelo cuando fue llamado por el Príncipe de Barbanzón para defender la ría de Vigo en una milicia de bachilleres de los alrededores". El Príncipe de Barbanzón. Aquel nombre le sonaba tan lejano y fantástico como los reyes y príncipes mencionados por el mestre Milà cuando, mientras trabajaban, le narraba las historias de un antiguo aventurero veneciano llamado Marco Polo. Príncipe de Barbanzón. Galicia era, al fin y al cabo, el fin del mundo antiguo. Un lugar así necesitaba nombres evocadores, campanudos. "La flota española de Indias se había ocultado en el fondo de la ría, a la espera de que una escuadra de ingleses y holandeses que andaba tras ellos pasara de largo. Habían fracasado en la conquista de Cádiz y, de vuelta a casa, se habían topado de bruces con los galeones españoles, cargados hasta la bandera de oro, plata y mercancías nobles". Antes de proseguir, Mingo miró hacia la Candelaria y, a continuación, hacia la bahía. "Las defensas de Cádiz resistieron sin problemas al ataque del tal Rooke, el almirante inglés. Como ya comprobaste tú mismo, esta ciudad tiene más fuertes, baluartes y destacamentos militares que iglesias; e iglesias, no faltan. Ya me entiendes. Pero no hubo la misma suerte en Vigo. Los barcos españoles iban escoltados por fragatas francesas". Sonrisa irónica de Mansió. "Siempre ayudándonos, los gabachos. A cambio de nada, claro". Mingo abrió las manos y sonrió. "Nos borraron del mapa y hundieron toda la flota. Pedro da Boullosa vio la batalla desde un pequeño islote en la ensenada, llamado de San Simón, que siempre tuvo iglesia y monasterio, abandonado por sus primeros dueños. Pertenecieron a órdenes declaradas heréticas". Mingo buscó en los ojos de su contertulio una señal que le permitiera medir su interés en la historia. No la encontró. "Allí, en un pequeño monasterio en ruinas erigido siglos antes, sobre un islote aislado de una remota ensenada: junto a su puerta, mi tatarabuelo encontró los signos que tú mismo dibujaste allá atrás en el suelo". La isla de San Simón es, en esencia, el paisaje que los paisanos de Galicia nos gustaría ver desde la ventana, musitó Mingo. Pura morriña, cuando apenas había salido del saúco atlántico que era Galiza. Galicia.

"¿Qué relación puede haber entre la inscripción en una piedra de una ruina tan antigua que se perdió en la memoria, y nuestra propia vida?", preguntó Mingo. Alguien -¿algo?- les ponía a prueba con una proposición metafísica digna de Aristóteles, respondió el gallego. "¿Qué?". Caladas de los dos paseantes hasta apurar los liadillos. "No te preocupes -respondió Mingo-. Una broma sin importancia". Señaló el baluarte de la Candelaria, avanzado a la muralla para enseñar sus cañones a quienes, como Francis Drake o el propio George Rooke, habían sitiado la ciudad sin poder tomarla. Las casas que se abrían a la Alameda, todavía la Caletilla de Rota o "la Caletilla" a secas para muchos, eran el balcón de la burguesía gaditana. Solteras con alcahuetas, niños con sirvientas vestidas de librea, matrimonios jóvenes y de mediana edad, abuelos con nietos.

Ajenos al mar, ambos habían sido seducidos por la Cádiz más fresca e impúdica, que crecía al cobijo de la Puerta de Mar, la de los comerciantes y marineros que atracaban en el muelle. La Puerta de Mar se abría al ruido y la hediondez de la plaza de San Juan de Dios con la crudeza seductora de una prostituta oliendo a un desaliño de mugre remostada y perfume barato. Ya pensaban, sin embargo, en su viaje desde la otra Cádiz, la de las formas y el comercio, con familias que rivalizaban por la finura de las fachadas de sus casas. Allí, el olor a taberna y la vida al límite de las criaturas que, como las ratas, viven al abrigo de un puerto concurrido, era sustituido por la cuadrícula ajardinada de la burguesía, un mundo tan ajeno para ellos como el trasiego del propio puerto. La Cádiz de la Alameda era recatada, educada, con mirada moderna e incisiva, aunque entorpecida por el velo de encaje y la responsabilidad de la dote. Una niña de buena familia que sabía seducir con un gesto, sin enseñar siquiera la pantorrilla. La furcia frescona y la señorita bien que amaga su flor aguardando el matrimonio perfecto que nunca llega. La misma ciudad.

Mingo aparcó la historia de Pedro da Boullosa y se dirigió a la balaustrada de la fortificación, tras observar callado una fuente, coronada por una figura clásica. "Mm. Puede que sea mármol de

Carrara; en cuanto al héroe... Hércules, sin duda". La escultura clásica y contenida había desaparecido, como también lo habían hecho la arquitectura y la pintura de los grandes maestros. A cambio, la verbosidad del barroco tardío se había extendido como la lepra. Miró hacia el mar, melancólico. Las farolas y los bancos sevillanos invitaban a disfrutar de la ventosa tarde otoñal. Dirigiendo su mirada hacia El Puerto de Santa María, en el otro extremo de la bahía, recordaría el paseo y la vista privilegiada de aquel instante, que rememoraría en su carta a Inés. Habría colocado los bancos y farolas que se asomaban a la bahía de Cádiz, con su barroca majestuosidad y reminiscencias mudéjar, en la sinuosa y encharcada corredoira que conectaba la humilde casa de su rapaza con el suave otero que albergaba la iglesia y el campo de la fiesta, en lo alto de Anceu. Por un instante, cada paso y ademán muscular recordaron la vieja danza de la fiesta. La misma que había fundido su energía con la de Inés, en una simbiosis primigenia. ¿Que había sentido Pedro da Boullosa interpretando los mismos pasos? Sincerándose consigo mismo, desconocía si en el futuro sus hijos danzarían el último domingo de septiembre en la Festa das Dores, como sus antepasados y él mismo habían hecho. De momento, desconocía si el viaje a América tenía un trayecto de vuelta. Ni se sentía Odiseo, ni tampoco un argonauta. Sin embargo, el misterio que le había unido al honesto y tosco catalán le evocaba las epopeyas antiguas. Dudaba que Inés quisiera convertirse en Penélope, de quien la rapaza nunca oiría hablar. Las aldeas gallegas se llenaban de mujeres, nuevas y viejas, casaderas y madres, que destejían de noche lo tejido de día, emulando sin saberlo a la esposa de Odiseo. Imaginó a su madre preparando la comida del cerdo con las sobras del día anterior, en la penumbra de la cocina, charlando con la vieja Placeres y su amada Inés. Y las ánimas de la familia también estarían representadas, con la esencia etérea de Pedro da Boullosa buscando acomodo junto a ellas, escuchando historias y tejiendo y destejiendo voces y hazañas de la familia. Suspirando por el rapaz. Ay, meu Mingo, que salió para Santiago y acabó en México.

El aguador de la Puerta de Tierra había observado a los dos forasteros desde la calle de los Doblones. Con el gallego y el catalán perdidos en el otro extremo del paseo, el viejo cruzaba ahora la plaza de los Pozos de la Nieve. El sol resaltaba las costras y las pequeñas líneas grisáceas y sinuosas que la sarna había trazado en su cuello, rojo y arrugado. Caminaba fardando junto a su borrico, a cada cual con las fosas nasales más abiertas, contentos de desprenderse de la hediondez portuaria de su trasiego cotidiano por el Boquete y la Merced. En la carreta, los cántaros llenos de agua fresca, lista para ser servida a los paseantes. El reclamo perdía atractivo con el aspecto de animal y aguador, que acarreaban consigo una nube de insectos, con todas las especies de los cenagales del Trocadero y Sancti Petri representadas. El sol de octubre, algo más bajo que el del estío, todavía calentaba en los días ventosos y despejados. Las nubes altas de la mañana ya se habían disipado hacia el levante, y ahora ensombrecían El Puerto de Santa María, camino de Jerez de la Frontera. "Agua fresca, señora, que su hija se le desmaya, y no sabrá si son hieles de amor o sed. Aquí anda Perico el Aguador, caballero, con el agua más fresquita de 'tó Cai', palabra de honor". Y, oliendo la frescura de la brisa marina, enroscada en los árboles de la plaza y la Alameda, se arrancaba con una tonadilla, tomando la energía lumínica de los rayos del sol, como las plantas. "Quien quiera ver torero / de fantasía, / aquí está este real mozo / de Andalucía, / sin deshecho ninguno / de abajo arriba. / ¡Esta sí que es pierna! / ¡Este sí que es cuerpo!". Alguna moza despistada sonreía entre dientes, con la mano en la boca. Detuvo la carreta en un punto de la plaza donde no había clientela; sí un banco para descansar, junto a un imponente ombú, cuya copa empequeñecía al burro y la carreta. Prefirió el viejo sacar un papel y copiar algo, sin levantar la cabeza del suelo. Al instante, prosiguió la marcha entre silbidos, tonadillas y picardías edulcoradas, adaptadas a todos los públicos, que el agua sólo se vendía en la Alameda si no se espantaba a las alcahuetas. "Buenos días". Se paró junto a él un caballero de estatura media, con pelo canoso y vestuario tan sobrio como bien cortado, a la altura de las mejores sastrerías de Londres o Nueva Inglaterra; acaso Virginia. Calzón corto amarillo de lana abatanada; chupa beige de seda con botones de marfil, en los que había una pequeña insignia; y frac azul marino de seda listada, ajustado al cuerpo, con cuello vuelto y botones de plata. Forastero. Por el acento, inglés o irlandés. Quizá antillano de las Indias Occidentales, o acaso "americano" de las Trece Colonias.

"Buenas tardes son ya, señor". El viejo aguador sirvió un vaso de agua sin despegar sus ojos de los de su cliente. Se conocían. Le extendió el vaso de agua, junto a un pequeño papel que se extrajo de la raída y descolorida chupa. "Si conocieran el último símbolo, el muchacho lo habría reproducido en el suelo, ahí adelante. Tiene un nuevo amigo, un desconocido que no nos interesa, pero no habría que quitarle los ojos de encima: les he visto mirar papeles y discutir con más aspavientos que dos italianos. Me consta, por el ciego y la Juani, la fulana del comerciante Alberti de la calle del Fideo, que el chaval todavía no ha visto a Caparrini. No sé qué traman, pero el visitador podría estar al corriente". El caballero inglés frunció el ceño. Se guardó el papel y puso su mano izquierda en la punta del tricornio, saludando al viejo, mientras con la derecha hizo sonar un duro de plata en el viejo pote de hojalata, donde apenas había un puñado de maravedíes. "Bonito burro". El aguador se esfumó de la plaza sin haber vendido más que el agua que ya tenía ganada de antemano. Qué tiene de malo el burro, pensó, mientras se fijaba en sus grandes y expresivos ojos, rodeados por moscas y algún tábano con más sangre en su organismo que el escuálido équido.

Miguel Rubio había aprendido a convivir con sus necesidades biológicas y amatorias más inconfesables. De chico, en Hervás, había forjado su personalidad, cínica y a prueba del martirio cotidiano provocado por la burla de sus hermanos y el zurriago de su madre, mientras el padre viajaba para comerciar productos de huerta y administrar, sin que se notara su presencia, la botica de Plasencia y la barbería de Coria. Un cristiano nuevo desvivido por ofrecer los mejores productos de huerta y, a la vez, crear los mejores remedios y emplastes, podía ser acusado de cualquier cosa, desde brujería hasta envenenamiento. Rabo no tenía, ni su ropa olía a azufre, pero su origen judío le obsesionó hasta tal punto que se convirtió en el beato más ferviente de Hervás. Eso sí, guardaba un puñado de libros en árabe y hebreo, una peligrosa herencia familiar, que sepultaba después de consultar bajo las pesadas baldosas de barro cocido de su alcoba. A Miguel nunca le dolieron las palizas de su madre; el dolor físico era superficial, pasajero. La burla de sus hermanos y el desprecio que siempre le profirió su padre forjaron su viaje a Cádiz. Nació zurdo, y Lorenzo Rubio exigió a su mujer que, si el niño quería usar la "siniestra", había que enseñar el palo. Cuando sus ademanes mostraron más afinidad con los de Fernanda que con los de sus hermanos varones, la preocupación se convirtió en desdicha para los padres. Infierno para Miguel Rubio, pronto "Miguelón", un mote que debía a su fragilidad femenina. Miguelito era sarasa, pero le iban a quitar el vicio con el cinto. Si la desviación de escribir con la izquierda se había corregido, el seminario de Coria extirparía su demoníaco afeminamiento, propio de conversos sodomitas. Sólo había algo peor que un hijo maricón. Que tu hijo fuera un cristiano nuevo maricón. Desde que había llegado a Cádiz, tras abandonar su trabajo de aprendiz treintañero en la botica de Plasencia, Miguelón de Hervás había alternado un escrupuloso respeto por el trabajo en la Casa de Contratación con fines de semana desbocados. El sábado por la noche salía a rendir cuentas con las palizas de su madre, las burlas de sus hermanos, el desprecio del padre. Cazaba con la sabiduría y pulcritud de un gato viejo; no se molestaba si existía un cierto riesgo y atacaba con precisión implacable cuando la presa no suponía un riesgo para su otra vida, la de respetable ciudadano, soltero de oro, funcionario de la Casa de Contratación y primo del ilustre don Marcelino Guerrero, oficial de contaduría de la institución.

La madrugada anterior había estado a punto de ser molido a palos en un colmado de sarasas de la calle de Santa Catalina, en la Caleta, al que acudía a menudo. Un antro apenas iluminado con unas velas junto a la barra y con butacas de vaqueta siguiendo la pared, repletas de caballeros bien situados que corrían una o dos veces a la semana a verse con muchachos, algunos de ellos apenas adolescentes. Tras hacer gestos a un púber, había estado a punto de pegarse con un agresivo forastero con acento inglés. Al parecer, ambos se disputaban el mismo trofeo, y él había perdido; un comentario cáustico le había puesto al borde de la pelea, quizá el duelo. Sábado noche nefasto, domingo no menos aciago: por primera vez en mucho tiempo, había mezclado su vida menos confesable del sábado por la noche con su impoluto comportamiento diurno en torno a su barrio preferido, el aristocrático de San Antonio, con los palacetes y tiendas de la calle

Ancha, o las terrazas de la Plaza de San Antonio. Se arrepentía de haber perdido el juicio por el muchacho con acento gallego, que buscaba indicación y se había topado con un viejo mariquita que le guiñaba el ojo. Las indirectas de la Víbora, la mujer de su primo Marcelino, así como los avisos generosos de su amiga Bienvenida, la mujer del boticario de la calle de la Torre, daban fe de que su doble vida era la comidilla de las tertulias.

Se levantó de la mesa y se arrastró a comer, cruzando la plaza con más pena que gloria. Esperaba desvanecerse y huir para siempre de sus debilidades, que le atormentaban más por la fragilidad anímica que causaban que por el rechazo eclesiástico. Sodomita converso. Entraba dentro de los planes de todo fervoroso creyente con intachable linaje. "Menudo domingo de mierda". Recordó las fechorías que más odiaba de chico, orquestadas sobre todo por Benito, su hermano mayor. Un día, su hermano se acercó fumando un liadillo y le instó a mirarle a los ojos. "Verás cómo de mis ojos sale humo", dijo. Mantuvo la mirada hasta que notó cómo, mientras tanto, su hermano le quemaba la palma de la mano. O el día en que le invitó a frotarse los ojos tras, en un apretón de manos, haberle untado los dedos con raspadura de guindilla. ¿Huía todavía de las lejanas encerronas? Giró a la derecha, en la calle de la Bendición de Dios. Apenas quedaban cien pies para el portalón de su casa, un edificio alquilado de dos plantas junto a la floreciente calle del Fideo, en la siguiente encrucijada. Ser pariente de don Marcelino Guerrero le había reportado beneficios, incluido el más que favorable alquiler de la casa. Y responsabilidades. Observó la buganvilla y los geranios en el balcón. A comer lo que hubiera preparado la Chari, su criada para todo y confesora; después, siesta. Si ningún imprevisto cambiaba sus planes.

Se lavó las manos en la fuente y se las secó con un trapo, que se pasó luego por la cara. Martín Capelo había aparcado por un rato sus aires de caballero templario. Recostado contra la fachada de la iglesia de San Francisco, comió con deleite la mitad de la cecina, los higos secos y el pan sobrantes del viaje, a la sombra de un naranjo. Guardaba el resto para la noche y el desayuno del día siguiente, si ocurría algún imprevisto y no encontraba a su tío Miguel. Había sido una mañana provechosa, observando el trajín de la Aduana y de las casas comerciales instaladas junto a ella, en la imponente fachada de levante de la ciudad: calles de la Aduana Vieja, de Pedro Conde, del Baluarte, de la Puerta de Sevilla y otras tantas de las que ya había olvidado el nombre, pero no cómo llegar ni cuánta actividad registraban incluso en domingo. Caminaba ahora por la calle del Tinte, en dirección a la del Fideo: había llegado el momento de picar en la puerta de su tío. No tenía pensada una historia, una excusa, acaso un discurso más o menos solemne, que destacara el carácter trabajador y honrado de la rama familiar que compartían, ni cualquier otra pamema. Quería irse a América y lo conseguiría con la ayuda de su tío o sin ella, pero el viento a favor agilizaría sin duda cualquier trámite. Su cuerpo reaccionó con un sudor frío. Improvisaría. No era necesario engañar a nadie. Pensó en la jaca que le había traído a las puertas de Cádiz desde Salamanca, sin descansar un solo día. En Nueva España, se procuraría un buen caballo que no abandonaría. A no ser... Si tenía que volver por algo, quizá fuera para casarse con Ximena en la iglesia de las Lástimas de Cambroncino, acompañados por la flauta y el tamboril de festejo sonado. ¿Habían vuelto los extremeños conquistadores a sus tierras de origen después de la aventura? Se lamentó de no haber leído sobre ellos en el seminario de Coria. Tras el cruce de la calle del Aire, que hacía honor a su nombre, contaba ya los números de la calle del Fideo, esperando toparse con la casa donde, si no había cambiado de dirección sin avisar a la familia, vivía Miguel Rubio, Miguelón el de Hervás para la sociedad gaditana. De la calle de Marzal, a apenas cien pies más adelante, aparecieron dos jóvenes charlando. Una corazonada le impelió a ocultarse en el primer portalón a su derecha. Pequeña ciudad: reconoció al forastero que también se hospedaba en su posada, con quien había coincidido ya en tres ocasiones; la noche anterior y esa misma mañana, en el comedor del Mesón Nuevo, y ahora en el otro extremo de la ciudad. Sin duda, buscaban como él un viaje a América. Recordando la conversación de esa misma mañana entre el gallego y el mesonero, decidió seguirles, por si la coincidencia se convertía en oportunidad.

Mansió había decidido confiar en el tal Mingo. Su aspecto mesiánico le evocaba el de los viejos monjes franciscanos franceses, altos y encorvados, que ayudaban a los tullidos del Raval en Barcelona. Su manera de hablar era apacible, con timbre grave y apagado, sin la agresividad juvenil que tantas veces aborrecía en sus amigos. Tenía la sensación de conocerle desde hacía tiempo, quizá porque veía en sus gestos y su conversación, contenida y dócil, la fuerza del argumento. Su amigo el taciturno Climent Ballonga, Climentet, o el propio mestre Milà, otorgaban un respeto sincero al interlocutor similar al practicado por Mingo. Señal, pensó, de buen fondo. Tras la charla por el baluarte, habían seguido el perímetro del poniente de la muralla, más allá del vértice septentrional que ocupaba la iglesia del Carmen, que se asomaba a las balaustradas de la Candelaria. Se distrajo un instante con el aspecto del templo, cuya fachada estaba flanqueada por dos espadañas barrocas con un aire exótico, mestizo, una muestra más del próspero comercio de Indias. Santa Maria del Mar, ejemplo de la fuerza comercial de los mercaderes barceloneses de antaño, contenía su belleza, desnuda y esbelta. En cambio, las nuevas iglesias de la ciudad, Sant Felip Neri y la Mercè, que todavía se construía, eran mampostería rematada con tantos adornos que el edificio desaparecía tras ellos, decía el mestre Milà. Ocurría lo mismo con la iglesia del Carmen que ahora observaba junto a Mingo. De tan emperejilada, la iglesia se desvanecía entre las espadañas, como ocurría con las mozas de buena condición que había observado durante el paseo por la Alameda: los velos y mantoncillos de encaje para cabeza y hombros difuminaban su rostro. No dudaba de que, al menos algunas de ellas, tenían rostro, cabeza y cabello dignos de abandonarse a la brisa. Demasiado arreglo desdibujaba las mejores baldosas, había aprendido en el taller de Ramon Milà.

Por segunda vez en unas horas, pasó, esta vez acompañado, por la Plaza de la Cruz de la Verdad, ahora más concurrida, sobre todo con los maleantes que se despertaban del trajín de la noche anterior en la Caleta. Junto al humilladero de su centro, había un corrillo de gente que atendía a una historia y reía. El mozo de la pensión le había explicado por la mañana, recomendándole un paseo por la placeta, que los gaditanos la llamaban de la Cruz de la Mentira, al estar frecuentada por romanceros ciegos y desocupados que explicaban los correveidiles de la ciudad, mezclados con nuevas de España y ultramar, a menudo tergiversadas. El ciego que le había acusado de asesinato esa misma mañana sabía lo que se decía. Su propia experiencia le recordaba que cualquier cantamañanas podía clavarle un puñal. Aceleró el paso. Mingo no se extrañó por la prisa súbita. El Pastoret tomó un callejón hasta la calle del Fideo, dispuesto a llegar cuanto antes a la casa de don Ignacio Caparrini. Sin girar la mirada hacia su derecha, percibió el movimiento, rápido y esquivo, de una figura que se desvaneció al instante, quizá escondida en un portal. Intentó convencerse de que sólo un animal se escabullía con tanta sutileza, despavorido como una rata, ante la presencia de personas. Será un perro. Mingo reaccionó al reflejo asustadizo de Mansió girándose hacia la derecha. Ante él, sólo una calle larga que se desvanecía a lo lejos, en un punto de fuga que captaba la luz de la primera hora de la tarde. Dos mujeres de mediana edad caminaban hacia ellos, con vestidos de muselina encarnada y un mantón sobre los hombros aportando el único movimiento en el centro de la perspectiva. Nada más. De haberse girado con sólo un instante de antelación, habría reconocido al forastero vestido de negro que se hospedaba, como él, en el Mesón Nuevo, al otro extremo de la ciudad. Cortaron por la elegante calle de San Isidro. Mansió evitó mencionar que había pasado la noche en la pensión que ahora dejaban atrás. "La siguiente calle paralela a la del Fideo, que acabamos de cruzar, se llama del Molino. Ignacio Caparrini, el corresponsal de la Compañía de Rogelio Milà, vive justo aquí". Señaló a la derecha de la manzana de casas de tres plantas, recién encaladas, dispuestas frente a ellos. A apenas cincuenta pies, en la esquina con la calle Bendición de Dios, se erigía la fachada de la casa de don Ignacio. Comprobó el número en la nota del mestre. Se quitó la barretina, que le había acompañado desde que dejara los Pirineos para trabajar en Barcelona; aguantándola con las rodillas, se escupió en ambas manos y adecentó su melena, que volvió a recoger bajo la cofia. Mansió imitó a su conocido y trató de componerse, sacudiéndose el polvo de la chupa, corta y entallada, cuyas mangas de paño, estrechas y cortas, conservaban los lamparones de grasa acumulados desde que partiera de Anceu. Mientras se sacudía, miró el umbral de la puerta y, acto seguido, se fijó en el dintel. Agarró el antebrazo de su acompañante, señalándole algo con la mirada. Allí estaba, labrada sobre la piedra, una nueva reproducción de los cinco ideogramas misteriosos que acababan de unir sus andanzas, aunque con una salvedad: el quinto signo se había interpretado, quizá a petición del dueño de la casa, como una mera cruz. Entraron. Una sirvienta, vestida de librea, les recibió al pie de las escaleras de mármol.

Asomado con cuidado desde la calle de San Isidro, Martín observó cómo los dos muchachos cruzaban el portalón. Decidió hacerse un liadillo y esperar unos minutos. Acababa de pasar la casa de su tío; la visita a Miguelón, que no le esperaba y sólo sabía de su existencia por las cartas de su madre, podía esperar. Apuró, nervioso, el pitillo, y decidió acercarse a la puerta de la casa que había engullido al forastero del Mesón Nuevo y su acompañante. Era una fachada sobria con portalón, amplios ventanales y balconada en el primer piso. En una de las piedras del dintel había una marca, un lugar demasiado expuesto como para tratarse de la firma del cantero. Conocía la vieja práctica de los picapedreros; al fin y al cabo, los sillares del castillo de Granadilla estaban firmados con pequeños símbolos, por distintos canteros olvidados por el tiempo. Se fijó en la piedra en cuestión. Reaccionó retrocediendo un par de pasos sin ser consciente de ello, al comprobar que eran los mismos signos labrados sobre la puerta de la casa de su tía Conce en La Alberca... Y en el sello de su abuelo... ¿Qué tenía el Colorao que ver en toda la componenda? En ambos casos, el recuerdo era demasiado fresco como para equivocarse en la apreciación. Todavía en la calle, describió dos pequeños círculos, tratando en balde de hallar una explicación. Se encontraba ante la fachada de una casa nueva, erigida en un barrio que apenas había sido finalizado, de modo que la piedra apenas tendría una década, si llegaba. En cambio, la casa de la tía Conce era tan antigua como la casona de la familia en Granadilla. La distancia temporal y geográfica de   éste y los dos edificios de la Transierra coincidía con el seguro desconocimiento mutuo de sus dueños y los antepasados de éstos. A no ser... Bien, dos familiares suyos vivían en Cádiz. Tanto su tío Miguelón, al que visitaría en un rato, como don Marcelino Guerrero, completos extraños para él, conocían a buen seguro a la tía Conce, aunque fuera sólo por referencias familiares. Puede que se hubieran hospedado con ella en los viajes por la Transierra, antes de partir hacia Cádiz; y quizá supieran del sello del Colorao. Una relación entre el dueño de la casa ante la que se encontraba, y cualquiera de sus dos parientes, podía explicar la existencia del mensaje críptico en el dintel. Esa misma tarde, pensó, saldría de dudas y preguntaría a su tío Miguelón sobre el entuerto. No dio con ninguna otra hipótesis plausible. "Chiquita coincidencia. Vengo al extremo de España y me encuentro con la puerta de la casa de mi tía Conce en La Alberca". Meditó un instante, caminando en círculo; cruzó el umbral y esperó a que le recibieran. La criada, al observar que ante ella había otro joven forastero que era incapaz de relacionar con las tripulaciones de la compañía, preguntó si acompañaba a los dos jóvenes que habían preguntado por "don Ignacio" hacía unos minutos. "No. En cualquier caso, me gustaría hablar con el señor de la casa, si no es molestia. Me gustaría aclarar algo con él". Ante el silencio de la criada, que seguía mirándole a los ojos sin responder ni pestañear, aclaró: "no me malinterprete... Es que hay una inscripción en el dintel de la puerta. He visto el mismo mensaje labrado en piedra en un lugar muy lejano, de donde vengo, y siento curiosidad por saber a qué se debe". La criada agradeció la explicación invitándole a ascender por las escaleras de mármol. "Espere aquí. El señor Caparrini saldrá a recibirle. ¿A quién anuncio?". Se sentó en el último banco de caoba del pasillo arqueado que precedía la estancia principal del primer piso, el mismo que había ocupado Felipe Curto, el Habano, apenas unas horas antes. "A Martín Capelo y Rubio, de la casa Capelo de Granadilla, diócesis de Coria".

Ignacio Caparrini había recibido apenas unos minutos antes, sorprendido, a "dos huéspedes". "Señor, vienen a verle dos jóvenes. Don Marsión Villalta y Domingo Antonio Baldosa. O algo así". Había acabado de comer a la una y, tras leer algunos panfletos, el Habano le había explicado la historia del chico. No había embarcado con amigos, no era viajado ni de buena familia y nunca había estado en Cádiz. Extraño que llegara acompañado, si no se le conocían más compadres que pudieran responder por él en la ciudad que él mismo y el capitán del San Agustín de Hipona. "Que pasen".

El corresponsal había caminado hacia la puerta de la sala noble de su casa, amplia, lujosa y bien iluminada, que empleaba como despacho de la Compañía de don Rogelio Milà en Cádiz. Al recibir a alguien por primera vez, le gustaba especular sobre la impresión que el espacio causaba en el visitante. Como solía ocurrir, intuyó un cierto agrado estético en la pupila de los dos jóvenes. "Buenas tardes, caballeros. Si me permiten la indiscreción, me gustaría probar con ustedes mi tino adivinatorio. Esta misma mañana, he recibido la visita de mi buen amigo el capitán Felipe Curto, de quien sólo esperaba buenas noticias. El vigía me confirmó ayer al atardecer que el místico había entrado en la bahía, con los fanales de posición sugiriendo el éxito del viaje". Sin dar la espalda a los dos jóvenes e indicándoles con la mano que le acompañaran, caminó hacia el escritorio, junto al amplio ventanal que daba al patio interior. "No esperaba, sin embargo, la visita del joven don Mansió Vilalta, quien viaja solo -recalcó el 'solo'- desde embarcar en Barcelona". Les invitó a sentarse en dos butacas francesas con tapiz verde azulado, rematado con motivos florales bordados en hilo de seda blanco. "Pero recibo ahora a dos caballeros, así que intuyo que, o bien el señor Vilalta tiene relaciones en la ciudad, que olvidó explicar al capitán; o ha hecho amigos sin problemas, lo que dice mucho, y bueno, de nosotros los gaditanos. Todos vivimos, de un modo u otro, del comercio con otras personas y lo hemos hecho desde que se fundó la ciudad. Sabemos tratar a la gente, faltaría más".

Empezó el juego. "Como decía, déjenme ser indiscreto. Les pediría que no conversáramos de momento ya que, si hablamos, el acento delataría la procedencia de ambos o, al menos, de uno de ustedes: trato demasiado con catalanes como para no distinguir acentos muy específicos de esa tierra. ¿Qué les parece si probamos con los atuendos? Intuyo, a simple vista, que uno de ustedes no es catalán". Miró a Mansió, que pensó que el tal Caparrini era un charlatán. "Usted lleva una chupa y una capa bastante comunes en distintos lugares. Imagino a un mallorquín o un murciano con algo semejante.

He visto sombreros parecidos al suyo en Mallorca, Valencia, Provenza, Córcega, Cerdeña, Dalmacia... Incluso en Cádiz. Pero verá: aquí, dedicándonos al comercio con ultramar y con el resto de Europa, hemos afrancesado nuestras maneras. ¿Quizá demasiado? Ahora bien, el zurrón de cuero y el chaleco de pana, con camisa de lino hasta las rodillas, me dan que pensar. No es algo que abunde en Cádiz ni Castilla, pero tampoco en Barcelona. Las espardeñas le delatan. Porque espardeñas, barretina y ropa de buen género para el frío... Me da a mí que viene usted de la montaña catalana". Sonrió. No se había sentado. Caminaba frente a ellos, detrás de la mesa, al contraluz del ventanal. "Usted viste más catalán que su acompañante, pero no más barcelonés. Le imagino sin problemas ayudándose con un bastón, con provisiones para una semana en las alforjas, paseando los animales por la montaña. Más que animal de ciudad, le veo a usted más a la intemperie. En cuanto a usted... -se giró hacia Mingo-. Otro forastero. No le he visto antes en la ciudad. Su atuendo pasaría desapercibido en la Alameda, en la Plaza de San Antonio o en la calle Ancha. Chupa ajustada, camisa y chaleco, faja, calzón de buen género y polainas negras. No tendría más alternativa que preguntarle de dónde viene, ya que al fin y al cabo la mayoría de la gente de Cádiz va y viene. Aquí hay más flamencos y florentinos que en Flandes y Florencia, ya me entiende. Pero, mira por dónde, tengo la suerte de jugar al dominó con un armador, buen amigo mío". Ofreció cigarros habanos, que ninguno de los huéspedes aceptó. No insistió. "Fidel, el amigo del que le hablo, lleva a menudo una gorra de lana verde, un poco abovedada. Fidel es vigués, de modo que, para él, su gorra es una 'boina de Vigo', faltaría más". Confirió un tono cómico a sus palabras. Encendió un cigarro: "Juraría que es usted gallego".

Mansió y Mingo se miraron. El charlatán sería capaz de convencer al mestre de que los azulejos andaluces son superiores a los catalanes, pensó Mansió. Buena deducción, pensó Mingo. La sirvienta que les había recibido irrumpió en la habitación y susurró algo al oído de don Ignacio. La nueva visita había sido anunciada. Pensó en ausentarse sólo un instante, para comprobar la identidad del tercer desconocido que recibiría aquel mismo domingo. Había demasiadas cosas en juego como para no tomar todas las precauciones. El pastor catalán sentado frente a él había matado a un sicario hacía apenas una semana, en defensa propia. Los dos jóvenes habían ratificado su identidad, pero quería asegurarse de que ataba cuantos cabos surgieran. "Dígame, señor Boullosa, ¿de qué conoce usted al señor Vilalta?". Mansió Vilalta interrumpió a Mingo, que trataba de responder la pregunta del corresponsal. Decidió explicar él mismo lo ocurrido, después de tranquilizar, con una ademán de la palma de su mano, a Ignacio Caparrini. No conocía de nada al gallego que, por lo que veía, estaba más involucrado en la historia de lo que había imaginado. Caparrini no se relajó, pero dejó proseguir a Mansió, a sabiendas de que lo que estaba a punto de revelar era ya conocido por el otro muchacho. "Trabajo como aprendiz del hermano de don Rogelio Milà, el maestro azulejero Ramon Milà. A finales de la semana pasada, decidí salir con los amigos a celebrar la víspera de San Miguel. Al final de la noche, en la puerta de una taberna, una mujer me dio una carta para que la entregara al señor de la casa donde unos meses antes habíamos instalado unos azulejos. El contenido de esta carta, que aún llevo conmigo, debe tener su importancia, porque de repente un fulano forastero intentó arrebatármela.". Sacó la carta y la extendió al otro lado de la mesa. "Esta maldita nota perfumada de un cortesano pendenciero arrepentido ha cambiado mi vida". Se miró los pies; los juntó. "Acabé matándole. No era mi intención. Ocurrió muy rápido, como si algo en mí entendiera que no había tiempo para decidir. Era él o yo". Mingo, que desconocía los detalles de la historia, atendía con respeto. "He matado a un hombre". Ignacio Caparrini se giró hacia el patio, perdiéndose por un instante en el ramaje de la buganvilla. Tras ésta, un drago canario plantado apenas hacía veinte años mostraba sus estrías encarnadas. Como buen aficionado a la botánica, era consciente de estar observando un joven ejemplar del único árbol conocido cuya sabia era roja, en lugar de blanca. Una lástima, que en este mundo los muchachos de buen corazón tengan que mancharse las manos de sangre, pensó.

Tras la gravedad de la confesión, Ignacio leyó el estado de ánimo del muchacho y decidió tutearle. "No tienes que disculparte por lo ocurrido. Si no hubieras reaccionado como lo hiciste, estarías muer...". Su voz se apagó a medida que se zambullía en el contenido de la carta. Silencio incómodo hasta que Ignacio acabó de leer la carta. "Bien". El corresponsal permanecía tranquilo, a sabiendas de que la actitud y el convencimiento personales moldeaban la realidad. Su familia, de origen florentino, había prosperado entre los comerciantes de la ciudad. Desde sus años de estudio en la Universidad de Utrech, a donde su familia le había enviado para que agudizara su agudo olfato comercial e intelectual, Ignacio había mantenido viva su relación con los mejores amigos del que consideraba el período más importante de su formación humana e intelectual: el escocés James Boswell, a quien debía su "oculta" formación filosófica; y el catalán Ramon Milà, quizá el jansenista más influyente del que nadie había oído hablar. Milà era tan jansenista, le había confesado un día, que su simpatía por el calvinismo le había conducido a los filósofos estoicos, "la fuente de donde todo mana". Y qué decir de Boswell. Había encontrado en sus amigos catalán y escocés la inspiración y el optimismo, que le hacían creer en un mundo mejor. Pero, si descendía desde la teoría, el todo, y se quedaba sólo con su vida personal, la parte, no había sabido aplicar sus convicciones filosóficas a su vida personal. Filomena Moseguí, su mujer, había agriado cada rincón espiritual de la casa desde la muerte de Alfonso, su único hijo varón. Sus dos hijas habían heredado el pesimismo existencial de la madre. Se preguntaba si jamás las casaría.

James Boswell. El noveno "laird Auchinleck", escocés para lord Affleck, título nobiliario de su familia, había sido alumno del profesor escocés Adam Smith, un simpatizante de la "misión" que tenían entre manos, de la que tenía entendido que estaba enterado. Simpatizar con corrientes de pensamiento cismáticas en el epicentro promotor del catolicismo era una empresa peligrosa, como bien sabía su amigo Joaquín de Eleta, franciscano y jansenista, confesor de Carlos III. Viajante incansable y gran conversador, Boswell mantenía a Milà y a él mismo en contacto con ideas de sus amigos Rousseau, Voltaire, Pasquale Paoli, David Hume o el excéntrico tory Samuel Johnson, de quien decía que acumulaba tanto saber que desvariaba como un Quijote sajón, siempre viendo sombras no de novelas de caballería, sino de lenguas y culturas perdidas en la Britania antigua. Las principales ideas que discutía el grupo de amigos, algunos de los cuales pertenecían a una organización "más sólida que una tertulia", como Milà la había definido por carta, eran demasiado peligrosas para ser confesadas en territorio borbónico. La "Organización" recuperaba y ampliaba las enseñanzas de los grandes maestros de la vida y la filosofía de todos los tiempos. El objetivo era crear un Prometeo universal, un gigante que otorgara al hombre las dos herramientas que necesitaba para abandonar la servidumbre, que había eternizado su atraso. Eran el fuego, símbolo de la ciencia -conocimiento, habilidades, tecnología-; y la esperanza. "Ciencia y optimismo, he aquí la fórmula alquímica", imploró un día el maestro Milà a James Boswell y a él mismo. Para crear el Prometeo que anhelaban para el hombre, el grupo de amigos coincidía en que había que empezar plantando la simiente del "filántropo", el amigo de los hombres, como Esquilo había definido a Prometeo. La semilla incluiría, a partes iguales: devoción por la investigación intelectual; razón para explicar lo inexplicable, con lo que ayudarían a Aristóteles a despejar la estantería de la "metafísica"; y la determinación de combatir la ignorancia, el dogma.

La Compañía de Rogelio Milà intercambiaba algo más que bienes durante sus viajes por Europa y ultramar. También compartía, y en ocasiones "ante todo", ideas. Y él era el responsable de que el comercio fuera bien, las ideas llegaran a puerto y, de paso, los funcionarios -españoles, franceses, ingleses- se inmiscuyeran lo justo. Felipe Curto, él mismo o el mismísimo don Rogelio Milà, eran engranajes de distinto tamaño en la maquinaria de precisión engrasada por el "mestre". Ramon Milà extendía su condición de maestro más allá del oficio por el que sentía devoción. "Agradezco que compartas la carta conmigo sin reparos. Tengo entendido que Ramon Milà adjuntó con la misiva del señor Casanova una nota de su puño y letra. ¿Puedo echarle también un vistazo?". Devoró con fruición la escueta nota del mestre. Mingo se fijó en el movimiento nervioso de los ojos, tan claro que casi pudo contar el número de líneas que contenía la misiva. Plegó las cartas con cuidado, respetando las dobleces, y las extendió a Mansió rodeando la mesa. Después, tomó asiento al otro lado de la mesa. "Aclararé algunos puntos relacionados con la carta. pero antes, explícame si no es mucho pedir la relación con el señor Boullosa". Les ofreció una copa de manzanilla amontillada de Sanlúcar. "No bebo otra cosa en domingo. La manzanilla es un buen fino, macerado poco a poco. El exquisito clima de la desembocadura del Guadalquivir le da el porte. Cuando se acabe el maná de América, yo sé a qué se va a dedicar la gente. Sonrió".

Mansió fue al grano. "Aquí el amigo Mingo y yo hemos medido el mundo en apenas unas horas y tenemos una idea más precisa sobre su tamaño". Miró a Mingo mientras seguía hablando. "Tenemos la sensación de asistir a una obra de teatro. Todavía no sabemos si el asunto da para un sainete o para algo más. Ayer, si bien no nos presentamos y ni siquiera nos saludamos, nos vimos el uno al otro en el muelle como polizones de dos barcos distintos, mientras ambos atracaban junto a las troneras del baluarte de los Negros. Se hacía de noche y tanto nuestro barco como el suyo acababan de arribar. Aquí se habría acabado la historia. Pero esta mañana, mientras intentaba distraerme antes de venir a verle, se han sucedido las escenas de la obra, para mí dramática. Quizá otros lo considerarían tragicomedia. Al pasar por la plaza de la plaza de la Cruz de la Verdad, que han bautizado de la Mentira -Caparrini sonrió-, he visto que quien le puso el nombre había atinado. Un ciego con un perro me ha llamado asesino mientras pasaba junto a él". Rió a carcajadas. "¿Es que los ciegos de Cádiz son adivinos, además de cantar romances?¿O acaso sólo están bien informados? Claro, ya he pensado que el ciego podría ver mejor que yo. Pero, aunque así fuera, ¿cómo habría averiguado que yo maté a un hombre en Barcelona hace una semana, si no hace ni un día que atraqué?". Ignacio meditaba, con el dedo índice sobre los labios. "Yo añadiría otra posibilidad. Que el ciego sea un, por decirlo de alguna manera, cascarrabias peculiar. Un pellejo que llama a quienquiera le conturbe 'asesino', o acaso lo primero que se le pase por la cabeza. Pero no quería interrumpirte. Prosigue". Mingo, que también desconocía el detalle del ciego del perro, había pasado de la curiosidad a la perplejidad. "El caso es que acabé en el paseo... La Alameda. Me siento en la plaza de los Pozos de la Nieve, a la sombra. Cojo un palo y dibujo los cuatro primeros símbolos, y garabateo el p...uñetero quinto signo. Me levanto para asomarme a la muralla,

mirando a la bahía. Noto que hay alguien detrás mío y me giro".
Mingo interrumpió a Mansió: "Salté para atrás, cuando vi que llevaba
una navaja. Ahora comprendo que estaba asustado, claro. Le recordé
que le había visto desembarcar el día anterior y me había acercado a
saludar. Bueno, y a comentarle algo". Silencio. Mansió: "Sigue,
Domingo". La historia era, en efecto, sorprendente. Teatral. Ignacio
escuchaba con incredulidad la escalada de sucesos que habían
conducido a que, el primer domingo de octubre de 1771, los dos
jóvenes estuvieran sentados ante él. Un tercer muchacho esperaba en
la galería, pero dudaba de que tuviera relación con el catalán y el
gallego. "Me había acercado a saludarle de todos modos. Quiero
viajar a Nueva España cuanto antes y no tengo padrino en la ciudad,
ni recomendación, ni buen caudal. Pensé que Mansió estaba en una
situación similar". Removió dentro del morral hasta que dio con el
pliegue de cuartillas. "Al acercarme, pasé junto al banco donde
Mansió había estado sentado. Fue entonces cuando vi su dibujo".
Buscó la cuartilla del pliegue que incluía un bosquejo con los mismos
símbolos. Ignacio Caparrini estudió la página. "Entonces, ¿te paraste
a copiarlos tú mismo?". Mingo negó con la cabeza. Clavó sus ojos en
los del corresponsal de don Rogelio Milà. "Señor, ese dibujo y el
dietario al que acompaña, donde se explica con detalle dónde fue
encontrado el modelo original y bajo qué condiciones, es obra de
Pedro da Boullosa, mi tatarabuelo. Lo escribió en las tres primeras
semanas de octubre de 1702, en la ensenada de San Simón, mientras
su milicia de voluntarios españoles esperaba a los ingleses y
holandeses durante la batalla de Rande". Mingo añadía información
con una parsimonia premeditada, sopesando el significado de cada
palabra. "Con el resultado que usted ya conoce para la flota española
de Indias. Las fragatas francesas que la custodiaban poco pudieron
hacer. Los milicianos del Príncipe de Barbanzón... Podría leer el
dietario de mi antepasado, si tiene interés".

Ignacio Caparrini trató de mantener la compostura. Estaba
sorprendido. Notó una incómoda humedad en las axilas. Más que un
sorbo, engulló de un trago los dos dedos de manzanilla que restaban
en su copa. Si el documento no era falso, y así lo parecía, estaban ante
otro punto de vista independiente en torno al "misterio". Como el

resto de documentos que habían hallado y acreditado, la representación evocada por el antepasado del muchacho gallego carecía del quinto símbolo. La misteriosa censura había actuado, también, sobre la hasta ahora inédita representación. A no ser... Tuteó también a Mingo. "Dime, Domingo Antonio: ¿guarda la ensenada de San Simón alguna relación con la isla del mismo nombre?". Mingo asintió, sorprendido. "Toda, señor. Los islotes de San Simón y San Antón están dentro de la ensenada, al fondo de la ría de Vigo, junto a la villa de Redondela". El corresponsal se congratuló de estar ante dos muchachos de buen corazón, sensatos, espabilados. Habían captado sin por ello demostrarlo que los cabos de la historia que parecían sueltos, no lo estaban tanto para él. Y, si Ignacio Caparrini sabía de la existencia de la isla de San Simón, el mestre Milà y el resto de sus "amigos" conocían la existencia del mensaje labrado en una piedra del pequeño monasterio templario abandonado en el islote. El gaditano se acercó a los muchachos y les estrechó la mano. Miró a Mingo, sonriendo. "No sabes lo contentos que estamos de haber conocido a tu tatarabuelo. Seguro que nos va a encantar su historia. Ahora, me vais a disculpar un instante". Llamó al ama de llaves. "Sirva aquí un refrigerio a los muchachos, aunque lo rechacen. Lo que sea. Yo me voy a ausentar un momento. Hay una persona esperando en la galería y es descortés hacerle aguardar más. Queremos mantener nuestra reputación de gente seria. Somos una compañía comercial".

Menudo domingo. Por fortuna, la efervescencia se había extendido a su ánimo y la resaca se había disipado. Caminando hacia la puerta de la galería, presintió que la visita inesperada estaría de un modo u otro relacionada con los acontecimientos de Barcelona. A medio camino de la puerta, reculó sobre sus pasos. "Caballeros. ¿Conocen a un tal Martín Capelo y Rubio, de los Capelo de Granadilla, en la Extremadura?". Negaron con la cabeza, extrañados. Nunca habían estado en Extremadura. No conocían a ningún Capelo. "Pero podrían haberlo conocido aquí. Quería aclarar si debería o no invitar al caballero que espera a la conversación que mantenemos. Parece que no será necesario". Se volvió y desapareció por la puerta. Sentado en la galería, un joven con pelo cobrizo y ondulado vestido de negro, con el atuendo de los caballeros de antaño, escribía con la mano izquierda en un cuadernillo apoyado sobre la rodilla. "Señor Capelo y Rubio, de la casa Capelo, en la diócesis de Coria. Bienvenido a mi casa, que es también la casa de la Compañía de don Rogelio Milà. Comerciamos entre Barcelona, Los Alfaques, Valencia, Cartagena, Cádiz y Nueva España, con puerto en Dominica, Santo Domingo y Veracruz. ¿A qué debo el placer de su visita?". Martín guardó el cuadernillo en la chupa mientras se levantaba y le contestaba con un buenas tardes y disculpe las molestias por importunarle un domingo. Capa larga, pensó. En un Cádiz afrancesado, donde la chupa y el chambergo habían desaparecido antes incluso de que Esquilache se propusiera erradicarlo, vestir con capa larga y chaqueta con cuello de tirilla, representando a alguna Orden militar, era poco menos que ir disfrazado de caballero andante montado en el mismísimo Rocinante. Inclinó la cabeza y miró a los ojos del corresponsal. Tan alto como él, recio y delgado, bronceado por la intemperie, quizá por un largo viaje. Su piel aceitunada contrastaba con el blanco de los ojos, redondos e inocentones, coronando pómulos anchos y marcados. Una barba incipiente, entre castaña y pelirroja, caía por la cara alargada hasta convertirse en sotabarba de chivo. Cuando estuvieron frente a frente, pudo ver la cruz de la Orden con sus brazos iguales, acabados en flores de lis. Sólo las de Calatrava y Alcántara tenían semejantes características. A la derecha de la cruz, bordada también con hilo rojo, una "C" invertida. Demasiadas coincidencias, en aquel primer domingo de octubre de 1771. Con la mirada fija en los signos bordados de la casaca a la altura del corazón del muchacho, preguntó. "¿Calatrava o Alcántara?".

Los caballeros gaditanos parecen señoritos franceses, pensó. El aspecto de Ignacio Caparrini era tan pulcro e imponente como el mismo edificio que habitaba, una más de las casas de buena planta que florecían junto a la iglesia del Carmen. El barrio de San Antonio y de la Bendición de Dios le parecía, a juzgar por sus gentes y los edificios, el más pudiente de la ciudad. El obispo de Coria vivía en una cochinera comparado con cualquier artesano, tendero o comerciante de Cádiz. "Puede parecer lo contrario, pero palabra que es la de Alcántara, que suele bordarse en verde. La de Calatrava es roja, como esta". Pasó los dedos de su mano izquierda por el relieve del bordado. "Dígale usted a mi abuelo, que llevaba esta casaca en tiempos, que es de una Orden militar distinta a la que él juró, y hay duelo a muerte, con espada y padrinos. No vaya a decirle usted que prefiere el duelo con pistola, porque lo nuevo llega allí con todo el retardo del mundo. Si llega". Caparrini no disimulaba su genuino interés por el bordado. Preguntó por el significado de la "C" invertida. "En honor a su apellido, supongo". Su abuelo, el Colorao, le había regalado el traje en su decimoquinto cumpleaños. No lo había usado, le dijo, desde la batalla del Puente de Ajuda, que había marcado el resto de su vida. Portugueses y españoles sellaron su enemistad eterna cuando los muchachos españoles recibieron la orden de saltar el puente por los aires. El Tajo jugueteaba hasta salir al océano en Lisboa y, si un terremoto desolaba esta ciudad, como había ocurrido en 1755, media España también sentía el hondo quejido de la tierra. Iglesias, conventos, casas nobles se habían resquebrajado con la sacudida, pero Portugal había seguido de espaldas. "Es un traji buenu. Sólo lo puein llevar los que tienin el corazón buenu", le había explicado su desdentado abuelo, con una sonrisa en los labios. "Y tú lo tieni, mi hijino". Pero no recordaba ninguna explicación acerca de la "C" invertida. Señalando al bordado, el Colorao había sentenciado: "y aquí llevas tu firma. Muchos no la entenderán. Puei que alguien la entienda".

Martín contestó en un tono humilde que no tenía que impostar. Hablaba con seguridad. Su timbre tenía la capacidad de sugestión de los seductores que desconocen serlo. No sabría decirle, sentenció. "Pero, con toda honestidad, me ha sorprendido ver este mismo signo en dos lugares tan distintos y alejados en menos de una semana". Había tocado algún resorte, a tenor del gesto de sorpresa del corresponsal, cuya mandíbula tensaba su musculatura. "Entiendo entonces que usted apenas acaba de llegar a Cádiz. ¿Ha viajado desde su tierra, o estaba en otro lugar?". Describió, con vaguedad y sin mentar al seboso obispo de la diócesis, su viaje desde Coria a Salamanca y desde la ciudad universitaria hasta Cádiz, en una jaca que casi mata del esfuerzo y apenas parando para dormir. Razón: aventura. "Cuénteme a qué se refiere, cuando dice que ha visto la 'C' invertida en otros dos sitios". En ambas ocasiones, la "C" invertida aparecía en segundo lugar, junto a otros cuatro signos, el quinto de los cuales era difícil de leer en el primer caso. En cambo, "en la inscripción del dintel de su casa, que apenas acabo de observar, el quinto símbolo es una cruz. No hay quinta inscripción que se entienda en el otro caso". Ignacio Caparrini, estupefacto, se sentó en el banco. Dando una palmada al espacio vacante a su izquierda, invitó al muchacho a sentarse, sugiriendo interés por los detalles de la historia. "Qué falta de originalidad, la mía. Al parecer, he elegido una inscripción copiada por todo el Reino". Sonrisa. "Usted dice que es de Granadilla y ha ido al seminario de Coria. También dice que viajó a Salamanca antes de recalar en Cádiz. ¿En cuál de estos sitios ha visto usted el mensaje del dintel de mi puerta?". En ninguno de ellos. El ideograma daba la bienvenida labrado sobre el dintel de la puerta de la casa de un familiar en La Alberca, doce leguas al mediodía de Salamanca, en la sierra que llamaban de Francia. "La casa de mi tía Concepción, hermana de mi abuelo, Martín Capelo y Ovalle de Granadilla". La Alberca. Sorprendente. No había explicación de la que estuviera al corriente, ni creía que el maestro Milà conociera la historia. Había dado, al parecer de un modo fortuito, con un nuevo lugar desde el que se había proseguido la búsqueda de aquella intrincada e importante Verdad. Martín aclaró que quien pudiera haber sabido algo sobre el ideograma de La Alberca, el marido de la Conce, llevaba muerto muchos años. Al parecer, decía su abuelo, era un hombre humilde con una capacidad intelectual innata, que había padecido el prejuicio causado por su origen. "Ya sabe, castellanos nuevos declarados. Marranos". Ignacio Caparrini movía los ojos de un lugar a otro con nerviosismo, mientras escuchaba a su interlocutor y ataba cabos. Sus manos, una sobre la otra, pretendían demostrar tranquilidad. Sudaban. Sólo se le ocurrían dos explicaciones. Que aquel desconocido de La Alberca tuviera algún antepasado viajado, conocedor de la búsqueda. O que estuviera emparentado con Baruch de Spinoza, descendiente de judíos portugueses y con familia extremeña. Se sabía que Spinoza había mantenido vivos sus lazos con Iberia, Sefarad para los judíos, tanto con la diáspora de expulsados como con los conversos que generaciones atrás habían decidido quedarse. Inspirado en Giordano Bruno, Spinoza había conservado la llama del mensaje, pero no quedaba nada de la mayor parte de sus indagaciones.

El corresponsal preguntó si el mensaje era lo único inscrito en la piedra de la casa de su tía. "No. También había...". Ignacio Caparrini sacó un pañuelo de seda del chaleco y se secó el sudor de la frente, mientras su interlocutor buscaba una anotación en su cuadernillo. Observó con atención las páginas que pasaban ante él. Al parecer, al muchacho le gustaba el verso. "Esto". Unos versos en latín, que Martín había traducido a continuación. "Ostium I te vocant. / Vides quid agam. Excepto eo / Verbum decepit, sed non ego / omnino falluntur". Había que reconocer, añadió Martín, que los versos no estaban mal. En romance, daba hasta para una elegía. "Soy puerta para ti, que llamas a ella. / Tú ves lo que hago. No lo menciones / La palabra engañó a todos, pero yo no fui / completamente engañado".

Enigmático para el muchacho. No tanto para Ignacio Caparrini, que cambió de tema. "Dígame, joven. ¿Qué le ha traído por Cádiz? Porque supongo que encontrar, al azar como aclara usted, la inscripción del dintel de la puerta de mi casa no es razón originaria ni suficiente". Respondió, como siempre, con la verdad, que había llegado a los oídos de su interlocutor antes de acabar con la última palabra de la pregunta. "Quiero ir a América. A Nueva España. Como sea y haciendo el trabajo que salga. Aprendo rápido y puedo ayudar en lo que sea menester. Soy seminarista y me querían colocar en un Colegio de Salamanca, pero no se me caen los anillos. No quiero dinero. Sólo el viaje". El porte y la franqueza del muchacho le inspiraban confianza. Había dedicado toda su vida a pactar, de un modo u otro, con personas de todo origen y condición y, con los años, había aprendido a separar el grano de la paja. Se preguntó si, de haber vivido el pequeño Alberto, éste le habría causado la misma impresión. Apartó a su hijo de la memoria con la misma rapidez que anheló la copa de manzanilla que había dejado en el despacho, cuya evocación le devolvió a los detalles de la reunión que mantenía con el catalán y el gallego. Un domingo como para estar resacoso, melancólico o borracho, pensó guasón. "Tengo familia en Cádiz. El hermano de mi madre y un primo lejano, también de mi madre.

Trabajan en la Casa de Contratación". El corresponsal quiso interrumpir, pero Martín leyó entre labios. "Mi tío se llama Miguel Rubio. La familia es de Hervás, al mediodía de la Transierra, a tocar de Granadilla. Quizá le conozca usted más por el mote". Impresionado por la revelación, empezó a tutear al muchacho, como si la relación de parentesco del joven con dos conocidos le convirtiera en poco menos que miembro de la familia. "Y tu primo lejano es don Marcelino Guerrero, oficial de contaduría de la Casa de Contratación". La respuesta de Caparrini confirmaba que sabía a quién se refería, con mote o sin él. "Llevo tan poco tiempo en Cádiz, que ni siquiera le he visitado todavía. Como usted sabrá, vive aquí al lado, en este mismo barrio. Justo cuando iba hacia allí...". Le había picado la curiosidad, al ver al forastero que había dormido en el mismo mesón donde había pasado la noche, al otro extremo de la ciudad, caminando en compañía de otra persona. Había pensado que quizá estuvieran buscando también el modo de viajar a las Indias, y sabrían a qué puerta tocar. La curiosidad se había convertido en sorpresa, al comprobar que el edificio al que habían entrado le daría la bienvenida con la misma misteriosa inscripción que la observada una semana atrás en La Alberca. "Decidí que merecía la pena presentarme y explicarle la anécdota".

Usó el pañuelo una tercera vez. Se quitó la casaca y la apoyó con cuidado sobre su antebrazo derecho. Confiaba en el muchacho y creía su historia, pese a la falta de referencias. Al acabar la tarde, enviaría un correo al maestro Milà que saldría de madrugada con el falucho mercante del capitán Alcolea. "Tengo que reposar más los sábados, para así llegar descansado a los domingos, si los que vienen van a ser como hoy". Soltó una carcajada. "Bueno bueno". Se tomó la libertad de dar al muchacho un pequeño golpe en el hombro, a modo de puñetazo fingido. "Si lo que quieres es viajar a América y aprovechar toda esa energía positiva para mejorar lo que ves a tu alrededor, has venido a la ciudad adecuada. Es más, siendo más preciso, añadiría que has recalado en la casa oportuna". Le explicó el porqué. "Verás, el muchacho acompañado por otro forastero al que has seguido hasta aquí, tiene algo más en común contigo que haber pasado su primera noche en Cádiz en la misma pensión. Si te explico esto, quizá te interesará unirte a nuestra charla, a la que te invito". Sacó un cigarro habano del chaleco y lo encendió con un mixto. "Vosotros tres y yo mismo, así como otra gente que conozco, tenemos algo en común. Hemos visto el mensaje críptico compuesto por cinco símbolos y nos intriga su significado". Calada. "Con la salvedad de que yo mismo llevo años dedicado a ello, mientras vosotros tres habéis llegado a él por casualidad". La cara de Ignacio Caparrini brillaba ahora, iluminada. Martín se preguntó si era esperanza u optimismo. "Pero algo me distingue de vosotros, además de ser gaditano y tener edad para ser vuestro padre, claro: yo me quiero quedar en España, mientras vosotros tres queréis embarcar cuanto antes hacia Nueva España. Bien... Podría tener buenas noticias para vosotros". Se levantó, mientras indicó al joven que le siguiera. "Pero primero, permíteme presentarte a Mansió y Domingo Antonio, con los que harás migas de inmediato. Buena gente. No te robaremos mucho tiempo para que puedas visitar a tu tío a una hora razonable".

"Caballeros, os presento a don Martín Capelo de Granadilla, diócesis de Coria. Era Coria, ¿verdad?". Martín asintió. "Ha tenido la amabilidad de acompañarnos un momento. Martín es familiar de dos amigos míos y personas ilustres en Cádiz. Ambos trabajan para la Casa de Contratación". Martín desconocía el prestigio de Marcelino Guerrero entre sus conciudadanos, pero intuía los chismes en torno a su tío Miguelón. El catalán y el gallego se pusieron en pie. Mingo le reconoció al instante: era el muchacho con aspecto de caballero antiguo con que se había topado en el mesón. Mingo: "¿Nos conocemos?". En efecto, confirmó Martín; ambos habían pasado la noche en el Mesón Nuevo. El corresponsal retomó el hilo de la conversación. "Por circunstancias que él decidirá si es menester explicar, Martín ha acabado en la puerta de mi casa. Le ha sorprendido hallar en el dintel de mi puerta la misma inscripción simbólica que aparece en la casa de un familiar suyo, en un pueblo unas leguas al mediodía de Salamanca". Un azar con una precisión matemática en el espacio y el tiempo, pensó Mingo. Mansió estudió al forastero de arriba abajo. Se preguntó si podía estar relacionado con el altercado de Barcelona. Pero Caparrini no parecía imbécil: conocía a los familiares del joven caballero extremeño, suficiente para otorgarle confianza, pensó. "Hace apenas unas horas, mientras pasaba la mañana haciendo apaños en el jardín, desconocía la existencia de los tres. Ni siquiera he salido de casa y aquí estoy ahora, en mi despacho, que es el de la corresponsalía en Cádiz de la Compañía de don Rogelio Milà". Hacía mucho tiempo que no tenía que fingir la solemnidad de sus palabras. "Ahora, tres jóvenes honrosos y resueltos charlan conmigo sobre lo que podría ser una anécdota sin importancia o sobre lo que, por el contrario, podría convertirse en la mayor empresa de nuestra generación. Quién sabe si más". Sirvió una copa de manzanilla y la ofreció en mano a Martín. Mansió y Mingo habían sido servidos por el ama de llaves, pero no habían probado sus copas. "Teneros hoy aquí me rejuvenece. Reconozco algo de mí en vuestro ímpetu. Pero mi familia, victorias y fantasmas están aquí, en Cádiz. Hace treinta años, me habría unido a vosotros, porque los tres me habéis transmitido el mismo mensaje, y creo que puedo asistiros... Puedo ayudaros a viajar a Nueva España cuanto antes". Ignacio Caparrini se recostó sobre el sillón de su escritorio. Ordenaba ideas. El puro se había apagado, pero continuaba sosteniéndolo entre los dedos índice y corazón de su mano derecha.

"Poniendo a Martín al corriente de nuestra conversación, antes de que él llegara, soy Ignacio Caparrini, corresponsal de una importante compañía comercial de Barcelona, con intereses en España y ultramar. Comerciamos con bienes, pero, por decirlo de alguna manera, también lo hacemos con ideas. Siempre lo hemos hecho con responsabilidad y discreción, y para ello nos han ayudado muchas personas en Europa y las Indias. Hay una Compañía. Y, además, hay una Organización conformada por un grupo de amigos que se reúnen y escriben cuando pueden". Miró a Martín. "Ahora, creemos que es el momento de emprender una aventura. Hace unos días, recibimos una interesante carta de una persona hasta hace poco ajena a nuestra Organización. Su nombre es Giacomo Casanova". Mansió y Mingo esperaron la reacción de Martín. Granadilla y Coria debían estar en otro mundo, ya que el muchacho no había oído hablar del tal Casanova. "Digamos que el señor Casanova ha dedicado la mayor parte de su vida a disfrutar de todos los placeres mundanos imaginables. Ahora, llegado a la madurez de su vida, mira hacia atrás y se da cuenta de que no ha vivido. Ahora cree que la mayoría de los lujos de la vida no sólo no son indispensables, sino que obstaculizan la elevación de la humanidad. Un epicúreo arrepentido en busca del camino medio". El camino medio. Caparrini pesaba el significado de cada palabra. No quería que la conversación fuera dominada por las alturas, siempre trufadas del corsé de los mandatos católicos. Si alguien se salía de ellos, la Inquisición estaba viva y coleando. "No os preocupéis, que mantengo los pies en la tierra. Aquí, estamos hablando de personas". Se pellizcó la mano, disfrutando de su mortalidad. "Creemos que la misiva de Giacomo Casanova nos aconseja en la buena dirección. Desde hace generaciones, hemos estado buscando el completo significado del mensaje críptico que nos ha traído a todos hasta aquí. El mensaje fue formulado hace siglos y transmitido de generación en generación. Tenemos pistas sobre el origen del mensaje, pero nadie en la Organización ha tenido suerte hasta ahora con el quinto signo que, como habéis intuido, fue borrado a propósito, también hace generaciones". Martín se preguntaba ya, a esas alturas de la conversación, si el Gordo, Juan José García Álvaro, obispo de Coria, estaría ya escribiendo una bula de denuncia formal para enviarla al tribunal de la Inquisición, de encontrarse en la estancia en aquel momento. Mientras don Ignacio conducía la conversación, Martín reprodujo al vuelo los símbolos en su cuartilla.

"Giacomo Casanova y otros nos aconsejan que vayamos a la fuente del mensaje, que indaguemos en la vida y obra de quienes interpretaron su significado por primera vez. La carta de Casanova... Ten, extremeño. Échale un vistazo. Con tu permiso, Mansió". Extendió a Martín la misiva del bon vivant veneciano. "Casanova menciona a Doctor Illuminatus y a Doctor Mirabilis, quienes indagaron hace varias generaciones en la sustancia del mensaje, lo que nos ha llevado a ideas que pueden ser útiles, si las ofrecemos a las personas adecuadas". Mingo se atragantó con un sorbo de manzanilla. Martín y Mansió se apresuraron a darle un par de palmadas en la espalda. Caparrini entendió, tras aquel simple gesto fortuito, que Mingo les sería de gran ayuda. "...nos falta, no obstante, una pequeña pieza en el puzle sin la cual, el edificio que pretendemos construir tendría pies de barro. Una gran guerra, capaz de causar una devastación de las ideas equivalente al daño causado en la sustancia por el terremoto de Lisboa, podría sepultar cualquier avance de nuestro mensaje, si somos incapaces de transmitirlo con la fuerza adecuada a los hombres de hoy". La fábula de Prometeo, citada por Casanova, recordaba que, una vez el titán había otorgado fuego a los hombres para liberarlos de las tinieblas, los hombres habían cortado sus cadenas y se habían revelado contra sus condiciones de vida. El fuego era conocimiento, habilidades, tecnologías, artes, ciencia. Optimismo, perseverancia. El maestro Milà y sus colegas, que a menudo se consideraban sus discípulos, conocían el tuétano del mensaje, pero éste perdía fuerza al faltar una importante muesca en su estructura ósea: el quinto y último símbolo de un anuncio críptico tan antiguo como la propia burocracia católica de Roma. Quizá, descifrar el mensaje les daría la última pista, que liberaría el auténtico significado del misterioso poema que a menudo lo acompañaba. ¿Unas coordenadas? ¿Una orden transgeneracional? ¿Un consejo? ¿Un secreto científico del mundo antiguo?

"Si conseguimos descifrar el significado del quinto y último ideograma, creemos que nuestro mensaje será irresistible. Sabemos que la confianza en la razón y la indagación intelectual es un arma para lograr felicidad y progreso. Pero, ¿existe el arma de la felicidad plena, del progreso humano absoluto?". La luz de Prometeo brillaba con fuerza entre las relaciones del maestro Milà. Era el momento de descifrar la identidad de aquellos sabios del pasado. Intuyó que sólo Mingo tenía una formación teológica tan sólida como para seguir la conversación y entender el peso de Doctor Illuminatus y Doctor Mirabilis en la posteridad. No se había equivocado. "Cuando Casanova nos recomienda que acudamos a la fuente, secunda la opinión del maestro Milà. Doctor Illuminatus es el apodo con que se conocía al mallorquín Ramon Llull, guardián de la llama de Prometeo en los tiempos más oscuros padecidos por Europa, que intentó fusionar las tres religiones abrahámicas a través de su Ars Magna y particular interpretación de la cábala. Ramon Llull conoció a otro maestro de todos los tiempos, Doctor Mirabilis, de nombre familiar Roger Bacon. Doctor Iluminado y Doctor Admirable intercambiaron más que pareceres teológicos. Franciscanos". Caparrini mantenía en vilo a sus interlocutores. Dirigió su mirada, acompañada por un movimiento de todo su cuerpo, a Mingo. "Y este encuentro tan importante tuvo lugar en tu tierra, rindiendo homenaje a muchas de las indagaciones del mallorquín. ¿O deberíamos llamarles 'cábalas'?". La pregunta flotó en el aire. Mingo demostró su intuición sobre el plan. "Si me permite, señor: ¿quién es la máxima eminencia estos días sobre la incalculable obra de Raymundus Lulius?". Usó el nombre latinizado del autor, dando a entender su conocimiento de la prolífica obra de Llull. Caparrini sonrió. "Mi propuesta está relacionada con tu pregunta. Os ofrezco un viaje y una misión. Los tres queréis viajar a México, y yo os lo concedo. A cambio de que contactéis con el mayor experto en la vida y obra de Llull, también mallorquín y franciscano, fray Junípero Serra. Su tremenda capacidad de trabajo y estricta interpretación de las enseñanzas de San Francisco de Asís le llevaron primero al Colegio de San Fernando, en la Ciudad de México, institución conocida por su obra misionera. Tras unos años allí, decidió partir a la aventura evangelizadora, primero en las Provincias Internas y luego en las Californias. Las buenas noticias: fray Junípero Serra puede ayudarnos a descifrar el quinto símbolo del mensaje. Pero también hay malas noticias. Como bien sabe aquí el señor Mansió Vilalta, tenemos la certeza de que hay otras personas que intentarán llegar a fray Junípero antes que nosotros". Se desperezó y movió el cuello a un lado y otro. Se oyó el crujir de sus cervicales. "Para matarle". Los tres muchachos habían entendido el mensaje con la misma contundencia, aunque con mayor o menor profundidad. Si fray Junípero Serra moría, quizá el auténtico significado del misterioso mensaje críptico se perdería para siempre. El fuego de Prometeo seguiría ardiendo, pero nunca alcanzaría toda su intensidad potencial. Y los trabajos de metafísica de Aristóteles permanecerían en ese rincón aislado de la estantería. Más allá de lo razonable mediante la indagación intelectual.

Y luego, claro, estaba el enigma de los versos. El corresponsal miró a Martín, excusándose por revelar parte de su historia. Intuyó que se le concedía el permiso para proseguir. Martín explicaba que, junto a los símbolos del dintel que coronan la casa de su tía, aparecen inscritos unos versos en latín. Son los mismos versos mencionados por Giacomo Casanova en su carta. "Y coinciden con los versos de la canción que mi abuela me cantó la semana pasada, para curarme una herida en la pierna", aportó Mingo. Una vena apareció en la frente de Ignacio Caparrini, que descendía hacia su sien derecha. "¿Puedes repetir lo que acabas de decir?".

La energía de aquella sala habría iluminado el interior de la cueva de Platón.

"Sabemos dónde se encuentra fray Junípero y cuáles son sus planes más inmediatos. Vuestra misión consiste en entregarle una copia de las misivas de Casanova y el maestro Milà, así como recabar su cábala acerca del significado del quinto símbolo y el mensaje completo, si consigue descifrarlo. Sin perder tiempo, entregaríais el resultado de la misión a alguno de nuestros amigos en México, que lo traería de vuelta a España. Podéis aceptar o rechazar la propuesta antes de dos días. El miércoles zarpará, con la hora prima, uno de nuestros barcos hacia Dominica, Santo Domingo y Veracruz, haciendo aguada en Tenerife, para evitar así a los funcionarios de La Gomera". Ignacio Caparrini cerró su propuesta pidiendo la máxima discreción. No le hizo falta mirar a Martín para que los tres muchachos entendieran que el mensaje iba dirigido al único aspirante con familiares en Cádiz, a quienes visitaría antes del miércoles.

Cuando salieron de la casa del corresponsal don Ignacio Caparrini, los tres muchachos habían aceptado su misión, entusiasmados. Les aguardaba un largo viaje. Ignacio Caparrini sintió que la energía se apoderaba de su ánimo, como en los mejores tiempos de estudio en Utrech, cuando las conversaciones con el escocés James Boswell y el catalán Ramon Milà arrojaban cada día un poco más de luz a los escritos de Ramon Llull, Roger Bacon, Giordano Bruno, Joan Lluís Vives, Baruch Spinoza, John Toland y tantos otros. El hombre estaba a punto de entender el auténtico significado de la antorcha de Prometeo. Pronto, ya no habría tinieblas, ni las estanterías de la metafísica serían necesarias.

10. El funcionario corrupto

Todavía lejos de la ciudad, al poniente, el océano traía nubes densas que amenazaban tormenta. El sol bajo de la tarde alargaba la sombra de los árboles en la plazuela de las Nieves, un pequeño y amable rincón del barrio del Pópulo, alejado del bullicio de la plaza de San Juan de Dios, tres calles hacia el mediodía. Felipe Curto dormitaba en su habitación de siempre, la que el dueño de la pensión, Tomás Hill, le preparaba cuando se presentaba, fuera la hora que fuera, estuviera o no ocupada. Don Tomás Hill, a quien se le conocía de pitorreo por Tomás Nomás, se definía a sí mismo como un católico criado en un nido de cismáticos. Reiteraba a su servidumbre, también inglesa, que si el Habano quería descansar lo tenía que hacer en su habitación, no otra. A continuación, rompía en una carcajada, enrojeciendo y mostrando su dentadura, con varias piezas de oro. El capitán del San Agustín pagaba con dinero contante y sonante, y sabía de buena tinta que solía recomendar el establecimiento a tripulaciones que no conocían la ciudad.

Divagaba recostado en el catre, ganando tiempo antes de bajar al comedor de la pensión, donde siempre había comido y bebido bien, sin por ello caer fulminado: ni era marinero de bacanales en tierra y bondad en la mar, ni le gustaba el derroche. Guardaba tres cuartas partes del caudal ganado con don Rogelio Milà en el "Pósito", el Monte de Piedad Nuestra Señora de la Esperanza de Barcelona, del que don Rogelio Milà era uno de los miembros ilustres. Se veía como un golondrino, demasiado ligero para empezar una vida nueva en tierra con familia, misa y obligaciones. Cuando podía, dedicaba tiempo a sus mundos de secano, llenos de remiendos zurcidos con recuerdos confusos e historias de otros. En él habían partes de La Habana, Veracruz, Cartagena de Indias, Barcelona, Cádiz. Incluso Gibraltar formaba parte de su imaginario en tierra, siempre vago e incompleto, en el que abundaban muelles, mercados de abastos, pensiones, colmados y tabernas. Poco más. La habitación en la pensión de Tomás Hill, en la plaza de las Nieves, era su única concesión a la grandilocuencia. Allí se alojaban comerciantes y visitantes de alcurnia, a menudo extranjeros. Abundaban los huéspedes de Virginia y otras colonias británicas en América, ingleses, irlandeses, flamencos, franceses, italianos. Un lugar serio y alejado del barullo tan común en otros tugurios, donde se maldormía entre chinches y piojos. El sol y la sal curaban la sarna a la que, de nuevo, se encomendaban los marineros con menos suerte que Curto.

El altercado con el muchacho catalán le había agotado. Hacía tiempo que su estómago no estaba tan revuelto como en los últimos días y las hemorroides picaban como si estuvieran comidas por la sarna. "Va a llover", pensó en voz alta, constatando una verdad personal que mantenía su irrefutabilidad tras años de constatación. Los cambios meteorológicos bruscos, como tormentas o borrascas, venían precedidos por un molesto picor hemorroidal. Agarró su estómago con las palmas de las manos; nada de desmanes, tenía que cuidarse el estómago, por lo que pudiera venir en adelante. El San Agustín de Hipona había sido lo más parecido a su casa en los últimos años, pero nunca había jurado fidelidad a nada ni a nadie. Así le iba. De bachiller privilegiado en La Habana, hijo de un mando medio de la Real Armada, a lobo marino del cabotaje y el contrabando, envejecido por la mala vida.

Alguien picó a la puerta. Pensó en Juana, Jeannie para la servidumbre, hija de Tomás Hill, que ayudaba a su padre a administrar el establecimiento. Todavía no había venido a verle pese a que se acercaba su segunda noche en la ciudad. ¿Habría encontrado al fin la dulce Juana, que daba para una copla bien cantada, a su amado y decente casamentero? Alta y rubia, algo desgarbada, con caderas suaves y pecho poderoso, Juana siempre tenía ojos para su capitán. A sus veintimuchos años, no se le conocía pretendiente serio, a la espera de que don Tomás y su mujer lo arreglaran. Sólo la madre conocía la pasión secreta de su hija, un desdentado capitán de barco con la piel cuarteada por la brisa marina y el cabello lanoso y amarillento, que acumulaba años de salitre y sol. Asomó tras la puerta el Cañaílla, muchacho de los recados del corresponsal Caparrini.

"Mira que eres feo, Cañaílla. ¿Tú crees que puedes entrar así en mi habitación, sin avisar ni nada, un domingo por la tarde?¿Y vosotros queréis que descanse por lo que pueda venir? Dile al jefe que te encierre en la torre a contar barcos, en vez de ir dando sustos por ahí". El Cañaílla sonreía, cabizbajo, mientras respiraba acelerado, hasta el punto de poner alerta a Curto. "Respira, hijo. ¿Ha pasado algo de lo que haya que lamentarse?". Le enseñó la silla, recostada contra la pared. "Ya sabe que me entero de la misa la mitad, capitán". Tres jóvenes habían visitado al corresponsal aquella misma tarde, hasta hacía apenas un rato. Tras despedirlos, Caparrini le había enviado con un recado inequívoco. Le esperaba en casa esa misma noche para preparar un viaje a México. ¿El capitán de la expedición comercial? Caparrini pensaba en Felipe Curto. La fragata partía el martes de madrugada. Apenas un día y medio para dejar el San Agustín a buen recaudo, reclutar la tripulación y embarcar las vituallas. El Habano no parecía sorprendido. Sí algo nervioso: en el fondo, había empezado a preparar el viaje desde que el maestro Milà le encomendara proteger al muchacho y presentarlo ante el corresponsal de la compañía de su hermano en Cádiz. Su estómago y el estado de sus hemorroides atestiguaban el trabajo preparatorio, emprendido en la frontera mental entre consciencia y sueño. "¿Y dices que eran tres? Porque no había nadie amenazando a nadie, ni se peleaban entre ellos, ¿verdad?". El recadero asintió. Le había sorprendido más que Mansió se presentara con dos acompañantes en el despacho de Caparrini que el resultado de la reunión. En cualquier caso, pronto averiguaría lo ocurrido.

"Te has dado un buen tute en la carrera, chaval -le lanzó un real de vellón-. Dile a don Ignacio que entiendo que esto es una invitación a cenar en toda regla. Puede preparar la mesa en su despacho. Antes quiero hacer un par de mandados". Se confirmaba que el comercio de las ideas se imponía al de las mercancías, tan importante para don Rogelio. Caparrini aceleraría la partida del navío de registro anual a Veracruz, trastocando mercancía y tripulación.

El Cañaílla había confirmado un cambio radical en los planes comerciales de toda la Compañía, al acelerar la marcha del navío de registro que hacía la ruta de la carrera de Indias, con escala final en Veracruz y aguada en Canarias, Dominica y Santo Domingo, la ruta más importante para don Rogelio, al menos en cuanto a mercancía declarada se trataba. En el pasado, había rechazado ser capitán del

Canto de Circe, un pinque de doscientas toneladas inscrito por la compañía como fragata, con treinta años bien llevados y nervio suficiente para capear corsarios. Él mismo lo había pilotado hacía unos años, después de que la Compañía enmendara el velamen maltrecho en una tormenta. No olvidaba la facilidad con que una vez, pilotando el pinque, había dejado atrás a un falucho capitaneado por Meneses: el Pescadilla apenas había salido de la bahía de Cádiz cuando él se acercaba ya a Rota. Buen navío y mejor trabajo, pero muy exigente, sólo al alcance de los auténticos animales marinos. El comercio de cabotaje del San Agustín de Hipona, un místico que sólo podía competir en carga con el Canto de Circe, ofrecía los mismos beneficios y nunca se alejaba de puerto. Y sí, también estaba Juana. Alguna vez había soñado con una casa soleada en un lugar familiar, junto al mar. Quizá El Puerto de Santa María. En el sueño, su dentadura estaba intacta; la piel había recuperado la palidez del trabajo a la sombra; unos niños, sus hijos, cantaban canciones que sólo había oído en La Habana; y su mujer era Juana Hill.

Antes de salir de la alcoba, echó un vistazo a la espaciosa habitación, con apenas mobiliario, cuya ventana se suspendía sobre la copa de los árboles de la plazuela. Butaca, silla y escritorio, arcón a los pies de la cama y crucifijo en la cabecera. Sobre el escritorio, los dos cuadernos de bitácora que usaba en el San Agustín de Hipona, el parco testamento de los últimos quince años de su existencia. Uno de ellos recogía las anotaciones de navegación, aunque poco sextante y corredera de barquilla necesitaba para navegar en España, con la experiencia acumulada, hasta el punto de no recurrir a las cartas incluso para confirmar alguna aguja esporádica. También recogía el inventario comercial declarado y algún que otro acontecimiento; como la pelea a bordo que, hacía cinco años, se había saldado con la muerte de un tripulante. Al subir a cubierta y comprobar lo ocurrido, tiró por la borda al autor; poco le importó estar en alta mar. En el cuaderno, la historia se resumía en un escueto: "En el aciago día de Nuestro Señor del 23 de febrero de 1766, dos tripulantes del San Agustín de Hipona, Ezequiel Casamayor y Juan Piquer, cayeron por la borda durante una tormenta. Todos los intentos por recuperarlos sanos y salvos han fracasado". El otro cuaderno albergaba las anotaciones contables de la mercancía de contrabando.

Avisó en el comedor de su cambio de planes. Sentado solo en una mesa, de espaldas al Habano, un caballero de pelo canoso tomaba un café. Vestía bien, acorde con el establecimiento: calzón de lana, chupa beige de seda y frac azul marino, que había colgado en el respaldo de la silla. Aquella misma tarde, le había confirmado el viejo aguador de la Puerta de Tierra, el muchacho de Barcelona y su acompañante andaban detrás del "misterio". Al descubrir al mensajero de Ignacio Caparrini visitando al capitán Curto, confirmaba que el muchacho catalán ya tenía instrucciones del corresponsal. Su deber era impedir que la misión se que traían entre manos, fuera cual fuera, fracasara. Después de despedirse de Curto, que se excusaba por faltar a la cena, don Tomás Hill se acercó al forastero para llenarle la copa. Hablaron sobre el devenir del domingo. El forastero, que pasaba a cada instante la lengua por el colmillo de oro, se volvió a quedar solo.

El Habano sabía por dónde preguntar por el Pescadilla. Los tugurios cercanos al muelle y la Puerta de Tierra carecían del bullicio de la tarde anterior, y combinaban clientes que no se habían acabado de marchar con marineros, militares, busconas, maleantes suplicando una limosna y vendedores ambulantes. Un segoviano ofrecía con una cantinela piñones de San Cristóbal; también había en la calle Nueva un vendedor de limones de Murcia y, un poco más adelante, en el cruce con la calle de San Fernando, un botonero de Villanueva de Castillejos. El mejor latón amarillo, acérquese, decía el muchacho con su acento salado, que contrastaba con el valenciano del vendedor de azafrán, "che". Ya en la plaza de San Juan de Dios, entrada a la ciudad desde el muelle, abundaban los vendedores de coloniales, drogas, telas y especialidades del resto de Europa. Buhoneros franceses, pasiegos, zamoranos, vendían su género en Cádiz como en ningún otro lugar. La tentación de gastar lo ganado en jarana era proporcional a la bulliciosa prosperidad del muelle y sus aledaños. Todo el mundo sabía entrar en Cádiz, pero había que saber salir.

A diferencia de su inseparable Roncero, el Pescadilla había nacido para navegar. Su pasado familiar era oscuro y, a juzgar por su escuálido físico, no había tenido una infancia fácil. Pese a ello, no albergaba el rencor profundo de los plañideros, ni se comportaba de manera imprevisible. Al contrario, era generoso y se crecía en los momentos más delicados: en el medio de una tormenta, o en el bullicio de una pelea a muerte entre dos borrachos.

Tras cruzar la plaza en dirección a la Puerta de Tierra, entró en un par de tabernas, donde el vino, el sudor y el hedor a orines, tamizados con el olor marino, le hizo rememorar muchas tardes perdidas entre viajes. Había sido antes de conocer a Juana. La tercera taberna, en la misma calleja del Boquete, le deparó una sorpresa inesperada. Coño, la Puri. Purificación Maldonado, una mujer que había suavizado su acento castellano originario con el andaluz gaditano, que sonaba las veces a canario y caribeño. "Desde que te dije que quería que me hicieras un hijo, no te he vuelto a ver, mala rabia te lleve". Habían pasado muchos años; el capitán Curto era entonces contramaestre de un falucho que hacía la carrera de Ceuta a Cádiz, con parada de contrabando en Gibraltar. "Tú sabes que nunca me voy a casar. Pero si alguien me tiene que llevar al altar, que seas tú, Purificación". La Puri le cogió la mano derecha y se la llevó al trasero. Curto apartó la mano con suavidad, sin intención de ofender a la simpática buscona, con marcas de sarna en los brazos, de quien todos conocían sus problemas con el vino. "Dime si has visto al Pescadilla y me caso contigo". La Puri le miró con ternura, mostrando un retazo fugaz de su buen fondo. "Ahí dentro está con mi amiga la Remilgá. Que mire a ver, que esa entra y no sale". Felipe Curto le guiñó el ojo.

Al fondo de la taberna, una muchacha se recogía el vestido y bailaba en el epicentro energético de un corrillo, mientras un soldado borracho, quizá del regimiento de Irlanda por su aspecto y acento, trataba sin éxito de dar con el compás del baile. Alguien cantaba. "En la rama de un almendro / En la rama de un almendro / Se casaron dos gorriones / Una mañana de inverno...". Allí estaba el Pescadilla, ajeno al corrillo, charlando con una muchacha. La sonrisa de Meneses se heló al ver a su capitán. Traía noticias que le atañían, sin duda. "Disfruta del jaleo, amigo, pero no te pases de la raya. Mañana te quiero ver en el muelle al alba, sí o sí. Zarpamos el martes a la hora prima... en el Canto de Circe. No te preocupes, que si yo tengo que hacer la carrera mandado por Caparrini, o voy de capitán, o no voy". El Pescadilla buscaba la palabra que iniciara la retahíla de dudas y preguntas acumuladas. "Ahora sabes lo mismo que yo sé. Por si no lo habías barruntado tú mismo: sí, nos acompaña el muchacho catalán. Si encuentras a Roncero, cítalo para mañana. No le digas ni una palabra. Ya sabes cómo se va de la lengua cuando anda de picos pardos".

"Así que tu madre os explicaba historias de cuando era chica. Si las contaba bien, seguro que sabes poco bueno y mucho malo de mí", bromeó un animado Miguel Rubio. Las penas de la noche anterior se habían disipado. Al salir de la casa de don Ignacio Caparrini, los tres muchachos se habían despedido hasta el martes a la hora de los laudes, poco antes del alba, en las puertas del muelle. Ahora seguía con pasividad la conversación que su tío Miguel Rubio, al que acababa de conocer, se esforzaba por entablar, junto a una mesa camilla cubierta por un lule y un mantel de encaje. La casa, luminosa y amplia, estaba como una patena: las estancias estaban ventiladas y el suelo, de azulejos andaluces con un sencillo dibujo geométrico, brillaba a su paso. Se fijó en las imponentes vigas vistas en un techo tan alto que una sola planta equivalía a tres pisos de las casas de la antigua judería de Hervás y empequeñecían a su morador, cuya voz y maneras habrían sido confundidas con las del castrato Farinelli, a no ser porque su aspecto de alfeñique, más que curar la melancolía del difunto Felipe V, la habría empeorado. Soslayando la ligera conversación con el tío Miguelón, le daba vueltas todavía a las últimas palabras de Mingo, antes de que los tres guardianes circunstanciales del misterioso ideograma eligieran caminos distintos y se emplazaran a la madrugada del martes: "Tendrá sentido o no, pero cada uno de nosotros ha llegado a esta ciudad sin conocerse y por su propio pie, en el mismo momento. Tres jóvenes procedentes de tres extremos de España". Mingo sacó carboncillo y papel y se apoyó un instante en la pared de la fachada de la corresponsalía en Cádiz de la Compañía de Rogelio Milà. Dibujó un esquemático aunque talentoso esbozo de la Península Ibérica, con un punto en la ría de Vigo; otro, en Salamanca; y un tercero, en Barcelona. Describió una pequeña espiral que partía de cada uno de los puntos, hasta confluir en una línea central que conectaba los tres vértices, describiendo un triángulo equilátero central que configuraba, en conjunto, una hélice. Enseñó el dibujo. "¿Qué veis?". Mansió respiró hondo. Su gesto serio era difícil de interpretar. Martín sonrió. "Has copiado el primer garabato de la chafarrinada que nos está trayendo por el camino de la amargura". Mansió: "Una coincidencia, eh. Bien vista, gallego. Pero coincidencia. Tiene que serlo". Era indudable que la conexión entre sus procedencias servía de base para el dibujo de un trisquel. Martín: "Si buscáramos los tres pies al gato en cada cosa que hacemos, seguro que te salían pintarrajos hasta en la sopa boba, amigo".

Mingo mantuvo serio su semblante. "Quizá te refieras a la 'C' mayúscula invertida que traes bordada en la chupa. Puede que no signifique nada. Decías que el traje es de tu abuelo, ¿verdad? Apuesto a que no sólo la cruz de Alcántara tiene significado".

Martín se volvió a tocar el bordado con la yema de los dedos. No se había sentido atacado. El tono de Mingo era incisivo, tan bondadoso que era difícil tomárselo como ofensa. Quizá para evitar resquemores futuros, explicó el porqué de su insistencia en el símbolo. "Nací en una aldea de la diócesis de Tui, en Galicia, hacia las montañas del interior de la ría de Vigo. Ya podéis imaginar: mucha niebla, lluvia hasta en verano y un pasto verde intenso, con helechos, musgo y babosas por todas partes. Entre mi aldea y otra contigua, Barbudo, hay una pequeña colina comida por el monte alto, que no daría ni para sacar patatas de ella, y eso que esa raíz colonial se cría hasta en un calcetín. En fin. Sobre el cerro hay un castro, una antigua fortificación circular, deshabitada hace tanto tiempo que la memoria de estos edificios se ha perdido. De niños allí, sobre las piedras, encontrábamos dibujos y siluetas. Entre ellos, recuerdo este". Observó en los rostros del catalán y el extremeño una expresión que no sabía cómo interpretar. Cansancio, incredulidad, miedo a lo desconocido, desprecio a una posible fanfarronada. "En fin, pasado mañana podremos seguir con la conversación". Dio la mano a sus contertulios. Preguntó a Martín si le apetecía pasear hasta el Mesón Nuevo, donde ambos se hospedaban, quien se excusó. "Ah, la visita a tu tío". A este "noi" lo beatifican en vida, con este aspecto y forma de hablar, vaticinó en silencio Mansió Vilalta, que había decidido permanecer en su pensión hasta el martes, pese a la insistencia de don Ignacio para que se hospedara en la corresponsalía.

En Anceu, siempre al arrimo de la lumbre de la lareira, epicentro de la cocina, la vieja Placeres discutía con ánimo adolescente sobre cualquier tema, con su limitada y peculiar retórica. Mingo había oído de la vieja Placeres las primeras interpretaciones sobre los signos. Para la vieja, la hélice de tres espirales significaba el paso del tiempo, un recordatorio de nuestro paso fugaz por el mundo, así como el carácter colectivo de la huella del individuo, apenas un grano de arena que no se entendía sin relacionarlo con las otras existencias de los tres tiempos, pasado, presente y futuro, confluyendo en uno. La tríada de la existencia. Cuerpo, mente y espíritu. Quizá la existencia de los tres, pensó sin atreverse a sugerirlo en voz alta, se fusionaba ahora en una, dando vida al primer ideograma. Tampoco olvidaba que su abuela Dolores de Orxe le había curado la herida con un extraño ritual, que incluía dibujar la misma hélice de tres astas en espiral, al pie la gramalleira, el árbol que en su tierra siempre plantaban junto a la cocina. Y bien, había recitado los mismos versos, en gallego, mencionados por Giacomo Casanova, también presentes en el dintel de la puerta de una casa en un pueblo cercano a Salamanca, La Alberca, que nunca visitaría.

"¿Eh?". Martín ignoraba cuánto tiempo hacía que había dejado de escuchar a su tío. "Comprendo. Se te ve cansado, sobrino. Martín el de la Fernanda, mírate, prenda mía. Tus padres deben estar orgullosos de semejante mozo. Seguro que, si vas por Hervás, las alcahuetas de la calle de Abajo no te sacan el parecido de los Rubio. Tienes la mirada y los ojos de tu madre, pero eres alto y recio como una higuera. Algo así como si tu abuelo el Colorao rejuveneciera de golpe, pero en guapo". Su tío Miguelón era la versión femenina y charlatana de su madre. Aceleraba la conversación hasta acabar las oraciones en un pequeño estallido agudo. La inesperada visita de Martín había transformado su ánimo, que combinaba la efervescencia de los primeros encuentros con el interés genuino por conocer más en profundidad al joven caballero provinciano. Su sobrino, ni más ni menos, lo que marcaba una raya en el suelo que no podía traspasarse. Contempló el rostro del joven, ojos verdes y separados; belleza, proporción y bondad, como un autorretrato del joven Leonardo da Vinci. Reprimió los derroteros de la atracción sensual y retomó el hilo de la conversación, interrumpido por la flagrante distracción de su sobrino. "Decía que, hace veinticinco años, después de unos momentos difíciles en Coria, Plasencia y Hervás, donde nuestra familia tenía algún comercio, decidí contrariar a mis padres por primera vez en mi vida. Había intentado no defraudarles y dar lo mejor que la vida hubiera planeado por mí. Un día, me quedó claro que no podía seguir de comediante de sainete". Sus padres habían arreglado su boda con la hija de unos jaboneros de Plasencia, también de origen converso. Abandonó el mandato familiar y, sin pedir permiso a sus padres, había viajado a Cádiz, donde su primo lejano Marcelino Guerrero le procuraría trabajo, y la bulliciosa ciudad comercial y portuaria, tan burguesa como canalla, daría cobijo a sus aspiraciones. Abrió una cajita de madera y ofreció un cigarro a su sobrino, que lo rechazó. Encendió uno. "Resumiendo, no me ha ido del todo mal. Buen trabajo en una gran ciudad...". Se mordió la lengua tras la primera calada. No era el momento de explicar sus miserias, ni tampoco las habladurías que suscitaban sus devaneos por antros de mala reputación. A los sodomitas, se decía en las tertulias de la plaza de la Cruz de la Verdad, se les deportaba a América, aunque muchos nunca llegaban a desembarcar, tales eran las penurias que les hacían pasar. A él, le había salvado la influencia del primo Marcelino. De lo contrario, habría aparecido muerto en la playa de la Caleta un domingo cualquiera.

"Tío Miguel, yo tampoco dije nada a mis padres. Ni a mi abuelo. A estas horas, están esperando mis noticias desde Salamanca si es que un amigo mío, mendicante de caminos, no ha entregado ya la carta que le encargué que diera en mano a mi abuelo. El abuelo Martín se gastó un dineral en el altar mayor de la iglesia de San Mateo de Cáceres, tanto por devoción como por amistad con el señor obispo, ya me entiende. El caso es que don Juan José García Álvaro aprovechó un viaje a Salamanca para recomendarme ante el obispo

Bertrán y Casanova. Así que mi abuelo había asegurado cátedra, alcoba y sopa boba en el Colegio Viejo de Salamanca, que llaman ahora de San Bartolomé". Miguelón Rubio decidió no interrumpir. Silencio denso durante un instante, interrumpido por calada y carraspeo. Martín: "Decía usted que vino aquí para encontrar su propio camino, porque no quería convertirse en lo que sus padres habían planeado". Sonrió. "Dice que en el aspecto soy un Capelo puro y duro. Mi alma debe tener mucho de los Rubio, porque sé a qué se refiere. He venido a Cádiz por la misma razón que usted. Sabía dónde empezaba y acababa mi vida en la Transierra. Quiero decidir por mí mismo". Miguelón llamó a la sirvienta, una mujer enjuta y mayor, aunque ágil, con el pelo corto, sin cofia ni pañuelo. Imaginó para ella una vida gris como su cabello, sin familia. Asexuada. Se retiró servicial, en busca de vino seco de la tierra y un tentempié. Martín aclaró que había venido a Cádiz con la intención de ganarse un pasaje a Nueva España, sin importar la dureza del trabajo necesario para ganarlo. Había venido dispuesto a esperar semanas, meses o años. Antes de acudir a visitarlo a su casa, había conocido al corresponsal de una compañía comercial y a otros dos muchachos. La Compañía de Rogelio Milà, de Barcelona.

"Así que has conocido a mi buen amigo don Ignacio. ¿Qué se cuenta en la casa de los catalanes?". Martín trató de explicar lo ocurrido la misma tarde. "Llegué a la casa de don Ignacio por casualidad. De camino hacia aquí, me topé con un muchacho que había dormido en mi misma pensión. Entró con un acompañante en una casa con buena planta de aquí cerca. ¿Puede usted creer que, cuando me acerco, hay en la piedra de la puerta una rara inscripción que ya había visto en el portal de la casa de mi tía Conce?". Aclaró que se refería a la hermana de su abuelo. Se había casado con un quinto del seminario del Colorao y el padre de Fernanda y Miguelón. "Pues bien, acabé reunido con el señor Caparrini y los dos muchachos que habían entrado antes; un gallego, el que duerme en mi pensión; y un catalán. La cuestión es que los dos habían recalado en la misma casa por el mismo motivo: la inscripción. Si usted se acerca a la casa, comprobará que sólo son unos pintarrajos". Por lo que él había entendido, los símbolos en cuestión guardaban un misterio valioso, por el que habían estado a punto de matar al mozo catalán en Barcelona hacía una semana. El gallego, también un recién llegado, se había encontrado con el catalán por casualidad. Al aparecer la sirvienta con el fino y el tentempié, bajó la voz. "Sí, ya sé, demasiadas casualidades". El gallego y el catalán se habían reconocido del atardecer anterior en el muelle, mientras sus barcos atracaban. "Al ir a saludar al catalán, el gallego comprobó que el dibujo que éste había hecho en la arena de la Alameda, junto a un banco, contenía los mismos símbolos que su tatarabuelo había encontrado donde Cristo perdió su gorra, vaya usted a saber cuándo. Así que allí nos tiene, en el despacho de Ignacio Caparrini, hablando de los pintarrajos... ¿Sabe usted la mala suerte?". El tío Miguelón escuchaba la historia, absurda e inverosímil, cada vez más intrigado. Por un instante, dudó si pellizcarse para asegurarse de no estar durmiendo la borrachera de la noche anterior; si todo lo ocurrido aquel día pertenecía a un sueño pesado de esos que, al ser detectados por la conciencia, reconfortan. Ni era un sueño, ni Ignacio Caparrini era un fantoche frívolo. "Al parecer, el acertijo no es tan fácil de resolver. Es un mensaje compuesto por cinco símbolos, pero el quinto y último fue borrado adrede de todos los lugares y escritos conocidos donde aparece el mensaje. Incluyendo el portal de la casa de la tía Conce, en La Alberca".

Ignacio Caparrini y la familia catalana que había fundado la Compañía se apresuraban para resolver el acertijo cuanto antes; mientras tanto, al parecer, otros intentaban impedírselo. Aclaró que desconocía los detalles. El asunto importaba tanto que don Ignacio Caparrini y la compañía que representaban iban ahora en busca de un monje franciscano, a quien querían enseñar el ideograma. Pensaban que sus conocimientos les ayudarían a interpretar el símbolo ausente, así como el significado del conjunto. El monje profesaba su doctrina en la frontera septentrional de Nueva España. Y allí iban de cabeza los tres muchachos, que se habían presentado voluntarios de la improvisada expedición. Sin duda, Caparrini y los catalanes se traían algo gordo entre manos, si estaban dispuestos incluso a adelantar el viaje de su pinque de registro que hacía la carrera de Indias hasta Veracruz para, al parecer, zarpar el martes de madrugada. Cuando el río suena, agua lleva.

Mostró el ideograma a su tío, que pidió permiso para copiarlo. Miguelón el de Hervás concluyó que el relato fantástico de su sobrino merecía llegar a oídos de su primo Marcelino Guerrero. "¿Estás al corriente de que tienes otro pariente en Cádiz? Y no uno cualquiera". Martín asintió. "Lo sé por sus cartas a madre. Sabía que trabajaba con usted en la Casa de Contratación. El señor Caparrini me ha aclarado hoy que el primo Marcelino es oficial de contaduría". Quién se lo habría dicho. Apenas recién llegado a Cádiz y, sin usar la recomendación de Miguelón y el primo lejano don Marcelino, se iba derecho a Veracruz, fondeando en Canarias, Dominica y Santo Domingo. Rehusó la invitación a la cena; también se excusó cuando su tío quiso pasear con él por la ciudad. "Dime en qué parte no has estado y allá vamos en un santiamén".

Llegó el momento de ofrecer un pequeño obsequio. Explicó que había pedido a su madre un pañuelo bordado para llevar siempre en el bolsillo y así pasearlo con el traje talar y el birrete durante su estancia en Salamanca. Su verdadera intención era obsequiar a su tío con el bordado de su madre, a modo de prueba de sangre y cortesía por la visita. Miguel Rubio lo aceptó emocionado. Lo desplegó. Era de lino, cuadrado, de unas veinticinco pulgadas de lado, con un bordado de contorno en el que aparecía un árbol, simbolizado por un tronco y tres ramas dispuestas a modo de tridente. El árbol estaba delimitado por dos arcos protectores, sobre la copa y bajo el tronco. Martín se excusó para usar el servicio. Ya ante el orinal, trató de evitar el vómito, pero le fue imposible. La náusea repentina había sido provocada por la similitud entre el bordado de su madre y el cuarto símbolo del ideograma. Un árbol con tres ramas irregulares a modo de tridente, delimitado por dos arcos en forma de media luna, uno superior y otro inferior. ¿De dónde había sacado su madre el patrón del bordado?¿Una antigua memoria familiar reprimida? No pasaba un día, desde la cuna a la tumba, en que un castellano nuevo no sintiera el rencor de los convecinos. Evitó mencionar ante su tío la similitud entre el bordado del pañuelo y el cuarto ideograma del entuerto que traía de cabeza a tanta gente ducha y poderosa. Al volver a la sala de visitas, en la primera planta y con balconada a la calle del Fideo, Martín se despidió de Miguelón, excusándose de que, quizá, no pudiera conocer en esta ocasión a su primo Marcelino. "No te preocupes, mocetón. Hoy mismo le voy a hacer una visita". Se puso la mano en la boca, para amortiguar la gravedad de la confesión: "siempre que la víbora de su mujer me deje acercarme al vejestorio. Cuando me ve, me esconde, la bicha. Creo que no le gusta mi... personalidad. Ya me entiendes". Martín se dejó dar un abrazo. Los ojos de su tío, tiernos y cristalinos, se convirtieron entonces en los de su madre. Por un instante, volvió a casa. En su momento, explicaría a sus padres la decisión de viajar a América. Les rogaría por carta que no dijeran nada al Colorao. Si alguien tenía que explicárselo, sería el mismo. Si volvía. Si no lo hacía, razón de más para no decirle ni palabra. Pobre don Quijote. Se conformaría con el contenido de la carta que había entregado a Isaías el Zagal y no se dejaría embaucar así como así.

Marcelino Guerrero estaba agotado. Había tratado de ayudar en las últimas horas, consiguiendo lo contrario. Micaela, la oronda y corajuda esclava que tanto servía para un roto como para un descosido, había dejado de morderse la lengua. Don Marcelino había despertado la naturaleza contestona de Micaela, que usaba su grave caudal de voz para cantar las mejores coplas que se oyeran en aquel extremo de la ciudad. El novísimo barrio de San Carlos avanzaba decidido siguiendo la muralla septentrional del muelle, oteando la entrada de la bahía con espíritu vigía y rindiendo así tributo al manantial de la prosperidad de la ciudad. Se anunciaba la construcción de casas comerciales extranjeras, consulados, casas consignatarias y todo tipo de comercios. Unos pocos aventajados, como don Marcelino Guerrero, habían trasladado su residencia a la calle de los Doblones, un emplazamiento privilegiado al abrigo de los vientos de poniente y levante, aunque con posición de centinela. "Ya le he dicho y requetedicho que las estancias ya están preparadas para los invitados. Hay ropa de cama limpia, aseo y servicio, con paños de encaje, jabones de tocador y de afeitar; ah, y aceite de romero. Mire a ver, que si le da un telele, a mí me da más trabajo aún. Vaya, vaya a cantar una serenata a la señora". Los labios del oficial de contaduría, finos y pálidos, denotan su tensión. El visitador de Nueva España don José de Gálvez y su séquito están al llegar. Quizá esta noche o mañana antes del mediodía. Quizá más tarde, a lo largo de la semana. Qué más da; hasta que no salga de mi casa, no respiro tranquilo, mascullaba don Marcelino. Antoñito, el mozo de cuadras, se le acercó por detrás. "Señor, el Listo ha venido a dar el parte". Saltó, sorprendido; sus nervios estaban a flor de piel. Su enjuta y entumecida musculatura estaba agarrotada, pétrea como la de un conejo. El Listo era el ciego con mejor vista de todo Cádiz, un soplón que conocía tanto las zacarandas de los bajos fondos como lo hablado en las ampulosas tertulias de la plaza de la Cruz de la Verdad.

El Listo traía noticias frescas. "Saca el chucho del portal, ciego, o la patada no se la pego a él, sino a ti". Obedeció. Acto seguido, explicó al oficial de contaduría que, pasando la revista de los barcos que habían llegado a puerto desde el viernes, se había pegado durante horas al bocazas de Roncero, un marinero tan charlatán como corto de sesera, en busca de información sobre el contrabando que se traían Caparrini y los catalanes con Gibraltar. Había oído una historia improbable, con todos los ingredientes de la conspiración. Un muchacho catalán había sido atacado en Barcelona, al tener en su poder una carta confidencial escrita por alguien de categoría y dirigida a alguien con no menos tronío. La Compañía de Rogelio Milà se entera y envía al muchacho a Cádiz. Según Roncero, marinero de medio pelo del navío de Felipe Curto, algo gordo había detrás del misterioso asunto. De lo contrario, no se explicaba por qué su capitán creía que Ignacio Caparrini adelantaría la salida de su pinque a Veracruz. El Listo había seguido al muchacho catalán por la ciudad. No había sido difícil, tras escuchar la descripción del marinero: un mozo alto y vestido con un gorro morado rogaba, según el Listo, que le tuvieran localizado. "Y la cosa es que el chaval no se quita el gorro ni para cagar, porque le he perdido tres veces y tres veces le he vuelto a encontrar". El Listo veía mejor que un lince. Don Marcelino aclaró que no estaba para bobadas; esperaba la visita de un mandamás de la Corona que andaba de camino entre Madrid y Nueva España. "Mantén los ojos bien abiertos, ciego. No quiero que pase nada gordo mientras la gente del Rey ande por aquí". Se rascó el bolsillo de la chupa de tafetán de seda, con bordados de hilo dorado y cuello a la caja. Medio real de vellón. "¿Por qué no me da 16 maravedíes de a uno? Así la bolsa sonará más", soltó el Listo. "Mira a ver. Si quieres, llamo a la Micaela, que te da una somanta de palos en un periquete. Aunque a lo mejor te gustaría y acabarías pidiéndole la mano. Y yo a mi Micaela no la regalo, que saca más faena que quince criadas de librea, todo lo negra que es".

El domingo no había acabado todavía para don Marcelino. Al acceder al patio interior de la casa desde la caballeriza, oyó los gritos de júbilo de Micaela, que saludaba en el umbral de la entrada principal a algún visitante inesperado. Pensó en el visitador Gálvez, pero la esclava sólo mostraba tanta deferencia por un puñado de visitantes: los amigos del señor de origen criollo, cuyo acento la devolvían por un instante a su Cartagena de Indias natal, y el primo Miguel Rubio. Miguelón para los gaditanos, Miguelona para su mujer. Allí estaba el alfeñique de su primo, plantado como un mochuelo ante Micaela, frágil y diminuto, sonriente ante tanta felicidad y aspaviento. "Pensabas que me había olvidado de ti pero te equivocabas, amada". Mostró la mano derecha, hasta entonces pegada a la espalda. Le ofreció un pequeño envoltorio, que Micaela abrió casi con la mirada. "Tu chocolate preferido". Ya está el desviado de la familia presentándose en mi casa el único día en que debería mantenerse a diez cuadras de aquí. Tres meses sin asomar ni por el despacho ni por casa, y allí estaba él con su atuendo de presumido pajarillo indiano. A punto de caramelo para que él padeciera un ataque de nervios. Cruzó la arcada que conectaba el patio interior con la puerta de entrada, junto a las escaleras de mármol y se dirigió, todavía en la distancia, a la esclava; tanto afecto mutuo entre la criada y Miguelón le causaba grima. "Micaela, váyame a ver si el Listo sigue rondando por la puerta trasera. No es día para conturbar". A su primo: "Hola, Miguel. Te digo a ti lo mismo. No es el mejor momento. Espero a un mandamás que se va de vuelta a México". Miguel Rubio aclaró que no había venido por cortesía. Quería que supiera algo cuanto antes.

El sol ya se había puesto. De vuelta en el despacho, Ignacio Caparrini mandó abrir los ventanales de la balconada. Filomena

Moseguí y sus dos hijas cenaban juntas en la salita de estar, mientras él se había excusado y había pedido que le sirvieran cena para dos en la mesa franca, en una estancia contigua al despacho donde atendía a viajantes, comerciales y miembros de cualquiera de las tripulaciones de la Compañía. Se desabotonó la chupa; ya hacía un rato que la casaca colgaba en el perchero de madera de nogal. Felipe Curto había perdido la frescura con que saludara al corresponsal a primera hora de aquella misma mañana. Tras la cena, el servicio les había servido un plato de acitrón. Curto rehusó el ofrecimiento de sentarse en una cómoda butaca francesa de terciopelo y, acto seguido, se bebió de un trago el amontillado de la casa jerezana O'Neale. Aceptaba la oferta de comandar, el martes por la mañana, la carrera del Canto de Circe hasta Veracruz. Se haría a su manera. Había elegido a cinco de sus hombres, que habían convertido el destartalado místico San Agustín de Hipona en un negocio decisivo para la Compañía. Entre ellos, estaba el Pescadilla Meneses, a quien debía convencer de un cambio a última hora que no le iba a gustar. No quería ver a Roncero ni en pintura. Le molestaba hasta su risa. "Mándame al Cañaílla mañana por la mañana. Le espero en el Canto de Circe al amanecer. Hay mucho que aviar y alguien tendrá que hacer los mandados".

Felipe Curto se despidió alzando el brazo, sin siquiera estrechar la mano de Caparrini. Era un hasta luego, un "mantengámonos los dos alerta, porque esto no ha hecho más que empezar". Zigzagueó por calles del barrio de San Antonio a medio construir, hasta llegar a la calle Ancha, que quería rivalizar con la calle Nueva en comercios y fondas. Carecía del bullicio de ésta, más cercana al muelle, donde se oían más lenguas y acentos que en cualquier otra calle de Europa. Al adentrarse en el embudo de la calle de la Comedia, el viejo aguador de la Puerta de Tierra le guiñó el ojo. "Tenga usted buenas tardes, capitán. ¿Ha descubierto usía tesoros nuevos para nuestro Rey en esos viajes interminables?¿A dónde le lleva su barco en el próximo viaje? Adónde irá la barquilla / adónde irá". Aceptó el tazón de agua. Era un buen momento para fumarse un cigarro. "No se preocupe tanto por nuestro Rey, amigo. Él y su gente se cuidan solos. Si, como dice usted, salgo yo a la mar y me lío a conquistar y a acumular tesoros, tengo que acordarme del quinto del Rey. Para él iría una quinta parte de todo lo que mi gente y yo, jugándonos el pellejo, preparemos en cualquier lugar, aunque sea en la tierra de Tasman". El aguador le ofreció unos altramuces. "¿Dónde dice? Qué más da, aunque me lo explique no sabré cuán lejos está, que yo no cuento más que hasta un puñado de docenas". Curto siguió con su diatriba a la Casa Real y el funcionariado. "Pero Su Majestad se debería andar con ojo, no sea que poniendo tanto intendente en las Indias, al final haya más tenientes letrados, alcaldes mayores y sacacuartos que gente para hacer coloniales y comerciarlos. Que si el almojarifazgo del comercio; la alcabala de lo que uno tiene y caga; el derecho de Francisco de los Cobos para el oro; el diezmo para la tierra; los tributos de indios, a los que no sólo se mata de hambre, sino que los que sobreviven pagan tributo; y, si uno tiene que hacer algún papel, que sea sellado, te dicen, y el papel estanco barato no es. Y no hablemos ya de trabajar la tierra o sacar la plata. Azogue no falta si se paga, pero sí comida para los que trabajan en la mina. Eso es lo que dicen en las fondas y tabernas de la calle Nueva... En fin, usted se pasa la vida dentro de la muralla, así que no tengo que explicarle nada". Se negó a aceptar los dos maravedíes de a ocho. Invitaba él. Cuando el Habano ya se despedía, se interesó de nuevo por sus planes inmediatos. "Los catalanes con los que trabajo piensan que llevo demasiado tiempo sin separarme de la orilla. Me voy a Veracruz, mi alma". El aguador conocía a una persona muy interesada en la información que acababa de recabar.

El visitador de Nueva España padecía náuseas. Se desabrochó el chaleco y la casaca. Mierda de Reino. Una cosa es poner reformas sobre el papel, y otra muy distinta aplicarlas. Obsesionado con analizarse a sí mismo, detestaba una afición enfermiza por el detalle que, con los años, se había convertido en obsesión. Sus primeros viajes por Europa habían reforzado su carácter puntilloso. Durante su juventud, no había entre las potencias europeas una capital tan sucia y pobre como Madrid, ni caminos tan inseguros e infestados con tantos bandoleros como los españoles: en lugares como Sierra Morena, eran pueblos enteros, con cura y alguacil incluidos, los que se dedicaban al choriceo de forasteros, valijas y diligencias. Y la situación, por decirlo con suavidad, poco había mejorado: de lo contrario, no se entendía que, al reciente paso de la comitiva por la misma Sierra Morena, los soldados hubieran hecho callar con tanta agresividad al conductor del carro, después de que éste se arrancara con coplas del estilo: "En la gran Sierra Morena / amparo de foragidos, / en un pequeño lugar, / que se llama Javalquinto". O, peor aún, la que había colmado la paciencia de la expedición que conducía a José de Gálvez a Cádiz desde la Meseta: "Donde está Diego Corrientes, / el ladrón de Andalucía, / aunque haya muchas gentes, / a todos les da comida. / Con lo que a los ricos roba / a los pobres favorece, / nada en el mundo le ahoga / y todo se lo merece". A buen seguro que el tal Diego Corrientes le habría tomado a él y al resto del séquito como a un "privilegiado" al que había que cortar el pescuezo. Tras su aviso al conductor, las coplas habían suavizado su mensaje, pero eran incapaces de maquillar la realidad: la miseria seguía presente entre las gentes más desfavorecidas del reino. Cómo se va a preocupar uno por asegurar la propiedad privada, el comercio y la seguridad jurídica, pensaba. Si antes no se come ni se duerme bien, ni se puede comerciar ni viajar en condiciones por el interior del país, no hay nada que hacer con cuestiones de urbanidad más superfluas. Qué diferencia con Gran Bretaña, Francia, Holanda. Las periferias tenían salida al mar y, mal que bien, la pesca y el comercio iban en la partida de nacimiento. Su viaje por el interior hacia Cádiz le había devuelto a la contradicción del estadista. Los avances corrían como el rayo en los ministerios, al menos con Grimaldi como ministro de Estado de Carlos III. Del dicho al hecho, en Castilla siempre habrá un trecho, caro José, había bromeado una vez Gio. Pero 1759 quedaba ya lejos. Se había hecho mucho. Quizá su estado de ánimo, acaso su cansancio, resaltara las miserias y empequeñeciera los avances.

Habían partido de Madrid en un coche con el escudo de armas y la bandera de la Casa Real, propulsado por cuatro caballos que cambiarían en cada posta hasta llegar a Cádiz. Acompañaban a don José de Gálvez su secretario personal, su criado de librea y dos asistentes de la Corona, además de los dos conductores y dos clarines. Una calesa, también tirada por dos caballos de posta, traía su equipaje, mientras una escuadra de soldados a caballo protegía la retaguardia del séquito. El coche, con interior de terciopelo verde, era cómodo y espacioso, de fabricación italiana; su exterior era en cambio discreto, a diferencia de los de uso personal del monarca. Una escuadra de protección era suficiente para cruzar Sierra Morena sin problemas, pero tampoco había que tentar la suerte con una exuberante exhibición de alhajas mientras se traspasaba una ruta por la que ya había sido asaltado en una ocasión cuando, siendo todavía un seminarista protegido de don Diego González del Toro, obispo de Málaga, había viajado con sus padres y hermanos desde Macharaviaya a Madrid. Estaba claro en esta ocasión que, más que un mercader de Indias, quien viajaba era un servidor público con poca lana que cortar y sólo una calesa de bártulos. Demasiado riesgo para tan poca presa.

Le frustraba que el servicio de postas en diligencia de la metrópolis fuera todavía menos fiable que el que él mismo había contribuido a mejorar en el virreinato de México, hacia donde se dirigía con toda la premura posible, dadas las circunstancias. ¿Cómo era posible que se viajara mejor y más rápido entre Veracruz y Ciudad de México que entre Madrid y Barcelona o entre Madrid y Cádiz? Había pasado más de un lustro desde que, como secretario personal de Jerónimo Grimaldi cuando éste había sido embajador en París, se desplazara a menudo por Francia, Nápoles y, en menor medida, Gran Bretaña. Qué diferencia entre los caminos españoles y los franceses o ingleses, y qué difícil y costoso era ensanchar y hacer más carreteriles los caminos de herradura de un país tan extenso, poco poblado y montañoso, sin grandes vías fluviales navegables. En Francia o Inglaterra, en cambio, la plácida orografía ayudaba a los ingenieros de caminos. Sus tiendas de comer y dormir, equivalentes a las posadas, mesones y ventas de Castilla y Aragón, eran decentes incluso en las villas y pueblos. En España, las carretas necesitaban ser reparadas a cada rato en los viajes largos, tal era el piso de las vías: ya en el viaje de ida hasta Madrid y luego a otras ciudades, había constatado que las cosas apenas habían cambiado para los viajeros. Las posadas y los mesones de los pueblos, así como las ventas de los despoblados, apenas tenían suficientes vituallas para subsistir, cuanto más para atender como era debido a una comitiva mediana con intención de desplazarse a ritmo de posta por caminos de carros y galeras. Mala comida, bebida de abrevadero y atención desastrosa a la librea, los soldados y los animales. Tenía, además, la sensación de que los caballos de refresco de cada posta estaban las veces más cansados que los que sustituían. Víctima de una experiencia viajera quijotesca, no podía más que recrearse en las divertidas aventuras del antihéroe ibérico por antonomasia.

El bueno de Grimaldi. Ahora, como ministro de Estado, no sólo debía hacer equilibrios entre las fuertes personalidades de los distintos ministros, sino que su influencia sobre Su Majestad rivalizaba con la discreta pero implacable pujanza del confesor del Rey, el franciscano don Joaquín de Eleta. Su jansenismo partía de la convicción y del meticuloso estudio de la obra de San Agustín de Hipona. Sus enemigos no eran los sarracenos, ni siquiera los súbditos paganos que habitaban en las Indias, sino la Compañía de Jesús. La escuela jesuítica, expulsada de los reinos borbónicos y proscrita en Roma gracias al empeño jansenista, mantenía su influencia en los seminarios pontificios, españoles e incluso franceses. La moral terrenal promovida por ese "atajo de calvinistas", como Grimaldi denominaba a los teólogos franciscanos más influyentes, Eleta incluido, era tan lejana al súbdito de a pie que tardaría en implantarse, si cuajaba alguna vez. Joaquín de Eleta soñaba con un campesinado y una clase menestral cuya ética se acercara a la del comerciante parisino u holandés. Pero la devoción calvinista por el trabajo regular y el tesón cotidiano como caminos para obtener el fruto más noble, la felicidad que partía de la virtud aristotélica, no había calado en el mediodía de Europa. La Contrarreforma había iniciado una tarea que la expansión de la Compañía de Jesús por la Europa y América de los Austrias había marcado con fuego sobre cristianos viejos, conversos e indígenas por igual. El misticismo que manaba de la iglesia castellana, reforzado por el ya remoto Concilio de Trento, seguía resonando en templos y monasterios. Ninguna nueva bula papal, ni siquiera una reforma cocinada a fuego lento que partiera de la educación en los seminarios, daría sus frutos en una o dos generaciones. En una ocasión, siendo Gálvez alcalde de Casa y Corte, el confesor del Rey había expresado su velada frustración por la falta de convicción jansenista de España. La del estoico Séneca, cordobés remoto, era ahora una tierra yerma, obsesionada por el santoral, el misticismo y la liturgia. El método científico de Roger Bacon, Doctor Mirabilis, el ya distante franciscano inglés y amigo de Doctor Illuminatus, el también franciscano Ramon Llull, no habían dejado simiente. O quizá sí lo hubieran hecho. "Majestad, fijémonos en los catalanes. Si hay una gente parecida a los holandeses entre sus bien hallados súbditos, esos son los habitantes del Principado de Cataluña. Las rentas, se pagan; las tierras, se trabajan; los artesanos, prosperan con sus talleres hasta que comercian fuera de Barcelona. Cuando perdieron el Mediterráneo, ¿qué hicieron?". El Rey, que intuyó la respuesta, había invitado a Eleta a concluir su reflexión. "Ganaron el Atlántico, gracias a la apertura del comercio con las Indias". Claro que el único pueblo hispano que había creado una ética católica compatible con la industriosidad también había cometido el error histórico de aliarse con los Austrias. La reflexión de Eleta había provocado en el Rey la mayor carcajada que Gálvez recordaba.

Gálvez era consciente de que la confesión que Eleta les había hecho a él y a Grimaldi iba en serio. Sólo el hallazgo del equivalente a la fórmula alquímica del conocimiento, un método capaz de inocular el raciocinio crítico, el optimismo ante la vida y el espíritu de superación, garantizaría el cambio de mentalidad en el mediodía europeo. Eso sí, sin abandonar el catolicismo ni provocar revueltas; sólo con astucia la España borbónica lograría resultados prácticos similares a los de las regiones europeas más influidas por la doctrina cismática de Calvino. Eleta les había hablado entonces por primera vez de la cábala de Ramon Llull y la reinterpretación cristiana que su contemporáneo Roger Bacon había hecho del método científico aristotélico. En efecto, existían trabajos previos a los de Doctor Mirabilis y Doctor Illuminatus que, expuso el confesor del Rey, habían llegado fragmentados a la Edad Moderna. Uno de ellos, relacionado con Llull, Bacon y un misterioso autor anterior, había despertado el interés de un grupo paneuropeo de filósofos y teólogos. Era un ideograma compuesto por cinco símbolos. Eleta había agarrado papel y pluma y les había dibujado los cuatro primeros; el quinto se había perdido en la historia. Asimismo, siempre se había representado, fuera grabado sobre piedra o madera, junto a unos versos en latín. Si el mensaje era descifrado por algún súbdito extranjero, fuera inglés, holandés, prusiano o incluso "aliado" Borbón de Francia, Portugal o Nápoles, España corría el riesgo de ser superada para siempre. La pérdida de las colonias sería, en cuestión de décadas, irreversible. Entonces, Gálvez había estado a punto de inquirir a Gio sobre lo que había percibido como una contradicción en la actitud de Joaquín de Eleta. Por un lado, el confesor del Rey perseguía que los españoles retornaran al estoicismo del cordobés Séneca a través de la Iglesia Católica, y ello era sólo posible abrazando las nuevas interpretaciones de San Agustín de Hipona, a través del jansenismo. Los excesos y tentaciones epicúreas, tan presentes en el catolicismo imperante, debían ser contrarrestadas con las enseñanzas de Séneca, Marco Aurelio y San Agustín. La perseverancia y el trabajo diario conducían a la felicidad, terrenal y eterna. La eternidad estaba en el interior de uno mismo y el conocimiento interior conducía al bienestar. Qué mejor herencia para los españoles, pensaba Eleta, que prepararlos para que pudieran entender a "su" Séneca. Todos los hombres eran iguales; la vida moderada y la actitud frugal conducían al método científico y evitaban caer en la superstición que infestaba los pueblos de la Península y las Indias. Pero, ¿no era confiar en el mensaje oculto tras un ideograma no descifrado una manera de practicar la superstición? José de Gálvez había sido más benevolente con Eleta tras leer la obra de Joan Lluís Vives, Baruch Spinoza y Tomás Moro. Si el mensaje evocaba, aunque fuera de un modo humilde y poético, los principios del estoicismo, quizá ayudaría al propósito velado y último del confesor: convertir la Iglesia Católica en una institución jansenista, que bebiera de las fuentes incorruptas de Séneca, Marco Aurelio y San Agustín. Roma tenía que ser cismática yendo contra el Cisma. Ah, la política.

Había olvidado otros detalles de aquella excéntrica conversación entre el confesor del Rey, Gio y él mismo. Al fin y al cabo, habían pasado muchas cosas desde 1764, entre ellas su propio nombramiento como visitador del virreinato de Nueva España, un año después; el Motín de Esquilache, en 1766; y la expulsión, en 1767, de la Compañía de Jesús de todos los territorios de la Corona. Sobre el papel, las leyes y sanciones se sucedían como el rayo, con la velocidad que requerían los nuevos tiempos, en que el correo incrementaba su fiabilidad y acortaba su tiempo de entrega, y las decisiones eran tomadas y ejecutadas con celeridad. Pero la realidad, constataba una vez más en aquel camino de mala muerte, tenía su propio tempo. El sombrero de ala ancha y la capa larga se habían suprimido, el correo iba más rápido y los jesuitas no evangelizaban en América. Pero la actitud ante la vida de los españoles no había cambiado un ápice y las enseñanzas jesuíticas permanecían, pese a que sus miembros hubieran sido declarados proscritos. Las ideas no llegaban, porque las necesidades básicas de la gente eran demasiado grandes como para pensar en algo más que subsistir.

La diligencia se alejaba de Córdoba a buen paso y, si no había imprevistos, entraría en Cádiz a través del puente de Zuazo, San Fernando y la Puerta de Tierra al día siguiente, martes, a primera hora de la mañana, tras haber descansado apenas unas horas en la posta de Sevilla. En Cádiz le esperaba el alojamiento y la exquisita atención de don Marcelino Guerrero, funcionario de la Casa de Contratación, a quien conocía de actos del cuerpo de funcionarios y de la alta sociedad, a menudo harina del mismo costal. El propio Gio Grimaldi le había recomendado avisar a don Marcelino, para que su estancia en Cádiz y posterior partida hacia Veracruz pasaran lo más desapercibidas posible. Córdoba. Había rememorado la conversación mantenida años atrás con fray Eleta y Gio sobre la búsqueda del significado, al parecer profundo y valioso, de un conjunto de signos, al parecer relacionados con la búsqueda de la felicidad mediante la práctica persistente de la virtud, un motivo más por el que Córdoba no era ahora sólo su ciudad andaluza preferida: de Colonia Patricia Corduba era la familia del estoico Séneca. La conversación, durmiente durante años y casi olvidada, había revivido hacía apenas unas semanas cuando, tras despachar con el Rey y el ministro de Estado en el Palacio de Oriente, había leído la carta urgente enviada por su amigo don Ambrosio de Funes, conde de Ricla.

La misiva del capitán general de Cataluña era escueta y grave. Debía ser atendida. Funes seguía siendo blanco de las críticas del gabinete del Rey por erosionar su imagen ante los catalanes debido a sus sonados escarceos amorosos con la Niña Bergonzi, a su vez antigua amante de Giacomo Casanova. La condena del obispo de Barcelona y el destierro de la Niña habían supuesto un gran escándalo y Funes, un funcionario competente, había perdido el favor de Eleta y de Pedro Rodríguez de Campomanes, poder emergente en el gabinete del Rey, experto en la Orden del Temple y jansenista declarado. Cómo predicar las ventajas del trabajo constante y la virtud entre los súbditos si los representantes de la Corona no lograban desentenderse de los placeres mundanos menos edificantes.

En la carta, el conde de Ricla se interesaba por Gálvez. Habían sido buenos amigos, cuando ambos apuntaban alto en el aparato político y militar de un Imperio que chirriaba y había que reformar con trabajo, tesón, mano dura, determinación. Sin embargo, la carrera de ambos no había seguido cursos paralelos. Mientras la de Ambrosio de Funes se había estancado debido a los escándalos de una vida privada licenciosa demasiado publicitada en Barcelona, José de Gálvez aplicaba con éxito reforma tras reforma en Nueva España, en condición de visitador de Su Majestad en el virreinato, evitando además los sonados líos de faldas. Funes aprovechaba la nota para saludarle y desearle suerte en su vuelta a México. Había sabido de su presencia en la metrópolis y le invitaba, si tenía intención de visitar el Principado, a alojarse en su casa. Pero había algo más. No es que estuviera en un aprieto, pero sí carecía de la formación y los confidentes para compartir un pequeño suceso que le había dejado perplejo y afectaba a su antigua amante.

Se trataba, según Funes, de un escarceo sin aparente importancia que se había saldado con un muerto, acaecido a las puertas de una taberna barcelonesa. Sus informadores explicarían, sin embargo, una historia bien distinta a la oficial que constaría en el acta escrita por el comisario de la zona para cerrar el caso, que no sería investigado. Nina Bergonzi, la Niña, que había entrado en España bajo un nombre falso desoyendo las órdenes de la Audiencia de Cataluña, estaba involucrada en la trifulca. "Ruego comprendas, mi buen amigo, por qué me tomo la molestia de seguir por Barcelona a la mujer que, usando todos los encantos y artimañas que tuvo a su alcance, me sedujo hasta hacerme perder el juicio. Pero eso ya es pasado. Consciente de su peligrosidad, es mi deber asegurarme de que se mantiene alejada de nuestro territorio y de mí". Al parecer, el confidente encargado del seguimiento había sido testigo de todo lo ocurrido, oculto en la sombra. Nina Bergonzi había entregado un sobre a un mozo, quizá con intención de que éste lo entregara a alguien. El recadero había sido atacado y había matado al asaltante en defensa propia. El informador aseguraba haber entendido que la misiva tenía a don Rafael d'Amat i de Cortada, barón de Maldà, como destinatario. Hasta aquí todo lo que el conde de Ricla sabía del propio asalto.

Por desgracia, el muchacho había huido, no sólo del lugar de los hechos, sino de Barcelona, quizá para siempre. Todavía más insólito, el cadáver del asaltante había sido registrado en el instante comprendido entre la marcha del informador y la llegada de un tumulto, procedente del interior de la taberna del Bou, en cuya puerta se habían producido los hechos. Al día siguiente, dos guardias enviados por él mismo detuvieron a uno de los amigos del muchacho, un tal Climent Ballonga, quien había muerto torturado sin explicar el paradero de su amigo ni de la carta que Nina Bergonzi le había entregado. Él mismo había estado presente en el interrogatorio, sobre el que se había ahorrado detalles. Lo que había dejado perplejo al conde de Ricla habían sido las frases inconexas murmuradas por el muchacho, ya moribundo. Al parecer, había hablado de unos símbolos cuyo significado debía ser descifrado. También había mencionado recetas de la botica donde estudiaba como aprendiz y había recordado a un par de muchachas. La tortura no había servido para conocer el paradero del muchacho del altercado. Nada parecía tener la mínima relación ni interés con el suceso, hasta que el tal Climent Ballonga, aturdido, habló de "la carta" de "Mansió" y de su "viaje a Cádiz, rumbo a Nueva España". Al parecer, el asesino fortuito partiría de la ciudad por mar, o quizá ya lo habría hecho, hacia México, tras hacer escala en Cádiz. Uno de los navíos de la Compañía de Rogelio Milà, hermano del maestro azulejero que daba trabajo al asesino desaparecido, había partido a la mañana siguiente del altercado. Entre los continuos balbuceos, también habían sonsacado un claro "Giacomo Casanova". Con hervor, como resucitado de entre los muertos, el muchacho herido soltó un discurso deshilachado, pero con abundantes referencias. "Casanova... ¿Señor Giacomo Casanova? Signor Casanova. La antorcha de Prometeo tiene que ser entregada a los hombres, el método para acercarse a la verdad. ¿Qué relación tiene la verdad de Giacomo Casanova con mi amigo Mansió? Giordano Bruno, Baruch de Spinoza, John Toland, Gottfried Leibniz dijeron al signor Casanova que la razón descansa en Santiago de Compostela. Mansió es un xiquet de las montañas del Cadí, como yo mismo. Doctor Illuminatus y Doctor Mirabilis se conocieron en Santiago de Compostela. ¿Cómo será Santiago de Compostela?¿Cómo un dibujo mal hecho que consta de un asta, una 'C' al revés, una cruz dentro de un círculo, un árbol y un garabato puede importar a alguien?". Tras la enloquecida diatriba, el tal Climentet había soltado una carcajada, que concatenó con una tos que, con la boca ensangrentada, sólo había parado con un desmayo. No se había vuelto a despertar.

"Un asta, una 'C' al revés, una cruz dentro de un círculo, un árbol delimitado por dos medias lunas y un garabato". Cinco símbolos muy familiares. Parecidos a los que fray Joaquín de Eleta había dibujado a Gio y él mismo, mientras departían sobre el equivalente a la fórmula alquímica del conocimiento y la felicidad. Leyendo y releyendo la carta de Ambrosio de Funes, José de Gálvez había decidido comentarla al ministro de Estado, antes de partir de Madrid rumbo a Cádiz. Las mismas dudas asaltaron a Gio: para el genovés, acudir a fray Joaquín era algo así como encomendarse al diablo, dada la influencia del fraile sobre el Rey, que rivalizaba con la suya misma, pero concluyeron que no se podía bromear con aquella coincidencia y Eleta debía estudiarla. Y estaban en lo correcto: al conocer los detalles de la carta, el confesor del Rey calló por un instante. Sin duda, sentenció, habían dado con uno de los grupos que trataban de descifrar el ideograma. Con su peculiar contención discursiva, una proyección de su aspecto y aspiración espiritual, Heleta se dirigió a Gio y Gálvez. "Esta carta, a primera vista fortuita, puede cambiar el curso de la historia". Si fray Joaquín era una persona frívola, hasta ese momento lo había sabido disimular con maestría, ya que aquella confesión habría sido la primera muestra de ello desde que le conocían. En otra situación, la frase lapidaria le habría provocado una carcajada pero, dicho por fray Joaquín de Eleta, teólogo jansenista y confesor de Carlos III, el grandilocuente enunciado adquirió el tono sombrío de la figura que lo pronunciaba. Años más tarde, experimentaría la misma sensación ante el trabajo del pintor aragonés Francisco de Goya, para quien el sueño de la razón produciría monstruos.

Eleta, Gio y Gálvez habían acordado no molestar al Rey con la misiva de don Ambrosio de Funes, conde de Ricla. A diferencia de sus predecesores borbónicos, no ya de los últimos y desastrosos Austrias, Carlos III era competente, tenía una educación sólida y, hasta cierto punto, capacidad de trabajo. Pero, más importante aún, durante su época como Carlos VII de Nápoles había aprendido de su ministro Bernardo Tanucci que, tan importante como el propio raciocinio, era saber delegar y rodearse de colaboradores solventes. El oficio de gobernar no consistía en leer El Príncipe de Nicolás Maquiavelo y tumbarse a la bartola, como los Austrias habían hecho con sus validos, a menudo con resultados desastrosos para España. Donde no llegaba él, tenían que hacerlo Gerónimo Grimaldi y el resto de sus colaboradores. Eso sí, nunca reconocería, ni siquiera a sí mismo, la formidable influencia de su confesor sobre su estado de ánimo y decisiones. Demasiadas preocupaciones. El monarca pedía a gritos unos días de caza en El Pardo y una historia entre la fábula, la conspiración y el espionaje entre potencias europeas y personajes en la sombra, sólo agravaría su desasosiego. Cada cosa en su momento. Si fray Joaquín tenía razón, había personas muy interesadas en descifrar el ideograma cuanto antes. Quizá una compañía comercial, o acaso un país extranjero. O ambas cosas a la vez, a tenor del poder de algunas compañías que, como la de Virginia, acumulaban más riqueza y poder que muchos países europeos. Si, en cambio, sus predicciones eran exageradas, razón de más para mantener al monarca al margen, sobre todo cuando le atenazaba la melancolía y se refugiaba en el amor al infante Felipe Antonio, su hijo primogénito y compañero de grabados, el bobo más lúcido del mundo, como una vez lo había descrito.

Releía De arte combinatoria de Gottfried Leibniz cuando andaba bajo de moral, pero esta ocasión era distinta. Mamá ya se había retirado a dormir, sin antes prescribir a su hijo que durmiera él también en vez de tanto leer. Durante las tardes y noches oscuras de repiqueteo de lluvia, se refugiaba en el estudio y, a la luz del candil, buscaba en el libro de Leibniz una destilación de la cábala de Doctor Illuminatus, empleada por Llull para amparar dentro del cristianismo a las otras dos religiones abrahámicas, un objetivo tan quimérico como universal, y a la vez pieza esencial que habría permitido a un sabio ducho en romance, latín, árabe y hebreo indagar en el significado de su propia existencia. Con 48 años de edad y de vuelta en Glasgow tras su larga estancia en varias ciudades europeas, seguía viendo caer la lluvia tras los cristales en la casa donde había nacido. Durante las temporadas de estudio, su madre era el único anclaje a la realidad en que podía confiar. Su búsqueda de la razón creaba monstruos. No quería caminar sin rumbo en el medio de la noche, como en un sueño, para recuperar la conciencia a varias millas de casa. Tampoco enzarzarse en inacabables conversaciones con sus otros yo, con los que había conversado desde su infancia. Tanto de lo que tratar y tan poco tiempo para sintetizarlo en un discurso inteligible. Qué sencillo y frustrante era pasar del tronco del recio árbol a su ramaje, hasta perderse en él y tardar horas en, a lo sumo, desandar lo andado. Castillos de arena. Se miró al espejo. Sin la peluca, su media melena era rala y canosa, aunque a veces tuviera la sensación de que acabara de conocer a su amigo David Hume, su tutor durante una década. La realidad no podía ser trastocada por la cábala matemática de De arte combinatoria: habían pasado veintiún años desde entonces, y nueve desde que se doctorara en derecho. "La salud de madre ya no está para tus locuras. Tú también te haces mayor. Viejo Adam". Cualquier cosa menos afrontar la realidad. La hoja en blanco le causaba pánico, antes que pereza. Podría haber consultado toda la biblioteca de Alejandría, antes de enfrentarse a la primera frase. A continuación, como siempre ocurría, necesitaría sólo un instante para preparar papel, plumas, tinta y arenilla suficiente, ya que escribiría durante horas, sin tiempo siquiera para contestar las palabras esporádicas de su madre con más que un simple ajá. Todo empezaría con la enunciación de un puñado de ideas fundamentales, cuyas ramificaciones crecerían a continuación, hasta convertirse en nodos interconectados de las maneras más inverosímiles. En una ocasión, observando las raíces de una seta, entrelazadas con las de un haya que había sido arrancado de raíz por un temporal, había pensado que las ideas crecían de un modo similar a las raíces en la naturaleza. El suelo era quizá la mente del bosque, y la vegetación sus ideas, pequeños poemas, grandes obras en prosa, esperanzas y desgracias. Tenía la certeza de que había ideas de la tierra hasta en los lugares más inhóspitos del mundo, desde los desiertos hasta los fondos abisales, o la cima nevada de las montañas más altas de los Alpes, que tanto había observado durante su estancia en Francia, Suiza, Austria e Italia.

"Excelentísimo señor Adam Smith". Las misivas que recibía en los últimos años habían pasado del saludo impersonal a la adulación más lisonjera. Su contribución académica a la filosofía y las teorías social y económica, cuya consistencia primigenia bebía de la fuente de su tutor David Hume, le habían labrado cierto reconocimiento en Glasgow y Edimburgo. Si algo echaba de menos de sus años de profesor en la Universidad de Glasgow era la disciplina formal que requería el contacto humano continuado. Consistencia en los horarios, formalidad. Buenos días. Profesor por aquí, profesor por allá. Le recomiendo esta lectura. Ajá. ¿Me decía? Ah, sí. En absoluto. Váyase a la mierda. Lo que fuera. Interacción entre dos nodos del universo conectados al resto de nodos de un modo inescrutable. En casa, en cambio, tras haber abandonado su labor de profesor en Glasgow para ejercer de tutor de Henry Scott, duque de Buccleuch, le había abierto las puertas a Europa. Había seguido a Scott por varios lugares, físicos y mentales. Dos años de viaje por Europa, tanto en excitantes parajes como en rincones soporíferos, conociendo a auténticos imbéciles y a individuos que aumentaban su fe en el ser humano. Aunque lejana e intermitente, mantenía la amistad con algunos de ellos, sobre todo los dos más jóvenes en espíritu y capaces, a pesar de su edad biológica: el francés François-Marie Arouet, Voltaire, de setenta y seis años; y el americano Benjamin Franklin, con sesenta y cinco primaveras, en efecto un benjamín comparado con Voltaire. Del aburrimiento padecido en Tolosa de Languedoc había surgido su primer libro. Ahora, escribía el segundo, en un proceso doloroso.

Había postergado el momento durante todo el día, pero se acercaba lo ineludible. De vuelta al libro cuyo peso dentro suyo le estaba haciendo envejecer. Barajaba tres o cuatro títulos, pero a buen seguro optaría por un enunciado descriptivo. Al fin y al cabo, su objetivo era que, una vez saliera de la imprenta, se distribuyera con la ubicuidad de un almanaque. Sería algo así como "Una investigación sobre la naturaleza y causas de la riqueza de las naciones". Leyó por encima las dos últimas hojas que había escrito la madrugada anterior. "A recuperar el hilo se ha dicho, mi querido Adam, profesor chiflado. Empiezas a perder la memoria. Apenas eres capaz de recapitular tus últimas palabras sin antes perder el resto del día ocupado en insignificancias". Se le revolvió el estómago. Salió de la alcoba, bajó las escaleras de madera y, una vez en el patio trasero, cagó en la pequeña huerta. Levantó la cabeza para que la lluvia, fina y persistente, le mojara la cara. Pensó en la respuesta a James Boswell, un antiguo alumno aventajado, todavía a medio escribir, que rondaba todavía por su mesa. Había faena. Volvió al escritorio, regenerado por la madrugada en el exterior. Se secó la cara con la manga del camisón y sacudió su melena rala y grisácea, ahora humedecida. "El cuero cabelludo de una rata mojada", pensó.

Pese a su juventud, Boswell, el noveno "laird" de Auchinleck para los escoceses, o noveno lord Affleck según la grafía inglesa, también conocía a fondo la Europa continental. En el pasado, le había preocupado la deriva existencial de su antiguo alumno, tal era su sensibilidad. Justo después de asistir a sus clases en la Universidad de Glasgow (¿había sido él el causante?), Boswell, de familia calvinista, se había convertido al catolicismo con la intención de hacerse monje. Se habría acomodado en la doctrina jansenista, a no ser por la "revelación" que había tenido poco después. Le explicaron que había escapado a Londres y llevaba una vida libertina. Abrazar a Baco tras asomarse al estoicismo tendría sus consecuencias en un muchacho brillante, pensó entonces. Suicidio, obra poética y literaria demoledoras, o ambas cosas. Se equivocó. Obligado por su familia a abandonar lo que consideraban el colmo de la frivolidad, Boswell, a quien la sociedad londinense ya comparaba con el afamado "cortesano pervertido" Giacomo Casanova, acabó sus estudios en Edimburgo. Volvió a escabullirse de la familia al marcharse a Utrech a ampliar sus estudios. Y contra pronóstico, Europa no le había ahogado con el néctar de la vida cortesana y el placer fácil. Las primeras cartas recibidas de un Boswell maduro y preocupado por las grandes aspiraciones del ser humano habían sido remitidas desde Utrech. Y, a través de sus misivas, había conocido a su amante, carnal e intelectual, Isabelle de Charrière. También a su mayor influencia en Utrech, un artesano catalán, Ramon Milà. Años después, tras la última carta de Boswell, el artesano azulejero catalán se había convertido en el maestro. El "mestre".

Boswell le había puesto al corriente de la carta de su amigo Samuel Johnson, respetadísimo hombre de letras inglés del que detestaba su falta de consideración hacia Escocia y los escoceses. Pero el misterioso contenido de su última epístola a Boswell, en la que al parecer explicaba su relación personal con un misterioso ideograma anotado en una antigua edición de De vita beata, la obra de Séneca, le devolvía al paseo por el bosque, pasmado ante el árbol arrancado de cuajo por una tormenta. Las raíces del grueso tronco habían buscado los minúsculos nodos de la raíz de la seta. Bajo el suelo, todo estaba conectado. El conocimiento y las experiencias humanas parecían formar parte de la misma red, caótica a simple vista, de nodos interconectados. ¿Aleatoriamente? Bien, quizá el mestre Milà, un mero azulejero, un artesano catalán obsesionado por la sencillez del gótico de su tierra, como le había descrito Boswell en el pasado, tenía razón. La respuesta quizá estuviera en el enigma planteado por el ideograma. Estoicismo, cábala, método empírico. Séneca, Doctor Illuminatus, Doctor Mirabilis. Le esperaba una larga noche. Pensaba trabajar en el libro durante un largo rato y dedicar un rato, antes de caer desfallecido sobre el camastro, a contestar a James Boswell. Al día siguiente, repetiría la rutina: marear la perdiz hasta que la conciencia explotara de remordimiento; después, escribir de acuerdo con el plan trazado durante horas de distraída deliberación y charla con sus otros "yo"; para acabar, un rato para sus relaciones epistolares. "Mañana, le toca el turno a Benjamin Franklin. Estoy seguro de que le interesará oír cómo continúa el acertijo del ideograma que intriga a Samuel Johnson".

Pero era el momento de su libro. Respiró hondo. Ya no había escapatoria. El mestre Milà le vino a la mente. Desvirgó la hoja en blanco: "... Prefiriendo el éxito de la industria nacional al de la industria extranjera, el individuo no piensa más que en darse una mayor seguridad; y dirigiendo esta industria de manera que su producto tenga el máximo valor posible, no piensa más que en su propia ganancia; en aquello, como en muchos de otros casos, es guiado por una mano invisible hacia el cumplimiento de un fin que nunca ha estado en sus intenciones; y no es siempre lo peor para la sociedad que esta finalidad no entre en sus intenciones. Buscando sólo su interés personal, trabaja a menudo de una manera mucho más eficaz para el interés de la sociedad, que si se lo hubiera puesto como objetivo de su trabajo."

La "mano invisible"...

Laudes. Faltaba un rato para la Alborada del martes, ocho de octubre de 1771. Mansió había decidido disminuir cualquier riesgo innecesario. En lugar de acortar por las callejuelas del interior de la ciudad nueva, que se extendía hacia el septentrión del tómbolo de arena en el que Cádiz estaba varada, el Pastoret decidió escurrirse por el perímetro de la muralla, con la faca asomando por la faja, dispuesta a ser desenvainada en un suspiro de su vieja funda de cuero. La noche anterior había saldado sus cuentas con la pensión de la pequeña calle de San Isidro. Sin pasar por el comedor, en la penumbra, había salido a la calleja, barrida por la fría brisa de poniente del océano. Vació la vejiga en el solar de una casa a medio construir, rascó una cerilla y encendió un cigarro. "¿Quién vive?". Se dibujó la silueta de un sereno, o acaso un policía de vagos, en la encrucijada con la calle del Molino. Abrochó el penúltimo botón de la chupa para ocultar la empuñadura de la faca; estaba dispuesto a usarla contra la "autoridad", si el sereno o policía resultaba ser un sicario. Se identificó. Catalán, protegido de don Ignacio Caparrini, corresponsal de la Compañía de Rogelio Milà. Partía en barco esa misma mañana. "Si usted parte del muelle principal, junto al baluarte de los Negros, me da que va en la dirección equivocada. ¿Conoce usted estas calles?". Aclaró que quería llegar al puerto paseando por la muralla. En la iglesia del Carmen, junto al baluarte de la Candelaria, tomaría la Alameda hacia el levante, para torcer al final hacia al mediodía, al pasar la plaza de los Pozos de la Nieve. Seguiría la calle de la Aduana hasta la Puerta de Mar. El sereno, alto y delgado, se apartó a un lado. Pidió lumbre. Su cara se iluminó cuando Mansió acercó el mixto. Rostro anguloso, bien proporcionado. Gracias. Se despidieron. La brisa se convirtió en viento en la Alameda, cuando ya no había edificios que sirvieran de pantalla. La luna, que había sobrepasado la noche anterior el cuarto menguante, apenas alumbraba sus pasos, al final del paseo, sin iluminación pública. Cualquier pequeño sonido era una amenaza potencial. Se arrepintió de haber rechazado la oferta de protección del corresponsal Caparrini. Respiró algo más hondo al llegar al calle de la Aduana, ya cerca de la Puerta de Tierra. Estaba bien iluminado y daba la sensación de que hubiera un policía por cada puñado de maleantes durmiendo a los pies de la muralla. No era día de serenatas de borrachuzos y quien se salía de la raya se llevaba un palo.

A la altura de la calle del Correo, una sombra se disponía a abalanzarse sobre el Pastoret. Detrás de la sombra, el bulto también esquivo de otro hombre. El primero echó a andar tras la espalda del muchacho catalán, con impresionante sigilo. Envuelto en una capa y fundiéndose en el callado rubor de la alborada en el interior de la bahía, llevaba un cuchillo en su mano derecha, con su hoja alzada proyectándose en la sombra. Se levantó la brisa de levante que mecía los barcos, con los fanales de posición encendidos al abrigo de la bahía. En contra de la brisa, una segunda sombra había corrido, todavía con más sigilo, hacia la primera hasta atraparla. El segundo personaje misterioso tapó la boca del salteador, que habría alcanzado a Mansió en un instante. Le cortó el pescuezo con una charrasca. Apenas se oyó una gárgara de sangre. Mansió se giró. El viento había levantado una lona abandonada, junto a las fachadas apenas iluminadas de la calle de la Aduana. Ante él, a unos trescientos pies, veía la Puerta de Mar. Aceleró su paso. Sin duda, había exagerado sus temores, acrecentados por la noche cerrada, apenas iluminada por la grasa de las farolas, el cuarto menguante lunar y los tímidos fanales de los centenares de navíos, posados sobre el agua como zapateros adormilados.

Por primera vez desde que había partido de Barcelona contra su voluntad, se sentía parte integrante de una empresa. Había que cumplir un designio y él no sólo participaba en su devenir, sino que tenía la certeza de que formaría parte de su desenlace. Tiró el cigarro y dio una sonora palmada de excitación, que causó un eco amortiguado. Junto a la Puerta de Mar, en el rincón más sucio de la Plaza de San Juan de Dios, el aguador dormitaba, junto al burro y la calesa llena de cántaros. El viejo entreabrió los ojos y, al reconocer al muchacho catalán, se levantó de golpe, con cierta comicidad. Se sacó el viejo chambergo reconvertido en tricornio y le gritó desde apenas cincuenta pies de distancia. "Me alegro de verte, catalán. Tienes tú el porte de Diego Corrientes el bandolero, y doy fe que, viéndote caminar y desenvolverte, creo que no va a haber nada más grande para quien te acompañe. Anda con Dios, hijo mío, que sales de aquí con la cabeza alta y ahora nadie te toserá". ¿A qué venía el discurso del viejo? "No le hagas caso. Habrá empinado el codo". Martín y Mingo acababan de llegar a la Puerta de Mar, acercándose desde la calle del Boquete. "Voy a echar de menos a esta ciudad", confesó Mingo, a quien Mansió había apodado el Monje.

Los tres muchachos caminaron juntos en dirección al muelle. A lo lejos, al final del ancho espigón, junto al baluarte de los Negros, varias sombras estibaban, como hormigas obreras, voluminosos bultos en un navío de porte majestuoso, que había pasado las últimas inspecciones en Sanlúcar de Barrameda apenas hacía una semana. Una de las hormigas se adelantó. Era Felipe Curto. Con la mano alzada, les animó a apresurarse. El Canto de Circe zarpaba en un instante hacia Veracruz, haciendo aguada en Canarias, Dominica y Santo Domingo.

TRISKELION por Nicolás Boullosa

11. El ángel de la guarda de Puerto de la Cruz

"Aquí hiede a aguardiente. Me voy a cagar en vuestra estirpe...
¡Porque va a ser que no me trago el cuento de que es una bota con un
golpe! Empezamos mal y dicho queda. Nos espera un viaje largo...
muuy laargo".

El Pescadilla Meneses echaba pestes por la boca mientras sacudía la
cabeza, con los brazos en jarra y el cuello en tensión, como el de un
conejo desollado, con la arteria aorta a punto de explotar y la tez
encarnada por el efecto las quemaduras del sol, la brisa marina y la
sarna. Bajo sus ojos, dos ojeras ennegrecidas delataban la intensidad
de su corta estancia en Cádiz. El San Agustín de Hipona se quedaría
en puerto varias semanas, mientras los trámites administrativos le
permitían reemprender el cabotaje de vuelta a Barcelona. Dejar el
místico en el puerto era tan doloroso como engañar a una mujer.

El Habano no se lo había explicado, pero intuía que el corresponsal
Caparrini debía haber pagado una suma desorbitada para acelerar los
permisos de registro de la carrera del Canto de Circe. Su amigo en la
Casa de Contratación, don Marcelino Guerrero, aceptaba apenas un
puñado de tratos al margen de los estatutos del organismo. Costaba
hacer excepciones en una institución cada vez más vigilada por
confidentes del monarca con intención de acabar con el contrabando
consentido y la corrupción. Si el Rey había liberalizado el comercio
con ultramar a cualquier compañía que fuera española y pudiera
permitírselo, era para aumentar la recaudación y aflorar el fraude. La
competencia de las cámaras de comercio de las restantes ciudades de
la Península que, desde 1765, podían fletar navíos de registro hacia la
mayoría de puertos indianos, dificultaba colar una "equivocación"
entre permisos expedidos desde Cádiz, o acaso obviar algún
documento "traspapelado" debido a "errores administrativos de
difícil explicación". Los viajes hacia México, cuyas minas de plata
superaban ya en producción a las del Perú, partían de Cádiz o hacían
escala obligatoria en la ciudad y, debido a ello, don Marcelino, una
"persona comprensiva", era a menudo invitado a reuniones en las que
había que andarse con cuidado, porque en Cádiz sobraban los
chivatos. Sólo para fletar un navío hasta Veracruz, no ya para
comerciar con el puerto mexicano, se necesitaba un permiso de la

propia Casa del Rey, el Consejo Supremo de Indias, la Real Audiencia de Contratación de Cádiz o de las tres instituciones a la vez. La influencia de don Marcelino sobre todas las concesiones de la Audiencia de Contratación no sólo había posibilitado el viaje, sino su improvisado adelanto.

El Habano no le había convencido: le había obligado a embarcarse con él hacia Veracruz. "Sin ti, no hay viaje. Y, si le digo que no a Caparrini a estas alturas, se me acaba la faena con don Rogelio". Había buen dinero. Ambos cobrarían, en reales de plata, el equivalente a diez carreras desde Cádiz a Barcelona por un viaje más largo e incierto, sí, pero con las escalas testimoniales para hacer aguada, recoger leña y atender los compromisos de contrabando en las Canarias, Dominica y Santo Domingo. El Pescadilla había aceptado a regañadientes. "Más vale que sea importante lo que Caparrini se trae entre manos con ese muchacho y los otros dos que han aparecido de la nada, como un bancal de arena en medio del océano. Esto me huele muy mal, Habano".

Los marineros en cubierta tenían problemas con los aparejos. La actitud del Pescadilla y la hora intempestiva habían reducido el tino de la marinería, compuesta por sombras descompuestas que corrían como torpes y asustadizas aves de corral, agarrando y soltando motones, cuadernales y guarnes, justificando de paso los reproches de Meneses. Ni siquiera pasaban la voz con autoridad y las indicaciones se perdían antes de llegar a algunos marineros que, cohibidos como en un juego infantil que no acababan de entender, no preguntaban por miedo a la represalia. Al tanto de la situación, los más veteranos asumieron sin rechistar todas las responsabilidades. Era mejor empezar con la fiesta en paz.

Ahora, trataba de embarcar la carga para salir dando la campanada a las seis de la mañana, la hora prima, con el amanecer. "La puta que te parió. Dame esos fardos o vuélvete a la Caleta con la furcia que te ha chupado el... entendimiento. ¡Y tú qué! ¿De dónde coño te has escapado? Ahora sé por qué el barco se llama Canto de Circe. Está lleno de moñas, borrachos y puteros. Si caéis con el Habano, os pone a la mayoría pegados al carajo de aquí a las Indias y de vuelta. Y a quien se quejara, doble ración, por listo. Aquí, a los marineros que se creen que este barco funciona como un putiferio, a besar la quilla. Y os aseguro una cosa: llevo en la mar desde que nací, y nunca he visto una sirena. Quien ha pasado por la quilla, no lo recomienda". La mayor parte de la tripulación del Canto de Circe había acudido al muelle, todavía adormilada, antes de la alborada. Los que conocían al Pescadilla Meneses no habían esperado un saludo afable, pero tampoco la retahíla de insultos que les había espabilado de golpe. Ni un solo marinero había osado fumarse un liadillo en casi una hora de estiba. Los que todavía no se habían presentado en el muelle, tendrían un castigo ejemplar. "Si no estoy yo aquí, ¿quién abarloa el barco? Estad bien atentos, porque necesitaréis más hervor en el fondeo del Puerto de la Cruz...".

Necesitaban a todos los marineros convocados por el corresponsal el día anterior en su casa. El propio Canto de Circe aportaba el grueso de hombres, contando piloto, contramaestre, guardián, marineros, grumetes y muchachos, a los que se unían el puñado de marineros del San Agustín demandados por el Habano, pese a las reticencias de Caparrini, que hacía malabares para mantener toda la flota operativa. En total, ochenta y nueve hombres, contando al Catalán, el Extremeño y el Gallego, como en adelante les distinguirían sus compañeros de viaje. "Tú, muchacho ¿cómo te llamas? Ah, Antonio. Creí que te llamabas Pa-pa-na-tas. Aquí se viene a estibar cagando leches y a servir a tu capitán, que se llama Felipe Curto. Si no lo sabías, apúntalo en la memoria. Ayer por la noche, bien listo que parecías en la taberna de la Frasca, con una de las fulanas de la calle del Negro. Te voy a decir una cosa: a todos nos gusta divertirnos antes de trabajar. Pero antes de divertirse hay que aprender a dar el callo, y yo te veo muy verde. Seguro que chingas mejor que cargas, así que te dejaré claro algo desde el principio, y así a lo mejor te ahorras la quilla y el garete, porque el carajo lo tienes asegurado: no me gustan los chingones, sino la gente seria y trabajadora. Y si Felipe Curto es tu capitán, yo soy tu maestre. ¿Eres grumete o simple muchacho? Ah, dices que eres 'grumete'... Conmigo te tendrás que ganar lo de 'grumete', muchacho".

El Habano, que le había pedido que esperara un rato para pasar revista, le instó con un gesto a contar a los presentes, ahora que los tres "huéspedes" se encaminaban por el ancho espigón hacia el único barco que bullía de actividad en aquel horario intempestivo. "Cuenta a los tres que se acercan", gritó Curto. "Ochenta y cuatro". El capitán mostró su desaprobación mirando hacia el cielo. Los tardones iban a tener una primera semana de perros. Para amortizar parte del soborno pagado a don Marcelino, había que hacer escala en Canarias y encomendarse a la mejor oferta de contrabando hacia Dominica, Santo Domingo y Veracruz que pudiera encontrar en un día. Las aduanas canarias eran, pese a los implacables esfuerzos de los funcionarios borbónicos, un coladero para comerciantes y corsarios de países neutrales. Abundaban las carreras de matute con daneses, suecos, holandeses y portugueses, que iban y venían desde sus colonias africanas y americanas hasta Madeira, a menudo haciendo escala en el Puerto de la Cruz. Pero destacaba la actividad del enemigo: los ingleses y, en las últimas décadas, comerciantes procedentes de Virginia y Nueva Inglaterra, poderes emergentes de las Trece Colonias inglesas en la América septentrional descargaban manufacturas de la metrópolis y materias primas americanas a cambio de vino y productos españoles y europeos de contrabando. Un americano, decían los canarios, tenía de inglés lo que un canario de español. Según el interés, había días que algo. Otros días, ni eso. Importaban vino canario porque los portugueses no suplían toda la demanda del pujante Imperio Británico y tanto los cavaliers virginianos como los puritanos de Nueva Inglaterra pagaban al instante con pesos de a ocho contantes y sonantes, tras vender el preciado contenido de sus bodegas: los contrabandistas canarios y españoles no habían visto mejor millo, harina y roble que el género de las Trece Colonias, una tierra templada y fértil que prosperaba con la rapidez de la pólvora. Los canarios tarareaban una décima desde hacía años, que recordaba con guasa la antipatía que causaba la implacable política aduanera de Carlos III: "¿A quién se ofende y se daña? / A España. / ¿Quién prevalece en la guerra? / Inglaterra. / ¿Y quién saca la ganancia? / Francia. / Con que así saco en sustancia / Que con un riesgo eminente / Amenazan claramente / A España,

Inglaterra y Francia". Al fin y al cabo, el Puerto de la Cruz florecía con el comercio no permitido. Caparrini sabía de buena tinta que la balandra Nuestra Señora de la Peña de Francia, estaba haciendo rico al comerciante gaditano Agustín Ramonet con el escaqueo de fardos de manufacturas europeas compradas a buen precio y sin rechistar en aquel floreciente puerto del septentrión de Tenerife. Se decía que en 1770 habían arribado casi 30 buques sólo de las Trece Colonias, que habían desembarcado casi trece mil fanegas de millo, otras trece mil fanegas de trigo y cerca de tres mil barriles de harina, además de varios miles de quintales de roble americano. El Canto de Circe contaba con la garantía de la Compañía de Rogelio Milà, así que, salvo catástrofe, se respetarían tanto carga como precio pactado. El seguro de don Rogelio se comprometía, además, a indemnizar al contrabandista. Un chollo. "Todo sea por que el chaval cumpla con su cometido".

Rogelio Milà había comprado el Canto de Circe en diciembre de 1765 a un comerciante inglés por cinco mil libras, que ascendió a más de seis mil quinientas libras al renovar el palo mayor, el velamen, la mesana y las bodegas. Con los cambios, la embarcación fue arbolada como fragata comercial con bandera española para hacer la carrera entre Barcelona, Cádiz y varios puertos indianos. La matrícula le identificaba como navío de registro con ochenta codos de eslora, veintidós codos de manga y puntal de ocho codos, con nervio y defensa suficientes para zafarse de los rápidos corsarios de Canarias y el Caribe. Tanto en Barcelona como en Cádiz, el pinque era tratado como fragata, pese a que su casco redondo no dejaba lugar a dudas. Los "pink", como decían los ingleses, habían evolucionado desde pequeños barcos pesqueros en la época de los descubrimientos a modernos cargueros a granel con aparejo en cruz y una alta proa redondeada, copiada de otro barco carguero buen navegante, el filibote holandés. Su aparejo era moderno y estaba bien mantenido, contradiciendo las críticas del Pescadilla Meneses al barco y a su tripulación, desde que la tarde anterior una decena de calesas descargaran el grueso del flete en el muelle: fardos, cajas, botas y baúles. El resto, sería embarcado de contrabando en las cortas escalas de Canarias, Dominica y Santo Domingo. El Canto de Circe, fragata para el registro marítimo de la Corona y pinque para cualquier marinero dispuesto a reconocer que los ingleses diseñaban buenos navíos para el comercio a larga distancia, garantizaba cruzar el océano.

Mansió, Mingo y Martín, los tres valiosos polizones, estudiaban a lo lejos la proa redondeada del navío, que se pavoneaba con tres imponentes mástiles de aparejo en cruz y la zona de carga más alta, a popa, junto a la que el Pescadilla movía los dedos de las manos mientras miraba cómo los fardos se embarcaban. Gritó a Felipe Curto, al encuentro de los tres muchachos para cuya misión el Canto de Circe había adelantado la carrera varios meses. "¡Capitán! ¿Cuál es el desplazamiento registrado del Circe?". Curto confirmó la capacidad de carga de la matrícula: siete mil quinientos quintales, trescientas cuarenta toneladas métricas. Le preocupaba la defensa del barco, si era acosado por más de un navío a la vez antes de alcanzar el Golfo de México. "Como siempre, el corresponsal delega nuestra propia seguridad en nosotros. Si no sé siquiera por qué me sorprendo... ¡Artilleros! ¿Hay algún marinero que sepa algo de artillería, o lleváis los cañones por amor al arte?". Se presentaron dos hombres al instante, a punto de tropezar sobre una de las tablas que servían de tránsito entre el muelle y la popa del navío. No se podía creer que el Canto de Circe hubiera cubierto media docena de viajes de ida y vuelta a Nueva España con dos carronadas de doce libras que, según los artilleros, no habían sido revisadas desde la compra del buque; y cuatro cañones de cuatro libras, suficientes para hacer ruido y mantener alejado a cualquier bergantín de poca monta, a lo sumo. La cosa cambiaría si recibían un ataque en toda regla, pensó, aunque confiaba en el nervio del pinque y, sobre todo, en el oficio de su capitán, en el suyo y, aunque no lo hubiera reconocido ni siquiera bajo tortura, en el de la tripulación del Canto de Circe; empezando por el piloto, un vizcaíno con seso, experiencia y palabra. Sin pedir permiso al capitán, mandó a un mensajero a la casa del corresponsal, pidiendo permiso para ampliar la dotación de mosquetes y sables hasta donde se pudiera, además de pelotas de plomo y pólvora fina en buen estado para cebar la cazoleta del arma. El capitán delegaba en él cualquier decisión que considerara de sentido común desde hacía años, cuando sus maniobras les habían salvado el pellejo ante la persecución de un jabeque corsario argelino en la bocana del puerto de Palma de Mallorca.

Tras el recuento de la tripulación y a falta todavía de cinco hombres, que se encargarían de limpiar las cubiertas en alta mar, estibar los fardos de contrabando en Canarias y ayudar en la cocina, los hombres volvieron a estibar los bultos depositados en el muelle. Caparrini se había ahorrado el cargo de los estibadores portuarios; era sólo el principio de un régimen que, aplicado con rigor, aseguraría que la empresa llegara a puerto. Los tardones no serían sometidos a ningún consejo de guerra pero, eso sí, pasarían cada día por la vara y Meneses ya había dejado claro a los contramaestres de segunda y los suboficiales que habría golpes para todos sin excepción, contando al Gallego, el Extremeño y el Catalán. "A falta todavía de cinco dormilones, os voy cantando una copla mientras colocáis los fardos. Si no sabéis dónde van las cosas, preguntad a los oficiales. Empieza la canción: en mi barco no hay robos, ni borracheras, ni peleas de niñas, ni mariconadas, ni faltas de respeto o burlas a los oficiales, ni más insultos que los de los mandos. ¿Os gusta? Tiene buena tonadilla, ¿eh? Sigo entonces: aquí trabaja hasta el Santo Cristo, de manera que no me obliguéis a poneros los grilletes y a dejaros a pan y agua, porque los débiles seguirán trabajando como los fuertes, con enfermedad o sin ella. Si alguien se muere enfermo, veremos si se merece algún responso, pero yo sé adónde va, digo". Hizo una pausa. Su tono era ahora más solemne. "He visto el cabestrante y es tan grande que caben hasta cinco marineros. Fijaos qué casualidad, porque coincide con el número de dormilones. Os recuerdo que los azotes siempre se darán en presencia de un oficial y obedeciendo a sus órdenes. Quien azota sin permiso, recibe el doble de los vergajos que dé. Si queréis, cuando estemos en alta mar os recuerdo la diferencia entre la caída seca y la mojada. Ah, y dicen que el paso por la quilla está prohibido. Es una lástima, pero ni el capitán ni yo hemos oído nada al respecto".

El mozo encargado de la estiba cantaba en voz alta el número de bultos y su contenido, mientras los marineros, estibadores improvisados, trataban de almacenar la carga con tino y así evitar el primer castigo de aquel energúmeno escuálido y gritón. Había fardos con géneros y tejidos indianos catalanes: paños, bayetas, lienzos, terciopelos, brocados y encajes, así como telas flamencas y napolitanas; quincallería y cordelería de Castilla; hierro, clavazón y todo tipo de herramientas de Vizcaya; papel, cera y aceite de oliva andaluces; vino, aguardiente, alcaparras, almendras, avellanas y pasas de Cataluña, género embarcado apenas unos días antes por el San Agustín de Hipona en Los Alfaques de Tortosa; y azoque de las minas de Almadén, que sería desembarcado de contrabando antes de arribar a Veracruz.

Felipe Curto se encontró con los tres muchachos a medio camino, entre el Canto de Circe y la Puerta de Mar. Estrechó la mano de cada uno de ellos. "Hay que saludar como un caballero. Pero es todavía más importante comportarse como tal. Mirad, muchachos, yo no he venido a este mundo para dar monsergas a nadie, que para eso ya está el corresponsal. Yo tengo que llevar ese pinque que veis allí adelante hasta México, y lo tendré mucho más fácil si recabo toda la ayuda posible. No hay distingos. Vais a tener que ganaros el pasaje". Miró a cada uno, para acabar dando una displicente palmada en la cara a Mingo. "Templa las palabras, o los discursos en latín te van a dar un viaje de perros. Me han dicho que hablas bien; tu aspecto tampoco ayuda. Parece que no hayas visto más que el claustro del seminario. No sé si es mejor quedar preso en un calabozo de provincias, ser enviado como forzado a las minas de azogue de Almadén o ser echado a galeras, pero si abres mucho la boca, los marineros te van a dar tal viaje que me vas a suplicar que te mate. Trabaja duro y mantente firme, y todo saldrá bien". Martín pisó las últimas palabras de Curto, que le miró desafiante. "Señor capitán, no se preocupe, que yo respondo por 'esti'. Yo no he pisado un barco en mi vida, pero vive Dios si alguien le pone la mano encima sin merecerlo". Trató de modular sus palabras, esforzándose para no sonar desafiante, pero sin abandonar la firmeza. "Estoy seguro de que no ocasionaremos ningún problema. Sabremos obedecer, estar en nuestro sitio y trabajar como el que más cuando se nos requiera". Mansió fue también tajante. "Señor capitán, yo estoy con mis compañeros". Para abandonar la gravedad del momento, probó con un comentario superficial y socarrón. "Y, con todos mis respetos, señor, yo no he ido al seminario y he navegado una semana. Mi experiencia será de utilidad". Los cuatro echaron a reír. "Este catalán tiene fuerza para cambiar el mundo y, si no, al tiempo". Era, en efecto, un comentario de pitorreo, pero los tres muchachos adoptaron al unísono una helada pose seria. La empresa que les ocupaba afectaba su ánimo. Aventura, mezclada con incertidumbre, ciertas dosis de peligro, lugares exóticos y un acertijo cabalístico que intrigaba a personas muy influyentes. El amanecer de un nuevo día, y caminaban hacia el navío que les llevaría a México. Desde allí, partirían hacia los confines septentrionales de Nueva España.

La cena de la noche anterior le había dejado un insoportable pesar. ¿Echaría de menos a su mujer y a sus hijas, si algún día abandonaba Cádiz? "No será por falta de ganas". Envidiaba a los amigos que lograban que su visión espiritual fuera coherente con su vida personal. Él, por el contrario, un jansenista convencido educado en Utrech, un nido calvinista, no había sabido sobreponerse a la muerte de su hijo. Peor aún, había claudicado y ya no reprendía la conducta dañina de su mujer, obstinada en transmitir su infelicidad y pesar a sus dos hijas casaderas, cuya vida consistía en consolar a su madre y ser fieles, sobre todo en sociedad, a la memoria de su queridísimo hermano. La felicidad no estaba permitida, a no ser que en la casa de los Caparrini, felicidad equivaliera a estrenar un nuevo vestido de encaje negro para la misa del Día de Todos los Santos en la iglesia del Carmen, abarrotada de buenas familias. El catolicismo, reflexionaba a menudo, se había convertido en una patraña administrativa que ahogaba el último aliento del espíritu estoico que había prevalecido en la Roma patricia. Lo único que quedaba de Roma era su Administración, pero el espíritu de la antaño respetable y eficiente burocracia laica romana se había impregnado de las interpretaciones literales y reduccionistas de textos cristianos apócrifos escritos por lectores poco hábiles, incapaces de interpretar a Platón. En fin: demasiado pronto, pensó, para las mismas reflexiones de siempre. Se acercaba la hora prima y debía acercarse al muelle si quería despedirse en persona de Curto y los muchachos, aunque la modorra le hacía sopesar una despedida anónima, usando el catalejo desde la torre vigía. Decidió levantarse de la cama. En el otro camastro de la espaciosa estancia, su mujer roncaba panza arriba, hinchando la papada y adoptando la figura, en la sombra, de un tenebroso animal mitológico que no habría tenido cabida en su propio imaginario bíblico, en el que destacaban la Virgen, el santoral y la alcahuetería. La Santísima Trinidad de la señá Filomena Moseguí de Caparrini. Se vistió a toda prisa la misma ropa que el día anterior y se dirigió a las escaleras de las caballerizas. Fue entonces cuando oyó con claridad cómo una carroza, o quizá más, se apresuraban a lo lejos. El sonido procedía del levante, calle del Fideo abajo, hacia las vías del nuevo y señorial barrio de San Carlos.

Era de sueño ligero, cualidad que había heredado de su madre y, antes que ella, de todas las madres conversas que habían permanecido vigilantes durante todas las noches del año, incluso las más tranquilas. En las tierras de León, Castilla y la Extremadura, los marranos compartían muchas costumbres, pese a haber desaparecido toda manifestación pública, y a menudo privada, de su antigua confesión. Las costumbres gastronómicas se pasaban de madres a hijas y los cuentos del lobo en la Transierra seguían sonando a las alegorías del Talmud; pero, sobre todo, permanecía la actitud vigilante. El miedo aletargado, agazapado como un lince tras el brezal, a la espera de saltar y zambullirse en carrera. Desde que tenía recuerdos, el respetado don Marcelino Guerrero, oficial de contaduría de la Real Audiencia de Contratación de Cádiz, dormía en la misma posición, siempre en actitud alerta. Pero esta noche era diferente. Había aprendido a descansar atento incluso al caminar de una araña. Esta vez no había pegado ojo.

En otras circunstancias, habría abandonado la alcoba para sentarse en uno de los butacones rococó de su despacho, donde habría leído a la luz de una vela. Quizá un poco de poesía, o algo de novela picaresca, cuyas peripecias tanto le recordaban a su infancia en Hervás. La inocencia perdida. La noche llegaba acompañada de un tétrico sentido de la responsabilidad que rozaba la culpa. Trataba de relacionar los numerosos acontecimientos que se amontonaban en su mesa. Primero, la misteriosa valija con sello borbónico enviada hacía unos días desde Madrid, que anunciaba la inminente presencia en Cádiz de un alto funcionario de Su Majestad, ni más ni menos que el visitador del Rey en el virreinato de Nueva España, don José de Gálvez. No entendía por qué tenía que darle alojamiento él, a no ser que Gálvez quisiera que su llegada a la ciudad pasara lo más desapercibida posible, para así garantizar la seguridad de su partida hacia Veracruz. Ni el señor Gálvez, ni ningún otro alto funcionario le habían pedido alojamiento con anterioridad; al fin y al cabo, él era un mero secretario, sin más poder que su profundo conocimiento de todos los procesos administrativos de la Casa de Contratación, de cuyas debilidades se había servido a menudo para "limar asperezas" entre la Corona y los comerciantes más interesados en que su actividad se acelerara, pasara desapercibida, o fuera algo más modesta en la declaración aduanera. La valija había aumentado sus sospechas, ya que apenas conocía a Gálvez y al resto del gabinete del Rey: sólo un saludo y unas frías palabras en la recepción que el capitán general había preparado hacía unos años con motivo de su llegada a Cádiz, desde donde partiría entonces hacia México, recién nombrado visitador. Creía recordar que en 1764. No era tan bueno con las fechas como rememorando momentos de pesadumbre. Había sido la misma recepción en que su primo Miguel, enseñando pluma, se había pegado a Gálvez como una lapa, hechizado por su brío, altura y porte. El acento malagueño del nuevo visitador, así como su impecable peluca y largas pestañas, le convertían en un galán andaluz clásico, el personaje antagónico de los bandoleros más famosos. El guapo de un romance digno de popularizarse como pliego de cordel. Su mujer le había confesado su bochorno, al constatar que "la Miguelona" babeaba delante del alto funcionario. "Si es que no hay derecho, Marcelino. Tu primo siempre se las apaña para ser el hazmerreír de la fiesta. Madre de Dios Santísima. Mira, mira de reojo hacia la esquina de la columnata. La señá Josefa y la señá Dolores no despegan la mirada del espectáculo. No hay derecho".

A la misteriosa valija anunciando la visita de Gálvez, le había seguido el parte del Listo, siempre atento a los tejemanejes que conectaban la chusma del muelle con velados intereses políticos, comerciales o ambas cosas a la vez. Los catalanes de Rogelio Milà estaban usando a su perro guardián, Caparrini, para que el muchacho que había matado a su atacante en Barcelona diera el salto a las Indias. La información que el ciego había sonsacado al chivato del San Agustín de Hipona apuntaba hacia un mero episodio de contrabando y ocultación de un sospechoso de asesinato. Si Caparrini quería que hiciera la vista gorda adelantando el permiso del Canto de Circe, debería ser generoso. Más que nunca.

Mantenía su olfato. Tras la visita del Listo, intuyó que la misma noche del domingo le Caparrini le enviaría al mozo pidiendo audiencia sin falta para el día siguiente, como así ocurrió. Sin embargo, no había predicho que, tras el Listo, se presentara su primo Miguelón; ni mucho menos que, de un modo extraño, inverosímil, su familia de la Transierra estuviera involucrada, por muy lejano que fuera el lazo, con el asesinato de Barcelona. Un sobrino de Miguelón, de nombre Martín, se había presentado en la casa del afeminado pariente. El mozo era hijo de su hermana Fernanda. "Sí, hombre, la que se había casado con el Perdiguero, el hijo del Colorao de Granadilla... el Capelo". La Macarena, siempre contenta y servicial si se trataba de su preferido entre todos los parientes de don Marcelino, les había servido café, que habían acompañado con un cigarro habano. Al parecer, el muchacho catalán proscrito llevaba consigo una nota con un misterioso acertijo sin resolver, un ideograma de cinco símbolos que, al parecer, aumentaría la riqueza y el conocimiento de quien lo resolviera. Lo más sorprendente e inconsistente de la historia de Miguelón era el encuentro entre el chico catalán y un muchacho gallego, que tenía en su poder un cuaderno con los mismos signos apuntados, decía, por su bisabuelo quién sabía cuándo ni dónde. Y Martín, el muchacho de la Fernanda, había llegado a Cádiz para escaparse de los estudios en Salamanca, a donde su abuelo le había enviado. Su intención era pedirles ayuda a ellos, sus parientes en Cádiz. Pero, antes siquiera de visitarle a él, había dado con Caparrini y los otros dos muchachos. A Marcelino le dio un ataque de tos al añadir Miguelón que Martín recordaba la misma inscripción sobre el dintel de la casa de su tía Conce en La Alberca. Tras la tos, Marcelino había soltado una carcajada a destiempo. "Es una broma, ¿no?". Miguelón permaneció más serio y firme que nunca.

Podía haber algo más que contrabando y ocultación de un fugitivo, pensó. Mientras se despedía de Miguelón, a quien pidió discreción con lo que le acababa de contar, llamó a Macarena. "Manda al Andresín a avisar al Listo. Que me traiga al tal Roncero, del San Agustín de Hipona, que quiero hablar con él esta misma noche. Y, sobre todo: chitón. No quiero que nadie diga que estoy preguntando por ahí".

En efecto, el Listo se había presentado con Roncero antes de la medianoche del domingo. Tuvo que soltar un peso de plata de a ocho a cada uno para que el marinero cantara con pelos y señales lo que sabía. Roncero confirmó las intenciones de Caparrini. Según el segundo de su capitán, un tal Meneses, el pinque de Rogelio Milà, el Canto de Circe, saldría el martes a primera hora rumbo a Veracruz, haciendo aguada en Canarias, Dominica y Santo Domingo. Tendría un nuevo capitán: Felipe Curto, hasta entonces al mando del San Agustín de Hipona, el místico de cabotaje en el Mediterráneo de don Rogelio Milà. "Pero tanto tu capitán en el San Agustín como el corresponsal Caparrini saben que, para zarpar a Veracruz con los papeles en regla, o hay permiso del Rey, o salvoconducto del Consejo Supremo de Indias... o mi permiso, porque yo pincho y corto en la Casa de Contratación, la otra alternativa para fletar un barco a México". Ahora, cuando le daba vueltas a la cabeza sin pegar ojo, creía haber cometido un grave error en presencia del Listo y de aquel marinero chivato y buscavidas, que no tenía reparos en delatar las peligrosas e inconfesables maniobras de su capitán y su contramaestre, de los que se declaraba amigo. Para qué tener enemigos, si Curto y Meneses contaban con semejantes alimañas entre la tripulación. "Creo que, si viene Caparrini a pedirme que actúe con premura en los trámites para que el Canto de Circe parta hacia a América, me lo voy a tomar con cierta calma. Primero, quiero conocer con pelos y señales toda esa extraña historia de los símbolos". Roncero le había hecho cambiar de parecer con una apreciación. "Hasta hoy mismo, he sido miembro de la tripulación del

San Agustín, jefe. Pero resulta que el capitán Curto no va a mear sin llevarse a su segundo, el Pescadilla Meneses, un canijo con el nervio de un conejo. Da igual que hable, trabaje o chingue con una furcia: siempre lo hace rápido y con nervio". Meneses se golpeó el pecho con el puño izquierdo. "¿Sabe quién comparte las mozas con el Pescadilla cuando arribamos a un puerto? Un servidor. Me tiene usted a sus órdenes si quiere". Roncero se dejó de rodeos y soltó su oferta: "Me ha dicho aquí el ciego que usted es gente seria y paga bien, porque tiene de dónde rebañar, ya me entiende. Perdone que le sea tan franco, pero creo que le va a interesar la idea que he tenido: si Caparrini se presenta ante usted esta misma madrugada o mañana por la mañana, suplicándole que le arregle el registro del navío para hacer cuanto antes la Carrera de Indias, usted le dice que sí". Marcelino miró al marinero de arriba hacia abajo, con un desprecio tan marcado que el Listo se apartó, intuyendo que en cualquier instante se podía liar la marimorena. El funcionario rió a carcajada limpia, sin tener en cuenta la hora intempestiva, ni que se encontraban en la calle, bajo la puerta de las caballerizas. "Porque yo mismo, y otros cuatro marineros de mi más absoluta confianza, que es la suya, estaremos en ese barco. Le doy la garantía de que usted participará en todo lo que se descubra o se gane en ese viaje". Le había maravillado la rapidez y pulso con que Roncero se había liado un cigarro de picadillo. Le ofreció un mixto. "Como ve, le dejo a usted en la misma disyuntiva que tuvieron los primeros empresarios visionarios de nuestro país. A ellos se acercó un hombre ofreciéndoles un viaje arriesgado que les convertiría en el hazmerreír de Europa... o en las personas más ricas y dichosas". ¿Se estaba refiriendo a...? "Hablo, claro, de don Cristóbal Colón, que tuvo el ingenio de probar suerte con doña Isabel y don Fernando, nuestros Reyes Católicos. Había sido rechazado antes por los portugueses, pero él dijo: voy a ofrecerlo a los castellanos". Don Marcelino estaba sorprendido por la cita y la asociación de ideas que había improvisado el chivato. En un extraño signo de autoridad, había alargado la mano y agarrado el cigarro de Roncero mientras éste daba una calada. Lo había observado, tirado al suelo y pisado, sin prisa, como en un ritual. "Los Reyes Católicos fueron generosos con el descubridor, pero el descubridor lo fue con ellos primero. No te olvides de esto. Pon una cifra". Roncero se había acercado a don

Marcelino y el funcionario se había puesto en guardia. El marinero indicó con un gesto que quería susurrarle al oído. Había dado su cifra. "Hecho. Tú y tus cuatro hombres trabajáis para mí. Recuérdalo antes, durante y después del Canto de Circe. Una jugarreta y estás muerto".

Marcelino repasaba ahora todas las decisiones tomadas, en caliente, en las últimas horas. Le disgustaban el aspecto, el discurso prepotente y el carácter del marinero Roncero. Un maldito judas. Por gente así, el pueblo judío había desaparecido de la Península Ibérica. Nadie había levantado un dedo por aquella injusticia. Es más, los "buenos vecinos" y los capellanes rurales habían ayudado más que nadie a separar las ovejas negras de los "buenos" conversos. Pero, al mismo tiempo, confiaba en aquel trato.

Durante su reunión furtiva, don Marcelino, el Listo y Meneses no habían reparado en la presencia de una lona abandonada, en la encrucijada de la calle del Camino, que discurría paralela a la calle de los Doblones. La lona, en realidad una capa larga, escondía a un hombre agazapado, atento a las palabras del funcionario y los dos buscavidas. Su pelo era canoso. Vestía calzón de lana, chupa beige de seda y frac azul marino, además de la capa larga. Nunca había hablado con Felipe Curto en persona ni con Ignacio Caparrini, ni siquiera con el mestre Milà. Eso sí, se alojaba, no por casualidad, en la pensión de Tomás Hill de la plazuela de las Nieves, donde también dormía el futuro capitán del Canto de Circe. Como esa misma tarde, cuando había visto a Felipe Curto abandonar la pensión mientras él tomaba un café, se pasaba la lengua por el colmillo superior izquierdo, de oro.

El Cañaílla había despertado a la Macarena a última hora del domingo, con un mensaje para don Marcelino que no podía esperar. En efecto; según lo esperado, Caparrini trataba de aviar algo con premura.

Todavía recostado en su cama junto a su desagradable mujer, cuyos ronquidos emulaban a pequeña escala el órgano de la iglesia de San Francisco, don Marcelino rememoraba lo ocurrido el día anterior, lunes. El corresponsal Caparrini se había presentado para el desayuno, como Macarena había sugerido al Cañaílla la madrugada del domingo. De la reunión había surgido el acuerdo, siempre bajo mesa, de acelerar el registro y permiso de la Carrera de Indias para el Canto de Circe, que podría liberar amarras a partir del amanecer del día siguiente. Don Marcelino había confirmado que, más allá de los detalles de la extraña conspiración, los beneficios de la empresa debían ser pingües. De lo contrario, no se explicaba que Caparrini le hubiera pagado el registro a tocateja y en escudos de oro, en vez de recurrir a pagarés y otras triquiñuelas. Por un instante, se había sentido don Fernando el Católico, promoviendo aventuras inverosímiles en ultramar.

Pero había tantos cabos sueltos que la empresa parecía tan desesperada como la promovida por los Reyes Católicos: tres muchachos portadores de un extraño mensaje que un atajo de personajes oscuros y comerciantes catalanes pretenden desentrañar a toda costa. Sonaba más bien a un disparatado sainete de corrala de poca monta. ¿A santo de qué y en nombre de quién partían los tres muchachos hacia Nueva España? ¿Les servía cualquier lugar, o el puerto de destino sólo podía ser Veracruz? Si había una misión en las Indias, ¿de qué se trataba y por qué podía ser tan valiosa? ¿Hallazgos de plata y oro en el virreinato? ¿Acaso una insurrección? ¿Y si era una conquista? Las últimas expediciones evangelizadoras promocionadas por la Corona y la Orden de San Francisco a los territorios septentrionales de la Alta California, Nuevo México y la Luisiana habían dado noticia de bastos territorios aptos para el cultivo, la minería y la industria maderera. Quizá, por fin se había dado con El Dorado, un lugar salvaje y lejano donde el oro fuera tan abundante que justificara el control militar y la colonización española, antes que se avanzaran otros europeos en el remoto Pacífico septentrional, sobre todo rusos e ingleses. Había un impedimento por resolver: los territorios más prometedores no sólo se encontraban mucho más allá de los destacamentos en el septentrión de las Provincias Internas, sino que había que cruzar durante semanas un desierto infestado de algunas de las tribus indias más beligerantes con que la Corona se había topado en el Nuevo Mundo, comandadas por guerreros que luchaban hasta morir. Los apaches tenían cojones; por cojones, no se les civilizaba. Se necesitaba algo más.

El inconfundible sonido de cascotes de caballería rompió el sonido organístico y monocorde de los ronquidos de su mujer. El silencio de la calle dio paso al estruendo de varios caballos y, parecía, uno o más coches, quizá calesas. "El visitador". Momento de levantarse. Encendió el candil de latón y se apresuró a la alcoba contigua, donde se vistió con solemnidad. Oyó cómo alguien usaba el picaporte de bronce en el portalón de las caballerizas. En efecto, José de Gálvez había llegado a Cádiz poco después de que lo hubiera hecho la valija pidiendo hospitalidad. Macarena había acudido a la puerta. Por su aspecto y premura, quizá había intuido la intempestiva visita. En lugar de batín, la oronda Macarena vestía ya su saya de paño verde, delantal de algodón y mantoncillo sobre la cabeza y los hombros. Mientras el mozo de cuadras abría el gran portalón, la criada hablaba con un caballero alto que llevaba vestimenta cómoda, aunque elegante, y el tricornio de terciopelo en sus manos. Alertado por el ruido, el sereno de la Plaza de San Francisco acudió al instante a comprobar que todo estaba en orden. "Parece que el señor tiene visita, Macarena. ¿Todo bien?". La mulata asintió con la mano, como agradeciendo su presencia y, a la vez, restando importancia al acontecimiento. El sereno, no obstante, observaba sorprendido un despliegue logístico poco común. Un pez gordo de Jerez, Sevilla o Madrid visitaba a don Marcelino a horas intempestivas.

Marcelino bajaba por las escaleras de las caballerizas. "El señor José de Gálvez... me alegro de volver a saludarle. Si no recuerdo mal, nos conocimos hace unos años en una recepción, con motivo de su acertado nombramiento como visitador de Su Majestad en el virreinato de Nueva España". Gálvez asintió, sonriente. Su apuesto rostro, masculino, anguloso y proporcionado, apenas mostraba el cansancio propio de un largo viaje, una prueba de sus años de servicio cubriendo vastos territorios. "Considérese en su casa. Por favor, pónganse cómodos". Echó un vistazo a la comitiva por encima del hombro del alto caballero. Un coche con el escudo real tirado por cuatro caballos, conductores, secretarios, criados de librea. Tras el coche, una calesa y varios guardias a caballo; quizá un escuadrón entero. Difícil que el abrevadero diera para tanto; por fortuna, la mañana avanzaba y pronto podría mostrarles el abrevadero de San Carlos. "Mis hombres ayudarán a su mozo de cuadra con los pormenores. Llegamos más frescos y descansados de lo que supondrá, dada la hora. Hemos dormido unas horas en el Puerto de Santa María y he ordenado la salida cuando, en las laudes, he visto que la luna y la noche clara eran suficientes para andar por el buen camino". Sin duda, el visitador tenía prisa.

"Señor Guerrero, he decidido volver cuanto antes a Veracruz, como ya habrá adivinado tras leer mi carta. Hay órdenes concretas de nuestro Rey que quiero atender cuanto antes. Además, no le voy a engañar: me ha surgido un imprevisto". No podía ser. A buen seguro, las prisas del visitador no tenían nada que ver con la misteriosa historia del ideograma. "He sabido que un peligroso fugitivo intenta viajar hacia Nueva España a través de Cádiz, o ya lo ha conseguido". Entendió que el pesar que le había atormentado toda la noche partía de una intuición antigua, ancestral en los marranos extremeños, vilipendiados durante generaciones. Se había preparado para la situación más inverosímil posible, tras el devenir de los anteriores acontecimientos, y se había cumplido, como una extraordinaria conjunción cabalística, un miedo latente. Apenas unas horas antes, había aceptado el mayor soborno de su carrera para acelerar la partida de un navío que el visitador de Nueva España, amigo personal de don Carlos III, quería intervenir. Gálvez percibió la contrariedad en el rostro de su interlocutor. Prosiguió. "Lo haya logrado ya o no, si ha atracado en la ciudad, el navío está registrado. Tengo entendido que por usted pasa toda la documentación de los navíos de registro tramitados a través de la Casa de Contratación. No me andaré con rodeos: ¿puedo consultar el detalle de cada navío de registro interesado en la Carrera de Indias desde hace una semana y a lo largo de todo el mes? ¿Ha detectado alguna solicitud o situación anómala?". En un instante, debía decidir si su respuesta encubría la partida inminente del Canto de Circe o, por el contrario, facilitaba su arresto en el muelle. "Le enseñaré la documentación de nuestro registro con mucho gusto. Si le parece, pasearemos a pie hasta la Real

Audiencia después del almuerzo; con buena brisa de levante, disfrutaremos de un día de octubre claro y placentero. Y no, no he notado ningún movimiento anómalo en los últimos días". Había elegido. Se convertía en Rey Católico soñando con El Dorado. El Canto de Circe partiría del muelle en cualquier momento. Cuando José de Gálvez averiguara, a través de confidentes, la verdad, el pinque capitaneado por Felipe Curto estaría ya a punto de hacer aguada en su primera escala, el Puerto de la Cruz, en la orilla septentrional de la isla de Tenerife.

El lejano estruendo de carruajes cruzando el flanco interior de la bahía sacudió de golpe la modorra de Ignacio Caparrini. El mensajero enviado por Felipe Curto le había obligado a acaparar cuantos mosquetes y sables quedaban en la armería de la corresponsalía, un pequeño cobertizo de madera en el interior de las caballerizas. Estaba agotado con la tensión acumulada desde la llegada del San Agustín, pero debía asegurarse de que el Canto de Circe partía para la Carrera de Indias sin ningún atraso justificado. Postergar la partida sólo podía perjudicarles y sólo podía dar por concluida su parte de la misión cuando, de vuelta a la oficina de la calle del Molino, comprobara desde la torre vigía que el pinque se alejaba de la bahía bajo el sol de la mañana, ganando el barlovento y perdiéndose en la línea difuminada del horizonte, al mediodía. El Cañaílla, que servía igual para un roto que para un descosido, asumió el rol de arriero y le esperó en la calle con el calesín encapotado que Caparrini había usado en tiempos para la caza y el recreo, tirado por uno de sus caballos andaluces, su gran pasión, al menos hasta que la muerte de su hijo Alfonso le había alejado de las largas excursiones al aire libre.

Apartó al Cañaílla y él mismo tomó las riendas, al comprobar que el mozo cumplía con las reglas de marcha en ciudad, circulando al paso. Se puso de pie y, con un grito y un golpe de rienda, el caballo tiró del calesín al trote, mientras el Cañaílla y el mensajero del Canto de Circe se sujetaban al arnés lateral y el respaldo, respectivamente, para no caerse. No había perdido tino con la conducción y Bucintoro, el caballo, respondía al amo con un trote alegre, implacable. Las luces de aceite de las farolas se sucedían con rapidez.

Felipe Curto dirigía ahora la estiba de los bultos desde cubierta, mientras el Pescadilla soltaba el primer rapapolvos a los "nuevos". Apenas quedaban veinte fardos en tierra y las bodegas ya estaban bien distribuidas. El capitán quería partir cuanto antes. "Déjate de Monsergas, Meneses. Con la carga en su sitio y la aguada hecha, espero a que Caparrini traiga los pertrechos y me voy. No me quedo ni un instante más. Tengo que salir del muelle antes de que las campanas den la hora prima". El Pescadilla parecía a punto de explotar. Mansió le miraba con discreción mientras ayudaba con un fardo, preguntándose si sería positivo o contraproducente que Meneses fuera el segundo de a bordo en un viaje tan largo. Le debía su propia recuperación y tenía la convicción de que su herida en el costado no habría cicatrizado con tanta rapidez de no seguir sus consejos de lobo de mar. Pero si alguien podía convertir cualquier situación en un infierno en menos que cantaba un gallo, ese era Meneses.

El contramaestre de la nueva carrera del Canto de Circe sabía que la situación no se podía alargar más. Siempre salvando el trasero a su amigo Roncero. Pendenciero, falso, provocador y vago, su amigo no gozaba de la simpatía ni de la mayoría de sus antiguos compañeros, ni de la tripulación del Canto de Circe. Roncero sólo contaba con un grupúsculo afín de marineros, cuatro en total; cinco contándose a él mismo. Apenas un puñado de hombres, pero capaz de armar la marimorena si era menester. El propio Pescadilla despreciaba a menudo la actitud de su compañero de aventuras, pero existía entre ellos un vínculo que prevalecía pese a las diferencias. A Meneses le gustaban el jaleo y las mujeres, sí; se podía perder una noche y no encontrarse hasta días después, cuando alguien le llevara arrastras de vuelta al barco, también; y su temperamento era explosivo y a menudo impredecible. Pero daba ejemplo a sus subordinados trabajando más que ellos, premiaba el sacrificio y sabía reconocer la fidelidad; y, más importante, en situaciones límite, ya fueran ataques de corsarios o peleas de taberna, siempre parecía elegir la única escapatoria posible. Había salvado el pellejo a tantos compañeros, incluyendo al capitán, que muchos le debían la vida. Pero había algo más. Hacía veinte años, ambos trabajaban para un comerciante de vino de El Puerto de Santa María cuando, durante un viaje de contrabando a Gibraltar, su falucho había sido apresado por un corsario argelino y conducido a la costa africana. Murió toda la tripulación, menos ellos dos. Meneses estaba convencido de que no habría salido de aquella sin la ayuda de Roncero, cuyos conocimientos de árabe y bereber eran siempre útiles para navegar cerca de las costas africanas, como sería el caso durante el cabotaje hasta las Canarias. Muchos debían la vida a Meneses, pero el Pescadilla se la debía a Roncero, un pequeño secreto a voces y el principal punto débil del contramaestre. Quizá el único, descontando su mala leche. Fue consciente de que su trayectoria en el mar se separaba de la del buscavidas Roncero cuando reconoció, en un calesín que avanzaba por el muelle, al corresponsal Caparrini. Llegaban los mosquetes y los sables, como él mismo había pedido. Sabía que Caparrini les obligaría a soltar amarras cuanto antes.

"Quiero que subas a bordo con el último sable, Pescadilla. Me da igual la milonga que tengas preparada, no hay excusa que valga. Salís porque lo digo yo. Y, si Rogelio Milà está tan loco como para dejarme arriesgar sus escudos de oro, que cuestan mucho de ganar, en sinvergüenzas como vosotros, al menos saldréis cuando yo diga. Y mis planes siguen en pie: antes de la hora prima". El sermón de Caparrini no ayudaba en un momento de tensión, ni Meneses tenía la cintura de Felipe Curto para aguantar un ataque frontal. Desde la cubierta de popa, Curto vio lo inevitable. Meneses, un pellejo musculoso echo un manojo de nervios, estaba dispuesto a embestir al altivo caballero Caparrini. Agarró un cabo de la mesana y se balanceó hasta el muelle, justo a tiempo para interponerse entre el corresponsal y su segundo. "Hola, don Ignacio, llega justo a tiempo. Le iba a decir justo ahora a Meneses, aquí presente, que mejor será que carguemos los mosquetes y los sables, que podrían ser de buena ayuda si hay que defenderse". Guiñó el ojo a Meneses, que le fulminó con la mirada. Cada uno agarró un fardo y, dirigiéndose a una de las plataformas que unían muelle y cubierta, Curto le largó: "No he visto a Roncero ni a sus cuatro sabandijas. Supongo que eso explica tu impaciencia". Le agarró por el antebrazo. "Meneses, nos vamos sin ellos. Sabes que no tengo otra alternativa". El barco zarpaba. Meneses miró al suelo, contrariado. Aceptando la orden, se puso a trabajar. Miró primero al recadero que había avisado a Caparrini. "Ea, a bordo que nos vamos". Su cabeza ya estaba en la carta de navegación y la distancia más adecuada para aprovechar los vientos costeros de la derrota del poniente sarraceno sin, por ello, poner en riesgo la embarcación. "¡A ver, esas bodegas listas a la de ya! ¡Todo el mundo a sus puestos y, quien no sepa cuál es su puesto, que lo pregunte a su superior! ¡Si veo a alguien descolocado sin saber qué hace y no ha preguntado nada, estaré encantado de enseñarle el cabestrante, porque es allí donde le tundiré la espalda!".

Caparrini requirió la presencia de Mansió Vilanta. Silencio de Felipe Curto y Meneses, que llamaron al muchacho. El corresponsal se despidió de él de la mejor manera. En un catalán con buen acento, don Ignacio Caparrini, gaditano como el que más, espetó: "Bon vent i barca nova, mon fill". Mansió se lo agradeció con una sonrisa y unas palmadas en su zurrón, haciendo referencia a la nota y a la tarea encomendada.

El corresponsal cruzaba de vuelta la Puerta de Mar, rumbo a su casa, cuando las campanas de la catedral llamaban a la hora prima. El día se desperezaba y el Canto de Circe desplegaba su velamen, todavía en el interior de la bahía. En esta ocasión, pilotaba el Cañaílla. Quería despedir al navío desde la torre vigía y, acto seguido, escribir al mestre Milà. A buen seguro, estaría deseoso de conocer el insólito devenir de los acontecimientos. "Sea como fuere, el muchacho catalán va camino de su misión. Que es nuestra misión. Y tiene ayuda". El Cañaílla se había levantado coplero, tarareando una de las muchas canciones pícaras que los muchachos gaditanos repetían en sus quehaceres. "Cañaílla, te voy a decir algo que quizá no entenderás, pero ni falta que te hace. Si el ejército y el cuerpo de funcionarios de este país estuviera compuesto por muchachos como el Catalán, el Gallego y el Extremeño, seríamos invencibles en dos generaciones. Pero me da a mí que vamos a seguir trampeando con nuestras coplillas y nuestros favores". El Cañaílla cambió la letra por un silbido. La misma melodía.

Roncero y los restantes cuatro marineros que no habían acudido al muelle a tiempo para zarpar con el Canto de Circe yacían en un oscuro cuartucho, en las caballerizas de un tugurio de mala muerte del Boquete, cerrado a esas horas. La primera luz de la mañana rompía la oscuridad con un puñado de haces cilíndricos, proyectados a través de los orificios en la destartalada puerta de madera, quizá la última evocación de una vieja pelea con arma de fuego. Amordazados, maniatados y con contusiones, los cinco marineros estaban agotados, al tratar de zafarse de la mordaza en incontables ocasiones, sin conseguirlo. A apenas veinte pies de los marineros retenidos, una figura limaba su cuchillo en la penumbra. Era una silueta esbelta, ágil para su edad, con dotes para la pelea contra una o varias personas, sin apenas despeinarse. Roncero tenía algo claro: quienquiera que fuese, el forastero estaba curtido en mil rencillas. No sabía que el mismo caballero misterioso se había alojado en la pensión de Tomás Hill, en una alcoba contigua a la del capitán Curto; ni que hubiera espiado la conversación conspiratoria entre el Listo, Marcelino Guerrero y él mismo. El personaje misterioso había logrado retenerlos, no sin antes deshacerse de un asesino a sueldo, que esa misma madrugada había estado a punto de acabar con Mansió en la calle del Correo y hacerse, por tanto, con la carta de Giacomo Casanova. ¿Un ángel de la guarda?

Buen augurio, pensó el capitán. Parecía que el mundo se hubiera tragado a Roncero y sus allegados. Cinco hombres menos implicaba trabajar más y planificar el viaje a conciencia, pero los ausentes no eran simples marineros. Su experiencia con Roncero era, como también ocurría a los mandos medios de a bordo, contradictoria. Su veteranía le hacía valioso en situaciones de riesgo extremo, ya que sabía leer las tormentas desbocadas y trabajaba con diligencia para zafarse de corsarios y otras naves amenazantes. En los momentos de incertidumbre, atendía con diligencia a las órdenes del mando y, si era menester, proponía ideas para aprovechar al instante cualquier brisa capaz de tensar las lonas de cualquier tipo de embarcación. El aparejo en cruz del Canto de Circe le habría hecho disfrutar: cualquier marinero que amara su trabajo se deleitaba tensando el foque de un barco rápido, y los pinques británicos, incluso los de mayor tonelaje, eran nerviosos y respondones, adaptados a los trayectos transatlánticos y habituales en los puertos de Virginia, Nueva Inglaterra y Londres. Sin los cinco ausentes, el navío quizá perdiera un punto de nervio, siempre útil en situaciones extremas, pero se disipaba también el riesgo de situaciones explosivas entre la tripulación. Roncero era tramposo, traicionero y especialista en refriegas veladas, que en viajes largos conllevaban indisciplina.

El Habano se fijó en Mansió, maravillado por el ajetreo en el barco, que se alejaba poco a poco de la boca de la bahía. "Cierra la boca, catalán, que te entrará un tabarro", le espetó el capitán, con los ojos iluminados por la energía de un nuevo viaje. Los principios siempre eran buenos, pero la Carrera de Indias no era una empresa cualquiera. Había que aliarse con los vientos alisios del final del verano, hacer aguada y evitar toparse con navíos extraños en Canarias, Dominica y Santo Domingo. Una partida con demasiadas carambolas que requería oficio, trabajo bien hecho, perseverancia. Y suerte. La experiencia le decía que era mejor ir a buscar la suerte con el trabajo hecho que aguardar a un milagro de brazos cruzados. En una ocasión, durante una de sus primeras estancias en Barcelona cuando ya trabajaba para la Compañía, don Rogelio le había resumido los objetivos de su empresa. Con sorna, el comerciante catalán le había espetado: "no quiero despertar demonios del pasado en tu memoria, pero seguro que recuerdas algo del seminario. Considera estas palabras como el primer sermón del capellán de a bordo. Nuestra Compañía es un libro que se escribe a medida que avanza, y en él no quiero usar una palabra latina ni una sola vez: 'procrastinare', que significa dejar para después las tareas que podemos hacer ahora. Sólo necesitarás dos cualidades, Habano. Honestidad y determinación para que la palabra 'procrastinare' permanezca alejada de nosotros". Procrastinare. Miró hacia la aleta de babor. Cádiz, una hermosa caracola varada en un antiguo tómbolo de arena se empequeñecía bañada en la luz de la mañana. Un puñado de embarcaciones con aparejos de queche, de cruz, dos y tres mástiles, velas latinas, redondas y cuadras remoloneaban en torno a la bahía. A buen seguro que Caparrini les estaba despidiendo con ayuda del catalejo, encaramado en el ventanal de la torre vigía, mientras trataba de reconocer las restantes embarcaciones que arribaban y se alejaban desde la punta de Rota hasta el canal de Sancti Petri.

"Meneses, dale algo a los nuevos. Vamos a dejarnos de tonterías y a aprovechar el poniente fresquito por babor, prenda". El Pescadilla les indicó su posición hacia el palo de mesana donde Salicio, guardián y capellán del navío, se comprometió a darles tarea en la carga de las velas. Desde la proa hasta la mesana, la embarcación se puso manos a la obra con diligencia y sin la temida confusión, pese a que los que procedían del San Agustín parecían tan desorientados como en medio del desierto. El padre Salicio, un pecoso pelirrojo de media estatura que conservaba su semblante infantil, buscó desde el principio la complicidad de los tres muchachos. Compartió con ellos un poco de tabaco, que mascaron con fruición a la vez que escupían los chinchorros con sonoridad cómica, tratando de dar sentido al momento. "En mi pueblo, en la tierra del Sobrarbe, decimos que, cuando alguien se comporta como un beguino, lo mejor es obedecer sin rechistar y todo irá bien". Sonrió. Mingo había entendido el comentario y le devolvió la sonrisa. Martín y Mansió reclamaron una explicación con una mirada mutua de confidente perplejidad. Mingo: "los beguinos o begardos eran herejes que, hace siglos, recorrían los pueblos con ideas gnósticas...". Más confusión. "Ideas, diría, iluminadas. Su manera de acercarse a Dios era personal, sin obedecer a la liturgia romana". Martín preguntó si se referían a "herejes". Silencio. "Depende de lo que entiendas por hereje", contestó Salicio. A través de esa sencilla respuesta, Mingo certificó que el capellán del barco no sólo sabía interpretar la teología con libertad de espíritu, sino que, a buen seguro, comulgaba con las "ideas" religiosas y filosóficas de la empresa, a menudo más próximas al gnosticismo que al catolicismo. Ahora entendía con mayor profundidad la enigmática frase de Caparrini, cuando les había explicado que la Compañía de Rogelio Milà no sólo intercambiaba bienes en varios puertos de Europa y ultramar, sino también "ideas". La llama del pensamiento crítico, el método empírico defendido por la Iglesia con que había soñado Doctor Mirabilis, el franciscano Roger Bacon, permanecía viva entre los católicos, aunque fuera tenue y estuviera tan mal vista como el pensamiento cismático o, peor, el sarraceno o el judaizante.

Los tres imponentes mástiles del aparejo en cruz del Canto de Circe se llenaron de lona. "Venga, muchachos, así me gusta. Recordad que, lo que hacemos bien en vida, lo explicamos a nuestros nietos, y nuestros nietos lo harán a sus nietos, y así hasta el fin de los tiempos. ¡Quiero que me enseñéis cómo os importan vuestros futuros nietos! Venga, vamos a enseñarle la aleta de babor al poniente y los alisios. ¡A ceñir como campeones!". Meneses lo había discutido antes con el capitán; navegarían a la relinga hasta que las rachas de viento de poniente dieran paso a los alisios africanos.

"¡Corredera!". Con toda la lona arriba, Meneses demandó información para comprobar con mediciones lo que ya intuía. Si, con apenas unas rachas de poniente, el foque había pasado de flamear a tensarse como un cuchillo, con los alisios que llegarían por la tarde, a la hora de las vísperas, el Canto de Circe singlaría con la presteza de los mejores navíos que jamás había visto. Le tranquilizaba comprobar el nervio del bajel; el corsario que quisiera hacerse con él, tendría que sudar la gota gorda. Meneses aprovechó la frescura del inicio del viaje para marcar un objetivo en el que la tripulación pudiera pensar, una vez el entusiasmo se hubiera disipado en algún punto del océano. "¿Queréis celebrar la Navidad fondeados en Veracruz? No os explicaré cómo son las muchachas de Nueva España, porque eso lo deberéis averiguar vosotros". Los marineros lanzaron unos vítores, seguidos de una carcajada colectiva, deshilachada por el viento sarraceno. Salicio miró al capitán y al contramaestre. Meneses se acercó al capellán y le habló en voz baja, aunque en un tono seco, dando por hecho que ambos hombres se darían unos días para conocerse. "No me mire así, padre. Usted aténgase a las oraciones y a las cuestiones altas, que yo intentaré mantener la disciplina y la moral hasta en la última cuarta de madera de este barco". Salicio tuvo la astucia de no provocar a quien debía llevarlos a México cuando acabara el año y devolverlos a España en la primavera. "No tenga usted la menor duda de que atenderé a las oraciones y procuraré que reine la paz usando la palabra de Dios, señor". Un mozo lanzó la corredera al agua y cantó la primera marca, que sirvió a Martín

Capelo, voluntario sosteniendo la ampolleta, para invertirla y permitir que la arena corriera. Salicio aclaró el procedimiento a Martín: "canta 'marca' bien alto cuando haya bajado toda la arena". La corredera dio la razón a Meneses: el pinque navegaba ya a siete nudos, ciñendo el viento con el ímpetu de un caballo jerezano. "Súbete, niña, / súbete que me voy...", canturreó el mozo de la corredera.

A media mañana, el misterioso forastero soltó a uno de los acompañantes de Roncero, amordazado de pies y manos como sus cuatro compañeros. Con un espeso acento inglés, espetó al liberado: "cuenta en voz alta hasta veinte y empieza a desatar a tus amigos. Si lo haces antes de que yo oiga 'veinte', tendré que volver a por ti. ¿Entendido?". El asustadizo marinero asintió, mientras miraba de soslayo a su captor, que se giró con un golpe de capa y desapareció, dedicando una última mirada a Roncero. "Cuatro, cinco, seis...". El barco con el muchacho de Barcelona y sus nuevos compañeros había zarpado rumbo a Veracruz, sin el riesgo para sus vidas que suponían los cinco miembros raptados. Habían despejado ya uno de los mayores riesgos de la empresa y algunos de ellos se felicitaban en silencio por no tener a bordo a Roncero y sus gregarios.

El misterioso caballero de la capa había averiguado que el fondeadero canario elegido por el Canto de Circe para hacer aguada era Puerto de la Cruz, una casualidad que estaría encantado de aprovechar, "por el bien de una misión que nos atañe más a nosotros que a los amigos de Utrech". Pasó por la tienda de coloniales de la calle del Correo, donde compró una lupa, hilo y cera. De vuelta en su alcoba de la pensión de don Tomás Hill, agarró las plumas más finas, tinta, arena y una cuartilla de papel, que rasgó hasta convertir en una octavilla. Usando una letra diminuta, dedicó un largo rato a escribir su mensaje. Enrolló la octavilla, que estampó con el sello de su anillo sobre una minúscula porción de cera, e introdujo el papel en un pequeño cilindro. Sabía a quién preguntar con discreción para lograr que su mensaje llegara a un lugar cercano a Puerto de la Cruz en menos de un día. Una vez allí, haría falta sólo otro día más para entregarlo en mano al comerciante Colón Taliaferro, de nombre real Colton Lawrence Taliaferro, un apuesto comerciante del condado de

King, en Virginia, que vivía entre la plantación de su familia y su casa de La Orotava, en Tenerife. Para los mercantes británicos y sus colonias, Puerto de la Cruz y La Orotava eran "Crossport", un puerto franco con un nombre inglés, familiar en sus cartas de navegación y toda una declaración de principios sobre el poderío naval y comercial inglés. Lo que allí se hacía y deshacía, demostraba que el septentrión de Tenerife era territorio corsario en manos del comercio europeo y transatlántico, más allá de las banderas. Y, si su mensaje llegaba a tiempo hasta Taliaferro, la protección en Canarias estaba asegurada. Sólo necesitaba un servicio fiable de palomas mensajeras entre Cádiz y Canarias. Sabía cómo precipitar la búsqueda: pagaría con reales de plata al informante, y con escudos de oro al dueño del palomar. Si el mensaje llegaba a su destino y se le ofrecía la manera de averiguarlo con prontitud, prometería el doble de la suma aportada. "No hay corsario que se mueva en Tenerife sin que lo sepa Taliaferro. Seguro que estará encantado de contribuir a la causa".

Con el favor de los alisios de octubre, arrumbarían hacia Canarias, manteniendo una distancia prudencial de treinta leguas con la costa africana. Avistarían la costa septentrional de Lanzarote en menos de diez días y, con los ojos bien abiertos, pondrían rumbo a poniente en aguas de Fuerteventura. Al décimo día, sin cambiar el nuevo rumbo, deberían haber fondeado en el paraíso del contrabando para los ingleses y los americanos de las Trece Colonias: Puerto de la Cruz, en la cara septentrional de Tenerife. En total, habrían recorrido más de doscientas cincuenta leguas antes de hacer aguada por primera vez.

La energía de las primeras horas de trayecto dio paso a una tarde más silenciosa. El Habano se arrepentía ya de la empresa acometida. Se sentía viejo para un periplo que, desglosado, mostraba su descomunal desgaste potencial. Sólo quienes habían hecho la carrera de Indias respetaban en su justa mesura el primer viaje de Cristóbal Colón: a las doscientas cincuenta leguas de Cádiz a Canarias, que cubrirían en diez días, se sumaba la travesía entre Canarias y Dominica, de quinientas leguas y veinticinco días de duración; las doscientas leguas de Dominica a Santo Domingo eran las que más respeto le causaban, ya que navegarían cerca de las Indias

Occidentales británicas, infestadas de corsarios, aunque confiaba en cubrir el trayecto en siete días; tras la aguada en Santo Domingo, esperaba correr el menor riesgo posible y, sin acercarse a la costa de Yucatán, trataría de cubrir las setecientas cincuenta leguas entre La Española y Veracruz en menos de treinta días. La ruta terrestre entre Veracruz y la Ciudad de México ya no era cosa suya. En total, siendo optimista, les aguardaban setenta días de travesía en los que, para rizar el rizo, esperaba hacer negocio con la carga del Canto de Circe, declarada y de contrabando. Respiró hondo. "Pensemos sólo en la ida, Felipe, por tu madre".

Colton Lawrence Taliaferro se convertía en Colón Taliaferro nada más desembarcar en Puerto de la Cruz. Los estibadores del puerto no le saludaban como a otros forasteros, sino que le daban la bienvenida a "su" casa. El mote de Colón le seguía desde que, en 1761 y aprovechando el creciente comercio de contrabando entre las Trece Colonias y Canarias, un intercambio comercial consentido entre Londres y Madrid, había comprado una casa solariega en La Orotava, junto al puerto donde su fragata King George County, un magnífico bajel de tres mástiles, aparejo en cruz y trece mil quintales de desplazamiento, fondeaba una vez al año. Taliaferro se embolsaba quinientos ducados por cada viaje de ida y vuelta desde la bahía de Chesapeake, en las costas de Virginia, al otro lado del Atlántico, aunque no llevaba una vida suntuosa durante sus meses de estancia en su casa de la villa de La Orotava, con esmerada fachada. Entre sus amigos y saludados, había portugueses, andaluces, castellanos, genoveses, franceses, pero solía disfrutar a solas del paseo matutino; se perdía, entre tajinastes rojos y otras plantas fantásticas, con formas salidas de una epopeya mitológica, que descendían hasta el mar por laderas volcánicas y ventosas del imponente volcán Teide, tan presente para un tinerfeño como su propia madre. Era jueves y rememoraba en su paseo las noticias de los últimos pliegos llegados al pueblo procedentes de Londres, que comentaba en inglés con un acompañante. Su invitado, el comerciante de Nueva Inglaterra Benjamin Brown, cuya familia era una de las fundadoras de Rhode Island, era gran conocedor de Virginia. Pese a la diferencia generacional, Taliaferro y Brown compartían varios amigos a través de Jeremiah, hermano de este último: Thomas Jefferson, Catlett Conway, Samuel Adams o Benjamin Franklin, con los que esperaban reunirse cada vez más a menudo en los años venideros. "Todo está por hacer y todo es posible, mi querido Lawrence. Cada vez somos más los que nos oponemos a las nuevas leyes arancelarias de Londres. Hace poco hablaba con un alto funcionario de Su Majestad; el chico, preparado, trataba de convencerme de que, para que podamos defender su Imperio con mayor efectividad, hay que aumentar las tasas de nuestro comercio en las Trece Colonias, tanto las importaciones como las exportaciones; no sólo con la metrópolis, sino también entre nosotros. Es decir, nos quieren convencer de que les paguemos para que puedan ejercer con mayor eficiencia un control más estrecho sobre nosotros". Taliaferro reía. "Les ha asustado nuestro progreso, mi querido Benjamin".

Descendieron por la cañada del valle de Ucanca y, al rato, entraban en La Orotava a través de Aguamansa. Ya en casa, Fernando, el hijo de los criados, le anunció la visita de un caballero de Santa Cruz de Tenerife, que le esperaba sentado en el patio, ante un refrigerio. El caballero resultó ser un mero mensajero. "Creo que me ha malinterpretado, señor. Este mensaje no llega de Santa Cruz de Tenerife, sino de Cádiz. Un correo urgente enviado ayer mismo por paloma mensajera". Colón leyó, con ayuda de una lupa, el mensaje de la misiva. "Benjamin, los americanos no somos los únicos en busca de una mejor sociedad con la ayuda del conocimiento, la razón y el progreso económico. Un viejo contacto en Cádiz me explica que, en unos días, tendremos visita en Puerto de la Cruz. Al parecer, un pinque español llamado Canto de Circe hará aquí su escala antes de dirigirse a Dominica. Dígame una cosa, ¿cómo se puede defender a un supuesto enemigo sin que siquiera se dé cuenta?". El Canto de Circe era la vanguardia de una soterrada búsqueda de la esencia del método empírico que traspasaba las fronteras europeas y mundiales. Al parecer, entre su tripulación había tres jóvenes con la misión de descifrar un ideograma de capital importancia para estudiosos y reformistas. "Y dígame, ¿en qué consiste ese ideograma al que se refiere el mensaje?", preguntó Brown. Taliaferro le acercó la octavilla de papel y la lupa. Benjamin Brown observó la inscripción, incluida al final del mensaje. "Mm. Refrésqueme la memoria: ¿de dónde decía que procedía esta inscripción?". Colton Taliaferro, Colón en La Orotava, negó con la cabeza. "No le he comentado la procedencia de la inscripción, ya que la desconozco". Benjamin Brown pidió permiso para copiar aquel curioso acertijo. Mientras tanto, Colón Taliaferro sopesaba cómo ayudar al Canto de Circe.

Tercera mañana a bordo. Habían superado las rachas de viento de poniente del Estrecho avanzando a orza, hasta encontrarse antes de las completas con unos alisios consistentes que ya no les habían dejado. Martín escribía en su cuaderno: "el capitán dice que los vientos favorables ya no nos dejan hasta Dominica, ya que soplan sobre todo de levante hacia poniente, con cierta tendencia hacia el mediodía. Son los llamados alisios. Mingo, que sabe de todo y cuenta sus historias sin impertinencia, dice que fueron estos mismos vientos los que posibilitaron el descubrimiento de América. Cristóbal Colón partió con ciento cuarenta hombres de Sanlúcar de Barrameda, junto a Cádiz, e hizo aguada en la bahía de las Isletas, en Gran Canaria. Al parecer, nosotros no fondearemos en esa isla, sino en Tenerife. Por lo que explica Salicio, arribaremos a un puerto de contrabando. Salicio, el capellán, ha hecho migas con Mingo y no paran de hablar de teología, filosofía y la madre, aunque es listo y evita los sermones cuando alguien deambula junto a ellos. El curita nos ha enseñado también a ayudar en las tareas más apremiantes en popa. A pesar de lo malo que es el rancho y lo poco que se duerme en los coys de la primera cubierta, entre tanto pedorro y roncador, no cambio esto por el Colegio Mayor. Apenas hay jergones y sólo hemos podido agarrar unas esteras y una manta de paño que abriga poco de noche. Andamos a merced del viento, pero no nos conformamos con su enredo. Nosotros mismos, tan diminutos y frágiles en esta inmensidad inabarcable, guiamos la nave. Nosotros abrimos el surco, mientras a nuestro lado juegan a veces los delfines y, de noche, sobre los cielos más estrellados que he visto jamás, corre a veces una estrella fugaz. Me relajo pensando en que el viento, incluso cuando sopla fuerte y crujen los maderos, es sólo la herramienta de nuestros designios. Luego, cierro los ojos".

Los tres muchachos habían caído bajo la supervisión del capellán, un acierto del capitán, que esperaba reducir así la tensión entre los muchachos, ajenos a la dureza y el duro oficio del mar. Ahora, estaban amparados por alguien con suficientes tablas para lidiar con el temido contramaestre de la expedición. Su tarea consistía en mantener limpia la proa, una labor propia de los muchachos de la tripulación, aunque Salicio les instruyó desde el principio en las labores propias de un grumete, empecinado en despertar en ellos el alma de marinero que, en su opinión, todo hombre aventurero compartía. Pronto comprobaron que mantener el aparejo de popa en vereda requería menor esfuerzo físico bruto, pero mayor criterio propio, pericia y vigilancia, ya que la tarea garantizaba que la enorme lona desplegada en los dos palos se abriera a barlovento. Cuando apenas habían transcurrido cinco días de viaje, averiguaron lo difícil que era domeñar el viento usando el cangrejo y la botavara. Apenas acababan sus labores de limpieza de la cubierta y los coys de la marinería de popa, corrían ante el capellán para seguir con la instrucción. Miraran donde miraran, decenas de términos esperaban ser descubiertos; Mansió no había tardado en bromear acerca de la riqueza del vocabulario marino, que apenas conocía en catalán y desconocía en castellano.

Séptimo día. Noche cerrada. El pinque avanzaba con soltura pese a la marejada, que le había desvelado ya en dos ocasiones. Mansió intuyó que no volvería a dormirse antes de la alborada. La llegada de la mañana era un espectáculo al que merecía la pena asistir en alta mar. Jamás había sido tan consciente de la inmensidad y hermosura del mundo. Apenas dos semanas antes, había librado en Barcelona una batalla de supervivencia, y ahora viajaba como vanguardia de una arriesgada misión secreta al otro extremo del Imperio. Desde hacía un buen rato, las nubes habían encapotado el firmamento, por lo que dudó por un instante si tenía los ojos abiertos o, por el contrario, los había cerrado. "Abiertos". Confiaba en que el largo viaje fraguara una amistad entre los tres y el objetivo común limara cualquier encontronazo. Había que ser paciente, pero no podía evitar dar vueltas a la aventura que seguiría al viaje, una vez el Canto de Circe arribara al puerto de Veracruz. La misión tenía varias certezas; entre ellas, el claro itinerario desde Veracruz hasta el primer lugar donde obtendrían información fehaciente sobre el paradero actual de fray Junípero Serra: el Colegio de San Fernando, institución misionera fundada por la Orden franciscana en la Ciudad de México. Caparrini también les había informado de que el paradero de Serra era ahora más remoto, al aparecer como acompañante en los registros de las expediciones de la Corona Española en la frontera septentrional de Nueva España, donde los franciscanos habían sustituido a la Compañía de Jesús como administradores de las misiones y, en los últimos años, fundaban nuevos emplazamientos con el beneplácito del visitador José de Gálvez y el virrey de Nueva España. El Virrey, Carlos Francisco de Croix, un flamenco de Lille al que no le había temblado el pulso al expulsar a los jesuitas y confiscar sus bienes, había contestado a los alzamientos populares en defensa de los jesuitas con un bando que tardaría en ser olvidado en las plazas de la colonia: "de una vez y para lo venidero, deben saber los súbditos del gran monarca que ocupa el trono de España, que nacieron para callar y obedecer, y no para discutir ni opinar en los altos asuntos de gobierno".

La California Nueva, les había explicado Caparrini, era un vasto y afortunado territorio en los confines mismos de la inabarcable América septentrional, bañados por el Océano Pacífico, con un clima parecido al ibérico y árboles tan grandes como gigantes quijotescos. Si, en efecto, Serra administraba una red de misiones franciscanas fundadas en el inmenso y remoto territorio californiano, apenas comunicado con el exterior, ¿cómo podrían encontrarle? ¿Cómo se acercarían a las misiones de la California Nueva, siquiera? Ni él ni sus dos acompañantes conocían las artes de la exploración y la navegación, ni sabían emplear instrumentos de medición. Detestaba concluir que, si en efecto fray Junípero Serra se encontraba en alguna de las misiones de las Californias, el éxito de su empresa dependía de la ayuda que recibieran en el Colegio de San Fernando. Ignacio Caparrini les había facilitado el nombre de alguien que les recibiría, a su juicio, "con los brazos abiertos": el padre Vicente de Santa María, un competente franciscano burgalés que conocía "las ideas de la Compañía de Rogelio Milà". ¿Cómo sabría el padre Vicente que venían de parte de la Compañía? "No lo sabrá", había sentenciado

Caparrini, sonriendo.

Amanecer del noveno día. Los marineros y mandos que procedían del místico San Agustín ya estaban habituados a las necesidades del Canto de Circe. Meneses actuaba como maestre y contramaestre, supervisaba el gobierno náutico y era tenedor de los bastimentos para evitar futuras rencillas por falta de víveres. También dirigía las maniobras y era responsable de su aparejo y antifuego. A falta del guardián que habría elegido como asistente, el desaparecido Roncero, Meneses dio un golpe de autoridad al elegir a alguien que no era el sustituto natural, ya que, por rango y experiencia, Salicio el capellán pintaba más para el puesto. Aprovechó una coartada irresistible: además de ocuparse de las almas de la tripulación, Salicio sería el encargado de proteger a los tres muchachos que daban sentido a la expedición. No eligió mal: Sabino Inchausti, un miembro original de la tripulación del Canto de Circe, le asistiría con solvencia y valentía en todas las tareas, o así rezaba su impecable trayectoria. Conocido como el Vizcaíno, Inchausti era un marinero fornido de mediana edad que se había curtido como muchacho, grumete y marinero en un corsario con puerto en Hondarribia. Desde su primera juventud, había apresado bajeles de Francia, Gran Bretaña y Berbería, en lugares tan remotos como el Canal de la Mancha, las costas americanas de las Trece Colonias y las del África mediterránea. Contar con marineros como el Vizcaíno tranquilizaba a Meneses que, tras el primer encontronazo entre ambos, había decidido no darle reprimendas ante el resto de la tripulación para evitar así situaciones límite. Inchausti conocía el mar y había supervisado la reparación del Canto de Circe tras su compra en Inglaterra, además de haber cubierto una docena de veces la carrera de Indias. Una garantía para el éxito de la empresa.

Meneses y el capitán todavía dormían e Inchausti estaba al mando de la navegación. Con el sol todavía bajo en el horizonte, el Vizcaíno alertó a la tripulación. Según las cartas de marear, avistarían de un momento a otro el Archipiélago Chinijo, unos islotes esparcidos por la costa septentrional de Lanzarote, y no quería sorpresas. "Vamos a ceñir primero y, pasados los roques, a ver si podemos navegar por la aleta de babor, o de bolina aunque sea. ¡Ojos bien abiertos, que llegamos a territorio corsario!". Meneses apareció al rato en cubierta, mientras el capitán continuaba en su camarote. Con sus ojos todavía tratando de habituarse a la claridad de la mañana, el contramaestre observó atento la superficie del mar, con la atención sensorial de un insecto zapatero sosteniéndose con sus alargadas patas sobre el agua, listo para reaccionar al más mínimo cambio sobre la superficie. Al poco, el Canto de Circe acuchillaba el agua a todo trapo, con la corredera marcando más de once nudos. Al mediodía, los últimos islotes del pequeño archipiélago desaparecieron unas leguas a babor y, con la costa septentrional de Lanzarote, la isla canaria más próxima a la costa africana, en la aleta de proa, Meneses decidió ceñir para cambiar de rumbo. Mantendrían la latitud y navegarían hasta la costa septentrional de Tenerife evitando los fondeaderos de Gran Canaria.

Mañana del décimo día. Después de cubrir en poco más de una jornada las cincuenta leguas que les separaban de Tenerife, arribaban al fondeadero de Puerto de la Cruz, ya visible en la aleta de proa. Habían evitado el cabotaje desde la punta del Hidalgo, por miedo a que algún navío corsario les ganara el barlovento, pero el oficio de Meneses y su guardián se había ganado ya el respeto no sólo del capitán, sino del resto de la tripulación, que se preparaba para fondear. Coincidiendo con su entrada, una imponente fragata llamada King George County abandonaba la bahía. "Americanos. Estos son más amables que los ingleses. Mira, capitán, nos saluda". En efecto, la tripulación del bajel con la Union Jack de las Trece Colonias les daba la bienvenida. "Ah, si todos los puertos del mundo fueran así, y los enemigos saludaran a uno con clarinetes...". El Habano rió la gracia del Pescadilla.

El Habano ordenó adquirir agua y leña suficientes para sobreponerse a una mala racha de viento que incrementara sobremanera los veinticinco días en que planeaban cruzar el Atlántico hasta arribar a Dominica. Mientras el Pescadilla y el Vizcaíno se encargaban de la aguada y la leña, Curto se dedicó, tal y como había convenido con Caparrini, a buscar un acuerdo de contrabando a la desesperada. Le sorprendió que, al salir del muelle, un carruaje se parara ante él; desde su interior, un caballero se presentó del modo más inesperado: "bienvenido, señor Curto". Su acento era inglés, con una "r" suave que delataba su procedencia: algún lugar en las Trece Colonias. El Habano no sabía qué hacer. Los últimos días le habían curado de espantos y sorpresas inverosímiles pero, en esta ocasión, no encontró explicación posible más allá de la brujería, la Divina Providencia u otras oscuras explicaciones que la Compañía se había propuesto combatir con el uso de la razón. "¿Cómo sabe usted quién soy? Porque resulta que es la primera vez que viajo como capitán de ese barco, de modo que no me ha visto antes, me temo. El caballero insistió en ofrecerle asiento en el lujoso coche, que el capitán aceptó al fin. "Le estaba esperando, aunque dudaba de si le vería hoy o tendría que esperarme a mañana. Ha viajado a un ritmo endiablado desde que el martes pasado partiera de Cádiz. Se nota que el Canto de Circe es un pinque británico". El misterioso personaje vestía un fino traje de seda turquesa, calzones a juego y zapatos alargados de cuero marrón, coronados con una hebilla de plata. Al observar el sudor frío en la frente de Curto, decidió confesarle. "Recibí hace unos días una nota por paloma mensajera, digamos que de una persona interesada en que nos vaya bien, tanto a mí como a usted". El Habano descartó, tras la explicación, haber perdido el juicio. Resoplido. "Sé que quiere llegar a Veracruz cuanto antes. He venido a ofrecerle mi ayuda". Fue franco: "mi parada en Puerto de la Cruz es comercial. De nada me sirve su ayuda, si sus palomas no pueden sostener el Canto de Circe con cuerdas en el cielo, y llevarlo volando a destino. A no ser...". Preguntó a Taliaferro si era comerciante. El virginiano asintió y, transcurridos unos minutos de conversación, prometió interceder por él para que un amigo comerciante de Rhode Island enviara parte de su carga de telas de toda Europa, así como paños bastos de fabricación canaria, hacia el puerto de Boston a través de Dominica y, desde allí, a La Habana, San Agustín y Filadelfia. Era un método arriesgado y el Habano sólo se comprometía a portear la carga adicional hasta Dominica. "En nombre de mi amigo, trato hecho. Él se ocupará de lo que ocurra con el comercio del género una vez éste haya descargado en la isla".

Meneses se las arregló para que la tripulación permaneciera por la noche en el bajel. Le bastó amenazar con un consejo de guerra a quien osara abandonar la cubierta y regresara borracho. "Quien salga, que tenga la picardía de no volver, porque si lo hace, no sobrevivirá al castigo". A la madrugada siguiente y sin sorpresas, el Canto de Circe abandonaba su último puerto del Viejo Mundo, tras haber aumentado su carga en una cuarta parte con género textil.

Alborada. A diferencia de las últimas jornadas en alta mar, el capitán permanecía al mando, con el Pescadilla y el Vizcaíno conscientes de que se encontraban en uno de los momentos cruciales del viaje. El peligro no cejaría hasta que Buena vista, la punta de poniente de la isla de Tenerife, empequeñeciera a varias leguas de la popa. El paso entre las islas de La Palma, La Gomera y El Hierro tenía amplitud suficiente como para que, salvo sorpresa, un pinque con el nervio del Canto de Circe se zafara sin problemas de la presión de cualquier corsario. "Espero que no tengas que disfrutar hoy con maniobras arriesgadas, Pescadilla". Meneses compartía la preocupación de su capitán, pero era ahora mucho más optimista que al inicio del periplo, al comprobar la naturaleza del buque y probar la tripulación. Él mismo reconocía que la experiencia y saber estar del Vizcaíno eran incomparables a la explosiva y traicionera inconsistencia de Roncero.

Bastaron apenas tres horas para que se cumplieran los peores augurios. "Mira lo que tenemos aquí. Parece que alguien ha salido a pescar". Un falucho corsario intentaba cerrarle el paso a apenas una milla de la aleta de proa. El capitán comprobó que el navío había partido, a todo trapo y con el foque ciñendo el viento, de la pequeña cala donde aguardaba a su presa. El falucho enseñaba su porte con el instinto predador de una araña que se sabe invencible en la pegajosa red concebida por ella misma. "No lo tendrá tan fácil", sentenció el Habano. El Canto de Circe navegaba viento en popa, aprovechando la fuerza de los alisios en la aleta de estribor. Meneses pidió al Vizcaíno que preparara al condestable y los artilleros para el combate. Todos los marineros estaban en sus puestos, con grumetes y muchachos ayudando en lo que se podía y tratando de no estorbar. Silencio roto por los rizos de viento. "Vamos a aguantar al máximo antes de virar a estribor". Meneses apartó la mirada del falucho, todavía lejano. Meditaba la situación. Si entraban en combate directo y el bajel quedaba dañado, deberían volver a puerto, quizá a Santa Cruz de Tenerife, y aguardar allí a su reparación, con lo que ello significaba para los planes del corresponsal y el capitán. Maldijo el momento.

Analizando la situación, observó a un grumete señalando un punto en el horizonte hacia la aleta de proa. Usó el catalejo. "Una fragata de tres mástiles, aparejo en cruz y... Un momento, es el barco que lanzaba amarras cuando nosotros arribábamos. Parece ir al encuentro del falucho... o he perdido el juicio, o se dirige hacia la costa a todo trapo. ¡Capitán!". El Habano, el Pescadilla y el Vizcaíno discutían ahora en voz baja, sorprendidos por la situación. Al poco, parecieron dar la razón al Vizcaíno, cuando vieron cómo una nube de polvo ocultaba parte de la quilla de la fragata americana, todavía diminuta en el horizonte. El King George County estaba disparando al falucho, que desapareció de las aguas al poco, hundido por la descomunal batería de cañonazos desplegada por el navío americano, ahora inmóvil, como fondeado. "Nos dejan pasar. No quieren virar siquiera, para evitar nuestro nerviosismo. Meneses, ¿ves ese barco? Nos acaba de salvar el pellejo. Y no sé por qué".

Atardecer del mismo día. La silueta de El Hierro, la última isla del archipiélago canario visible desde popa, desapareció del horizonte. Navegaban acuchillando el mar, en marejadilla, con los alisios empujando por la aleta de estribor. Mansió, Martín y Mingo eran los únicos tres tripulantes que nunca habían cruzado el Atlántico.

TRISKELION por Nicolás Boullosa

12. El francés de Dominica

Todo había salido a pedir de boca. Con la aguada y el matalotaje de leña y víveres, las bodegas acumulaban avíos para dos meses, incluyendo imprevistos. Así, en Dominica se limitarían a la aguada y la leña si el avituallamiento era prohibitivo; en el mercado sin competencia de las Antillas, los precios subían tanto como el nivel de desesperación del comprador recién arribado de Europa. El buen fario sólo podía truncarse por un fallo de libro en la navegación, una tormenta catastrófica o el ataque de una fragata enemiga en alta mar, lejos de un puerto donde resguardarse: con los bateles, a nado o como fuera menester. Descartaba motines en una tripulación que cobraría por sus servicios a última hora y no en préstamos de mal pagador para malgastar en cada puerto, que para el marinero eran pan para hoy y hambre para mañana. Aguardarían hasta la hora de la paga contante y sonante, en reales de plata, sin vales ni parte en especie. La misiva de Ramon Milà que Mansió había entregado al corresponsal Caparrini esclarecía la prioridad. En ocasiones, la Compañía de don Rogelio Milà, su hermano, se guiaba por corazonadas del comercio de las ideas, ya que las pérdidas de hoy podían convertirse en ganancias del mañana, como ya había reconocido hacía siglos el maestro barcelonés de ley talmúdica Shlomo ben Adret, el "mestre Salomó", consejero de reyes y contemporáneo de Ramon Llull y del alquimista, astrólogo y médico Arnau de Vilanova.

La carrera de Indias del Canto de Circe sería considerada un éxito si Mansió, ahora acompañado por otros dos muchachos, llegaba a buen puerto, geográfico y espiritual. El éxito dependía, no obstante, de la capacidad para sobreponerse a las limitaciones de la realidad física, pues las cuestiones espirituales interesaban de poco a nada a muchachos, grumetes y marineros. La Compañía pretendía cubrir los gastos de tripulación, permisos y dotaciones bajo mesa a don Marcelino Guerrero con la venta del género transportado en la ida, tanto el declarado como el de contrabando. El alijo sin asiento de mayor importancia se había estibado en Puerto de la Cruz, propiedad del comercial americano Benjamin Brown, de quien sólo conocían el nombre y su fama de cumplir con lo pactado, a diferencia de "su ralea", es decir, cualquier criatura de Dios que tuviera que ver con los ingleses. Colón Taliaferro le había dado su palabra al intermediar por

Brown, de la que ahora confiaba todavía más, tras el suceso con el falucho corsario al salir del puerto septentrional de Tenerife. Al parecer, Brown comerciaba de por vida con personas de confianza, más allá de su lugar de origen y de los golpes de fortuna acumulados, tan corrientes en el trajín marítimo. Se conocía su amistad con el antiguo corsario y contrabandista francés Etienne Boullon, comerciante establecido en Dominica e intermediario asociado de la Compañía de Rogelio Milà.

Dudaba sobre si apuntar el suceso del falucho en el cuaderno de a bordo. Las maniobras para esquivar su embestida, si bien no habían sido bruscas, les habían desviado durante horas del rumbo anotado que, según los veteranos de a bordo, el Canto de Circe seguía "solito", sin apenas ayuda. Los buenos barcos tenían alma, decían, y acababan aprendiéndose su camino. "Este se planta en Veracruz sin tripulación si le da la gana, por la Virgen". Las maniobras ya estaban anotadas, en cualquier caso, en el cuaderno de bitácora, que el Vizcaíno mantenía a conciencia, con el castellano fértil de quien había leído y sido educado en la lengua, aunque de vez en cuando emergía alguna palabra o expresión de su tierra, sin llegar a los cómicos problemas lingüísticos padecidos por el vizcaíno de El Quijote. Su aportación a la obra colectiva marinera del Canto de Circe parecía enmendar el estereotipo según el cual el castellano de las vascongadas, ni era del todo castellano, ni tampoco del todo vasco. Si en algo aquel pinque superaba a otros navíos de registro españoles que comerciaban con América, era en las bellas y consistentes anotaciones del cuaderno de bitácora.

Qué duda cabía. Colón Taliaferro se había jugado el pellejo y tal vez su posición privilegiada en la sociedad tinerfeña, cada vez más favorable a reconocer la influencia de los extranjeros de La Orotava; la riqueza material había obrado el milagro de la tolerancia. A la sombra de los funcionarios borbónicos españoles, había protegido a un navío catalán que, si bien tenía los permisos para desembarcar en Veracruz, había estibado en Puerto de la Cruz con la innegable intención de hacer contrabando. El cabildo tinerfeño apoyaba sin tapujos la labor del falucho corsario que les había emboscado. Y

Colón Taliaferro lo había hundido con su fragata King George County, una noticia que ya corría a caballo hasta la ciudad de Santa Cruz de Tenerife, el mayor puerto de la isla después de que, a principios de siglo, la erupción volcánica del Trevejo hubiera sepultado la floreciente plaza de Garachico. En el septentrión de la isla y a poniente de Puerto de la Cruz siguiendo la línea de la costa, el falucho había partido del abrigado puerto de Garachico para hacerse con el Canto de Circe. Una vez se supiera la nueva en la ciudad de la isla, la fragata perdería su favor en Puerto de la Cruz y tanto la casa y propiedades de Taliaferro en La Orotava como los derechos mercantiles, los legales y los que no lo eran tanto, obtenidos en Canarias, serían requisados.

"El americano se ha jugado el pescuezo por nosotros. Manda huevos. Y no sólo se mete él con la fragata en el desaguisado, sino que compromete a su amigo de las Trece Colonias, que también se ha buscado la ruina en el puerto". El Habano no dudaba de que la vida del virginiano Colón Taliaferro, así como la del rodhense Benjamin Brown, habían cambiado desde el suceso con el falucho. A no ser... Apenas conocía a Taliaferro, pero siempre había confiado en su olfato para las personas, que le había sacado de más de un aprieto, del mismo modo que se fiaba de la intuición del Pescadilla Meneses para salir airoso del filo de una navaja. Y su olfato le decía que el alto y fornido americano -"qué coño comen los americanos de las Trece Colonias para sacar dos cuartas a los ingleses", había comentado con Meneses-, era audaz e irradiaba una confianza en sí mismo que sólo había conocido en otra persona: el mestre Milà.

Algo le decía que, si era desposeído de todas sus riquezas materiales y encarcelado por una temporada en La Orotava, Colón Taliaferro convertiría el encierro en una oportunidad para meditar qué hacer en los próximos años. Su diligencia le llevaría a cumplir lo que se propusiera y, con trabajo duro y rectitud, volvería a amasar una fortuna. Los contratos, tan de moda en los últimos años, sobre todo entre los ingleses y los holandeses, estaban para cumplirse. Respetar un contrato con escrupulosidad otorgaba credibilidad y sobre la palabra bien dada se fundaban fortunas. Pero había personas cuya actitud las hacía portadoras de un optimismo ecuánime y siempre abierto a nuevas veredas del conocimiento y la experiencia. Taliaferro era de los que iban en busca de oportunidades, en lugar de esperarlas. Había que andar a la caza de la suerte. Teniendo en cuenta el espíritu que imaginaba para el virginiano, con quien sólo había pasado una tarde, especulaba sobre si Colón Taliaferro y Benjamin Brown habían embarcado en la fragata comercial King George County y, sin mercancías que dieran sentido a su viaje, habían emprendido el camino de vuelta a Chesapeake Bay. Escaparían a su tierra sólo después de hundir el falucho corsario agazapado en Garachico, que habría dado al traste con la empresa del Canto de Circe. Su actitud había cambiado el porvenir de otros. Eligiendo nuestro propio porvenir, influimos en el de otros a nuestro alrededor.

Desde el único camarote del pinque, el Habano apuntó sólo una escueta frase en el cuaderno de navegación. "Vamos por la buena vereda".

Miquel Gomila, un joven juanetero mallorquín que subía al palo de mesana con una destreza sin igual, cantaba con la delicadeza de quien tiene oído para la música y ha nacido en el terruño mediterráneo. Oriundo del interior de Mallorca, su profunda voz acumulaba la aspereza de los trabajadores del campo y sus romances parecían haberse estancado en la música trovadoresca y del Renacimiento, prueba de que las montañas de su Serra de Tramuntana habían permanecido a flote, como un Monte Ararat musical, pese a la imparable oleada de música italianizante que había anegado España y el resto de Europa. Pocos, entre ellos Mansió, entendían al completo la sencilla lírica carolingia de las canciones de Miquelet, pero la tripulación agolpada en la popa disfrutaba de su musicalidad. Los ecos de las canciones medievales catalanas del Llibre Vermell de Montserrat se entremezclaban con la tradición lírica popular mallorquina de campesinos, pescadores, hilanderas y chuetas que habían padecido el sanbenito durante generaciones. El Mediterráneo era tan sarraceno y judaico como cristiano, y no sólo la cábala de Doctor Illuminatus, mallorquín, se había salvado de la quema de la Inquisición.

Las romanzas de Miquel Gomila eran pura voz catalana, pero también "xueta", omeya y almohade, la cábala hecha música, cuya verdad se revelaba no sólo en romance catalán, sino con una entonación que contenía todas las sinagogas y minaretes de las tierras que alguna vez habían albergado a las tres comunidades de Abraham. Ni todos los sambenitos de penitencia vestidos por todos los judíos maltratados por la Inquisición habían borrado de su alma la música popular, cuya memoria era más fiel a la esencia de lo que fue que la solemnidad de los registros eclesiásticos y administrativos. Entonces, en medio del océano Atlántico, Mansió Vilalta se sintió más unido que nunca al mar Mediterráneo, donde desembocaba el cordón umbilical que partía de una fuente de su pueblo, el raquítico río Llobregat. Ay, si los catalanes hubieran tenido un río en condiciones. También era hijo de la misma música y reconocía la raíz occitana común a la Marca Hispánica, aunque no supiera darle nombre. Para él, era tan simple como recordar una conversación junto a la lar con su abuela Fina. Resultaban más exóticos, pero nunca del todo ajenos, los ecos de Mallorca; lo desconocido tenía, en ocasiones, una familiaridad visceral. Miquel Gomila era descendiente de una familia con varios miembros que habían padecido la deshonra de llevar la "gramalleta" con su nombre de pila y apellido. Descalzos y con un gran cirio encendido en la mano, habían sido paseados por el pueblo, donde sus convecinos, muchos de ellos amigos, les escupían e insultaban. El plañir de las injusticias siembre era hermoso en las romanzas del Mare Nostrum.

Mansió Vilalta trató de volver al olor de los prados verdes de Cal Ros en primavera, cuando la nieve se retiraba a las cumbres del Cadí y los bosques de pino rojo y robledales de los angostos valles cobijaban setas y frutos silvestres que, de chico, había aprendido a apreciar. En las alturas de Cal Ros, junto a la casa de sus antepasados, los bosques de pinos negros y abetos daban paso a prados de alta montaña, siguiendo el mismo esquema que el corte de pelo del capellán, cuya coronilla brillaba al sol.

El grumete acababa de cantar la hora, tras la cual añadió un Pater y un Ave María. "Sólo pido menos liturgia y más confianza ciega en nuestro interior", creyó Mingo oír mascullar al padre Salicio. Por respeto, lo mantuvo en secreto, sin preguntar al capellán por el significado teológico de sus palabras. ¿Un mero chascarrillo o una convicción profunda? La pregunta y respuesta tendrían que esperar. La música de Miquel Gomila le había reconciliado con su alma de pastor de alta montaña. Se preguntó si el intérprete experimentaba la misma sensación. No sólo el gaviero cantor era mallorquín. El motivo profundo de la expedición residía, según había recabado con cartas, reflexiones y conversaciones entre Salicio y Mingo a las que asistía en silencio, en la búsqueda de los propios pilares del conocimiento humano. Si se conseguían las características exactas de los mahones usados por el Creador, la humanidad podría concebir como nunca antes edificios del conocimiento y el progreso. Otro mallorquín había llegado hacía siglos a la misma conclusión: Ramon Llull conocía en profundidad las artes de la cábala sefardí y le había maravillado la zairja, un instrumento usado por los astrólogos árabes desde tiempos inmemoriales para calcular ideas por medios mecánicos.

Y otro mallorquín, el misterioso y penitente sabio franciscano Junípero Serra, que se esforzaba por sentar los pilares judeocristianos en los confines del mundo, podía ser el único hombre vivo capaz de dar sentido a aquellos retales de conocimiento racional antiguo, la base del método científico que el también franciscano Roger Bacon, contemporáneo de Ramon Llull en el siglo XIII, había defendido ante el dogma de la Iglesia de la que él formaba parte. "Illuminatus et Mirabilis".

Domingo, veintisiete de octubre de 1771. Vigésimo día de viaje tras partir desde Cádiz y hacer aguada en Puerto de la Cruz. La tripulación se preparaba para la misa semanal a la hora tercia, según planes del capellán y el contramaestre. Tras el amanecer, tres horas bastaban para realizar las labores de la mañana y vestirse ropa limpia, bien remendada. De lo contrario, corrían el riesgo de vérselas con Inchausti el Vizcaíno o, peor aún, con el energúmeno de Meneses. Se seguían guardando las maneras y el Habano reconocía la importancia de la implacable mala leche de su segundo, demostrada con creces desde la estiba del pinque en el muelle de Cádiz.

Domingo. Dominica. El mestre Milà, su hermano don Rogelio y el corresponsal Caparrini coincidían en que Dominica era la más segura de las islas de Barlovento para hacer la primera aguada en el Nuevo Mundo. Ello significaba que el Habano y el Pescadilla tendrían que vérselas con el Gabacho de Dominica, un pícaro mercante francés que conocía el Canto de Circe y sabía cómo ingeniárselas para ganar en cada empresa y bajo cualquier bandera, fuera corsaria, francesa -antigua metrópolis colonial de la isla Dominica-, inglesa -nueva metrópolis, desde 1763-, holandesa -muy activa en la zona-, o española.

Al septentrión de las Pequeñas Antillas, las islas de Barlovento aparecían en medio del océano, ante los incrédulos ojos de los marineros europeos que no desistían en su intención de llegar hasta las Indias. Aparecían como esmeraldas en medio de la inmensidad añil, como escoltas del único viento caribeño que soplaba sin cesar desde el naciente hasta el poniente, enlazado con los alisios que impulsaban a las naves desde la costa canaria. La ruta de las islas de Barlovento era, pues, la más rápida, y el Canto de Circe no tenía tiempo que perder.

La marinería del pinque descansaba por turnos. Coincidiendo con las completas, la mitad de la tripulación se acostaba sin excepción tras dos golpes de campana, mientras la otra mitad mantenía la guardia hasta la medianoche, coincidiendo con los maitines, cuando se acostaban a la señal de dos golpes de campana. Entonces, una segunda guardia de apenas quince hombres se mantenía en sus puestos durante las siguientes tres horas, hasta los laudes. La tercera y última guardia nocturna empezaba con la alborada y finalizaba a las seis de la mañana, con la hora prima. "Vivir en un barco es parecido a hacerlo en un convento de clausura", les había comentado con sorna Salicio un mediodía soleado, cuando los alisios parecían haberse desvanecido, para volver con fuerza horas después."Horario estricto, tiempo para meditar, una habitación con vistas y bien ventilada, buena paga para el espíritu, pero poca guita para la bolsa. Y castidad. Se cree sin razón que los navíos son la morada de los aventureros geográficos; yo creo que son más bien los espirituales, los que sienten un desapego insoportable entre cuerpo y espíritu una vez pisan tierra. No hay nada más triste que una corredera guardada en un baúl, ni nada más inservible que un marinero en tierra, ausente, ahogando su nostalgia en algún tugurio con mal vino y peores mujeres". La voz del capellán había sonado melancólica. Martín se había preguntado si las palabras del cura eran un poema. Aprovechando un instante de quietud, cogió su pluma y cuartilla y escribió una pequeña fábula con vocación de parábola, inspirado en lo que había visto y oído desde que había partido de su alcoba en el seminario de Coria. Un joven trabajador y beato se conjuraba para vivir una vida recta; trabajaba duro, cuidaba de sus padres y amaba a sus hermanos. Decía la romanza que el mozo se había casado en su parroquia, con una moza buena, trabajadora y virginal. Pronto, ambos tuvieron hijos, que se criaron sanos. Pero llegó un momento en que el jardín había sido trabajado, los campos plantados y segados varias veces, y los oficios con la parroquia y la comunidad seguidos a rajatabla. El mozo era ya un hombre con obligaciones familiares, y pronto buscó mayor fortuna, aconsejado en la taberna por supuestas voces amigas. Dejó su jardín, siempre en flor, sus cosechas y su familia, que pronto se marchitaron por la ausencia de su brío. Él se hizo marinero y se echó a la mar, y ganó fortuna en otras tierras. Pero nunca encontró la tranquilidad en las tierras ganadas, como tampoco lo había logrado en las perdidas. Se volvió a echar a la mar y allí permaneció hasta que un buque corsario había acabado con él. Dejó la romanza deshilachada, a medio hacer y quizá nunca acabada. La fábula de España tendría que esperar a que otro la escribiera.

Con la luz del día, la faena cotidiana se abrió paso. La tripulación tuvo tiempo para lavarse, afeitarse y vestirse ropa limpia: limpiar cubiertas, revisar e izar las velas, trepar por los palos y atajar cabos.

Al salir del camarote, el capitán miró el cielo, recién afeitado. Amenazaba lluvia. Le bastó un gesto señalando la bitácora para que Sabino Inchausti ordenara apuntar cualquier cambio brusco de tiempo. No quería verse sorprendido por una tormenta. "Así me gusta, todos de bonito", celebró mientras la campana tocaba a misa.

Mingo corroboró entonces por qué el capellán había denostado la liturgia católica con un comentario velado. Excepto él, nadie en el barco tenía la formación teológica para justipreciarlo. Desde el principio, la misa celebrada el domingo veintisiete de octubre de 1771 en la cubierta del Canto de Circe fue distinta a todas las que Mingo había presenciado, y habían sido muchas. Las palabras de Salicio, que ya entonces consideraba su amigo, eran propias de una acción de gracias, un memorial de las enseñanzas más universales y positivas del Señor. Un canto a la alegría y al optimismo, a lo que quedaba por hacer aquel día, y todos los días y años ulteriores. Y, tras la muerte de todos ellos, otros llegarían y trabajarían para fortalecer su interior y, obteniendo su felicidad, contribuirían a la prosperidad de la humanidad. Salicio estaba cantando al Universo, como habían hecho los estoicos clásicos. Mingo no pudo contener una lágrima que, al llegar al final de su pálida y alargada mejilla, se desprendió de su cuerpo para caer, en un estruendo minúsculo e infinitesimal, sobre un madero de la cubierta. Desde mucho antes de su partida del seminario de Tui, se había preguntado por qué la misa católica se había convertido en un sacrificio victimista, negativo y culpabilizador. Por mi culpa, por mi culpa, por mi gran culpa. Erre que erre con la culpa. La acción de un sacrificador en forma testamento, o sacramento. La semilla de la culpabilidad que arrastraban generaciones de creyentes. El complemento al sambenito que, con el patrocinio de Roma, se había obligado a llevar a familias de conversos durante generaciones, muchos de los cuales habían cometido un único delito: amar a su familia y tratar de prosperar, para procurarles un futuro y una educación. Conocía la obra del cismático Lutero gracias a las veladas indicaciones de su director espiritual en el seminario, que le había conducido, sin sugerirlo siquiera, hasta un manuscrito del hereje mantenido bajo llave. Lutero había llamado a la rebelión, invitando a los feligreses a celebrar la bendición o memoria del Señor. Salicio interpretaba la institución del Santo Sacramento como el motor positivo que despierta la fe y consuela las consciencias, y no como un sacrificio ofrecido por el pecado. Asistía, en la cubierta de un navío de registro con bandera española, a la misa ofrecida por un capellán católico que interpretaba la ceremonia a la manera de hugonotes y luteranos. Una prueba más de que les ocupaba un viaje especial, hasta los confines geográficos de la Nueva España septentrional; a buen seguro, también surcarían los límites espirituales de la fe. Jamás el catolicismo había sonado para él tanto a los estoicos y los cismáticos europeos por igual. Como si un grupo de personas hubiera desempolvado Prometeo encadenado. Era el momento de que el titán filántropo, el amigo de los hombres, otorgara de nuevo la antorcha al hombre, para "enseñarle a pescar", en lugar de ofrecerle la "humanitas" latina, que había iniciado el buenismo, la caridad, la dependencia del espíritu, el gregarismo, el sentimiento de culpa. ¿Qué impedía a Roma usar la misa para promover la búsqueda de la justicia y mejora humanas a través de la rectitud espiritual, pero también mediante el uso de la ciencia, las propias capacidades humanas, el optimismo?

"Ni un sólo bostezo. Todos atienden. ¿Ves esto, Señor?". Mingo asistía, emocionado, a lo que consideraba un milagro: el pensamiento libre había sobrevivido en Iberia, al menos en un puñado de almas. La obra que los Reyes Católicos, Carlos V y Felipe II habían instituido a sangre y fuego y habían llevado por el mundo entero, la doctrina única del sentimiento de culpa católico, no había exterminado por completo a los descendientes de los estoicos en Iberia, y tanto las obras del franciscano inglés Roger Bacon como las del mallorquín Ramon Llull eran leídas por un grupo de pioneros, del que Mingo quería saber más: ¿cuántos eran? ¿cuáles eran sus planes? ¿se planteaban reformar el catolicismo desde dentro, como propugnaba el jansenismo de las cortes borbónicas europeas -incluida la española del confesor del Rey, el franciscano Joaquín de Eleta-?

El Habano no pudo dormir durante las dos horas que había planeado hacerlo, tras una larga noche luchando contra una tormenta que les había envuelto desde poniente con majestuosidad, justo después de que los alisios se hubieran esfumado y el océano se calmara. Antes de la medianoche, el Caribe les había dado la bienvenida a su manera, con vientos huracanados de poniente, un fuerte chaparrón y olas como las que el Habano no había visto en años. El Pescadilla, aferrado a la botavara de la cangreja mientras vociferaba por igual al capitán y al Vizcaíno, se divertía como un niño al comprobar la solvencia con que el pinque cabalgaba los maretazos de frente, con olas de hasta cinco brazas de altura. El capitán había acudido el primero a aferrar velas, cuando los grumetes habían divisado la tormenta avanzando con rapidez hacia su posición. Temiendo el rigor de la tempestad, se había machado el pulgar de la mano derecha, ayudando en el repliegue. Había percibido el dolor sólo cuando el mar se había calmado lo suficiente, con la campana de los laudes. Ahora amanecía. Dejaba a Meneses y al Vizcaíno el cómputo de los desperfectos y la anotación de lo ocurrido en el cuaderno de bitácora, mientras él mismo trataba de relajarse en su camarote con ropa seca y mascando un poco de chinchorro a la luz de la lámpara, mojaba la pluma en el tintero y ordenaba sus ideas. El cuaderno de navegación era para él la auténtica versión de las Sagradas Escrituras. "Día de Nuestro Señor viernes, primero de noviembre de 1771. La tormenta se ha disipado durante la madrugada, causando desperfectos que no puedan reparar los dos carpinteros y los zurcidores de lona. Hay retales suficientes para recomponer lo que haga falta. Podríamos virar al mediodía y no parar hasta cruzar el Cabo de Hornos, plantarnos en Santiago de Chile un mes después y pasar de largo hasta saludar al galeón de Manila en alta mar. Hoy es un día para sentirnos orgullosos de esta profesión. Quizá también de nuestro momento y lugar, aquí y ahora, un simple suspiro en lo eterno. Hoy es un día para sentirnos vivos y celebrarlo, sin dolor de huesos ni machaduras que valgan. Este viaje tiene sentido y creo que todos, en el fondo, lo sabemos, desde quien ahora escribe en este camarote hasta el último mozo tiritando de frío en cubierta".

Como todas las semanas, Muirín, el alguacil de agua, un irlandés con enormes ojos anfibios y piel delicada bajo la roña y quemazones que la sepultaban, reclamaba al carpintero, al calafate y a los otros muchachos asignados que le asistieran en el achique de agua de la sentina. Echó un vistazo al pozo y requirió a Inchausti: "Necesito más hombres". La sentina, que recogía los efluentes de la bodega y los convertía, con la falta de ventilación y el calor, en ponzoña, era ahora un foco infecto y hediondo que amenazaba con desbordarse. El agua salía con fuerza de las bombas, espumosa y pestilente, mientras la tripulación atenuaba el olor como podía, a menudo cubriéndose la nariz y la boca con un pañuelo. Ni Martín, ni Mansió, ni siquiera Mingo, que ya había protagonizado un puñado de salomas por su aspecto de delicado bachiller, se quejaron un instante. Acabada la tarea, se secaron el sudor y volvieron a las órdenes de Salicio.

Campanada de la media. El grumete cantó la hora y volteó al tiempo el reloj de arena. Habían pasado veinticinco días desde que partieran del muelle de Cádiz y todo marchaba según lo previsto. Además del predecible desaguisado en la sentina, la tormenta había inundado una bodega y causado desperfectos en el aparejo: entre ellos, la rotura parcial de la verga de velacho en el palo de proa y el desgarro de un puñado de cabos, que varios grumetes -con la ayuda de Salicio y "los tres muchachos", mote coral usado por la tripulación para referirse Mansió, Mingo y Martín-, ya ayustaban. La obra viva del barco estaba intacta y la carga apenas se había movido; ni siquiera se habían perdido los barriles flotantes, que se habían multiplicado durante la estiba en el Puerto de la Cruz, llenando las bodegas hasta la bandera y obligando a atar algunas botas a cabos alrededor del casco. La insistencia psicótica de Meneses en ambas estibas, la inicial y la de la escala en Canarias, en las que había insultado hasta a las ratas que querían hacer la carrera, se había revelado providencial. Cuando se seguía el manual y la carga iba bien calzada y prieta, muy mala tenía que ser la tormenta para que el desaguisado fuera incorregible. Había una diferencia sustancial entre un hijo de perra y un hijo de perra bueno que supiera lo que hacía. Por fortuna, estaban en manos de un contramaestre que formaba parte del segundo grupo de indeseables.

Como buen guardián de su contramaestre, el Vizcaíno había ordenado el calafateado de las grietas, que reduciría la permeabilidad de las cubiertas cuando volviera el mal tiempo. Se sucedían los gritos demandando más estopa y brea para sellarlas y, entre los presentes, destacaba la diligencia de Mansió, Martín y Mingo. No eran siquiera considerados halacabuyas, apodo reservado a los mozos más torpes en las labores marineras, sino que habían respondido con coraje a las demandas a grito pelado de Salicio y el Vizcaíno, cuando las palabras no sucumbían a los golpes de viento y agua. Si la protección del Habano no les hubiera hecho intocables, el capitán, Meneses, el Vizcaíno y el capellán coincidían en el veredicto: se las habrían arreglado. Mansió y Martín habrían protegido a Mingo, un muchacho más bien de retórica y letras que iba para sabio. Pero incluso el gallego ganaba en listeza al lobo de mar más viejo de la tripulación, ya fueran marineros del San Agustín de Hipona, o veteranos de la carrera de Indias con el Canto de Circe.

El Habano no tenía intención de acudir al cirujano hasta conocer lo ocurrido con el Laburdino, un muchacho navarro que había caído a cubierta desde lo alto del palo mayor y estaba mal herido. "Al menos, no cayó al mar". El Laburdino era un simpático e inocentón barbilampiño con espeso acento vascuence. Todos apreciaban el arrojo y buen fondo del chaval. Decían que era hijo de corsario vasco y pelandrusca arrepentida, criado en el pueblo de la familia materna después de que su madre arrepentida retornara, desdentada y con un hijo en pecado, desde San Sebastián. Nadie quería hacer la vida imposible a un mozo con buen corazón que entregaba su comida a los débiles y ayudaba sin pedir nada a cambio. Fuerte y ágil, había trepado a la cofa del palo mayor a través de la boca de lobo, el acceso más próximo al palo, una decisión de principiante que le habría costado unos azotes en otra situación. Si algo hervía la sangre al capitán, era comprobar cómo los muchachos más nuevos cometían errores como atajar por el interior de la cofa durante una tormenta.

Sábado, nueve de noviembre de 1771. Campanada de la hora prima en un día que amanecía soleado, con un cielo tan azul como el mejor índigo plantado en las Indias Occidentales. Meneses ordenó al Vizcaíno que preparara el oreo de velas, una vez se secaran las cubiertas tras el baldeo y el lavado de coys.

Desde la muerte del Laburdino, el miércoles al atardecer, el ánimo de la tripulación había cambiado. El Habano esperaba que el sol y una ración extraordinaria de tasajo de cerdo, queso y bizcocho les devolviera al presente. Sintió que el alma colectiva perdía tanta exactitud como lo hacía la propia navegación de un navío durante su viaje a América. El muchacho navarro se había ido sin soltar un solo quejido, pese a partirse el espinazo y mantener la consciencia hasta el último momento. Había pedido que se diera noticia a su madre de que se había quedado a vivir en una hacienda de México. Todavía con el pulgar hinchado, el Habano divagaba sobre lo ocurrido durante la tormenta, cuando oyó el vigoroso grito de "tierra". Lo mejor que nos podía ocurrir, pensó. Al menos, las mediciones realizadas después de la tormenta eran correctas y, según lo previsto, llegaban a Dominica. Habían discurrido treinta y tres días desde el inicio del trayecto.

A babor, se dibujaba cada vez con mayor detalle la costa de Dominica, que debía su nombre al día de la semana en ser avistada durante el segundo viaje de Colón a América. Los franceses, sus primeros colonizadores europeos, la habían cedido al Reino Unido en 1763 tras la Guerra de los Siete Años, como parte del botín establecido por el Tratado de París. Si bien proliferaban los comerciantes ingleses protegidos por el cambio de metrópolis regente, el puerto de Roseau seguía siendo un hervidero del Caribe católico, en el que esclavos negros y mulatos, así como líberos "de color", chapurreaban un francés africanado, con unas gotas de español e inglés. Los comerciantes catalanes eran bienvenidos en Dominica, que siempre había garantizado la buena aguada a don Rogelio Milà.

Señalando hacia la amura de babor, Salicio se dirigió a los tres muchachos con los ojos encendidos. "Eso de ahí ya es América". No dijo nada más. Mansió estiraba con ahínco la punta de una de las velas de respeto, que habían aumentado su peso y amenazaban con pudrirse, humedecidas tras la tormenta. Meneses quería orear todas las velas almacenadas para mantener ocupada la mente de los más impulsivos, él mismo entre ellos. Recordó un pliegue de cordel que había devorado al instalarse en Barcelona, un relato apócrifo con tono de crónica solemne sobre el descubrimiento de América. "Pare y mare, ara sóc com en Rodrigo de Triana", masculló en catalán. Salicio entendió el nombre del primer europeo en divisar territorio americano. Ambos sonrieron. Más allá, unos marineros mostraban al

Vizcaíno la perfección de su baldeo, realizado a conciencia, piedra sagrada en mano. Otros muchachos secaban sus coys y jergones de repuesto, recién lavados, soñando con invitar a bordo a mujeres fáciles, capaces de quitar el juicio a quien se perdiera con ellas entre las sombras, decían. El antídoto, como con las sirenas de La Odisea, consistía en atarse a un mástil, taparse los oídos con cera, o "perseguir la virtud", decía Salicio. "El único modo de obtener tranquilidad de espíritu es evitar los placeres fáciles y embriagadores; el vino, hay que beberlo cuando se está preparado para ello".

Meneses, que había templado su hablar exigente y despectivo tras la muerte del Laburdino, percibió el cambio de humor de la tripulación. Era un día soleado de noviembre y navegaban con el viento de través por estribor; los vientos alisios hinchaban y doraban la tela tras la tormenta y el inconfundible extremo meridional de Dominica, Scotts Head, se desnudaba a apenas una legua de la amura de babor. Supo al instante que sus hombres estaban listos para tolerar la aspereza de sus palabras. Tenía que aprovechar el resquicio de buen humor antes de que la apetencia de arribar a puerto se convirtiera en ansia.

Tras imponerse el viento de poniente, el Habano asumió el mando para disfrutar en el avance de bolina hacia la isla, tras iniciar el cabotaje una vez pasada la punta de Scotts, que miraba de frente a la Martinica, tres leguas al mediodía. Las bordadas del Canto de Circe reducían a buen ritmo la distancia con el puerto de Roseau, apenas una legua hacia el septentrión, en el poniente de la isla, ahora a estribor. Agarró el catalejo y lo orientó por encima de la amura de estribor. Respiraba hondo, con sus fosas nasales hinchadas y una media sonrisa. Las cubiertas recién baldeadas, frotadas a fondo con arena y agua de mar, olían distinto, como si se hubieran desprendido de la modorra de un enfermo aquejado de melancolía. La luz, el mar, las aves... si hacía caso a sus sentidos, el Caribe seguía siendo su casa, un sentimiento de pertenencia que sólo conservaba a bordo, cuando se aproximaba a un puerto caribeño. Una vez en tierra, en el Caribe era español. Y en España, era el Habano. Sólo en la mar, de camino a un lugar u otro, su cosmopolitismo tenía sentido. "Ahí te escondes, reputa". Más allá de Punta Michel, entre la bruma matinal que acababa de disiparse, reconoció el puerto de destino, que sobresalía a lo lejos. Guardó el catalejo y se secó el sudor de la frente con el mugriento pañuelo que se había atado al cuello al dejar Cádiz y no se quitaría hasta llegar a Veracruz.

Subido al castillo de proa, el Vizcaíno supervisaba las rutinas de la jornada, azuzado por el contramaestre para que no perdiera un halo del ánimo recuperado por los muchachos. Vigilaba de soslayo a Meneses y al capitán, tratando de adelantarse a las reprimendas. "Vamos, eh. Venga, pues. Gavieros y juaneteros arriba, por Dios Bendito, que estamos a tiro de onda de la costa y hay que asegurarse de que no hay moros en la costa. ¡Quiero que deis un grito más fuerte que el de vuestra madre cuando os parió si veis algo más grande que un tejedor surcando el agua!".

"Al fin sale el monstruo de las cavernas. Evaristo, dichosos nuestros ojos que te ven a la luz del día". El cocinero, despensero y escribano de raciones se paseaba por cubierta ayudado por una muleta de madera de olivo, mientras los marineros le vitoreaban e incluso dedicaban una corta, pero intensa saloma, al compás del esfuerzo de los presentes en cubierta subiendo pertrechos de peso, justo antes de llegar a puerto. "Que mira el tío Evaristo / el galán con su escalera / el que vive en la despensa, ay / con él no hay moho en pan, madre / ni en bizcocho gusano listo". Media docena de veces malherido, había perdido la pierna izquierda hacía ya demasiado tiempo como para que alguien evocara con precisión su pasado de ágil juanetero, primero; y condestable no menos hábil, después, hasta que una fragata británica bombardeara y hundiera el jabeque polacra con bandera corsaria en el que faenaba, dedicado al contrabando entre Mallorca y la -británica hasta el Tratado de París de 1763- isla de Menorca, además de al acoso de navíos mercantes con bandera enemiga. Evaristo Patapalo había pasado revista a la despensa y entregaba su lista a Sabino Inchausti, encargado junto a su superior Meneses de pagar la aguada, la leña y los víveres en el puerto de Roseau, a falta de maestre de raciones. "La bolsa, que la agarre fuerte el Vizcaíno, pues el Pescadilla sostiene mejor el baldeo. Así, no habrá quien os tosa en ningún puerto", había ordenado el capitán antes de hacer aguada en el Puerto de la Cruz. Meneses había tardado una semana en volver a dirigirle la palabra.

Hora de fondear. El capitán ordenó soltar el ancla a una distancia prudente del puerto, asegurando la vigilancia. El artillero tenía la orden de disparar a cualquier embarcación que osara acercarse, siempre que el riesgo de represalia fuera incapaz de hundir el Canto de Circe. "Si se nos acerca una fragata corsaria bien equipada, hablemos con ellos y preguntémosles por sus familiares. Con educación, eh. No hay que olvidar que, en este barco, hay dos cargas que proteger". El capitán quería llegar a Veracruz con los tres muchachos sanos y salvos, había recordado a Meneses e Inchausti. Aunque la empresa significara sacrificar la carga, el navío e incluso parte de sus hombres. "Vamos a llegar a Veracruz antes de que acabe el año. Aunque sea remando sobre un madero".

La tarde caía en la desordenada ciudad caribeña que se apelotonaba ante ellos, cuando la primera partida de tripulantes del barco mercante con bandera española arribó al puerto natural de Roseau, uno de los centros del comercio mundial de lino, donde comerciantes blancos vestidos a la europea, una minoría, mercadeaban con una mayoría liberada "de color"; los esclavos negros eran reconocibles por sus ropas y el color de su piel, el más oscuro de una variopinta escala, que sorprendió a los tres muchachos. Por primera vez, arribaban a un lugar donde los blancos eran minoría.

Una salerosa mulata desdentada que vendía refrigerios fue la primera en recibirles. No sería la última. Medio en castellano, medio en francés criollo, les habló con cantinela y picardía, moviendo al son sus descomunales senos de nodriza aventajada. "¡'Sa ou fé', Españoles! ¡Enséñame las perras y te doy lo que tú quieras!". Les señaló una sombreada hamaca, asida a dos árboles. "Alé, mi amor, alé ici a la plaj...". Los marineros españoles respondieron con vítores y bromas, algunos de ellos en francés, otros imitando el español caribeño.

A lo lejos, dos pequeños ojos azules estudiaban, desde la

balaustrada ajardinada de un puesto de defensa inglés todavía provisional, los pasos de la tripulación del Canto de Circe. Varias especies de orquídea empezaban a desprender su intenso aroma durante el atardecer. La mirada vigilante se protegía de los extraños con un viejo sombrero francés de ala ancha, parecido a los que habían caído en desuso en Europa. Imponer la moda versallesca había costado en España el motín de Esquilache, inmortalizado en un animado fresco por un jovenzuelo aragonés, un tal Francisco de Goya.

Pese a la descomposición de su estómago, el Habano mascaba picadillo con fruición. Su piel brillaba en la plástica luz de la tarde caribeña, dorada como los sueños de fortuna de los aventureros de todos los tiempos. Habiéndose criado en La Habana, sabía que era una luz que nunca tenía velo y mostraba la carne desnuda, en toda su expresión, sudorosa y corporal como la peor pesadilla de un cura de pueblo castellano. A la luz caribeña, lo feo ampliaba su tosquedad, mientras lo hermoso se hacía tan irresistible que eran famosos los casos de marineros y mercaderes que perdían la cabeza en las Antillas. Las refriegas coloniales y esclavistas de las potencias europeas habían alcanzado su punto álgido en el Caribe, donde la tierra daba más dinero que en cualquier otro lugar e ingleses, españoles, franceses y holandeses habían dejado atrás su origen y adoptado un acento que marchaba al son de los esclavos, fuera la lengua, o mezcla de lenguas, que fuese en cada momento. El azúcar de caña, el índigo, la fruta y el tabaco eran en las islas tan embriagadores como la sensualidad de sus mulatas, que no podían acompañarse con ron, si el marinero de turno quería volver a casa tras su odisea particular. Siempre que hubiera una casa donde volver y la intención no fuera perderse en las Antillas.

Sabía que la aguada de Dominica era tan arriesgada como el canto de las sirenas que padecieron Jasón y sus Argonautas, o el propio Odiseo. Meditaba sobre cuáles de sus hombres podían aliarse con él y, o bien cantar más alto que las sirenas hasta que se convirtieran en piedra, como había logrado Orfeo; o bien tapar los oídos con cera a los marineros más débiles, como Odiseo. Su padre, educado en Silos durante dos años antes de iniciar las carreras militar y funcionarial en

Cuba, le había explicado las triquiñuelas de Orfeo y Odiseo para evitar caer en la trampa de la sensualidad, que podía desballestar hasta las empresas más prometedoras. No podía cantar como Orfeo, pero si tenía que atarse él mismo a un mástil y tapar los oídos hasta al capellán, por la Virgen que estaba dispuesto a hacerlo. En tierra firme, Meneses no era mucho mejor que el putero, charlatán y mal parido de Roncero, que se había evaporado de Cádiz al partir el Canto de Circe; necesitaba al Pescadilla bien atinado hasta plantarse en Veracruz, y había reflexionado las largas tardes en medio del Atlántico sobre qué cascabel ponerle en Dominica y Santo Domingo. Qué mejor que hacerle responsable de la seguridad de Mansió, Mingo y Martín, conocidos por sus compañeros con el genérico de "los tres polizones", que se habían ganado el respeto de todos, desde el último muchacho al capellán, el Vizcaíno, él mismo e incluso el propio Pescadilla. Según sus órdenes expresas a Inchausti, Salicio y los tres polizones, "la auténtica carga valiosa", Meneses no se podría despegar de ellos ni una pulgada. La buena memoria del segundo de a bordo se convertía en prodigiosa cuando se trataba de recordar locales de jaleo y furcias antológicas. El Habano creía haberlo dejado claro: "si el pequeñín se quiere gastar los pocos cuartos que el tesorero os adelante en ayuntarse con la mulata que seguro que tiene en mente, quiero que estéis animándole hasta que haya echado el último cuajo", había explicado al Vizcaíno dos días antes de avistar Dominica, mientras disimulaba su sonrisa al comprobar el rostro de preocupación del capitán y el ardor de sus vivarachos ojos escrutadores. Si Meneses quería desenfreno, iría de la mano con los tres muchachos, con su segundo y, el colmo de las desgracias, con el capellán.

Inchausti había acabado en la mar por deformación profesional, como otros tantos mozos de caserío pobre. Los vizcaínos nacían hidalgos por derecho de cuna y los que no podían hacer carrera militar, se embarcaban en mercantes y corsarios en posiciones aventajadas. Al fin y al cabo, quién tenía más y mejor derecho que un hidalgo de vascongadas para proseguir con el expolio de los exploradores. Pero su meticulosidad, instinto cartesiano e impecable caligrafía le podrían haber valido para funcionario del reino. Con sus ojos de preocupación viajando entre la mulata de los piropos y el papel que aguantaba con índice y pulgar, el Vizcaíno padecía el pesar de quien se sabe responsable hasta del aire levantado por el vuelo de un mosquito junto a la cara de Meneses y los tres polizones. "Kontxo... mal rayo le caiga al Evaristo en la pata de olibondo que no mueve. Condenado, qué tendrá que ver la cojera con la mala letra. No se entiende una palabra en la lista de víveres. Bururen buru".

Antes de que Meneses echase en falta la libertad de que gozarían sus subordinados, Inchausti agarró por el brazo a Salicio y Mansió, los más avanzados del pequeño grupo, e hizo una señal a los rezagados. Pronto caería la tarde y había recados que hacer: asegurar buen precio y jaez de víveres, aguada y leña. "Aquí vamos todos en procesión a hablar con Etienne Boullon, el gabacho más fiable de toda la isla, que se hace el inglés desde que le conozco, no sea que los británicos se cansen y le envíen a la Martinica de una patada en el culo. Quien se salga de la liturgia, se las ve primero conmigo, y luego -respiró hondo-, con don Felipe Curto". Dirigió su mirada a Meneses, tratando de moderar su tono. "Mientras estemos en tierra, también va por usted. Es una orden y la cumpliré a rajatabla". Comprobó que el contramaestre se mordía la lengua para evitar una confrontación directa. Buena señal, pensó Inchausti. Hasta el gallo más fiero e impredecible de todo el corral intuía la importancia de la misión y estaba dispuesto incluso a ser custodiado de manera voluntaria por las callejuelas de Roseau, cuyo característico hedor ponía en pie de guerra a sus instintos más inconfesables: tabaco, ron, olor corporal, orines, esencias de perfumes que evocaban la mimosa, el jazmín y el azahar, usados por igual por las señoras de los hacendados ingleses y franceses y las prostitutas de la colorida y bulliciosa población, que se abría a los visitantes desde el puerto y el Viejo Mercado, erigido por los franceses al poco de fundar la población.

Víveres. La alimentación de la tripulación estaba casi asegurada hasta Santo Domingo, tan ventajosa había sido la estiba en Puerto de la Cruz, gracias al tal Colón Taliaferro, "un buen americano", como le había descrito el capitán, para dejar claro que no le consideraba inglés, ni siquiera británico. Un ciudadano de las Trece Colonias era americano. Se podía confiar en la palabra de un buen americano, como la actitud de Taliaferro había demostrado. Era más difícil fiarse de un inglés. Para un marinero que navegara con bandera de los Borbones españoles, un representante británico, y sobre todo uno inglés, era descendiente potencial del malnacido Francis Drake, mala Pascua le diera Lucifer en el Infierno. Quedaban salazones de sobra. Varios fardos de bacalao, jamón y tocino colgaban de la balaustrada de los corredores de popa; en la despensa, barriles rebosantes de anchoas, pasas de sol, ciruelas pasas, higos, carne de membrillo, cebollas, alcaparras, mostaza. Dominica no era el mejor lugar para avituallarse de alimentos para enfermos, oficiales y afrancesados tales como huevos, frutos secos, azúcar o animales. Además de la juerga, regada con mujeres y ron caribeño sin importar la bandera ni en una cosa ni en la otra, pisar tierra caribeña tras un viaje desde la metrópolis también deparaba el placer orgiástico de otras viandas caras y empachosas, que sentaban bien en moderación pero, en exceso, producían las peores diarreas: verdura y fruta frescas. ¿Acaso no ocurría lo mismo con el vino y cualquier delicia para el estómago o los sentidos?

Ambrosías, las justas. Si el precio era razonable, era menester comprar bizcochos para complementar a las galletas remanentes en varios toneles que, pese a estar calafateados y forrados de hojalata, acababan pudriéndose en viajes largos. Ablandados y mohosos, los bizcochos que había servido Patapalo a lo largo de la última semana no servían ni para mazamorra, ni para sopa agusanada. La lista de víveres incluía también vino, arroz, garbanzos, y cecina, así como gallinas y, si Etienne era justo con el precio, un par de cerdos. Mientras se acercaban al mercado al aire libre, junto a la sucia playa que servía de puerto de Roseau, Mingo aminoró el paso y se dirigió al Vizcaíno. "A libra y media de bizcocho con sopa y salazones, una pinta de agua y una pinta de vino al día por marinero, tres libras de cerdo cuatro días a la semana, tres de bacalao los restantes tres días, arroz, garbanzos, aceite de oliva y vinagre, estamos aviados. Por lo visto en las estibas de Cádiz y Canarias, sería menester gastarse los cuartos en algo fresco que sirviera de alivio hasta Santo Domingo, bizcochos si están a buen precio y algo de ron. Del resto, andamos bien servidos hasta Veracruz: eso sí, hace falta querer y saber apretarse el cinturón. Si sólo hay agua y leña, con eso nos bastamos". Antes de que acabara, todos miraron al muchacho gallego, mientras Inchausti y Meneses buscaron la complicidad de sus miradas. Ambos pasaron un mal trago para contener su sonrisa. El curita noctámbulo y larguirucho no había perdido el tiempo y no sólo llevaba en la cabeza la cuenta de pertrechos, tripulación y nave, sino que aconsejaba de acuerdo con su intuición. Se llevó una colleja paternalista de Martín y la mirada de reproche de Mingo, que cerraron filas ante él, hasta que apercibieron el disimulado buen humor de sus superiores. Mingo, cuya blanquecina piel había sufrido más en el viaje que la de sus compañeros, se rascó una escamosa úlcera en el cuello, producida por la roña del pañuelo, la brisa y el sol. Mirando a Salicio, Meneses comentó, jocoso: "este sirve tanto de maestre de raciones como de Papa de Roma". Acto seguido, cantó una copla a modo de mofa, con su profundo acento andaluz. "Bendita sea la luz / y la santa Veracruz / y el Señor de la verdad / y la Santa Trinidad / bendita sea el alma / y el Curita que nos la manda...".

Abundaban el blanco, el azul índigo y el rojo cochinilla en las ropas del bullicio. Esclavos y esclavas de todas las edades vendían fruta, verduras, grano, telas, productos de farmacia y dulces de hierbas y caña de azúcar, mientras los varones esclavos acarreaban barriles, cajas y fardos en la cabeza o el hombro. De vez en cuando, una sonrisa brillaba, blanca como la cal, en el rostro de un esclavo, mientras los libertos, cuya piel era a menudo más clara, departían con aspavientos. Las señoritas y caballeros, vestidos a la europea, eran sobre todo blancos y hablaban en francés o inglés, o una mezcla chapurreada de ambos. Los libertos con la piel más clara también vestían a la europea y, a juzgar por su aspecto, quizá vivieran con muchas más comodidades y riquezas que un infanzón peninsular.

Perplejo por el espectáculo humano al caer la tarde, Martín se alejó unos pasos del grupo, apelotonado en torno a Meneses e Inchausti, mientras ambos hablaban a grito pelado con Etienne, un viejo bretón de mediana estatura que protegía su piel lechosa y pequeños ojos azules, vivarachos, con un sombrero de ala más larga que la moda del momento, cuyo francés era más impostado que el de un castellano. El extremeño se agachó y, tras apartar con la mano unas briznas de paja, buscó un pedazo de firme sin humedecer por el estiércol y los desechos del mercado. Agarró a continuación un montón de tierra y cerró el puño con todas sus fuerzas. Consciente de que era él, y sólo él, quien decidía el destino del puño, abrió de nuevo la mano. Cayó la tierra. Había llegado a América por su propio pie, siguiendo su propia voluntad. Se acordó del Colorao. Perdóneme, abuelo. Por un instante, le entristeció evocar a quien se había desvivido por labrarle un futuro en Salamanca. "No le defraudaré", musitó.

Meneses, Inchausti, Etienne Boullon y su ayudante mulato negociaron agua, leña y víveres antes de que el atardecer del mediodía del Caribe ahuyentara a los últimos en abandonar el improvisado mercado del puerto, que a Mansió le había parecido una exótica y reducida versión del trajín comercial del Pla de Palau, junto al puerto de Barcelona, de nuevo tan cosmopolita como lo había conseguido ser durante el esplendor gótico de la ciudad, tan citado por el mestre Milà.

El acuerdo comercial con Boullon derivó más tarde en una juerga controlada, a petición expresa de Curto, una vez los fardos hubieran abandonado el puerto y se dirigieran al Canto de Circe en un batel custodiado por varios marineros, entre ellos en propio capitán, que no volvería a pisar tierra. A su manera, se comportaría aquella noche como Orfeo con Jasón y los Argonautas, o como el propio Odiseo con sus hombres. Ni cantaría mejor y más alto que las sirenas, ni taparía los oídos de la tripulación con cera, ni les ataría al palo mayor del Canto de Circe. Les ofrecería la miel sin la cera y les permitiría escuchar el canto embriagador de las mujeres de Roseau. Eso sí, en un lugar protegido. Si Meneses no sabía nadar y guardar la ropa, él mismo se ocuparía de que aprendiera a hacerlo.

Etienne, mercader en el mar y en el puerto de todo lo que le reportara beneficios, incluyendo la trata de esclavos, les invitó a un trago en una de sus cantinas, controlada a cal y canto por dos discretos esbirros a las órdenes del fornido mulato que les acompañaba. La ligazón entre el elegante bretón y el mulato, que perdía su virilidad al mirar a los tres polizones, era evidente. El mulato observaba con fiereza a quien entrara en el local y se acercara al grupo más de lo oportuno. Sus inclinaciones no parecían incompatibles con el denuedo.

En una esquina, un trío de músicos negros improvisaba un animado son, tan poco europeo como sensual. Lo habían traído los esclavos, explicó un entretenido Etienne a los tres muchachos. "Les ayuda a superar la mala vida, lejos de su tierra". Un ritmo que se pegaba a la piel como la humedad a la camisa en las calles barcelonesas de peor reputación, evocó Mansió sin compartir su impresión con sus acompañantes. El ron ya había corrido, sobre todo para el mercader francés, su acompañante y Meneses, que se había apoyado en la barra lo más lejos posible de Inchausti, su subalterno en el barco y superior en tierra. Al poco aparecieron algunas muchachas, que deambularon por la cantina, ruidosa y en claroscuro, como si de un mercado de la carne se tratara. Había confianza y todo estaba pagado, aclaró el bretón, dirigiéndose sobre todo a Meneses, el único que parecía perder el aliento por momentos. Tras acabar de un trago la pinta de ron seco, Meneses provocó la risa entrecortada de sus compañeros y la indignación de Salicio y Mingo, al preguntar a voces, en un mal francés aprendido en los peores arrabales portuarios, cuál de ellas era la más desvergonzada. Mansió comprendió la palabra "salope", que se oía en Barcelona. Algunos marineros ganaban en estatura, moral y física, lejos de puerto.

Martín trató de seguir a la suya. Una pálida joven con un vestido de lino tan fino que parecía estar a punto de descomponerse, mostraba la piel aceitunada de su espalda, cuello y antebrazos de la manera más sensual que había visto jamás. Hablaba con otra de las mozas y reía, de espaldas. Martín imaginó su rostro, que sonreía, a tenor de los músculos de la mandíbula. Se apoyó con el pie derecho y el vestido marcó sus redondos y proporcionados glúteos, a buen seguro duros incluso cuando relajados. Decidió mirar hacia otro lado. Al rato, al recostar su espalda sobre la barra, la chica le esperaba con la mirada desde el otro extremo del antro, en el que paredes y rostros temblaban a la luz de los candiles. Le esperaba.

Martín avisó al Vizcaíno. Salía a mear a las caballerizas. No había problema. Les habían dejado la cuerda larga, pero todos estaban tutelados. La muchacha se acercó en la oscuridad y tomó la mano de Martín, tembloroso. La puso en su rostro. "Mon visage". Su piel era fina, como sus facciones, a excepción de sus labios, carnosos. Olía a una mezcla de salitre, jazmín y traspiración corporal. Sus cuerpos se acercaron y Martín se dejó llevar, derrotado por la muchacha, que dirigía el juego.

La muchacha se quitó el vestido y lo colgó con cuidado sobre la rama de un magnánimo árbol desconocido para Martín, que se elevaba sobre los torpes tejados aledaños del arrabal de Rouseau. Tronco recio y aspecto joven, pese a su tamaño, y hojas perennes con forma ovalada, algunas tan grandes como la palma de su mano, que mostraron al unísono su parte anterior al levantarse la brisa de poniente. Su reverso era dorado, imposible de discernir pese a la luz de la luna y la de un cercano farol callejero, explicó la muchacha en un francés que Martín no entendió. "C'est un caïnitier. Son fruit est appelé pomme de lait". Allí estaba en aquel instante de la existencia, jadeando bajo un árbol que daba manzanas de leche como fruto y cuyas hojas que mostraban su reverso dorado cuando soplaba el viento; y evocó a Ximena. Ambos miraron al cielo, plagado de estrellas. Se sintió vulnerable y pronto le invadió un sentimiento de culpa. Comprendía más a Meneses. Se preguntó si la búsqueda del contacto carnal no era otro modo de embriagarse. Percibiendo la repentina frialdad de Martín, la muchacha se levantó y, tras vestirse, desapareció por la esquina sombría donde había encontrado a su amante.

13. El guardián del número áureo

Humo. Hedor a ron, a sudor avinagrado, orines y sexo femenino.

Malos presagios. Jaleo significaba problemas. El ataque sufrido en Barcelona no sólo había cambiado el curso de su existencia; también había agudizado su desconfianza ante extraños, aunque fueran conocidos de sus acompañantes. En el tugurio, uno de tantos en la calleja que conducía desde el puerto al mercado de abastos, junto a la desembocadura del río Roseau, Mansió no relajó ni un instante un solo músculo de su cuerpo. Permanecía atento, apoyado de espaldas contra la barra, con una visión lateral tan desarrollada como la de una mujer caminando sola de noche por los arrabales de una gran ciudad. Pasaba el tiempo y se acercaba, por suerte, la hora de regresar al Canto de Circe. Como en cámara lenta, se sucedían los movimientos, espasmódicos y fantasmagóricos, de los anfitriones: Etienne Boullon, cicerón de la fiesta; Smit, el monstruoso y afeminado hombretón que le hacía sombra; el esquivo cantinero; así como las mulatas invitadas y los esbirros que vigilaban. El lino blanco de las muchachas que platicaban con el Pescadilla, Etienne y Smit, atraía la luz amarillenta y temblorosa de los candiles humeantes y desdibujaba sus rostros, poco delicados. Junto al Pescadilla, sin abrir la boca pero atento y sobrio como el día de su confirmación, Inchausti se había convertido en la buena conciencia de Meneses. La música había dejado de sonar. Otras dos muchachas, de mejor ver, bailaban con insistencia al ritmo de sus palmas y los animados cánticos, tan exóticos para Mansió como el tono de su piel, los olores de la isla o la luz caribeña. Faltaba una muchacha, la más esbelta y sensual de todas, tragada por la penumbra del garito. Pronto intuyó, al verla reaparecer tras Martín, como retornados en barca desde el Hades, que su ausencia había sido, quizá, justificada.

El Pastoret miró a Mingo y Salicio. El primero observaba el baile y los cánticos de las dos muchachas más animadas. El segundo, incluso seguía el ritmo de la cantinela con su pie derecho, a la vez que su cadera y hombros no podían evitar un ligero movimiento acompasado. No se imaginaba a mosèn Talladell, el viejo párroco de Castellar de N'Hug, ni a los capellanes de Barcelona, compartiendo con sus feligreses el vino y sudor de las tabernas. Salicio no era, al fin y al cabo, un penitente prelado apostólico y romano al uso, de los que predicaban la buena regla en el templo a la vez que, fuera de él, experimentaban en las lindes entre el placer epicúreo y la intemperancia, a veces de estómago, a veces de bragueta, a veces ambas cosas.

Mingo se giró hacia Mansió, buscando su asentimiento rítmico, pero se topó con una roca tensa. El Pastoret estudió al desmañado gallego, siempre atento al deje de las personas, la letra de las salomas marineras o los versos de las coplas que cazaba aquí y allá, como un naturalista de las realidades humanas, un etnógrafo "avant la lettre". Su conocimiento del francés era limitado, pero suficiente para recopilar las rimas que inundaban el lugar. Domingo Antonio Boullosa seguía, sin saberlo, los pasos de fray Bernardino de Sahagún, que dos siglos antes había recopilado las costumbres observadas en el Nuevo Mundo en el monumental compendio Historia general de las cosas de la Nueva España. Quizá Mingo se animara a seguir los pasos del franciscano, una vez el Canto de Circe arribara a Veracruz; existían la actitud y la mirada. No hacía falta un ojo clínico, ni ser tan viajado como Heródoto en la Antigüedad para concluir que aquellas gentes y danzas eran tan ajenas a América como ellos mismos. África resonaba con más fuerza que Europa en Roseau, y nada habían visto de la civilización de los caribes que recibieran a Colón un domingo de noviembre de 1493, durante su segundo viaje a las Indias. Los caribes habían sido intrusos al fin y al cabo. Habían conquistado la isla y exterminado a los varones de entre los arawak, el pueblo originario, formando nuevas familias con mujeres y niños. La colonización francesa, muy posterior a los primeros viajes europeos, les aniquiló a base de gérmenes, trabajo duro, armas, acero y mestizaje; nada que no se hubiera visto en las tierras colonizadas por los europeos. El espíritu belicoso de los pocos supervivientes había sido taimado con alcohol y marginación. No eran ni siquiera buenos esclavos, explicaría Etienne Boullon aquella noche, y sobrevivían sólo en los valles aislados del oriente de la isla. Algunas mulatas de Roseau conservaban, sin embargo, una belleza americana, a menudo con rasgos indígenas y piel de ébano.

Los caribes se habían fundido con los arawak, y éstos con esclavos africanos y clases dominantes europeas, decía la historia de Etienne, que a Meneses importaba un rábano. Para el Pescadilla, una hembra era una hembra. Mingo, en cambio, se compadecía del dolor humano generado por la dialéctica eterna de la conquista y la sumisión a través de la guerra. Lo que habían visto en el puerto y en aquel antro era nueva realidad antillana, ajena a la de los señores europeos, imparable.

Al no encontrar complicidad en Mansió, Mingo perdió la mirada en una de las precarias paredes del garito, erigido con maderos de un viejo galeón desarmado. Un candil colgado del techo iluminaba unos orificios sobre la pared, a modo de ventanucos. Mingo se fijó en su extraña simetría, tratando de escapar del sufrimiento de la secuencia de conquista y aniquilación que había imaginado para Dominica, a partir de la desordenada exposición de Boullon.

"Carallo". ¿Por qué la forma de los ventanucos le era tan familiar? Primero, un cuadrado. Acto seguido, un cuadrado idéntico al primero. El tercer orificio estaba conformado por dos cuadrados de igual tamaño que los anteriores, uno sobre el otro. Un cuarto orificio también dibujaba un rectángulo, aunque en este caso conformado por tres cuadrados, también de igual tamaño. Un cuadrado. Un segundo cuadrado. Un rectángulo vertical con dos cuadrados. Un último rectángulo vertical con tres cuadrados. De repente, su humor había cambiado, algo que Mansió percibió al instante, separándose de la barra. Mingo se plantó ante Etienne, a través del que se formaba un corrillo, y le agarró por el antebrazo para llamar su atención, ademán que Smit entendió como una agresión, a juzgar por el celo con que separó la mano del gallego, alto como él, aunque de aspecto delicado. En un francés antillano, Smit exclamó un amenazador "¡Eskizé mwen!". Mingo no necesitó que le tradujeran el peculiar "excusez-moi". Aunque Smit hubiera usado un dialecto africano, el mensaje era meridiano. O sueltas a Boullon, o te muelo a palos. Mansió, que esperaba una situación similar desde que sus pies pisaran la playa, reaccionó y caminó hacia el mulato gigantón, cuya vertiente masculina había reaparecido en el peor momento. Los cánticos, palmas y pisotones pararon en seco. Una de las muchachas gritó, augurando lo peor: demasiadas peleas de taberna, como para obviar semejante momento de tensión.

Mingo tranquilizó los ánimos, secundado por Inchausti y Salicio. "¿Qué os ocurre a todos? Seamos sensatos y tengamos la fiesta en paz. Sólo quería preguntar algo aquí a su merced el señor Boullon, con el permiso de los asistentes". Con la mirada, el bretón le invitó a preguntar, mientras retenía con su brazo a Smit. "¿Podría usted explicarme quién construyó esas ventanas y por qué tienen esa forma?". Meneses echó una carcajada. "Pensábamos que habías descubierto El Dorado y querías callarnos para decirnos por qué vereda se llega, y ahora me vienes con la monserga de la pared. Para pegarte un pescozón y dejarte comiendo galleta mohosa de aquí a Veracruz, rapaciño". Etienne Boullón no secundó las risas. Levantó la mano y pidió silencio. "Un peu de respect pour vos collègues... Alors -siguió en castellano afrancesado, siguiendo el estereotipo-, el problema de los españoles es la incapacidad para reconocer y respetar el talento de vuestras gentes. Que si los navarros son demasiado franceses, que si los gallegos son atontados y sumisos, que si los catalanes son unos traidores. Voilà. Aquí este muchacho, educado en un buen escriptorium, ha reconocido, en medio del jaleo, que mi relación con don Rogelio Milà no es sólo comercial. Compartimos, digamos, ideas y objetivos para las personas en el mundo. Para todas -subrayó 'todas', mirando al gigantón Smit, de nuevo pestañeante como una señorita-". El resto de los presentes, incluyendo al culto Salicio, se habían perdido algo. ¿De qué diantres hablaban el francés y el gallego? ¿Existía alguna conexión atlántica imperceptible que les permitiera ver, por ser ambos descendientes de pueblos celtas, lo que otros no apreciaban?

Etienne Boullon creyó que había llegado el momento de excusar a Meneses y a quien quisiera darse un revolcón con las amigas que había "recomendado". Al rato, cuando el Pescadilla apareció de nuevo, el francés dio por terminada la velada. "Todavía os queda un buen trecho hasta México. Vuestro amigo tendrá tiempo de explicaros qué ha visto o, mejor dicho, qué ha interpretado en las ventanas de la pared y por qué es importante para nuestro porvenir.

Os escoltaremos hasta cubierta. Allez".

La luna creciente de la madrugada del domingo diez de noviembre de 1771 ennegrecía la noche cerrada, cuando faltaba todavía un buen rato para el alba. Pese a la cercanía de Roseau, el cielo era casi tan estrellado como en medio del océano. Etienne Boullon se despidió de sus huéspedes con la misma parquedad del recibimiento y la sensación del deber cumplido. Tras él, Smit y los otros esbirros evitarían sorpresas de última hora. Sentados mirando hacia la playa, los tripulantes del Canto de Circe que habían sido huéspedes del mercader Boullon empezaron a remar hacia el navío, fondeado a apenas dos cables, del que sólo se veían los faroles, que se mecían entre la bruma con la esquiva suavidad de una luciérnaga. Martín, encargado, dado su reconocido nervio, del primer remo a la derecha del batel, observó a los esbirros del francés, trató de relajarse y remar hacia cubierta. Un descuidado vistazo hacia la orilla desveló una pequeña luz rojiza, quizá la de un cigarro, en el jardín de la balaustrada, junto a la oscura silueta de la playa del puerto. Decidió no comentarlo. Remaba con tanto ímpetu que Inchausti le puso la mano sobre el hombro. Desconocía lo ocurrido en las caballerizas, pero podía imaginarlo.

Desde la costa, Célestin Grevellec acababa su cigarro, mientras los dos bateles se acercaban al Canto de Circe, el barco mercante español sobre el que tenía órdenes de informar una vez volviera a Sant Pierre, Martinica, hacia donde partía de inmediato. Su carta viajaría con urgencia hasta el escritorio en París del hábil y maquiavélico Maupeou, canciller de Francia y hombre fuerte del gabinete de Luis XV. Para el jansenista René Nicolas Charles Augustin de Maupeou, el único modo de acabar con la persecución de los hugonotes a manos de los católicos y fanáticos jesuitas encubiertos que campaban a sus anchas por Francia y sus colonias, era aliarse con la atrasada corte borbónica española. Fray Joaquín de Eleta, confesor de Carlos III, y su muy estimado colaborador en el gabinete del monarca español, el brillante Pedro Rodríguez de Campomanes, extenderían las ideas de Voltaire por España y sus dominios. Eleta y Campomanes habían sido informados del viaje, pero Maupeou dudaba de si la Corte de

Carlos III conocía los lazos entre los mercaderes catalanes que promocionaban la expedición y numerosos intelectuales centroeuropeos e ingleses. Sin acabar con el fanatismo jesuítico español, las ideas más reformistas no se impondrían en Europa... A no ser que lo hicieran a sangre y fuego. Debía haber un modo de acabar con el credo jesuítico sin provocar una revuelta en Francia ni, menos aún, consolidar a Gran Bretaña en la hegemonía mundial.

Con los bateles arriados y el capitán recién levantado, fresco como un boticario de Cádiz en domingo y dando órdenes para levar el ancha y zarpar rumbo a Santo Domingo, la tripulación del Canto de Circe se despedía, sin sorpresas, de Dominica, su primera escala en el Nuevo Mundo. Como buen granuja y católico, Meneses se presentó ante el Habano y, antes de excusarse para ir a dormir la cogorza, espetó: "partimos tranquilos y bien tratados de un puerto donde hondea la bandera inglesa, después de hacer negocios con un francés. ¿Es este el último romance de guapos? Me da que todo ha salido demasiado bien. Felipe, ándate con ojo hasta la campanada de la tercia. Te prometo que, para entonces, estoy como nuevo". No lo reconoció, pero coincidía con su subordinado.

Varios muchachos entonaban, apelotonados en torno al cabestrante, una saloma coral con el marcado ritmo que merecía el esfuerzo acompasado de halar el cable del ancla. Cada movimiento de las pesadas barras de madera animaba una nueva entonación, a cuál más triste. Recordaban que la copla salmodiada al partir de Puerto de la Cruz, como tantas otras tonadillas, se había elevado por encima de ellos con la sublime voz dorada de Miquel Gomila, Miquelet el juanetero, ahora enfermo. Con su enfermedad, había desaparecido del barco la esencia musical del Mediterráneo trovadoresco, un Ausiàs March, aunque plebeyo y campesino, de la Serra de Tramuntana, representante mortal del eterno canto de la Sibila.

El Habano no daría descanso en las horas siguientes a uno de sus hombres que, como recompensa al buen cometido en tierra, se ganaba más trabajo, algo que solía ocurrir en la mar: cuando uno era más fuerte, consistente y expeditivo que el resto de sus compañeros, sobre todo conseguía más trabajo. Así que Sabino Inchausti, el Vizcaíno, se presentó ante su capitán nada más pisar cubierta, con órdenes expresas para preparar el trapo y navegar hasta Santo Domingo, aprovechando el viento favorable que soplaba en la costa de Dominica y el resto de las islas de Barlovento.

Cuando Inchausti recibió la orden de bordear la costa de Dominica con rumbo septentrional, el navío despertó del plácido sueño de un eterno fondeo en un tranquilo y exótico puerto. Salieron de mala manera y a grito pelado las últimas furcias que habían visitado a bordo a los marineros que habían preferido gastar la mayor parte de la asignación en juerga, no sin antes que meneses consiguiera un último y desordenado premio antes de dormir la mona junto a la bodega, pese a las quejas de Patapalo. Antes de que Jeanne, una mulata rebautizada Juani durante las horas que había amenizado la vida a bordo, descendiera hasta la barca de su madama, el Vizcaíno ya ordenaba a timonel de guardia, maestro de jarcia, marineros y grumetes desplegar todo el trapo para navegar con el viento de través por estribor y así describir el trayecto, en forma de suave parábola, hacia septentrión y poniente. Surcarían el mar Caribe a varias leguas de las numerosas cuentas del collar de esmeraldas conformado por las Antillas Menores, hasta llegar al segundo puerto americano donde fondearían, ya en las Antillas Mayores. La última aguada antes de arribar a Veracruz tendría lugar, si el Canto de Circe evitaba tanto los peligros conocidos como los impredecibles, en la ciudad de Santo Domingo, primera catedral y primer castillo de América, en la isla de La Española, descubierta por Cristóbal Colón en 1492 y primer asentamiento europeo en el Nuevo Mundo.

Tras hacer aguada y víveres en Dominica y Martinica, los navíos españoles, tanto los que llevaban asiento real como las empresas privadas y los corsarios, seguían dos rutas hacia el continente americano. Mientras la flota de Tierra Firme ponía rumbo a Cartagena de Indias, Nombre de Dios y Portobelo, la flota de Nueva España, la más preciada por los corsarios caribeños, se encaminaba hacia Veracruz, un trayecto tan largo y duro como cruzar el Atlántico. El Habano y Caparrini habían decidido hacer escala en Santo

Domingo o, en caso de imprevisto, en la vecina bahía de Ocoa, más controlada por los funcionarios españoles. En La Española, pondrían rumbo a poniente, para evitar así el infierno en vida padecido por quienes se decantaban por el cabotaje en los bajos del Jardín de la Reina, que protegían, como un ejército de riscos infestado de piratas, la costa meridional de la vecina isla de Cuba. Si Cuba era un exótico pez tropical, el más bello, grande y multicolor de todos, los bajos del Jardín de la Reina eran su punzante armazón inferior, que protegían la perla colonial española de un venenoso pez británico, situado a poco más de cincuenta leguas al mediodía: la isla de Jamaica.

Campanada de la hora prima. El día era claro y el viento rendía honor al apodo de las islas de Barlovento. El Habano había pasado revista a los víveres con la ayuda de Patapalo; a los más perecederos, junto a la cocina, y a los más duraderos, que viajaban en el fondo de la bodega, al nivel de la segunda cubierta. Era arriesgado forzar una tercera aguada en el Caribe antes de avistar la costa de Yucatán, emulando a los navíos de línea que volvían a fondear en el Cabo Corrientes, la punta de poniente de la isla de Cuba. Forzaría el fondeo en Corrientes sólo si una tormenta o el ataque corsario dañaban el foque tenso y poderoso del Canto de Circe, que ceñía el viento como un delfín.

Apenas había navegado hasta Veracruz un puñado de ocasiones, sólo una como capitán, y siempre lo había hecho en verano, cuando los vientos y el tiempo permitían la ruta interior, con la que se llegaba al destino bordeando la costa continental. Estaba obligado a forzar la ruta invernal, trazando una parábola en alta mar con la que se alcanzaba el Trópico de Cáncer y, desde allí, aprovecharía los vientos favorables para descender hacia la ciudad Mexicana. "Ruta interior o exterior, estamos igual de jodidos, con perdón, capitán", declaró Inchausti, que se frotaba los ojos con cada vez mayor asiduidad. Cómo aguanta el Vizcaíno de los cojones, pensó el capitán, que decidió darle descanso, ahora que el Canto de Circe navegaba solo, a la manera que tienen los buenos caballos de posta de seguir su camino.

Peleas a bordo. Limpieza. Aferrar velas. Gavieros y juaneteros arriba. Misa en honor del difunto Miquelet Gomila, descompuesto por la fiebre que había padecido sin quejarse. "Tanto y tan bien que había cantado cuando estaba bien. Le llegó la mala hora, y se fue en silencio", había lamentado Martín.

Buscar ratas. Cartas. Dominó. Ración extraordinaria de cecina. Conversaciones a la luz de la luna. Pasaban las jornadas y la tripulación del Canto de Circe era ya una. Los marineros del San Agustín de Hipona ya no eran peces del Mediterráneo, sino lobos atlánticos, dispuestos a padecer tormentas y auténticos ataques corsarios, al lado de los cuales, el abordaje por un jabeque argelino o tunecino era apenas una eventualidad. Inchausti y Meneses, el primero con gravedad y el segundo a pitorreo, explicaron por separado a su capitán el encontronazo entre Mingo y Etienne Boullon en el salón del burdel de Roseau. Ni el Vizcaíno ni, menos aún, el Pescadilla, comprendieron el porqué de la insistencia de Felipe Curto en conocer a todo detalle la forma y tamaño de cada uno de los ventanucos. "Qué más da, capitán. Eran cuatro agujeros que no servían ni para refrescar. Por allí no entraba corriente alguna". Al final, el Vizcaíno se había comprometido a dibujar los ventanales que habían provocado la refriega.

"Buen trabajo, Vizcaíno. Tómate el día libre". Con un solo vistazo, el Habano había entendido el mensaje subyacente. "Bueno bueno, el polizón gallego nos enseña la categoría de su tutor en el seminario. O el fondo de la biblioteca de dondequiera que haya salido". En el atardecer del domingo diecisiete de noviembre, el Habano llamó a Mingo a su camarote.

Sobre su escritorio de caoba, se amontonaban el cuaderno de bitácora, el cuaderno de navegación, una ajada carta náutica del Atlántico septentrional con anotaciones de distintas caligrafías y manchas de tizne y café, varios mapas, tintero, plumas cortadas, arenilla y un tomo generoso de la primera edición impresa, con asiento fechado en Castilla en 1632, de la Historia verdadera de la conquista de la Nueva España, escrita por Bernal Díaz del Castillo. Al comprobar cómo, insistentes, los ojos del muchacho gravitaban hacia el libro, el capitán se relajó en su asiento, agarró el volumen y leyó título y autor. Mingo conocía la obra y la figura del cronista, uno de los acompañantes de Hernán Cortés en la conquista de México, en el siglo XVI. "Tuve un antepasado curioso y aventurero, como el insigne don Bernaldo. Mi tatarabuelo luchó para la Corona, a las órdenes del Príncipe de Barbanzón. También viajó, y mucho. Nueva España fue su segunda casa y, al volver a la aldea donde había nacido para morir junto a sus antepasados, trajo consigo un dietario de sus viajes, a modo de pequeña crónica de sus vivencias. Él explica en sus cuadernos, revisados y anotados hasta su muerte, que su principal inspiración para dar cuenta de lo que había visto, con la belleza desnuda del lenguaje y sin convertir lo acontecido en un mundo ideal, había sido el libro que tiene usted entre sus manos. Sólo he conocido a dos hombres que han leído la crónica de don Bernaldo. Uno, de mi propia sangre, lo descubrí a partir de sus escritos. El otro, es usted". El Habano le había engañado. Su rudeza de marinero tenía el fondo de los auténticos aventureros. "Ya lejos de la casa donde me crié, fundada por el mismo hombre, mi tatarabuelo, me preocupé de leer en el seminario la misma primera edición del cronista de Cortés que vuestra merced conserva". El Habano abrió un cajón y ofreció a Domingo Antonio Boullosa una bolsa con el mejor tabaco cubano que había encontrado en Roseau. "Me reconforta que, al menos, uno de vosotros haya leído la crónica de Díaz del Castillo. Os servirá de inspiración y ayuda en vuestra travesía, una vez nos despidamos". Hizo una pausa. "No lo olvidéis. El trayecto empieza en Veracruz. Hasta ahora, no habéis salido del vientre materno".

El Habano no tuvo que aclarar a Mingo por qué le había llamado. Fue al grano. Volteó hacia su huésped un viejo mapa, anotado y humedecido, del Caribe y los territorios de Nueva España. Situó al lado el dibujo de los ventanales del burdel de Roseau. Con un carboncillo, dibujó la suave parábola que el Canto de Circe realizaba a través de las Antillas; primero por las Menores, diminutos peldaños de un escalón conformado por piedras preciosas; y, a continuación, las Mayores, donde ahora se encontraban. "No sólo has leído a Bernal Díaz del Castillo, sino que te gusta resolver entuertos". Mingo se dispuso a responder al capitán, pidiendo el carboncillo. Acto seguido, anotó bajo el dibujo de los ventanales: "0, 1, 1, 2, 3...". El Habano aplaudió, satisfecho. "Primero, un espacio sin ventanuco. 0. Luego un ventanuco. Luego otro. Después, dos ventanucos. A continuación, tres. Los orificios de la pared pueden ser la aportación original del constructor... o una rudimentaria, aunque inconfundible sucesión infinita de números naturales, donde, a partir de los dos primeros números, cada elemento es la suma de los dos anteriores". La sucesión de Fibonacci. "También consultaste en el seminario el trabajo matemático de Leonardo de Pisa, Fibonacci". Así era. Las matemáticas islámicas habían entrado en Europa a través del trabajo, durante el cambio de milenio, de Gerbert de Aurillac; y, dos siglos después, del propio Fibonacci, así como de Ramon Llull, maestro de la cábala, Doctor Illuminatus. "Sin olvidar a Doctor Mirabilis: Roger Bacon".

El Habano descubría ante Mingo la profundidad de su relación con el mestre Milà desempolvando su faceta intelectual, a sabiendas de que el muchacho lo compartiría con sus dos compañeros de aventura. Con el índice de su mano derecha, el capitán señaló los números; acto seguido, su dedo resbaló por la superficie del escritorio, hasta situarse sobre el mapa y seguir, con parsimonia, la parábola de la ruta de antillana que seguía el Canto de Circe. Mingo se rascó la cabeza. No tenía ni idea de lo que quería decir el lobo marino, en teoría rudo y medio analfabeto. Muy en teoría.

"¡Aguarde un momento!". Mingo conservaba el carboncillo entre sus dedos. Se reclinó sobre el escritorio, frente al Habano, y dibujó una parábola sobre las ventanillas dibujadas por Inchausti. "La curva descrita no es más que la representación del número de Fibonacci".

Mingo estaba preparado, sin duda, para atender a una última reflexión. "A veces he pensado algo. Una cábala que también he oído a don Ramon Milà. Leonardo de Pisa era mayor que Doctor Illuminatus y Doctor Mirabilis. Murió en 1250, época en la que Roger Bacon y Ramon Llull ya habían sido formados". Mansió intuyó la pregunta. "¿Llegaron a conocerse?".

Al salir del camarote del capitán, Domingo Antonio Boullosa temblaba de emoción. Las piernas le flaqueaban, de modo que se reclinó contra la pared. Las risas de sus compañeros; la madera de la cubierta; el óxido de los remaches; el fétido olor que ascendía a cubierta, con el húmedo calor de los trópicos amplificando el hedor de la sentina; el gruñido de las ratas, tripulantes de excepción en todas las empresas europeas hacia América; el color carmelita de las cucarachas, con su pulgada y cuarto de longitud, seis patas, dos monstruosas antenas y cuatro alas, devoradas por las ratas; las chinches, a su vez engullidas por las cucarachas. Incluso en medio del mar Caribe, a bordo de un navío, el Universo tenía ahora más sentido. Pronunció una última frase aquel día. La entonó al aire, sin compartirla. "El número áureo". Una intuición que convirtió su sudor frío en mareo. Tuvo que sentarse.

Madrugada del lunes, dieciocho de noviembre. La luz de los fanales de popa iluminaba la grácil silueta del pinque, que navegaba ciñendo por la aleta de estribor. A apenas dos leguas a estribor, la alborada daba forma a la costa de La Española. Sin mayores imprevistos que una leve tormenta y tres días consecutivos de fuerte marejada, el Canto de Circe había cubierto en 10 días las doscientas cincuenta leguas que separaban el puerto de Roseau del de Santo Domingo, según los cálculos de corredera de la Compañía.

Sólo ocurría con La Habana y Cartagena de Indias, además de con Santo Domingo, plazas a donde el marinero español arribaba para pensar que no había salido del sur de la Península Ibérica. El descubrimiento, conquista y colonización de la América española era la continuidad de la Reconquista y así lo habían interiorizado las primeras generaciones de conquistadores. Desde las escaramuzas explicadas por el caballero catalán Ramon Muntaner en la conquista de Menorca para la Corona de Aragón, a las explicadas por el soldado Bernal Díaz del Castillo en la conquista del Yucatán y el imperio mexicano de Montezuma para Castilla, habían pasado poco más de tres siglos. La conquista de tierras gentiles era algo natural, como el andar: la labor de los expedicionarios era guerrear, reclamar oro y esclavos para sí garantizando el quinto real, y colonizar nuevas tierras creando haciendas. Aragoneses y catalanes no habían protagonizado la conquista americana, al ser una empresa castellana, pero el eco de Muntaner resonaba en las palabras de Díaz del Castillo. El levante de La Española adolecía ahora de todos los vicios de la metrópolis y sus colonias: una sociedad cerrada y poco dinámica y unas tierras fértiles y con regadío como pocas otras, que se perdían sin el interés de la Corona. Saint-Domingue, el tercio de poniente de la misma isla bajo control francés, sin embargo, producía una cuarta parte de la riqueza de Francia. Y era apenas un tercio de la isla, sin sus mejores ríos ni la riqueza forestal del Santo Domingo español. Si en algún lugar la superioridad organizativa francesa era sangrante para España, era en La Española, la isla de Colón. Saint-Domingue, y eso lo sabían hasta los británicos, era la colonia Europea más rica del Nuevo Mundo.

En la historia de la fracasada acometida contra el fiero pueblo de Potonchan, el cronista de la conquista de Nueva España aclaraba la mentalidad de los españoles en busca de fortuna, la simiente misma del fracaso económico de sus colonias, consideradas tierra de saqueo por conquista, y no de desarrollo por asimilación administrativa: "Y como en tales casos suele acaescer, unos dicen uno y otros dicen otro, hubo parecer de todos los más compañeros que si nos íbamos a embarcar, como eran muchos indios, darían en nosotros y habría riesgo de nuestras vidas, y otros éramos de acuerdo que diésemos esa noche en ellos, que, como dice el refrán, que quien acomete, vence...". Santo Domingo era el primer exponente americano de la mentalidad de la acometida, la puerta de entrada al Caribe y el epicentro de las empresas y escaramuzas de los conquistadores españoles en América.

Tras la atropellada misa de cubierta, el Vizcaíno ordenó la guardia del maestre a dos de sus mejores grumetes: desde las ocho de la mañana a las cuatro de la tarde del mismo día. La misma tarde, el Canto de Circe fondearía en la Boca Chica de la pequeña bahía de Andrés, una legua al naciente del imponente castillo de la fortaleza que vigilaba la desembocadura del río Ozama. La Boca Chica, esperaba el Habano, evitaría las tentaciones del ajetreado puerto de

Santo Domingo, plagado de filibusteros y barcos negreros españoles y portugueses, así como mercaderes antillanos y europeos.

El día era espléndido y los ánimos habían mejorado, a falta de tormentas desastrosas y ataques corsarios, pero sobre todo por el efecto de los alimentos frescos embarcados en Roseau. Las muertes del Laburdino y, unos días después, del "al·lot de barca" Gomila, quedaban ya tan lejos como las Antillas Menores. El ánimo se había adaptado a la brisa cálida y al tiempo, parado y demasiado apacible de esos días. El capitán no se fiaba y había repasado en varias ocasiones las anotaciones de Inchausti en el cuaderno de bitácora, tratando de que una corazonada le indicara dónde podía rugir el Caribe durante el trayecto restante hasta Veracruz.

Martín y Mansió volvían a la cubierta del castillo de popa, a la espera de nuevas órdenes. Habían hecho espacio al nuevo bastimento asegurando las anclas de respeto y estachas en el pañol de cables, entre el triquete y el mamparo de proa. Todo estaba bien aviado en los pañoles de velas, leña, víveres, agua, pan y arroz. Recostado contra el pasamanos de la escalera del alcázar, Mingo labraba, ensimismado y aplastado por la cálida humedad de las últimas horas, una pequeña pieza de madera, tras lavar y poner a secar su coy. Saludó a sus dos compañeros de aventura, extrañados de verlo solo a esa hora de la mañana; hasta entonces, acabada la misa, había conversado con Salicio sobre teología.

Mingo quería aprovechar el fondeo en la Boca Chica para explicar a Salicio, Martín y Mansió lo averiguado en el antro de Roseau. Etienne Boullon conocía el comercio de ideas de la Organización conformada por Ramon Milà y sus amigos. ¿Era posible que el mercader francés tuviera noticias de la empresa del Canto de Circe? En caso afirmativo, ¿cómo habían llegado las nuevas antes que el rápido pinque de la Compañía de Rogelio Milà? Ni ellos mismos, ni el corresponsal Caparrini, ni siquiera Ramon Milà, habían planeado el viaje con anterioridad a la muerte del misterioso esbirro en Barcelona, asesinado por el Pastoret en defensa propia. La decisión de hacer aguada en Dominica no se había consumado hasta la última conversación entre el Habano y Caparrini. Sólo un navío rápido podía haber informado al francés del viaje, partiendo de Cádiz o de Puerto de la Cruz justo después del Canto de Circe. Y, si Boullon no conocía el auténtico propósito de aquel viaje comercial a Veracruz, sí intuía la importancia de los ideogramas para los amigos de Ramon Milà. A buen seguro, era conocedor de la serie de cinco símbolos custodiada por la Organización; Mingo lamentaba no haber preguntado al mercader si la sucesión de Fibonacci, representada en la pared de uno de sus burdeles, tenía o no que ver con la serie de símbolos y el críptico poema que la acompañaba.

Campanada de las nueve de la mañana. Mingo sostenía ante sus ojos, observándola al trasluz, la pequeña figura de madera trabajada durante las horas muertas desde que la nave zarpara de Roseau. Con la ayuda de una navaja prestada de Martín, Mingo había tallado un cubo de impecable geometría, un dado con sus caras de media pulgada de lado. Desde el inicio de la figura, había tenido claro el contenido de cuatro de las caras, cada una de ellas ocupada por uno de los ideogramas del mensaje que se proponían descifrar con la ayuda del monje franciscano fray Junípero Serra, el mayor experto en las enseñanzas cabalísticas de Ramon Llull. El símbolo de las tres hélices, o trisquel, se extendía por la primera cara tallada; le seguían la "C" invertida; la cruz encastada en un círculo, dividiendo la circunferencia en cuatro idénticas porciones; y el esquemático árbol, delimitado por dos semicircunferencias: una superior, sobre la copa; y otra inferior, bajo las raíces.

Quedaban dos caras del dado. Tras su conversación con el capitán en su camarote, en la que confirmó sus sospechas sobre la presencia de la sucesión de Fibonacci en el burdel de Roseau, Mingo había tallado en la quinta cara del pequeño cubo el símbolo que, su intuición le decía, se correspondía con el quinto y último ideograma. El símbolo perdido.

Estaba presente en la naturaleza. El Universo lo representaba con insistencia, tal y como habían comprobado sabios de la estatura de Leonardo de Pisa, Fibonacci, Giordano Bruno, Joan Lluís Vives,

Baruch Spinoza, John Toland. Aparecía en la forma de las caracolas, la composición de una galaxia, la disposición de los pétalos de algunas plantas, la configuración del ramaje de los árboles, la disposición de las hojas en el tallo, la secuencia geométrica de las piñas piñoneras, la disposición geográfica de las Antillas Menores y Mayores... El Universo repetía la sucesión numérica recuperada por Fibonacci para el saber europeo. Usando la geometría, la sucesión se convertía en una espiral logarítmica idéntica a la que aparecía en tantos lugares del Universo, desde la forma o tonalidades de la piel de un animal a la manera de aglutinarse de los astros. Era la espiral áurea, cuyo factor de crecimiento equivalía al número áureo, las proporciones universales que, con tanta insistencia, habían buscado los pintores renacentistas.

Mingo se esforzó para que, en la espiral de la quinta cara del pequeño dado, las proporciones equivalieran a la sección áurea. Recordaba, por sus lecturas en la biblioteca del seminario Diocesano de Tui, que la divina proporción se calculaba dividiendo un segmento en dos tramos de distinta longitud a partir de proporciones dadas por el número áureo, donde la diferencia en la longitud entre el tramo más largo y el más corto equivalía en proporción a la diferencia entre la suma de los dos tramos y el tramo más largo del segmento. El hallazgo le había permitido apreciar algunas láminas que representaban famosas pinturas del Renacimiento, tal y como habían previsto los grandes maestros. La forma y relación de un ojo con respecto a la nariz, el rostro, el espacio y la perspectiva en el resto del fresco.

¿La sexta cara del lado? Le daba los últimos retoques cuando sonó la campanada de las diez de la mañana y los dos bateles del Canto de Circe se adentraban, más allá de la Boca Chica, en el puerto de Santo Domingo. La sexta cara la ocupaba un esquemático pero impecable racimo de uvas, representando el deleite epicúreo de los placeres del presente, la lujuria bacanal, siempre llamando a la puerta de los pensamientos cuando el barco, en sentido figurado y en la realidad, como en aquel instante, arribaba a puerto y los cantos de sirena embriagaban a los argonautas. El dado siempre podía caer del lado del racimo de uvas. La condición humana así lo había previsto.

Mientras Mingo estudiaba el dado al trasluz, un garbanzo impactó contra su cabeza. Se levantó de sopetón y golpeó su cabeza contra la barandilla de la escalera del alcázar. Martín se delató, riendo junto a Mansió en el castillo de Proa. Mingo no buscó la revancha; no estaba para monsergas, como observaron sus ociosos amigos. Acercándose a ellos, lanzó el dado recién tallado a Martín, que lo recogió en el aire con un grácil movimiento de su mano izquierda mientras, a la vez, guiñaba el ojo, tratando de animar al gallego. Martín miró distraído al dado pero, al comprobar el contenido de las caras grabadas, reclamó con un codazo la atención de Mansió. El extremeño y el catalán observaron, maravillados por la calidad y precisión del pequeño cubo de madera de castaño, la existencia de los cuatro signos presentes en el mensaje que trataban de descifrar. Observaron, asimismo, el contenido de las otras dos caras. Una espiral y un racimo de uvas.

Mingo no aguardó a ninguna pregunta: "Tengo la corazonada de que la espiral, representación geométrica de la sucesión numérica de Fibonacci, o el número áureo, podría corresponderse con el signo borrado". ¿Qué era, entonces, el sexto símbolo? Mansió aclaró que se trataba de un mero juego para ocupar su mente, mientras meditaba sobre el asunto. El racimo de uvas representado en la sexta cara del cubo de media pulgada de lado, les recordaba lo sencillo que era traspasar la frontera de la virtud y empacharse de placeres exuberantes. Si, como el corresponsal Caparrini y Ramon Milà les habían sugerido, el ideograma conformaba, junto a los versos que lo acompañaban, un método universal para lograr la virtud y, quizá, un nuevo estadio de desarrollo y tranquilidad para el individuo racional, la sexta cara representaba el poder desestabilizador de los placeres fáciles y suculentos.

Si, en la sección áurea, la diferencia proporcional entre la suma de los dos segmentos y el segmento más largo equivalía a la diferencia entre el segmento más largo y el más corto, él había creado su propia sección. En su dado azaroso, cinco de las caras estaban ocupadas por símbolos que, sumados, conformaban la virtud, pero la sexta y última cara, con las mismas posibilidades de prevalecer como resultado aleatorio, podía neutralizar la virtud. Lanzando el dado al aire, había más probabilidades de que se manifestaran la moderación, la austeridad, la templanza del mensaje que trataban de descifrar. Pero siempre existía el riesgo de que prevaleciera la cara de Baco. El hedonismo inconsciente.

Durante las horas siguientes, entre tareas de limpieza de cubierta, descanso, jaleo y estiba, Mingo explicó a sus amigos el significado de la sección áurea, tal y como había hecho con Salicio, cuya erudición no abarcaba los conocimientos matemáticos y de la cábala. La teología se había olvidado de las fuentes más prístinas de las que había bebido, y ello le entristecía hasta el tuétano de los huesos. La custodia celosa de una Verdad sesgada e intolerante había alejado a Roma de la Verdad que trataba de proteger. Universo y Naturaleza ya no equivalían a Dios. Es más, quienes habían intentado recordarlo a lo largo de los siglos habían sido perseguidos por la Iglesia.

Atardecer. La jornada había pasado volando. "Al final, he llegado a la conclusión de que este dado, con sus imperfecciones, representa la vida virtuosa. Porque entre la virtud y la tranquilidad cabe el deleite, siempre que sea mesurado. Si uno no se pierde en la lujuria, disfrutar de la belleza de la existencia puede avivar la llama de la virtud y la felicidad". Esta afirmación de Mingo, con su mirada perdida ante el rojizo firmamento, había depositado su simiente en el corazón de Mansió y Martín. Sus amigos.

Martes, diecinueve de noviembre. Buena parte de la tripulación compartía un trago de vino, bacalao con garbanzos, fruta y carne de membrillo, después de estibar agua, leña, dos cabras, un cerdo, varios barriles de cecina y sacos de sal. Una meretriz local había visitado el Canto de Circe la noche anterior, dejando un reguero de perfume perceptible entre el trinquete y el mamparo de proa. La carga ofrecida por la meretriz, una escuálida criolla de nombre Mercedes Pardo, había consistido en varias muchachas mulatas, con mal pelaje y peor alimentación, convertidas en mercadeo del Pescadilla y los subordinados que revolotearon en torno a él durante la juerga, pagándola de su bolsillo. El Pescadilla había reventado los morros de un muchacho que, a primera hora de la mañana, cuando las mozas abandonaban la nave, se reía de la quimérica afirmación de la meretriz, que había ofrecido a una pansida y ojerosa, quizá enferma, muchacha como "la mía flor, mírenla, que esta chiquilla se llama Purificación, pues es más pura y virgen que un manantial sereno".

Baldearon las cubiertas con más cuidado que de costumbre, pues se enfrentaban a un último trayecto tan largo como cruzar el Atlántico. Al finalizar, Salicio y los tres polizones se relajaron, protegidos por el Vizcaíno. Al abrigo de los peligros del océano, olvidaron sus preocupaciones y el agotamiento acumulado. Hablaron sobre lo que esperaba a los muchachos una vez en Veracruz mientras, indolentes, bebían ron de Dominica y jugaban a cartas.

Campanada de las cuatro de la tarde. Una saloma cantada por todos con buen ánimo acompañó el izado del ancla. El Canto de Circe asomó poco a poco su afilado foque mientras salía de la bahía de Andrés dispuesto a alejarse de la costa cuanto antes y navegar cuatro o cinco leguas al mediodía, aprovechando una buena brisa procedente de la isla, ideal para distanciarse en popa cerrada. Aliado con la noche, el pinque pondría rumbo a poniente.

Amanecer del miércoles, veinte de noviembre. El grumete de guardia señaló los bajos de la isla Beata, la punta meridional de la isla de La Española. Navegando con la pericia de quien conoce cada palmo del lecho marino, un ligero y estilizado bergantín de dos palos y vela cuadra salía al acecho del Canto de Circe. "Echaba yo de menos el saludo de mis compadres los caribeños. Cuanto más cerca estoy de Cuba, Pescadilla, de más mala leche me pongo. Dame buenas noticias. Dime que hemos aviado las carronadas y los cañones". Meneses, siempre huraño y solemne los días posteriores a una estancia en puerto, asintió con la cabeza, mirando a los ojos de su capitán. "Si te ocupas de los marineros y el aparejo, preparo a los artilleros para el combate antes de que suene la campana. Te dejo al Vizcaíno para que te asista". Acto seguido, anunció, a su manera, el zafarrancho de combate: "¡Condestable!".

El Canto de Circe se preparaba para la amenaza inminente de un bergantín corsario en las peligrosas aguas de la punta de la isla Beata y el islote del Alto Velo. El Habano tenía la certeza de hallarse ante un navío filibustero, con puerto en Saint-Domingue, el tercio francés de la isla, en su extremo de poniente. Inchausti se presentó ante el capitán y pidió permiso para dirigir las maniobras. El navío navegaba con el viento por la banda de babor. El Vizcaíno apostaba a que el corsario se situaría a sotavento del Canto de Circe y le alcanzaría en unas horas, dada su mayor velocidad. Maniobrar bien les permitiría ganar tiempo para preparar los cañones o esperar un golpe de suerte: una fuerte racha de viento de poniente que hinchara las velas y les adentrase en la noche, a poder ser brumosa; o una repentina tormenta tropical.

El Canto de Circe navegaba a toda vela, poniendo a prueba el buen amarre del matalotaje estibado en Santo Domingo, ya que la marejada hacía brincar al pinque, que se arriesgaba a perder algún cabo. Si ello le permitía arribar a Veracruz sin ser apresado, el Habano estaba dispuesto a cortar anclas y sacrificar la totalidad del velamen. No habían padecido hasta el momento ninguna tormenta severa y había anclas, velas, cables y estachas de respeto. El corsario buscaba el barlovento del Canto de Circe, el lugar adecuado desde donde atacar, una vez situado a su aleta o amura. El Vizcaíno quería evitar que los filibusteros les pasaran por la proa o popa, en una maniobra de última hora que podía hundirles. Ganado el barlovento, los filibusteros se situarían con ventaja tras la cortina de humo de las descargas, que se desplazaría, ayudada por el viento, hacia el Canto de Circe.

Pese a la marejada y la fuerza del viento, no había señales de tormenta en el horizonte. El Vizcaíno se arriesgó con una virada por avante. "Mira que aproar al viento cuando va tan desbocado puede salir caro y enviar la arboladura al carajo", gritó Meneses desde el castillo de proa. Al comprobar la seguridad de Inchausti, el capitán asumió la decisión como suya. Mientras Meneses se desgañitaba para asegurar los cabos durante la maniobra, entregado en cuerpo y alma, Inchausti controlaba el timón. El Canto de Circe volvió a demostrar su aplomo al aproarse al viento, hasta caer sobre la otra amura, sin que la arboladura apenas sufriera. "A ver qué haces ahora, filibustero mulato hijo de perra", masculló el Habano, mientras ponía su catalejo sobre el bergantín, todavía demasiado atrasado como para interrumpir con una descarga la virada del Canto de Circe, que navegaba ahora hacia el naciente. Corregiría su rumbo en círculo si se zafaba de su perseguidor, hasta que se hiciera noche cerrada.

El Habano volvió a otear el horizonte, en busca de nubes de tormenta. No se lo podía creer: dio un respingo al comprobar que habían puesto rumbo a otro navío, todavía un punto en el horizonte por la amura de babor. Por primera vez, arriesgaban el éxito de toda la expedición. "Si nos han visto, estamos perdidos. Esperemos no estar ante una banda de corsarios", explicó en voz baja a Meneses e Inchausti, consciente de que no servía de nada espantar a la tripulación.

Campanada de las seis de la tarde. La recomendación de Meneses para navegar de bolina había surtido efecto y permanecían fuera de la línea de fuego del bergantín corsario, aunque la distancia entre ambos buques se había reducido. El bergantín, que carecía de vela redonda, tenía que realizar bordadas de repiquete más rápidas y pronunciadas para remontar el viento en contra. La estrategia de los perseguidores no les estaba funcionando según lo previsto, y el poderoso aparejo redondo del pinque parecía diseñado para remontar un viento tan fuerte por la amura de babor. La táctica de Meneses tenía, no obstante, un peligro: caerían antes en manos del navío que se les acercaba, a toda vela y con el viento a favor, desde el naciente.

Seis y media de la tarde. Mientras el Vizcaíno dirigía la nave con maestría, atento a las correcciones del capitán y el contramaestre, el Habano y el Pescadilla observaban la posición de las dos naves. En un rato estarían a tiro, que los corsarios aprovecharían desde el vértice de una bordada, para incrementar las posibilidades de impacto. "Poco nos queda que hacer", lamentó Meneses. Felipe curto le reconfortó, haciendo de capitán a las duras y a las maduras. Sabía que el esmirriado y nervioso contramaestre no iba a dejarle solo ni flotando encima de un madero. Su instinto de supervivencia, agudizado entre las ratas de los navíos mercantes más infectos del Mediterráneo y el Atlántico, servía de antídoto contra el derrotismo y las ansiedades. La tripulación respetaba a ese hijo de perra.

"¡Allí, Meneses, al que se acerca de frente!". Desde el timón, el Vizcaíno había percibido una maniobra del navío acercándose por la amura de babor, ahora a menos de una milla del Canto de Circe, que remontaba de bolina. El capitán y el contramaestre lo confirmaron: el barco, un imponente bajel de tres mástiles, aparejo en cruz y alrededor de quince mil quintales de desplazamiento, realizaba una virada por redondo para colocarse en un rato a barlovento del Canto de Circe. Lo lograría sin despeinarse.

El nerviosismo se convirtió en impotencia. Ni siquiera Meneses era capaz de ingeniar algo bajo semejantes circunstancias. "Confirmad la bandera, si la hay". Cuando la enorme fragata de tres mástiles se encontraba ya a menos de media milla, con el barlovento ganado, Meneses divisó la bandera. "Británicos hijos de la gran puta. Salimos de Guatemala para meternos en Guatepeor. Me cago en los calostros que mamaron los gabachos y los ingleses. Mal rayo caiga en sus casas...". Las venas de la frente de Meneses estaban a punto de estallar. Era cuestión de tiempo: pronto estarían a tiro, y la fragata virada llevaba al menos veintiocho piezas de artillería. Una sola detonación, y la misión se iba al traste.

Había llegado el momento de pensar en soluciones desesperadas. Se encontraban a apenas unas leguas de distancia de la costa de La Española, a la altura de la bahía de Ocoa, mil veces asaltada por piratas y bucaneros. Mientras el barco era atacado a babor y aprovechando el avance del atardecer, así como la confusión producida por las descargas, un batel podría escabullirse a estribor. En él, pensó el Habano, tenían que viajar, además de los tres polizones, Salicio, Inchausti, Meneses y los cinco mejores marineros y nadadores. Una vez abandonara el barco, el batel estaría a su suerte y él mismo, que lucharía hasta el último suspiro a bordo del pinque, se desentendería del destino de la misión.

Mientras el capitán, el contramaestre y su asistente esperaban lo peor, se habían desentendido del bergantín que les acechaba. El grumete del palo de mesana anunció que el corsario desistía en la persecución y viraba hacia el mediodía, alejándose del curso que seguían el Canto de Circe y la imponente fragata que le había ganado el barlovento. "Al menos, los filibusteros se han acojonado". Buenas noticias. Si un pequeño grupo debía escabullirse entre la humareda de la batalla y la bruma nocturna, el abandono de uno de sus perseguidores multiplicaba las probabilidades de éxito.

"¿Qué crees que pasa, Meneses?", preguntó el capitán. La imponente fragata con bandera británica se acercaba al pinque sin abrir fuego. ¿Les querían apresar sin librar batalla? Desconocían la estrategia del capitán del otro navío, que no parecía dispuesto a armar una carnicería sin conocer siquiera el botín del barco mercante apresado. Si era así, el Habano estaba encantado de que le robaran. La tripulación enemiga jamás averiguaría que la auténtica mercancía valiosa estaba compuesta por tres polizones que sabían tanto de navegar como de volar. Había orden de no disparar hasta que la fragata atacara. Si, con una actitud sumisa, dejaban claro que entregaban el navío a cambio de sus vidas, quizá pudieran incluso reemprender el viaje todos juntos en unos meses, tras comprar otro navío en Santo Domingo, a cuenta de la Compañía. Habría crédito.

Pronto se oyeron los gritos de la tripulación enemiga. ¿Se preparaban para el desembarco? El Vizcaíno pidió ser sustituido en el timón. Creía encontrarse mal; si no, no entendía cómo los gritos de la fragata enemiga le sonaban a castellano.

Los gritos eran, sin duda, castellano. Un insistente "no disparen, amigos" alcanzaba la cubierta del Canto de Circe con cada vez mayor claridad. Cuando avanzaba ya el atardecer, se despejó el misterio. El capitán, Meneses y el resto de la tripulación comprobaron que el flamante bajel de tres mástiles enemigo era el King George County. Colton "Colón" Taliaferro, su propietario y capitán, saludaba entre risas al Habano. "Hey, captain, te he dado un susto de muerte. Te has cagado patas abajo". El Habano no se lo podía creer. "Me cago en toda tu ralea, americano hijounladrón. Qué susto nos has dado -risas-. Ni la llegada del mismísimo Cristóbal Colón me alegraría más que ver tu estampa ahora, Colonito, hijo".

Sonaron vítores y hurras en las atiborradas cubiertas de ambos navíos, que aquella noche celebraron una fiesta, mientras ponían rumbo a poniente y se alejaban, al fin, de las costas menos vigiladas de Saint-Domingue, el rico y productivo territorio francés de La Española, atestadas, como lo habían estado siempre, de corsarios, bucaneros, filibusteros y cimarrones, "la misma ralea, un cruce de gabacho, indio y esclavo", les había descrito Meneses.

Colón Taliaferro se convirtió en el anfitrión de la fiesta, en la que corrieron el ron, el vino, las danzas escocesas e irlandesas -tan familiares para la tripulación española que, como Mingo, procedía de la Iberia del poniente más septentrional-, andaluzas y aragonesas. Sonriendo y con su musical acento canario, tan parecido al antillano, Taliaferro sentenció, evitando fanfarronear: "mi querido capitán, vuestro ángel de la guarda es de este mundo. Y se llama estrategia náutica moderna".

El King George County escoltó al Canto de Circe durante dos semanas y media. Ambos navíos se asistieron durante una fuerte tormenta que les sorprendió a cincuenta leguas al mediodía de Santiago de Cuba, en la que el Canto de Circe tuvo que cortar anclas y resultaron dañadas varias vergas del trinquete y el palo mayor, así como el mastelerillo del palo mesana. Ambos navíos se despidieron la primera semana de diciembre de 1771, después de descender hasta el trópico describiendo una parábola que, como recordaba el dado tallado por Mingo, representaba tanto la sucesión de Fibonacci como uno de los patrones más populares de la naturaleza. Felipe Curto había asistido al King George County en unas aguas que recordaba con detalle. Compartió con el americano su carta de navegación, donde aparecían islotes, bajos, agujas, vientos, corrientes y derrotas. Al sobrepasar Los Frailes, pues así se conocían en las cartas La Beata y la isla Alto Velo, el Canto de Circe fue escoltado primero hasta el extremo occidental de La Española. Dejada atrás la bahía de San Luis y el cabo Tiburón, sólo las tormentas y sorpresas del lecho marino quitaban el sueño al Habano, que saboreaba la posibilidad de quedarse en puerto una vez cumpliera con su misión. ¿Demasiado viejo para convertirse en el yerno de Tomás Hill, el posadero de Cádiz?

Alcanzado el trópico, el King George County puso rumbo a levante, hacia la Florida, mientras el Canto de Circe se preparó para descender durante las dos semanas siguientes, con el viento a favor, hacia la costa del Seno Mexicano. Para arribar a la ciudad de Veracruz, principal puerto de México, origen y destino del Camino Real Marítimo Intercontinental, el pinque debería vérselas con islas, cayos, placeres y bajos que aparecían y desaparecían entre el trópico y el seno mexicano desde las primeras cartas de la zona, que databan de las primeras expediciones castellanas, contadas por el mismísimo Bernal Díaz del Castillo. Al norte de la isla Arenas aparecían la Triángulo y la Bermeja, islas fantasma para unos, traicioneros riscos para otros, invención cartográfica para quienes no habían dado con ellas; junto a la Bermeja, cincuenta leguas hacia el poniente del traicionero arrecife Alacranes, se agolpaban el bajo Nuevo, el bajo de Bozo, el placer del Negrillo y el banco Arias, obstáculos que no habían sido confirmados por muchos navegantes, pero donde otros pilotos y capitanes habían arruinado su carrera... La carta marítima del Caribe en poder de Curto no sólo situaba los escollos en el mapa, sino que aparecían anotaciones que debían ayudar al marinero en apuros. "Risco coralino traicionero"; "Desaparece en marejada"; "Ojo, mengua la mar y navío en seco"; "Placer oculto, no aparece en cartas de marear".

Entrada de México, el puerto de Veracruz sobresalía en las cartas entre los arrecifes de la Anegada de Afuera, la barra de Alvarado y la punta Roca Partida, legendario escondrijo de piratas. La ciudad había sido fundada por Hernán Cortés, en la región desde donde sus hombres partieron hacia la conquista de Tenochtitlan, en lengua náhuatl el "lugar de pencas de nopal". Los ecos de la crónica de Bernal Díaz del Castillo resonaban en dos miembros de la tripulación,

Felipe Curto y Domingo Antonio Boullosa.

TRISKELION por Nicolás Boullosa

14. El niño pleurítico y los dos jarochos

Del latín "procrastinare". Procrastinar. Esa era la verdadera enfermedad y siempre había podido con ella. Ni la neumonía más severa restaría credibilidad a la pequeña victoria interior que más preciaba: la perseverancia en el cometido cotidiano, la industriosidad.

Ser el decimoquinto y último hijo varón de diecisiete hermanos, trece de ellos de padre y madre y otros cuatro sólo de padre, habían condicionado su ingenio y personalidad. Quien se movía de la pequeña mesa abarrotada de la casa de Milk Street, se quedaba sin comer. Llevarse algo al estómago, sobre todo durante los duros inviernos en Boston de 1712, 1713 y 1714, era cuestión de supervivencia. Josiah y Abiah, sus padres, se desvivían por mantenerles vestidos y alimentados, con la meticulosidad revoloteadora de las golondrinas alimentando a sus crías con mosquitos. Y poco más que mosquitos de golondrina eran algunos bocados.

El maldito calzado. Cuando los zapatos llegaban a él, tras ser usados por todos sus hermanos mayores, estaban tan remendados y viciados con la pisada ajena que, más que proteger y mantener los pies calientes, le recordaban a cada paso el valor de conservar los objetos en buen estado hasta su último aliento. Porque, al fin y al cabo, él disfrutaba del último aliento de zapatos, calzones, armillas, chalecos, casacas y pañuelos, y lo hacía con el cuidado del decimoquinto hijo. Ni el segundo ni el quinto: el decimoquinto. La materia de prendas y zapatos, reacondicionados con remiendos y parches imposibles, podría haberse convertido en polvo universal después de que él los usara.

La necesidad familiar no sólo había condicionado su cobijo, descanso, alimentación y vestimenta. Cursó estudios básicos y a los diez años había dejado la escuela. Probó entonces los oficios de aprendiz de carpintero, muchacho en un navío, albañil y tornero. A los doce años y con una experiencia vital tan extensa como la de algunos jóvenes que le doblaban en edad, era ya aprendiz en la imprenta de su hermano James, donde se publicaba el New England Courant. El paternalismo de los solitarios y estirados hijos primogénitos de las mejores casas de Nueva Inglaterra garantizaba su estupidez, una incapacidad para afrontar los achaques de la existencia que le entristecía. Tantos recursos malgastados en esos chiquillos... Él, en cambio, había apreciado el valor del aprendizaje o la soledad antes de la pubertad, ya que el severo invierno le obligaba a apelotonarse en casa con sus hermanos y padres, donde era uno más. Ni más, ni menos especial. Ser especial no venía al caso.

No, nunca había envidiado la riqueza material, ni la atención recibida por un hijo primogénito, o por el hijo de una pequeña familia acomodada. Así lo sugería en su autobiografía, donde daba cuenta de su existencia. El legado más importante a su hijo William... Su hijo nunca podría experimentar la unión de una gran familia, con sus ventajas e inconvenientes, en lo bueno y en lo malo, en la salud y en la enfermedad. Quizá, sólo se podía pertenecer a una gran familia. Él la había experimentado como hijo pero, pese a que le costara reconocerlo, no había querido repetirlo en su propia casa, con sus descendientes. Había demasiadas cosas que hacer en la vida. Todo estaba por hacer, la mañana era espléndida en América, en Nueva Inglaterra, en todos los rincones de las Trece Colonias.

Los años habían discurrido raudos, al ritmo desbocado de la información trasmitida a través del almanaque y las gacetas que él mismo había promovido en su ya dilatada existencia.

Del despertar de su conciencia, lamentaba el único recuerdo que le hacía padecer. El intenso frío invernal de sus primeros años, los catarros recurrentes, una neumonía que nunca había curado del todo... Zapatos agujereados y mil veces remendados, humedecidos por el lodo, dedos de los pies helados, manos y orejas plagadas de sabañones, su orín haciendo un orificio en la nieve del callejón, entre un vapor que le evocaba, entonces y ahora, la calidez de la primavera y el verano en sus manos. Su pleuresía procedía de la edad de la inocencia, cuando la primera experiencia alargaba el tiempo hasta hacer cada momento eterno. La dolencia que le había desvelado durante el resto de su vida volvía tras períodos de calidez corporal y espiritual, estíos con imponentes cosechas, resultado de su tesón y capacidad de trabajo. Había sido agraciado con una curiosidad innata y la templanza de quien sabe enfrentarse a su interior, sin procrastinación. El onanismo y la recompensa fácil eran para los débiles; había demasiadas cosas por hacer en Nueva Inglaterra como para perderse en una existencia dedicada a degustar y alabar la belleza de lo que ya había sido creado, la ciencia y el arte antiguos, o los alimentos, o la agricultura, o la retórica.

Diciembre de 1771. Le faltaba poco más de un mes para cumplir sesenta y seis años. Un invierno más, volvía a sentirlo. Con el frío y el cansancio acumulados, la caja torácica le pesaba como si, durante la noche, un cíclope lo hubiera encastado en plomo. Notaba de nuevo las costillas inflamadas, en contacto con los pulmones infectados. No era entonces momento para toser, llenar los pulmones de aire, ni mucho menos reírse, ya que el roce en el interior de su pecho provocaba un dolor tan agudo que nublaba su entendimiento, dejando su mente inválida. Qué castigo tan cruel. El único que su existencia podía lamentar. El buen humor y el cinismo se convertían en una carcajada con tanta facilidad que evitaba sus excesos.

Reír dolía mucho más que llorar. La historia de su existencia. El esfuerzo, la perseverancia, el ingenio, mejoraban la vida de sus iguales. El pararrayos, la chimenea que calentaba y eliminaba el humo, el humidificador para estufas y chimeneas, las lentes bifocales, el catéter urinario flexible, las aletas de nadador... Sus invenciones eran un homenaje a las carencias de su infancia. Las chimeneas de Nueva Inglaterra ya no volverían a criar niños con neumonía, y los catéteres servirían para su hermano John y para todos los hermanos John habidos y por haber. Con humildad, había tratado de simplificar la lengua que tanto amaba, el inglés, que se adaptaba vigoroso a los nuevos usos de las Trece Colonias, donde aparecían dejes y acentos genuinos. Había desarrollado un nuevo alfabeto simplificado, que facilitara el aprendizaje. En su alfabeto, publicado hacía ya tres años, proponía deshacerse de seis letras redundantes y, a cambio, crear otras tantas para sonidos presentes en la lengua inglesa, casi siempre representados por más de una letra. Su propuesta había suscitado poco interés. Samuel Johnson, gigante de las letras inglesas y, como había comprobado al coincidir con él en un club londinense, también hercúleo en lo físico, no le había hecho ni caso, ni a su propuesta ni a él mismo. Al fin y al cabo, Johnson era un tory, amigo de industriales y caballeros con rancio pedigrí británico. Un hechicero de las colonias, el decimoquinto hijo de una pareja de enfervorizados puritanos, no sorprendería al mismísimo autor del diccionario de la lengua inglesa... Maldecía a las personas que rozaban la genialidad en algún campo del saber pero, sin embargo, actuaban con egoísmo y excentricidad. Samuel Johnson era un caso especial; su delicada salud, sus peculiares tics y achaques de tristeza. No le guardaba rencor. Para él, Samuel Johnson representaba los prodigios, y miserias, del Imperio Británico. Brillante, en ocasiones con una lucidez celestial, terco y capaz, amante de las tradiciones y del eco de generaciones que resonaban hasta Mercia. Pero también un saco de histriónicos tics, obsesivo con los modales y protocolos hasta lo absurdo, con una profunda tendencia al cambio de humor y la melancolía, partidario de mantener los privilegios de clase y defensor enfervorizado de la Monarquía.

Ahora, los jóvenes notables más capaces de las Trece Colonias, le pedían inventar algo universal, un canto a la libertad del ser humano que sirviera de poderosa herramienta de bienestar a todos los individuos. A todos, sin condicionantes ni eufemismos jurídicos debido al género, la raza o las creencias religiosas. Una especie de homenaje a los justos muertos, los vivos y las generaciones futuras. Y una maldita pleuritis no le iba a apartar de su responsabilidad.

Reflexionaba sobre la oferta del grupo de jóvenes notables que más respetaba en las Trece Colonias. No conformaban un club. Todavía. No eran un movimiento. Todavía. Pero tenían la razón, histórica y científica, de su parte. Ellos, que pertenecían más a la generación de su hijo William que a la suya propia, le necesitaban. Su poso existencial e intelectual les aportaría seguridad, les obligaría a creer en sí mismos para llegar hasta el final. Y el final no estaba escrito, ya que los límites no los imponía ninguna ley física ni humana. Las Trece Colonias no sólo debían crecer hacia el corazón de Norteamérica. El recorrido del espíritu constituiría el reto más arduo. Sólo entonces, ya a las puertas de su senectud, comprendía un dicho de su padre en toda su amplitud: "Si quieres vivir una vida vacía, sigue las reglas".

"Nada como sentir un punzante dolor para recordar que uno está vivo y que su deber es seguir celebrando su existencia a cada instante". Dejó la pluma y el peso que su autobiografía producía en su ánimo se disipó. Se incorporó, mientras una tranquila sonrisa se dibujó en sus delgados labios, todavía más desdibujados bajo la barba grisácea de varias semanas. Abrió el ventanal de su despacho londinense. Tenue sol de tarde invernal. Árboles estáticos, deshojados y adormilados. En Europa, echaba de menos su casa de campo en Pensilvania; no así cuando se encontraba en su casa de Phipadelphia, desde donde la perspectiva de su propia existencia era más difícil de analizar al margen del entorno.

Ausencia del viento del mediodía y el cantar de las aves que endulzarían las tardes de domingo a partir de marzo, meciendo las ramas el uno y poniendo son a las labores de la primavera las otras. Llenó sus pleuríticos pulmones del frío aire exterior. Dolor familiar en el pecho, como el de una puñalada trapera traspasando las costillas. ¿Qué remedio habría incluido el Poor Richard's Almanack, almanaque americano publicado por él mismo entre 1733 y 1757? El Almanaque del pobre Richard había nacido por la sencilla razón de que no existía con anterioridad. Él mismo, un don nadie de una hermosa tierra que daba oportunidad a los don nadie que tuvieran algo que ofrecer, inventó, emitió papel moneda, viajó. El almanaque había sido un homenaje a todos los don nadie que se levantaban a la alborada, dispuestos a mejorar su existencia y la de sus allegados con el esfuerzo de sus manos e intelecto. Sus compatriotas, criaturas despojadas de un pasado prodigioso pero proyectadas hacia un futuro imparable, habían requerido entonces el compendio de consejos prácticos, teóricos y culturales que los uniera en un mismo engranaje, el de mayor potencial que había existido jamás. Ahora, coincidiendo con el atardecer de su vida, sus compatriotas necesitaban algo más. Cuando no existían ni mitos ni precedentes, había que crearlos.

Sesenta años después, su espíritu seguía sentado en la mesa junto a sus hermanos y sus padres, a la luz y calor del fuego de la chimenea. Aguardaba su turno para alimentarse desde su posición; y no desaprovecharía su oportunidad. Él mismo se habría arrepentido pero, sobre todo, habría supuesto una falta de respeto a sus padres y hermanos, antepasados y descendientes. Las oportunidades llegaban, como la inspiración, cuando uno tenía la fortaleza para luchar mil veces y mil veces vencer contra la pereza, el conformismo.

Se veía, sentado al fuego, de niño y de adulto. Mejorando, de adulto, la chimenea junto a la que se había reunido de niño. El almanaque, su mujer y sus tres hijos, sus amigos de París, los jóvenes que reclamaban ahora su palabra y espíritu. Muchos esperaban su participación, más activa, en la política americana, y no sólo en la ciencia. Los habitantes de las colonias británicas en Norteamérica querían defender sus intereses, y no los de la metrópolis. Los incentivos económicos nunca estaban de más en la batalla de las ideas.

Le estiraban de la camisa los virginianos, altos y apuestos como el estereotipo cavalier, Thomas Jefferson, George Washington y Alexander Hamilton; un joven muchacho, también virginiano, aunque no ejerciera como tal ni lo pareciera por su corta estatura y fragilidad física, James Madison; dos antitéticos puritanos de Massachusetts, primos hermanos, el reflexivo John Adams y el efervescente Sam Adams; el neoyorquino John Jay, cuya familia descendía de hugonotes exiliados en Norteamérica; Thomas Paine, inglés de nacimiento y americano librepensador; y tantos otros bachilleres de las Trece Colonias.

"Manos a la obra". Era un "sí" que comunicaría con su lealtad y trabajo, aunque ello le costara la enemistad de William, el primogénito de sus tres hijos. Daba una respuesta afirmativa a una pregunta que los muchachos todavía no le habían sabido formular. Su decisión alegraría a sus amigos al otro lado del Atlántico, desde los escoceses Adam Smith y James Boswell a los franceses -Voltaire, el marqués de Lafayette-. También llenaría de orgullo a "the master".

El descenso hasta el Seno Mexicano se eternizó para buena parte de la tripulación del Canto de Circe. Los días de hermanamiento y protección con los americanos de Colón Taliaferro parecían haber existido sólo en su debilitado entendimiento, tan enfermo como su piel y encías. "¿Qué día es hoy?". Mansió quería mantenerse en el presente, pero el espacio y el tiempo se disolvían como la sal en el mar, hasta el punto de que cualquier idea, mirada, conversación, quedaba impregnada de un salitre que inmovilizaba.

Era sábado, 14 de diciembre. Le costaba respirar. Deshizo el nudo del pañuelo y con él se limpió el sudor de la sien. Se esforzó por recoger su media melena, grasienta y humedecida, con la cinta de la cofia. Se había esforzado en comer bien los últimos días, a petición de Salicio y el propio capitán, dada su tez blancuzca y debilidad física. A medida que pasaban los días, dejaba las frases a medio hacer, no contestaba a las preguntas e introducía el catalán en la conversación. Ojos cristalinos, historias que no venían a cuento, encías ensangrentadas.

Una visita a los jardines de popa. Tras ser obligado a comer más que sus compañeros, empeoraba su dolor de estómago y malestar en las extremidades. Apoyó su mano sobre la barandilla de la letrina. Un olor fétido inundó sus pulmones, acompañando al aire húmedo y caliente de su pesarosa inspiración. Empezó a evacuar, tras un fuerte dolor en la vejiga y un intenso calor en su miembro. Una fuerte sensación de quemazón le hizo apretar las encías. Sus dientes, debilitados, se movían en el interior de su boca. La peste de la naos, la maldición del mar, se había cebado con el más fuerte y enérgico de los tres polizones, así que Felipe Curto había ordenado que las escasas frutas y hortalizas compradas en el matalotaje de Santo Domingo, fueran servidas a los tres muchachos, en especial al Pastoret. Las raciones, más variadas y cuantiosas, habían descompuesto su estómago en lugar de fortalecerlo, y el olor de sus diarreas era pasto de bromas, cariñosos improperios y salomas. "Allá va el buen catalán, / con la camisa cagá. / Le tiemblan las canillas / y se me tié que ir a achicar".

Sol de justicia. La brisa marina refrescaba algo la tarde, aunque la humedad no perdonaba y las ropas se pegaban, empapadas de sudor, a la piel curtida por el viaje. Mansió caminaba desgarbado, agarrándose a la balaustrada de popa y vigilado de cerca por Salicio, Martín y Mingo, que le invitaban a bajar a la primera cubierta y resguardarse algo del sol. Pasaban los días, el King George County ya no protegía el barlovento del Canto de Circe y no había señales del Eldorado particular de la empresa marítima emprendida, el esquivo lugar donde empezaba la Carrera de Indias: Veracruz, puerto franco del expolio de las tierras de Mexica y Filipinas, usado para pagar guerras, edificios suntuosos y otras lisonjas. Las maravillas de una cultura que se agotaba, despreciada por colonizadores y colonizados, decía Salicio que podían consultarse en un libro que el meticuloso y capaz fraile franciscano Bernardino de Sahagún, su autor, había llamado Historia general de las cosas de Nueva España. "Y el asunto es que creo que el título más apropiado sería Historia general de las cosas de Nueva España de antes de que llegaran los españoles", recalcaba el joven capellán, chistoso. Ni las rondallas explicadas por los músicos de la Pobla, ni las historias que su abuela rapsodiaba en Cal Ros junto a la lumbre de la cocina, sonaban tan fantásticas como Nueva España. Había pasado demasiado tiempo desde su pelea, a las puertas del antro junto al Portal de l'Àngel de Barcelona. Como un Odiseo del Atlántico, luchaba por evitar que su juicio sucumbiera al viaje. Todavía reconocía la realidad de la distancia pero, ¿por cuánto tiempo más? Estaban ya más cerca del puerto de destino que de cualquier otro y, sin embargo, muchos miembros de la tripulación, incluso veteranos en el arte de marear, habrían dado la vuelta sin dudarlo en aquel instante de narcosis, a la orden del capitán. El esfuerzo de retorno a un destino conocido, siguiendo un camino ya trillado, era menos voluntarioso para el ánimo que la perspectiva de llegar al puerto prometido, siempre un poco más allá del horizonte, en una tierra de nadie tan desesperanzadora como la frontera entre el número infinito y el cero árabe.

El atardecer del viernes en el enorme cielo abierto del Caribe le deparó una última sorpresa. Obligado por sus compañeros a visitar los jardines de proa, para que la dirección del viento no impregnara la cubierta con el fétido olor de sus constantes deposiciones, el Pastoret asistió al maravilloso espectáculo de lo que una conciencia agotada era capaz de expresar. Apoyado sobre el botalón y ya tranquilizado por un rato, aunque débil, Mansió echó un trago a la calabaza de agua. Mientras su gaznate dolorido tragaba, observó ante él uno de tantos atardeceres de su infancia. Apareció el verde prado de alta montaña sobre el que pendían la media docena de casas de Cal Ros, encaradas al mediodía, buscando algo de calidez mediterránea en el duro invierno de la sierra del Cadí. Emocionado, se incorporó, secando los lagrimones que le impedían deleitarse con la repentina vuelta a su casa. "Allà hi és". Frente a él, el inconfundible rellano nevado donde se apelotonaban las casas de Castellar de N'Hug, protegidas de los vientos helados de tramuntana por los Balços, dos imponentes centinelas de roca desnuda. Hizo el ademán de abrigarse, como aterido. No era frío, sino sudor tropical. Fiebre. Cuando volvió a mirar, los Balços se habían convertido en dos grandes nubes, ensombrecidas por el anochecer. Dio otro trago al agua de las fuentes del Llobregat y volvió, con mucho esfuerzo, al entrepuente, donde trataría de dormir junto a sus compañeros.

Lunes, dieciséis de diciembre de 1771. Poco después de la campanada del mediodía, el despensero repartía las raciones de comida entre el cachondeo habitual. Joselito, un andaluz resabiado de Palma del Río cuyo gracejo era tan punzante como la hoja de su faca, guardaba sus guasas para el momento de la comida. "Despensero, pisha, tu debe sé de 'Samora' po' lo meno', con lo que te gusta serví 'masamorra'. É' como si quisiera' decirno', tomá' 'masamorra'. Mira que ni te llama' Tomá', ni ere' de 'Samora'. Canalla". Tras treinta días de trayecto desde que salieran de Santo Domingo, en el que habían cubierto setecientas cincuenta leguas -la misma distancia entre Cádiz y Dominica, incluyendo la escala en Canarias-, los bizcochos estaban tan mohosos y agusanados que, con sus restos, la mazamorra, el despensero elaboraba una sopa insípida y maloliente. Habían cenado mazamorra durante diez días seguidos, pero aquel lunes, el plato también se servía para comer. "No te quejes, Joselito, mal rayo te caiga, que es plato de cuchara. Me gustaría ver lo que te prepara tu madre en tu casa, vida". Joselito se ganó los vítores de sus compañeros hasta que Meneses le llamó la atención enseñándole la mano abierta, amenazante. Tras beberse parte de la masamorra, había atrapado un puñado de cucarachas, de más de una pulgada de longitud. Las pisoteó e introdujo en el cuenco con la sopa restante, ofreciendo el resultado al despensero.

Caía la tarde y las actividades en cubierta se adaptaban al letargo de la digestión en el tranquilo balanceo del pinque. Conversaciones en voz baja, ronquidos, algún pedo y gargajo, algún despotrique. Martín observaba por qué Antonio, un muchacho de Toro, le había insistido en que le dibujara una muchacha de buen ver, siguiendo sus descripciones. Tumbado en la hamaca, en el claroscuro de la primera cubierta, Antonio miraba el dibujo regalado por Martín, mientras, con una mano escurrida bajo el pañuelo, trataba de desahogarse sin suscitar sospechas. El Pastoret dormitaba junto a él, algo más hidratado, al mejorar su diarrea. Una cuartilla de papel pendía de su mano izquierda, mientras el índice y pulgar derechos sujetaban un carboncillo de brezo. La mejoría de las últimas horas le había permitido soñar con nuevos diseños de baldosa. La azulejería catalana, a menudo esquemática y monocroma, con su sobria y sempiterna inspiración gótica, era ya una parte indisoluble de su vida. Echaba de menos su oficio y, en el viaje, había aprendido a apreciar las enseñanzas del mestre Ramon. Con él, el mestre no había conversado sobre el futuro del mundo, ni sobre filosofías de esas con las que la gente de estudios pasaba el rato, ensayando semblantes graves. Se había limitado a enseñarle el buen, sencillo y noble oficio de la azulejería. El secreto de un conocimiento transmitido que, a menudo, costaba tanto plasmar en abstracto. Era difícil sintetizar la esencia de las cosas.

En la cubierta principal, el Vizcaíno, con visible buen humor, pegó una patada al timonel en el trasero y asumió él mismo el control del navío, mientras observaba el tablero de bordada. "Ya estamos".

A la media hora, coincidiendo con la aparición en cubierta de Meneses y el capitán, el grumete divisó el islote de la Gallega con la silueta del fuerte de San Juan de Ulúa y, sobre el horizonte, la línea de la costa. Allí estaba Veracruz. Saltó el júbilo, que en cinco minutos amenazaba con derivar en jaleo, con marineros pidiendo una pipa de aguardiente de Los Alfaques para celebrarlo. Meneses, el más pendenciero cuando sus pies tocaban tierra, achicó la alegría y recordó que aún no habían arribado. El Habano prometió paga y diversión en puerto, "que de la Veracruz de Hernán Cortés no os vais a arrepentir". Eso sí, todo a su tiempo. Primero, a fondear y, después, a estibar la carga.

Cuando al día siguiente Felipe Curto, acompañado por su contramaestre y el guardián de éste, presentó el asiento y la matrícula del Canto de Circe ante el funcionario del puerto de Veracruz, los tres polizones llevaban varias horas de trayecto. Viajaban en dirección a Ciudad de México, en un coche de colleras que había partido antes del alba de la puerta de la casa del cabildo. Pertrechos, los justos. Ropa, tres navajas y dos arcabuces para la defensa; veinte escudos de oro, doscientos reales de plata y otros tantos de vellón, asegurados en la entrepierna de Martín, el más entrenado en el arte de convivir con pillos, pendencieros y habitantes de caminos; una carta de recomendación para entrar en el Colegio de San Fernando, prestigiosa escuela y residencia de la Orden franciscana en Nueva España; y los pocos bártulos que les acompañaban desde el inicio de su viaje. Conservaban el dietario y el soldado de plomo, procedentes de la hucha de don Pedro da Boullosa, los cuadernillos de notas de Martín. Los manidos pliegos de cordel de Mansió. Zurrones y faltriqueras. Viajaban ligeros, y esa era su intención.

Por petición expresa del Habano, los tres polizones habían abandonado el Canto de Circe en un batel, remando primero hacia donde fondeaban los pequeños bajeles pesqueros y, desde allí, hasta la playa de la orilla meridional de la ciudad, donde se entremezclarían con el bullicio de los mercaderes. Salicio, buen conocedor de Veracruz, les acompañaría hasta el centro de la ciudad, desde donde partirían en apenas unas horas hacia Ciudad de México. El aire, los olores, las gentes, el cromatismo diferían de los de la metrópolis. Ropajes cuyo patrón no era europeo y se asemejaban más al colorido hábito de un monje. Indios y mestizos con un acento que hacía crepitar las "t" y las "s" de un modo exótico, desconocido. Cargadores bajitos y fornidos que sostenían desproporcionados bultos como hormigas levantando hojas enteras, acompañando a pie a comerciantes hidalgos viajando en calesa. Lujosos y barrocos carruajes de los que, en España, sólo se veían por las calles más seguras de Madrid y Cádiz.

A Mansió, todavía narcotizado por la fiebre, los carruajes al gusto francés le parecían tronos andantes, dignos de los pliegos de cordel que narraban con prosa rimbombante viajes fantásticos hacia el Eldorado, o acaso delirios más propios de los reinos orientales descritos por Marco Polo. Severos caballeros criollos con peluca empolvada, casaca bordada y corbata de seda, ayudaban a sus señoras, a menudo atrapadas en sus largos y aparatosos vestidos, complementados con finas mantillas y mantones de Manila. Su pompa contrastaba con la humildad de los vendedores ambulantes, comerciantes arrieros y muchachuelos, cuyo aspecto indígena justificaba su miedo a cruzar la mirada con cualquier persona de aspecto europeo. Con un gachupín primerizo, o visitante español que a menudo viajaba las Indias sin conocer la realidad indígena, nunca se sabía. Había gachupines que, dudosos de su hidalguía por el origen converso de sus antepasados, gustaban de marcar las distancias con los "salvajes", los "indios". Los comerciantes y funcionarios andaluces de poca monta usaban el genérico "moro", a sabiendas de lo absurdo del término. ¿No eran morenos y habían vivido infieles hasta ser cristianizados, al fin y al cabo? Martín, heredero de la intuición natural del converso compartida por su familia materna, se prometió a sí mismo mantenerse lo más alejado posible de guerras santas de pacotilla e injusticias contra gentiles. Tras observar, durante apenas una hora, el comportamiento de algunos criollos con "sus" indios, le hervía la sangre. "Menudo tameme. Si tengo que llegarme hasta Puebla con inútiles como tú, voy a tardar un año. A saber por dónde te parieron". Miradas indígenas dóciles, amansadas con un miedo antiguo. Sentimiento de culpa heredado durante generaciones. Por ser diferente, inferior, impuro. A diferencia de los marcados de la metrópolis, éstos eran infelices que no tenían siquiera el derecho a llevar un sanbenito; se les veía, a lo sumo, como un dócil, fuerte y resistente animal antropomorfo, aunque corrompible con facilidad, ya fuera por una gripe o una botella de vino de Barcelona. ¿Cómo se veían ellos mismos? Los conversos de Hervás se habían convencido de que en ellos residía una perversidad intrínseca. El relato de la reafirmación de España se había construido sobre las espaldas del otro, el diferente; y las cosas no habían cambiado en América, observaba. Trató de pensar en otra cosa y se ocupó de procurar frutas, verduras, carne curada y otras provisiones para partir cuanto antes hasta Ciudad de México por el Camino de los Virreyes.

Cuadras regulares y calles anchas. Abundaban las casonas con muros de mampostería y una o dos plantas. Algunas fincas nobles incluían escudo de armas sobre la puerta, dinteles de piedra tallada y ventanales enrejados. Se intercalaban con precarios edificios de madera, entre ellos cuadras, almacenes de coloniales y casas más humildes, propias de gachupines recién llegados de España y de la creciente colonia de caribeños, blancos, mulatos y mestizos acomodados. "No tiene sentido tanto espacio. Los caballos se ven pequeños y las calles bajan sin gente, como una acequia seca". Notaron la ausencia de patrones del mediterráneo medieval en un lugar que carecía de bullicio, olores y lujos propios de otros tiempos; faltaba, asimismo, el tradicional hacinamiento de la urbe europea, con sus estrechas calles y callejas. En efecto, el Mediterráneo estaba ausente; no en cambio la idiosincrasia castellana y andaluza, presentes en la gravedad ocre de casonas y edificios principales. En torno a la Plaza Mayor, donde rivalizaban la parroquia de Nuestra Señora de la Asunción y el Palacio Municipal, sede del primer cabildo de la América continental, se reencontraron con lo más parecido al bullicio de las localidades españolas. Nada comparable, no obstante, a la colorida entrada al nuevo continente a través de la playa, puerta de entrada a México desde la metrópolis y centro administrativo del "comercio" de Nueva España, según lo llamaban los españoles criollos, descontentos con el interés borbónico por controlar su actividad cada vez más, pero españoles al fin y al cabo; y del "expolio" de los gachupines, según las castas de mestizos que habían nacido al abrigo de la sociedad mexicana. ¿Comercio, expolio o ambas cosas? ¿Hasta cuando los criollos se seguirían sintiendo españoles? No les hizo falta preguntar. Lo averiguaron en un par de horas, caminando por la ciudad; en el caso de Mansió, arrastrándose más bien. El mestizo, cuanto más "güero" o blanco, mejor vestido iba, teorizaba Mingo sobre la marcha. Los que tenían un aspecto más indígena, esclavos y, cuando no, vendedores ambulantes, se agolpaban en el puerto y en los aledaños del Zócalo y, por norma, evitaban mirar a los ojos, a excepción de las muchachas frescas que revoloteaban por las cantinas de la playa a la caza de marineros recién atracados.

"Lo único que tenéis que hacer es prometer buen dinero a vuestros cocheros, y ellos se ocuparán de que no os falte de nada". Salicio negoció la transacción, mientras los tres polizones cenaban y descansaban en una fonda regentada por un tal Mendoza, a quien llamaban el Güero, situada junto a la venta de Butrón, simbólico punto de llegada y partida del Camino de los Virreyes. El Habano le había ofrecido una misión una vez arribaran a Veracruz, que él había aceptado. "Quédate en Nueva España. Sígueles sin levantar polvareda. Allánales el camino si es necesario, pero no delates tu presencia a menos que sea un caso de vida o muerte. Tienes que convertirte en la sombra de Ramon Milà, hasta que el muchacho pueda hablar con fray Junípero Serra y desentrañe el mensaje".

Salicio cumplió con su palabra. Les encontró un coche de cuatro plazas y dos conductores jarochos: Juanito de Dios, mayoral del coche, un mestizo sudoroso y barbilampiño vestido a la europea; y Pedro el Tamales, el zagal de acompañamiento, delgado y con brillante cabello negro azabache, de quien Martín desconfió desde el primer vistazo. Su modo atropellado de acarrear los bártulos, su actitud esquiva y complaciente, le daban mala espina. "Este mozo dice sí a todo, con una sonrisa nerviosa y sin mirar a los ojos. Cuando es no, es no, no es sí. O nos quiere contentar, o tendremos que mantener los ojos abiertos". Mingo discrepaba. "No conocemos las costumbres de esta gente. Por Dios, Martín, a mí no me ha mirado nadie a los ojos desde que he desembarcado, descontando las picardías de la furcia que nos piropeó nada más pisar tierra". Buscó una analogía. "En mi casa, tuvimos un perro. París le pusimos de nombre. Era un perro 'palleiro', dócil y desconfiado por naturaleza. De cachorro, le habían enseñado tanto el palo, que cuando llegó a nuestra casa, tenía ya alguna herida incurable en el alma. Recuerdo el día que murió. Moribundo, lamía las manos de mi padre. Se acercó un vecino que venía de las vacas, con una vara en la mano. Por un momento, el perro se olvidó de que estaba muriendo. Siempre recordaré sus ojos. El perro se murió conservando un profundo pavor a los palos que habían usado contra él cuando cachorro, al comienzo de su vida. En mi casa, no se le tocó". Ya recostado en el asiento del carruaje de línea, Martín respondió con un silencio meditativo, haciéndose un liadillo. No era el tal Tamales, sino el Nuevo Mundo en su conjunto. Su ánimo no difería mucho del de un funcionario real de camino a Cádiz desde Madrid, cruzando los caminos de Sierra Morena, infestados de bandoleros: cualquier fruto podía ser venenoso, cualquier persona traicionera. Partieron de la venta de Butrón y, aprisa, dejaron atrás el centro de la ciudad.

Preocupado por la salud del Pastoret y atento como un animal en peligro, Mingo analizaba el paisaje, como si su atención le otorgara mayor conocimiento de las casas y campos labrados a las afueras de Veracruz: los árboles y plantas entre el paisaje humanizado, las cruces en el camino, los lugareños agolpados junto a casitas de Adobe como las descritas por Pedro da Boullosa en su dietario, inspirado por Bernal Díaz del Castillo. El coche de colleras, tirado por seis mulas briosas, unidas de dos en dos y separadas por los tiros, circulaba raudo por el buen camino, mejor mantenido que cualquiera de los de su Galicia natal. Las carreteras que confluían en Veracruz transportaban plata de las minas de Zacatecas, Guanajuato, Hidalgo y San Luis Potosí, además de coloniales de Acapulco, en la costa del Pacífico, donde descargaban los navíos de la carrera de Filipinas, conducidos por el Camino de Asia hasta México y Veracruz. El respetado visitador de Nueva España, don José de Gálvez, se había asegurado de que los distintos caminos de herradura hacían el Imperio. Primero, las infraestructuras, habían demostrado los antiguos romanos; después, ya llegaría el resto. Se levantaba la mañana y, tras ellos, la blanca fisonomía de Veracruz y los bajeles mecidos en el puerto junto al Canto de Circe todavía se desperezaban, al abrigo del fuerte de San Juan de Ulúa.

"Vive Dios". Felipe Curto, agotado, lidió con los impuestos de la aduana para asegurarse de que el viaje no se convertía en una ruina. Si bien no le perdonarían el almojarifazgo, trataría de convencer al funcionario de que hiciera la vista gorda con la alcabala.

"Quién te viera y quién te ve, mi capitán". Meneses animaba a su superior. Buena parte de la tripulación del Canto de Circe seguía bebiendo, roncaba con profusión o soportaba los severos efectos de la cogorza en los mugrientos butacones y descansillos del mesón del Buen Comer, junto a la Puerta de Mar veracruzana. Había acabado su parte de la misión. Sentía el vacío propio del inicio de la resaca pero, en esta ocasión, notaba también el peso doloroso de haberse desprendido de parte del sentido de su existencia. "¿Alguna vez has tenido la sensación de que habías nacido para cumplir un cometido?". Meneses miró a su capitán con ojos bonachones, tratando de contener la risa nerviosa. "¿De qué cojones estás hablando?". Maldito Meneses. El mejor marinero que había conocido, pero en tierra era el más indolente. "Sé que, en el fondo, no eres tan putero, borracho e hijo de perra como aparentas, Pescadilla. Sácate la coraza conmigo, que son ya muchos años juntos. Te lo digo ahora, y lo repetiré cuando esté sobrio: tengo la sensación de haberme preparado toda la vida para cumplir este viaje. Para traer aquí a los tres muchachos". Ahora, notaba el pesar del general victorioso tras la batalla. "Aquí no ha habido batalla, Felipe. Aquí hay una tripulación que navega desde hace meses y quiere divertirse un poco, recuperar fuerzas y salir cagando leches hacia España, a poder ser con unos buenos cuartos en el bolsillo. Estas carreras hacen envejecer a uno. Mírame. Mírate". El Habano se había perdido las últimas palabras de su contramaestre. A través del ventanal del mesón, veía acercarse un barco que le resultaba familiar. Se levantó poco a poco de la butaca, sacó el catalejo de la chupa y echó un vistazo por la ventana. El vocerío, e incluso los ronquidos, pararon de sopetón. "Bueno bueno. Me da que este buque trae algo más que azogue y correo. Algún señorito de Cádiz quiere pasar el invierno en Nueva España". El Liceo Francés, buque de correo con asiento y matrícula en Cádiz, acababa de fondear en el puerto de Veracruz, junto al islote de la Gallega. En el interior del navío, don José de Gálvez, visitador de Su Majestad Carlos III en Nueva España, volvía a México desde la metrópolis. Su viaje se había apresurado. Había mucho en juego. Fuera lo que fuera aquel secreto, lo ofrecería a su amigo y mentor en la Corte, don Jerónimo Grimaldi, ministro de Estado. Tras Grimaldi, se extendía la sombra del confesor del Rey, fray Joaquín de Eleta.

Todavía narcotizado por la fiebre, Mansió dormitaba con el cuello relajado y la cabeza siguiendo el equilibrado ajetreo del coche. Cada vez que abría los ojos, tenía mayor certeza de formar parte de la historia explicada por uno de los últimos pliegos de cordel que había leído, en el que se fantaseaba con el viaje de Marco Polo al Lejano Oriente. Se sucedían a cada poco las intersecciones con cruz de piedra y capilla encalada, junto a exóticos y majestuosos árboles caducifolios. "Ese árbol grandote que ve su señoría junto a la capillita, es el liquidámbar. Es grande y tiene el porte de los arces, bien tupidos en primavera y otoño. Ahora lo verá usted algo colorado. En otoño e invierno, se vuelve rojizo. Ah, aquel de allá, junto al cerrito -qué cantidad de diminutivos usaban sus contertulios, pensó Martín, más aún que en su tierra, la Extremadura-. Aquel bosque tan hermosote contiene ocotes, pues rima y todo -risas del zagal, ahogadas con su propia mano, por respeto a los españoles que transportaban-. Son los pinos que tenemos aquí, en el Seno Mexicano". Diminutas mujeres con ropas coloridas santiguándose. Hombres delgados y musculosos, piel con un brillo rojizo al sol y cabello liso y negro, llevando a cuestas grandes bultos, caminando descalzos. Volvía a dormitar. Pedía agua y entreabría los ojos. Recuas de mulas y arrieros mestizos. Calesas y otros carros ligeros. Una diligencia.

Mediodía del martes. Sol de justicia y humedad alta, pese a la época del año. Pararon en una venta bien provista para forasteros, al tratarse del penúltimo gran abrevadero para los animales antes de llegar a Veracruz desde el interior. "El tiempo cambiará a medida que subamos en altitud. Las noches son frescas en las ciudades antiguas del interior, en el altiplano; en Tlaxcala, Puebla, Ciudad de México, se viaja bien y se duerme mejor". Juanito de Dios contestaba a las incisivas preguntas de Mingo, embebido en las particularidades culturales de México, gracias a su lectura del dietario de su tatarabuelo, así como de la crónica de Bernal Díaz del Castillo. Martín se aseguraba de que Mansió, ya incorporado y listo para hacer camino, comía suficiente.

El zagal Tamales no levantaba la cabeza de su plato, deleitándose con la carne estofada con patatas y el pan de maíz de acompañamiento, regado con un aguado vino dulce que, en su opinión, se dejaba beber. Ni el peor tintorro dulzón español podía competir con semejante brebaje adulterado, que demostraba que el vino, como cualquier producto importado de Europa, pasaba por muchas manos antes de ser servido en la mesa de Nueva España. Siempre atento, Martín temía lo que al final ocurrió. Un viajante criollo acudió a presentarse. "Don Rufino Contreras de Bustamante para servirles". Al viajante de coloniales, un mercader de poca monta que apestaba a ron y lucía una anticuada y deslucida chupa que bien podría haber llevado don Pedro da Boullosa, no le hacía maldita la gracia que "el mayoral y el otro mestizo" comieran sentados a la mesa de tres españoles recién llegados de la metrópolis. Juanito y el zagal agacharon la cabeza e intentaron escabullirse de la mesa, pero se encontraron con la oposición de Martín, que les indicó, desafiante, que permanecieran en su sitio. Martín, ya incorporado, se apartó del banco y se situó delante del viajante. La gallardía del criollo menguó de repente. He aquí un falso personaje quijotesco, pensó Martín, que no actúa como Alonso Quijano, ni como Martín Capelo el Colorao, el don Quijote familiar, sino cagándose y poniendo el rabo entre las piernas, como un perro traicionero que sabe que tiene las de perder. Unos minutos más tarde, el viajante departía en la misma mesa que le había ofendido con anterioridad, evitando mirar a sus compatriotas americanos.

"Señor, el batel ya está listo para llevarle a puerto. ¿Quiere que...?". José de Gálvez ordenó callar con un gesto a su criado de librea. Clavado de rodillas sobre un paño de encaje y sosteniendo un rosario, acababa la oración matinal. El visitador había aprendido en el regazo familiar de su Málaga natal que, sin hábitos, no había monje. La virtud se cultivaba con esfuerzo y se perdía con facilidad. Cada mañana, durante media hora, ordenaba sus pensamientos y rememoraba sus compromisos y obligaciones, asegurándose de que se podían cumplir. Tras más de dos meses de atropellada navegación desde España, el Liceo Francés había completado la Carrera de Indias. El estado del navío y la mengua de la tripulación daban fe de la dureza del viaje: un ataque corsario y tres tormentas, la primera en el Atlántico y las dos últimas en el mar Caribe, habían dañado el casco, las velas originales y las de respeto, incluidas la vela de trinquete, el foque y la mayor. Veinte hombres habían sucumbido a la batalla con el barco filibustero, con capitán francés. Sólo una negociación de última hora, llevada a cabo por el mismo Gálvez y el corsario, había salvado del desastre a la fragata de correo. Gálvez había convertido a aquel patán de padre francés y madre argelina en acreedor de la Corona española, pues le había extendido una letra de cambio para ser retirada en cualquier ciudad principal del Imperio.

De memoria, Gálvez rememoró el nombre de los tres muchachos que, según había averiguado durante su corta estancia en Cádiz, tenían intención de transmitir a fray Junípero Serra, un franciscano destinado en una de las nuevas misiones de la Alta California, un extraño mensaje cuyo recorrido entretejía una peculiar y ecléctica red de individuos de distinto origen y condición: mercaderes de Barcelona, el cortesano Giacomo Casanova, destacados miembros del jansenismo católico -entre ellos el propio confesor del Rey-, e influyentes hombres de letras de otros países. "Matías, asegúrate de que Bocanegra y los soldados encuentran el navío de la Compañía de Rogelio Milà. Debería haber arribado ya. Que pregunten por tres muchachos: Mansió Vilalta, que huyó de Barcelona tras haber asesinado un hombre a finales de septiembre; Martín Capelo y Rubio, extremeño de la casa Capelo de Granadilla, diócesis de Coria, Extremadura; y Domingo Antonio Boullosa Nogueira, natural del concejo de Sotomayor, en la diócesis gallega de Tui. Quiero que se busque hasta debajo de la última piedra mexicana para saber el paradero de los muchachos. Si siguen en Veracruz, que se les ofrezca protección. Si, en cambio, hubieran partido, que se averigüe cuándo y adónde". El criado dio la vuelta y, antes de escabullirse, volvió a ser requerido. "Sobre todo, quiero saber si les acompaña alguien forastero y cuáles son su familia y fueros, si los tuviere". Se calzó las botas, se vistió la casaca y la capa y acomodó su bigote, del que limpió la grasa acumulada. Quería partir a Ciudad de México cuanto antes y así supervisar el gobierno del virreinato y dar cuenta de los nuevos dictados del equipo de gobierno dirigido por su amigo Gio, don Jerónimo Grimaldi.

En el correo que partía urgente hacia Ciudad de México, Gálvez incluía la orden de que se presentasen ante él dos de los funcionarios más expeditivos que, en su opinión, podía tener un gobierno europeo en América: don Gaspar de Portolà i Rovira, catalán de Balaguer y persona de su máxima confianza; y don Juan Bautista de Anza Bezerra Nieto, caballero de origen vascuence nacido en lo más parecido que Gálvez había visto al infierno: Sonora, provincia septentrional de Nueva España, donde el sol abrasaba, la tierra era seca y yerma y las tribus indias no cumplían sus pactos y guerreaban con traición y oficio sanguinario. Gálvez había viajado en dos ocasiones al extenso territorio de las Provincias Internas, acompañando a su sobrino Bernardo de Gálvez, capitán del Ejército Real en el límite septentrional de Nueva España y quien, por carta, le había descrito el fuste y las hazañas de los dos hombres. En los lugares indómitos, cuando los hombres se alejaban de la civilización, aparecían los seres humanos más valiosos, y también los más descarnados hijos de la gran puta. En 1770, en una de sus cartas de agradecimiento a su tío por nombrarle comandante de Armas de Nueva Vizcaya y Sonora tras el éxito de una incursión contra los apaches, Bernardo de Gálvez explicaba que los ancianos indios conservaban viejas historias, transmitidas de abuelos a nietos, de gachupines cruentos e inmisericordes, como el "monstruo Gutlmán". Hacía más de doscientos años desde que Nuño Beltrán de Guzmán había conquistado Nueva Galicia, al mediodía de las Provincias Internas, masacrando a poblaciones indígenas enteras, y los indios todavía se acordaban de él, incluso en parajes remotos. Había acudido a la entonces frontera de Nueva España en busca de las Siete Ciudades de Cíbola y Quivira. Guzmán y sus hombres pensaban, como otros europeos de la época, que éstas albergaban incalculables cantidades de oro y otras riquezas. Guzmán no encontró las Siete Ciudades, pero sí "pacificó" una enorme extensión del territorio conquistado, no sin antes matar a cuantos indígenas encontró a su paso y torturar a sus caciques para sonsacar información acerca de las riquezas que sólo existían en su imaginación. El eco de la tortura y ejecución del rey de los michoacanos, Tangáxoan Tzíntzicha, había servido de escarmiento mucho más allá del territorio conquistado por Guzmán y sus aliados tlaxcaltecas. Prueba de ello eran las referencias al cacique que Bernardo de Gálvez había recopilado en Nueva Vizcaya. Los apaches no querían cometer el mismo error que el iluso Tzíntzicha y todo gachupín aguerrido era un "monstruo Gutlmán" en potencia, un enemigo al que había que arrancar la cabellera.

Nueva España necesitaba más hombres como Portolà y Anza, había recalcado Bernardo de Gálvez a su tío en más de una ocasión. El primero era íntegro, capaz de cumplir órdenes y hacerlas cumplir, atributos muy valiosos en funcionarios alejados de los centros de poder del pansido Imperio. Para Gálvez, no había mejor embajador de los intereses españoles que un noble catalán educado en una familia de administradores de tierra que, además, había servido como soldado en Italia y Portugal. Al partir a Nueva España, Portolà había expulsado a los jesuitas de la península de la California Vieja con obediencia y oficio, tras la Pragmática Sanción de 1767. Gálvez había convencido a Portolà para que, ese mismo año, navegara de bolina en una peligrosa expedición contra la fuerte contracorriente del mediodía en la costa del Pacífico, y estableciera misiones franciscanas en la California Nueva. Las misiones franciscanas serían el principio del asentamiento definitivo: querían reafirmar la españolidad de la zona, justo cuando buhoneros ingleses y comerciantes de pieles rusos establecían puestos en lugares que los mapas de marear de las expediciones de Juan Rodríguez Cabrillo, en 1542, y Sebastián Vizcaíno, en 1602, habían reclamado para el Imperio Español. Luego llegarían los presidios, fortalezas, colonos y haciendas.

Y qué decir del caballero de Anza. De casta le venía al galgo. Su padre, capitán del ejército colonial, había muerto en una emboscada apache cuando él tenía tres años. Su madre, hija de un capitán retirado de Janos, Nueva Vizcaya, le inculcó el deber de devolver al pueblo apache la afrenta a la familia, pero Anza, cuyo primer recuerdo vital se remontaba al día en que su padre fue emboscado y ajusticiado con un ensañamiento ritual, tenía fama de respetar los pactos con los indios, si éstos los acataban a su vez. Se decía que Anza, al ser condecorado en una ocasión, había llorado como un niño al rememorar el degüello de su padre, desprovisto de su cabellera mientras todavía vivía, durante la fiesta de la matanza del cerdo en Arizpe, Sonora; un soldado superviviente lo había explicado en el pueblo con pelos y señales. El alarido del sufrimiento de la muerte cruenta era tan primitivo que acercaba a hombres y animales, todos provistos de alma y todos parte del mismo todo al fin y al cabo, recordaban los apaches. Hijo y nieto de soldados españoles consagrados a repeler los ataques apaches en el interior de la frontera septentrional de Nueva España, Anza había destacado por su intachable servicio como funcionario de presidios, bajo la tutela de su cuñado, Gabriel de Vildósola. El vasto y despoblado territorio necesitaba, en opinión del visitador, una comandancia general única que centralizara en Arizpe el control sobre la tierra de nadie que se extendía más allá del puñado de misiones, presidios, pueblos y haciendas de las Californias, Sonora, Sinaloa, Chihuahua, Nueva Vizcaya, Nuevo México, Nuevo Santander, Coahuila y Texas. Lo había propuesto el año anterior a Gio y al propio Rey y retornaba de su viaje por España sin una respuesta clara sobre la demanda. Se haría si continuaba insistiendo, pero le apenaba comprobar la lentitud de la maquinaria gubernamental del Imperio. Sin olvidar que había una diferencia entre hacer las cosas despacio, pero con buena letra, y hacerlas también despacio y con poco oficio. En ningún otro país se percibía con tanta claridad el dramático contraste entre la excelencia y el abandono, que partía del desconocimiento y la ausencia de formación consistente entre el cuerpo de servidores públicos, más que de la inapetencia. Pocos alcaldes de España o los territorios de ultramar habrían sabido relacionar la prosperidad de su pueblo y convecinos con la seguridad y conveniencia de sus mesones, hostales, posadas, ventas, fondas, abrevaderos de ganado, caminos o servicio de correo y transporte por carretera.

Más valía que las Provincias Internas, un inmenso territorio que había que gobernar con la modernidad y la eficacia que requerían los nuevos tiempos, se prepararan para una nueva Administración centralizada, bajo el auspicio del gabinete de Grimaldi. El viaje de los tres muchachos en busca de fray Junípero Serra no debía interponerse en los intereses de la Corona en el territorio. No quería que algún suceso sonado en tierras lejanas obligara a actuar con estridencia y malgasto. Había que acostumbrarse a copiar lo bueno de británicos y franceses, y no sólo lo malo. Los buenos trabajadores públicos debían ser también contables, pues era un oficio noble evitar el malgasto del dinero de la Corona. La hidalguía española se vanagloriaba de no dar un palo al agua y gastar con generosidad, en lugar de competir por un futuro más próspero.

Los dos ramales del Camino de los Virreyes, que conducían desde Veracruz hasta la capital novohispana, confluían en la ciudad de Puebla, siguiendo sendas ancestrales recorridas por tamames que transportaban productos de la costa a los dominios del antiguo epicentro mexica, ahora apenas un áurea ancestral diluida con el avance de edificios públicos, infraestructuras y haciendas de raigambre española. Antes de que la realidad superpuesta fagocitara a los anteriores ídolos de caminos descritos por el cronista Díaz del Castillo, desde Ixtaczoquitlán, junto a Veracruz, no lejos de donde avanzaba el coche de colleras, se enviaban los tributos del mar para que fueran disfrutados por el emperador, tales como pescado, conchas marinas, frutos tropicales y joyas de coral. El centro del imperio mesoamericano había padecido la desfloración de su fertilidad a cargo de los hombres de Hernán Cortés, el semidios que procedía de donde sale el sol. Si Cortés avanzó con seguridad hacia el altiplano, fue por la ayuda del que luego se convertiría, con pocas variaciones, en el camino que unía Veracruz con las calles de la capital mexica, Tenochtitlan: urbe edificada sobre el lago Texcoco, donde fluía una renovada sangre imperial ya asentada, mestiza, que rendía pleitesía al rey español. Pero, lo que hasta entonces había sido un matrimonio de conveniencia tras el mancillaje de la conquista, se convertía en un lastre para los criollos de Nueva España, recelosos de la "modernización" que los afrancesados de José de Gálvez intentaban imponer en la Administración. ¿Pero qué se habían creído esos gachupines de la verga? Venían ahora con prisas y con la libreta contable abierta. Menudo negocio para los propietarios, si la Corona mantenía el monopolio del comercio con España y, a la vez, aplicaba el quinto real y el diezmo. El dinero mexicano no tenía por qué salir de México, repetían desde el criollo más ilustrado al último indígena de repartimiento. Indio, mestizo o criollo, tanto daba, cuando se trataba de joder al gachupín.

Tras el encontronazo con el chulo Rufino Contreras en la venta de Puente del Rey, el mayoral de coche decidió recompensar la actitud de Martín invitando a los tres españoles a un trago de vino en una pequeña cantina junto al paseo del río Los Pescados. Paseaban los mozos por el sendero arbolado de ribera, vigilados de cerca por mujeres mayores que, como las mulas espantan los tabarros, lidiaban como podían con un enjambre de niños que las incordiaba en círculo. De vez en cuando, alguno de los chiquillos salía despedido de una patada o empujón y caía en la hierba alta, pero, lejos de llorar, se desternillaba de la risa, reconociendo su captura y momentánea ejecución. Un juego tan antiguo que Mingo lo había visto con otros chiquillos, en lugares que nada tenían que ver con la morada de los aldeanos mesoamericanos paseando en la tarde invernal. Terneros, potros y camadas de cachorros se divertían con el mismo juego universal.

Juanito de Dios y, sobre todo, el zagal Pedro Tamales, habían cambiado su actitud con los muchachos. Ya se podía platicar con los señoritos gachupines, pues. Martín Capelo pensó que, desde el incidente de la venta, podría dormir sin temor junto a los dos novohispanos. Ahora sí, pensó. No bajaría la guardia, pues estaba en su naturaleza el mantener el ojo avizor en cualquier lugar y bajo cualquier circunstancia, no ya en un viaje a través de una tierra extraña, acumulando moneda de oro y plata en su entrepierna. El duermevela sería, no obstante, mucho más agradable. En apenas dos días pisando el polvoriento suelo mexicano, había logrado lo que muchos españoles nacidos en la metrópolis jamás conseguían: el respeto sincero de un descendiente mestizo de los orgullosos guerreros mexica. Si él descendía de guerreros de la Reconquista y, de algún modo, sus actitudes naturales así lo corroboraban, podía decirse lo mismo del Tamales.

Dos vinos fueron suficientes para que los mexicanos deleitaran a los forasteros con una peculiar muestra de humor local, con abundantes menciones al santoral y a los orígenes familiares de las personas, tal era la importancia del color de la piel para pasar o no como "español". Beber vino en lugar de ron era toda una declaración de respeto, dado el precio de la jarra. Cuando el vino de Barcelona, Los Alfaques y Cádiz desembarcaba en Veracruz, su precio se había multiplicado por diez y hasta por doce, según las reservas, la cantidad que llegara y demanda de las familias más prósperas y los pueblos enriquecidos con las minas de plata de Zacatecas. La jarra de vino, entenderían los tres forasteros más adelante, restaría al mayoral de coche y a su zagal una quinta parte del dinero ganado durante el trayecto de Veracruz a Ciudad de México.

Lo que había empezado como un chiste alcanzó al poco el tono de sincera confesión. Conocieron que los mozos indígenas debían presentarse en la plaza de cada pueblo para trabajar en las haciendas de la casta de españoles al menos ocho días al mes, a cambio de la comida y un sueldo mísero, a menudo en especie. "Fíjense ustedes que las cuotas hay que cumplirlas, porque si no hay los mozos del patrón de la Audiencia, la culpa es siempre del indio, claro". Había alcaldes indios, responsables de conceder las cuotas a los hacendados. "Pero decir alcalde y familia de alcalde es como decir obispo o corregidor. Saben quién les ha puesto y quién les puede quitar. Pues no hace falta que explique más". El trabajo en las haciendas no eximía a los trabajadores forzados de volver a las reducciones "a ser buenos cristianos". Los mexicanos rieron. En el contexto, con ser buen cristiano se referían a que, "una vez en la reducción, hay que trabajar para pagar los impuestos al señor, pues si no éste se queja, diciendo que él los paga también al Rey". Mingo preguntó con interés sobre la existencia de regalías. Era una pregunta retórica, reflexionó para sí tras acabar su frase. Los padres de mestizos más aventajados se podían permitir pagar para que, al menos en el acta de nacimiento, su hijo fuera tan español y criollo como el Duque de Alba. La realidad, en cambio, era más terca, y lo que servía en el Registro Civil entraba en conflicto con el aspecto físico. Para la Corona, eran españoles y, por tanto, evitaban "los problemas que tenemos la gente vil".

"¿Gente vil?", preguntó Martín. Le respondió el Tamales, cuya mirada era ahora sincera, confiada: la de un escudero. Los mestizos con rasgos más amerindios que no eran inscritos como españoles no podían ocupar cargos reales, ni eclesiásticos, ni siquiera ser alcaldes. "A veces, tenemos la sensación de recibir palos de los gachupines y de los indios. Somos demasiado poco españoles y demasiado poco indios. Se nos pide una cosa o la otra y, por eso, las castas somos como la peste. Los españoles miran nuestra cara y ven al morisco, al enemigo diferente. Pero el puro indio no nos trata mejor". Sus ojos habían enrojecido por el alcohol y su plática era fluida, tan animada que sus venas se marcaban en cuello y frente. El mayoral Juanito rescató al zagal de la dolorosa confesión, con el peso del agravio acumulado durante generaciones. Heridas mal cerradas que, como úlceras, se manifestaban con regularidad y hacían sangrar la tierra, revolcándose del dolor. "Pero aquí el pinche Tamales está platicando sin ponerle condimento a las palabras y al final vamos a salir todos llorando de aquí, tomando vino como si fuera el último día de nuestra vida. Compadrito, no te me tuerzas, pues quedan muchas ferias de aquí a México". Trató de divertir a los tres españoles con una improvisada clase magistral sobre las diferentes variantes de las castas del Yucatán, el Caribe y el altiplano mexicano.

Exageró la modulación de sus palabras, pasando en la misma oración del timbre agudo del diminutivo al tono grave de la hipérbole, para ilustrarles sobre la "clasificación de las gentes mezcladas, que dirían las personas principales y estudiadas". Enumeró una parte de la tonalidad racial mexicana, con sus ritos y prejuicios. "De español e indígena, mestizo. Si el español es pobre y la indígena rica, el niño es español. Si los dos son pobres, el niño es más indio que el Flechador del Cielo, que en paz descanse". Se santiguó, con un cómico y estudiado ademán. "De indio, con negra, no hay nada que hacer, pues nace zambo; de negro con zamba, se obtiene el zambo prieto, buen trabajador si no es respondón o gallo de corral; de blanco con negra, el mulato puede ser guapo o feo, pero si no es blanquito, por español no pasa, aunque sea el hijo del Virrey; de mulata con blanco, morisco, pues les recordará a ustedes lo ocurrido en España tiempo ha; de español con morisca, se le pone el apodo de albino, pues tiene a veces el cabello lanoso y la piel de leche, o la piel oscura y los ojos claros".

Mingo, Mansió y Martín asistían boquiabiertos a la descripción, tratando de mantener la seriedad, temerosos de que la carcajada se interpretara como desprecio europeo. "De albino con blanco, saltatrás, pues los dos padres pueden parecer españoles y el niño les sale más tostadito; de indio con mestizo, coyote, que es suficiente para que uno no sea bien visto ni por el puro indio, ni por el puro criollo. De blanco con coyote, uno sale harnizo, pues salta a la vista que hay sangre mezclada, pero si hay suerte y dinero, pasa como compadrito blanco. El chamizo no tiene tanta suerte, pues es el cruce de coyote con indio, de modo que hay mucho más té que azúcar. Y, claro, cuanto más cerca de las plantaciones de palo de tinte y caña de azúcar del Caribe, o de los puertos del comercio de Indias, más variada es la casta. Pues del chino que vino en el galeón de Manila a Acapulco con india, sale el cambujo; de cambujo con india, tenemos el 'tente en el aire'; de mulato con tente en el aire, albarasado; de tente en el aire con china, 'no te entiendo'. Pues parece que sea lo que piense el niño cuando nace". Mingo tenía la sensación de que la cómica clase magistral sobre las castas de México podía haber durado toda la tarde. De repente, en dos días, habían hablado largo y tendido de la condición humana, de la discriminación de las castas y lo difícil que era nacer con la cara o tonalidad adecuadas. "Ahora, entiéndanme. Ni castas ni la gran chingada. Si hay plata suficiente, me da usted un 'tente en el aire' y se lo estiro y hago bien espigado como el peninsular más chulo recién llegado a Veracruz, con su peluca, su cara empolvada y su casaca madrileña. Hasta un indio chino puede ser gachupín en una hacienda de provincias, si se paga buena plata por ello".

Anochecía. Debían volver a la venta, abrevar las mulas y guardarse hasta poco antes de la alborada, cuando retomarían la marcha. Puente del Rey estaba demasiado cerca de la costa y tres gachupines recién arribados desde España eran un botín valioso, por el que cualquier grupo de negros cimarrones se habría jugado el pellejo. La senda del Camino Real, bien protegida por continuas patrullas a caballo del ejército y venteros, tenía un efecto disuasorio que se esfumaba al llegar la noche cerrada; o al alejarse de ella lo suficiente, aunque fuera a plena luz del día. Se decía que en las colinas de Apazapán, una legua hacia el poniente, sobrevivía un grupo de descendientes de cimarrones, cuyos miembros eran tan montaraces que su presencia hacía aullar a los perros e inquietaba al ganado.

Castas, prebendas, gachupines, cimarrones... La historia de Nueva España no difería tanto de la de la metrópolis, reflexionó Martín antes de dormir, mientras rememoraba la jornada. Conversaciones, olores, paisajes, sabores, gentes. Se interponían experiencias del pasado y su propia historia familiar. ¿Qué era él, si no una "casta", hijo de hidalgo y de cristiana nueva, una marrana extremeña más?

La historia de El Cid tenía demasiados paralelismos con Hernán Cortés como para pasarlo por alto, meditaba Mingo, mientras tocaba la rugosa superficie del soldadito de estaño que su tatarabuelo Pedro da Boullosa había guardado en la hucha familiar, a la espera, quizá, de que algún pariente del futuro la recuperara y custodiara. Pueblos de guerreros que habían encontrado un estilo de vida, una razón de ser luchando contra las castas sarracenas que, siglos más tarde, proseguían con la misma labor. Ellos tres eran representantes de las castas dirigentes, un eco, sin saberlo ni quererlo; las sombras del extremeño Hernán Cortés, el catalán Ramon Muntaner y el galaico Alfonso Enriques, quien desgajara Portugal del resto de las Españas.

Mansió salió de su alcoba en el hostal de la venta antes del amanecer. La diferencia climática entre la costa, húmeda y cálida, y las montañas del interior, cuyo frío nocturno calaba los huesos, se manifestaba ya apenas unas leguas hacia el poniente, en Puente del Rey, donde la espesa niebla cubría casas y cobertizos. Se sacó la camisa y el calzón de paño de dormir y los sacudió con esmero, para deshacerse de cuantos chinches fuera posible. En la fuente, se aseó las axilas y la espalda, donde los pequeños insectos de cuerpo aplastado y cabeza taladradora habían causado estragos. Trató de no aplastarlos para evitar que su olor fétido estropeara la frescura de la mañana. Hinchó cuanto pudo sus pulmones con el aire fresco y húmedo. La niebla empezaba a deshacerse, concentrándose sobre los árboles del río, a lo lejos. Se oían los primeros carros y voces de arrieros y tamames que no querían perder un instante para llegar a tiempo a la siguiente feria. A cincuenta pasos, en la puerta de las caballerizas, Pedro el Tamales ponía las colleras a las seis mulas, dispuestas en tres hileras de dos. Lo hacía con gracejo y respeto hacia los animales, que competían por darle un pescozón cariñoso con el hocico, mientras el mozo cortaba toda muestra de afecto, sonriendo. Saludó con la mano a Mansió, que decidió acercarse. La noche anterior, había oído en el comedor de la venta que el Camino de los Virreyes se hacía en veintiún días, o tantas jornadas como ventas en el camino había permitido la Casa de Contratación.

Mansió recordaba el elogio de Salicio a la paciencia y la búsqueda de la tranquilidad interior, a la que se llegaba practicando la virtud. ¿Y qué es la virtud?, había preguntado él. Consistía en aprender a apreciar lo que ya tenemos. "Si hacemos caso a los libros de los antiguos y a las enseñanzas de los sabios cristianos que todavía respetan el alma humana y no sólo la política maquiavélica, es fácil alcanzar la dicha, pero difícil mantenerla. Cuando trabajamos duro para conseguir algo, nos reconforta conseguir nuestra meta pero, una vez la hemos conseguido, caemos de nuevo en la decepción y la apatía. Es algo que, temo, nos ocurrirá a muchos de los que os hemos acompañado en el Canto de Circe hasta las puertas de vuestra misión y, ahora, debemos retirarnos y recuperar el sentido de nuestra existencia. Lo que nosotros los hombres necesitamos es una técnica para seguir apreciando y deseando las cosas que ya hemos conseguido, las que ya tenemos. ¿Cómo querer lo que ya tenemos? Bien, amigo Mansió, tú mismo me pusiste un ejemplo el otro día, cuando describiste lo bellos que son los azulejos de la casa de Ramon Milà. Cuando nos dedicamos con esmero y pasión a una labor, obtenemos la mejor recompensa. El fruto del trabajo bien hecho. ¿Qué hay más bello que un jardín o un huerto bien cuidados?".

Durante los meses húmedos, el trayecto del Camino de los Virreyes podía alcanzar el mes de duración, le explicó el zagal, en el momento en que Mingo y Martín se acercaban al coche, ya preparado. Improvisaron un desayuno rápido sobre un paño en el asiento de la calesa. El mayoral de coche dio un chasquido desde el portalón del hostal que agitó las mulas, dispuestas a partir. Calabazas y botas llenas, pan horneado el día anterior, cecina, carne curada y fruta. Mansió expuso sus inquietudes. "Mayoral, aquí su muchacho me explica que necesitaremos veintiún días para llegar a Ciudad de México". Buscó un tono tajante. "No puede ser". Mingo y Martín asintieron. "Nosotros vamos a pasar de largo algunas ventas, 'oita'. Tenemos un coche cómodo y seis mulas bien alimentadas. Si las ventas que hay camino adelante están igual o mejor provistas que la que dejamos, no nos debería preocupar hacer camino cada jornada hasta cansarnos". Había ochenta leguas de camino, diez de las cuales ya habían cubierto, dejando atrás la primera venta, en Paso de Ovejas, inicio del Camino Real alternativo trazado por los jesuitas en 1600 para transportar su ganado y, desde su expulsión, usado por vecinos, hacendados y contrabandistas.

Ante ellos, las ventas y ferias principales eran Rinconada, El Lencero, Xalapa, Perote, "la insigne" Puebla y "la fiel" Tlaxcala, última parada antes de Ciudad de México. "De Madrid a Valladolid hay treinta y cuatro leguas y pico, que mi abuelo ya cubría en tiempos en dos jornadas", explicó Martín Capelo. Sin arrieros ni tamemes que proteger, que reducían el ritmo de las recuas hasta convertirlas en caminatas, el coche podía entrar en la capital novohispana "en ocho días, diez a lo sumo". Juanito de Dios miró a los españoles con contrariedad. Ordenó las ideas y, antes de hablar, miró al zagal Tamales, con cara de "cómo les explico yo ahora a estos gachupines que esto no es España y que, aquí, las cosas se hacen a la manera mexicana". Ir a mayor ritmo que el marcado por las ferias daba mala suerte, para empezar. Había capillas e iglesias donde rendir pleitesía al Altísimo. Además, esperaban conseguir parte de su retribución comprando y vendiendo género en las ferias principales. Y, tercero, ¿a qué venía tanta prisa? ¿No les gustaba México, pues? "Miren, para servir un buen plato de mole poblano, hay que darle a cada ingrediente su tiempito justo. Un guiso que tiene el alma de los aztecas no se puede hacer en una hora, ni siquiera en un día. ¿Y dónde lo van a probar mejor, si no es con nosotros?".

Mingo se divertía en silencio, observando las analogías entre Sancho Panza, escudero hispano por antonomasia, y la pareja de fieles escuderos mexicanos. El mayoral de coche estaba a punto de enzarzarse en las delicias culinarias poblanas que, explicadas ante tres jóvenes gachupines, sentía tan suyas como si fueran jarochas. "La vida discurre a fuego lento, así -Juanito de Dios trazó una senda imaginaria con su brazo derecho, imitando el serpentear de una culebra-. Cada ingrediente necesita su tiempo en la olla de mole poblano, además de un paciente cocinero detrás. Cacao, chile mulato, chile ancho, chile pasilla, chipotle, ajonjolí, jitomates, almendras, cebolla, ajo, tortillas de maíz... Muchas cosas". Bajó la cabeza, resignado, con una mueca que hizo sonreír a sus interlocutores. "Supongo que todo se puede hacer bien, medio bien, mal... y pues bien mal". Mansió respondió, comprensivo y respetuoso. "Procuraremos saborear el buen plato de mole. No tendremos, según parece, el tiempo para cocinarlo nosotros mismos, pero vuestra explicación nos prepara para apreciar el tiempo y la mesura de las cosas en vuestra tierra. Confiamos en vuestras indicaciones y recomendaciones y estamos seguros de que disfrutaremos del compás verdadero del camino, ofreciendo respeto a quienes lo han usado desde antiguo". Mingo recordó la crónica de Bernal Díaz del Castillo y su descripción de los buenos caminos prehispánicos. En efecto, ya podían certificar a estas alturas que el Camino de los Virreyes, construido sobre una senda anterior del Imperio Mexica, había ayudado más a Hernán Cortés que los caballos, armaduras y armas de fuego europeas. "Perejil en verano, ajo y comino en invierno, dicen los monjes y las monjas, buenos cocineros los unos y los otros, capaces de convertir un poco de serrín y cuero cocido en una ambrosía", sentenció el mayoral, sin asentir ni negarse en redondo a las demandas de los tres forasteros. Una vez en la carretera, el paso alegre de las mulas y el brío con que el zagal las arreaba sirvió de confirmación de que el plan expuesto por Mansió era posible. Entrarían en Ciudad de México el veintiocho de diciembre de 1771 y pasarían la Nochevieja en el Colegio de San Fernando, si el rector franciscano atendía a las cartas de recomendación que llevaban consigo.

Hora de los avemarías del jueves, diecinueve de diciembre de 1771. Juanito de Dios y Pedro el Tamales se relajaban, al comprobar que llegarían a la venta de Perote en a lo sumo dos horas, antes de la noche cerrada. Atrás quedaba una jornada agotadora, tanto para las mulas como para ellos, en la que habían sorteado las escarpadas portillas del Cofre de Perote, unas montañas que rivalizaban en porte y altura con la Sierra del Cadí y los Pirineos, asiento y cuna de Mansió Vilalta.

Por un instante, evocó su casa, aunque no se trataba de una alucinación. Había recuperado su fortaleza física; quizá por ello, su mente, agradecida, le obsequiaba con una fulgurante y fructífera asociación de ideas, pese al cansancio de la larga jornada. El fuego ancestral de su familia estaba al pie de las fuentes de un río, el humilde Llobregat, desde donde el Pedraforca, la montaña vigilante del Cadí, se erigía como un símbolo para los descendientes de los francos que, siglos antes, se habían asentado en los condados pirenaicos de la Marca Hispánica. Como emulando al Pedraforca, el Cofre de Perote, un antiguo volcán coronado por una inconfundible mole de piedra nevada, les había acompañado, al mediodía, durante varias leguas. No les abandonaría en los días claros hasta más allá de los obispados de Puebla y Oaxaca. De sus inmediaciones nacían riachuelos y afluentes, otra evocación del lejano Cadí. ¿Cómo estaba su familia? ¿Había leña y paja suficientes para el ganado? Las vacas ya pacerían en el erial de La Pobla de Lillet, para evitar la dureza del invierno en Castellar de N'Hug.

Pararon en una fuente desde donde, unas leguas al mediodía y tras el Cofre de Perote, aparecía el pico nevado del puntiagudo Orizaba. Por el paso entre ambos, explicó el mayoral, discurría el Camino Real de los jesuitas, a través del que, antes de ser expulsados, los representantes locales de la Orden habían conducido sin incordio ni competencia su ganado y comercio desde San Bartolomé, al poniente, hasta Paso de Ovejas, hacia el naciente, a poco más de una jornada de Veracruz. Una más de las prebendas que los Austrias habían concedido a la Orden religiosa en las Indias, pensó Mingo. "Ahora, desde la Pragmática Sanción, el camino lo usan unos y otros, dicen que con asiento. Vayan ustedes a saber. El hacendado es eso, un pinche hacendado. Ahora andan preocupados, porque dicen que vienen los españoles a quitarles los privilegios y a vigilarles de cerca. Veremos". Apenas unos años antes, en 1764, el jesuita español Francisco Javier Alegre había iniciado un libro sobre la historia de la Compañía de Jesús en Nueva España, que nunca llegaría a acabar. Le dio tiempo para describir el paisaje que ahora oscurecía ante ellos, en un atardecer rojizo. Los naturales llamaban a la encumbrada sierra Naupateutli, "cuatro veces señor", ya que sus montes eran cuatro veces más altos que Xuchimilco, la montaña que actuaba de centinela cuatro leguas al sur de la Ciudad de México.

Al acercarse a la fuente con la calabaza en la mano, Martín observó cómo un muchacho que llenaba un cántaro se apartaba del chorro, cabizbajo y con actitud sumisa, para dejar paso al alto y apuesto gachupín. Martín, tratando de evitar la actitud paternalista, se puso tras él y le invitó con un gesto a seguir con su tarea. El muchacho, nervioso e incómodo, colocó el cántaro en la fuente, rezando para que se llenara con un suspiro. Lo retiró con precipitación y volvió a señalar la fuente al gachupín. "¿A qué esperas, para llenar los dos cántaros restantes? No necesitas orden ni permiso de nadie para llenar los cántaros". El muchacho no se atrevía a mantener la mirada en el rostro del caballero español, esperando la carcajada que delatara la broma, o la frase cáustica que pusiera en su sitio al mestizo, a la casta impura; o, peor aún, el zurriago que le marcara la espalda, por no ceder, insolente, el turno de la fuente a un español. No ocurrió. Al llenar y apartar el tercer cántaro, el muchacho miró a Martín y le dio las gracias. "Tengan sus señorías una buena estancia en la venta de Perote. Si me permite, traten de llegar ustedes cuanto antes y, sobre todo, eviten salirse del camino para rescatar a un herido, por muy pesada que sea la losa de la conciencia, que es de cristianos ayudar a los desvalidos. Los enfermos pueden esperar a que salga el sol". Se despidieron. Media hora más tarde, las palabras del muchacho de la fuente florecieron con todo su sentido. Al subir uno de los últimos repechos antes de llegar a la localidad que marcaba el fin de la jornada, un grupo de jóvenes indígenas exaltados se acercó al carro. Detrás, varias ancianas, mujeres de mediana edad y chiquillas lloraban para que se les oyera, como en una función. Explicaron a Juanito de Dios que había dos muchachos heridos, a los que una losa aplastaba las piernas. Al parecer, los mozos de la aldea necesitaban ayuda urgente. Cuando Juanito y el Tamales se disponían a saltar del carro, pensando que los españoles acudirían detrás, Martín les obligó a permanecer en el carro. "Marchemos hacia Perote, mayoral". Miró a los muchachos que rodeaban el carro, desafiante. "Quizá la losa no sea tan pesada como dicen estos mozos. Muchos de ellos tienen fuerza suficiente como para levantar a pulso la mole del Cofre de Perote, si hiciera falta". El mayoral de coche y el zagal no podían creer las palabras inmisericordes de Martín. Era un pinche gachupín, al fin y al cabo, y la cabra tira al monte. Insolente hijo de perra. "Vuestros dos amigos pueden esperar a que el auxilio llegue de día". Cuando el carro ya seguía su camino, Martín les voceó. "Vamos avisados de vuestra pillería". Acto seguido, explicó a sus compañeros de viaje su conversación con el muchacho de la fuente.

En el repecho de una suave colina con los tonos parduzcos que devolvían a Martín a los canchales de la Sierra de Francia, apareció a lo lejos Puebla de Los Ángeles, con el solemne doble campanario de su catedral dominando imponente, a doscientos treinta pies de altura, el lecho de edificios articulados a su alrededor: una grisácea colcha de edificaciones que, como un encaje de bolillos castellano, hacía el paisaje familiar. Al fondo, la imponente cima nevada del volcán Malintzin, la Venerable Señora de la Falda Verde, les separaba de las haciendas que circundaban la capital, todavía a dos jornadas de su apresurado viaje.

Puebla había sido fundada para establecer buen descanso y protección de los viajantes que iban o venían de la Carrera de Indias entre la capital novohispana y Veracruz. Al ser una invención castellana, no heredaba el poso de asentamientos mexicas y había sido dispuesta según la racionalidad encomendera. Poco después del inicio de la colonización, las encomiendas habían repartido las mejores cuadras y tierras aledañas entre los señorones, señores y señoritos establecidos en Ciudad de México y Veracruz, de manera que la nueva "puebla" daría cabida a los colonos que seguían llegando. "Puebla nació criolla y criolla se quedó", sentenció Juanito. Una ciudad alejada de la memoria, los colores y el poso indígenas, contrapunto a la muy india, y orgullosa de serlo, Tlaxcala, seis leguas al septentrión. "Tengan ustedes presente que no se pueden escapar de unas buenas canciones de la Nueva España -el mayoral guiñó el ojo al Tamales-. Les veo muy verdes, así que, más que un 'Tantarantán a la guerra van', un guineo a seis voces que hace así y asá, les viene de perlas una canción de procesión de negros, una de las coplas denunciadas que se celebran en México cuando hay confianza". Semblante serio. "Como comprenderán, una copla llena de picardías no acompaña bien ni al rosario, ni al paseo de la familia, ni al cortejo de una novia virtuosa". El Tamales giró su tronco y, ayudándose con el chasquido rítmico de los dedos de su mano izquierda, que percutían con salero la madera del respaldo del asiento, les cantó el Chunchumbé, una de esas coplas denunciadas. Juanito de Dios silbaba y acompañaba con los coros agudos. "En la esquina esta parado / un fraile de la Merced / con los hábitos alzados / enseñando el chuchumbé". Risas. "Que te pongas bien / que te pongas mal / el chuchumbé te he de soplar". Pero bueno. "Esta vieja santularia / que va y viene a San Francisco / toma el Padre, daca el Padre / y es el Padre de sus hijos". Martín imaginaba el desorden de aquellas procesiones de mulatos y castas que se acompañaban, según el mayoral y el zagal, de trompeta y tambor, a la manera de las comedias musicales de los distintos reinos de España. Al parecer, los esclavos y criados de Puebla habían azucarado la sobria atonía cortesana de la canción que gustaba a la hidalguía, empezando por la afición del propio Hernán Cortés, con las coplas de marineros, buscavidas, esclavos y castas.

La insolencia de la canción apenas había despertado la naturaleza carnal de los tres españoles. Se debía a la exigencia física del viaje, reflexionó Mingo, que no olvidaba lo aprendido de la condición humana en sus lecturas, pues su falta de experiencia personal era compensada con las tardes autodidactas en el escriptorium de Tui. En México, pensó, el cielo se abría como un abanico, invitando al aventurero a dirigir su mirada hacia el punto del horizonte que más le atrajera y, caminando hacia él, podría reclamar para sí la tierra que todavía no hubiera sido repartida por la encomienda. Primero llegaba la tierra y, a continuación, la necesidad humana de plantar la simiente de las nuevas generaciones. Evocó la historia contada por Bernal Díaz del Castillo, cuando Cortés supo de dos españoles aprehendidos por indios en la punta de Cotoche, en el Yucatán luego fronterizo con la Honduras Británica. Cortés envió a Melchorejo, un indígena que acompañaba a la expedición, a averiguar la veracidad de la historia, pues podía entender y hablar, por analogía, las lenguas de la tierra de Cozumel. Se supo que los guerreros del reino habían regalado a su cacique Nachán Can dos españoles apresados tras el naufragio de su nave, Jerónimo de Aguilar y Gonzalo Guerrero. Los dos "castilán", castellanos, vivían a dos soles de distancia hacia el interior. El primero en recibir la nueva fue Jerónimo de Aguilar, que supo que parte de la expedición les aguardaba en la costa y recorrió las cinco leguas que le separaban de Gonzalo Guerrero para explicarle la noticia. Pero Guerrero, con mujer y tres hijos, ya no era un simple "castilán" cautivo, sino un siervo más de Nachán Chan, que le tenía en buena estima. "Íos vos con Dios, que yo tengo labrada la cara y horadadas las orejas -había replicado Gonzalo Guerrero a su compañero de naufragio, escribió en su crónica Díaz del Castillo-. ¡Qué dirán de mí desque me vean esos españoles ir desta manera! E ya veis estos mis hijitos cuán bonicos son. Por vida vuestra que me deis desas cuentas verdes que traéis para ellos, y diré que mis hermanos me las envían de mi tierra". Y así supo Cortés, enfurecido por el fracaso de la misión de rescate debido a la negativa del capturado a escapar de sus captores, que Gonzalo Guerrero, natural de Palos, era un vasallo más del cacique de Chactemal. Sus hijos, el fruto del primer mestizaje, nacido del amor no ultrajado de Gonzalo Guerrero y Za'asil. ¿Qué les deparaba a ellos la aventura por tierras mexicanas? ¿Se consideraban náufragos secuestrados como Jerónimo de Aguilar o, por el contrario, fundarían asiento propio en algún punto elegido del horizonte? ¿Dónde quedaba ahora Inés, "miña paloma", hija de la tía Maruja de Os Casás y, sobre todo, dónde quedaría en un tiempo? Envió un abrazo a la delicada hija de la campesina más robusta y machorra que había conocido. La flor más delicada podía nacer sobre el resistente granito de la rivera del Oitavén.

La historia del náufrago Guerrero resonaba desde el pasado recordando cómo México había sido mestizo, consentido y forzado, antes que territorio de Nueva España. Puebla había nacido con la voluntad de pureza y limpieza de sangre que obsesionaba a la Castilla que todavía desaprendía el mozárabe, presente en la leche materna, en edificios, historias explicadas junto a la lumbre en forma de copla y romanza. Los poblanos no eran ni mexicanos ni castellanos, sino criollos formales y descastados, santiguados a diario por el obispo, que se sentían como moros medio judíos viviendo entre cristianos. La prueba de que Nueva España era también criolla e hidalga, el paripé que se exhibía al funcionario español como ideal de lo que debía ser el futuro.

Cruzaron el río San Francisco. El mayoral y su ayudante hablaban entre ellos, animados, mientras el coche entraba en los sucios arrabales de la ciudad. Entre bromas, risas y pescozones, saludaban a quienquiera que vieran en la calle, fuera gachupín, mestizo más o menos güero o puro indio. Atended, poblanos, decían con su sonrisa; he aquí tres gentilhombres de la España nuestra que vienen a visitarnos y a comprobar cómo administramos las tierras de Su Majestad. Sólo mantuvieron algo más de decoro ante la compañía de soldados aseándose ante una fuente antes de entrar en la venta. Los soldados, criollos y castas, explicaron que guardaban el camino en su tramo más peligroso, en su discurrir montañoso de Xalapa a Perote y Puebla. Retomada la marcha, los barrios orientales no les parecieron más españoles que los vistos hasta entonces. México era mestizo y cambiaban, acaso, los patrones de vivos colores que los paisanos varones incorporaban en sus enormes mantas de paño y lana gruesa; y en los mantones bordados, las mujeres. Como pajarillos azabache sobre una res, los bebés se fundían con la espalda de su madre, asidos por un trapo colorido, y permanecían tranquilos, aferrados como una rama al tronco, sin importar la brusquedad de los movimientos de la portadora. Analco, Xanenetla, El Alto. Los forasteros preguntaban el nombre de los arrabales, que acogían a los descendientes de Tepeacas, Cholulas y Huejotzingos. El empedrado bien mantenido les avisó de la llegada a la ciudad criolla. En las calles, comerciantes y hacendados competían por la nobleza de la fachada de sus casas, mientras los vestidos de damas y caballeros, todos con exuberantes pelucas empolvadas a la moda francesa, rivalizaban con los de las familias notables gaditanas. De vez en cuando, un gallardo mestizo paseaba acompañado de una dama criolla, o a la inversa. Las torres y cúpulas de las iglesias poblanas recortadas al atardecer, con la imponente cumbre nevada del magnánimo volcán Popocatepetl de fondo, evocaron a Mansió la ciudad de Vic, epicentro de la revuelta catalana contra las políticas borbónicas. Como Puebla, el contorno de Vic sorprendía por la abundancia de campanarios y cúpulas de iglesias y capillas, que competían en nobleza y virtud. Era como si la propia duda del creyente, al crecer próspero, se hubiera reafirmado con el cultivo superficial, más que el espiritual: un derroche pío que acercaba a ambas ciudades, que también compartían su odio hacia el centralismo administrativo y fiscal de Carlos III.

Por primera vez desde que partieran de sus casas, los tres muchachos durmieron hasta el hartazgo, después de una copiosa cena regada con agua, refresco de flor de jamaica, ron y vino en abundancia. Al caer la noche, supieron que Juanito de Dios y Pedro el Tamales no se levantarían con el alba. "Vamos a disfrutar en Puebla, pues en Tlaxcala yo no me dejo ir, no sea que algún chingón me pase por la piedra no más".

Golpes apresurados en la puerta, que Mingo incorporó a la narrativa de su sueño. Transcurría en Anceu, donde justificaba el porqué de su marcha ante su padre y obcecado con las insignificancias de la vida, empeinado siempre en demostrar que la existencia era peor de lo que daban cuenta sus sentidos. Conocía el camino a Santiago de Compostela y, de allí, se entraba seminarista y se salía capellán. No tenía vocación, o al menos no más vocación que el antepasado de ambos, Pedro da Boullosa. La furia del padre se había transformado en un ruido tosco, el golpear de una madera. ¿Un mueble? ¿Una mesa? No. Su padre permanecía allí, decepcionado, ante él. Se volvió hacia la entrada, a la derecha de la lareira. Entonces, con la mirada sobre la puerta de la cocina de su casa en O Punxido, tomó conciencia de que estaba soñando. Se incorporó de sopetón. Martín y Mansió aporreaban la puerta desde el pasillo. Juanito y Pedro, sus embajadores en México, sus escuderos, los Sancho Panza de Mesoamérica, se habían esfumado. No podían ocultar su decepción. No entendían, eso sí, el porqué de la marcha. No habían cobrado. Martín lo confirmó. "Tengo el sueño ligero y no me separo de la bolsa ni para dormir. No falta ni una moneda". El enfado era tan monumental como la ciudad que les acogía.

Eran ya las nueve de la mañana cuando se apresuraron a la calle. Los dos campanarios de la catedral de Puebla, de estilo neoclásico, así como la sobria fachada renacentista de algunas de las casas nobles aledañas, rivalizaban por la atención del forastero con el recargado churrigueresco de edificios más recientes. Los portales más recargados despertaban los prejuicios de Mansió, horrorizado ante los coloridos azulejos talaveranos que cubrían una fuente pública. "Ya está el catalán".

Caminaron hacia el Zócalo, con la intención de encontrar un nuevo carro que les dejara cuanto antes en la puerta del Colegio de San Fernando de México. No tuvieron tiempo para más. Detrás de ellos, al trote, apareció el inconfundible coche de colleras que les había traído hasta allí. Juanito de Dios y Pedro el Tamales hacían aspavientos, nerviosos. "¡Suban cuanto antes! No hagan preguntas... les explicaremos cuando estemos a salvo". Mansió y Mingo miraron a Martín. No habían olvidado las reticencias del extremeño al conocer al zagal Tamales. Martín no dudó ni un instante. "Subamos".

Juanito parecía más viejo aquella mañana. "No les quepa ninguna duda. Tienen ustedes enemigos muy poderosos y cizañeros". Levantó el dedo índice de la mano derecha, mientras su mano izquierda seguía arreando el tiro. "Pero sus amigos tienen que serlo aún más". Al instante, como si hubiera esperado la más mínima certidumbre para devolver la imagen a la superficie, Martín asoció las palabras de Juanito con la luz aislada que había observado en la costa de Roseau la madrugada que habían abandonado Dominica. Desde el batel, de camino al Canto de Circe, había advertido la presencia de un observador furtivo, fumando en la orilla como una luciérnaga solitaria, mientras ellos se alejaban.

Juanito y el Tamales habían sido retenidos por unos esbirros que, bajo amenazas, les habían sonsacado toda la información que sabían de sus viajeros. Su procedencia, destino y cualquier otro detalle. Mansió intuyó, por su comportamiento, lo avergonzados que estaban el mayoral y el zagal. Temiendo por su vida, habían decidido hablar. ¿No habría hecho él lo mismo? Por el acento, los forasteros eran novohispanos criollos. No así su liberador, un misterioso caballero con calzones, casaca, capa y sombrero negros, que había embestido con inusitada rapidez a los captores, usando un elegante estoque a la italiana. Recordaban su estatura, inusitada agilidad y acento extranjero. El inglés podía ser su primera lengua. ¿Sabía también su salvador adónde se dirigían? No lo había preguntado. Sólo se había asegurado de que estaban a salvo y salían cuanto antes en su coche, que había aviado por ellos. El zagal Tamales, todavía con voz entrecortada, sentenció: "él fue quien nos indicó que hiciéramos un recorrido en círculo y pasáramos ahora por el Zócalo".

Mingo, el último de los tres en despertarse, preguntó a sus compañeros quién se había despertado primero y por qué. Martín estaba seguro de haber sido el segundo. "Mansió tocó a mi puerta esta mañana". Mansió negó haber aporreado la puerta del extremeño.

Habían sido despertados por un extranjero, un misterioso personaje que les protegía. No sabían por qué ni desde cuándo.

Partían aprisa hacia Tlaxcala. Evitarían hacer noche en la venta al pie del Camino de los Virreyes. "Dormiremos en casa de don Mier, el hidalgo asturiano de Santa Ana". Los tlaxcaleños conservaban sus fueros prehispánicos como reconocimiento de la Corona por asistir a Cortés en la conquista de Tenochtitlan, "y pues no cambiaron demasiado". El güero Mier, hostelero de arrieros y tamemes respetables, les despacharía como era menester.

Entraron de noche en Santa Ana Chiautempan, rodeados de pedigüeños indígenas. Comprobaron que la gente había olvidado la fiereza de sus guerreros de antaño. Los guerreros del señorío de Chuiautempan habían conformado también la fuerza de los tlaxcaltecas que asistió a los castellanos en la toma de Tenochtitlan. Pero se aseguraron de no destruir la capital azteca sin nada a cambio. Dicen que hubo un guerrero, Tzotlimatl, que arrebató incluso el estandarte de Castilla a las tropas de Cortés. Luchaban al lado; ni detrás, ni debajo. Ahora eran los gachupines quienes miraban altivos. Tlaxcala no había sido sometida ni colonizada a la fuerza, pero su alma no había sobrevivido a la invasión europea ni al mestizaje subsiguiente. Al fin y al cabo, ellos eran los descendientes de los traidores, los hijos de los guerreros que, aliándose con los invasores para proteger la independencia de su insignificante reino, habían vendido el imperio mexica. Jornada larga y trepidante.

Antes de caer rendido sobre el jergón que le serviría de cama, Mingo lloró de cansancio. Agotado, sentía el dolor de las calles de Tlaxcala como suyo. El sufrimiento del otro. Empatía.

TRISKELION por Nicolás Boullosa

15. Coral de San Fernando

Arrabales de la Ciudad de México. Bordeando el lago Texcoco por el septentrión, apareció la silueta de la Sierra de Guadalupe, que corría desde el poniente hasta descender con suavidad en su vertiente oriental, a apenas dos leguas al norte de la ciudad. Tomaron la cuidada calzada del antiguo señorío de Tacuba. Tras la conquista, Hernán Cortés había acaparado las tierras que descendían hacia el lago, al mediodía, donde la ciudad se mantenía a flote con sofisticados cimientos y diques. "Estas son las tierras de la Tlaxpana", explicó Juanito de Dios. El lugar había sido barrido para plantar la huerta de Santo Tomás, de quien Cortés era devoto, desde donde un imponente acueducto señalaba el camino hacia la ciudad: qué mejor manera que domeñar un paisaje lejano y desconocido que emular grandes obras de ingeniería con ecos de la Antigua Roma. Al cruzar una mayestática arboleda que protegía las casas de campo de nobles criollos, llegaron al cruce de la calzada de la Tlaxpana con el camino del acueducto de Chapultepec. En lugar de entrar a la ciudad, siguieron por la buena carretera al pie del acueducto, hacia el bosque de Chapultepec. Se aproximaron a la zona de poniente del lago de Texcoco, que iniciaba una pendiente hacia la Sierra del Monte de las Cruces, conectada por cerros de poca altitud a la Sierra de Guadalupe.

El cerro de Chapultepec, Chapulín para los españoles, se asomaba abruptamente al lago Texcoco por el poniente. Divisaron desde allí toda la ciudad, que todavía se zambullía en el lago hacia la albarrada de San Lázaro, al mediodía. Las huertas, bien labradas y de inspiración racional, ganaban terreno a la laguna, evocando una geométrica mancha de café sobre un mantel precolombino. La antigua Tenochtitlan fortalecía sus antaño livianos lazos con las calzadas del norte y el poniente, donde el lago ya había sido desecado. Volvieron por el camino del acueducto hasta el cruce del puente de Alvarado, que conducía hacia el centro de la ciudad, al naciente. En primer plano, frente a la alameda y asomándose a la huerta lacustre, el Colegio de San Fernando custodiaba la entrada de la ciudad. "Propaganda fide", masculló Mingo en latín, al comprobar la situación estratégica del colegio franciscano. Siguiendo la misma calle de Alvarado, se alcanzaba la Universidad, en la vertiente septentrional de la avenida; y la catedral y el palacio real, en la vertiente medidional.

Mañana del lunes veintitrés de diciembre de 1771. Tras hacer noche en la rivera septentrional del lago Xochimilco, Juanito de Dios y Pedro el Tamales cumplían con su palabra de escuderos y paraban el coche en la puerta lateral del imponente Colegio franciscano de la Ciudad de México, capital novohispana, que rivalizaba con Madrid en bullicio e inmundicia. Extramuros de la Ciudad de México, bajo la que todavía palpitaba Tenochtitlan, capital del Imperio Mexica, se erigía el colegio de San Fernando junto a la iglesia del mismo nombre, un templo en cruz con fachada barroca de dos cuerpos y nave orientada, como era menester, hacia el sur. Frente a la fachada de la iglesia y el colegio, se extendían huertos labrados a conciencia entre paseos arbolados, algún banco a la sombra que invitaba a la contemplación, pozos, cuadras y casas precarias, a lo lejos.

Imponían las calles anchas, fachadas renacentistas y barrocas, campanarios de iglesias y conventos, colegios mayores, hospicios, capillas; todo erigido con la abundante y fácil de trabajar, aunque débil, piedra de tezontle, procedente de los volcanes Iztaccíhuatl, cuyo pico nevado recordaba la silueta de una mujer recostada, y su mitológico acompañante, el Popocatépetl. Como ocurría con Madrid, la capital de Nueva España exudaba oficialidad administrativa, al haber sido el centro del mancillado Imperio Mexica y, después, capital administrativa de Nueva España. El porte de las casas principales, de los edificios eclesiásticos y oficiales no tenía parangón en América, les explicó Vicente de Santa María, hermano lego ya anciano, pálido y encorvado, que les había atendido en la puerta del colegio. Su hábito grisáceo le infería la imagen de un convaleciente prófugo. "Había que hacer una ciudad principal donde los mexicanos de antaño habían tenido la suya, ¿no? Tanto hermoseamiento pierde al cabildo. Buena parte de la suntuosidad es de ropa y fachada". Vicente de Santa María había mantenido, según sus palabras, la relación epistolar más importante de su vida con el maestro azulejero catalán de uno de los tres jóvenes que ahora le miraban atónitos, con rostros cansados y huesudos. Su temblorosa mano izquierda se dirigió a la mejilla de Mansió. "Dices ser discípulo del maestro... Te creo".

El viejo lego les presentó a Custodio, quien les haría de cicerón. No les debía faltar de nada, ni espiritual ni material, durante la estancia. "Aunque mucho me temo, querido Custodio, que los jóvenes no permanecerán demasiado tiempo con nosotros". Don Vicente sonrió, mientras Custodio, que había ingresado como hermano lego hacía medio siglo para quedarse, les escrutó con curiosidad, interesado por las nuevas que vinieran de España. "Yo también soy español, de Villafranca del Bierzo". Ello explicaba, mencionó Mingo, su profundo acento gallego, que no había perdido en las seis décadas que llevaba en el Nuevo Mundo. "Lo quiera uno o no, siempre se viene de un lugar. Cuando voy al huerto y remuevo el vicio, ya saben ustedes, el estiércol, veo con mis ojos que lo caduco como yo vuelve a la tierra, y se convierte en alimento. Y la tierra se enriquece y alimenta a las plantas con una parte de mí. El pasado siempre influye en el futuro, mientras el presente siempre se nos escapa de las manos, tan travieso que es. Me reconforta saber que me convierto en alimento de la nueva vida, en cuerpo y espíritu". Los tres escuchaban con atención las palabras de Custodio, menos graves que las de Vicente de Santa María, con el aspecto y el discurso de un anacoreta gnóstico.

El mayoral y su zagal permanecían en el abrevadero, junto a la fachada de la iglesia de San Fernando. Ya habían cobrado el viaje y se habían despedido de los tres gachupines sin derramar una lágrima, pero la intuición mantenía a Juanito de Dios cerca de la casa franciscana. "Estos muchachos no se quedan aquí como donados, mirando las musarañas". Recordaba las obligaciones de los escuderos de antaño y se sentía como uno de ellos. "Franciscanos. más pobres que un leño seco. Más llenos de sol que el verano". Juanito recordaba una canción cantada por los misioneros de Veracruz cuando visitaban los arrabales de la ciudad, donde vivían los indios y castas menos afortunadas. Se había liberado del peso de la responsabilidad de conducir a los tres muchachos, sanos y salvos, hasta la misma puerta del Colegio Apostólico de San Fernando, construido apenas hacía unas décadas, pero convertido ya en un reconocido seminario de

Propaganda Fide, con más de cien religiosos y estudiantes de buena cuna. Irónico, Juanito de Dios explicó al Tamales: "Hablan bien de este colegio. Dicen que pegan lo justo". Las castas mexicanas no olvidaban la dureza del trato de algunos notables frailes franciscanos de antaño, como Juan de Torquemada. Discípulo de fray Juan Bautista y fray Bernardino de Sahagún, había vivido hacía dos siglos, pero su eco ensangrentado seguía presente en las viejas historias de las congregaciones indígenas con que había convivido. Dados sus conocimientos de arquitectura, Torquemada reconstruyó calzadas y erigió el convento de Santiago Tlatelolco, donde luego fue guardián, además de los retablos del propio convento de Santiago y los de Xochimilco, Michoacán y Oaxaca. Azotaba con tanta saña a los peones de sus obras que los indios preferían la más vil doctrina encomendera a trabajar con el santo fraile.

Hijo y nieto de alfareros, el Tamales observaba la fachada de la iglesia de San Fernando, erigida con la característica piedra volcánica de la ciudad. Casi cubierta por el paso de los vendedores ambulantes y las bestias que confluían en la plaza a media mañana, la portada de medio punto aparecía entreabierta. A cada lado, dos columnas dóricas en zigzag enmarcaban dos figuras de tamaño real. A la izquierda, un dominico. Santo Domingo de Guzmán, pensó. Quién si no, siendo el fundador de la Orden tan del gusto de los criollos. A la derecha, San Francisco de Asís. Creía haber atinado, pero se quedaría con la duda, ya que no pensaba entrar a preguntarlo. Algo tenía claro, no obstante: ninguna de las dos figuras representaba a un miembro de la Compañía de Jesús, Orden proscrita gracias, en buena parte, a la incansable labor franciscana en las cortes borbónicas. Empezando por el teólogo fray Joaquín de Eleta, confesor de Carlos III, de quien el Tamales, mestizo analfabeto del Caribe mexicano, nunca oiría hablar. Había padecido, eso sí, las consecuencias de la expulsión jesuítica, muy sonada entre las castas más pobres y los indios, ya que la Compañía había adquirido tanto poder como el virrey de Nueva España bajo los Austrias. Quién si no había inoculado entre los señoritos criollos la aversión hacia la metrópolis que la Orden de los jesuitas.

Si el primer cuerpo de la fachada de la iglesia de San Fernando contenía ecos del equilibrio renacentista perdido, el segundo cuerpo, sobre la portada de medio punto, era un delirio ultrabarroco. Las dos columnas jónicas a cada lado se transformaban en pilastras estípites con capiteles compuestos, en una aberración que cabalgaba entre el jónico y el corintio. Sobre las columnas, aparecían los apóstoles, mientras que a cada lado, entre las pilastras, emergían suspendidos sobre pedestales San Antonio de Padua, a la izquierda; y San José, a la derecha. Ambos con un niño en brazos.

En el centro, un panel historiado en altorrelieve representaba una parte de la historia a la que él no pertenecía. A buen seguro, algún rey europeo que había nacido y muerto mucho antes del descubrimiento de América. "El sometimiento", como él lo llamaba, socarrón. En efecto, el panel historiado que protagonizaba el centro del segundo cuerpo escultórico de la fachada representaba al patrono de los fernandinos, al que el templo estaba consagrado. Fernando III el Santo, unificador de las coronas de Castilla y León e impulsor de la Reconquista, canonizado por el papa Clemente X hacía justo un siglo, en 1671, había vivido entre 1199 y 1252. Y poco o nada tenía que ver con el Tamales. A no ser que sus guerras contra los reinos musulmanes se interpretaran como la antesala de las campañas de conquista y asimilación de los indígenas, muy a pesar de los jesuitas. Flanqueado por cuatro ángeles que le ofrecían la corona de laurel y la palma del triunfo, el rey santo aparecía representado con la espada en la mano derecha y, en la izquierda, sosteniendo el mundo, triunfante ante los paganos y custodio de las ánimas del purgatorio. "Sea quien fuere, se ve a la legua que este gachupín anduvo matando moros y ahora nos lo ponen aquí bien alto para recordarnos que, quien no obedece, es pasado por la espada", meditó el mestizo Tamales. La política que, por otro lado, había aplicado en México fray Juan de Torquemada, el sádico, en tiempos de los Austrias.

Pedro el Tamales no dudaba de la valía de los tres muchachos, sobre todo tras los acontecimientos que, en el viaje, les habían acercado. Pero no podía obviar que, si bien tres jóvenes españoles recién desembarcados disfrutaban de paso franco en las villas y ciudades de Nueva España, dos novohispanos como él mismo y Juanito de Dios tenían, por su aspecto mestizo, un lugar sólo en las caballerizas, en las paradas ambulantes, entre los tamemes y arrieros, o a lo sumo como notables de los indígenas. Pero nunca entre los españoles y descendientes de españoles. Hasta había gachupines y gachupines: los criollos cedían las mejores posiciones a los gachupines nacidos en España. En ese mismo instante, como salidos de su pensamiento, los tres muchachos que había aprendido a apreciar durante el viaje desde Veracruz reaparecieron ante él, caminando tras un viejo fraile y, al instante, desapareciendo tras la puerta entreabierta del templo. Martín le dedicó un último saludo, antes de ser engullido por la mole de piedra volcánica, convertida por un instante en una criatura mitológica mexica. Quizá la hija mestiza de la mujer blanca Iztaccíhuatl y el guerrero humeante mexica Popocatépetl.

"En fin -suspiró Custodio, que había excusado al huraño Vicente de Santa María, de vuelta en un banco solitario en el claustro que sólo él usaba-. ¿Qué os trae por aquí?". Mansió le extendió una pulcra carta sellada en Cádiz por don Ignacio Caparrini. "Quisiera entregar esta misiva, en nombre del corresponsal de la Compañía de don Rogelio Milà, al guardián del Colegio". A sabiendas de que haciendo referencia al misionero que habían venido a buscar le llevaría con rapidez hasta el prelado de la congregación, Mansió se inclinó y, en voz baja, añadió: "traemos un mensaje que atañe a su estimado hermano fray Junípero Serra". De repente, Custodio abandonó su placentera evocación de Villafranca del Bierzo. Cerró sus ojos y, con una sonrisa serena, asintió con la cabeza, como si les hubiera estado esperando durante décadas. "En ese caso, acompáñenme a la iglesia. Quizá les agrade escuchar unos cantos antes de platicar con su señoría el abad Vicente. El anciano se apresuró hacia la portada de medio punto, seguido por Mingo, Mansió y, algo rezagado, Martín, que observaba los puestos de fruta, artesanías coloniales, pliegos de cordel dispuestos en hileras, mendicantes, esforzadas mujeres con largos sayales y sus niños asidos a la espalda como apéndices. Junto a la fuente y el abrevadero, el Tamales les observaba con sus enormes ojos. Qué buen y orgulloso guerrero habría sido el muchacho en otras circunstancias. Se despidió de él, sopesando si quizá para siempre, antes de entrar a la iglesia detrás del fraile y de sus compañeros.

El runrún de la muchedumbre en la plaza exterior se tornó de repente, una vez dentro del templo, en un apacible y lejano canto que procedía de la cabecera de la iglesia, al otro extremo de la nave mayor, donde el ábside semicircular se abría a las dos naves laterales en cruz. "Ensayamos para la Misa del Gallo", aclaró fray Custodio en un susurro.

La tenue luz pastel del interior de la basílica, filtrada a través de los vitrales coloreados de los alargados ventanales, engrandecía la nave central, cuyos laterales contenían recargados retablos de madera de cedro. Mansió sintió un empacho sensorial, ocasionado por las lámparas colgantes, sillares y cuadros ultrabarrocos de la basílica, con tres naves en la testera, donde se concentraban los haces de luz más intensos. A su lado, la inmensa nave central de la basílica de Santa Maria del Mar de Barcelona recordaba las sosegadas virtudes del gótico, ya abandonadas. Las basílicas de Sant Felip Neri y la de la Mercè, esta última todavía en construcción, se habían adaptado la profusión de adornos, la verborrea de la línea curva y el exceso salomónico, muy a pesar de un escandalizado mestre Milà.

Mientras Mingo conversaba en voz baja con fray Custodio, Mansió y Martín les seguían, rezagados. Si Mingo había evocado Barcelona y al mestre Milà, Martín trató de evitar una tristeza repentina que le calaba los huesos, al rememorar el esfuerzo de su abuelo el Colorao, que había gastado las últimas migajas de su caudal en el donativo a la diócesis para sufragar el retablo mayor de la iglesia de San Mateo de Cáceres, a cambio de la recomendación del obispo de Coria para que su nieto, su Martín, entrara apadrinado en el Colegio Mayor de San Bartolomé de Salamanca. Ahora, los flamantes nuevos retablos de aquella lejana iglesia le devolvían el esfuerzo de media vida del viejo caballero. Más que un sopista o un manteísta, uno de aquellos estudiantes mendicantes sin Colegio Mayor, se había convertido en un fugitivo, un proscrito del porvenir heredado. Ya habían pasado unos meses y, a buen seguro, el Colorao andaba disgustado. ¿Escribirle una carta? ¿Qué poner en ella? ¿Disculparse, o hablar de nuevos mundos y aventuras, lejos de la aburrida vida de bachiller? Le reconfortaba saber que, en el fondo, su abuelo celebraría su decisión con una risa de medio lado, en la soledad de su paseo por la era de la muralla. Le maldeciría con cariño, como siempre hacía, para luego reír orgulloso. "Buen coraji, tieni el mi' Martín".

A medida que se acercaban a la cabecera de la iglesia, el suave timbre de los frailes mendicantes ganaba nitidez, extendiéndose a continuación como un eco por toda la nave mayor. Envuelto en el canto coral, sencillo y desnudo, sin acompañamiento de órgano, Mingo pensó en la alineación astronómica de las plantas de cruz latina. La cabecera de la basílica de San Fernando estaba algo inclinada hacia el naciente como mandaba la regla arquitectónica católica, pero no lo suficiente para que el pórtico coincidiera con el poniente. La luz era más intensa en Nueva España que en la metrópolis, pensó, y no era tan necesario orientar la nave para lograr efectos de iluminación. Una disposición equivalente habría oscurecido la catedral de Santiago de Compostela en su lluviosa Galicia.

A apenas veinte pasos de la rica sillería del coro, que no tenía nada que envidiar a las obras de ebanistería que había visto en su tierra, Mingo se embebió del dulce canto, disfrutando de cada cadencia, cada modulación, viajando con las notas hasta la cúpula del crucero y volando con ellas hasta el último rincón.

Mansió estaba emocionado. El Pastoret había asistido una vez con su amigo Climent Ballonga a la Misa del Gallo del monasterio de Pedralbes. Había entrado a regañadientes, para comprobar en un instante por qué el Joiós le había arrastrado hasta allí. Se interpretaba "el Cant de la Sibil·la", un drama litúrgico gregoriano que los mallorquines afincados en Barcelona celebraban durante la Misa del Gallo, en la medianoche de la víspera de Navidad. Faltaba la voz de la Sibila, interpretada por una mujer, pero la belleza monódica y desnuda de la voz de los monjes emocionaba por igual, invitando a la reflexión serena, sin imposturas operísticas. "El bell Cant de la Sibil·la...".

Un momento. Mingo miró a fray Custodio, que sonreía con rostro apacible, con las manos entrecruzadas en el regazo. El franciscano asintió con la cabeza, reconociendo el más que probable descubrimiento del joven. Mingo reculó dos pasos hasta situarse al nivel de Martín y Mansió, cuya curiosidad crecía. "Sí, es bonito", sentenció Martín. "¿Qué ocurre?", susurró Mansió, que borró el surco de una lágrima en su pómulo. Mingo cerró los ojos y balanceó su mano izquierda, con un leve movimiento de muñeca, disfrutando de cada matiz armónico. A continuación, extendió el índice y acompañó la cántiga en voz baja. "¿Conoces la canción?". No, pero he oído la letra con anterioridad. "¿Dónde?". Mingo señaló el zurrón de Mansió. ¿A qué se refería? ¿La carta de Giacomo Casanova? "No sólo me refiero a la carta de Casanova, que también", espetó alterado. Mansió apenas conocía unas frases en latín relativas a la liturgia, mientras el de Martín era algo mejor, dado su paso por el seminario de Coria. "¿Recordáis los versos en latín que acompañan el ideograma?".

La letra del canto gregoriano que ensayaba el coro del Colegio de San Fernando para la Misa del Gallo coincidía con los versos que acompañaban a la misteriosa inscripción simbólica cuyo desentrañamiento definitivo les había traído hasta Nueva España, en busca del teólogo más docto en Ramon Llull que se conocía, fray Junípero Serra. La plegaria cantada tenía un hermoso ritmo libre, guiado por las sílabas largas del latín. Su solitaria línea melódica evitaba los grandes saltos de voz y los aspavientos melódicos, tan del gusto de la operística barroca. En su sencillez, sin adornos vocales ni improvisaciones, radicaba su fuerza tranquila.

Disfrutaron de los últimos versos: "Ostium I te vocant. / Vides quid agam. Excepto eo / Verbum decepit, sed non ego / omnino falluntur". Una vez acabaron con el canto, los frailes se santiguaron y se sentaron en la disposición simétrica dictada por la fina sillería del coro. El hábito de los congregados era idéntico, aunque uno de ellos destacaba por su edad avanzada. Les miró y saludó con la mano: se topaban, de nuevo, con el padre Vicente de Santa María, que en aquel instante bajaba la cabeza para sumergirse en una corta meditación, profunda y sentida. En el silencio, volvieron a oírse en un murmullo los últimos versos del salmo cantado, esta vez en castellano, recitados de memoria por Martín Capelo: "Soy puerta para ti, que llamas a ella. / Tú ves lo que hago. No lo menciones / La palabra engañó a todos, pero yo no fui / completamente engañado...".

Trascurrió un instante. Quizá diez minutos. O una hora. O dos. Fray Vicente se acercó a fray Custodio y a los muchachos. "Veo que les ha gustado nuestro ensayo: no hay elocuencia que fingir, cuando se trata de preparar la Misa del Gallo. Queda sólo un día y medio para los maitines de Navidad y siempre nos gusta asegurarnos de que hasta el último detalle ha sido labrado con tesón". Se frotó las manos, pequeñas y delicadas, plagadas de venas azuladas. Fray Vicente, ahora consumido y encorvado, había sido un hombre alto, patilargo y con el tronco corto, dada la altura de su estómago. Sus hombros estrechos y pecho hundido le inferían un aspecto frágil, aunque su rostro, mediterráneo y algo aniñado, era sereno y rejuvenecido, pese a haber superado la sesentena con creces; quizá la setentena. La lucidez de fray Vicente, que moriría con cara de niño, quedaba fuera de toda duda, con su facilidad de palabra y atención por el detalle, pese a su tendencia a abstraerse, sumergiéndose en el oficio solitaro de la contemplación incluso cuando rodeado de otras personas. Y eso que hacía tiempo que había dejado de conversar sobre teología con los mortales, al marchar del Colegio dos de los misioneros que mayor huella espiritual le habían dejado, dedicados en los últimos años a sus labores de evangelización y expansión de las misiones franciscanas en las lejanas fronteras y territorios indígenas aislados de Nueva España. Eran Francesc Palou y Juníper Serra, fray Francisco y fray Junípero para los congregados de San Fernando.

"Intuyo que les gustará saber que el exquisito salmo gregoriano al que han asistido es una adaptación obra de fray Junípero Serra. Al parecer, siempre le atrajeron los misteriosos versos del salmo". Tomando de la mano a Mansió y Martín, y mirando a Mingo, invitó a los tres a acompañarle a través de la nave lateral de Oriente, donde una puerta conducía al claustro del Colegio.

El guardián del Colegio de Propaganda Fide leyó la carta del corresponsal Ignacio Caparrini mientras caminaban hacia el comedor y los aposentos, "pues no sólo hay que alimentar el espíritu. La frugalidad sienta bien y con ella logramos la tranquilidad interna, pero no sólo se vive del aire. Una cosa es comer y beber lo justo y, otra, renunciar a los pequeños placeres cotidianos: con mesura y fortaleza mental, no hacen daño a nadie. No se retorna a las enseñanzas originales de San Francisco de Asís eligiendo el gris ceniciento -agarró su hábito-, sino con cada acto, cada paso, cada respiración. Orar y contemplar son los mejores alimentos, pero siempre recuerdo a mis fieles misioneros que no olviden alimentarse como es menester para trabajar como es menester. Si su sesera y su físico son fuertes, su espíritu también podrá serlo y labrarán por sus propios medios su camino hacia la tranquilidad...". Fray Vicente se detuvo en medio del claustro, divertido. "Vosotros sois jóvenes y briosos. Entenderéis mejor que nadie que, reconociendo que hay placeres en la vida y aprendiendo a disfrutarlos en su justa mesura, es posible alcanzar la virtud serena". ¿Dónde estaban el castigo, el tránsito pecaminoso, la oración fustigadora al caer en las tentaciones, el vía crucis sacralizado por el Catolicismo?

Mansió y sus amigos rememoraron la carta del corresponsal Caparrini al guardián del Colegio de San Fernando. Se trataba de una misiva impersonal que no ofrecía pistas valiosas sobre la misión a quien pudiera interceptarla, enviada "a la atención del excelentísimo señor prelado del muy honorable Colegio de Propaganda Fide de San Fernando en la muy noble Ciudad de México, abad Vicente de Santa María, patatín y patatán". No obstante, el salmo de bienvenida que ensayaban para la Misa del Gallo no dejaba lugar a dudas, ni tampoco la puntualización de fray Vicente, el meditabundo y gnóstico abad Vicente, adjudicando la adaptación del salmo a ni más ni menos que fray Junípero, uno de los hermanos franciscanos que había dejado su huella lectiva en el Colegio, al ser experto en cuestiones tales como la influencia de la cábala en el catolicismo y, sobre todo, en la vida y obra del también franciscano y mallorquín Ramon Llull, también Raimundo Lulio, Raimundus Lulius, apodado Doctor Illuminatus, el alquimista de la fe. Fray Vicente sabía de la búsqueda que se traían entre manos. Mingo dudaba, no obstante, acerca del papel del Colegio y su máximo responsable en el complejo esquema del desentrañamiento del mensaje críptico. Era sabido que el Colegio de San Fernando se había erigido como institución de control y modernización de la doctrina de la fe en Nueva España, para así evitar que los criollos educados por los jesuitas abanderasen usos y derechos encontrados con la metrópolis. Pero las propias aspiraciones del jansenismo, tan cercano a las nuevas corrientes franciscanas, desestabilizaban el plan borbónico desde el interior. Sin la amenaza de la Compañía de Jesús, ¿era el momento de convertir la Europa Católica, que era lo mismo que decir borbónica, a la corriente más filoprotestante dentro de la propia Iglesia Romana, el jansenismo? ¿Podían ser los castellanos -o los napolitanos, o los andaluces-, calvinistas, cuya doctrina era a la sazón similar en esencia al jansenismo? Fray Joaquín de Eleta, confesor del Rey, creía que sí. Para Eleta y, en menor medida, para Grimaldi y su aliado en Nueva España, el visitador José de Gálvez, había llegado el momento de devolver al catolicismo su esencia estoica, su espíritu desnudo y sosegado, más cercano a la fe verdadera que propugnaban los cismáticos, o algunas corrientes heréticas zoroastrianas del pasado, como la gnóstica. ¿Qué tenían de malo el libre albedrío y la ética del trabajo de los cismáticos? ¿Por qué en España los hidalgos se conformaban con vivir adormecidos, sin más oficio ni beneficio que el de cumplir con la iglesia y el cabildo del pueblo? Prosperar, a la vez que profesar una fe verdadera que no tolerara los pecadillos católicos, no podían ser la actitud de un puñado de cristianos nuevos urbanos, mercaderes y, claro, catalanes. Había que buscar la propia felicidad en la tierra y no sólo en el cielo, y liberar la felicidad de los lujos atávicos y el complejo de culpa, tan católicos. El jansenismo, como el calvinismo y el puritanismo, acercarían a las generaciones del futuro al bienestar verdadero, alejado del malvivir y la búsqueda de los pecadillos para añadir alicientes a una vida que, en el universo católico, seguía siendo un tránsito pesaroso.

Fray Vicente les sacó de toda duda. "Así pues, ¿cómo está mi amigo don Ignacio Caparrini?". Sin duda, conocía al corresponsal, además de haber mantenido una relación epistolar con el mestre Milà, que él mismo les había definido como fructífera. "¿Ha dicho usted 'amigo'? Ignorábamos que ustedes se conocieran y, torpe de nosotros, ni siquiera nos preocupamos por preguntar". En efecto, fray Vicente era, junto con fray Junípero Serra, fray Francisco Palou y tantos otros doctores de la fe que habían impartido clases en el Colegio de San Fernando de Ciudad de México, españoles que habían viajado a Nueva España, usando a Ignacio Caparrini como intermediario. Interesante. Una vez en Nueva España, muchos de ellos habían usado su cátedra en el Colegio como un mero tránsito antes de cumplir con su auténtica vocación de misioneros. Era el caso de Junípero Serra y Francisco Palou. "Alguien debía quedarse al cargo de este barco anclado en el medio de México y responder, así, a las cartas que llegan de España y otros lugares -les guiñó el ojo mientras acababa la frase-". Mingo no sabía cómo preguntar cuál era la relación de su señoría con la Corona, ya que un cargo como el suyo estaba demasiado próximo al del visitador José de Gálvez como para carecer de apoyos en algún estamento próximo a la Corte, o quizá dentro de la propia Institución que regía el Imperio.

Adelantándose a las inquietudes del muchacho gallego, el más docto de los tres en cuestiones teológicas, fray Vicente ató los cabos: "Somos muchos los que nos hemos bañado en aparentes fórmulas alquímicas, para comprobar si eran algo más que un espejismo, o un mejunje impostor. Quienes más hemos insistido, nos hemos asomado a las puertas de, cómo decirlo... un nuevo modo de percibir la realidad, manteniendo a la vez la fe interior y la visión universal. Hemos rebuscado entre los clásicos, recuperado textos de herejes, supuestos herejes, santos en vida y santos tras su muerte. También hemos recopilado hallazgos prometedores y tratado de descifrar mensajes que ya nadie puede leer, como ocurre en México con los escritos de los antiguos indígenas tallados en piedra. Sus descendientes saben tan poco de las viejas representaciones como nosotros mismos, los descendientes de europeos". Mingo evocó entonces la labor de los grandes cronistas. Sin personajes en la retaguardia como Bernal Díaz del Castillo, se sabría todavía menos de los débiles, los perdedores, los otros, pensó. Nosotros, los europeos, intrigando acerca de maneras de desentrañar nuestra felicidad interna, mientras los subyugados se conformaban con sobrevivir. Su honor había sido mancillado hacía tantas generaciones que, para la mayoría, la penuria y la falta de respeto eran la normalidad. Lo único que habían conocido.

El guardián de la congregación se disculpó un instante. Fray Custodio les adelantó que su superior era fiel a sus obligaciones, incluso durante las visitas. Ni el obispo, ni el visitador, ni el mismísimo virrey Bucareli, un espigado y expeditivo noble sevillano que acababa de jurar el cargo, le apartaban de sus quehaceres, a menos que fuera retenido a la fuerza. Apareció don Vicente con un sombrero de paja de ala ancha que ensombrecía su rostro hasta la barbilla. Transportaba un morral con varias herramientas: azada, azuela, escardilla, almocafre, pico y binador. "¿Les apetece dar un paseo hasta las caballerizas?". Miró a los recién llegados. "Ah, lo olvidaba. Sentémonos primero aquí a la sombra, junto a la fuente. Sacó una bota de vino del fondo del morral, así como una hogaza de pan de centeno. No pudieron negarse. Fray Vicente y fray Custodio cruzaron sus manos y se dedicaron a meditar, con la cabeza inclinada y los ojos cerrados. El guardián recomendó a los jóvenes que disfrutaran con calma del pan y el vino, sin alusiones a su carácter simbólico. También había agua fresca en la fuente para que llenaran sus calabazas. Los muchachos convirtieron el parco tentempié en un festín. El pan empezó a tener un sabor más intenso y agradable y el vino mejoró su aroma y paladar. Gusto, vista, olfato, tacto e incluso oído participaron en el almuerzo. El agua sació su sed. Intuyendo sus sensaciones, fray Vicente charló evitando el tono de lección magistral. "Ni el pan ni el vino han cambiado. Sí la actitud de quien disfruta de ellos. Y, con el respeto renovado por el fruto del trabajo de otros, llega el conocimiento, el descubrimiento sensorial. Y todos los sentidos trabajan para el paladar". Un trozo de buen pan y un trago de vino les había saciado. Pero el anodino almuerzo también les había recordado que la miseria más absoluta y la riqueza más exuberante eran estados que, analizados por nuestra conciencia, perdían su carácter maximalista. Una conciencia mesurada, les había recordado fray Vicente, sacaba el máximo partido de un trozo de pan y un trago de vino.

Ya en las caballerizas, fray Vicente se excusó ante sus huéspedes y se acercó al montón de estiércol donde se acumulaban desperdicios de la cocina, restos vegetales del jardín y la huerta y heces de las bestias. Se levantó el hábito y meó con placidez. Acto seguido, tras remover el generoso túmulo, transportó unos fardos de paja, ayudado por los tres muchachos. Dispersaron la paja por el estiércol y cubrieron la pila con una capa de mantillo del suelo. Salieron a la huerta aledaña, que se convertía poco a poco en humedal y, a lo lejos, en parte del lago Texcoco, cada vez más desecado en torno a la calzada desde la ciudad hasta Tacuba, a la altura del puente de Alvarado. "La calzada toma tantos nombres distintos como conventos de Órdenes religiosas, hospitales y escuelas hay en la entrada a la ciudad. Calle de San Hipólito, de San Juan de Dios, de la Santa Veracruz, del Portillo de San Diego, de San Fernando. No hay escapatoria y aquí, para entrar o salir, los unos tienen que hablarse con los otros o, al menos, saludar con educación". El guardián franciscano rió, enseñando una dentadura todavía sana, pese a su edad y a su aspecto frugal. Su cuerpo alargado, que no frágil, laboraba con el vigor de un animal fortalecido por la brega diaria y la restricción alimentaria.

Ya en la huerta del Colegio, contemplaron a distintos frailes en sus quehaceres rústicos, uno de los cuales removía la tierra caminando junto a una bestia que tiraba de un arado romano. "Hay quienes piensan que la mejor manera alentar el progreso colectivo es mantenerse en la retaguardia, educando a los niños y jóvenes, evangelizándolos si es necesario, para que en el futuro tengan la herramienta de trabajo más efectiva". Señaló con el dedo hacia el arado romano, a lo lejos. Bajó la cabeza y musitó, en italiano: "Impedimento non mi piega". Mingo oyó la frase, traduciéndola al vuelo al castellano: "ningún obstáculo me dobla". El abad sonrió, prestándose a la explicación. En efecto, mi querido amigo. Ningún obstáculo nos debería doblar; o al menos así lo pensaba Leonardo da

Vinci cuando incluyó este emblema en un óvalo, bajo el dibujo de un arado. El arado del óvalo imaginado por Leonardo en aquel instante no dista mucho del que observamos allá adelante. Un arado representa a todos los arados.

Ante ellos y tras el arado, los rayos del sol crepitaban como espejos saltarines sobre la superficie del lago. "El conocimiento llega con la actitud adecuada. Una persona no podrá progresar sin desfallecer, ni reponerse a los infortunios, si su alma no está preparada". Se agachó y alzó un rico y oscuro terrón de humus. Lo deshizo con deleite con ambas manos, que conservaron sólo una lombriz de tierra, larga y ancha como un dedo más. La devolvió a la tierra, satisfecho. "No hay mejor regalo para la existencia, mejor manera de alcanzar la plenitud que entender que la libertad, la tranquilidad, llegan con el fruto del trabajo y el respeto de lo que nos rodea. Lo natural forma parte de nosotros". Recorrió los ojos de los tres muchachos. Algo retrasado, fray Custodio escuchaba al guardián de la congregación con el interés de un bachiller recién llegado. "Si trabajamos con humildad, evitamos el espejismo de las comodidades materiales y el empacho sensorial, entendemos que la fortuna externa no equivale a felicidad, llegará la dicha. Y nuestra tranquilidad influirá sobre la plenitud de lo que nos rodea. Disfrutaremos más del pan elaborado por manos cuidadosas. Beberemos el vino con respeto y mesura. Valoraremos más a nuestros seres queridos. Estaremos preparados para ser comprensivos con quien sufre odio o frustración". De vuelta al claustro, fray Vicente se detuvo ante un nido que había caído de un viejo y majestuoso castaño, plantado quizá por alguno de los hombres de Cortés. Quizá Bernal Díaz del Castillo, pensó Mingo. Fray Vicente sostuvo el nido, observando un pajarillo desecado en su interior, muerto hacía tiempo. "He aquí un cenzontle, el pájaro de cuatrocientas voces, que nunca llegó a cantar". Depositó el nido en el mismo lugar. "Los mortales tenemos un reto". ¿Había dicho "los mortales"? ¿Estaban ante un filósofo clásico o, como parecía, ante el decano del Colegio franciscano de San Fernando? "Tenemos que aprender a disfrutar de lo que ya tenemos y nunca hemos perdido. Valorar lo que poseemos -levantó el dedo índice-. Hace mucho tiempo, un emperador romano llamado Marco Aurelio, escribió que la mayoría de nosotros pasa el tiempo pensando en las cosas que quiere y no tiene. Pero nos sentiríamos mucho mejor, decía Marco Aurelio, si reconociéramos a diario todo lo que tenemos y lo mucho que lo echaríamos de menos si lo perdiéramos, o si no fuera nuestro. El pequeño cenzontle, no fue. No cantó. Al sostenerlo, evoqué lo mucho que he disfrutado con el canto de los cenzontles que sí fueron". Fray Vicente pidió a fray Custodio que diera instrucciones a los tres muchachos acerca de la rutina conventual y les acompañara a sus aposentos, en el dormitorio de los estudiantes. "Creo que nuestros amigos no van a permanecer con nosotros demasiado tiempo. Quizá lo suficiente como para asistir a nuestra Misa del Gallo. Yo mismo me preocuparía si les tuviéramos por aquí la semana que viene". Intuyendo que los muchachos partirían, quizá, sin despedirse, el abad quiso recordar la petición de la nota de don Ignacio Caparrini. "Por supuesto, os indicaremos el paradero de fray Junípero Serra, en estos momentos el Padre Presidente de las misiones, que así llamamos a las congregaciones de misioneros de nuestra Orden fundadas en la Alta California. Planeamos edificar a lo largo de la costa de la Alta California tantas misiones como jornadas de trayecto a caballo por camino de herradura sean necesarias para cubrir el territorio desde el mediodía hasta el septentrión. El mismo padre Serra ha fundado en los últimos años la mayoría de las misiones ya existentes, a menudo con la ayuda de fray Francisco Palou. Pero me da que no parará hasta que el Camino Real de la Alta California esté tan transitado como la carretera de Veracruz". Rió, satisfecho de haber conocido a hombres con la entereza y el compromiso de fray Junípero Serra.

"El padre Serra está tan lejos que tendrán que prepararse en cuerpo y alma para llegar a él. Encuentra habitación en cualquier lugar bajo la luna, como diría de él un indígena buen amigo mío que conocí en la Sierra Gorda. Pero, en estos momentos, ese lugar donde fray Junípero tiene abrigo es la misión de San Carlos Borromeo de Carmelo, a varios días de viaje al norte de la misión de San Diego de Alcalá".

Pero, ¿Dónde caían las casas de misioneros mencionadas? Y ¿cómo se llegaba a ellas desde la Ciudad de México? "No se preocupen, tendremos tiempo suficiente para disipar vuestras dudas. Pero no quiero engañarles: será tan duro viajar desde la Ciudad de México hasta la misión de San Diego de Alcalá como desde allí hasta la misión de San Carlos Borromeo de Carmelo". Quiso despedirse volviendo a las reflexiones que les habían acompañado durante la jornada en la huerta. "En una ocasión, durante mi labor de misionero en la Sierra Gorda, conocí a un hombre sabio, muy respetado entre la gente de su pueblo. Un día pude acudir a una de sus ceremonias, las mismas que desde la época de Cortés intentamos que no celebren. Les decimos que son herejías de un mundo pagano sin valor, bobadas de salvajes". Hizo una pausa. "En aquella ceremonia, humilde, oí palabras bellas y respetuosas hacia lo que nos rodea". Respiró hondo, hinchando sus fosas nasales. "Damos gracias a toda la vida animal. Tienen muchas cosas que enseñarnos a las personas. Nos alegramos de que todavía estén aquí y esperamos que así sea por siempre". Traducidas, estas habían sido las palabras de aquel viejo curandero durante la ceremonia. "Y yo, invitado a su casa, a su ceremonia, no tuve la potestad, ni quise tenerla, para decir a aquel sabio verdadero que era un hereje. Entendí que su verdad era mi verdad, y no tonterías paganas".

Los frijoles surtían su efecto en el estómago de Bernardo de Gálvez: hijo del primogénito de los excelsos hermanos al servicio de Fernando VI y Carlos III, el general Matías de Gálvez y Gallardo; y sobrino de su excelencia el visitador de Nueva España, don José de Gálvez. Tripa suelta y sudor frío. Mandó a uno de los secretarios a la casa del Güero, el tabernero, en busca de un remedio contra el mal de estómago. "Lo que sea. Qué más da un brebaje de jamaica dulzona o un buen café recargado. Lo que me haga... ya sabe: ir de vientre cuanto antes. Así no hay quien trabaje". Eso le pasaba por no avituallarse como era debido. Durante la última incursión en el desierto, habían calculado mal la dotación de agua y habían acabado bebiendo durante días agua estancada en el pozo de un pueblo indio. Conocía las consecuencias. Primero flatulencia, dolor de estómago. A continuación, dependía. Había algo claro: esta vez, no padecía cagalera.

Bernardo de Gálvez era una mota de refinamiento europeo en Arizpe, villa agazapada en el estrecho valle norteño donde confluían los ríos Sonora y Bacanuchi. Su porte constituía una anomalía en el paisaje ya que, a diferencia de sus subordinados, don Bernardo no se quitaba la casaca de terciopelo ni en pleno verano, cuanto más en enero. El emplazamiento se defendía bien, tenía agua en abundancia, podía mantener varios destacamentos del ejército si era menester y, sobre todo, estaba emplazado en un lugar estratégico, en el interior de la sierra de Sonora, donde cualquier expedición podía replegarse después de campañas y escaramuzas contra las fracciones más belicosas de indios apaches y ópatas. La retaguardia estaba cubierta con el fuerte de San Miguel de Horcasitas, a tres días de camino río abajo, desde cuyas laderas se vigilaba el caluroso valle sonorense; territorio donde seris, tepocas y pimas bajos vivían en un paisaje dominado por enormes cactus, nopales, chollas y largos ocotillos, que desembocaba en el agua cálida del Golfo de California una docena de leguas hacia el poniente.

Gachupín de manual. Descendía de familia funcionarial bien educada, seria y meritoria: purasangres andaluces. Qué autoridad tenía más lustro y donaire, al fin y al cabo, que un alto caballero andaluz, con sus ropas de seda a la moda, su peluca parisina, el rostro empolvado y el carmín en los labios.

Eso sí, los Gálvez no sólo servían para pasear como un palmito, a la manera de los caballos jerezanos, por las recepciones de altos vuelos en Cádiz, Madrid, La Habana o Ciudad de México. Cuando había que dejarse de leches y arremangarse, eran gente de casta, entrenados, como el emperador romano Marco Aurelio, en el arte de vivir a través de la virtud. Procedían de una familia que tenía por costumbre dejar que sus hijos se partieran los cuernos en defensa propia contra los malandros de su edad más curtidos en la mala vida, de las callejas más pobres de Macharaviaya, localidad malagueña donde se había asentado la familia en el siglo XV, procedente de su Córdoba natal. Un malagueño de casta y tronío, decía su padre Antonio de Gálvez, debía tener el porte, las maneras, la educación;

pero, llegado el momento, debía estar preparado para la lucha y la política. "La diferencia entre un imbécil y un caballero con principios es poca en casi todas las facetas de la vida. Pero yo sé que un caballero bien entrenado para serlo no malgastará su vida en un duelo idiota, ni se dejará matar en ningún páramo antes de tiempo. Hay muchas cosas que hacer, y nosotros hemos sido llamados para ir en la vanguardia". Los hermanos Matías, José, Miguel y Antonio, así como Bernardo, hijo del primogénito Matías, siguieron el consejo del pater familias.

Leonora, su ama de llaves, daba otra explicación a la fiebre y los dolores de estómago que don Bernardo padecía con recurrencia. "El peso que tiene usted encima no lo puede aguantar criatura humana, por el amor de Dios. Que uno no puede ser papa y rey a la vez, señor. Por muy español que usted sea. Ándele, pida ayuda a su tío Pepe, no sea terco". Don Bernardo de Gálvez llevaba poco más de un año desempeñando un cargo creado a medida para él: responsable de la Comandancia General de las Provincias Internas, división administrativa creada para españolizar la frontera septentrional de Nueva España, con capital en Arizpe y bajo jurisdicción de la Real Audiencia de Guadalajara. Ni más ni menos. Leonora no iba desencaminada, el comandante Gálvez era el máximo representante del Rey no sólo en Sonora y Nueva Vizcaya, área de influencia geográfica de Arizpe, sino también de un territorio tan vasto como apenas explorado. Además de en las dos provincias mencionadas, sus informes debían aprobar, apoyar y dar cuenta de las exploraciones, incursiones militares, escaramuzas, batallas y campañas de protección de asentamientos (fueran misiones, presidios, haciendas o una combinación de los tres) en la Baja y Alta California, también llamadas la Vieja y la Nueva; Sinaloa, Chihahua, Nuevo México, Nuevo Santander, Coahuila y Texas. Sólo para explorar las Californias como era menester, habría necesitado toda su vida, además de un ejército capaz de desplazarse por tierra, ya que los vientos y derrotas del sur impedían remontar la costa del Pacífico con grandes navíos desde el mediodía. Era tan caro y costoso armar buenas expediciones marítimas desde la Baja California hacia el Pacífico septentrional que, como su tío José de Gálvez le había insistido por carta en varias ocasiones, era menester tentar otras posibilidades. ¿Se refería a un paso interno? Pero, ¿acaso había viajado su tío a través del desierto de Sonora? Si había un infierno, no debía ser muy distinto de aquel paisaje yermo, donde el calor entumecía la sesera hasta provocar el vómito.

La expedición del danés Vitus Bering para el zar Ruso había impelido a Felipe V, primer Borbón español, a colonizar la California Nueva: desde el interior del continente, al septentrión de las Provincias Internas, hasta la costa del Pacífico, al poniente de la América del Norte. Era demasiado arriesgado, pensó la Corte de Felipe V, dejar que buhoneros rusos e ingleses se instalaran por su cuenta al mediodía del territorio de Oregón, como habían evidenciado las noticias de las últimas expediciones marítimas. En el Nuevo Mundo había demasiadas historias de apropiación indebida de territorios, a menudo pertenecientes a la Corona Española por derecho de conquista, como para obviar las expediciones de otras potencias en la América septentrional. Ahí estaban la parte oriental de La Española, Jamaica o la Honduras británica para recordar la vieja historia de la pérdida de territorios por debilidad administrativa y dejadez.

Los planes de Felipe V para colonizar la Alta California acumularon polvo y apenas inspiraron un puñado de decretos deshilachados que, una vez cruzaban el Atlántico, quedaban en papel mojado. La situación no cambió con Fernando VI, ni tampoco durante los primeros años de Carlos III. Hasta que el confesor fray Joaquín de Eleta creyó que había llegado el momento de que la Orden franciscana, en nombre del jansenismo, liderara los asentamientos en las Californias. El astuto teólogo había sido el artífice de las órdenes recibidas por su tío José en 1769, que debían ponerse en práctica "con premura". La carta de Madrid tenía el tono de Gio pero, en la sombra de su semántica, se agazapaba el confesor del Rey, le había explicado su tío.

"Ocupad y fortificad San Diego y Monterrey por Dios y el rey de España".

Empezaban a recogerse los frutos de un esfuerzo de décadas, iniciado con el germen del Colegio de Propaganda Fide de San Fernando, en Ciudad de México. Sus doctores y alumnos más excelsos, buena parte de ellos mallorquines, se habían preparado con conciencia para fundar una ambiciosa red de misiones a lo largo de un nuevo Camino Real de herradura. Una vez completada, la red que fray Joaquín de Eleta, el ministro Grimaldi y su tío José habían diseñado evangelizaría el territorio californiano y atraería colonos del resto de Nueva España; quizá también de la metrópolis.

Pero, de momento, el Padre Presidente fray Junípero Serra, conocido tanto por su humildad y capacidad de trabajo como por su sólida formación teológica, a duras penas sobrevivía en el norte de la Alta California. Después de embarcarse en el puerto de San Blas, en una expedición con el Gobernador Gaspar de Portolà, habían fundado la misión de San Diego de Alcalá en 1769. Siguiendo las órdenes del Rey a través del visitador Gálvez, Portolà había acompañado a Serra hasta una generosa y verde bahía, donde enormes osos se rascaban la espalda en los árboles sin temer a las personas, mientras el resto de la fructuosa caza campaba a sus anchas por un paisaje exuberante. Abundaba el agua y no encontraron tribus beligerantes; de manera que en aquella bahía que habían llamado de Monterrey el mallorquín fray Junípero, experto en la obra del maestro de la cábala Ramon Llull, fundó la segunda misión franciscana de la California Nueva, que llamó Misión San Carlos Borromeo del Monte Carmelo. "Carmel", como él mismo y fray Francisco Palou la conocían, en su catalán materno.

Apenas hacía un mes que había recibido una carta sellada por fray Junípero en la que confirmaba que todo marchaba según lo previsto en la misión de Carmel, en la bahía de Monterrey. No supo cómo interpretar la misiva. ¿Qué significaba "todo marcha según lo previsto" en el lenguaje de fray Junípero Serra, conocido por ser más celoso del mensaje de Francisco de Asís de lo que el propio San Francisco lo había sido? Según una carta del gobernador Gaspar de Portolà, fray Junípero había sorprendido a toda la expedición ganándose la simpatía de los indios californianos con su cojera. Lo que para otros habría sido un impedimento, un objeto de penitencia autocompasiva, para Serra era un reflejo de su mortalidad, de la que disfrutaba a cada instante, siempre dispuesto a explorar una vereda, aprender una palabra indígena nueva, realizar un sermón en una humilde iglesia recién consagrada, o en medio de la inmensidad natural. La padecía desde que llegara a Nueva España, al empecinarse en caminar desde el pie del navío que le había dejado en Veracruz hasta la misma puerta del Colegio de San Fernando. Ni la picada de una serpiente, que le dejó cojo, le hizo desistir. José de Gálvez repetía con guasa que Serra era un "cojo de palabra" con conocimiento de causa.

Sobre el escritorio, se acumulaban informes, rollos de mapas, tintero de porcelana, plumas bien cortadas, arenilla fijadora. El centro de la mesa lo ocupaban dos cartapacios de documentos. Uno, con el escudo borbónico, para guardar las cartas procedentes de Veracruz y Ciudad de México; el otro, que le había acompañado desde sus años de estudio militar en la Academia de Ávila, con documentos y cartas recibidas desde misiones y presidios de las Provincias Internas. Trataba de mantener en la cabeza el mensaje de todas y cada una de las responsabilidades. Recordaba fecha, remitente e implicaciones de cada misiva, tanto las de índole militar como las civiles y religiosas.

Ahora, el mandato real de fundar y fortificar, con la ayuda franciscana y "en nombre de Dios y del rey de España", cuantas más misiones en la Alta California mejor, podía recibir el impulso definitivo. Gracias a sus expediciones de reconocimiento desde el presidio de El Tubac, en pleno desierto, y desde la misión franciscana de San Xavier del Bac, a un día de viaje al norte de El Tubac, el comandante de las Provincias Internas confiaba en abrir una ruta interior que conectara Arizpe con la nueva misión de San Diego de Alcalá. Si las expediciones de mulas y víveres podían abrirse paso por el interior, ni siquiera la beligerancia de los apaches resistiría por mucho tiempo y el naciente de la California Nueva acabaría fundiéndose con las Provincias Internas, al mediodía; y con las nuevas misiones del Pacífico, hacia el poniente.

El nuevo Camino Real del Pacífico no podía empezar y acabar en San Diego de Alcalá, límite meridional de la futura red de misiones y presidios que, conectadas por el Camino Real, vertebrarían la California Alta de una vez por todas, antes de que fuera demasiado tarde. La nueva criatura administrativa necesitaría un cordón umbilical más viable que los peligrosos viajes en barco a contracorriente. Conectar el ramal de Sonora del Camino Real de Tierra Adentro con el futuro Camino Real del Pacífico, esa debía ser la primera misión a su juicio, en vez de lanzarse a fundar misiones evangelizadoras que pudieran morir de inanición, si su supervivencia dependía de los navíos de San Blas y Sinaloa. De ahí que la última carta de su tío José de Gálvez fuera tan importante. En ella, el visitador avisaba de la llegada de tres expedicionarios españoles que, por su cuenta, querían llegar a la misión de Carmel y entrevistarse con el Padre Presidente fray Junípero Serra. Su tío tenía el convencimiento de que elegirían el Camino Real de Tierra Adentro para llegar a fray Junípero, ya que los navíos de San Blas no zarparían sin una orden oficial comprobable, por muy militar, civil o religiosa que fuera la misión; cuando se trataba de remontar la derrota del Pacífico, el soborno no funcionaba. Demasiados riesgos. Ni siquiera los dos artífices de la exitosa colonización del territorio septentrional del Pacífico tenían garantías de que los víveres y el correo llegaran con regularidad a sus destacamentos, conectados con el resto del Imperio a través de la débil y peligrosa línea marítima: el hasta hacía un año gobernador de las Californias, el catalán Gaspar de Portolà, ayudado por su sucesor, Pere Fages i Beleta, "l'Ós", el oso; y fray Junípero Serra, asistido por fray Francisco Palou.

Venían tres muchachos a caminar por el desierto de Sonora hasta la costa del Pacífico: un catalán, un gallego y un extremeño, como los buenos chistes que se explicaban en el pueblo malagueño de su infancia. Si de verdad estaban tan empecinados en llegar hasta fray Junípero por el interior, algo que todavía no había logrado ninguna expedición con partícipes de origen europeo, les ofrecería algo que no rechazarían. Consistía en preparar una discreta expedición que serviría de punta de lanza para la apertura del camino de herradura que conectaría en el futuro el Camino Real de Tierra Adentro con el Camino Real del Pacífico. Una vía de la que se sintiera orgulloso Publio Carisio, representante en Hispania del emperador Octavio Augusto y artífice del diseño de la excelente red romana de comunicaciones de la Península Ibérica que Carlos III todavía no había podido igualar. Eso sí, su plan sólo era viable si los tres muchachos, bien descritos por el visitador, elegían la imposible ruta interior en detrimento de San Blas. Sería una espera de semanas, si no meses. Si optaban por San Blas, debería pelear con el virrey Bucareli, funcionario resuelto, y su tío José para que su sueño de abrir una ruta interior cuanto antes no permaneciera durmiente durante una o dos generaciones más. Sería ya demasiado tarde.

Su secretario depositó un tazón de jamaica sobre la mesa. "Dice el tabernero que el refrigerio le hará bien, don Bernardo". Pensar sobre la intensa dulzura de la jamaica le provocó dos arcadas intensas. A la tercera, corrió hasta la caballeriza y vomitó con vehemencia. Su frente se llenó de sudor y, durante unos segundos, la sensación de malestar le liberó de la presión de su cargo. Al sofoco le siguió el bienestar de sentirse aliviado del peso en el estómago y una cierta sensación de frío, aumentada por la brisa acariciando el sudor. Sacó un pañuelo de la chupa y se secó la frente. Respiró hondo y meó junto al abrevadero de los caballos, disfrutando del alivio fisiológico después de horas de continencia. Cubrió el vómito con tierra, arrimándola con el interior de su bota izquierda, gesto que delataba qué parte de su cuerpo dominaba sobre la otra.

Cuando volvió al escritorio, se bebió la jamaica, cuyo azúcar le ayudó a urdir sus pensamientos con recuperada claridad y excitación. En el exterior, discurrían varios tamames tan cargados que, las más veces, los bultos parecían caminar por sí mismos. Era día de mercado y, sobre todo, llegaba a la villa don Juan Bautista de Anza, destacado en el presidio de El Tubac. Le había mandado avisar hacía dos días, apenas unas horas después de recibir la misiva de su tío. El caballero de Anza era, junto al anterior gobernador de las Californias don Gaspar de Portolà, uno de los dos caballeros descritos por el visitador don José de Gálvez como "valerosos", tal y como mencionaba en su carta urgente, enviada desde Veracruz nada más desembarcar procedente de España.

"Garrido, tráigame el informe de don Juan Bautista de Anza". La Comandancia General de las Provincias Internas había dedicado sus primeros meses a recopilar documentación, hasta entonces inexistente, inconexa, desperdigada o deshilachada, no sólo de los belicosos seris y apaches, sino del propio cuerpo militar español. Había que premiar a los mejores con promociones y regalías, mientras que los peores, fueran quienes fueran, debían ser relegados. El futuro de Nueva España debía estar en manos del cuerpo funcionarial, y no depender como hasta entonces del ímpetu y las ganas de trabajar de quienes ocuparan los cargos de responsabilidad.

"Don Juan Bautista de Anza Bezerra Nieto, nacido en el año de Nuestro Señor de mil setecientos treinta y seis en la villa de Fronteras, Sonora. Hijo del capitán del ejército español destacado en Sonora don Juan Bautista de Anza I, y de doña María Rosa Bezerra Nieto, con casa y fueros en la villa de Fronteras, Sonora. Rama paterna originaria de Guipúzcoa, España...". Sus cuatro abuelos eran guipuzcoanos y "nobles hijos dalgo de limpia y notoria sangre", según la Probanza de Nobleza que Don Antonio "de Ansa", el abuelo paterno, había solicitado a Felipe V, en beneficio de sus hijos, en 1718. Repasó la liturgia de los detalles que más le interesaban. Pocas hojas de servicio podían ser tan precisas, en su opinión: "Aplicación: mucha; conducta: buena; Valor: Conocido". Por la rama materna, era nieto del capitán de Antonio Bezerra Nieto, curtido en la defensa de los presidios de las Provincias Internas y en las escaramuzas de exploración y castigo que comportaba el cargo. Lo que la hoja de servicios de Anza no incluía era su frialdad y raciocinio, que le habían sacado de más de un desaguisado en la llanura sonorense; las sierras y llanuras septentrionales, que se perdían en un desierto infernal; y la Sierra Madre Occidental, donde se encontraban Arizpe y la propia Fronteras.

Su primer recuerdo, había confesado a sus compañeros en los presidios de Fronteras y El Tubac, donde hasta el momento se había desarrollado su carrera, era la muerte de su padre cuando él tenía tres años. La muerte se había producido cuando su compañía había sido emboscada en el desierto de Sonora: dos soldados a caballo, con su traje de galones, habían acudido a la casa familiar de Fronteras para dar parte de lo sucedido. Recordaba la respuesta serena de su madre y los gritos desgarrados de las criadas, que no pararon de correr de una punta a otra de la casa hasta caer rendidas. El cuerpo del padre de Anza no había sido recuperado, ya que morir en el desierto a manos de los apaches implicaba, a menudo, ser volteado, arrastrado a caballo y despedazado, con la cabellera arrancada y la piel en carne viva cubierta por el polvo de la fricción con el suelo y abandonado como presa para los carroñeros. Se decía que, todavía treinta y tres años después de la muerte de su padre, Anza mandaba oficiar una misa allí donde se encontraran los despojos de un militar, una vez sepultados como era menester. Guardaba la esperanza, había confesado, de recuperar el anillo de casado de su padre en la inmensidad del desierto por donde se pensaba que había muerto. Allí le estaría esperando, entre la vegetación desértica, cuyas formas improbables parecían imaginadas en un ritual de peyote, pequeño cactus estimado por sabios y hechiceros cuyas propiedades ya habían sido descritas por Bernardino de Sahagún. Alguno de los gigantes y alargados cactus verdosos con coraza puntiaguda había crecido imponente sirviéndose los nutrientes que el cadáver de su padre había devuelto a la tierra: arbustos floridos e imposibles que sobrevivían en el infierno, como el palo fierro y el palo verde; cactus de distinta forma y tamaño; choyeros, espinosos hasta la saciedad; siviris, con sus espinosos troncos y ramajes, imitando con poética envidia los árboles leñosos; e imponentes saguaros, cuyas protuberancias se alzaban como brazos impetuosos de un ejército antropomórfico, aliados imaginarios de los sonorenses ancestrales, alzándose desafiantes ante los invasores. Porque los apaches, gente del norte, eran tan forasteros de las tierras de las Provincias Internas como los españoles.

Había enterrado hasta ocho soldados anónimos encontrados en el desierto, ninguno de los cuales, intuía, era su padre. Él no moriría en una emboscada, se conjugaba tras cada entierro. Su hasta entonces valerosa e intachable carrera le había labrado fama entre las principales tribus de las Provincias Internas. Pocos dudaban de que, de encontrarse sin escapatoria, el mismo Anza se arrancaría la cabellera para despojar a su captor del honor de hacerlo y, de paso, devolverla a su progenitor. De momento, había concedido pocas oportunidades de ser apresado a las bandas conformadas por apaches reacios a cristianizarse y reasentarse en torno a presidios, proceso durante el que perdían su libertad y rendían vasallaje a un hombre blanco en la cruz y a otro hombre blanco con una corona dorada, que vivía en donde nace el sol. Menuda estupidez, reiteraban los apaches.

Anza era, para los guerreros seris, un mero representante del ídolo de la cruz y el rey de los blancos, un caballero valentón por el que cualquiera que fuera capaz de derrotarlo ganaría fama eterna entre los suyos. Anza se había curtido en mil batallas: había formado parte de las cinco expediciones del gobernador Juan Antonio de Mendoza contra los indios seris; dirigido el destacamento de San José de Pimas para aplacar la sublevación de los subabupas; asumido el cargo de oficial comisionado de la expulsión de los jesuitas de la provincia de San Francisco Javier, Sahuaripa; y había cargado de nuevo contra los seris en la expedición sonorense del coronel Domingo Elizondo, dirigiendo una sección de soldados de la división del capitán Diego Peirán. De momento, intratable.

"Espero que el nuevo cargo no se le suba a la cabeza, don Bernardo". Bernardo de Gálvez levantó la cabeza. La esbelta figura del caballero de Anza se recortaba en el trasluz de la puerta. Juan Bautista de Anza se entendía con el comandante de las Provincias Internas, al que había escoltado en alguno de sus viajes por la Sierra Madre sonorense y quien parecía querer estar al caso de la realidad sobre el terreno, "un comienzo prometedor", dada la dificultad no ya de cristianizar el territorio, sino la de proteger caminos, misiones y presidios. Dio unos pasos y, en el umbral, su figura se compuso en la atenuada luz del interior de la estancia. Anza era alto y de aspecto ágil, con una expresión encubierta por su ondulado y tupido bigote y larga barba que, en connivencia con el pañuelo, ocultaban el cuello; hiciera una mueca, sonriera o cambiara a un semblante triste, era imposible leer sus labios y músculos faciales, ocultos. Ocurría lo mismo con sus ojos, pequeños y profundos, siempre en la sombra bajo el sombrero de ala ancha, como adaptados a la intensa luz sonorense con una presión permanente sobre los párpados.

Se sacó el sombrero, negro con galón de plata de Zacatecas y cucarda encarnada desteñida por el sol, y dejó al descubierto su media melena castaña, recogida en la espalda. Sacudió el polvo de su costado, haciendo un gesto cómico que asustó al secretario, que en ese instante cruzaba la estancia. El azul índigo de su casaca suelta conservaba parte del brillo acumulado durante el viaje a caballo desde El Tubac, todavía más presente alrededor de las divisas amarillas que remataban la prenda. Pañuelo, chupa, capa, calzón y botas negras que, durante el trayecto a galope, habían perdido el lustre del día anterior.

"Mi buen amigo don Juan de Anza. Compruebo que recuerda usted la amistad y el aprecio que le profeso". Ambos sonrieron. "De lo contrario, habría sacudido el chambergo antes de presentarse. ¿O es que Arizpe no es lugar para las maneras?". Anza achinó todavía más los ojos, por lo que el comandante dio por hecho que, al menos, le había arrancado una media sonrisa; musitó un cómico y alargado "ya", con un marcado acento novohispano. Gachupín de sangre, sí, pero norteño como el que más. "He leído su carta con interés. Confieso que he estado esperándola desde que partí del presidio de Fronteras para ocuparme del de San Ignacio de Tubac. Los indios apaches, entre presos y amigables, han entrado en vereda y la bandera española del torreón ya no peligra. Hay pertrechos para aguantar un sitio de años, que no hay que descartar mientras haya apaches y seris que quieran seguir con su vida de antes, mirándonos desde lo alto de los pasos en vez de bajar a los pueblos, donde hacen tanta falta. Estos guerreros dicen que no: que no han nacido para trabajar para ningún cura ni señor español, que las encomiendas son para los mexicanos". Gálvez sabía la historia. "¿Y qué son ellos, si no?". Anza respondió sin dudarlo: "señor, para ellos, un indio o mestizo viviendo en un pueblo es tan gachupín como usted, yo o el mismísimo rey de España". Anza aseguró estar aburrido, y no se refería a la falta de picante en su matrimonio. "¿Sabe usted? Marcha bien hasta la construcción de la capilla de Santa Gertrudis, que tantos dolores de cabeza dio a mi predecesor en el presidio. Calculo que en tres o cuatro años podremos consagrarla". Jesús, María y José, pensó. Menudo desperdicio, el tenernos ahí mirando a las musarañas.

"Entonces, ¿qué le parece la idea? ¿Se puede hacer? Quede claro que queremos un paso por el interior de California, pero llevaremos una carga valiosa: al parecer, tendrías compañía en la expedición, a petición expresa del visitador: escoltar a tres jóvenes españoles sin aparente oficio ni beneficio hasta la bahía de Monterrey, en el norte de la Alta California. Sea como fuere, si hay funcionarios de la Corona intrigando para disponer una expedición encubierta con todas las garantías, son harina de buen costal. Ello explica el interés expreso en que lleguen sanos y salvos a su destino: la nueva misión franciscana de San Carlos Borromeo del Monte Carmelo". El comandante de las Provincias Internas le ofreció un cigarro Habano, llegado en la valija de Veracruz junto con las órdenes confidenciales que ahora discutían. Anza era consciente de que su interlocutor no era un iluso. Al fin y al cabo, estaba destacado en Arizpe y, a diferencia de los funcionarios de Ciudad de México, distinguía entre un páramo desolado de dos leguas de extensión, como los del altiplano mexicano, y un desierto mortífero para toda criatura que tuviera más de un palmo, como los dos centenares de leguas que separaban Sonora de las misiones franciscanas de San Diego y San Gabriel, las más cercanas a la Baja California y al extremo septentrional del Golfo de California de entre las recién fundadas en la Alta California. Para alcanzar la misión de Carmel, deberían recorrer 300 leguas por sendas silvestres sin documentar.

"Sabe usted, don Bernardo, que no hay viaje imposible. Al fin y al cabo, tanto usted como yo procedemos de familias que sirven a la Corona desde los Austrias. Bien sabemos que las nuevas tierras se van conquistando, pero para ello siempre tiene que haber una punta de lanza, como dicen mis amigos los apaches". Chascó la lengua. Reconoció el genuino sabor del obsequio con un murmullo de satisfacción. Tanto rapé sorbido no le había atrofiado el buen gusto, pero sí le había hecho escupir con tanta frecuencia que se había convertido en un gesto maniático, incluso si el gargajo no incluía tabaco. "Cualquier expedición por el interior hasta la costa de la California Nueva debe hacerse a caballo y con mulas de carga, sin carros ni tamemes, que en cualquier caso no nos acompañarían ni aunque les dijéramos que vamos a reclamar para ellos los tesoros de las Siete Ciudades de Cíbola, explicándoles que habíamos localizado al fin a los moros perdidos en la mar y llegados hasta estas tierras, como decía hace tantos años el valiente Álvar Núñez en su libro. Sin gente a pie, se aceleraría la marcha y se evitarían sobresaltos". Bernardo de Gálvez apreció que Anza citara el libro Naufragios y comentarios, crónica del descubridor Álvar Núñez Cabeza de Vaca, sobre la historia del viaje a pie desde Florida a México de cuatro supervivientes de la expedición de Pánfilo de Narváez en 1527. "Cuando hay sólo caballos y mulas, sale uno disparado de los campamentos. Eso es lo que nos convendría, si no queremos que la expedición dure años, más que meses. ¿Tiene usted un pliego sobrante para dibujar?". Bernardo de Gálvez le invitó a acercarse a la mesa y, retirando a una mesita continua la pila de documentos que incluía la propia hoja de servicios de su invitado, le extendió una lámina de papel, un par de plumas cortadas esa misma mañana y un tintero.

Anza agarró la pluma con su curtida mano izquierda, mostrando la seguridad de quien plasma en abstracto, con naturalidad y sin esfuerzo, conocimientos cartográficos y culturales de los lugares y gentes que conllevaba una expedición como la planteada por don Bernardo. "Partamos de Arizpe. La expedición podría acumular hombres, animales y pertrechos en los puestos permanentes septentrionales más seguros, como el presidio de El Tubac. También podríamos usar la misión de San Xavier, en la cabecera del río Santa Cruz y, desde allí, avanzar por el desierto hacia el norte siguiendo la ribera del Santa Cruz hasta confluir con el río Gila, a varios días de camino. Pero, como sabrá, y si no lea los papeles que tendrá en la mesa, la misión de San Xavier fue destruida hace dos años por un ataque apache y uno no pega ojo ni durmiendo encima de un cañón. El Tubac podría ser el último destacamento antes de cruzar el desierto hasta la California Nueva".

Bernardo de Gálvez asintió, mientras jugaba con el humo del cigarro puro. Anza sacó un puñado de picadillo de tabaco de una bolsa de cuero y, de cuclillas, lo dejó ir poco a poco mientras movía la mano, dibujando en un santiamén el probable lecho del río Gila. "Es una zona desértica y, creo, libre de grandes cañones y cordilleras, así que seguirá un curso regular hacia poniente", hasta confluir con el río Colorado en Yuma, justo antes de desembocar en el Golfo de California. "Cada gran expedición tiene que superar algún reto imposible. Para nuestros intereses, consiste en saber si se puede viajar desde aquí hasta aquí y, más difícil todavía, establecer en el futuro un par de puestos a medio camino; uno aquí, en la confluencia entre el Santa Cruz y el Gila; y otro en un lugar fresco y que se defienda bien aquí, en pleno desierto; los puestos podrían ser aprovisionados una vez al año, tanto desde las Provincias Internas como desde la costa del Pacífico". Anza se refería al trayecto desconocido entre la cabecera del río Santa Cruz en la misión de San Xavier del Bac, a un día a caballo al norte de El Tubac, y la confluencia de los ríos Gila y Colorado. Avanzarían por el curso del río Santa Cruz hasta toparse su confluencia con el Gila; a continuación, seguirían el curso del Gila hacia el poniente, hasta su entroncamiento con el río Colorado, justo antes de su desembocadura en el paso de Yuma, el único lugar próximo al Golfo de California donde el río era tan estrecho que ofrecería oportunidad de paso a la expedición, quizá construyendo balsas. El lugar ya había sido avistado en 1540 por las expediciones de Hernando de Alarcón y Melchor Díaz, "que ya supieron de su valor estratégico. Hay que pasar por aquí, don Bernardo. Lo que hay que averiguar es si se puede llegar hasta allí a caballo y en mula". Gálvez comprendía los riesgos. "¿Distancia entre San Xavier y Yuma?". Al menos sesenta leguas, si no más. Quizá cerca de cien. "Mm. Entiendo". Una vez en la otra orilla del río Colorado, en el vértice que separaba el desierto sonorense que conducía hacia México por Horcasitas y Culiacán del linde entre las provincias de la Baja California y la Nueva California, empezaba otra aventura. Cualquiera de los dos tramos del trayecto, era por sí mismo la aventura de una vida para un explorador con experiencia.

En el extremo oriental del mapa imaginario esbozado con picadillo de tabaco sobre el suelo de barro, justo en la frontera entre las Californias que moría en el Pacífico, Anza apuntó con dos montoncitos las dos misiones establecidas en la zona hasta el momento. La de San Diego, más al Sur; y una semana en mula siguiendo la costa hacia el norte, la misión de San Gabriel. Trazó dos líneas desde Yuma y un tercer trazo unió ambas misiones. "Todo dependerá del terreno. A unos días de trayecto desde Yuma, se podría decidir, estudiando el terreno y las coordenadas, si acudir a San Diego o, por el contrario, atajar hasta San Gabriel. "¿Eso es todo?". Parecía más que suficiente. Anza respondió señalando la lámina con el mapa esbozado de las Provincias Internas, las Californias y la Frontera del septentrión de la América del Norte, reclamada por España como territorio legítimo de su Imperio. Recuperó la pluma y silueteó, con trazo seguro y conocimientos de cartografía, la costa regular de California y Oregón en el extremo superior izquierdo de la lámina, tal y como la habían descrito los primeros mapas españoles y los de Bering para los rusos. Trazó una segunda línea siguiendo la costa, hasta un punto localizado en el extremo inferior de una pequeña bahía. Apuntó: "misión franc. de S. Carlos Borromeo de Carmelo". Bernardo de Gálvez advirtió un mayor trecho entre San Gabriel y San Carlos Borromeo que entre la primera misión y, al mediodía siguiendo la costa, la de San Diego. En efecto, la distancia tenía que ser superior. "Según mis cálculos, la bahía de Monterrey tendría que estar al menos cien leguas al norte por la costa". ¿Cómo era posible? O tenía mucha imaginación, o Anza conocía con cierta precisión el territorio del Pacífico, sin haber tenido todavía acceso a los mapas y coordenadas de las recientes expediciones costeras de Gaspar de Portolà y el franciscano fray Junípero Serra. "Verá, usted no ha sido el único en soñar con un Camino Real por el desierto y hasta el poniente siguiendo el Gila. Guardo en mi casa de El Tubac una copia de las cartas de navegación y anotaciones de la expedición de Sebastián Vizcaíno a la California Nueva, de 1602". Vizcaíno se había servido, a su vez, de las cartas del portugués João Rodrigues Cabrilho, curtido durante su juventud en las expediciones de Hernán Cortés. Cabrillo había navegado por la costa norte de California en busca del Paso del Noroeste que conectara el Pacífico septentrional con el

Atlántico, un sueño que obsesionaba a españoles, franceses y británicos. Los rusos se contentaban, de momento, con el comercio de pieles.

Así supo el comandante de las Provincias Internas que la bahía de Monterrey, donde se asentaba la misión de destino, se encontraba a unas cien leguas de la misión de San Gabriel. Calculó. "Varios meses. Si todo va bien". Anza dejó la pluma en el tintero y dio una calada al cigarro. "Si todo va bien".

"Bueno, parece que contamos con cierto dinero para vituallas, al menos una compañía de soldados a punto de llegar desde España para los que había otros planes, pero que seguro que estarán dispuestos a realizar tal viaje si nadie les mete antes el miedo en el cuerpo. También con su valor. Y con su conocimiento de las cartas de marear de Sebastián Vizcaíno, hay mucho ganado". Larga pausa, en la que ambos se miraron a los ojos, como si valoraran el riesgo de la misión asomándose al grado de compromiso mutuo. "Y con la Providencia mediante".

Los ojos de Anza volvieron a arrugarse, hasta casi desaparecer. Sonreía. "Tenemos algo más -sentenció Juan Bautista de Anza-. Mucho más. Espere". Se dirigió hasta la puerta y silvó hacia el exterior. Tras realizar un par de aspavientos, indicando a alguien que se acercara, volvió junto a su anfitrión. "Ahora verá de qué hablo".

Al instante, un joven indio recio y alto, oscura piel rojiza y largas trenzas azabache se silueteó bajo el dintel de la puerta. Vestía a la europea, aunque la ropa era humilde y estaba raída, quizá donada por alguien a la congregación de que formara parte. Bernardino intuyó que el muchacho no era de la Sierra Madre. "Le presento a Sebastián Tarabal, un amigo del pueblo de los tongva". El comandante le invitó a acercarse. El indígena dio unos tímidos pasos hasta el umbral, sin levantar la cabeza ni mirar a los caballeros en ningún momento. Quizá la palabra tongva no le suene y haya deducido que Sebastián no es de aquí. Hasta hace dos semanas, nadie en El Tubac conocía a Sebastián, pero ahora va a ser un gran amigo nuestro; quizá tanto como los tres españoles que, sin saberlo, vienen de camino a encontrarse con nosotros". Anza achinó los ojos.

Sebastián Tarabal era un nativo de California, cristianizado apenas hacía unos meses. "Llegó hace unas semanas a los alrededores de El Tubac... Había partido semanas antes desde las tierras de poniente. De la costa de California, para ser más exactos. El caso es que Sebastián tiene buena orientación y sabe caminar por el desierto. Pidió al indio que aclarara él mismo desde dónde había partido, hasta llegar a la Sonora septentrional semanas después. En un castellano rudimentario, Sebastián Tarabal pronunció el nombre del punto de partida de su viaje: "San Gabriel".

La expedición contaría con un viajero que demostraba que era posible cruzar el desierto sin apenas pertrechos hasta la costa de California.

TRISKELION por Nicolás Boullosa

16. Fray Junípero Serra

Mediodía del veintinueve de septiembre de 1772, día de San Miguel Arcángel. Las nubes altas y blancas, dibujadas a primera hora como rosetones, descargaban una lluvia fina y refrescante sobre Madrid. Tras la rutinaria mañana de confesión, misa en la capilla y, más tarde, conversación a solas con Su Majestad, después de que el Rey hubiera departido con Gio, el ministro Grimaldi.

El ventanuco de su parca estancia rectangular, en la planta alta del Palacio de Oriente, era el único punto de fuga para relajarse, alejando la mirada del escritorio y el recogimiento de la protectora crisálida creativa conformada por el interior de la alcoba, blanca y minimalista. Su mirada se refugiaba a menudo en la arboleda del Campo del Moro. Como en aquel momento. La habitación era un insulto a la abundancia ornamental del edificio que la cobijaba, un despecho a la sofisticación del Salón de Gasparini, poco menos que un homenaje a San Francisco de Asís en un palacio con el mismo alma italiana de Su Majestad. El cuartucho era apenas mayor que la alcoba de un convento, sin tapices, ni remates dorados, ni mobiliario fino, ni lámpara de candelabros. A la izquierda de la puerta, contra la pared, había un camastro presidido por un tosco crucifijo de madera de olivo. Lo había labrado él mismo hacía ya demasiados años, durante una visita a la casa paterna en El Burgo de Osma. Había surgido de los tallos del olivo centenario cuya sombra cobijara sus juegos infantiles a las puertas de la casa familiar. El mismo olivo de tronco grueso y copa mayestática que había servido de punto de reunión de los mayores durante la hora de la siesta, los unos jugando a las cartas y los otros charlando medio recostados sobre un paño dispuesto en el suelo, en ocasiones durmiendo a escondidas hasta ser despertados por el recochineo del resto.

Frente al camastro, la ventana le servía en definitiva para recuperar la perspectiva después del recogimiento interior, y aprovechaba la generosidad de su alféizar para acumular libros. En el extremo opuesto del camastro, una librería albergaba tomos de distinto tamaño y encuadernación, desde la lujosa piel repujada por maestros encuadernadores madrileños e italianos a los pergaminos y pliegues atados con un cordel. Los libros inundaban la estancia con su olor añejo, pese a la ventilación continuada de los meses de verano. Contra la pared lateral opuesta al primitivo crucifijo, un ligero y ordenado escritorio, de madera de abedul y sin apenas ornamentos, albergaba un generoso fajo de hojas de papel de distinto tamaño, dos tinteros, una caja de madera con plumas cortadas, un reloj de arena y un único libro, pequeño.

Como inquisidor de la Suprema, fray Joaquín de Eleta siempre tenía que atender formalidades administrativas, que detestaba hasta el punto de mandar a su secretario que se las depositara en su despacho oficial, usado sólo para "hacer el paripé", en sus propias palabras: había que cumplir con las formalidades de su cargo. Su habitación era el auténtico despacho y refugio, un santuario para meditar y recuperar en soledad la voz propia. El lugar que no debía ser disturbado ni por el mismísimo Rey de España. Evocaba a menudo el apunte de Leonardo da Vinci: "Las pequeñas habitaciones y refugios disciplinan la mente, mientras las grandes la debilitan". Había algo revelador en la intimidad esencial, simple y áspera, que rodeaba un pequeño y humilde aposento. Una simpleza rústica que le preparaba para, recordando los ideales clásicos de virtud y búsqueda de la tranquilidad, reconciliarse con el mensaje de Jesucristo. Una habitación pequeña y diáfana, sin objetos que reclamaran una parte, aunque fuera insignificante, de su atención. A excepción del camastro, el crucifijo, la estantería, el escritorio, la silla y los libros desperdigados, que recorrían la estancia como animales fantásticos, más que objetos inanimados. El armario ropero estaba en el lujoso despacho contiguo, el "lugar para poner semblante serio y firmar edictos", un aposento tan postizo como el Salón de Gasparini.

Proseguía con el mismo viaje interior que inspirara a Francisco de Asís y a tantos otros, antes y después del fundador de la única Orden que podía convertir la Iglesia Católica en exponente del auténtico mensaje, que no se podía pronunciar sin que autoridades como él mismo, inquisidor, estudiaran su pureza evangélica. Los herejes no cabían en Roma, pero él no estaba dispuesto a cometer los mismos errores que habían llevado a la hoguera a Giordano Bruno.

Pese a la lluvia, el marco de la ventana se convirtió por un instante en un fresco renacentista en movimiento. Una milana negra alzó el vuelo, eligió una presa despistada y se tiró en picado a por ella, desapareciendo del fresco. Volvió su mirada al escritorio. Miró el pequeño libro, encuadernado con madera recubierta de piel de badana, que él mismo nutría cada primavera para evitar su deterioro. Una rara edición medieval, con detalladas anotaciones al margen, de un libro capital. De vita beata, del filósofo cordobés Lucio Anneo Séneca. Para los indolentes, un diálogo con moralina del filósofo a su hermano. Para quienes estaban preparados para entender su mensaje, un libro capital. Un tratado de cómo alcanzar la plenitud. El libro contenía los únicos salmos que suscribía desde lo más profundo de su corazón: vivir según la naturaleza. Depositó la mano sobre el libro, cerró los ojos y leyó con la mente, moviendo los labios en silencio. "Quid, quod tam bonis quam malis voluptas inest nec minus turpes dedecus suum quam honestos egregia delectant?".

"¿Qué importa que el placer se dé tanto entre los buenos como entre los malos y no deleite menos entre los buenos como entre los malos y no deleite menos a los infames su deshonra que a los virtuosos su mérito?". Saboreó, una vez más, el capítulo VIII de De vita beata, recitándolo en un latín cadencioso, ibérico, homenajeando la voz eterna del cordobés Séneca, que él imaginaba profunda, franca, desprovista de la musicalidad que acompañaba a toda liturgia.

"Por esto los antiguos recomendaron seguir la vida mejor, no la más agradable, de modo que el placer no sea el guía, sino el compañero de la voluntad recta y buena. Pues es la naturaleza quien tiene que guiarnos; la razón la observa y la consulta. Es lo mismo, por tanto, vivir felices o según la naturale...". Alguien había golpeado la puerta de su habitación durante las horas de estudio. Se sintió casi mancillado; su secretario personal tenía orden de depositar todos los requerimientos, anotados con esmero, sobre la lujosa superficie de cuero que revestía el escritorio de su noble despacho oficial. El enojo se evaporó al intuir que el amanuense tenía una buena razón para interrumpirle. "Su excelencia, siguiendo sus órdenes, me he tomado la libertad de importunarle con el único motivo que lo merece, tal y como usted mismo dispuso hace unos meses". Ante la mirada atónita de fray Joaquín, el secretario, que sostenía con el antebrazo izquierdo una valija de correo con el sello borbónico, sintió la obligación de añadir una coletilla que sonó hueca, formal: "salvo desastre o fuerza mayor que ataña la familia real, Dios no lo quiera".

Había motivo: ni más ni menos que un correo extraordinario sellado hacía apenas tres meses en el Ilustre Colegio de San Fernando de la Ciudad de México. "Recién entregado en la puerta de Palacio, excelencia". Bien, por fin tendría detalles sobre las peripecias mexicanas del muchacho catalán y sus dos jóvenes acompañantes que, según las dos misivas recibidas de José de Gálvez -la última, apenas hacía un mes-, y otras dos de su "informante" en Nueva España, se habían convertido en auténticos amigos. "Una carta de mi buen amigo fray Vicente... Qué gozada...". Su rostro huesudo y alargado, el de un delgado patricio castellano, recuperó sus sombras antes de preguntar: "¿Venía el correo certificado desde Cádiz?". No cabía ninguna duda, respondió el secretario. Fray Joaquín se preguntó si la valija había sido más que inspeccionada en las Aduanas gaditanas por algún funcionario sin escrúpulos. Con los contactos adecuados, en Cádiz uno podía hacer casi todo. Menos cavar un surco en la Puerta de Tierra y levar anclas, guiando a la misma ciudad hacia el Caribe.

De nuevo a solas, abrió la valija y el cilindro sellado que contenía la carta urgente disfrutando del ritual, aguardando a que el peso del momento de la lectura se fuera acercando al presente. "Desde el Ilustre Colegio de Progaganda Fide de San Fernando de la muy noble y real Ciudad de México, a veinte de junio de 1772. Muy estimado maestro: mientras le escribo esta carta, observo satisfecho los frutos del esforzado y agradecido trabajo de los bachilleres y profesores en la huerta junto al lago Texcoco, que cultivamos mientras damos la bienvenida y despedimos a las gentes que entran y salen de la ciudad a través del Puente de Alvarado, una calzada generosa y bien pavimentada, rodeada de buenas tierras de labradío...". El confesor del Rey introdujo la mano en el holgado bolsillo izquierdo de su hábito y eligió con su tacto un par de nueces, ya peladas, que saboreó en la boca con tranquilidad, dejando que la saliva las macerara, para masticarlas a continuación. Fray Vicente entraba en detalle acerca de la cotidianeidad en San Fernando, a sabiendas de que fray Joaquín interpretaría sus palabras con rigor. Tal vez escribiría una carta al visitador Gálvez, donde le requeriría que intercediera por él ante el Virrey por esto o aquello. Cabían en la carta, por tanto, detalles de contabilidad y gestión. Fray Joaquín era el alma mater de la Sacra Congregatio de Propaganda Fide en todos los dominios españoles, aunque ningún cargo se lo reconociera. No le hacía falta, a juzgar por la afirmación que más de una vez le había oído su secretario: "los cargos eclesiásticos, para el Papa, que yo tengo muchas cosas que hacer". Fray Vicente, abad del Colegio de San Fernando, estaba en el centro del tablero de juego, ya que se trataba de la institución educativa que formaba nuevos cuerpos de misioneros, cuyo objetivo era asentar no sólo el cristianismo en las fronteras del Imperio, sino vertebrar una red de misiones que, llegado el momento, difundirían la ética y cosmogonía del jansenismo. España y sus territorios empujarían a Roma, y no al revés, hacia la tranquilidad espiritual, que se alcanzaba profundizando en los principios de la razón y la virtud, extrayendo el jugo esencial de cada momento y luchando contra la apatía. "La mayor rémora de la vida es la espera del mañana y la pérdida del día de hoy", había dicho Séneca. La casa de recolección de San Fernando era una fuente de vida espiritual en el corazón de Nueva España que sólo podría cristianizar si, intelectual y moralmente, preparaba a misioneros para que abrazaran el jansenismo, una vez comprendida su esencia. El confesor del Rey nunca lo reconocería, pero intentaba tomar prestada la filosofía de vida de los cismáticos, que entroncaba con las enseñanzas del arte de la vida del eudemonismo aristotélico y de los estoicos, para aplicarla a gran escala en el corazón mismo del celo católico. No había nada más beato, católico, apostólico y romano que un criollo de Ciudad de México, le había insinuado José de Gálvez durante su primer viaje de vuelta a España tras ser nombrado Visitador del Virreinato de Nueva España. La felicidad se alcanzaba con el trabajo y no con el sentimiento de culpabilidad católico, convertido por Roma y los Borbones en un hedonismo inconsciente, que partía de la búsqueda desordenada y glotona de afluencia, la posición social y el placer compulsivo. Después de los atracones, llegaba la culpa, que siempre se amañaba con dos padrenuestros y tres avemarías, sin ir al origen de la cuestión: el desmembramiento moral del catolicismo, que había que reformar. Ahora bien, era menester hacerlo, en su opinión, de una manera dirigida y centralizada, desde la cúpula hacia la base, y evitar que fueran las propias gentes quienes enarbolaran la bandera del eudemonismo. No quería ni imaginarse qué ocurriría si la esencia del mensaje que fray Junípero Serra podía ayudar a descifrar, caía en manos de un mercader catalán; o de un inglés. Si había fórmula alquímica del arte de vivir, ésta tenía que permanecer en el seno de la Orden de San Francisco, dirigida desde la sombra de su pequeña alcoba en el Palacio de Oriente de Madrid.

En la tercera página de la misiva, fray Joaquín de Eleta encontró la primera mención de la visita a San Fernando por "los tres muchachos españoles que, gracias a Usía, ya esperábamos". Los muchachos habían tocado la campana de la puerta del Colegio el 23 de diciembre y, dos días más tarde, habían partido de nuevo, continuando con un viaje que, al parecer, habían iniciado en sus lugares de origen en España. "Con valor y determinación, los tres muchachos, que respondían a los nombres que Usía nos había facilitado, se informaron sobre el camino más rápido para viajar a la Alta California sin levantar revuelo. Yo mismo, según lo acordado, les indiqué que tomaran el largo y seguro Camino Real de Tierra Adentro, conocido por sus minas y comercio de la plata, y no lo abandonaran hasta llegar a Chihuahua. Desde allí, en lugar de seguir hasta Santa Fe, el final del camino, ya en Nuevo México, les indiqué que siguieran la ruta del poniente, hacia Sonora y Arizpe, donde podrían avituallarse y, quizá, encontrar a alguien con suficientes agallas como para viajar hacia la California Nueva a través del desierto". Los tres muchachos, escribía el guardián del colegio franciscano, llevaban buen oro y no temían gastarlo todo en el viaje. Parecían buenos administradores, así que descartaba que se quedaran a medio camino, en Zacatecas o incluso antes, bebiéndose en alguna taberna las esperanzas de los promotores del viaje, "esos catalanes que juegan con la masonería". Estos muchachos no. "Estos muchachos no se nos tuercen". Fray Joaquín acudió solícito al despacho noble y avisó a su secretario de que quería ver al cartógrafo de inmediato. Necesitaba mapas de México y, "sobre todo, que traiga los últimos mapas anotados de las Provincias Internas, los que señalan los caminos existentes y los proyectados. Ah, y que traiga los 'mapas que no existen'. Dígaselo así, que él lo entenderá".

Ante los mapas, de nuevo en soledad, volvió a la carta. Así que Mansió Vilalta, Martín Capelo y Domingo Antonio Boullosa habían partido sin dilación hacia Chihuahua y, en la zona septentrional del altiplano mexicano, torcerían hacia el poniente, hasta Arizpe, "la villa elegida como capital de la Comandancia General de las Provincias Internas", como cacareaba uno de los mapas secretos, fuera del alcance de los ministros forasteros del Gabinete de Su Majestad don Carlos III y sus colaboradores. Hizo llamar al cartógrafo. Le interesaba saber la distancia en leguas castellanas desde Ciudad de México a Zacatecas, Chihuahua, usando el Camino Real de Tierra Adentro. "Ah, y quisiera confirmar si existe camino de herradura mantenido y con ventas de a día o a dos días entre Chihuahua y... aquí, Arizpe". Buen camino hasta Chihuahua, como mandaba el comercio de la plata. Peor, pero señalado y mantenido con mojones y plantas de mostaza, desde Chihuahua hasta el presidio de San Miguel de Horcasitas, apenas 15 leguas al sur de Arizpe. Casi 500 millas castellanas desde la capital novohispana hasta la villa perdida en el horcajo serrano del oriente de Sonora. 500 leguas hasta Arizpe. Meditó sobre la cifra. Más o menos, como si el Duque de Alba hubiera viajado a caballo desde su palacio de Flandes hasta Cádiz, sin conocer el camino y sin apenas parar. Y aquel tramo sólo habría supuesto el principio.

Deambuló por el despacho. El secretario y el cartógrafo trataron de excusarse, pero el confesor del Rey les pidió que se quedasen. Ninguno de ellos había probado bocado desde el almuerzo y eran ya las tres de la tarde. Las bromas en palacio acerca de la frugalidad de fray Joaquín estaban fundadas.

"Desde Arizpe hasta los confines de la Alta California, quién sabe cuánto habrá", musitó. El peso de la realidad geográfica le presionaba la sien. "Dígame, ¿podemos calcular la distancia entre Arizpe y el norte de la zona costera de la Alta California, según las anotaciones de los pilotos de Sebastián Vizcaíno y Gaspar de Portolà?". El cartógrafo no entendió la pregunta. Aclaró que Sonora era un desierto. No había mar. Sólo pueblos indígenas, algunos de ellos con orgullosos guerreros difíciles de domeñar. Seris, apaches, tarahumaras. Nada de agua en las Provincias Internas. "Me refiero a ir por aquí. Cruzar este río, el Colorado, junto a lo alto del golfo, y luego subir hasta la costa". El cartógrafo le miró como si estuviera chiflado. "Esa ruta nunca se ha hecho. Habiendo estudiado las anotaciones, creo que es poco probable que se pueda alcanzar la costa del Pacífico por el interior. El desierto engulliría a una gran expedición que pudiera defenderse de los apaches. Los apaches aplastarían una caravana pequeña y ágil, capaz de montar y levantar campamentos en un instante; ya sabe, con unas decenas de hombres y medio centenar de cabezas de ganado".

"Yo tengo fe".

Un fuerte sonido de tripas inundó, con un eco de ultratumba, el frío despacho del confesor del Rey, contiguo a la Real Capilla. El cartógrafo, al parecer, no había almorzado, mientras el secretario Vergés, conociendo lo exigente que resultaba trabajar junto a fray Joaquín, guardaba siempre algún bocado en el cajón de su escritorio. Si el secretario del confesor ocultaba infracciones morales dignas de penitencia en la mismísima boca del lobo, al menos evitaba los malos ratos, como el que ahora soportaba el cartógrafo, incapaz de disimular su gazuza: de mediana edad, con peluca empolvada y librea encarnada con encajes dorados, a juego con la hebilla de la coleta, así como las del cinturón y los zapatos, el leonés doctorado en Salamanca don Pedro Montero jamás había estado más lejos de las ambrosías culinarias que tanto le perdían como en aquel desierto de parquedad. Fray Joaquín había menospreciado con frecuencia las debilidades sanchopancistas de sus colaboradores, atizando con cada palabra a quienes desafiaban la frugalidad. Esta vez no fue distinta: el secretario Vergés, un indolente conocedor del sofisticado y frío pálpito mental del franciscano, tan centroeuropeo como sus ideas jansenistas, supo que, tras la sonrisa, aguardaba agazapada una doliente moralina que la persona a la que iba dirigida recordaría tal vez el resto de su vida. "Aquí la naturaleza de don Pedro nos recuerda nuestra mortalidad". A juzgar por su mirada, parecía hablar en clave de sátira quevedesca, tomando la parte por el todo, con los ojos clavados en la fofa barriga del secretario, algo entumecido y torpón. "O, siendo un poco menos aristotélicos, he aquí el recordatorio fisiológico que nos obliga a sacrificar el interés a largo plazo por la recompensa inmediata. La historia de la humanidad nos alcanza e inunda, como siempre". Pausa. El confesor del Rey se detuvo ante un busto de Felipe II que él había transformado en su imaginación por un "más adecuado para la historia que debe escribirse" Marco Aurelio "El Sabio", uno de los Cinco Buenos Emperadores.

¿Cuántos Buenos Emperadores había tenido España hasta el momento? "Quizá tres y medio", fray Joaquín había bromeado en una ocasión ante un visitante, según había oído su secretario personal. "Si contamos a Marco Aurelio, que nació en Roma pero su padre era un principal de Corduba; Trajano nació en Hispania; y también lo hizo Adriano; tres de los Cinco Buenos Emperadores, querido amigo, eran hispanos; si, además, concedemos un cuarto de virtud a Alfonso X; y otro cuarto nuestro Carlos III, nos salen tres y medio. Con este último cuarto, no pidamos peras al olmo y aprovechemos las virtudes del olmo". La conversación había transcurrido hacía ya unos años, durante una discusión teológica a puerta cerrada con un misterioso y apuesto amigo con acento extranjero. Las malas lenguas de palacio decían que el sobrio franciscano conocía al endemoniado Giacomo Casanova, ejemplo viviente de la preeminencia del hedonismo ilustrado en las afrancesadas fiestas palaciegas de toda Europa. El secretario pudo asociar en aquella ocasión la identidad del forastero con la de Casanova. Al día siguiente de la conversación, el secretario confirmó sus intuiciones al agarrar al vuelo una deshilachada conversación entre dos guardianes. "Dicen que fray Joaquín es buen amigo de Casanova, ahora que se ha arrepentido de la vida que tuvo. Ay, si yo la pudiera tener". De vuelta en su habitación de recogimiento, el auténtico despacho, el confesor releyó la carta de fray Vicente. Como relacionando el contenido de la carta con las enseñanzas de De vita beata, abrió el libro y, una vez más, estudió su dorso, buscando el significado de cada arruga, cada trazo de tinta de los dos versos escritos con grafía gótica: "Verbum decepit, sed non ego / omnino falluntur". La palabra engañó a todos, pero yo no fui completamente engañado. Cerró el libro y repasó, con la yema de su dedo índice izquierdo, el relieve de los signos "en discordia" sobre la suave piel de badana. El quinto ideograma, como en los otros casos conocidos, había sido borrado.

Desde un bosque alto, pasada la portilla de una pequeña sierra costera que se abría a un generoso valle boscoso, la expedición de Juan Bautista de Anza estaba a punto de reemprender la marcha. Su destino final, el valle y la pequeña rada de Carmelo, así como la península y la generosa bahía de Monterrey, se encontraban a un día de camino. El grupo, que no había abandonado el bosque, no había divisado aún la imponente vista que se abría ante ellos, accesible sólo desde la cima de los collados costeros. Pronto, una vez salieran de los innumerables horcajos que se sucedían en las últimas leguas, llegaría la confirmación de que se encontraban a las puertas de la misión de San Carlos, como intuían. Hacia el poniente, el océano se perdía en un azul cada vez más oscuro e inescrutable. La costa septentrional estaba dominada por los dos accidentes que las anteriores expediciones españolas habían sugerido como posibles asentamientos, las dos azadas: la pequeña de Carmelo, en primer plano; y la grande, correspondiente a la gran bahía de Monterrey, todavía inmersa en la bruma de la lejanía. Hacia el naciente, se abría el continente más rico y majestuoso que pudieran imaginar. Bosques inabarcables con árboles tan grandes como titanes, poblados por enormes osos pardos; sierras nevadas; ríos atestados de peces y nutrias; humedales con el tamaño de provincias enteras; valles fértiles que podían albergar a toda la población del Imperio. De momento, la tierra utópica del interior de California era usufructuada por las gentes que las habían habitado durante milenios. Pocos cazadores de pieles, ni siquiera los rusos más avezados, osaban aventurarse unas leguas hacia el interior sin volver cuanto antes. Las tribus del interior eran lo de menos, por mucha fiereza que mostraran. El peor enemigo era el propio pionero. Una naturaleza tan exuberante podía convertir a cualquier solitario y despiadado cazador de pieles en un pacífico panteísta amante de la naturaleza y amigo de los indios. Un aculturado más, un renegado de la civilización como el Gonzalo Guerrero que, según había dado cuenta el cronista Díaz del Castillo, después de naufragar se había convertido en un maya más del Yucatán, jefe de tribu y padre de dos hijos, sin voluntad de volver a su vida anterior y dispuesto a luchar para evitarlo.

"¿Qué día es, Mingo?". El seminarista gallego, transformado ahora en un curtido explorador con tez morena y fina barba de chivo, había mutado en la versión del barbado caballero anciano retratado por El Greco en sus años mozos. Con la pregunta, había perdido la melodía que amenizaba el instante. Un hilo de voz sugerido, casi imaginado, se había entremezclado hasta la interrupción con el canto de los pájaros y el sonido del viento meciendo los árboles. El canto simple, monódico y sin saltos, había desaparecido, pero permanecía la sombra de los versos memorizados en el seminario de Tui. "Ca veer faze-los errados / que perder foran per pecados / entender de que mui culpados / son; mais per ti son perdõados / da ousadia que lles fazia / fazer folia mais que non deveria". La sencillez mística de las Cántigas de Santa María de Alfonso X había vuelto a su mente, ahora ágil y clarividente. Los versos de la Sibila Galaica apenas tenían significado universal, más allá de su musicalidad. Podía interpretar su esencia sin molestarse en descifrar mensaje alguno. El significado llegaba a cada instante, en la notación musical avanzada, en la fonética de cada palabra. "¿Eh? Martes. Veintinueve de septiembre". Mansió se asomó a los ojos de su amigo. Habían llegado hasta allí por su propio pie, por voluntad propia. El catalán no había escogido la pregunta al azar, buscando en tierra extraña, tan lejos de cualquier parte, la voz familiar de un compañero de aventuras. "¿Sabes?, hoy hace un año que partí de mi casa en busca de... esto. Siento que estoy viviendo. Me pregunto si estaré preparado para el día después, cuando ya no haya una empresa que me anime a buscar mis propias fronteras". Mansió se había hecho la misma pregunta. "Yo ya me había marchado de mi casa cuando las circunstancias me empujaron a

Cádiz. Reconozco que, una vez en el barco, hice mía la misión. Pero, hasta entonces, iba a regañadientes a unas galeras simbólicas que yo no me había buscado. La prisión fue luego liberadora. Creo". ¿Qué pensaba Martín Capelo de su experiencia, ahora que estaban tan cerca de su meta geográfica? ¿O era la meta espiritual?

Martín seguía inmerso en la cultura de los indígenas que acompañaban a la expedición, que trataba como iguales y defendía ante criollos y mestizos por igual. Veía en ellos la pureza de los perseguidos que, en un acto de coherencia suicida, rechazaban la Verdad impuesta, la superioridad de la cultura y el Dios que habían traído los españoles. ¿Acaso no era él mismo descendiente de perseguidos avergonzados? La vergüenza del judío converso se manifestaba de distintas maneras, y él las había conocido en su propia casa. Había quien negaba su condición de cristiano nuevo e inventaba un pasado hidalgo para su familia, pintando siempre muchos claros y algún que otro oscuro, este último también cristiano, faltaría más. Existía el marrano que, por el celo de sus antepasados conversos, era más papista que el papa, convirtiendo la intolerancia pasada en acicate para señalar la condición impura de otros, o ponerla en entredicho. Qué más daba que se tratara de un viejo cuento. Y qué decir del converso demasiado cobarde para reivindicar la historia de la familia, pero consciente de su herencia y respetuoso con ella. El criptojudío, eso sí, mantenía la llama sefardí en casa y la negaba más allá de su umbral. En cambio, su amigo Simuchi, un joven tarahumara que les había acompañado durante los últimos meses desde que los tres muchachos pasaran por su aldea en Chihuahua, conservaba intacto el orgullo de ser quien era. Los hombres de Anza le habían tratado como a un indio más, y qué decir del resentimiento que le mostraban los arrieros mestizos, incluyendo a Juan de Dios y Pedro el Tamales. Desde el primer día, "el Indio" les había causado rechazo por el riesgo de "levantarnos un día degollados porque, con ellos, nunca se sabe". La familia materna de Martín había padecido el mismo "ellos" peyorativo durante generaciones. Por eso, cada muestra de orgullo de Simuchi era una pequeña victoria interior, una celebración de la herencia eterna que nunca muere del todo en las civilizaciones asimiladas. Pero el mayoral y su zagal sabían, por experiencia propia, lo que se decían. Gentes subyugadas como los tlaxcaleños, aztecas y tarascanos habían conformado el ejército de los conquistadores españoles, como el del infame Nuño Beltrán de Guzmán, torturador y esclavizador o, para muchos, grandísimo hideputa a secas, que en la primera mitad del siglo XVI había masacrado a las gentes de Michoacán, Jalisco, Zacatecas, Nayarit y Sinaloa. Un indígena que se resistiera a la cristianización no se convertiría en aliado. A ojos del indio, un tlaxcaleño, o un veracruzano no era más que un español con piel de indio. Juanito de Dios y Pedro el Tamales eran como el resto de las castas españolas en potencia, cuya alma europea se manifestaba en ciertos rasgos físicos y algunas actitudes morales. En ocasiones, las más deleznables.

Recostados sobre una piedra, Simuchi y el extremeño aguardaban a que la expedición levantara el campamento en el húmedo bosque, donde se habían resguardado de la fría niebla oceánica que esculpía las copas del cipresal, señalando como estatuas de sal el origen y destino de la brisa. El tarahumara le indicaba, divertido, las formas imposibles del ramaje, rememorando aquí el pecho de una mujer, allá su sexo, más allá el rostro de un guerrero; acullá, un dios del bosque.

La estirpe de Simuchi, los rarámuri, que los mestizos y gachupines castellanizaban con un más pronunciable "tarahumara", se había refugiado en las montañas de la Sierra Madre, al poniente de Chihuahua, huyendo de la "salvación". Ser cristianizado significaba, para los rarámuri y tantos otros, ser despojados de sus "ritos de brujería", parecidos a los que practicaban los hechiceros o "papas" mexicas descritos por Bernal Díaz del Castillo durante las expediciones de Cortés. Donde había una tradición, un cuento con moralina que describía cómo había que tratar la tierra e interpelar a los dioses del sol y la lluvia para que favorecieran las cosechas, o solventar una disputa entre familias o pueblos enfrentados, se imponía el hacer las cosas como Dios mandaba. Aunque Dios mandara miseria, esclavitud, enfermedades, una vida de trabajo forzado, palizas y borracheras. En su castellano rudimentario, Simuchi había explicado a Martín que muchas mujeres no querían quedarse embarazadas. Cuando ocurría, había casos de madres matando a sus recién nacidos para evitarles la buena vida de cristianos en pueblos junto a misiones, presidios, haciendas y las numerosas -y rentables- minas de plata de la Gran Chichimeca. Pero, decía Simuchi, la huida al refugio de las montañas no había empezado con la llegada de los españoles. Sus gentes, decía con una elocuencia que recordó a Martín las historias del Colorao junto a la lumbre, habían vivido en pueblos con casas de piedra y campos cultivados como los españoles. Un pasado floreciente que habían abandonado tras continuas guerras con invasores, que les habían conducido hacia el mediodía desde sus lugares ancestrales. Ahora ningún rarámuri se aventuraba a ir a la caza del bisonte, que habían practicado "mucho más allá de las rancherías". Los apaches, los guerreros más hostiles con los españoles, lo habían sido antes con los rarámuri y tribus hermanas. O, al menos, así anotó Martín la aventura de las gentes de Simuchi. "Algo más que una refriega entre moros y cristianos". La realidad era siempre más compleja que las crónicas, incluso las más fidedignas.

Los rarámuri y demás pueblos de las rancherías se habían ganado a pulso la fama de ser menos amigables que los indios de Sonora, estos últimos más proclives a vivir con los novohispanos. Los poblados rarámuri distaban entre sí a veces más de una legua entre caminos escarpados que discurrían por secos cañones y horcajos, a menudo laberínticos e intransitables para las bestias de tiro. Por eso, Simuchi y sus familiares eran, como muchos tarahumana, tamemes corredores, más que caminantes. Su propia denominación, "rarámuri", significaba pies ligeros. Corrían descalzos de ranchería en ranchería, tan raudos y perseverantes que a menudo cubrían decenas de leguas sin parar, habían oído algunos hombres de Anza. "Eso es imposible". Pero los mestizos de Nueva Galicia que conocían a los tarahumara habían confirmado la veracidad de la historia. "Llegaron los jesuitas y los pinches tarahumara anduvieron a correr. Y el caso es que pues no pararon". Los guerreros-corredores escondidos en las escarpadas montañas de la Sierra Madre Occidental huían, como en una fábula clásica, de la cultura que había conducido a otras tribus a un nuevo tipo de miseria. Por eso Simuchi y sus hermanos corrían libres, preparando sus carreras de manera ceremonial: constituían una filosofía de vida. Antes de empezar, bebían tesgüino, fermento de maíz, hasta no poder más. No necesitaban nada más durante horas de carrera por laderas imposibles, lo que sorprendía hasta al coyote, el ocelote, el gato montés, el jaguar e incluso el puma, que se asomaban en los cruces de caminos para rendirles pleitesía. Usaban la Sierra Madre como refugio y ello les emparentaba con los animales sagrados. Ni siquiera el oso negro estaba a salvo con los españoles y la cultura de criollos, castas güeras e indígenas cristianizados que se extendía imparable por las fronteras geográficas, hasta entonces inexpugnables, de las Provincias Internas.

La larga travesía había transformado a Martín, más alerta y consciente de su voz interior, sus recuerdos, sus orígenes familiares. Su rechazo a seguir la carrera que el Colorao había preparado para él, apostando lo poco de valor que quedaba en la destartalada casona de Granadilla, la villa fortificada que, como un perro pulgoso, ni siquiera se molestaba en apartar las moscas de ojos, orejas, labios y lomo, dormitando junto a la Vía de la Plata. En un claro entre el dosel, el extremeño divisó un enorme ave rapaz. Un cóndor. Simuchi y él, ambos extraños de aquella tierra, cruzaron el pensamiento. Tanto la cultura tarahumara como la europea compartían, al parecer, una raíz humana universal, que interpretaba como un auspicio el vuelo de un ave majestuosa meciéndose en el aire oceánico, divisada desde el claro de un bosque desconocido. Los augures clásicos consistían en interpretar los signos de las aves y mezclarlos con la propia experiencia y, así, prepararse para el futuro. "Augures", pronunció Martín, señalando el cielo. "Augures", asintió Simuchi, alzando la mano hacia el ave y llevándosela acto seguido al pecho. Compartían, percibían la conexión espiritual entre ellos y el animal. Agarró el libro de Garcilaso que le había acompañado hasta el fin del mundo, mucho más allá de las Siete Ciudades de Cíbola, y buscó unos versos que le hicieran apreciar el instante, antes de levantar el campamento. "Movióla el sitio umbroso, el manso viento / el suave olor d'aquel florido suelo; / las aves en el fresco apartamiento / vio descansar del trabajoso vuelo...".

Eusebio Cabral, recomendado por su paisano Gaspar de Portolà para acompañar cualquier expedición de reconocimiento por los confines de las Provincias Internas, medía las coordenadas con su contrastada pericia. Un instante que elevaba al militar catalán a la categoría de peculiar mago, no sólo a ojos de Simuchi, sino ante el resto de la expedición. Al rato, prosiguiendo con su previsible rutina, Cabral se acercaría al jefe de la expedición, el capitán Juan Bautista de Anza, quien atendería a sus indicaciones. Esta vez fue diferente, para sorpresa de los observadores más avezados. Anza se incorporó con rapidez y empezó a apagar el fuego con su bota, mientras indicaba algo a sus mandos. A lo lejos, en los confines del campamento, el indio tarahumara había saltado antes incluso que Anza. Sabía que empezaba su trabajo. Había que permanecer alerta: se acercaban a la misión de San Carlos Borromeo de Carmelo, destino final de un viaje que había empezado para los tres muchachos justo un año antes. Estaban a las puertas de cumplir con una meta geográfica imposible, llegar hasta el septentrión de la Alta California por tierra adentro desde México, posibilitada por las intrigas e intereses de artesanos, funcionarios, mercaderes de abastos y de ideas, Órdenes religiosas y, quizá, espías extranjeros. La culminación espiritual, todavía más ambiciosa y secreta, permanecía entre la bruma, manteniendo la incertidumbre: en opinión de los bien informados, con un potencial redentor que podría afectar el destino no ya de un Imperio, sino de la humanidad. Allí estaban el capitán Anza y sus hombres, entre criollos, milicias de leva procedentes de la metrópolis, castas e indígenas, además de los tres muchachos españoles, con un único objetivo cuantificable y fácil de entender. Iban al encuentro del Padre Presidente fray Junípero Serra, encargado de fundar una red de misiones que cruzarían California desde los territorios de Oregón hasta los dominios mexicanos, conectadas entre sí por el Camino Real del Pacífico.

Las últimas semanas habían confirmado la fortaleza anímica y preparatoria de la expedición. Al llegar a la misión de San Gabriel habiendo perdido sólo tres hombres, después de una dura travesía por el desierto más inhóspito que jamás había visitado, Juan Bautista de Anza sabía que su pilotaje intransigente, incluso indolente, no sólo les había salvado la vida, sino que les conduciría a su destino final sanos y salvos. A no ser que les sorprendiera una emboscada encarnizada en algún bosque, paso, portilla o desfiladero. No lo creía. No se conocían tribus cercanas a la costa con la pericia guerrera de los apaches.

El mejor homenaje a la memoria de su padre había consistido en perfeccionar el arte exploratorio de la Frontera de la Nueva Vizcaya y el resto de las Provincias Internas, leyendo la morfología del terreno y descifrando el comportamiento de sus moradores, influido por los accidentes geográficos, tan relacionados con los ritos y la supervivencia de las gentes. La caza, la guerra, las celebraciones, las conquistas, la defensa del territorio. Cada pueblo estaba hecho a imagen y semejanza de su paisaje, decían los seris, gentes con las que se había criado y no sólo respetaba. En cierto modo, su sangre guipuzcoana era el último remanente español de Anza. Su alma, resistencia e instinto de supervivencia, ímpetu y espíritu de superación, eran seri. Los seris con que se había criado se conocían entre sí en función del paisaje que les había curtido, tal dureza era el entorno en Sonora, donde las montañas eran secas, el desierto mortífero y la costa del Golfo, con la isla de Tiburón siempre tan presente como la sal en el suelo, no ofrecía al viajero perdido o desesperado ni siquiera el refresco tonificante de todo mar. En Sonora, las aguas eran calientes como la sopa.

Siempre que había partido de Sonora, lejos de los otros territorios de Nueva Vizcaya, Anza había distinguido con claridad meridiana su espíritu de tepoca salinero, un miembro espiritual más de los "xiica hai iic coii", "los que viven en el viento". Si alguien respetaba y odiaba por igual a los apaches, era un guerrero tepoca. El caballero de Anza entre ellos. La presente expedición, a punto de llegar a su destino, había vuelto a revelar su ascendencia sentimental.

Levantaban campamento. El semblante nervioso de Eusebio Cabral, el Cabestro, como le llamaban sus compañeros, confirmaba las sospechas de la avanzadilla que, dos días antes, había ascendido a un pico escarpado para, desde allí, otear la costa septentrional. Las mediciones de Cabral secundaban las del día anterior y confirmaban la información de la avanzadilla, que se había asomado a un balcón de la costa californiana para descubrir un signo inequívoco de la cercanía de los misioneros: una generosa cruz de madera de ciprés se alzaba en lo alto, clavada en el suelo con el oficio de quien había llegado para quedarse. A apenas dos leguas de distancia hacia el septentrión siguiendo la costa, una pequeña y tranquila rada se abría al poderoso oleaje del Pacífico, invitando al observador a bajar a su prístina playa, el claro color de cuya arena servía de linde entre el azul marino de la inmensidad del océano, al poniente, y el oscuro verde azulado del dosel del bosque costero. Como si un demiurgo hubiera modelado primero una bahía a pequeña escala para, una vez seguro de sí mismo, diseñar el prototipo a mayor tamaño, dos leguas más al norte se divisaba el principio de una enorme y regular bahía, separada de la primera por una boscosa península. Los expedicionarios habían localizado, al parecer, la cala del Monte Carmelo y la formidable bahía de Monterrey, más allá de la derrota marítima sita en la península que las separaba. Los diseños de la naturaleza se repiten, pensó Mingo al escuchar el relato de la avanzadilla. Sintió la responsabilidad de plasmar la idea, fuera a través de unos versos, o como moralina de la crónica sobre la expedición que esperaba escribir, siguiendo el ejemplo de su tatarabuelo Pedro da Boullosa y, a través de él, de Bernal Díaz del Castillo y fray Bernardino de Sahagún.

Sin duda, estaban a las puertas de la misión franciscana de San Carlos Borromeo de Carmelo, residencia y obra del Padre Presidente fray Junípero Serra. Los bosques de cipreses ascendían desde la impoluta pequeña rada, de la que apenas les separaba un día de camino, hasta fundirse con el manto vegetal ininterrumpido hacia el interior, más allá de las colinas costeras. "Señor, ya no hay duda alguna: los que subieron a la montaña miraron con tino. Estamos a unas leguas de la punta sur de la bahía de Monterrey y el saliente boscoso que ve usted allí en lontananza, adentrándose en el mar, es la península de Monterrey. De ahora en adelante, podemos usar las cartas de marear de Sebastián Vizcaíno y Gaspar de Portolá". Anza, levantándose de golpe, confirmó las sospechas del Cabestro: Anza sabía dónde estaba. "Llevamos días guiándonos por las cartas de Vizcaíno y Portolà. Las anotaciones de la expedición por tierra de

Portolà son lo bastante buenas para saber por dónde se va con un pequeño margen de error. Su espíritu científico le hace muy prudente, Cabral. Déjese ir y huela un poco más el terreno". Le dio una palmada en la espalda, contento. "Ha sido por el trabajo de expedicionarios como usted que hoy estamos aquí, así que relájese. Es una orden". El 24 de mayo de 1770, Gaspar de Portolà había llegado por tierra a la bahía de Monterrey tras partir 36 días antes de la bahía de San Diego, realizando las primeras mediciones para establecer la red de misiones franciscanas, que vertebrarían el futuro Camino Real del Pacífico, el más septentrional de Nueva España. Portolà se había aventurado con doce voluntarios catalanes, siete soldados novohispanos y cinco indios de la Baja California.

Desde que, hacía una semana, descubrieran un sendero delimitado y flanqueado por esporádicos cruceros de madera, Anza se había sentido en la zona de influencia de San Carlos Borromeo. La mostaza crecía exuberante a un lado y otro de la senda, señalándola sin equívocos. Jamás las plantas de mostaza, con sus tenues pinceladas del amarillo de sus flores, habían supuesto un símbolo tan claro de la civilización del Viejo Mundo. "Mustum ardens". Al fin y al cabo, las recetas europeas de mostaza partían de los gustos culinarios patricios durante el Imperio Romano, a imagen y semejanza de los condimentos descritos por el griego Pitágoras. Antes de acampar al abrigo de los cipreses para evitar así que la fría niebla les calara hasta los huesos, habían cruzado un prado salvaje que a muchos miembros de la expedición les había evocado el agradecido paisaje del interior de Mallorca, Cataluña, el norte de España en general, o la Toscana durante la primavera: un grupo de colinas con una tupida hierba verde alimentada por la generosa niebla, recubiertas por un manto de amapolas de un intenso color anaranjado, que brillaba con los haces de luz hasta el punto de convertirlos, por un instante, en pintores. Observar un camino delimitado por plantas de mostaza con tonalidades amarillentas era una pincelada europea sobre el lienzo de una tierra salvaje y todavía inocente. Tras cruzar el primer plano sobre el que avanzaban, la pincelada se perdía en un repecho un poco más adelante y, hacia el naciente, un inacabable campo de amapolas meciéndose a la luz del atardecer les dejó sin palabras; por un instante, cesaron incluso los silbidos, oyéndose sólo los cascos de los animales sobre el piso, una percusión acompañada por el tenue rubor del viento peinando el prado. Cejaron los resoplidos de las bestias: hasta mulas y caballos respetaron el momento. Al fondo, majestuosas coníferas en una abundancia con la que Felipe II habría podido construir varias armadas invencibles de verdad. "Qué lástima que estas tierras se abran a un océano con una endiablada corriente hacia el sur". En efecto, las peores derrotas del Pacífico se encontraban a lo largo de la costa de la Alta California, dificultando la travesía de navíos de gran calado que quisieran ascender de bolina con las bodegas repletas.

Antes de partir hacia la misión de San Carlos, el caballero de Anza reflexionó sobre la empresa acometida por primera vez. Era consciente de que la expedición no saldría en los libros de historia, al tratarse de una travesía secreta, pero no buscaba la gloria del reconocimiento regio ni de la posteridad. Habría además, estaba convencido de ello, una segunda expedición, esta vez oficial, con la única responsabilidad de consolidar el camino entre la misión de San Xavier del Bac en el río Santa Cruz, a menudo atacada por los apaches en el interior de Sonora; y la misión de San Gabriel, una semana al septentrión de la misión de San Diego, ya cerca de la costa del Pacífico de la California Nueva.

Santiago Tarrabal, el indio que había demostrado que era posible abrirse camino por el desierto desde el naciente hasta San Gabriel en California, se había ganado el respeto de toda la expedición. Reservado, había trabajado con la diligencia de un soldado más, con la salvedad de haber comido y bebido menos que cualquier otro. Caminaba descalzo y sus calzones de lino dejaban al descubierto unas delgadas y musculosas pantorrillas, recorridas por el relieve de varias venas. Su rostro, cadavérico, era despierto y nervioso, con pómulos prominentes y una mandíbula poderosa, como la de todos los miembros de su pueblo, en la Baja California. El caballero de Anza no se había equivocado con él; ni siquiera cuando, a mitad de camino y en pleno Valle de la Muerte, decidían si seguían o, por el contrario, volvían a El Tubac, al comprobar que varias de las mulas de carga se desplomaban en el horno salino que parecía no acabar nunca; allí, justo donde las pocas plantas que podían sobrevivir tenían el color de la sal y la tierra era tan baja que parecía la puerta del mismo Hades, su mensaje constituyó el aliento necesario para que la expedición no se rindiera y falleciera poco después. "Créame, señor. Se acaba. Volver atrás sería un suicidio. En cambio, si seguimos, los yuma de la desembocadura del río Colorado nos ayudarán. Los que conocí eran cabales, bien administrados por un caudillo que tiene un intérprete que entiende el castellano. Usted lleva sus dos intérpretes también, además de los regalos". Con toda la expedición en contra, a excepción de los tres muchachos españoles y Santiago Tarabal, Anza ordenó parar a todo el mundo. Llamó al indio Tarabal. Ambos avanzaron y bajaron del caballo. Caminaron durante un rato, charlando. A los diez minutos, mientras el sol de justicia se desvanecía en el atardecer, pero no así el asfixiante calor acumulado durante todo el día, el capitán y el indio volvieron. "Seguiremos caminando hasta el amanecer. Pronto deberíamos encontrar un cañón con sombra y agua. Allí nos guareceremos durante las horas de calor y reemprenderemos la marcha por la tarde". Al instante, surgió una voz de entre el grupo de soldados procedentes de la leva de recién llegados de la Península Ibérica, que se habían presentado voluntarios para la travesía, sin saber dónde se metían. En acento catalán: "Una pregunta, capitán. ¿Qué ocurre si no encontramos el cañón? El agua se acaba y las mulas se nos mueren. Pronto tendremos que dejar la carga, porque no habrá bestias que la lleven". Anza se ensañó con los gachupines peninsulares. Su espíritu, en aquel momento de incertidumbre, era más seri que nunca. Sus ojos eran imperceptibles, casi cerrados por completo, a la sombra del amplio ala del chambergo. Lanzó un escupitajo de tabaco que, cuando acabó de pronunciar sus palabras, se había evaporado del suelo. "A los españoles: ¿han oído ustedes hablar de los tamemes? Pues eso. Si no hay mulas ni caballos, las siguientes bestias de carga somos nosotros mismos. Aquí el indio tarahumara Simuchi nos explicará, si llega el momento, cómo sobrevivir sin comer ni beber mientras uno anda durante días". Dio una cariñosa palmada a su caballo, antes de arrearle. Lo que habían cruzado hacía ya un puñado de semanas superaba a cualquiera de los parajes desérticos más inhóspitos que había transitado en cualquier otro momento. Un lugar donde sólo crecían unos pequeños arbustos sin pigmentación, cuyas escuálidas hojas tenían un blanco metálico, como pequeñas esculturas de sal.

La expedición la habían conformado, además de los tres muchachos, el guía Santiago Tarabal, los escuderos Juanito de Dios y Pedro el Tamales, una veintena de soldados catalanes recién llegados de la metrópolis, un práctico de caminos que había viajado a California en las recientes expediciones marítimas de Gaspar de Portolà y fray Junípero Serra, un indio intérprete, un carpintero, cinco arrieros y dos sirvientes. Completaban la aventura, catalogada de "casi imposible" por el comandante Bernardo de Gálvez, treinta y cinco mulas con matalotaje y sesenta y cinco reses, muchas de las cuales servirían como obsequios de amistad a las tribus por cuyo territorio pasaran. A la mañana siguiente, Tarrabal no sólo les había conducido al cañón sombreado. En seis duras semanas, las más dramáticas que recordaba un hombre nacido en Fronteras, en pleno desierto de Sonora, habían cubierto ciento veinticinco leguas desde el presidio de El Tubac. Al acampar en la ribera del río Colorado, entablaron amistad con el pueblo yuma, a quienes obsequió con tabaco. Al partir del poblado yuma y alejarse a dos días a caballo, supo que la expedición sería un éxito. Los jefes yuma habían aceptado el tabaco y las baratijas de regalo, pero advirtió, y así lo explicaría por carta al visitador José de Gálvez y a su sobrino Bernardo, que el camino se haría realidad si los yuma querían.

Al cruzar el caudaloso Colorado, pronto llegaron a la misión de San Gabriel, mantenida por cuatro monjes franciscanos del Colegio de San Fernando. Habrían cubierto entonces doscientas veintisiete leguas desde El Tubac. Juan Bautista de Anza dejó en San Gabriel una escueta carta que debía ser entregada José de Gálvez, a través del navío que visitaba muy de vez en cuando San Diego desde La Paz, en la Baja California, a su vez conectada con navíos de línea a San Blas, desde donde se seguía por carretera hasta Ciudad de México. En general, el recorrido de un correo tardaba varios meses. Recordaba el trayecto desde la misión de San Gabriel hasta el campamento que ahora levantaban como un camino de rosas. De amapolas anaranjadas con una belleza irreal, para ser más exactos. Tres semanas de hermanamiento y bromas entre los miembros de la expedición, donde el catalán rivalizaba con el castellano. "Todo aviado". Anza se santiguó, dando tantas gracias a Dios como al impresor de Ciudad de México que había recopilado las cartas de la expedición de Sebastián Vizcaíno en un libro de aventuras, escrito en una prosa barroca e infantil, el colmo del gongorismo, que había casi aprendido de memoria durante sus años de bachiller. El libro repasaba los descubrimientos españoles bajo los Austrias. Detallaba con suficiente tino los derroteros y la toponimia fijada por el cosmógrafo Gerónimo Martí Palacios, encargado de los mapas de marear de la expedición de Vizcaíno de 1603 por la costa de Alta California. Más de un siglo y medio después, la Alta California era una Arcadia desaprovechada para todos los europeos que se acercaban al poniente de América del Norte. El gabinete de Carlos III se había propuesto acabar con la anomalía. Pero, ¿era demasiado tarde?

Fray Junípero Serra y Gaspar de Portolà eran los encargados de la intentona definitiva para colonizar la California Nueva. Se documentaron a conciencia para preparar las exploraciones por tierra y mar de 1769 y 1770, que habían servido para fundar las misiones de San Diego, San Gerónimo y San Carlos Borromeo, además del presidio real de San Carlos de Monterrey, que construía desde 1770 un pequeño destacamento a las órdenes de Pere Fages, l'Ós, el Oso en catalán, paisano y amigo de Gaspar de Portolà. Ahora, él mismo, con su propia expedición, visitaba en persona a Serra en su misión y haría lo mismo con Fages en el presidio. La misión de San Carlos se encontraba ante ellos, en el boscoso y fértil valle del Monte Carmelo, bautizado así por la expedición de Vizcaíno en honor a los monjes carmelitas que les habían acompañado y, apenas dos leguas al septentrión, el presidio, que divisaba la bahía desde lo alto de una colina, en la península de Monterrey. "Al fin, veré con mis propios ojos el valle y la rada de Carmelo, la península y la bahía de Monterrey. Tantos años imaginándolos". Anza se había criado con dos libros, procedentes de la escasa biblioteca de su padre: la edición del madrileño Juan García Infanzón, fechada en 1689, de las obras completas de sor Juana Inés de la Cruz; y el mencionado pliego de aventuras y expediciones españolas en los confines de las Indias.

Cerca del majestuoso roble donde, ciento sesenta y nueve años atrás, los monjes carmelitas que acompañaron a Sebastián Vizcaíno habían oficiado la misa en que se tomaba posesión de las tierras de la California Nueva, un monje de mediana edad y estatura, vestido con un hábito de grueso paño gris ceniza, se frotaba las manos antes de trabajar en su huerto. La humedad de la bruma natural era más parecida a la lluvia fina que a la niebla baja de su Petra natal, villa del interior de Mallorca donde había sido bautizado hacía cincuenta y ocho años con el nombre de Miquel Josep. Pasó la mano derecha por la coronilla, calva a excepción de un haz de pelo frontal, en lo alto de la frente, separado ya del liso y castaño pelo lateral. Se colocó la capucha, decidido a plantar una decena de surcos de judías. No había tiempo que perder. Sin apagar sus sentidos, cogió la azada y se dispuso a cavar. Qué planta ornamental podía competir con la belleza de unas plantas de judías.

Los insectos sobrevolaban la mañana sonoros, dando la tabarra a animales, monjes y nativos que habían aceptado convertirse y vivir en la misión de San Carlos Borromeo de Monte Carmelo. Abejorros revoloteando sobre los arbustos aledaños, grillos que cantaban a lo lejos, el poderoso rubor del oleaje que llegaba hasta la playa colina abajo, en la rada donde desembocaba el valle. Los carmelitas habían visto en las exuberantes colinas del entorno de la bahía de Monterrey la fertilidad del suave monte de la Tierra Santa donde se había fundado el primer convento de su Orden, rodeado de viñedos y árboles frutales desde tiempos inmemoriales. Junípero Serra conocía las palabras que el sabio sirio Jámblico había dedicado al pequeño monte del Próximo Oriente en la Antigüedad. "El más santo de todos los montes". El monte Carmelo era mencionado en el Antiguo Testamento como el lugar elegido por el profeta Elías para demostrar que el Dios abrahámico era el verdadero. El monte homónimo junto a cuyo roble fray Junípero Serra había erigido la misión de San Carlos Borromeo tenía unos objetivos no menos trascendentales, aunque ningún libro sagrado contara jamás lo que allí ocurriría.

El Padre Presidente de las misiones franciscanas que se fundaban en la California Nueva tenía la esperanza de que la fértil Arcadia californiana alumbrara un nuevo pensamiento cristiano que mirara más hacia el interior del ser humano y, través de la virtud y la tranquilidad, se proyectara en forma de felicidad colectiva. La fórmula alquímica definitiva que debía resolver cómo lograr la plenitud, en la vida y la eternidad, miraba hacia el futuro a través de la sabiduría acumulada en el pasado. Como fray Joaquín de Eleta, el respetado teólogo y misionero fray Junípero creía que la fórmula era conocida por los Antiguos y los primeros cristianos. Pero el mensaje colisionaba con los intereses de la ortodoxia eclesiástica que, sin embargo, no había podido evitar que el equivalente a la fórmula alquímica de la felicidad humana se transmitiera de generación en generación, a través de Órdenes y familias de "guardianes". La transmisión de la Verdad humana, quizá por el humilde antropocentrismo de sus recetas, fue truncada por quien había querido mantener a Dios en lo alto, tan inescrutable e ininteligible como sus representantes en la tierra. El Papa Clemente V, aliado con Felipe IV de Francia y otros monarcas, había sido el artífice de la decapitación del mensaje: había desaparecido a la vez que la Iglesia Católica y los monarcas fieles a sus bulas desmembraban la Orden del Temple, quemando a sus miembros en la hoguera con otros "herejes". ¿Y si los templarios habían sido algo más que inteligentes guardianes de "la paz de Dios"? Coincidiendo con la debacle de los templarios, el mensaje que fray Junípero perseguía desde sus años de estudio teológico en el convento de San Francisco de Palma de Mallorca y, después, ocupando cátedra en la Universidad Luliana de la misma ciudad, se había desvanecido. Habían desaparecido sus referencias, su simbología había sido dañada, sus protectores amenazados y quemados en la hoguera.

Serra había buscado pistas sobre el mensaje ancestral -que, intuía, trataba de la felicidad-, en el estudio de la vida y obra de dos frailes, como él franciscanos, que habían vivido durante el apogeo de los templarios. Uno de ellos, fray Roger Bacon, Doctor Mirabilis, hombre de ciencia y descubridor de los espejos cóncavos, había muerto sin conocer la debacle de la Orden. El otro, aunque muy anciano, había asistido lúcido a la captura y quema en la hoguera de los principales caballeros templarios, llevada a cabo en 1312, por orden del papa Clemente V. Su paisano Ramon Llull, Doctor Illuminatus, hombre de todas las ciencias y seguidor de la cábala, conocedor de los pilares simbólicos y del lenguaje de las tres religiones abrahámicas, que siempre trató de acercar a la filosofía clásica de Aristóteles y los estoicos. Doctor Mirabilis y Doctor Illuminatus se habían conocido, habían mantenido correspondencia, perdida en su práctica totalidad, y habían acudido a un cónclave celebrado en Santiago de Compostela. Arrancó una lluvia copiosa. Decidió refugiarse en su alcoba a estudiar, antes de oficiar, como siempre, la misa matutina. En la estancia, encalada y bien ventilada, había un camastro con una cruz en la cabecera, un pequeño escritorio, una silla y un baúl abierto que mostraba el lomo de varios libros, varias carpetas con documentos, papel suelto, frascos de tinta; y una cajita de madera con arenilla fijadora, plumas, cera y varios sellos. Apenas un puñado de libros habían acompañado al Padre Presidente hasta San Carlos Borromeo. Entre ellos, no faltaban la crónica de Bernal Díaz del Castillo y varias obras del franciscano Bernardino de Sahagún, que había dedicado su vida a recoger el saber ancestral de los pueblos asimilados para que, doscientos años después, personas como él encontraran inspiración en el profundo respeto que él había sentido por los pueblos de México.

Viajaba con los libros que habían contribuido a su formación y seguía consultando, a menudo tratando de crear referencias concretas, con reflexiones sintetizadas que extraía de aquí o allá. El proceso se enriquecía, a su vez, con la experiencia aportada por sus quehaceres diarios. Asomaba un tomo encuadernado en piel de la Ars Magna, el tratado sobre alquimia de Ramon Llull. A su lado -¿algo premonitorio, o mera casualidad?-, Opus Maius, tratado donde Roger Bacon condensaba el saber científico de los sabios antiguos. Opus Maius recordaba a Junípero que incluso un papa podía decidir no sólo con política, sino con sabiduría. Cuando Richard de Cornwell, enemigo intelectual de Bacon y seguidor del dogma, fue designado para dirigir la cátedra científica de la Orden franciscana, Bacon podría haber sido relegado a leer e impartir clases, y no a escribir libros con sus ideas, tratados e interpretaciones del saber clásico. Según la regla de la época de Bacon, sólo se podían publicar trabajos con el consentimiento de la Orden. Sólo cuando el cardenal Guy le Gros de Folques, con quien había mantenido un fructífero epistolario, se convirtió en el papa Clemente IV, encontró Bacon el apoyo para escribir, en secreto, sus libros. El papa le había exhortado a que no dejara que su interpretación del saber se fuera con él a la tumba. El papa Clemente V, sucesor del aliado de Bacon y enemigo de los templarios, usó todo su poder para que la sabiduría representada por Bacon, Llull y tantos otros, influyera a la gente, más allá de las abadías.

También había varios tomos de Aristóteles, Séneca, "Francisco de Asís" -como Junípero llamaba al fundador de la Orden, humanizando al santo-, y un solo libro de Virgilio. Usaba las Geórgicas del poeta romano a modo de manual. Qué mejor manera de aprovechar el fértil vergel del nuevo Monte Carmelo que tomando la más comedida y equilibrada alabanza a la vida rústica y los frutos del trabajo agrícola, materiales y espirituales. Algunas madrugadas, en el estudio bajo la luz de la vela, creía ver en los hexámetros de Virgilio los patrones esenciales de la virtud conseguida con la buena planificación, el trabajo duro y constante, la perseverancia, el cuidado amoroso de la tierra, la celebración de la llegada del fruto, la liturgia de alimentarse de él. El disfrute comedido era tan virtuoso como la abstinencia. En ocasiones, más incluso, había expuesto una ocasión ante sus alumnos de Ciudad de México, en el Colegio de San Fernando. En Virgilio encontraba ideas que anotaba a modo de apuntes para confeccionar un almanaque que pronto esperaba compartir con los miembros de las misiones de San Gabriel, San Diego y las que llegarían en los años siguientes, según lo acordado y planificado con el visitador Gálvez y el nuevo Virrey, Bucareli, ambos seguidos de cerca por fray Joaquín de Eleta. Quizá no saliera del Palacio de Oriente si no era para acudir a El Pardo o El Escorial, pero se conocía que Eleta tenía ojos hasta en los mismos confines del orbe. Bien lo sabían los jesuitas.

Usaba el catalán, el castellano y el latín en sus anotaciones, adaptándose a la lengua que leyera u ocupara su mente en el instante del apunte. "Cal veure què diu fra Bernardino d'això. Com substituir sa manca de tradició romana en sa ment de ses gents de Califòrnia? Com fer d'un caçador o d'una família que mou sa casa amb ses estacions, una família camperola... Neixen fets, o s'en poden crear, de campers?".

Con la ayuda de su experiencia en la misión de Santiago Xalpan, en la Sierra Gorda de Querétaro, las observaciones en los alrededores la bahía de Monterrey, y los libros de Bernardino de Sahagún y Virgilio, Junípero Serra se ganaba la confianza de los indígenas de la zona, reacios al ritmo del calendario romano. Pero, ¿eran ellos quienes debían acercarse a Roma, o el "arte de vivir" europeo, a la manera de Epicteto y otros sabios antiguos y modernos, debía amoldarse al ritmo del lugar? ¿No era la majestuosa naturaleza de la California Nueva la expresión sublime de la Arcadia? ¿Podía el paisaje salvaje arcadiano, edénico en su estado salvaje, alcanzar la perfección del campo labrado y fértil del pastoralismo virgiliano, dominado por la tríada mediterránea de la vid, el trigo y el olivo?

En el escritorio, se secó la cabeza y la cara con un paño extraído del hábito. Apuntó el tiempo en un cuadro meteorológico y recuperó el hilo de uno de los numerosos dietarios que completaba en paralelo. Habían llegado noticias de tribus que, más allá de las montañas del interior, cultivaban huertas en el alto desierto, "amb bon ofici". Los dos principales grupos que habitaban la zona, esselen y costanos, respetaban su trabajo y temían el de Pere Fages, que construía el presidio de Monterrey poco más allá, a menudo dando órdenes muy poco cristianas. Los esselen residían en la cabecera del río que discurría por el valle de Carmelo, con el mismo nombre. Vivían en chozas con una habilidosa techumbre de varas de madera y juncos en forma de cúpula, que no habrían disgustado no ya a los albañiles y maestros de casas de los confines de Nueva España, sino a los arquitectos ilustrados. Le preocupaba más a Junípero su alimentación y vestimenta. Había suficiente sustento para una población desperdigada en un puñado de grupos, cada uno de los cuales recolectaba frutas, raíces silvestres, bellotas; cazaba los abundantes venados y alces; y pescaba. Pero una colonización significaba convertir la vida arcadiana del "salvaje feliz", al estilo de la fábula clásica, en un paisaje virgiliano, dominado por la agricultura y la ganadería. Serra quería hallar el equilibrio entre ambos paisajes y estilos de vida con la ayuda de su observación racional, las ideas de los sabios que traía consigo, y la propia voluntad de los lugareños, a quienes no quería esclavizar con un régimen de encomienda, como se había estilado en Nueva España. En cuanto a sus ropas, el clima apacible durante todo el año había influido sobre su comportamiento. Iban en cueros cuando podían y, durante el invierno y los días de lluvia y frío, se cubrían con pieles de venado y vestidos a menudo compuestos por piel de nutria, tan apreciada por los cazadores de pieles rusos que se éstos se instalaban cada vez más al sur y amenazaban incluso con ocupar la hermosa bahía que los españoles habían bautizado de San Francisco, explorada por él mismo y Portolà en el viaje de reconocimiento costero de 1769. La agricultura, la ganadería y la vestimenta europeas eran irrenunciables para Junípero. De lo contrario, se jugaba la excomunión. Quizá el fin de las misiones.

Los indios costano ocupaban no sólo los alrededores de la bahía de Monterrey, sino que vivían de la recolección de frutas, la caza y la pesca en pequeños grupos más al septentrión, hasta el sur de la bahía de San Francisco, cuyo extremo interior más meridional, navegable hasta la conocida salida al mar, apenas distaba veinticinco leguas del presidio de Monterrey. Con los esselen, Junípero creía que había que invocar el espíritu pastoralista de sus antepasados, y acercarlo de manera amigable y natural a la racionalidad agraria, tal y como los romanos habían hecho antaño con los pueblos mediterráneos conquistados.

Los costano le preocupaban; eran gentes con un reloj vital alejado de las culturas sedentarias. Éstas habían fecundado las religiones abrahámicas, orientadas, como la filosofía griega y latina, tanto hacia el interior del individuo como hacia el paisaje. La "oikos" griega, el hogar o la techumbre, eran el inicio de todo. Desde su resguardo espiritual, el individuo podía observar el universo. Pero los costano eran parte de la naturaleza observada y habían hecho de la recolección improvisada de productos del mar su único medio de subsistencia. Vivían en la ribera de ríos y arroyos, junto al mar o en las bahías de Carmel, Monterrey y San Francisco. Allí recolectaban y cazaban moluscos, salmones, algas y algún león marino, del que aprovechaban su piel para proteger la techumbre de sus chozos de juncos y estopa, y abrigarse en invierno. Los costano estudiaban el salmón y pretendían emularlo. Procedían del océano y querían brincar, arroyo arriba, y disfrutar allí del mundo. Pero, como si se hubieran quedado en una charca inconexa en medio del cauce, vivían en su ribera, indolentes.

Su responsabilidad, lo que le quitaba el sueño, era la oportunidad de aprender de los errores. ¿Qué quería proporcionar la Corona Española a los pueblos de la California Alta? ¿Cuál era el auténtico incentivo espiritual? ¿Cuál la superioridad cultural? ¿Podía venir él, con sus tratados y manuales, muchos escritos por sabios europeos muertos hacía casi dos milenios, y enseñarles el arte de vivir? ¿O, sacándoles del curso del arroyo que pretendían remontar, les mataría de inanición? No era que los salmones no pudieran sobrevivir en el mar. Era que necesitaban remontar todo el río para desovar. Si su migración ancestral era interrumpida, morirían antes de tristeza que de inanición. Por eso, evitaba, siguiendo los consejos de Bernardino de Sahagún, comprar el favor de los indios de la zona, sobre todo los costano, con el obsequio constante de baratijas y promesas vacuas. Si había accedido a ser Padre Presidente era para escribir un tratado de convivencia. El arte de vivir de la California Alta debería incluir a sus pobladores originales, o no sería arte, sino una administración más de la encomienda, o el trabajo indígena forzado a cambio de la "necesaria y salvadora civilización y cristianización del salvaje".

Cambió de dietario. Cada poblado y familia con los que había contactado habían respondido de manera distinta, casi siempre sin agresividad, al comprobar que los forasteros, los "blancos del mediodía", se comportaban de un modo más respetuoso que las expediciones rusas que se acercaban desde el norte para cazar nutrias y osos marinos. El teniente Pedro Fages, l'Ós, gobernador militar de la California Nueva, había causado mayor rechazo que el padre entre los esselen y costano. Los métodos eran, claro, distintos: l'Ós trataba con salvajes y creía en las bondades intrínsecas de la cristianización y la encomienda. "Ja li cau bé, es nom que li han posat a aquesta bèstia", había confesado un día Serra a uno de los soldados catalanes del presidio. Desde el principio, había aclarado a l'Ós la animadversión que sentía hacia él, pese a que Fages consiguiera, como él, lo que se proponía. Tanto el presidio como la misión habían atraído a varios jóvenes, formados como labradores, pastores, herreros y carpinteros. Habían sido bautizados con el resto de sus familias y, con un castellano rudimentario, memorizaban pasajes básicos del evangelio para poder confirmarse.

¿Confirmarse de qué? ¿Por qué?

TRISKELION por Nicolás Boullosa

17. Pedriño

Antes de que la claridad del día le hiciera apagar la vela, las campanas de la iglesia tocaron a rebato. No había nada preparado, ni se avecinaba un aguacero, ni rugían vientos huracanados: las bestias habían permanecido tranquilas durante las horas y días anteriores. Todos sus instintos se agudizaron al instante, a sabiendas de que un descuido podía significar la muerte. Quizá el mismo fin de la red de misiones y presidios, si asistían a un ataque. Recordó el motín de un grupo de pames descontentos en la misión de Santiago Xalpan, su primer destino misionario en la Sierra Gorda, tras su paso por San Fernando. Su leal y disciplinado colaborador, el padre Francisco Palóu, que también había padecido en las misiones, habría salido de sus aposentos mosquete en mano, anteponiendo la defensa de los intereses de la Fe a la vida de un grupo de nativos. Él, en cambio, estaba dispuesto a convencer, a batallar con el argumento, con el uso de la razón, con la búsqueda de la virtud y la tranquilidad hasta sus últimas consecuencias; aunque mantenerse fiel a sus convicciones le deparara una muerte injusta y cruenta, como la padecida por Lucio Anneo Séneca. Con su muerte, llegaría la de la misión de San Carlos Borromeo, lista ya para florecer. Le reconfortó evocar a Séneca cuando se desperezaba el nuevo día. De la incertidumbre, partió el ánimo para combatirla con las armas más poderosas: la razón y las profundas convicciones.

Sin todavía advertir a su conciencia, su olfato ya buscaba síntomas de un fuego; nada en el ambiente. Agarró el matacandelas, que se le resbaló de la mano. Dudó si cogerlo y, al fin, optó por dejarlo en el suelo y apagar la vela de un soplido. Salió corriendo a la era de la misión, en dirección a la iglesia. Antonio del Carmen corría también por el sendero delimitado por plantas de mostaza florecidas que conducía al humilde templo. El Padre Presidente le llamaba "Toniu", con la familiaridad sólo usada con quienes consideraba miembros plenipotenciarios de la congregación. Era un esmerado indio ohlone que aplicaba con devoción las enseñanzas agrarias del propio Serra, quien le había puesto al mando del arado romano. Su melena y ropa, humedecidas por la calima matutina, confirmaban sus labores en la era desde el alba, según lo convenido; había planes para triplicar la superficie cultivada de trigo y maíz y el único modo de conseguirlo era acondicionando más terreno fértil, donde el rico humus de la zona era completado con ceniza de matojos quemados y vicio de los corrales. Antonio tampoco sabía por qué tocaban a rebato.

Lo averiguaron en la puerta de la iglesia. La mayoría de los quince frailes y veintidós indios bautizados ya se habían reunido en el sencillo y equilibrado frontispicio de la ermita de San Carlos, que los excelentes maestros canteros Manuel Esteban Ruiz y Santiago Ruiz ya planeaban convertir en iglesia bajo la atenta supervisión de Serra, ahora ante ellos, aturdido. Fray Federico Méndez extendió su mano, haciendo señas hacia la ladera desde donde se divisaban la cañada y el valle del río Carmelo, hacia el naciente; el collado de Punta Lobos, hacia el mediodía; y el presidio en el septentrión, coronando la península de Monterrey. "Padre Serra, acompáñeme a la loma". Agapito, un indio de la misión, había sido alertado la tarde anterior por familiares de la aldea de Tamo y ahora todos podían comprobarlo: una generosa expedición europea, con varias decenas de hombres a caballo, descendía por la cañada del valle. Si acudían desde el interior, habían avanzado por tierra desde San Gabriel, a través del camino empleado por él mismo hacía dos años. "Federico, parece que tendremos invitados durante los próximos días; hágame el favor, envíe un mensajero al presidio para que el teniente Fages conozca la buena nueva. Que no acudan sin blanca; recuérdele que todos tenemos que hacer un esfuerzo". Fray Federico sabía a qué se refería su superior. Necesitarían vituallas. Había que cocinar hogazas de pan, matar un cerdo y varias gallinas. Era labor de l'Ós hacer honor a su hombre y presentarse con algún oso, venado y la caza menor que pudiera improvisar. "Que se le diga que son cincuenta hombres. Él sabrá cómo proceder a partir de esa cifra". El Padre Presidente convirtió el pánico de los miembros de la misión en esperanza: la expedición sólo podía ser amiga. Ofrecerían la mejor hospitalidad posible, dentro de sus posibilidades y sin embargar el futuro de la congregación, en vez de aguardar mosquete en mano y preparados para disparar. La mejor defensa era una sincera bienvenida, fuera con amigos o con enemigos.

El Padre Presidente caminó de vuelta a la misión. Sin dejar de preparar los pormenores del recibimiento, meditó sobre la inesperada caravana. No se habían planeado refuerzos, ni el correo del último navío aventuraba la visita de una expedición interior. ¿Cómo era posible? Él mismo era el encargado de desplegar las misiones de la California Nueva, mientras l'Ós Fages había sido designado gobernador de todo el territorio por el mismo Gaspar de Portolà. Si ellos no tenían ni idea, era una expedición improvisada, una aventura que carecía del permiso de las autoridades virreinales... o una misión secreta. Pronto lo averiguarían.

Chocó con Joan Crespí de camino al sencillo edificio de la misión, todavía a medio construir. Crespí era, con Francisco Palóu, uno de sus más veteranos colaboradores. Mallorquín como él, Crespí, un fornido fraile algo más joven que él, era un incansable explorador, con una sólida formación académica y práctica para trazar caminos, construir puentes y diques, e incluso iglesias. La propia ermita de San Carlos era en buena parte obra suya, erigida para bautizar e instruir a los indios de la congregación. Conocía la noticia: contento, sostuvo con sus manos la cara de Serra, con el semblante preocupado de quien ya sentía el peso del grupo de hambrientos expedicionarios sin escrúpulos, cuya bula administrativa les relegaría de pagar en trabajo, o acaso agradecer, el esfuerzo que realizaría la misión. La sonrisa de Crespí era sincera. "Ja ho sé, pare, ja ho sé. No pateixi, que en Crespí se n'ocupa de tot. On hi mengen trenta-cinc, hi caben cent".

Su caballo le mecía con parsimonia y decidía por sí mismo cuándo parar y pisar más fuerte para, de un brinco, sortear uno de los numerosos socavones del camino de herradura que, por otro lado, había proyectado alguien versado en la labor; sin duda, un trazo calculado a la europea. Frente a Mansió, descendían por la senda de la cañada del río Carmelo, en dirección al valle y la brumosa rada que se abría ante ellos, el caballero de Anza y sus tres mandos. Le flanqueaban, protectores, Juanito de Dios y Pedro el Tamales, dispuestos a morir en una lucha cuerpo a cuerpo con tal de que el muchacho que había desembarcado en Veracruz descendiera de su caballo en la misma puerta de la iglesia de la misión. El Tamales convivía con un sueño recurrente, presente desde que los tres muchachos dejaran Ciudad de México rumbo a las Provincias Internas septentrionales, a través del Camino Real de Tierra Adentro hasta Chihahua y Arizpe. La jovialidad del zagal de acompañamiento, ahora ausente, enmascaraba la sabiduría de quien confía en el prójimo, a pesar de haber tenido una infancia y adolescencia marcadas por el palo. Un niño de la calle más que alimentar, un perro sarnoso malviviendo en los arrabales de Veracruz. El Tamales no conocía al Lazarillo de Tormes ni al Buscón llamado Don Pablos; ni falta que le hacía. El cuarto de sangre española que corría por sus venas alimentaba una listeza muy ibérica, acaso anterior a la decadencia de Roma, tan antigua como el comercio del aceite entre el Guadalquivir y el monte Testaccio romano.

El sueño devolvía al Tamales al arrabal de la lonja de Veracruz, cuando corría por las callejas para ayudar a aguadores salidos del lienzo de Velázquez, estibadores y vendedores ambulantes, consiguiendo a cambio apenas la comida del día. En ocasiones, los capataces sin escrúpulos se ensañaban con los pillos callejeros, prometiéndoles un real por su trabajo y dándoles, en cambio, un varazo en las costillas cuando ponían la mano. Era difícil confiar en el ser humano cuando hombres cobardes, a menudo borrachos, usaban a los muchachos para exhibir la autoridad de que habían carecido. Los más crueles, que a duras penas engatusaban a algún muchacho para la faena del día, habían pertenecido ellos mismos a las castas urbanas prescindibles, la infrarraza de uno de los puertos más prósperos del mundo. El sueño empezaba siempre en el malecón del puerto, desde donde el Nuevo Continente se desperezaba cada mañana abriendo sus brazos a los navíos de ultramar, con el fuerte de la isla de San Juan de Ulúa varado a la entrada de los caminos mexicas, como una sirena mitad indígena, mitad española. Transcurría un buen rato de la ensoñación mientras él corría -en ocasiones, volaba- feliz por el malecón, tomando aire con tanta fuerza que sentía un fuerte pinchazo en el pecho. Hambriento, se acercaba con sus amigos y compañeros de supervivencia, otros muchachos del malvivir callejero, a un prado próximo, dominado por los escombros y los aparejos marinos abandonados. Allí, recogían una o dos libras de chapulines, "insectos que brincan como pelotas de hule" en lengua náhuatl; así llamaban en México a los saltamontes. El Flaco Vargas, un mulato ya púber con los dientes tan blancos como una pared recién encalada, asumía en el sueño la responsabilidad de cocinar los insectos apresados en la mañana, hirviéndolos en un cazo y, acto seguido, tostándolos en el comal con amorosa atención; así lo había hecho en realidad. Por un instante, los niños de la calle olvidaban sus rencillas de supervivencia y formaban una familia, vertebrada en torno a los mayores, a menudo más sabios y con más marcas de palazos y zurriagazos en las costillas: más años en la calle equivalían a haber demostrado la destreza y el espíritu de supervivencia necesarios. El momento de comunión, próximo al amor que siempre sobrevivía en la brasa del alma humana, saltaba por los aires, como si el proyectil lanzado por uno de los cañones de San Juan de Ulúa cayera en el centro de la mesa que improvisaban en el descampado, sobre la panza boca arriba de una barca abandonada. La situación que rompía, en su sueño, el momento de felicidad junto a la mesa, comiendo crujientes y sabrosos chapulines, variaba con el día, pero los resultados coincidían en lo desastroso. Un grupo de hombres, su padre entre ellos, un borracho que jamás le había reconocido, les acechaban hasta cercarlos. Se despertaba entonces, sudoroso, y aprovechaba para fumar un cigarro y hacer compañía a los centinelas de la expedición.

Algo había cambiado, no obstante, esa noche. Había aguardado, consciente de que estaba soñando, al final fatídico, pero éste no había llegado. El Tamales se había levantado de la mesa, satisfecho con los chapulines, y había ofrecido jugar a los naipes españoles a sus amigos más próximos de la infancia callejera. Se había despertado poco a poco, con el frío húmedo de la mañana. El sonido del arroyo y los animales, quizá venados, acudiendo a su orilla a beber, había crecido en su conciencia. Su mula, en el flanco derecho del caballo de Mansió, seguía el paso de la que montaba su mayoral, Juanito de Dios. El hombre que le había sacado de la miseria y, de algún modo, le había llevado hasta ese instante. Allí estaban el mayoral y él, pensó. Avanzaban por el remoto valle del río Carmelo y todo tenía sentido. Quizá no lo pudiera expresar en palabras, pero la naturaleza de su alma mestiza encajaba en aquella aventura. Sentía empatía, a la vez, con el explorador y el explorado, el descubridor y el descubierto. Era el fruto del ahínco, la grandeza y las miserias más inconfesables de los españoles que habían cruzado el océano.

Mansió recordaba el duro descenso en mulo desde Cal Ros hasta La Pobla de Lillet, bajando por el Clot del Moro al final de la primavera, cuando las fuentes del Llobregat manaban con más fuerza, al final del deshielo en la cañada de Toses. El paisaje se llenaba de olores y la bruma de las fuentes impregnaba el ambiente de humedad, mientras los insectos zumbaban y se atrevían, fortalecidos, a incordiar a las vacas. Allí iba él, diez años más tarde que aquellos recuerdos, descendiendo por la suave y fértil cuenca del pequeño y amable río Carmelo. No lo podía creer. Ante ellos, en un claro del bosque, dos enormes osos peleaban por el territorio. Los enormes animales habían atendido un instante a la expedición pero, sin que el desfile por la senda fuera con ellos, volvieron a su trifulca por el territorio. A juzgar por el paisaje, pensó Mansió, había mucho que repartir. La cercanía del mar evitaba los extremos climáticos de su Sierra del Cadí natal y había tierra suficiente para albergar la cabaña vacuna de todo el Principado de Cataluña, si se aclaraba el bosque de los alrededores y se gestionaba la tierra con sabiduría. Subieron a una pequeña loma para, ahora sí, divisar la misión. La civilización les saludaba. Ante ellos, varios edificios humildes, encalados, convertían la vista californiana en un fresco renacentista que mostraba el complaciente y civilizado paisaje mediterráneo, una vez el ojo situaba en el centro del conjunto una pequeña ermita, unas caballerizas y el edificio, a medio construir, de la misión. Su emplazamiento no era casual: a regazo de los vientos del océano y la cañada, dominando la bahía de Carmelo, al poniente; y a tiro de honda del presidio de Monterrey, a una hora a pie siguiendo el camino septentrional flanqueado por plantas de mostaza en flor, a partir del cruce al que ahora llegaban. Juan Bautista de Anza y sus acompañantes señalaron al resto de la expedición el elemento más exótico que un forastero, sobre todo de origen europeo, podía imaginarse en aquel paraje. Un poste de madera informaba al viajante -imaginario, ya que no existían los forasteros que pudieran leer, y menos castellano, en los confines de la Nueva España-, su emplazamiento. El hito contiguo de piedra a medio labrar tardaría años, quizá décadas, en tener sentido. "Camino Real del Pacífico", habían anotado con carboncillo sobre él, en referencia a la infraestructura viaria todavía no construida. Acaso la señalización recordaba a los miembros de la Administración misionera y novohispana que, al menos en los senderos colindantes a la misión y el presidio, su existencia transcurría en un puesto de la civilización occidental. Uno de los letreros invitaba a seguir el sendero cañada abajo, hacia los edificios de la congregación, desde donde ya llegaban, con el viento de poniente, el sonido de las campanas a rebato, así como algún silbido, grito y vítor, todavía desmadejados por el viento y la distancia. "Misión de San Carlos Borromeo del Monte Carmelo". Indicando el camino de la derecha, hacia el septentrión, se leía un escueto "Presidio Real de Monterrey".

Mansió esperó a que su caballo llegara al cruce de caminos. Descabalgó tranquilo, junto al hito de madera, y sostuvo la rienda del caballo. Juanito de Dios y el Tamales no desmontaron, ni lo hicieron el capitán Anza y sus subordinados. Al poco, cabalgando junto al indio tarahumara Simuchi, llegaron al cruce Martín Capelo y Rubio de Granadilla y Domingo Antonio Boullosa Nogueira. Ambos descendieron de sus monturas. El Tamales, entendiendo el momento, descabalgó y se ofreció a coger las tres riendas. Sin decirse una palabra, los tres muchachos se cogieron en círculo por los antebrazos, celebrando el momento. Estaban más delgados, barbados, su piel sucia y bronceada. No hubo vítores. Sí un respeto sepulcral, desde el mismísimo caballero de Anza hasta el último arriero. Anza ordenó a sus hombres que pararan y, dirigiéndose a Mansió: "entramos detrás tuyo, catalán". Mansió Vilalta montó su caballo y, evitando cualquier grandeza impostada, guiñó el ojo al capitán. Qué buen explorador y militar, pensó. ¿Dónde se ha escondido esta gente, antes de salir de España?, se preguntó. Otro gallo nos habría cantado a todos. Diligente, valeroso, meticuloso, sistemático, racional, pero con el brío de quien estaba preparado para jugarse la vida al cuchillo con el apache más entrenado del Presidio de El Tubac. Empezaba a reconocer una de las grandes paradojas de dos Imperios cuya influencia había entrado en caída libre: el español, obsesionado con tener la marina inglesa y la armada francesa, pero sin el dinero, el oficio y el país para lograrlo; y el portugués, siempre comparsa de Gran Bretaña, a cuyas faldas se había agarrado durante doscientos años para que Castilla no lo asimilara como parte de su proyecto. Cataluña ya sabía lo que ello significaba. En los dos Imperios ibéricos de ultramar, cuanto más lejano de los centros de poder funcionarial, más oportunidad de ver la verdadera naturaleza del funcionario público. España no hacía a militares como Juan Bautista de Anza, Gaspar de Portolà o Pere Fages; o a misioneros como Junípero Serra, Francesc Palou o Joan Crespí. Eran estos militares y misioneros quienes hacían posible la idea de España. Se desconocía por cuánto tiempo más. Quizá sólo mientras vivieran Carlos III, su confesor franciscano y funcionarios ilustrados como el visitador Gálvez, su promotor Grimaldi, el tecnócrata a la francesa Floridablanca y uno de sus protegidos, el prometedor Pedro Rodríguez de Campomanes, experto en la Orden del Temple y francmasón.

Mientras se acercaba a ellos, Mansió contó a catorce monjes con el hábito gris ceniza franciscano, congregados en el frontispicio de la capilla; así como veinte indígenas, quizá miembros de la congregación, vestidos a la europea. Se unieron al grupo dos bautizados y un fraile más. Fue este último quien se adelantó unos pasos y esperó a que llegara la vanguardia de la expedición capitaneada por Mansió desde el cruce del presidio. Quien les recibiría en un instante era, sin duda, Junípero Serra. El Padre Presidente carecía de atributos físicos sobrenaturales, ni vieron aureola mesiánica alguna. Sólo un fraile de mediana estatura, ágil a simple vista, dado su caminar desenfadado para que nadie le compadeciera por la cojera, que liberaba su cabeza calva de la capucha para saludarles. Mucho antes de tenerlos al lado, levantó su mano, sin parar de sonreír. Martín se sorprendió por la futilidad de su pensamiento, mientras desmontaba, sin apartar la mirada del franciscano: al anfitrión le empezaban a crecer arrugas de rostro sereno y tranquilidad de espíritu, y a buen seguro moriría sin profundos surcos esculpidos en el entrecejo al fruncir el ceño, ni la tensa deformación causada por el pesar. Ante ellos, sintieron, tenían a un igual. Una persona que había realizado un viaje geográfico tan largo como su viaje espiritual.

"Bon dia, tinguin. Bienvenidos a la misión de San Carlos Borromeo de Carmelo, señores". Su espeso acento catalán no sólo despertaba la filia de Mansió. Por alguna extraña circunstancia, el acento del fraile, que no había perdido un ápice de la musicalidad del mallorquín de Petra durante sus décadas en Nueva España, les era más próximo que el castellano novohispano, cuyo tono incorporaba el sustrato del Nuevo Mundo en giros, expresiones, exclamaciones, entonaciones que no se oían en las lenguas románicas de Iberia, portugués inclusive. "No les esperábamos, pero ya estamos acondicionando nuestra casa para que se sientan como en la suya. También nos hemos tomado la libertad de avisar al teniente don Pedro Fages, capitán del nuevo Presidio Real de Monterrey y, a la sazón, gobernador en funciones de toda la provincia, a falta de superiores. A no ser...". Fray Junípero sugirió a Mansió que explicara el motivo de su llegada a un lugar tan remoto por el interior. "Tenemos mucho que explicarle, padre...". Serra no se había presentado. "Serra i Ferrer, Miquel Josep Serra i Ferrer, dic, perdón, digo, Junípero Serra, Padre Presidente Junípero Serra". El franciscano había hecho amago de continuar la conversación en catalán, al percibir el acento de su interlocutor. Su nombre bautismal, pensó, daría más pistas que el de misionero. "Como le digo, padre Serra, tenemos mucho que explicarle, pero usted y el señor Pedro Fages que usted menciona pueden estar tranquilos, que no traemos ni superior para sustituirle ni órdenes de que el presidio o la misión que usted dirige deban apartarse de su curso".

Por primera vez desde que partiera, aturdido y malherido desde Barcelona, le preguntaron sin rodeos qué le había llevado hasta allí. ¿Qué esperaban encontrar en San Carlos Borromeo?, inquirió fray Junípero sin circunloquios. ¿Cómo explicarle la situación sin provocar su carcajada, dada la inverosimilitud de la historia del mensaje críptico, con su símbolo ausente y los misteriosos versos en latín que lo acompañaban? El Pastoret sintió el vértigo que le retornaba al asesinato del esbirro en Barcelona, así como a su lucha interior para comprender el porqué del viaje. Empezó con una vaga respuesta: en ocasiones, era difícil encajar la existencia individual en el supuesto rompecabezas universal, por mucho que la implicación de su maestro, el mestre Milà, experto azulejero y hombre sabio, tranquilizara su alma y actuase como garantía. Trató de borrar las dudas de su semblante; no podía argumentar sin equívocos el porqué de la aventura.

Al fin y al cabo, ni siquiera sabía qué preguntar a Junípero Serra. ¿Por qué no empezar por el sentido de la existencia? ¿O acaso el valor de la amistad, el talento, la perseverancia? Tampoco sabía si esas u otras preguntas, tan apresuradas y difíciles de contener como un tic o una tos nerviosa, debían ser formuladas a un fraile franciscano que se había retirado a evangelizar a indígenas al lugar más remoto posible del Imperio español. De repente, lo que parecía atado y bien atado se había convertido en un descomunal disparate, un castillo de naipes venido abajo con el primer soplido de incertidumbre. La pregunta de Serra no encontró una respuesta rápida y concisa de Mansió. Sí provocó, en cambio, la mirada del Pastoret hacia Martín y Mingo, buscando su complicidad. Haciendo gala de la esquiva personalidad atribuida a los gallegos, Mingo avanzó, extendió la mano al Padre Presidente y bajó el tema de los cielos, para devolverlo a la tierra, húmeda y fértil, de la hermosa rada californiana de Carmelo. "Domingo Antonio Boullosa, de Pontevedra, para servirle. Hemos viajado desde las Provincias Internas, y muchos de nosotros desde más lejos, para poder conocer su obra en la misión más alejada de la California Nueva. Será un honor explicarle con tranquilidad qué nos trae aquí. El capitán de la expedición, don Juan Bautista de Anza, le dará noticia muy gustoso de los logros conseguidos y los anhelados. Prefiero no aventurarle nada: usted valorará en su justa medida el esfuerzo de expedición que, partiendo de Nueva España, llega hasta aquí en menos de tres meses sin usar navío alguno". Junípero asintió. No hizo ninguna pregunta más. Mansió y Martín se presentaron también, momento tras el cual el caballero de Anza, que aguardaba en la retaguardia para saludar, se acercó al Padre Presidente. "Juan Bautista de Anza, para servir a Dios, al Rey y a usted".

Las campanas habían dejado de sonar y el sol, ya alto, disipaba la húmeda bruma, que todavía cubría una parte de Punta Lobos, al mediodía de la pequeña bahía de Carmelo, y la península de Monterrey, en su extremo opuesto. El viaje realizado sin duda les habría dejado agotados, exhortaba el Padre Presidente. Llamaba a Joan Crespí para susurrarle algo al oído, mientras fray Sebastián le requería para ultimar otro detalle; entretanto, todos caminaban más allá de la puerta de la ermita, a resguardarse en el porche del edificio de la misión, a medio construir.

Mingo observó la tierra incrustada en las uñas de las grandes y trabajadas manos de aquel fraile franciscano, sin duda un hombre sabio. El muchacho gallego le provocó con su dialéctica para cerciorarse de ello, preguntándole sobre la vida retirada, el trabajo en el campo y sus recompensas, en contraposición con el "sopor administrativo de la civilización reglada". La expresión iba también para la Iglesia. "Querido amigo. Dedicar el tiempo a trabajar los campos paternos con los bueyes, libres de toda deuda, enriquece tanto como decían los antiguos". Mingo cogió el órdago al vuelo y citó los versos de alabanza de la vida en el campo, al estilo "beatus ille", que Junípero Serra había tomado de Horacio. "...Ut prisca gens mortalium / paterna rura bobus exercet suis, / solutus omni fenore,...". Serra rió, jovial. "Tendremos una buena velada, esta noche. Dispondremos una mesa, junto a un roble que los carmelitas de la expedición de Sebastián Vizcaíno usaron hace ciento setenta años para consagrar estas tierras, en nombre de Dios y la Corona española. Tendremos oportunidad de renovar la consagración", añadió. ¿Iba en broma o en serio? En cualquier caso, a Mingo le sorprendió que, ante la oportunidad de expresar la idea del "beatus ille" romano con algún verso del virgiliano Fray Luis de León, Serra hubiera preferido ir a la fuente y recitar un pagano como Horacio. Decía mucho del personaje.

Joan Crespí, capellán, secretario del Padre Presidente, explorador, albañil, picapedrero y maestro de caminos y puentes, entre tantos otros conocimientos útiles en un paraje autárquico, se unió a la vanguardia de la expedición, caminando junto a Martín. "¿Me permite que le pregunte si son ustedes tres, los que entraron primero, soldados de Su Majestad? Porque digo yo que si el capitán de la expedición les cedió el paso, alguna razón tenía. No dudo de que habrán tenido ocasión de mostrar su valía durante el trayecto, pero es que ustedes tres, sobre todo ustedes tres, no parecen soldados de carrera. Para empezar, son jóvenes, tienen acento español y un aspecto de bachiller que tira para atrás". Crespí echó a reír. Pregunta retórica. Sin duda, los tres muchachos con aspecto de bachiller se traían otra aventura entre manos, que trascendía una mera expedición de reconocimiento para la Corona. Habría tiempo para conocer su aventura. En la misión de San Carlos, el tiempo de los adultos, siempre aprovechado en aplicar viejos conocimientos a nuevos paisajes y problemas, cundía como el tiempo de un niño y los días se alargaban, productivos. Las horas duraban lo justo para ser saboreadas.

Mientras Serra departía con el capitán, Mansió preguntó a Mingo, convertido en intérprete de la erudición para sus compañeros, a qué estilo pertenecía la pequeña capilla, pues le gustaba su aspecto humilde, desnudo, intemporal, mesurado. "Podría haber sido construida en un pueblo catalán hace 2.000 años, o ayer mismo en un lugar tan recóndito como este. Es como si demostrara la belleza de la esencia, de lo áspero que no hace falta acabar. Entiéndeme, Mingo, me dedico a los azulejos. Creo que esta iglesia le gustaría a mi maestro. Envejecerá bien y puede ser entendida por las personas de cualquier tiempo, sea uno versado o un palurdo medio pastor medio aprendiz de azulejero, como yo. En eso, se parece a un azulejo gótico catalán, sea un mosaico de vela de barco o una representación floral, de los oficios, del santoral, de las fiestas...". Mansió estaba animado. Había tanto que hacer en el Nuevo Mundo... Le hubiera gustado indagar en el equivalente al azulejo catalán en las culturas de los mexicas y los otros pueblos de Nueva España. Serra había seguido la distendida conversación entre Mansió y Mingo. Mientras tanto, Anza se ausentó siguiendo a Joan Crespí, encargado de actuar de cicerón con el teniente Pere Fages, que justo en aquel instante llegaba a caballo desde el presidio a medio construir. Serra recuperó entonces la conversación sobre la capilla. Le habían impresionado las palabras de Mansió. "¿Sabe, joven? Para Marco Vitruvio, el sabio romano que escribió los tratados de arquitectura sobre los que se sustenta parte de nuestra civilización, creía que la expresión más sencilla y desnuda de la arquitectura era también la más pura. Él lo llamó la 'cabaña primitiva', un cobijo hecho con apenas un armazón de madera y una techumbre que protegiera a su morador de la intemperie". Serra señaló a Antonio del Carmen. "En un lugar similar nació Antonio, y sus padres, y los padres de sus padres. Lo más interesante es que Vitruvio decía que la arquitectura más desnuda, es decir, la cabaña primitiva, era también la más cercana a la arquitectura ideal: para él, la arquitectura griega. Según Vitruvio, la cabaña primitiva y el Partenón de Atenas eran tan similares que se tocaban con sus extremos". La esencia equivalía a simplicidad, nobleza y utilidad. Serra había leído en Ciudad de México algunos libros de un filósofo francés, Rousseau, que creía que una arquitectura simple y funcional devolvería al ser humano la comunión con su entorno. El arquitecto francés Marc-Antoine Laugier, muy citado entre los afrancesados de prestigio, había incluido en la portada de su Ensayo de la arquitectura, fechado en 1755, la alegoría de la cabaña primitiva de Vitruvio. La ermita de San Carlos Borromeo de Carmelo encajaba, pues, con las tendencias más en boga entre los filósofos y arquitectos europeos más prestigiosos. Se quería volver a la esencia. Y eso era bueno, a juicio de Serra, que seguía de cerca, siempre con la cautela del observador tranquilo, la recuperación de los sabios de todos los tiempos.

Mingo pensó en la sección áurea. Empezaba a impacientarse. Había muchas incógnitas sin resolver y -cada vez lo tenía más claro- el padre Serra les ayudaría de un modo u otro en su interpretación.

Pere Fages descendió del caballo con la furia de Aquiles preguntando por Héctor a las puertas de Troya, lanzando improperios en catalán. Un pedo y un escupitajo siguieron a los insultos. "A sobre, els haig de portar el menjar". Se acercó al coche tirado por dos mulas que, conducido por uno de los soldados del presidio, transportaba un enorme venado, muerto hacía apenas un rato, todavía con la sangre caliente.

Ya había suficiente trabajo construyendo el presidio sin dilación y así no acabar muertos tras alguna revuelta de costanos, o de esselen del Arroyo Seco, los más belicosos de la zona, para encima perder el tiempo con bobadas de fray Junípero. Pero el padre Serra insistía en incordiarle casi a diario. "Així no es pot treballar, collons. Que s'en vagin a la merda, ell i el grapat de xuetes sodomites tornats frares que l'acompanyen". Dos meses atrás, la pelea entre dos indios que ayudaban con la mampostería del presidio y un grupo de costanos karkin, asentados en el interior de la bahía de San Francisco, se había saldado con la muerte de uno de los albañiles; el otro, malherido, había escapado a su aldea de origen. Costaba enseñar un oficio, sobre todo cuando el miedo y la desgana se imponían a la voluntad de colaborar con los blancos. Las gentes costano y esselen coincidían en su veredicto acerca de los españoles: "listos, pero no sabios". Armas de fuego, hermosos edificios y centros ceremoniales, arados para trabajar la tierra con animales y conocimientos guardados a buen recaudo en esos artilugios plagados de signos, llamados libros. Hasta las caballerizas de la misión y el presidio tenían la majestuosidad intemporal de los edificios permanentes. Sus chozas eran, en comparación, ligeras como la hoja de un árbol caduco, a merced de las tormentas y las estaciones. Pero sus cabañas efímeras, así como la historia no escrita de sus pueblos, acumulaban la palabra de ríos, bahías, valles, montañas, animales, nubes, aire, sonidos.

Por eso, el sabio Ulaxfexe, un anciano que todavía destacaba por su altura y corpulencia hasta el punto de ser conocido como Dos Hombres, "ulax efexe" en esselen, había enseñado al padre Serra, interesado en las costumbres locales, a respetar no sólo al Dios de la cruz, sino a todos los animales y plantas, ríos, montañas y océano, viento y alboradas. El pueblo esselen agradecía la existencia de la naturaleza y tomaba de ella sólo lo necesario, sin avaricia, para no despertar a los demonios de la desgracia que acudían en forma de temporales, enfermedades, terremotos. "Damos gracias a toda la vida animal en el mundo. Tienen muchas cosas que enseñarnos a nosotros, los hombres. Nos alegramos de que todavía estén aquí y esperamos que así sea por siempre". Observando cómo Fages, a quien llamaban l'Ós por algo, usaba el mosquete con puntería milimétrica para matar a los osos que habían vivido en la península de

Monterrey desde antes de la llegada del hombre, los indios, bautizados o no, tenían pocas esperanzas de que los españoles entendieran que, cuando no había osos, algo se perdía en el alma de los hombres, y a la inversa. Listos, los españoles. Pero no sabios. A excepción, pensaba Ulaxfexe, de Hechicero Sonriente, como llamaban al padre Serra. Hechicero Sonriente sí sabía escuchar el alma de los osos.

Primero, el altercado con el grupo costano de los karkin. Después, un mes atrás, las noticias que llegaban desde las aldeas ramaytush, en el flanco meridional de la entrada a la bahía de San Francisco, que al parecer habían avistado un navío británico cerca de la costa; la escueta visita al interior de la bahía de un grupo bien armado y cubierto, confirmaba la nacionalidad del navío europeo. Existía la certeza de que no eran españoles ni rusos, ni parecían trabajar para la monarquía inglesa. Quizá un navío corsario en busca de comerciantes de pieles rusos a los que robar. Pero a Fages, l'Ós, como le conocían sus soldados, no se le acababan las preocupaciones. Ahora, sin saber nada, "n-a-d-a", una expedición terrestre española se había plantado allí mismo. Ni una maldita carta; ni Gaspar de Portolà, ni el secretario del visitador, ni el sobrino del propio visitador, ahora comandante de las Provincias Internas... Nadie había avisado, ni a ellos ni al navío con matalotaje y correo que les había visitado desde San Blas, con escala en San Diego. A menos que...

Joan Crespí trató de averiguar qué le ocurría a Fages, un militar juicioso y competente, capaz por igual de dirigir una expedición, repeler un sorpresivo ataque indio o construir un presidio con un puñado de lugareños. Pero su mala leche era también legendaria. "Surti d'enmig, pare Crespí, que en rebrà". ¿Cómo era posible que el padre Serra, que sin duda había recibido noticia de la expedición terrestre que se agolpaba en la era de la misión, no le hubiera informado? Crespí le explicó. Así que Serra tampoco sabía nada. El capitán del presidio no podía creer lo que estaba oyendo. Cambió al castellano para sentenciar, mirando a los ojos de Crespí. "Con perdón, padre. Pero esta provincia y este Imperio se van a pique. Así, no". Serra se disculpó con sus contertulios, a los que se había ofrecido pan, carne curada y agua. Confirmó a l'Ós lo que Crespí ya había avanzado: la alocada expedición que tenían ante ellos había llegado desde Arizpe por su propio pie, sin otra ayuda que su determinación. "¿Eso quiere decir...?". En efecto. Expedición terrestre por el interior. "Así que son ciertos los rumores que hablan de un Camino Real que lleve desde la costa hasta las Provincias Internas...". Habría tiempo de departir sobre ello. "Antes que nada, quiero que conozcas al capitán del presidio de El Tubac, don Juan Bautista de Anza".

Avanzó la tarde, placentera, una vez la bruma había dado paso a un día soleado, con nubes altas y blancas que, esponjosas, cruzaban el firmamento de poniente a levante. Las reticencias de los indios de la misión con los forasteros, sobre todo con Simuchi y el resto de indios y mestizos de la expedición liderada por Anza, se relajó cuando observaron el entendimiento entre el Padre Presidente, el capitán barbado y los tres muchachos que, sin ser capitanes ni nada por el estilo, permanecían en el centro de la acción, compartiendo el favor de Serra, Crespí, el energúmeno de Fages y el propio capitán barbado, aquel guerrero Anza. Antonio del Carmen, agricultor y cristiano bautizado -"'grasias' a Dios", como él mismo decía siempre, emulando el seseo de la "c" castellana del mallorquín Joan Crespí-, había sido guerrero antes que agricultor. Y un guerrero sabía reconocer a otro. Anza formaba parte de su misma estirpe, aunque sus antepasados vinieran de lejos. El respeto entre dos guerreros se anteponía a otras leyes humanas no escritas, como el robo de las mujeres y los niños de un pueblo conquistado, después de apresar y matar a todos sus varones. Pero el guerrero barbado no podría engañar a su Padre Presidente. Con el padre Serra, estaban a salvo del ataque del barbado. De momento. Ulaxfexe, sin embargo, les había advertido, tanto a los que habían accedido a bautizarse y vivir en el pueblo de la misión como a los que permanecían en la cabecera del río Carmelo, que vendrían más guerreros como Fages, y no siempre tendrían a un padre Serra para apaciguar el alma del que ha sido entrenado para combatir. Las historias de pueblos hermanos del norte, el sur y el naciente, no dejaban lugar a dudas. Allí donde pisaban los europeos, se extendía la muerte como las gotas de rocío sobre la pradera.

Casi nadie se retiró a dormir la siesta, pero sí se atendió a los animales y pertrechos. Joan Crespí pidió ayuda para agarrar el venado de Fages, abrirlo en canal y crucificarlo; acto seguido, Crespí lo saló y aderezó con algunas hierbas aromáticas. Ya se preparaba el fuego que asaría el animal junto al roble donde todos cenarían, conmemorando el éxito de la expedición que había sorprendido a la congregación. El mismo roble majestuoso junto al que Gaspar de Portolà y Junípero Serra habían pactado construir, dos años antes, la misión que ahora les daba cobijo; el árbol que, 169 años atrás, acogiera la misa oficiada por los carmelitas de la expedición de Sebastián Vizcaíno, tomando posesión de las tierras de la California Nueva en nombre de Dios y el rey de España.

La hoguera se había convertido en brasas que, con el cuidado de Crespí, asaban la res, crucificada, cuya carne era hidratada con aceite, grasa de cerdo y especias, para así acrecentar su jugosidad. Pronto, el olor de la carne y el avance del atardecer convirtieron el rincón apartado de la loma del monte Carmelo, que dominaba la rada y el valle del río, en el escenario de una antigua y comedida bacanal mediterránea. Odiseo, en lugar de sacrificar cien bueyes en la playa, junto al antiguo ponto europeo, se conformaba ahora con un venado de los confines del Nuevo Mundo. Una expedición imposible que había sabido llegar a su destino bien se merecía una celebración con cariz mitológico. Descendientes de europeos, indígenas y mestizos se preparaban para una velada en la que comerían, respetuosos, la carne del animal sacrificado, rindiendo tributo a todos los animales que el sabio Ulaxfexe incluía en sus plegarias. "Damos gracias a toda la vida animal en el mundo...". Quizá, al final de la noche, aparecerían la guitarra y el tamboril, y algún soldado novohispano, o catalán, o asturiano, o leonés, cantaría una copla de las que se estilaban. Pero ni siquiera había empezado la velada, pese a que la expedición se congregaba, poco a poco, en torno al calor, y sabroso olor, de la res. Embobado por el fuego y la crucifixión del animal, el indio Antonio del Carmen no podía evitar santiguarse. El animal no sólo había dado su vida para alimentarles: compartía la misma posición que Jesucristo en su calvario. A excepción, le recordó Íñigo de todos los Santos, otro esselen bautizado, de que nadie se había comido al hombre crucificado.

El Padre Presidente había querido que la cena fuera distendida, sin orden ni concierto. La regla franciscana no debía interponerse en la celebración de todos los amigos y hermanos que allí se habían congregado. Ni discursos de bienvenida, ni llamadas al orden para que acabaran los corrillos de conversaciones y las risas localizadas en un lugar u otro de la mesa, a medida que avanzaba el atardecer y, sobre todo, al hacerse noche cerrada. Para Mansió, sentado junto a sus dos compañeros cerca de la cabecera de la mesa, donde el caballero de Anza departía con l'Ós Fages, el Padre Presidente y Joan Crespí, había llegado el momento de dar las gracias por la cena y, de paso, llevar el agua a su molino. No habían recorrido medio mundo para, con perdón, comerse un venado en una húmeda bahía. Anza y Fages fanfarroneaban sobre técnicas de caza mayor, aunque no quedaba claro si hablaban sólo de animales y no incluían, entre sus "técnicas de caza", las emboscadas a otros seres humanos. Fages reía, al explicar la obsesión de los aventureros rusos e ingleses que, unos días al septentrión, cazaban nutrias, tan abundantes en la húmeda costa del Pacífico de la América del Norte, por el valor de sus pieles. ¿Por qué esa obsesión por las pieles? Mansió meditó, entonces, sobre la incapacidad comercial de los altos funcionarios españoles. De tan hidalgos, los funcionarios del Imperio ibérico eran auténticos desconocedores del comercio y sus beneficios. Quizá Fages nunca había pasado frío en su pueblo natal, mientras Anza había nacido y vivido en el desierto. Era imposible que los dos valerosos militares, ambos con una impecable hoja de servicios, pudieran reconocer el valor de las pieles de nutria. Rusos e ingleses, por el contrario, sabían que la abundancia de pieles podía convertirse en el oro de aquellas tierras. Pobre España, tan dependiente de aguerridos y valerosos analfabetos mercantiles.

Mansió se levantó, mirando a sus dos compañeros. Amigos. Sonrió. Acto seguido, empezó a cantar, con una impecable melodía gregoriana, los versos que les habían acompañado durante aquel viaje.

Habían permanecido inertes hasta que los oyeran, con su anotación monocorde, proyectándose desde el crucero hasta el último rincón de la iglesia del colegio de San Fernando, en Ciudad de México. El canto sonaba a drama litúrgico, embellecido por la luz, cálida y dramática, procedente del fuego, revivido tras el anochecer, cuando la res ya se había cocinado y repartido. Mingo y Martín se levantaron, emocionados. Como si hubieran aguardado toda su vida a que llegara el momento, proyectaban la melodía gregoriana, convencidos del fondo y la forma. El mensaje de la Sibila, la profetisa del fin del mundo que, partiendo de la mitología clásica, se había adaptado al cristianismo del Imperio Carolingio, donde los descendientes de la Marca Hispánica lo habían transmitido en los monasterios y abadías de los reinos que los reyes catalanes conquistaran en un pasado remoto. La simiente plantada todavía emocionaba a los hijos de Mallorca, como Junípero Serra y Joan Crespí, que atendían, sin perder detalle, a la improvisada dramatización en latín. El canto había narcotizado el tiempo. Las risas y conversaciones se habían desvanecido. Mientras cantaban los cuatro últimos versos, fray Junípero se esforzaba por no emocionarse. Sólo acompañaban al canto a capella el crepitar de la hoguera y el canto insistente de las zigarras y demás insectos de las colinas boscosas circundantes. "...Ostium I te vocant. / Vides quid agam. Excepto eo / Verbum decepit, sed non ego / omnino falluntur".

Al acabar el último verso, los tres muchachos, impertérritos, apenas hicieron nada más que respirar hondo. No se oyeron vítores ni aplausos. Un silencio pesado, respetuoso. Sin duda, no se trataba del canto de tres soldados borrachos, ni era una oda vacía a la beatitud del momento. Cualquiera que fuera su significado, era compartido, y comprendido en su esencia, tanto por los cantantes como por la audiencia. La iniciativa de Mansió dio al fin sus frutos. Fray Junípero rompió el silencio. "Así que habíais venido por eso". Antes de proseguir, el Padre Presidente depositó su mano sobre el antebrazo de Joan Crespí. Quería que se encargara de enseñar los aposentos, con los jergones preparados, a los miembros de la expedición. "Les agradezco a todos ustedes su presencia en la misión de San Carlos Borromeo del monte Carmelo. En nombre de la congregación, es un honor acogerles y haremos todo lo que esté en nuestras manos para que su estancia sea agradable. Todo final de trayecto tiene mucho de principio, de manera que les emplazo a que persigan con ahínco lo que buscan, como nosotros hacemos cada día en la misión".

"Pasaré la palabra al capitán don Pedro Fages, designado gobernador militar de las Californias por el renombrado capitán don Gaspar de Portolà, su propio antecesor y amigo de muchos de los presentes". Fray Junípero conocía la amistad entre Portolà, su amigo y compañero de exploraciones por la California Nueva, y el caballero de Anza. El sonorense se dio por aludido, achinando los ojos y asintiendo, satisfecho. En efecto, profesaba a Portolà un profundo respeto y, si Portolà había hablado de él al franciscano en el pasado, seguro que no había sido para desprestigiarlo. Portolà tenía sus años y no era un lenguaraz: no necesitaba hacer carrera militar en los confines del mundo, ni buscaba más honores que estar a bien con su propia conciencia. "Quisiera recordarles que el padre Joan Crespí está a su disposición. Nos hemos ocupado de las monturas y los jergones están dispuestos en torno a la era de la misión. Rogamos comprendan las molestias que pudieran causarles las paredes a medio hacer y el piso a medio lucir. Sabemos que apreciarán lo que compartimos con ustedes, pues es todo lo que tenemos". Mientras Fages invitaba a la expedición de Anza al completo a acudir a dormir al presidio, ya fuera esa misma noche o al día siguiente, Serra indicó a Mansió su voluntad de alargar la velada, una vez el convite se hubiera disuelto. Anza, que había aprendido desde niño a que una naturaleza atenta podía salvarle la vida, cazó la intención de Serra y los muchachos. Fuera lo que fuese lo que se traían entre manos, a buen seguro que su valor espiritual resonaría más allá de aquel valle. En cuanto a él, una criatura del desierto, se daba por satisfecho con haber logrado la primera parte de su misión sin apenas bajas. Tocaba prepararse para la vuelta desde aquel mismo instante. Retornaría a El Tubac cuanto antes y pediría una nueva expedición por el interior a Bernardo de Gálvez, esta vez oficial, a poder ser llegando hasta la bahía de San Francisco, apenas unos días al norte.

La fría brisa de poniente les hizo acercarse al fuego, guarecido por una tienda de lona sostenida por varias estacas en media luna. Pese al abrigo de poniente, el fuego danzaba saltarín, transformado en pequeña hoguera de fiesta pagana. Fages y Anza desaparecieron en la penumbra, tras la antorcha de Joan Crespí. Era ya noche cerrada y el cuarto menguante lunar apenas dibujaba las sombras de colinas, árboles y edificios, así que l'Ós desistió en su insistencia de invitar a que parte de la expedición durmiera en el presidio. El joven fray Sebastián se acercó al fuego, donde sólo permanecían el Padre Presidente y los tres muchachos, que habían insistido a Juanito de Dios y Pedro el Tamales que era hora de recogerse, pues ellos estaban bien. "Son nuestros escuderos. Les conocimos en Veracruz y nos han salvado de más de una", explicó Martín. Serra aprovechó el momento distendido para invitar al joven fray Sebastián, quizá celoso de su seguridad, a que se retirara a su alcoba. "Jóvenes, les presento a Sebastián Yáñez, antiguo alumno del Colegio de San Fernando de Ciudad de México...". Sebastián, seco, respondió con un "conocen el Colegio, a juzgar por su afición a las cántigas usadas por el Colegio para la Misa del Gallo...".

El Padre Presidente optó por cortar la conversación con fray Sebastián con algo más de agresividad. "Querido Sebastián, seguro que tendrás oportunidad de charlar con nuestros invitados mañana, a partir de la hora sexta, una vez hayamos avanzado en todas las tareas asignadas". El fraile, alto y barbilampiño, con el característico castellano mesoamericano, se disculpó, resignado. "Disfruten de la calidez de las brasas del fuego", espetó antes de marcharse. Quizá una manera de enviarles al infierno. Quizá una despedida desconfiada. Al parecer, el Padre Presidente era protegido por algo más que sus plegarias a Dios. Hasta el último fraile amaba al prójimo con el previsor instinto de supervivencia de toda existencia en la Frontera. Cualquier paso en falso podía significar la muerte y pasarían varios meses hasta que la noticia se supiera en San Gabriel y San Diego.

Fray Junípero, no obstante, confiaba en los tres muchachos. Se comportaba, además, como si supiera a qué habían acudido. Junípero agarró un sencillo taburete de madera de pino y tres patas, simple, rústico, como un útil concepto humano recién obtenido de la naturaleza. Lo plantó ante los tres muchachos, a los que animó a acercarse a él. La fugacidad de la existencia no debía impedirles disfrutar del momento. "Celebremos este instante, amigos míos". Sonrió y, acto seguido, agachó la cabeza para, a la luz del fuego, observar la sencillez del taburete de madera. Cada modesta arista en una de las patas, única a la luz cálida y crepitante, sugería la belleza, aspereza y asimetría del mueble, la consecuencia del trabajo del artesano en un momento determinado. "Siempre me ha gustado la simplicidad del trabajo artesano útil. Ya saben, sin ornamentos gratuitos. Cuando uno lee a Vitruvio, tiene la sensación de que una sencilla silla, o una cabaña primitiva, como los chozos de los indios esselen, se acercan en efecto más al ideal clásico de arquitectura que los retorcidos estilos preciosistas. Demasiada forma hace olvidar el fondo, sea en la arquitectura o en la liturgia religiosa -sonrió-. Durante mi estancia en Ciudad de México, pude leer los tratados de arquitectura de dos franceses, Marc-Antoine Laugier y su maestro, un tal Blondel. Coincido con ellos. El ornamento sólo tiene sentido cuando es parte esencial de la estructura". Se levantó del taburete, lo agarró y, haciendo palanca, arrancó una de sus patas. Trató de sentarse y cayó al suelo. "¿Ven? Por eso estoy convencido de la supremacía de la arquitectura clásica. Las columnas forman parte del templo porque su ausencia causa el mismo efecto catastrófico que acaban de observar". Agarró una piedra y, tras voltear el taburete, encastó la pata arrancada en el orificio del que había sido desprendida. "Intuyo que no han recorrido medio mundo para que un fraile franciscano les hable de arquitectura ni les enseñe un taburete".

"Y bien". Silencio. Serra respiró por un instante. Ofreció una taza de vino dulce a sus contertulios, mientras pidió a un fraile que se les había acercado en la penumbra unas mantas para que los muchachos pudieran cubrirse las espaldas, junto a la calidez del fuego. "Espero no decepcionarles. Antes de nada, les ruego que recuerden que todas las respuestas están siempre en nuestro interior, en lo más profundo de nuestro alma". Instante de silencio. Serra soltó una carcajada, al comprobar el semblante, helado de sus tres contertulios. "No, ese tampoco es el mensaje que queréis oír... Así es, he dedicado parte de mis años de estudio a buscar respuestas. Algunas de ellas, quizá parecidas a las que vosotros perseguís con ayuda de otros". Suspiraron, aliviados. "Yo también conozco los versos de la cántiga a la que habéis aludido, así como su relación recurrente con unos símbolos, con los que me topé ya al principio, como bachiller de Teología en Palma de Mallorca". Junípero Serra era consciente de que se le consideraba el máximo experto vivo en la obra del mallorquín Ramon Llull, Doctor Illuminatus, al ser inquirido sobre ello por los muchachos. Explicó su periplo hasta recalar en los confines de la California Nueva.

Su interés por la obra de Ramon Llull le había sido impuesto. Con quince años, asistió a las clases de filosofía en el convento de San Francisco de Palma. "Y, al leer a los estoicos y al propio Francisco de Asís, llegó mi vocación. Desde entonces, nunca me he separado de Séneca ni del fundador de la Orden". Le había costado más descifrar la obra de Llull. "Por erudición y espesura, malinterpreté a uno de los mayores maestros de la Orden. Pero comprobé que, al arrancar los pedazos de cal que se desprendían del edificio de su obra, los pilares eran sólidos. Tenían los cimientos de un sólido edificio clásico, donde todo el ornamento es, en realidad, estructura. En definitiva, Doctor Illuminatus construyó un sencillo e intemporal taburete donde sentarse, al interpretar con profunda madurez a los clásicos de la filosofía y los antiguos sabios de la Cristiandad... Y con su taburete se pueden construir todos los asientos del mundo". Ni siquiera Mingo estaba del todo convencido de estar siguiendo el hilo de la conversación, demasiado alegórica y conceptual. ¿No era ese, acaso, el propio defecto del Cristianismo y las otras dos religiones abrahámicas, con las que Llull había intentado establecer un denominador común universal?

Había profundizado en la inabarcable obra de Doctor Illuminatus durante sus años como joven profesor de filosofía en el convento de San Francisco de Palma de Mallorca. Serra se ahorró el detalle de que había ganado la Cátedra por oposición, sin padrinos ni dinero, con la máxima calificación otorgada por todos los examinadores, a los que supo decir lo que querían escuchar. "Fueron años de reencuentro y profundización en la obra de los estoicos Epicteto, Marco Aurelio y, sobre todo, Séneca". Susurrando, añadió: "En ellos encontré la esencia de las enseñanzas cristianas. Pero no se lo digan a beatos como fray Sebastián o le darán tal disgusto que enviaría una carta en el próximo navío de San Blas". Mingo entendió el comentario de Serra. Fray Sebastián tenía la actitud de confesor de la Santa Inquisición. "Cuando cumplí treinta años, di una alegría a mis padres". Entonces, mirando hacia Mansió y cambiando al catalán: "ja sabeu, família de camper; pobre de solemnitat i honrada alhora". Tras su treinta cumpleaños, escribió a sus padres para que el secretario del capellán de Petra les leyera que había aceptado la cátedra de Teología Escotista de la Universidad Luliana. "Allí, encontré mi Monte Randa particular. Si Doctor Illuminatus se había retirado a ese monte de Mallorca a meditar y contemplar, para ingresar después en el monasterio donde encontraría tratados de filosofía clásica y de las tres religiones abrahámicas, yo encontré mi contemplación en el estudio profundo de la obra del maestro Llull". Serra había mantenido su cátedra durante seis años. "Al bajar de mi Monte Randa espiritual, decidí venir a Nueva España, después de pasar unos meses en Santiago de Compostela".

Los ojos de Mingo ardían en sus cuencas. No pudo evitar importunar con un "¿...y?" ansioso, que llegaba de sus entrañas.

"Bien, por aquel tiempo, ya había llegado a mis manos el chocante enigma del mensaje críptico custodiado por la Orden del Temple. Al parecer, quienes habían acabado con los templarios tuvieron una intención velada: borrar el auténtico significado de un mensaje que, a juicio de Ramon Llull y otros eruditos contemporáneos de la Orden, podía socavar el poder de Roma en el cristianismo". Serra había descubierto el mensaje, anotado en el margen de una edición de la Ars Magna, alojada en la Universidad Luliana. Su relación con unos misteriosos versos en latín le llevaron hasta su posible autor, cuya relación con Santiago de Compostela sería siempre negada por Roma. "La Orden del Temple había recibido un mensaje críptico, mantenido durante siglos, cuya intención era instaurar un nuevo cristianismo, más próximo al cultivo de la virtud y la tranquilidad del espíritu humanos, a la manera prescrita por los estoicos clásicos. Para lograrlo, querían sustituir la figura del Papa por un consejo de sabios que departiera sobre la propia esencia de las religiones abrahámicas: cultivar una filosofía de vida, una bondad humana que pudiera compartirse". Mingo miraba a sus dos compañeros, mientras absorbía las palabras de Serra con cada poro de su ser. Les abrigó con la mirada. Sabía que estaban preparados para entender el mensaje sin su ayuda. De lo contrario, allí estaba él con toda una vida por delante, dispuesto a recordar y explicar pasajes de la conversación con alegorías y otras palabras, si era necesario. No lo sería. El lenguaje universal, el más profundo, tenía la virtud de la sencillez. Ocurría con la lógica clásica.

La estantería de la metafísica aristotélica se les abría en ese preciso instante. "Profundizando en la cábala luliana, di con un libelo medieval en el que se hablaba de un cónclave celebrado en Santiago de Compostela, al que habían acudido eruditos de varias órdenes, entre ellos el filósofo, científico y teólogo inglés Roger Bacon, Doctor Mirabilis; y el propio Ramon Llull, Doctor Illuminatus. Ambos eran franciscanos y habían indagado con humildad y efectividad en el arte de la vida, gracias a su experiencia vital y formación: eran expertos en filosofía clásica, con sólidos conocimientos de la obra de Aristóteles y los estoicos, además de conocer la ciencia y filosofía de los grandes pensadores árabes y judíos, como el persa Avicena y el andalusí Averroes". Al parecer, el cónclave oficial dio paso a uno secreto, celebrado entre Doctor Mirabilis, Doctor Illuminatus y otros eruditos menores de la época, que actuaron como testigos. El cónclave se había celebrado, al parecer, en una pequeña isla de la rada de San Simón en lo más profundo de la ría de Vigo... Mingo interrumpió al vuelo. Su tatarabuelo había batallado en San Simón contra una escuadra anglo-holandesa. En la ermita de la isla, había encontrado los cinco símbolos, así como... dos copias de un mismo libro, introducidas ambas en la misma caja.

Serra, que no había podido corroborar ciertas averiguaciones sobre el Codex Calixtinus, se conformó con sentenciar, con la voz de repente agotada de un anciano al final de su vida, satisfecho de su existencia: "así que era verdad".

El asunto del cónclave: "se discutió sobre si era o no posible una fórmula alquímica para que el ser humano, el individuo y el colectivo, alcanzara la felicidad y bondad". En las anotaciones del libelo donde se explicaban detalles sobre los dos cónclaves, el oficial y el secreto, Serra había encontrado una pista definitiva sobre las conclusiones de la reunión. "¿Habían dado con la fórmula alquímica de la felicidad? ¿Era posible aplicar los principios de la cábala a las filosofías de vida? O, dicho de otro modo, ¿se podía hacer feliz a un individuo, un pueblo, un reino o la humanidad entera, usando el método científico que Roger Bacon y Ramon Llull habían tomado de Averroes y Aristóteles? "Aunque resulte sorprendente, las conclusiones del cónclave secreto entre Doctor Illuminatus y Doctor Mirabilis habían sido transcritas en... el mismísimo Codex Calixtinus". Una risa nerviosa atacó a Mingo, mientras el Padre Presidente hacía gestos, divertido, para calmar el escándalo, y tanto Mansió como Martín miraban a sus dos interlocutores, entre extrañados e impotentes, como si hablaran en un idioma tan desconocido para ellos como el esselen que habían escuchado aquella misma tarde a dos indios bautizados.

Mingo explicó la situación a sus compañeros. "El Codex Calixtinus es un manuscrito iluminado del siglo XII". ¿Iluminado? "Imaginad esos libros antiguos con letras capitales grandes y doradas, delicadas miniaturas decoradas con oro y plata. Pero este manuscrito no es un libro cualquiera". Mingo abrió sus manos para dramatizar, animado, el momento. "Es la guía para los peregrinos del Camino de Santiago. Algo así como la obra magna de la peregrinación, donde aparecen la ruta y las peculiaridades de los lugares y las gentes que se visitan, así como sermones, milagros, alabanzas a Santiago...". Así que, cuando el padre Serra decidió partir hacia Nueva España, con destino al Colegio Progaganda Fide de San Fernando, en Ciudad de México, visitó primero Santiago de Compostela. Quizá, pensó entonces, no tendría otra oportunidad para estudiar las anotaciones que, a lo largo de los siglos, los eruditos y estudiosos habían realizado en el manuscrito. Quizá, con suerte, localizaría las anotaciones referentes al cónclave secreto para establecer, o recuperar del olvido, la fórmula alquímica de la felicidad. "Así que allí me ven, en la catedral de Santiago de Compostela, maravillado por la obra cumbre de la escultura del románico, el pórtico de la Gloria del maestro Mateo... Hay que verlo, al menos, una vez en la vida". Asistido por un erudito benedictino que protegía, celoso, el manuscrito, Serra había estudiado el Códice Calixtino durante días. Hasta que, la mañana que había planeado partir, distinguió en una ilustración del manuscrito los cinco símbolos del misterioso ideograma. "Antes de que me pregunten: al parecer, los 'matones' -pronunció la palabra en un susurro- de Clemente V no pudieron tachar el quinto símbolo de la ilustración, al desconocer su existencia". Los tres muchachos le miraron, aguardando a su explicación. "¿...y?". Mingo pudo confirmar que el quinto símbolo era una espiral de Fibonacci, una metáfora de la sección áurea. Por la presencia de esta forma en la naturaleza, la espiral de Fibonacci era también, en palabras del padre Junípero Serra, "una alabanza al Panteísmo".

"Qué historia más sorprendente, ¿verdad?". Pero todavía les faltaba oír el auténtico estallido en el corazón del catolicismo. "Como siempre, junto al ideograma, aparecían los delicados versos a muchos que nos han perseguido durante generaciones. Yo ya supe en Palma, gracias al magnífico fondo de la biblioteca del convento de San Francisco, que eran versos atribuidos a...". Miró a Mingo, que se incorporaba poco a poco. "Prisciliano". El fuego era demasiado tenue como para comprobar la tonalidad del rostro de Mingo, por lo que el padre Serra y los compañeros del gallego no intuyeron el desmayo. Mingo cayó desplomado sobre el mullido suelo, humedecido por el inicio del rocío. Faltaba poco para la alborada, cuando Mingo volvió en sí. Permanecía tapado, junto al fuego, en una silla con respaldo, mientras Serra y sus compañeros seguían departiendo junto al fuego. Se alegraron de que volviera en sí. La imagen de Prisciliano volvió al instante a su mente. Prisciliano, obispo de Ávila en el siglo IV, había sido el primer hereje ajusticiado por la Iglesia Católica. Descendiente de una familia de patricios de la Gallaecia romana, Prisciliano había destacado por su erudición clásica y su profundo respeto y conocimiento de la tradición pagana de su tierra, vertebrada en torno a las ciudades romanas de Astorga, Braga y Lugo. Prisciliano conocía la filosofía y ciencia clásicas y, al parecer, tomaba ideas para sus discursos de Aristóteles y de Séneca por igual. El estoicismo de este último había sido al fin y al cabo, hasta la llegada del cristianismo, la filosofía de vida practicada por los patricios romanos más cultivados de un Imperio en decadencia, cada vez más a merced de invasiones bárbaras.

"Nuestro amigo vuelve de su dulce sueño. Retomemos pues, aunque esta vez con calma, la historia que nos ocupaba, si el convaleciente está de acuerdo". Risas. "El único mal que Prisciliano hizo a la Iglesia Católica fue tratar de depurarla, reconducirla hacia su mensaje universal primigenio, hacerla compatible con su esencia gnóstica y abrahámica. Promulgó sus misas, que él llamó 'celebraciones', a menudo bajo árboles y junto a ríos, usando piedras significadas y otros hitos naturales que, en su tierra, habían formado parte de las creencias de los antiguos, que algunos llaman ahora celtas. El mensaje de aquellas gentes, antepasados de Prisciliano a los que el obispo respetaba y celebraba, rememorando su amor por la naturaleza, era similar al predicado por los indígenas de la California Nueva, que dan gracias a todos los animales del mundo cuando matan a uno solo de ellos, para alimentarse con respeto. Su mensaje era poderoso y no entendía de liturgias, pues dejaba que las mujeres acudieran con los hombres a las reuniones de lectura, y... -susurró- no abogaba por el celibato de los sacerdotes". Prisciliano había sido un asceta, un estoico que había acercado la filosofía de vida de Marco Aurelio y, sobre todo, de Séneca, a las enseñanzas bíblicas, hasta entonces interpretadas, pensó Prisciliano, de un modo deficiente". Silencio de Serra. Miró a Mingo y le dejó concluir con la historia de aquel asceta del siglo IV, el estoico que había intentado instaurar una filosofía de vida para conducir a la cristiandad a la auténtica virtud, según su interpretación de las escrituras. Como los estoicos, Prisciliano creyó que la virtud se logra con todo aquello que esté en consonancia con la naturaleza. Respetando la naturaleza, se entendía la razón universal, o 'logos', pero para alcanzar este estado, era necesario que el individuo se convirtiera primero en un pensador lúcido, sin prejuicios, capaz de buscar el equilibrio y el camino medio de la existencia. Algo así como entender que, en nuestro raciocinio, está el mecanismo para evitar la ira, la envidia o cualquier otra actitud destructiva.

Mingo se explicó, tranquilo. "Prisciliano dijo a sus feligreses: Dios está en vuestro interior, y equivale al Universo, y el Universo es Naturaleza. ¿Consecuencia? Le llamaron al orden y, aprovechando su indefensión, le decapitaron en Tréveris. Allí se acabó el sueño del estoico panteísta, el que habría sido el mejor papa de la historia". Sus ojos estaban ahora entelados de lágrimas. "Y le mataron como a un perro".

El Padre Presidente retomó la palabra. "Estoy convencido de que, llegado su momento, Prisciliano estaba preparado para morir. La Europa cristiana que nacía de las ruinas de Roma, quizá no lo estaba tanto como él". Silencio. "En sus Meditaciones, el emperador estoico, Marco Aurelio, expresó la actitud que convirtió a Prisciliano en inmortal, antes incluso de ser decapitado, ya que tuvo la lucidez de transmitir un discurso muy parecido a sus feligreses". Resonaron las palabras de Marco Aurelio: "Di a ti mismo a primera hora de la mañana: hoy debo encontrarme con gente desagradecida, violenta, traicionera, envidiosa, falta de caridad. Todas estas cosas se han apoderado de ellos por ignorancia del verdadero bien y mal... No puedo ni ser perjudicado por ninguno de ellos, ya que ningún hombre me involucrará en el mal, ni puedo enfadarme con mi pariente u odiarlo, porque hemos venido al mundo para trabajar juntos". El mensaje de Prisciliano, su fórmula de la felicidad, consistía en extraer el alma estoica del cristianismo y convertir al individuo librepensador en un artesano experimentado de su propia vida, un entendedor del arte de vivir, según sus propias circunstancias. Un ser capaz de encontrar mecanismos para voltear cualquier actitud negativa y transformarla en enseñanza positiva. Quizá por ello, por querer otorgar la independencia de pensamiento a sus feligreses, recordándoles que la llave de su propia felicidad radicaba en su propia voluntad, en su búsqueda particular de la virtud, Prisciliano se había convertido en el primer hereje ajusticiado por el Catolicismo.

"¿Qué ocurrió con sus enseñanzas?", preguntó Martín. Serra lo resumió con ligereza, para restar peso a la conversación, pues se levantaba un nuevo día y, qué diantres, la existencia era bella. "Lo que pudo aprovecharse por no tener la capacidad de incendiar, en términos filosóficos, Roma, fue aprovechado. El resto, fue enterrado todo lo hondo que se pudo, hasta que el olvido se convirtiera en una losa todavía más pesada que la represión espiritual instaurada por las élites religiosas que sucedieron a Prisciliano en la Iberia septentrional y la Galia que se transformaba en el germen del Imperio Carolingio, territorios donde no se olvidó a Prisciliano así como así". Mingo se había interesado por el hereje en el seminario, como otros tantos bachilleres gallegos. En Galicia, el boca a oreja en torno a Prisciliano se remontaba a la propia muerte del hereje. Las leyendas se habían impuesto a la realidad. Existían, no obstante, varias certidumbres acerca de la obra que Prisciliano había escrito, desaparecida con su ejecución. ¿O había sido escondida? "Poco después de su ejecución, varios de sus discípulos acudieron a Tréveris para recuperar el cuerpo de Prisciliano y enterrarlo en la Gallaecia natal. En la expedición iba un tal Dictinio, que incluyó en un opúsculo, al que llamó Libra, las enseñanzas de Prisciliano. Se sabe que San Agustín de Hipona tomaría varias de sus ideas y las escondería bajo la grasa y las vísceras de la liturgia romana...". Mansió rememoró el nombre del navío de la Compañía de don Rogelio Milà, que realizaba el trayecto entre Barcelona y Cádiz. El viejo San Agustín de Hipona, un místico de vela latina... "También se dice que...". Serra paró en seco. Mingo le miró con ternura, de nuevo conteniendo el llanto. El Padre Presidente estaba a punto de cruzar una frontera a la que pocos doctores de teología de la Iglesia Romana estaban dispuestos a asomarse, hasta tal punto había llegado la esclerosis de la institución. "Se dice que Prisciliano fue enterrado en Santiago de Compostela. O, dicho con propiedad, se cree que el cuerpo venerado en el sitio sobre el que se erigió Compostela, nunca perteneció a San Jaime. Carolingios, vascos, asturianos y gallegos siempre peregrinaron a la tumba de Prisciliano. Hasta que, pasados los siglos, se reescribiera la historia para, así, adaptarla a los nuevos tiempos. La Orden del Temple, entre otros, salvaguardaron la memoria verdadera".

"Quizá lo hicieran con el mensaje y los versos que os han traído hasta aquí".

El fuego se había hecho brasa y avanzaba el amanecer.

El padre Serra todavía tenía algo que decirles: "después de estudiar el mensaje, los versos y las anotaciones contiguas relacionadas en el Codex Calixtinus, tengo la certeza de que Doctor Illuminatus y Doctor Mirabilis no eran sino guardianes del mensaje de Prisciliano, una vez llegaron hasta él usando el método empírico y contrastando su corazonada con los guardianes del mensaje, todavía presentes en su tiempo: los templarios". El padre Serra hizo el ademán de levantarse. Dudó, por un instante, si incluir o no un último pensamiento. "Ah. Las notas del Codex Calixtinus sí hacían refererencia al cónclave entre Mirabilis e Illuminatus en la isla de San Simón. Según las notas, si les damos credibilidad, en aquel encuentro se entregó a un guardián la llave de acceso a una caja con un manuscrito de Prisciliano, dispuesta junto a la tumba del mártir. Eso situaría al manuscrito, claro, en Compostela. Mirabilis e Illuminatus habrían enterrado allí mismo, en el sitio de San Simón, otra caja. Esta última habría contenido, al parecer, dos copias manuscritas de De vita beata, el libro sobre la felicidad que Séneca escribiera a su hermano. Lo que confirmaría el interés de Prisciliano por el estoicismo como corpus de su prédica cristiana". Se incorporó, desperezándose. "Ahora, a dormir un par de horas, antes de iniciar el que parece un espléndido día. Hay, por fortuna, mucho por hacer".

Si Mingo lo entendía bien, había existido un libro de Prisciliano junto a la tumba del apóstol Santiago, en Compostela; y una llave. ¿Alguna información sobre la llave? Serra no parecía tan interesado por los detalles como por la figura de Prisciliano y su alma estoica, estirpada de la Iglesia Romana y, paradojas de la existencia, recuperada por la Iglesia de la Reforma. Los herejes del norte de Europa habían llegado tarde, pero siglos después desempolvaban las obras de Séneca y de su discípulo Averroes. Por el contrario, Roma seguía removiendo las vísceras de sus muertos. "Ah, la llave", respondió Serra con desgana. "Había una anotación en el Codex, puede que alegórica. Decía algo así como: 'El guardián de San Simón, / guardará la llave bajo la piel de su figura'. A saber".

Se recogieron a dormir. A diferencia de buena parte de la exposición, los tres muchachos encontraron cobijo en el ala donde se concentraban los humildes aposentos de los frailes, en lugar de las caballerizas y la propia nave de la ermita de San Carlos Borromeo. Los tres compartieron una misma alcoba, contigua, supieron, a la del audaz fray Sebastián. Había pasado un buen rato. Ya era de día y Mingo todavía no había pegado ojo. Resonaba la profunda respiración de Mansió y Martín, ninguno de los cuales roncaba. Se oían, en cambio, ronquidos a lo lejos. Por alguna razón, no imaginaba a fray Junípero roncando, sino durmiendo, indolente y tranquilo, en comunión consigo mismo. Quizá levitando, a un palmo del suelo. Daba vueltas a la aparición de Prisciliano al final de su búsqueda. Había iniciado la aventura escapando de su futuro en Santiago de Compostela después del seminario de Tui. Un año después, volvía a Santiago. Un seminarista gallego dormía, por tradición, en una mullida almohada de castellanismo y cristiandad bobalicona. Pero, quien se tomaba la molestia de rascar la superficie, encontraba los espartanos aposentos del patricio estoico. Prisciliano el asceta estaba presente en todos los seminaristas que se habían tomado la molestia de buscar el mensaje inoculado por el lejano obispo, perdido ya en el tiempo. Muchos en Galicia intuían que, en realidad, Santiago, el mismo Santiago Matamoros que había anclado sin remedio el reino gallego con el asturiano y, a la sazón, con el castellano, ni era Santiago, ni se había dedicado a matar moros. Prisciliano los habría, en todo caso, convertido al estoicismo del cordobés Séneca, como también sería cordobés Averroes.

La llave. Una llave. El libro perdido de Prisciliano se encontraba en la tumba de Santiago. De ser verdad, se trataba de la mayor lección que nadie jamás le hubiera dado a la Iglesia de Roma. El mismísimo Santiago no sería otro que Prisciliano, el primer hereje ajusticiado por la Institución. El "santo" custodiaría, asimismo, ni más ni menos que el corpus teórico de la obra del hereje, el estoico cristiano, el pagano panteísta, el osado patricio que dejara a las mujeres estudiar teología. El mismo que usara los árboles de los druidas gallegos como templos de la Naturaleza donde cantar a su Dios, que no era otro que el Universo mismo. "El guardián de San Simón, / guardará la llave bajo la piel de su figura". Extraña alegoría. ¿Se trataba de una mera referencia poética? ¿O era más bien un acertijo? En fin, qué mas daba. Empezaba a calmarse. Cerró los ojos, tratando de dormir. Su conciencia entró, con placidez, en el estado de anárquica actividad que precede el sueño, relacionando ideas en principio inconexas, sin que la conciencia forzara el pensamiento en ninguna dirección. "Bajo la piel de su figura". Su tatarabuelo había vivido la batalla de Rande desde la mismísima isla de San Simón. Allí encontró el mensaje, con el quinto símbolo destruido. Allí encontró los dos manuscritos de De vita beata de Séneca. Quizá su propio tatarabuelo hubiera legado alguna pista críptica acerca de la llave. Porque tenía consigo el cuaderno de su tatarabuelo, además del...

"¡El viejo soldado de estaño!". Rebuscó en el interior de su jergón. Allí estaba Pedriño, siempre listo para la batalla. Retiró la cortina de paño del ventanuco y dejó entrar la luz del día. Qué hermoso día. Buenos días, sol. "¡Pedriño, sempre listo para o combate, carallo!", gritó Mingo con todo su alma. Despertó a sus dos compañeros de golpe, asustados.

¿Qué demonios ocurría? Mingo les dio un abrazo. Martín y Mansió estaban convencidos de que, por el cansancio de la expedición y, quizá, debido a las emociones la última noche, Mingo había traspasado la delgada línea entre erudición y quijotismo. "Dame una razón para no partirte la crisma, gallego", le espetó Martín. Mingo les enseñó la razón: el soldado de estaño. "¿Os acordáis de Pedriño?". Confirmado: como un cencerro. Mingo volvió a probar: "¿Recordáis? Es un soldado que cogí de la hucha de mi tatarabuelo, el de la batalla de Rande en la isla de San Simón". Nada todavía. "Os lo diré de otro modo: 'El guardián de San Simón, / guardará la llave bajo la piel de su figura'".

Se miraron los tres. Martín espetó: "volvamos a las brasas de la hoguera. Seguirán vivas". Salieron, apresurados, de la alcoba. Fray Junípero ya estaba despierto, trabajando en el jardín de la era. Si es que había dormido. Le saludaron, a trompicones. "Discúlpenos, padre. En un momento estaremos con usted". Qué extraños, estos muchachos. Observó cómo ascendían el sendero de la era, descalzos. Llegaron a la hoguera, que humeaba junto al viejo roble que había cobijado a exploradores españoles desde la expedición de Sebastián Vizcaíno. Martín se agachó y, soplando, avivó las brasas y acercó unos maderos. No hablaron en el rato que esperaron junto al fuego, aguardando a que se avivara. Mingo se sacó a Pedriño del bolsillo y lo tiró al fuego.

Esperaron un buen rato junto a la lumbre. Al rato, retiraron los restos del soldado, convertidos ahora... en una antigua llave, labrada en lo que parecía oro blanco. La cabeza de la llave tenía forma de espiral de Fibonacci. Se reencontraban con la sección áurea.

"Ya tenemos llave", espetó Mansió.

Cerró los puños y, mientras se tensaban los músculos de su mandíbula, añadió, reanimado: "nuestra aventura continúa".

Un año y un día después del inicio de su aventura, los tres aventureros se estrecharon en un círculo, sosteniéndose con fuerza por el antebrazo. A vista de pájaro, quizá el espíritu del jefe Ulaxfexe, subido a la espalda del cóndor durante una de sus ceremonias de viaje en el espacio y el tiempo, observara cómo los muchachos conformaban, fundidos en un abrazo, un trisquel celta, como el del castro de Barbudo, junto a Anceu, la aldea de uno de ellos; o como el de la bandera de la Isla de Man. Los tres puntos cardinales de sus respectivas procedencias en Iberia, unidos entre sí, describían el mismo símbolo geométrico y curvilíneo. Los ríos marginales Llobregat, Alagón y Oitavén, proyectando su curso hasta encontrarse en un vértice espiritual: el áspero epicentro del chillón carro de bueyes ibérico.

Y Ulaxefexe entendería el profundo significado del trisquel.

Aprendizaje, aventura, evolución, crecimiento. La trinidad del pasado, presente y futuro.

TRISKELION por Nicolás Boullosa

18. El alquimista de la felicidad

Nieve en las calles y caballeros, señoras y niños caminando abrigados, tratando de aprovechar el calor de su propio aliento, evitando que se congelara en su contacto con la intemperie.

Volver a Boston siempre le recordaba la infancia en Milk Street, de la que presumía ante los hermanos Adams y, sobre todo, ante los prohombres de Virginia, auténticos descendientes de "cavaliers". Él, por el contrario, era un cada vez más rechoncho y entrañable pleurítico, con la tos y los problemas pulmonares siempre a cuestas, un chucho sin pedigrí que se las había ingeniado, con esfuerzo y perseverancia, para ganarse la estatura conseguida. Thomas Jefferson, Adam Smith o el marqués de Lafayette a buen seguro no estaban equivocados y él mismo estaba hecho de una madera especial.

Una madera, a la sazón, más resistente que la de la casucha puritana de dos plantas y tejado a dos aguas de Milk Street, la misma cuyas carencias habían propulsado su afán por inventar utensilios para que los niños americanos no padecieran las carencias de su infancia. Porque, en efecto, había un niño americano. Y había llegado el momento de crear algo más que un sentimiento de repulsa hacia el pueblo británico. Él mismo, caricaturizado como el simpático y regordete Benjamin Franklin, el puritano de los almanaques, sólo apoyaría una aventura en las Trece Colonias que se construyera sobre los pilares de la moral estoica: templanza, silencio, orden, determinación, frugalidad, diligencia, sinceridad, justicia, moderación, limpieza, tranquilidad, castidad, humildad.

Acudían, de nuevo, a la sombra del Árbol, el olmo situado en una encrucijada que, plantado por los puritanos recién llegados al Nuevo Mundo, había asistido al crecimiento físico y espiritual de Boston, Massachusetts y las Trece Colonias. La mañana del martes diecisiete de diciembre de 1765, el viejo olmo les había acogido a él mismo y a varios de sus amigos, entre ellos influyentes caballeros de las Trece Colonias, para rechazar al unísono la Ley del Timbre, impuesta por el Parlamento Británico a sus colonias americanas. La gota que había colmado el vaso: requerir papel timbrado para cualquier trámite burocrático, incluso el más insignificante, era la oportunidad que se presentaba una vez por generación para prender una profunda revuelta. Iniciada por motivos comerciales, sí, pero con un objetivo último, que los reunidos bajo el Árbol de la Libertad no se atrevieron a formular por escrito.

Allí estaba de nuevo, diez años más viejo, acudiendo el martes diecisiete de diciembre de 1775 a la ineludible reunión bajo el majestuoso olmo de Boston. En un instante, se encontraría con los restantes Hijos de la Libertad, como se habían bautizado en la primera reunión. Más viejos y, "en la mayoría de ocasiones", como le gustaba bromear, más sabios. No faltarían a la cita los hermanos Adams, Paul Revere, Benjamin Rush, John Lamb, John Hancock; así como los cavaliers Thomas Jefferson y George Washington, invitados a la conmemoración. Y, claro, él mismo. Siempre al margen del ruido propagandístico, pero lo bastante cerca para convertir el ruido en discurso, y recordar a las Trece Colonias cuál debía ser su alma. Sin principios, sin el objetivo último de liberar al ser humano de sus miserias morales, cualquier rebelión corría el riesgo de convertirse en un cambio de forma, que no de fondo.

Los hombres presentes explicarían lo allí conmemorado a sus amigos y colaboradores. La necesidad de cambio ya había sido inoculada. Ahora quedaba la dura tarea de dar forma a la idea y convertir el sueño en realidad. En esperanza para la humanidad. Ben Franklin lo tenía claro. Aquella fría, aunque soleada mañana compartiría más que una carta con Thomas Jefferson, George Washington y los otros congregados que admiraba. Había recibido la carta, traducida del latín, de su amigo Adam Smith. El pasaje había sido escrito en el siglo IV por un obispo de Hispania ajusticiado por sus ideas heterodoxas. El obispo, al parecer, había unido en su discurso las tradiciones clásica, céltica y cristiana, aunque la verdadera corriente de su pensamiento estaba dominada por los escritos estoicos de Séneca. La obra del prelado, el primer hereje ejecutado por Roma, se había perdido. Smith le había explicado en su carta que, dos años atrás, tres jóvenes habían recuperado la única copia de la obra manuscrita por el propio prisciliano, encuadernada y custodiada en una pequeña cámara oculta... de la tumba de San Jaime, el Santiago de los españoles. "No hay, al parecer, apóstol enterrado en aquella ciudad de provincias de la Finis Terrae española, sino el cuerpo venerado del propio sabio ajusticiado, Prisciliano". La misiva de Smith incluía varios pasajes del libro recuperado.

Le había sorprendido, sobre todo, el que empezaba con el epígrafe: "Life, Liberty and the pursuit of Happiness".

"Que todos los hombres son por naturaleza libres e independientes y tienen ciertos derechos inherentes; de los cuales, cuando entran en un estado de sociedad, no pueden, por ningún pacto, privar o despojar a su posteridad; es decir, el disfrute de la vida y la libertad, con los medios de adquirir y poseer propiedades, y la búsqueda y obtención de la felicidad y la seguridad."

"Bien, bien". El carro había llegado a la altura del viejo olmo, cuya copa batallaba para no ser sepultada por la nieve acumulada, que brillaba como una idea con la incidencia del sol matutino. Puso sus pies en el suelo. Bajo el árbol divisó, sin conocerlos en la distancia, a varios caballeros, aguardando ya a la reunión. Faltaba media hora para su inicio. "Quizá estemos ya preparados para entender el mensaje de concordia y progreso humano alentado por un hereje de la Europa decadente durante la descomposición del Imperio Romano". Irónico, pensó, que los hijos de Europa hubieran tenido que desempolvar las ideas sobre el progreso del alma fuera del continente de sus antepasados. "Quizá sean las gentes que hemos conocido en nuestro viaje las que nos hayan preparado para entender su importancia". Se colocó el tricornio de terciopelo, se ajustó el pañuelo de lana y caminó hacia el viejo olmo plantado por los primeros puritanos. Quizá sí era el Árbol de la Libertad.

El tory Samuel Johnson, gran opositor de las ideas expuestas por los impulsores de la Declaración de Derechos del Primer Congreso Continental de las Trece Colonias americanas, había acabado su planfleto, Taxation No Tyranny. Gran Bretaña recogía ahora los frutos de haber sido, a su juicio, demasiado permisiva con la creciente influencia de americanos como Benjamin Franklin. A su juicio, la lucha que acababa de empezar en Lexington y Concord, Massachusetts, debía ser aplacada con contundencia. De lo contrario, las florecientes Trece Colonias intentarían la emancipación. Le acababa de llegar, a través de los contactos de la inteligencia británica en Pensilvania, un borrador de declaración de los americanos que debía proclamarse en el Segundo Congreso Continental. ¿Pero qué se habían creído?

Johnson leyó, sentado en su escritorio, el borrador del texto. En pleno ataque nervioso, Johnson lloró de rabia, al constatar que el sentimiento que se abría paso en su alma era envidia, pura y dura. "Life, Liberty and the pursuit of Happiness". Los paletos americanos, esos larguiruchos engreídos, lo habían logrado. Estaban en el albur de cumplir el sueño del padre de todos ellos, Franklin, apenas un puritano muerto de hambre con delirios de hombre renacentista: mejorar el fondo y la forma, el significado y la fonética de lo mejor del espíritu inglés. ¿O era acaso el espíritu de la civilización europea en su conjunto?

"Life, Liberty and the pursuit of Happiness". Ya le había advertido Boswell: "no subestimemos los lazos entre los más prominentes americanos y los franciscanos que controlan Europa".

*   *   *   *   *

TRISKELION por Nicolás Boullosa

Trilogía del Largo Ahora

Y hasta aquí el primer libro de la Trilogía del Largo Ahora por Nicolás Boullosa.

Los dos títulos restantes son:

- *La rebelión del Charna* (segunda entrega de la trilogía; novela autobiográfica ambientada en el presente);
- *El valle de las adelfas fosforescentes* (tercera entrega de la trilogía; ciencia ficción ambientada en el futuro).

Triskelion inicia desde la novela histórica la tríada del aprendizaje, que es la tríada de las edades del hombre, así como la trinidad del tiempo: pasado, presente y porvenir.

Cada uno de los tres títulos puede leerse como un relato en sí mismo, completo y autónomo; conjugando su lectura con uno o los dos restantes relatos, nace la Trilogía del Largo Ahora. El tiempo de esta trilogía es escurridizo e intercambiable, se percibe desde distintos puntos de vista y viaja a su antojo por líneas de realidad que existieron, quizá se produzcan mientras lees esto, o quizá existan en el espacio-tiempo. "Mutato nomine et de te fabula narratur": cambia sólo el nombre y esta historia es sobre ti.

Mientras tanto, los arroyuelos imaginados por Knut Hamsun cantan sin que nadie se detenga a oír su música humilde y, sin embargo, no se intranquilizan y prosiguen su suave canción, armonizada con el ritmo de todos los mundos.

La voz de Marco Aurelio se confunde con el tintineo del agua: "El mundo no es más que transformación, y la vida, opinión solamente".

TRISKELION por Nicolás Boullosa

Agradecimientos

Si has llegado hasta aquí, el libro ha cumplido con su objetivo.

Edición impresa (20 de febrero de 2015)
Edición revisada (9 de marzo de 2014)
Primera edición electrónica (10 de mayo de 2013)
Agradezco a mi mujer Kirsten Dirksen la lectura de la obra, así como la sugerencia de que la publicara yo mismo.

- Título de la obra: Triskelion: historia verdadera de la conquista de la felicidad.
- Autor: Nicolás Boullosa Guerrero (para cualquier cuestión, escríbeme a nicolas.boullosa@faircompanies.com).
- ISBN de la edición electrónica: 978-0-9960327-0-4.
- ISBN de la edición impresa: 978-0-9960327-3-5.
- Obra registrada en el Registro General de la Propiedad Intelectual de Barcelona, España, el 28 de febrero de 2012 (Número de asiento registral: 02/2012/4523).
- Todos los derechos reservados.

Diseño de portada: Alexander Probst (visita su portfolio: http://alexprobst.prosite.com/).

Si deseas averiguar más cosas sobre mí, visita:

- Mi sitio web: http://faircompanies.com
- Twitter: https://twitter.com/faircompanies
- Facebook: http://www.facebook.com/nicolas.boullosa
- Página de *faircompanies en Facebook: https://www.facebook.com/faircompanies
- Flickr: http://www.flickr.com/photos/faircompanies/
- LinkedIn: http://www.linkedin.com/in/nicolasboullosa
- Goodreads Author Page: https://www.goodreads.com/nicolasboullosa

www.ingramcontent.com/pod-product-compliance
Lightning Source LLC
Chambersburg PA
CBHW031019030726
47497CB00004B/923